Lisa Wingate

DIE HÜTERIN DER GESCHICHTEN

Lisa Wingate

DIE *Hüterin* DER GESCHICHTEN

Francke

Über die Autorin:
Lisa Wingate arbeitet als Journalistin, Kolumnistin, Rednerin und Autorin. Sie lebt mit ihrem Mann und zwei Söhnen in Texas.

MIX
Papier aus verantwortungsvollen Quellen
FSC® C014138

Bibliografische Information Der Deutschen Bibliothek
Die Deutsche Bibliothek verzeichnet diese Publikation in der Deutschen Nationalbibliografie; detaillierte bibliografische Daten sind im Internet über http://dnb.ddb.de abrufbar.

3. Auflage 2021
ISBN 978-3-86827-593-3

Originally published in the U.S.A. under the title
Story Keeper, by Lisa Wingate

Deutsch von Silvia Lutz
Umschlagbilder: © iStockphoto / Chunumumu; Alex Grichenko
Umschlaggestaltung: Francke-Buch GmbH / SG
Satz: Francke-Buch GmbH
Printed in Czech Republic

www.francke-buch.de

1

Das ist eine Sternstunde. Und der Ort, an dem ein Zauber Wirklichkeit wird.

Dieser Gedanke breitete sich sanft, fast unmerklich in mir aus, so wie der Hintergrund, der das Motiv eines Fotografen erst richtig zur Geltung bringt. Seine schimmernden Ränder erregten meine Aufmerksamkeit und erinnerten mich an einen Rat von Wilda Culp, ohne die ich an einem völlig anderen Ort gelandet wäre. An einem verhängnisvollen Ort.

Es ist wirklich erstaunlich, wie ein einziger Mensch und ein paar Geschichten ein Leben verändern können.

Der Trick besteht darin, Jennia Beth Gibbs, die Sternstunden in vollen Zügen zu genießen, so wie sie kommen.

Ich hörte ihre Stimme wieder, mit ihrem tiefen, trägen Carolina-Akzent, der die überraschende Melodie einer längst vergangenen Zeit in sich trug. *Es gibt nichts Traurigeres im Leben, als diesen Momenten nur hinterherzusehen.*

Sternstunden sind immer vergänglich.

Mein erster Nachmittag in der Kampfarena des Verlages »Vida House« war eine solche Sternstunde. Das fühlte ich, das wusste ich, noch bevor George Vida durch die Tür schritt und seinen Platz an der Stirnseite des Tisches einnahm, um die wöchentliche Teamsitzung zu beginnen. Meine erste Sitzung bei Vida House. Sie würde anders verlaufen als jede andere Sitzung, an der ich in den letzten zehn Jahren in einem halben Dutzend Verlagen in verschiedenen anderen Wolkenkratzergebäuden in Manhattan teilgenommen hatte.

Hier lag ein Zauber in der Luft.

George Vida stützte die Hände auf den Tisch, bevor er sich setzte und seinen Blick mit der Aufmerksamkeit einer alten, faltigen Ziege auf der Suche nach etwas zu Knabbern durch den Raum schweifen ließ. Sein Blick blieb einen Moment an einem hohen Berg aus alten Umschlägen, Manuskriptschachteln und losen Blättern, die mit Gummi zusammengehalten waren, auf der anderen Seite des Konferenzraums hängen. Dieser sonderbare Papierberg trug wie so viele andere Dinge zum Ruhm von Vida House bei. Er war eine Besonderheit, die ich bis zu diesem Tag nur vom Hörensagen gekannt hatte. Er war einer der wenigen noch verbliebenen Papierberge in ganz New York City, vielleicht sogar in der gesamten Verlagswelt. Im Zeitalter der E-Mail-Kommunikation waren Archive mit bedrucktem Papier heimlich, still und leise ausgestorben wie die Dinosaurier. Digitale Archive waren platzsparender, leichter zu verwalten, effizienter. Unsichtbar. Auf ihnen lagerte sich kein Staub ab wie auf den langsam vergilbenden Fragmenten von George Vidas Reliquiensammlung.

Und hier sehen Sie »Slush Mountain«, einen Berg mit alten, unverlangt eingesandten Manuskripten, hatte der junge Praktikant erklärt, der mich als neue Mitarbeiterin durch das Gebäude geführt und mit einer theatralischen Handbewegung auf den Stapel gedeutet hatte. *Er ist schon so etwas wie eine Touristenattraktion.* Dann hatte er sich vertraulich zu mir gebeugt. *Aber ich rate Ihnen, dass Sie das nie vor dem Chef erwähnen. George Vida liebt diesen Papierberg. Niemand – wirklich niemand! –* rührt ihn an. Niemand fragt, warum *der Berg im Konferenzraum so viel Platz einnehmen darf. Wir tun alle einfach so, als wäre er nicht da. Wie der berühmte Elefant im Raum – das Offensichtliche, was niemand anzusprechen wagt.*

Slush Mountain war wirklich ein eindrucksvoller Elefant. Wenn man bedenkt, dass Immobilien in Manhattan sehr kostbar sind, nahm er erstaunlich viel Raum ein. Seine Spitze reichte fast bis zur antiken Metalldecke hinauf. Von dort aus breitete sich die Sammlung langsam nach außen und unten aus und verbannte den Konferenztisch und die Stühle auf die restlichen drei Viertel des Raumes.

Diese Information des Praktikanten war mir nicht neu. George Vida (mir war aufgefallen, dass jeder, der hier von ihm sprach, beide Namen benutzte und nie nur den Vornamen oder nur den Nachnamen nannte) behielt seinen Berg, um die Jüngeren, die in eine digitale Welt hineingeboren worden waren, an zwei Dinge zu erinnern: *erstens,* dass nicht rücksendungspflichtige Manuskripte deshalb nicht rücksendungspflichtig sind, weil sich jemand nicht exakt an die Einsendevorgaben gehalten hatte, und *zweitens,* dass man in der Verlagswelt nur Erfolg hat, wenn man jedes Blatt umdreht und jeden Umschlag öffnet. Slush Mountain war eine sichtbare Erinnerung daran, dass Verlagsarbeit ein mühsamer Liebesdienst ist, mit der Betonung auf *mühsam.* Der Aufstieg zu einer Position, in der man vielleicht den nächsten großen Bestseller entdeckt und tatsächlich den Ruhm dafür einstreicht, ist ein mühsamer Kampf.

»Ist alles so, wie du es dir vorgestellt hast?« Roger beugte sich vom Platz neben mir herüber und deutete unauffällig auf den Papierberg. Roger und ich waren vor zehn Jahren Kollegen gewesen, als wir beide unsere berufliche Laufbahn in einem großen Verlagshaus begonnen hatten. Er war von Princeton gekommen und schon damals schlau und selbstbewusst gewesen, ein weltgewandter Junge aus Long Island, dem die Verlagsarbeit praktisch im Blut gelegen hatte. Ich hingegen war der naive, rehäugige, dunkelhaarige Neuling gewesen und hatte eher wie eine Statistin in einem Heimatfilm als wie eine angehende New Yorkerin gewirkt.

Ich nickte, konzentrierte mich aber auf George Vida. Ich würde mich nicht dazu verleiten lassen, an meinem ersten Tag bei einer Teambesprechung zu schwätzen. Oder mit offenem Mund Slush Mountain anzustarren. Außerdem war ich nie ganz sicher, ob Roger ein Freund oder ein Konkurrent war. Vielleicht war ich auch einfach nur neidisch. Ich war jahrelang nicht von Sachbüchern und Biografien weggekommen, während Roger es geschafft hatte, je nach Lust und Laune mühelos zwischen Sachbüchern und Romanen zu wechseln.

Mit meinen einunddreißig Jahren sehnte ich mich nach etwas Neuem. Nach einer Abwechslung.

Mein Handy verkündete piepend, dass ich eine SMS bekommen hatte. Ich brachte es schnell zum Schweigen.

Aber nicht schnell genug. Aller Augen richteten sich auf mich. Der Moment erschien mir viel länger, als er wahrscheinlich in Wirklichkeit war. Das Herz schlug mir plötzlich bis zum Hals und hatte seine Frequenz verzehnfacht. Das war eine instinktive Reaktion von mir, die mir signalisierte, den Kopf einzuziehen, zurückzuweichen und mich in Sicherheit zu bringen, bevor eine Hand vorschnellen, mich am Arm packen und ihn schmerzhaft zusammendrücken konnte. Einige Gewohnheiten lassen sich nur schwer abstellen, selbst wenn man einen Ort und bestimmte Menschen schon vor Jahren hinter sich gelassen hat.

Ich schaltete unter dem Tisch den Ton aus. »Entschuldigung. Normalerweise lasse ich es bei Besprechungen in meinem Büro, aber ich habe noch nicht ausgepackt.« Diese Entschuldigung erschien mir plötzlich wie eine faule Ausrede. Zweifellos piepte George Vidas Handy nie bei einer Besprechung.

Ein plötzliches Rascheln und ersticktes Stöhnen machte am Tisch die Runde, während sich alle offenbar auf etwas vorbereiteten. Ein entsetzlicher Gedanke schoss mir durch den Kopf. *Sind Handys bei Besprechungen ein Kündigungsgrund?* Das war zweifellos albern – doch ich hatte vor Kurzem meine letzte Stelle gekündigt, meine Wohnungsmiete war in einer Woche fällig und ich hatte die wenigen Ersparnisse der letzten Jahre an einen Ort geschickt, an dem sie eine traurige Situation nur zementierten.

»Schachtel!« George Vida deutete zum umgedrehten Deckel eines Druckerpapierkartons. Andrew, der Praktikant, der mich durch das Haus geführt hatte, sprang auf, nahm die Schachtel und ließ sie auf dem Tisch herumgehen. Blackberrys, iPhones und sonstige Smartphones wurden gehorsam, aber widerstrebend abgegeben. Niemand beschwerte sich, aber die Körpersprache war unverkennbar. Ich war in ein Fettnäpfchen getreten.

Das perfekte Mittel, um mich bei meinen Kollegen einzuführen! Ausgezeichnet. Jetzt vergessen sie mich bestimmt nicht mehr. Andererseits würden sie wahrscheinlich später darüber lachen und es kann nie schaden, andere zum Lachen zu bringen.

Der Praktikant drehte schnell die Handflächen nach oben, als George Vida nicht hersah. Er grinste entschuldigend und bedachte mich mit einem Zwinkern, das ein Zweiundzwanzigjähriger wahrscheinlich für verführerisch hält.

Ich bedachte ihn mit einem finsteren Blick, der ihm hoffentlich deutlich zu verstehen gab: *Vergiss es, Junge! Du bist noch ein Kind. Abgesehen davon werde ich mich auf keinen Mann einlassen, mit dem ich zusammenarbeite.*

Nie wieder!

Dann begann die Besprechung. Die üblichen Machtspiele folgten: Einflussreiche Lektoren bekamen Unterstützung für die größeren Projekte, die besseren Projekte, die Projekte mit echtem Potenzial. Verschiedene Mitarbeiter unterstützten die Projekte ihrer Kollegen und Bündnisse wurden sichtbar. Die Verkaufs- und Marketingspezialisten beugten sich bei einigen Argumenten, die sie vorbrachten, engagiert vor und lehnten sich bei anderen zurück. Ich beobachtete die Gruppendynamik, machte mir ein erstes Bild von dem Land am Fuß des großen Slush Mountain und war klug genug, den Mund zu halten. Vor mir und in meinem Büro lagen Verlagskataloge, Manuskripte, ein iPad und ein Laptop, die mir helfen würden, schnell auf den aktuellen Stand zu kommen. Bis jetzt hatte ich das noch nicht geschafft, aber ich war fest dazu entschlossen. Sobald der Tag zu Ende ginge und sich das Gebäude am Abend leerte, könnte ich mich ungestört einarbeiten, bevor mir die Augen zufielen, mein Magen knurrte und ich zur U-Bahn ginge, in der ich auf dem Heimweg noch ein wenig weiterlesen würde.

Wenig schlafen, früh aufstehen. Ins Büro fahren. Alles wiederholen. Bis zum Ende der Woche wäre ich einsatzbereit. Größtenteils. Bei der Teambesprechung am nächsten Montag könnte ich anfangen, etwas zu sagen. Zuerst nur wenig. Vorsichtig. George Vida mochte keine Prahlereien – ich hatte meine Hausaufgaben gemacht und mich über ihn erkundigt. Projekte an Land zu ziehen und sie auf die Bestsellerlisten zu bringen, das war der Weg, um die Gunst des alten Hasen zu gewinnen.

»Hollis, stellen Sie uns jetzt bitte das neueste Mitglied der Vida-House-Familie vor«, verlangte er. Plötzlich richteten sich alle Blicke auf mich.

George Vidas Sekretärin, Hollis – stellen Sie sich eine biedere, altmodische alte Jungfer vor –, stand von ihrem Stuhl rechts hinter ihrem Chef auf. Ihre eng anliegenden grauen Haare ließen ihr dünnes Gesicht noch eckiger und härter erscheinen, als es ohnehin schon war. Ich hatte gehört, dass sie für George Vida arbeitete, seit er 1967 den Familienbetrieb übernommen und angefangen hatte, ihn zu dem Multimillionen-Unternehmen auszubauen, das der Verlag heute darstellte.

Hollis' lange, dünne Finger bogen sich auf der Tischplatte nach hinten durch. Ihre Miene war genauso stoisch und distanziert wie am Morgen, als sie die Mappe mit den von mir unterschriebenen Verträgen und Papieren durchgesehen hatte.

Ihr Blick wanderte durch den Raum. »Jen Gibbs kommt von der Sachbuchabteilung bei *Stanislaus International* zu uns. Sie bringt zehn Jahre Erfahrung im Bereich Biografien und historische Sachbücher mit. Ihr Studium hat sie an der Universität von New York abgeschlossen, wo sie Stipendiatin der Aberdeen Fellowship für Kunst und Literatur und der Steinbeck Fellowship war. Wir freuen uns, sie in unserem Team begrüßen zu dürfen.« Ihr Blick blieb an mir hängen. Er war weder erfreut noch ablehnend. »Wenn Sie uns jetzt noch ein paar Dinge über sich erzählen, die nicht in Ihrem Lebenslauf stehen, Jen, wäre das sehr nett.«

»Danke.« Ich rang für den Bruchteil einer Sekunde mit mir, ob ich lieber sitzen oder stehen sollte, und beschloss dann, dass Stehen sinnvoller war. Auf diese Weise konnte ich den ganzen Tisch überblicken, denn der Kontakt zu den Kollegen ist der erste wichtige Schritt zum Erfolg in einem neuen Haus.

Ich fasste meine bisherige Verlagsarbeit zusammen, während ich die ganze Zeit im Hinterkopf nach etwas Interessantem kramte, das ich einfließen lassen könnte, damit es nicht so klänge, als lebte ich nur für meine Arbeit – auch wenn es so war und auch wenn ich das so wollte. Wenn man das, was man tut, liebt, stört es einen nicht, sich voll in seine Arbeit zu investieren. Aber in solchen Momenten wünschte ich tatsächlich, ich könnte etwas Farbe in meinen Lebenslauf bringen. Kinder, ein Haus, ein klassisches Hobby wie Rosenzucht oder so etwas. Eine Anekdote aus der Kindheit, die meine Liebe für Geschichten erklärt. Etwas, das mit Gutenachtgeschichten und einem Lieblingsbuch zu tun hat, das man zum Geburtstag geschenkt bekam.

Es war nett, sich so etwas auszumalen, aber damit war das Problem nicht gelöst. Wenn die Vergangenheit tabu ist, ist es kompliziert, etwas über das eigene Leben zu erzählen.

Schließlich entschied ich mich für eine knappe Schilderung einer abenteuerlichen Wanderung auf einen Berggipfel in Colorado, um Tom Brandon zu überreden, seine berühmten Memoiren, um die sich mehrere Verlage bemüht hatten, von Stanislaus herausgeben zu lassen. Das war einer meiner größten beruflichen Erfolge gewesen, aber ich habe auch selten so nahe davorgestanden, tödlich abzustürzen.

»Man hat nicht wirklich gelebt, solange man nicht in einem Schneemobil von einem Berg gerutscht ist und vierundzwanzig Stunden einen Schneesturm ausgesessen hat«, fügte ich hinzu. Ich wusste genau, dass meine neuen Kollegen annehmen würden, dass ich in jener Nacht in den Bergen eine völlig unbekannte Welt kennengelernt hätte. Nichts könnte von der Wahrheit weiter entfernt sein. Seit jenem Erlebnis wusste Tom Brandon Dinge über mich, die sonst niemand von denen wusste, die ich als Erwachsene kennengelernt hatte. Ich muss ihm zugutehalten, dass er in den vielen Interviews und dem ganzen Medienrummel um das Buch kein Wort darüber verloren hat. In gegenseitigem Einvernehmen behielten wir die Geheimnisse des anderen für uns: Der Actionheld Tom Brandon benahm sich im Wald wie ein Baby. Und ich war ein Naturmädchen, das sich als Großstädterin verkleidete.

»Die Suche nach uns und unsere Rettung bescherten dem Projekt eine starke Publicity, auch wenn ich sagen muss, dass diese Nacht im Wald wirklich unangenehm kalt war«, schloss ich. Meine Kollegen lachten. Alle außer Roger. Ich hatte ganz vergessen, dass er damals für einen Konkurrenzverlag um die Buchrechte gekämpft hatte. Ich hatte gewonnen.

Als die Besprechung beendet war, beugte er sich wieder nahe zu mir herüber. »Ich habe dir die Sache mit Tom Brandon nie ganz verziehen. Das war einfach brillant.«

»Komm schon, Roger! Du weißt, dass es nicht oft vorkommt, dass ich tatsächlich einen unserer kleinen Wettkämpfe gewinne.« Es war das übliche Liebe-und-Hass-Spiel. In einer konkurrierenden Branche sind Kollegen oft wie Geschwister, die sich die halbe Zeit die Augen auskratzen wollen und die andere Hälfte der Zeit begeistert miteinander spielen.

Roger legte kurz den Arm um mich. »Aber das war gut so. Dass ich diesen Vertrag nicht bekam, hat mich davon überzeugt, dass ich mich mehr auf Romane spezialisieren sollte.«

Ein schneller, kleiner Seitenhieb. Oh, wie das wehtat! Er wusste, dass ich schon immer Geschichten im Blut hatte, dass Romane mein eigentlicher Traum waren, aber wenn man auf einem Gebiet Erfolg hat und Rechnungen bezahlen muss, ist es schwer, sich auf unbekanntes Terrain zu wagen.

Roger ertappte mich dabei, wie ich einen verstohlenen Blick auf Slush Mountain warf. »Faszinierend, nicht wahr?« Sein Atem streifte mein Ohr, er roch nach Pfefferminz. Aber er war unangenehm nahe.

»Ja, das stimmt.«

»Lass unbedingt die Finger von dem Papierberg. Er ist das Heiligtum des Alten.« Eine schnelle Warnung, dann war er fort.

Ich wollte auf eine Gelegenheit warten, dem Chef zu sagen, wie sehr ich mich freute, hier zu sein. Doch er und Hollis waren auf der anderen Seite des Tisches in ein Gespräch vertieft. Deshalb packte ich meine Sachen zusammen und begab mich zur Tür.

»North Carolina«, sagte George Vida laut, kurz bevor ich die Tür erreichte. Ich blieb abrupt stehen und drehte mich um.

Der Chef schaute mich an, während Hollis weiter in ihren Papieren blätterte und wegen der Unterbrechung leicht frustriert zu sein schien.

Ein dicker, fleischiger Finger deutete in meine Richtung. »Das habe ich gehört.« Er tippte an sein Ohr. »Ich habe ein gutes Gehör für Akzente. Jetzt erinnere ich mich. Sie waren an der Clemson. Das stand irgendwo in Ihren Papieren. Vielleicht hat es aber auch Hollis erwähnt.«

»Es muss in den Papieren gestanden haben«, bemerkte Hollis trocken.

Der Chef lächelte mich mit seinen runden Wangen an und erinnerte mich in diesem Moment an die Miene von Vito Corleone in *Der Pate*. »Ihr beiden Mädchen aus North Carolina solltet unbedingt miteinander plaudern. Es geht doch nichts über Erinnerungen an die alte Heimat.« Immer noch lächelnd, widmete er sich wieder seinen Papieren, ohne zu bemerken, dass weder Hollis noch ich ein Wort über die alte Heimat verloren.

Irgendwie hatte ich das Gefühl, dass wir uns nicht so bald zu einem gemütlichen Plauderstündchen bei einer Tasse Tee zusammensetzen würden.

2

Seit meinem ersten Tag in New York, als ich zu einem Studienstipendium, einer Teilzeitstelle als Lektoratsassistentin und auf der Suche nach einer Wohnung in diese Stadt gekommen war, liebte ich die Atmosphäre am frühen Morgen. Die Stadt strahlt etwas Besonderes aus, wenn die Nachtschwärmer in der Versenkung verschwinden und die Straßen zu einem neuen Tag erwachen. Ladenbesitzer öffnen ihre Geschäfte, Frühstücksstände rollen auf die Gehwege, Smoothie-Stände bieten Becher mit frischem Obst, Joghurt und Proteinpulvern an.

Jamie beäugte mich argwöhnisch, während wir gemeinsam aus der U-Bahn stiegen und uns unter die Menschen auf dem Gehweg mischten, bevor wir in einer Bäckerei verschwanden, um uns das Übliche zu kaufen.

»Du siehst unverschämt glücklich aus«, stellte sie fest, während wir wieder auf den Ausgang zusteuerten. Sie nippte an ihrem Eiweißsmoothie, von dem sie genau ein Viertel trinken würde, bevor sie den Rest in einen Abfalleimer warf. Das war ihre Form des Kalorienzählens. Als Moderedakteurin für eine elegante Hochglanzzeitschrift musste sie gut aussehen. Heute bildeten ihr wadenlanges Kleid, die modischen Stiefel und der weite Mantel ein perfektes Ensemble für den Herbst in New York. Ihr war eine Mischung aus Audrey Hepburn und einem Pariser Model gelungen.

»Tut mir leid«, sagte ich, aber eigentlich tat es mir nicht leid. Bis jetzt war meine erste Woche in Vida House, abgesehen von dem ungeschickten Handyklingeln bei der Teambesprechung, ausgesprochen gut verlaufen. Ich arbeitete wie eine Irre und hatte für die Teambesprechung am nächsten Montag vieles nachgelesen. Außerdem hatte ich verschiedenen Literaturagenten, die mich regelmäßig mit guten Projekten versorgten, meine aktualisierten Kontaktdaten zukommen lassen. Neue Angebote trudelten ein. George Vida mochte vielen ein Rätsel und ein Dinosaurier in diesem Geschäft sein, aber sein Verlag genoss den Ruf, Manuskripte auszugraben, die bisher unentdeckt geblieben waren, und große Bestseller daraus zu machen. Meine Kontaktpersonen waren von meiner neuen Adresse begeistert.

»Hör auf damit, okay? Sonst werde ich noch depressiv und mit meinem Leben unzufrieden.« Nur eine beste Freundin kann so ehrlich sein und ungestraft damit davonkommen. Jamie und ich standen uns schon seit unseren Studienjahren nahe. Ich wusste alles über die Auflösungserscheinungen an ihrem Arbeitsplatz. Mit dem Aufstieg von E-Publishing und Mode-Blogging stand hinter ihrer Zukunft bei der Zeitschrift ein großes Fragezeichen.

»Entschuldige. Ich bemühe mich, angemessen traurig auszusehen. Aber es ist Freitag.« Im letzten Wort dieses Satzes bemerkte ich etwas. Ich hatte das *ei* in *Freitag* ein wenig in die Länge gezogen. Ein leichter Anflug des Appalachen-Akzents, den ich seit Jahren auszurotten versuche.

Seit George Vidas beunruhigender Beobachtung hörte ich ganz genau hin. Es störte mich, dass er das so schnell herausgefunden hatte. Hatte mich im Laufe der Jahre sonst noch jemand durchschaut? Vielleicht hatte nur niemand etwas gesagt?

Ich könnte Jamie fragen, aber damit würde ich die Tür zwischen den zwei Welten öffnen, die ich sorgsam trennte, seit ich erwachsen war. Ich trennte streng zwischen *vorher* und *nachher*.

Wenn man den Ort, an dem man aufgewachsen ist, verlässt, kann man die eigene Geschichte neu schreiben, ganze Seiten der Vergangenheit zerknüllen, wegwerfen und so tun, als hätte es sie nie gegeben.

»Ich freue mich für dich«, versprach sie und warf den Rest ihres Smoothies in einen Abfalleimer, als wir vor ihrem Gebäude stehen blieben. »Ehrlich, Jen. Ich kann es nicht erwarten, dass du das nächste Buch entdeckst, das den Durchbruch schafft. Wenn es auf der Bestsellerliste der *Times* erscheint, kaufe ich hundert Exemplare dieser Ausgabe und schicke sie deiner hinterhältigen früheren Chefin. Ich werde ihr *nie* verzeihen, dass sie den ganzen Ruhm für die Tom-Brandon-Sache einheimste, obwohl du den Vertrag an Land gezogen hattest.«

Ich umarmte sie, ohne jedoch meinen Smoothie loszulassen, den ich bis zum letzten Tropfen genießen und austrinken würde. Ich hatte früh im Leben gelernt, keine Lebensmittel zu vergeuden. »Du kannst wirklich gemein sein, aber ich liebe dich. Hab einen schönen Tag, okay?«

»Ich werde es versuchen. Hast du Lust, am Wochenende ins Theater zu gehen?«

»Ich habe eine Verabredung mit einem Berg von Manuskripten. Du würdest nicht glauben, wie viel Papier in diesem Haus noch in die Hand genommen wird. George Vida ist der Meinung, dass man am Computer kein richtiges Gespür für einen Text bekommt. Es ist vorsintflutlich, aber auf nette Art. Auf meinem Schreibtisch fand ich einen Tacker vor, der aussieht, als tackere er schon seit 1920 die Papiere in diesem Haus zusammen. Und ich habe einen Locher! Ich glaube, ich hatte seit der Schule keinen Locher mehr in der Hand.«

Jamie verdrehte die Augen. »Okay, okay! Jetzt machst du mich wirklich neidisch. Wenn du dich richtig eingearbeitet hast, musst du mich heimlich in das Gebäude schleusen und mir unbedingt diesen berühmten Manuskriptberg zeigen. Stimmt es, dass Vida das Zeug in einer Ecke im Keller gefunden hat und dann alles ins Besprechungszimmer bringen ließ?«

»So hat es mir Roger erzählt. Und es heißt *George Vida*, wie ein einziger Name. Nur damit dir kein Fauxpas unterläuft, wenn du mich besuchen kommst.«

Jamie ging rückwärts die Stufen zu ihrem Gebäude hinauf und verzog die Unterlippe. »An deiner Stelle würde ich mich von Roger fernhalten. Er hatte schon immer eine Schwäche für dich.«

»Pah! Roger hat eine Schwäche für alles, was unter fünfzig ist und einen Rock trägt.«

Wir wechselten den wehmütigen, verständnisvollen Blick von Singlefrauen in der Großstadt, die kein Glück in der Liebe haben. Seit einiger Zeit machte sich Jamie deshalb plötzlich große Sorgen. Vielleicht lag es daran, dass wir die gefürchtete Dreißigmarke überschritten hatten, oder an all den Geschichten in den Zeitschriften über Hochzeitsmode oder daran, dass ihre Schwester sich vor Kurzem verlobt hatte. Jedenfalls beschäftigte sie das Thema Partnerschaft in letzter Zeit sehr. Wenn Jamie irgendwann tatsächlich eine eigene Hochzeit plante, würde es eine umwerfende, luxuriöse Feier mit vielen lieben Verwandten werden, für die ihre Eltern die Kosten übernehmen würden. Diese Vorstellung war mir so fern wie die Erde vom Mond. Wenn man weiß, dass etwas nie passieren wird, ist es besser, das Leben entsprechend anders zu planen. Das Geheimnis des Glückes ist es, den Ort zu lieben, an dem man gerade ist. Und den Herbst in New York musste man einfach lieben, besonders, wenn man endlich seinen Traumjob bekommen hatte.

Ich schwebte ungefähr zehn Zentimeter über der Erde, als ich Vida House betrat. Bis jetzt war es mir jeden Tag so gegangen, wenn ich meine Schlüsselkarte an der Eingangstür einscannte und die Empfangstheke passierte, die so früh am Morgen noch nicht besetzt war. Hinter der Eingangshalle schritt ich über den Marmorboden an Reihen von Bürotüren und jeder Menge Bildern von Buchcovern vorbei. Diese Bücher waren berühmt geworden und hatten Trends ausgelöst, die schnell von jeder Menge Trittbrettfahrern nachgeahmt worden waren. Als ich um die Ecke bog, leise vor mich hin summend und in vollem Schwung, schlitterte ich wie eine Eisläuferin über den Fliesenboden, legte eine YouTube-würdige Pirouette hin und klammerte mich an einer Trennwand im Kundenservicebereich fest. Und das alles, ohne meinen Smoothie zu verschütten.

»Der Boden ist nass.« Russell, der Reinigungsmann, tauchte aus einem Büro auf und schob einen Putzwagen vor sich her. Russell und ich hatten uns in den letzten Tagen kennengelernt. Er war mindestens eins fünfundneunzig groß, zaundürr und mochte es überhaupt nicht, wenn jemand seine gewohnte morgendliche Arbeit störte, indem er so früh ins Büro kam. Er putzte das Gebäude seit den 60er-Jahren und hatte eine Wohnung im Keller. Das Büro war um diese Uhrzeit also unbestritten seine Domäne.

»Entschuldigung.« Ich schlich schuldbewusst über den frisch geputzten Boden zurück, aber meine Pumps hinterließen kleine Spuren auf dem nassen Boden. »Man sollte doch meinen, dass ich es inzwischen gelernt habe.«

Er nahm den Mopp aus dem Wassereimer und steckte ihn in die Auswringmaschine. »Das haben wir gleich. Der Chef will am Morgen keine Spuren auf dem Boden haben. Neuer Tag, neuer Anfang.«

Sein gemächlicher Südstaatenakzent stand im krassen Gegensatz zu den drei schnellen, gekonnten Bewegungen, mit denen er alle Spuren vom Boden wegwischte. Aus Russell schlau zu werden, war nicht leicht. Ich hatte noch nicht endgültig herausgefunden, ob er seine Arbeit hier mochte, ob er mich mochte oder ob er sich einfach mit uns beiden als Teil seines Lebens abfand.

Ich *wollte*, dass Russell mich mochte. Er sah aus wie ein Mann, der eine Geschichte zu erzählen hat, und Geschichten haben mich schon immer fasziniert. Das war das Erste, was Wilda Culp vor vielen Jahren an mir aufgefallen war, nachdem sie mich dabei erwischt hatte, wie ich mich in ihrem Obstgarten bediente. Als Wiedergutmachung war ich jeden Mittwoch zu ihr gekommen und hatte ihr auf der alten Familienfarm geholfen. Dorthin war sie aus Clemson zurückgezogen, nachdem sie in Pension gegangen war und zu schreiben angefangen hatte. Ihr war sofort aufgefallen, dass ich ein Gespür für gute Geschichten besaß. Manchmal ist eine Welt, die es nicht gibt, die einzige Rückzugsmöglichkeit aus der realen Welt.

Russells silbrige Augen zogen sich zusammen und unzählige Altersfältchen umgaben sie mit einem Mal. Es war interessant, ihn anzusehen. Sein Hautton war von einem warmen Braun, aber seine Wangen hatten eine hellere Farbe mit einem fast unnatürlichen Glanz wie das Gesicht einer gemeißelten Figur, die von der Hand ihres Schöpfers mehrmals liebevoll berührt worden ist.

»Sie können jetzt an die Arbeit gehen.« Er stützte sich auf den Stiel seines Mopps und trat zur Seite, um mich vorbeizulassen. Sein Blick wanderte über den offenen Bereich zu dem weichen Licht, das im Halbkreis aus George Vidas Büro fiel. Egal, wie lange ich abends blieb oder wie früh ich am Morgen kam, George Vida war immer da. Nichts verließ Vida House, ohne vorher durch seine Hände gegangen zu sein.

Das jagte mir ein wenig Angst ein, während ich darüber nachdachte, hier im Verlag neue Manuskripte an Land zu ziehen. Und wenn ich es falsch anpackte? Wenn meine Instinkte den Geschmack des Chefs nicht trafen?

Eine Frau muss Selbstvertrauen haben! Wildas strenge Zurechtweisung schoss mir durch den Kopf. Scharf und deutlich hörte ich ihre Stimme: *Wenn ihr der Wind entgegenweht, denkt sie an S-I-E-G.*

Sie selbst sein. Ihren Blick erweitern. Einsatz zeigen, Gewinnen. Das sein, wozu sie geschaffen wurde. Ihren Blick für das, was möglich ist, erweitern. Einsatz zeigen und Herausforderungen annehmen. Und ihre eigene Unsicherheit bezwingen und gewinnen. Das habe ich meinen Studenten immer eingebläut. In dir, Jennia Beth Gibbs, steckt etwas Großes, wenn du es wirklich willst.

Ich fühlte Russells Blick auf mir, als ich den Flur weiter entlangging und in mein Büro am Ende des Ganges schlüpfte, in dem alle neuen Lektoren in diesem Haus anfingen – ganz gleich, wie viele Jahre Berufserfahrung sie mitbrachten. Bei Vida House begann man ganz unten und arbeitete sich nach oben. Das war eigentlich gar nicht so schlecht. Ganz unten in der Sachbuchabteilung zu stehen bedeutete, dass ich ein Eckbüro hatte. Mein Büro war ein abgeschrägtes Eckzimmer und dadurch irgendwie schrullig und interessant. Obwohl der Wolkenkratzer nebenan sowohl das Sonnenlicht als auch den Blick versperrte, gefiel es mir.

Die Neonröhren flackerten störrisch an der Decke, als ich den Schalter betätigte. Das Zimmer wurde hell, dann dunkel, dann wieder hell und schließlich nur noch dunkel.

»Ach, nein!« Ich schlüpfte aus dem rostfarbenen Seidenmantel, den ich in den Herbstmonaten gerne trug. Der Mantel eines bekannten Designerlabels wäre unter normalen Umständen ein unerschwinglicher Luxus gewesen, aber er war ein Geschenk von Jamie, mit dem sie mich bestochen hatte, für ein dringendes Fotoprojekt Modell zu stehen. Sie hatte mir versprochen, dass ich einen Schirm in der Hand halten konnte und niemand mich erkennen würde. *Bitte, bitte, bitte! Ich brauche halblange, dunkle Haare und schlanke Beine. Du kannst den Mantel danach behalten.* Meine kurze Karriere als Fotomodell hatte sich gelohnt. Ich liebte den Mantel, besonders, da die Farbe Erinnerungen an den Lieblingsahorn aus meiner Kindheit weckte, auf den ich oft geklettert war, um mich zu verstecken. Der Mantel war eine heimliche Erinnerung an die Blue Ridge Mountains, an einen kleinen Teil jener Zeit, der nicht negativ belastet war.

Die Deckenbeleuchtung klickte leise, wie um mich zu verspotten. Ich betätigte den Schalter noch einmal. Auf. Nieder. Auf. Nieder. Ohne Glück. Schließlich blieb mir keine andere Wahl, als es aufzugeben und die altertümliche Schwanenhalslampe zu benutzen, die ich zusammen mit dem Schreibtisch bekommen hatte. Der gusseiserne Fuß der Lampe war rostig und das eingebaute Tintenfass war nutzlos, aber sie gefiel mir trotzdem. Die Lampe saß wie ein wachsamer Aufpasser, dem nichts entgeht, da und verlieh dem Büro einen Hauch von journalistischer Authentizität. Ich malte mir aus, wie sie sich über einen Reporter gebeugt und die Berichte über das Vordringen von Hitlers Armee beleuchtet hatte oder die ersten Worte, die auf dem Mond gesprochen wurden, oder den traurigen Anblick des kleinen John-John Kennedy am Sarg seines Vaters.

Jemand hat sich an den Sachen auf meinem Schreibtisch zu schaffen gemacht.

Dieser Gedanke verdrängte meine kurzzeitige romantische Stimmung wegen der Schwanenhalslampe. Mit zusammengekniffenen Augen begutachtete ich meine Schreibtischplatte. Die nächsten drei Manuskripte, die ich am Ende des Tages immer ordentlich zusammenschob und links neben der Mitte stapelte, lagen jetzt genau in der Mitte. Der Stift, den ich darauf liegen gelassen hatte, war auf den Schreibtisch gerollt.

Wer kann hier gewesen sein? Russell? Vielleicht hat er hier sauber gemacht?

Sonst schien alles am gewohnten Platz zu sein.

Da bemerkte ich es. Noch etwas war anders als gestern. Da war ein brauner Umschlag, am Rand ausgebleicht, als hätte er lange neben einem Fenster gelegen. Er lag, leicht schief, in der Ecke meines Schreibtisches. Die Sekretärin hatte kein neues Material in mein Posteingangsfach oder auf die Anrichte neben meiner Bürotür gelegt. Hatte jemand diesen Umschlag zufällig hier liegen lassen, als er in meinem Büro gewesen war? Wer? Und aus welchem Grund sollte jemand in meinem Büro gewesen sein? Mein kleines Zimmer befand sich am hintersten Ende des Ganges.

Der Umschlag knisterte, als ich ihn berührte. Die obere Ecke war irgendwann aufgerissen worden. Kein Absender. Staub hing auf der Kante und bildete eine braune Linie über dem Papier, das von unten durchschimmerte. Das Blatt darunter war aquamarinblau, das sich leuchtend vom Braun des Umschlages abhob. Dieser Gegensatz machte mich neugierig und ich bewunderte diesen ungewollt kunstvollen Einblick.

Der kleine Papierstapel in dem Umschlag war an den Rändern leicht vergilbt, aber das aquamarinblaue Deckblatt hatte nichts von seiner Farbe eingebüßt. Ein mit Tinte von Hand gemalter Wirbel lag direkt unter meinem Daumen.

Ein sechster Sinn drängte die Neugier ein wenig in den Hintergrund und eine neue Vorsicht warnte mich davor, die Blätter herauszuholen. Auf dem Poststempel, soweit ich ihn lesen konnte, stand *7. Juni 1993*.

Kam dieser Umschlag von George Vidas berühmtem Slush Mountain, dem Papierberg, den *niemand* berühren durfte?

Der Rest des Gebäudes lag vor meiner Tür still da und doch hatte ich das unheimliche Gefühl, beobachtet zu werden. Ich ließ den Umschlag auf dem Schreibtisch liegen, ging durch den Flur und sah in den anderen Büros nach, ob schon jemand da war. Ich suchte nach Zeichen von Anwesenheit – ein Mantel, der über einem Stuhl hing, eine frische Tasse Kaffee, ein Paar bequeme Tennisschuhe in der Ecke, nachdem eine Kollegin in elegante Schuhe geschlüpft war.

Nichts.

Wer sollte etwas vom Papierberg nehmen und es in mein Büro legen? Und warum?

War es ein Versehen? Ein Scherz mit der Neuen? Oder versuchte jemand – daran wollte ich gar nicht denken! –, mir eine Falle zu stellen? Hatte ich mir jemanden zum Feind gemacht, ohne es zu merken? Vielleicht gefiel einem Kollegen nicht, dass eine Neue im Team war? In der Verlagsarbeit konnte große Konkurrenz herrschen.

War das ein Test, um zu sehen, ob man mir trauen konnte? Um herauszufinden, ob ich den Umschlag zurückbringen oder mir den Inhalt ansehen würde?

Mit *mir* nicht! Ich hatte genug zu tun, auch ohne dass ich noch zusätzlich ein Spiel mit dem Feuer wagen wollte. Was auch immer in diesem Umschlag steckte – es gehörte ins Konferenzzimmer. Der beste Zeitpunkt, es dorthin zurückzubringen, war jetzt, solange das Büro noch menschenleer war. Niemand würde etwas erfahren. Doch ich würde in Zukunft auf alle Fälle die Augen offen halten. Wenn das ein Scherz sein sollte, ginge er nicht auf meine Kosten.

Sobald das Paket an seinen ursprünglichen Platz zurückgebracht war, wäre ich aus dem Schneider.

Binnen einer Minute war ich mit der verbotenen Frucht, die ich mir unauffällig unter den Arm geklemmt hatte, zur Tür hinaus. Leider stand Roger gleich um die Ecke an der Anrichte und schenkte sich gerade eine Tasse Kaffee ein.

»Du bist schon wieder so früh im Büro?« Er lächelte und prostete mir mit seiner Tasse zu. Er wirkte eigentlich ganz nett. »Du lässt uns andere ganz schön schlecht aussehen, weißt du das?«

»Du bist doch auch schon hier.« Ich versuchte, locker und ungezwungen zu klingen, aber ich hatte das Gefühl, als würde ich eine Briefbombe auf meine Brust drücken. Ich wollte sie einfach nur schnell loswerden, bevor sie in die Luft ging.

Aber in meinem Hinterkopf war dieses aquamarinblaue Papier, der geschwungene Tintenwirbel, die nagende Neugier …

»Ich habe heute Morgen eine Besprechung mit einem Autor und seinem Agenten im Konferenzzimmer«, erklärte Roger.

Bildete ich es mir nur ein oder warf er einen fragenden Blick auf den Umschlag, den ich mit beiden Armen an meine Brust drückte? Vielleicht sah ich schuldbewusst aus. Oder vielleicht wusste er, was in dem Umschlag steckte. Vielleicht hatte *er* ihn mir auf den Schreibtisch gelegt.

»Dann wünsche ich dir viel Erfolg.« Ich drehte mich auf dem Absatz um und kehrte in mein Büro zurück. Meine Expedition zum Slush Mountain würde warten müssen.

Der Umschlag schien mit jedem Schritt, den ich ging, schwerer und heißer zu werden. Etwas in mir sagte: *Steck ihn einfach in die Schreibtischschublade, wo ihn niemand sieht, und bring ihn zurück, wenn heute Abend alle gegangen sind.* Aber eine andere Stimme, die mich schon in so manche unübersichtliche Kurve meines Lebens gelockt hatte, flüsterte: *Wenn du dieses Ding sowieso noch eine Weile hast, könntest du doch auch einen Blick daraufwerfen.*

Dieses schelmische Flüstern, das mein Vater und die Männer der *Lane's Hill Gemeinde der Heiligen Brüder* mit aller Gewalt aus mir hatten herausprügeln wollen, bescherte mir immer entweder unglaubliche Abenteuer oder eine verheerende Katastrophe.

Ich bewegte die Finger über den verbotenen Schatz, bevor ich wieder mein Büro betrat und die Tür hinter mir schloss. Der Kleber an der unteren Lasche gab zuerst nicht nach, als wäre er entschlossen, die Geheimnisse, die im Umschlag verborgen lagen, für sich zu behalten. Doch dann löste er sich und der Inhalt, insgesamt vielleicht fünfzig Seiten, glitt in meine Hand, das blaugrüne Blatt ganz oben. Eine Zeichnung mit Tinte und Bleistift wurde sichtbar – eine dicke Schnur, die sechs ovale Perlen und einen rechteckigen Anhänger, allesamt kunstvoll verziert, zusammenhielt.

Die Zeichnung war gut gemacht.

Darunter waren von Hand vier Worte in einer anmutigen, geschwungenen Schrift geschrieben worden, die gut zu einer antiken Schriftrolle aus einer lange versteckten Truhe gepasst hätten.

Die Hüterin der Geschichten.

3

DIE HÜTERIN DER GESCHICHTEN

Kapitel Eins

Wenn man Sarra beim Lauschen erwischte, bekäme sie Prügel. Mit jedem Tag, der verging, wurde Brown Horne Drigger ein wenig kühner und ein wenig sicherer, dass Sarras Vater nicht zurückkäme, um sie zu holen. Vielleicht lag er tot im Fluss, war mit seinem Maultier eine Felswand hinabgestürzt, von einem Schwarzbären gefressen worden oder man hatte ihn wegen des Geldbeutels, den er für Brown Drigger bei sich trug, erschossen. Das alles konnte passiert sein oder auch irgendetwas anderes.

Dieser Gedanke war wie eine Patchworkdecke aus Licht und Schatten, einerseits besorgniserregend, andererseits befreiend. Falls ihr Vater nicht mehr auf dieser Welt war, könnte sie weglaufen. Es gab kaum etwas, das sie lieber tun würde, als ins Tal hinabzufliehen und so schnell zu laufen, wie ihre Beine sie trugen. Aber es war eine Sünde, sich den Tod des Mannes, der sie gezeugt hatte, zu wünschen – des Mannes, den ihre Mutter irgendwann vor langer Zeit geliebt haben musste. Obwohl Sarra nie viel über ihn erfahren hatte – er war jahrelang immer wieder auf Aginisis kleiner Farm aufgetaucht und dann erneut verschwunden –, wusste sie so sicher, wie an jedem neuen Morgen die Sonne aufging, dass er ihr Erzeuger war.

An dieser Tatsache ließ sich nicht rütteln, sosehr sie sich das manchmal auch wünschte. Seit sie sich in den letzten paar Jahren von einem schlaksigen Mädchen mit dürren Beinen in eine junge Frau verwandelt hatte, erkannte sie *seine* Merkmale in dem trüben, ovalen Spiegel über Aginisis Kommode. Seine hohen Wangenknochen und seinen breiten, üppigen Mund. Seine geraden Augenbrauen, die einen harten, dunklen Schatten auf ihr Gesicht warfen.

Seine lange, dürre Gestalt. Aber sie hatte Mamas leuchtend blaue Augen, ihre dichten schwarzen Haare und ihre nussbraune Haut. Sie, die sechzehnjährige Sarra, konnte ihre Herkunft nicht verleugnen. Aus diesem Grund hatte es sich Brown Drigger zweimal überlegt, ob er sie als Sicherheit für das Geld in seinem Geldbeutel hierbehalten wollte, bis ihr Vater zurückkam.

Brown Drigger wollte sie nicht hier haben. Andererseits *wollte* er sie. Das hatte sie sehr schnell herausgefunden. Er tauchte nachts auf und berührte sie, wenn sie wie ein Murmeltier zusammengerollt auf ihrer Matte lag und sich schlafend stellte. Solange er damit rechnete, dass ihr Vater wieder auftauchen würde, tat er nichts weiter, aber ihr lief die Zeit davon.

Sie hatte gehört, wie andere mit Brown Drigger darüber gesprochen hatten: Ein Mädchen, das noch nicht zur Frau geworden war, konnte man zu Geld machen.

Sarra wollte nichts von Brown Drigger und auch nichts von ihrem Vater oder von irgendeinem anderen Mann. Davor hatte Aginisi sie gewarnt. Mama war ein abschreckendes Beispiel dafür gewesen. Wenn ihr Vater aufgetaucht war, war in der kleinen Hütte hinter Aginisis und Opas Blockhütte immer Schönes und Aufregendes eingekehrt. Und Whiskey. Und dann war der Schmerz gekommen. Die einfältige Mama hatte das offenbar nie kommen sehen, aber Aginisi und Opa, solange er noch gelebt hatte, hatten es gesehen. Noch aus dem Grab heraus erklangen ihre Stimmen und rangen in Sarras Gedanken miteinander. Da war Aginisis Stimme, die ihr erklärte, dass ihr Vater nichts tauge, und Opa, der sie warnte, dass man diesem Mann nicht trauen könne, und Mama, die glaubte, dass in ihm etwas Gutes stecken müsste, das nur noch nicht entdeckt worden war. Er war Sarras Blutsverwandter. Der letzte, den sie noch auf dieser Erde hatte.

Falls er überhaupt noch lebte.

Wenn nicht – nun, sie kannte die Berge gut genug. Sie hatte sich außerdem mit Brown Driggers Hunden angefreundet. Er hatte ihr gedroht, dass diese Hunde sie zur Strecke bringen und ihr das Fleisch von den Knochen reißen würden, falls sie auf die Idee käme wegzulaufen.

Noch während dieser Gedanke sie quälte, kroch Sarra an der

niedrigen Hüttenwand vorbei und quetschte sich unter den Rand auf die nassen, abgefallenen Blätter, wo Steinpfeiler die Holzschwellen auf dem Berghang befestigten. Sie strich sich mit einer Hand über den Mund und hielt ein Ohr nach oben, um zu lauschen. Einer der Neuankömmlinge machte sie neugierig. Der jüngere Mann, der auf einem dürren Schimmel hinter dem Wagen des fahrenden Händlers den Weg zu Brown Driggers Laden heraufgeritten war.

Den einen oder anderen fahrenden Händler hatte sie hier oben schon gesehen. Sie kamen, um Waren zu verkaufen und mit Pelzen, Silbermünzen und selbst gebranntem Whiskey wieder abzuziehen. Aber der junge Mann war etwas Neues. Er kannte sich in den Bergen nicht aus. Seine Kleidung verriet ihn augenscheinlich als einen, der neu in den Bergen war. Am deutlichsten aber wurde das daran, wie er alles beobachtete, während der fahrende Händler und Brown Drigger, wie bei Händlern üblich, um Preise und Waren feilschten. Der junge Mann betrachtete die Welt wie ein Winterfohlen, das endlich auf die Frühlingsweide hinausdarf und zum ersten Mal in seinem Leben die große, weite Welt kennenlernt.

Als er seinen vornehmen Filzhut abnahm, um ihnen in die Hütte zu folgen, fielen seine strohfarbenen, weichen Haare lockig in seinen Nacken. Sein Gesicht war glatt rasiert, was den großen, schlaksigen Mann noch jünger wirken ließ. Aber er war mit selbstsicheren Schritten zu Brown Driggers Hütte marschiert. Unmittelbar, bevor er zur Veranda hinaufgestiegen war, hatte er in ihre Richtung geblickt, zur Räucherkammer, wo sie den Kochtopf geputzt hatte, um alles für das Wurstmachen vorzubereiten. Heute Morgen hatten Brown Driggers Männer drei Schweine geschlachtet, die sie im Tausch gegen Whiskey bekommen hatten. Die fetten Tiere hingen hinter der Hütte, geteilt und ausgenommen, und das Blut tropfte auf die Erde, die letzten Tropfen langsam und dick wie Honig.

Brown Drigger und die Neuankömmlinge waren jetzt schon seit Stunden in der Hütte, während die geschlachteten Tiere abkühlten und Sarra damit beschäftigt war, die Därme auszuwaschen und sie für das Wurstmachen vorzubereiten. Diese Arbeit hatte sie schon oft mit Aginisi verrichtet. Ihre kleinen Hände hatten neben denen ihrer Großmutter gearbeitet, als sie beide die Därme umgedreht und mit Wasser ausgespült hatten. Danach mussten sie die winzigen Verzweigungen des Krausedarms auskratzen, durch die zu Lebzeiten des Tieres die Verdauungsreste nach draußen befördert worden waren. Sarra verstand es, Eingeweide auszuwaschen. Sie war sogar ziemlich gut darin und sie war klug genug, ihre Arbeit nicht zu unterbrechen, als Brown Drigger rief, dass seine Frau in die Hütte kommen solle.

Holzbein-Molly drohte ihr, bevor sie loslief: »Wehe, du machst hier nicht alles fertig, während ich mich um die Männer kümmere!« Sie verpasste Sarra im Hinausgehen eine Ohrfeige und erwischte ihr Ohr so, dass Sarras Kopf vor Schmerzen hämmerte. Sie kniff die Augen zusammen, um den Schmerz zu vertreiben.

Sie gab keine Antwort und Molly humpelte zu den Männern, die wahrscheinlich beim Spielen und Verhandeln über Whiskey und andere Waren Hunger bekommen hatten.

Die veränderten Stimmen, die aus der Hütte drangen, lockten Sarra schließlich von den blütenweißen Darmwänden weg. Das sorglose Lachen und laute Reden war auf besorgniserregende Weise verstummt. Deshalb kroch sie unter die Hütte, um zu hören, was los war. Vielleicht hatte jemand Nachrichten von ihrem Vater gebracht. Schlechte Nachrichten.

Sie legte die Fingerspitzen auf das Laub und die Erde und spähte durch einen Spalt im Boden in der Nähe des Steinkamins hinauf, neben dem sie seit fast einem Monat jede Nacht nur wenige Stunden Schlaf fand – in die Wolldecke gehüllt, die Aginisi mit ihren eigenen sanften Händen gewebt hatte. Sie war eine der wenigen Sachen, die Sarra aus der kleinen Blockhütte mitgenommen hatte, als sie diese, auf einem Maultier hinter ihrem Vater sitzend, hatte verlassen müssen.

Die Männer in Brown Driggers Laden saßen um einen Tisch herum. Sechs, vielleicht sieben waren jetzt da. Entweder waren Brown Driggers Männer zurückgekommen, während sie in der Räucherkammer gearbeitet hatte, oder andere waren auf der Suche nach einem Glas Whiskey, einem Platz zum Schlafen oder einem Geschäft mit ihren Waren aufgetaucht.

»Mein Pferd!«, rief Brown Drigger mit betrunkenem Lallen. »Du reitest nicht mit meinem Pferd von hier weg. Im nächsten Spiel gewinne ich es zurück.«

Schweigen. Sarra hielt genauso wie alle anderen den Atem an. Brown Drigger war auf seinen Palomino-Hengst genauso stolz wie auf seine linke Hand. Er würde sich von beiden niemals freiwillig trennen.

»Wir haben genug gespielt.« Die Stimme klang gefährlich nüchtern. Diese Stimme kannte Sarra auch. Sie gehörte dem Mann mit den Pockennarben im Gesicht, mit dem Brown Drigger vor drei Wochen unangenehme Geschäfte gemacht hatte, kurz nachdem Sarra gezwungen worden war hierzubleiben. »Hör auf meinen Rat, alter Mann! Steig aus, bevor ich hier noch etwas anderes finde, das ich haben möchte. Finde dich damit ab, dass ich jetzt weiterreite!«

Über ihr wurden Stühle über den Boden geschoben und Körper bewegten sich. Mollys Holzbein klapperte über den Hüttenboden und ihre schweren Schritte bewegten sich zur Tür. »Hinaus mit euch!«

»Nicht mit meinem Pferd! Auf keinen Fall!« Brown Drigger klang jetzt verzweifelt. »Ich habe für den Palomino einen Beutel Gold gezahlt und im nächsten Frühling wird er es als Deckhengst wieder hereinholen. Er wird nicht von hier fortgebracht – eher erschieße ich ihn.« Eine Pistole wurde entriegelt. Sarra tastete nach dem winzigen geschnitzten Kästchen, das an ihrem Hals hing. Dieses Kästchen hatte sie auch von Aginisi mitgenommen, als ihr Vater sie von der Farm weggebracht hatte. Solange sie zurückdenken konnte, hatte sie gewusst, dass das Schmuckstück nach Aginisis Tod einmal ihr gehören würde.

»Mit einem Narren kann man nicht vernünftig reden.« Wieder der Mann mit den Pockennarben. »Deine Frau sollte lieber die Waffe weglegen und nett sein, Freundchen. Wenn du das Pferd unbedingt behalten willst, kannst du mir etwas anderes dafür geben. Ich habe hier allerdings nicht viel gesehen, was mich interessiert. Aber wenn du das Pferd zurückhaben willst, tausche ich es gegen das Mädchen. Die mit den blauen Augen. Sie gehört dir, nicht wahr?«

Sarra stockte der Atem. Ihre Kehle schnürte sich zusammen.

»Noch nicht. Frühestens in vier Tagen. Ihr Vater hat sie als Sicherheit für einen Beutel Geld hiergelassen. Wenn er mit meinen Sachen nicht zurückkommt, behalte ich das Mädchen und Molly kann mit ihr Geld verdienen. Hier kommen viele vorbei, die gut dafür zahlen würden, wenn sie zu einer, die aussieht wie sie, unter die Decke schlüpfen könnten.«

»Ich schätze, du musst dich entscheiden. Entweder das Pferd bleibt hier. Oder das Mädchen. Die Wahl liegt bei dir.«

Eine Faust schlug auf den Tisch. »Ich habe dem Mann mein Wort gegeben. Keiner soll sagen können, dass Brown Horne Drigger sein Wort nicht halten würde. Außerdem ist der Vater des Mädchens gerissen und gemein. Ehe du dich versiehst, nimmt er dich aus wie die Schweine, die da draußen hängen. Mit ihm will sich keiner anlegen.«

Ein Stuhl wurde über den abgetretenen Boden geschoben. Staub rieselte durch die Spalten und fing die langen Strahlen der Nachmittagssonne ein, die sich in ihrer Schönheit von dem Hässlichen, das in der Hütte vor sich ging, nicht beeinträchtigen ließen. »Dann nehme ich also das Pferd und verschwinde. Wenn ich wieder in diese Gegend komme, mache ich vielleicht bei euch halt, um zu sehen, was ich bei dem Mädchen verpasst habe.« Schritte bewegten sich über den Boden, schwer und ohne jede Eile, während die Bretter unter dem kräftigen Mann mit den Pockennarben knarrten.

»Warte!« Brown Driggers Stimme brachte ihn zum Stehen. »Lass das Pferd hier! Komm in vier Tagen wieder. Dann ist die Frist abgelaufen. Wenn sich ihr Vater bis dahin nicht blicken lässt, gehört das Mädchen dir.«

Ein Knarren, ein Schritt, wieder Staub, der in der Sonne leuchtete, und dann ein Handschlag, der eine Abmachung besiegelte. »Ich würde sagen, ich nehme sie *jetzt* mit und sorge dafür, dass ihr Vater nicht mehr bei dir auftaucht.«

Kapitel Zwei

Rand Champlain pfiff leise vor sich hin, während er vom Bach zu Brown Horne Driggers Hütte hinaufschlenderte. Er blätterte beim Gehen in seinem Notizbuch und verglich seine Skizzen mit den Blättern im Unterholz entlang des Weges. Eines seiner Ziele in diesem Jahr auf Wanderschaft war es, die Flora und Fauna der Blue Ridge Mountains und darüber hinaus zu katalogisieren sowie die Bräuche, Sprachen und kulturellen Unterschiede der Völker in dieser Bergregion festzuhalten. Er war bei Weitem kein Fachmann, weder als Künstler noch als Naturforscher noch als Student der Anthropologie. Doch die Erlangung wissenschaftlicher Erkenntnisse war einer der Gründe gewesen, die er aufgeführt hatte, um Charleston und die Erwartungen seiner Familie für dieses eine Jahr in der Wildnis hinter sich lassen zu dürfen.

Er beabsichtigte, viele seiner Beobachtungen und Erlebnisse mit seinen Skizzen und seiner Faltkamera von Hüttig & Sohn festzuhalten und sie nach einem Jahr mit nach Hause zurückzunehmen.

Da der Anbruch eines neuen Jahrhunderts in nur zehn Jahren bevorstand und sich die Eisenbahnschienen wie Efeuranken in alle Richtungen ausbreiteten, vermutete er, dass die Tage unerforschter Gebiete gezählt waren. Er hatte die Absicht, sie zu sehen und so viel wie möglich von den unberührten Orten zu entdecken, bevor es keine unberührten Orte mehr gab. Diese Monate, in denen er die Wildnis in den Appalachen durchquerte, waren der Beginn einer Reise in den Westen, von wo aus er am Ende auf dem Wasserweg oder mit der Eisenbahn zurückkehren wollte.

Er blieb mit der Schuhspitze an einem Stein auf dem Weg hängen und stolperte, bevor er sich an einer Schierlingspflanze abfing. Diese Plage hatte er kennengelernt, als ihm der fahrende Händler, mit dem er unterwegs war, versichert hatte, dass er durch das bloße Berühren der Schierlingspflanze einen sicheren und schmerzhaften Tod heraufbeschwor. Dabei hatte er nur ein Blatt abgerissen, um es zwischen den Seiten seines Buches zu trocknen. Der Händler hatte sich auch noch über ihn lustig gemacht, als Rand stundenlang auf die ersten Anzeichen seines nahenden Todes durch den Schierling wartete. Ira Nelson war zwar sarkastisch und mürrisch, erwies sich aber als kompetenter Bergführer.

Ein leises, leichtes Klingeln drang an Rands Ohr, als er in die Hocke ging und einen kleinen Fleck niedrig wachsendes Gebirgs-Hellerkraut betrachtete, das anfing, seine Herbstblüte zu entfalten. Diese Pflanze durfte es hier eigentlich nicht geben, da sie der verbreiteten Meinung zufolge nicht östlich der Rocky Mountains wuchs. Er hatte es im Urlaub in den Bergen in Europa gesehen und diese Pflanze hier sah ganz genauso aus.

Er war davon so fasziniert, dass er ein Blatt abreißen wollte, um zu testen, ob der bekannte, widerliche Geruch aufsteigen würde, der für diese Pflanze typisch war. So nahm er das Klingeln erst bewusst wahr, als es direkt über ihm auf dem unebenen Weg mit den tiefen Spurrillen ertönte, der ihn zu Driggers Vorposten gebracht hatte. Schlagartig erkannte er das Geräusch als das, was es war: Der Wagen des fahrenden Händlers fuhr weg. Ohne ihn! Die Maultiere trabten in einem flotten Tempo, deshalb klingelten die Messingschnallen an ihrem Geschirr.

Was um Himmels willen hatte das zu bedeuten?

Sein Herz stockte, bevor er ein Blatt von dem Hellerkraut abrupfte, den Pfad verließ und den Hang hinauf zur Straße stürmte. Dabei sprang er über Heidelbeersträucher und kleinere Felsbrocken. Er raste an umgestürzten Baumstämmen vorbei und seine Füße rutschten auf der feuchten Decke des Waldmooses aus. Zum Glück war er schnell und wendig und sogar beim Wettrennen der jungen Studenten vor einigen Monaten Sieger geworden. Vielleicht war das ein weiterer Scherz des Händlers, aber Rand hatte schon eine ganze Weile ein ungutes Gefühl. Seit der Mann mit den Pockennarben und seine zwei Begleiter eingetroffen waren, war die Atmosphäre in Brown Horne Driggers Vorposten so unangenehm geworden, dass Rand die Hütte verlassen hatte, um zum Bach zu gehen. Er ließ den widerlichen Geruch der Kaschemme gerne hinter sich. Er hatte keine Ahnung, wie lange Iras Geschäfte dauern würden, aber das war ihm gleichgültig gewesen. Es gab viel zu sehen und Rand hatte genug getrocknetes Rindfleisch in seinem Beutel, falls er Hunger bekäme, bevor sie hier in der Nähe ihr Nachtlager aufschlagen würden. Während er am Bach entlanggewandert war, hatte er sowohl die Einsamkeit als auch seine Entdeckungen genossen.

Jetzt fürchtete er, dass sein erster Eindruck, was die explosive Mischung von selbst gebranntem Whiskey, illegalen Geschäften und unmoralischen Männern anging, richtig gewesen war. Der Händler hatte es offenkundig sehr eilig. Die Hufe des Gespanns stolperten über die Straße und die Räder mit dem Stahlrahmen holperten eilig über die Steine und Wasserfurten ins Tal hinab.

Als Rand zwischen den Sträuchern auftauchte und plötzlich auf der Straße stand, scheute eines der Maultiere, Curly, und stieg hoch, sodass der ganze Wagen wackelte und gefährlich schaukelte.

»Verdammter Idiot!« Ira zog an den Zügeln und an der Wagenbremse und brachte den Wagen schließlich zum Stehen, nachdem Rand schnell zur Seite gesprungen war, um nicht überrollt zu werden. »Deinetwegen stürzen wir noch in die Tiefe. Wie oft muss ich dir noch sagen, dass du meine Maultiere nicht so erschrecken sollst?«

»Ich habe gehört, dass der Wagen wegfährt«, keuchte Rand, der etwas außer Atem war.

»Setz dich auf dein Pferd, mein Junge. Wir verschwinden von hier.« Ira deutete mit einer ungeduldigen Bewegung hinter sich.

»Verschwinden?« Puddinhead, das schielende Pferd, das sich Rand gekauft hatte, nachdem er in Murphy aus der neuen Eisenbahn gestiegen war, trabte angebunden hinter dem Wagen her. Sein Name, *Dummkopf*, stimmte genauso wenig wie das Versprechen des Verkäufers in Murphy, dass der Wallach ein für die Berge gut geeignetes Pferd sei. In Wirklichkeit hatte das Tier vor fast allem, was es sah, panische Angst und war sehr misstrauisch. »Ich dachte, wir hatten vor, in der Nähe von Driggers Vorposten unser Nachtlager aufzuschlagen.« Rand war gewiss nicht auf mehr Zeit in der Gesellschaft von Brown Horne Drigger und Holzbein-Molly erpicht, aber er hatte die Absicht gehabt, die Umgebung gründlich zu erforschen.

»Hier laufen schmutzige Geschäfte ab. Damit will ich nichts zu tun haben.« Ira war so nervös, wie Rand ihn noch nie erlebt hatte. »Ein Mann, der in dieser Gegend überleben will, muss wissen, wann er sich aus dem Staub machen muss. Und du solltest wissen, dass du hier draußen nicht so einfach herumwandern kannst. Du solltest unten sein, wo die Straße durch den Bach führt. Du kannst von Glück sagen, dass du nicht zu Bärenfutter verarbeitet worden bist. Ich bin nicht dein Kindermädchen, Junge.«

Das Knallen eines Gewehrschusses hallte aus der Richtung von Brown Driggers Hütte wider, breitete sich zwischen den Bäumen aus und schreckte Vögel auf. Rand fuhr erschreckt herum, während Ira die Zügel mit eiserner Hand festhielt, um zu verhindern, dass die Maultiere scheuten und losrasten. Hinter dem Wagen stolperte

Puddinghead panisch den Anstieg hinauf und strauchelte über die lockeren Steine und Wurzeln.

»Vergiss das Pferd! Es ist fest angebunden.« Ira fuhr herum und schaute Rand mit großen Augen eindringlich an. »Klettere auf den Wagen, Junge! Es sei denn, du willst hierbleiben. Du hast die Wahl. Ich verschwinde von hier. Jetzt!«

Nach zwei schnellen Schritten ergriff Rand die Wagenseite, stellte einen Stiefel auf das Rad und schwang sich hinauf. Der Wagen rollte an, bevor er seinen Fuß vom Rad nehmen konnte. Er landete unsanft mit dem Kopf voraus auf der Plane, mit der Ira seine Handelswaren zudeckte.

Der Wagen rollte bereits durch den Bach und Wasser spritzte nach allen Seiten, als Rand sich endlich aufgerichtet hatte und zum Sitz kroch. Puddinhead stellte sich auf die Hinterbeine, zerrte am Führstrick, wieherte und schnaubte, als rechne er damit, dass das Wasser ihn jeden Moment verschlingen würde. Der Wallach bockte, landete im Bach, bockte wieder und brachte den ganzen Wagen schwer zum Schlingern.

»Komm schon, Curly! Komm schon, Luke!« Ira schlug das Gespann, das sich bemühte, sich durch den Schlamm am anderen Ufer zu kämpfen, kräftig mit der Peitsche.

»Treiben Sie die Tiere doch nicht so brutal an, Mann!«, protestierte Rand. Er hatte es noch nie für richtig gehalten, tatenlos zuzusehen, wie hilflose Geschöpfe misshandelt wurden. Die Tiere gaben ihr Bestes.

»Wir haben *keine Zeit*! Wenn dein Pferd nicht aufhört, meinen Wagen aufzuhalten, erschieße ich es und schneide es los. Ich habe von diesem Vieh die Nase voll. Er bringt meine Maultiere durcheinander. Weiter, Luke! Weiter, Curly! Weiter! Weiter! Weiter!« Der Wagen rollte wieder zurück in den Matsch und Ira schlug so wild mit der Peitsche auf die schweißgebadeten Tiere ein, dass sie bluteten.

Unwillkürlich wollte ihm Rand die Peitsche aus der Hand nehmen. »Es ist nicht nötig …«

Doch da traf ihn ein Ellenbogen so hart zwischen die Rippen, dass es ihm den Atem verschlug und er seitlich auf den Sitz rollte. Er hing zusammengekrümmt über dem Rand des Wagens und klammerte sich mühsam fest, während die Räder noch immer im Morast feststeckten.

»Wenn du weißt, was gut für dich ist, bleibst du hier im Wagen. Weiter, Luke! Weiter, Curly!«

Der Wagen machte einen Satz nach vorne und der Morast ließ die Räder endlich mit einem saugenden Geräusch los. Dann rollten sie den Anstieg hinauf und Rand richtete sich mit verzerrter Miene wieder auf. Mit seiner Körpergröße von ein Meter neunzig war er deutlich größer als die meisten anderen und hatte sich nie vor körperlichen Auseinandersetzungen scheuen müssen. Aufgrund seiner Größe und seiner Jugend unter angehenden Gentlemen war er, abgesehen von harmlosen Wettkämpfen, allerdings auch nie in ernsthafte Kämpfe verwickelt gewesen.

Aber diese Welt, dieses Reich in den Bergen mit fragwürdigen Männern und einer unbarmherzigen Landschaft wurde vom Kampf um Leben und Tod beherrscht. Das war ein völlig anderes Spiel.

Darüber dachte er nach, während er um Luft rang. Neben ihm trieb Ira das Gespann noch eine ganze Weile hart an, bevor er den Tieren erlaubte, schnaubend und schäumend in einem etwas langsameren Tempo weiterzulaufen. Die weißen Schaumflecken auf dem Rücken der Maultiere waren vom Blut rötlich gefärbt.

Rand entschuldigte sich nicht dafür, dass er ihm die Peitsche hatte abnehmen wollen. »Was war denn dort oben los?«

»Das Kartenspiel wurde nach einer Weile ziemlich hässlich.« Die Augen des alten Mannes zogen sich unter den faltigen Lidern, die schon bessere Tage gesehen hatten, eng zusammen. »Der andere Kerl gewann diesen Palomino-Zuchthengst, auf den Brown Horne so stolz ist.«

Rand konnte sich die Auseinandersetzung lebhaft vorstellen. »Das ist ein schönes Tier.« Auf Brown Driggers Koppel waren sogar drei gute Pferde gewesen. Rand hatte schon überlegt, ob er Puddinhead gegen ein besseres Pferd eintauschen sollte. »Sie gingen also mit den Waffen aufeinander los?«

»Nein. Der Typ tauschte das Pferd gegen das Mädchen. Aber als Holzbein-Molly hinausging, um sie zu holen, war sie verschwunden. Einfach fort! Der Typ unterstellte Brown Horne, er wolle ihn austricksen. Er sagte, wenn Drigger das Mädchen nicht findet, nimmt er das Pferd und knüpft Drigger neben seinen Schweinen auf. Da beschloss ich, meinen Wagen zu holen und mich aus dem Staub zu machen, solange alle damit beschäftigt waren, das Mädchen zu suchen.«

Rands Miene wurde finster. »Was für ein Mädchen?«

»Sie war hinten in der Räucherkammer, als wir kamen. Sie ist recht dürr, sieht aber nicht schlecht aus. Schwarze Haare, blaue Augen. Mehr wert als dieser Palomino, wenn man sich nicht daran stört, was sie ist. Hast du sie denn nicht gesehen?«

Wenn man sich nicht daran stört, was sie ist. Was hatte das jetzt zu bedeuten? »Aber … aber wir stehen kurz vor dem Beginn eines neuen Jahrhunderts. Man kann doch Frauen nicht gegen Pferde tauschen!« Abgesehen von den moralischen Fragen war so etwas einfach ungesetzlich, und das war schon seit dem Ende des Sezessionskrieges, ungefähr acht Jahre vor Rands Geburt, so gewesen.

»Sie ist fast noch ein Kind. Fünfzehn, vielleicht sechzehn.«

Eine starke Übelkeit regte sich in Rands Magen und der Geschmack von Galle stieg ihm in den Mund. Lucinda, die älteste seiner drei Schwestern, war fünfzehn und bereitete sich auf ihr Debüt in der Charlestoner Gesellschaft vor. Ihr Gesicht tauchte vor seinem geistigen Auge auf und er fuhr auf dem Sitz herum. »Dann müssen wir umkehren.« Aber sie hatten bei ihrer wilden Flucht bereits mehrere Meilen zurückgelegt und die Dunkelheit zog schon auf. Bei genauerem Nachdenken überraschte es Rand, dass Ira noch nicht angehalten und das Nachtlager aufgeschlagen hatte. Er gab alles, um heute Abend so viel Abstand wie möglich zu diesen Männern aufzubauen.

Der Händler warf einen Blick in Rands Richtung, und noch bevor Rand reagieren konnte, hatte der Mann eine Pistole aus seinem Stiefel gezogen und sie so auf seinen Schoß gelegt, dass sie in Rands Richtung zielte. »Du bleibst brav hier sitzen, Junge, und dankst dem alten Ira dafür, dass er dir heute das Leben gerettet hat. Komm auf keine dummen Ideen! Ich werde nicht zulassen, dass mich diese Männer deinetwegen verfolgen. Ich will mit dieser Sache nichts zu tun haben.«

Rands Verstand arbeitete auf Hochtouren. »Die Polizei! Wie weit ist es zu einer Polizeiwache, die …?«

»Hier oben gibt es keine Polizei. Das solltest du eigentlich inzwischen herausgefunden haben. Und selbst wenn es hier einen Sheriff gäbe, würde er bei einer wie ihr nichts unternehmen.«

»Sie ist ein *Mensch,* um Himmels willen! Abgesehen von moralischen Fragen hat sie vor dem Gesetz Rechte.«

Ira schüttelte den Kopf, hielt die Pistole weiterhin auf ihn gerichtet, nahm aber den Finger vom Abzug. »Wenn du wirklich mehr über die Berge erfahren willst, junger Mann, musst du noch viel lernen. Dieses Mädchen hat keine Rechte. Sie ist ein Melung.«

»Ein was?«

»Ein *Melungeon.* Sie ist keine Weiße, sie ist keine Schwarze und sie ist keine Indianerin. Keine dieser drei Rassen will sie haben. Und kein noch so großer Idiot würde sich mit ihr einlassen. Diese Melungeons verstecken sich hier oben in den Bergen, solange man zurückdenken kann. Sie sehen aus wie dieses Mädchen: dunkle Haut, aber nicht rötlich wie die Indianer. Schwarze Haare und diese kalten blauen Augen. Diese Augen verhexen einen Mann und bringen ihn ins Grab. ›Sie schneiden dir die Kehle durch und hauchen dir den Geisterzauber ein, während du schläfst‹, hat meine Mutter immer gesagt. Sie haben sechs Finger an jeder Hand. Sie schneiden einem Mann das Herz heraus, solange es noch schlägt, und benutzen es für ihren bösen Zauber. Ein Melungeon ist gemeiner als eine Klapperschlange und doppelt so bösartig. In ihnen steckt der Teufel. Sie beschwören den Wind und das Wetter und die Bäume und die Geister herauf und lassen sie auf dich los.«

Ein Frösteln zog über Rands Haut. Er fuhr mit der Hand an seinen Hals und fühlte die Bartstoppeln, die dringend abrasiert werden mussten. Sein Blick wanderte wieder nach hinten. In seinen Gedanken erwachte das Mädchen zum Leben, obwohl er es noch nie gesehen hatte. Er hatte noch nie im Leben einen *Melungeon* gesehen. Er hatte daran gezweifelt, dass es sie überhaupt gab, und sie in die Fantasiewelt von Märchen, Geistern und dem Rougarou – dem Tier, das angeblich die Sümpfe von Louisiana unsicher machte – eingeordnet.

Seiner Meinung nach waren Melungeons nur eine Erfindung, um Kindern davor Angst zu machen, allein in den Wald zu gehen. *Geh nicht in den Wald, sonst holen dich die Melungeons.* »Old

Hast«, die Küchenmagd aus seiner Kindheit, hatte diese Drohung oft ausgesprochen. Sie hatte wenig Verständnis für die Abenteuer und Streiche von Kindern gehabt. Sein eigener Großvater hatte ihn als kleinen Jungen bei ihren gemeinsamen Jagdausflügen mit den Melungeons aufgezogen. Rand hatte sich dann nachts oft vor Angst den Schlafsack über den Kopf gezogen, nur für den Fall, dass es sie tatsächlich geben könnte. Aber in Wirklichkeit hatte er nie geglaubt, dass solche Menschen existierten.

Bis zu diesem Augenblick.

»Mach keinen Unsinn«, warnte ihn Ira erneut.

Rand fühlte die Bedrohung der Pistole, die auf ihn gerichtet war. Wer oder was war das Geschöpf, an dem er vorbeigegangen war, ohne es zu bemerken, während er die Natur und das Verhalten der Menschen in dieser Gegend beobachtet hatte? Gewiss kein Geist oder Gespenst oder Kobold, denn er wusste, dass es so etwas nicht gab. Auf dieser Welt gab es kein einziges Geschöpf, das nicht der allmächtige Gott mit seiner Hand und Gnade geschaffen hatte.

Das Mädchen war aus Fleisch und Blut. Sie war echt.

Da die Pistole auf ihn gerichtet war, konnte er im Moment nichts anderes tun, als zu beten, dass Gott über diesem armen Geschöpf wachen würde, wie er über jedem seiner Kinder wachte.

4

Das Klopfen an meiner Bürotür schien von weither zu kommen, als dringe es durch die Bäume, halle im Tal wider und setze sich an den zerklüfteten Felswänden fort, während sein Urheber im Nebel verborgen blieb.

Der Türgriff bewegte sich. Ich fuhr hoch, knallte die Mappe zu und hob den Blick, als Roger den Kopf hereinsteckte. »Der E-Mail-Verkehr ist zusammengebrochen. Abteilungsbesprechung um elf Uhr dreißig, um die Argumente der Sachbuchabteilung für die Teambesprechung am Montag zu koordinieren, nur für den Fall, dass du die Mail nicht bekommen hast.«

»Danke. Ich habe sie nicht bekommen.« Meine Worte klangen ein wenig atemlos. Ich war seltsam benommen, als wäre ich überhaupt nicht ich selbst. Mein Herz hämmerte und in mir regten sich instinktiv die Fluchtgedanken, die eine instabile Kindheit hinterlässt. Ich fühlte mich wie Sarra, die unter dem Hüttenboden kauerte und Angst hatte, geschlagen zu werden, falls man sie hier erwischte.

Roger warf einen fragenden Blick auf meinen Laptopkoffer, aus dem ich den Computer noch nicht ausgepackt hatte. Es war nicht zu übersehen, dass ich heute Morgen noch keine E-Mails abgerufen hatte. »Hier drinnen ist es so dunkel. Machst du ein Nickerchen?«

»Ich war in etwas völlig vertieft.« Das war eine vorsichtige Umschreibung. In Wirklichkeit konnte ich es nicht erwarten, die Mappe wieder aufzuschlagen, den Rest zu lesen und herauszufinden, ob es Sarra gelungen war, Brown Drigger und seinen Hunden zu entkommen.

»Etwas Gutes?« Roger schob die Tür weiter auf und kam einen halben Schritt in mein Büro.

»Das kann ich noch nicht sagen.« Die Mappe fühlte sich wieder wie eine tickende Zeitbombe an. Ich fuhr fast unbewusst mit den Händen darüber und fühlte das Ticken unter meinen Fingern. »Das

Deckenlicht streikte, als ich ins Büro kam. Aber irgendwie gefällt es mir, nur mit dem Licht der Schwanenhalslampe zu arbeiten. Das verleiht diesem Büro einen Hauch von Authentizität.«

»Du warst schon immer ein wenig altmodisch.«

»Verglichen mit dir ist jeder altmodisch.« Ich verdrehte die Augen und versuchte, seine Bemerkung nicht an mich heranzulassen. In Rogers Augen war jeder, der eine Moral hatte, ob auf sexuellem oder auf sonstigem Gebiet, altmodisch. Es erstaunte mich immer noch, dass er das Leben unter George Vidas System der alten Schule nicht zu beengend fand. Ich hatte von George Vida immer den Eindruck eines Mannes mit hohen moralischen Maßstäben gehabt, nach Art des Journalismus in den 1950er-Jahren. Andererseits kannte ich nur sein öffentliches Bild.

Vielleicht gab es Gründe, warum sich Roger hier so wohlfühlte, von denen ich nichts wusste, aber ich hoffte es nicht.

Ein glattes Grinsen war seine Antwort. »Verpass Mitchs Besprechung nicht! Sie mag es überhaupt nicht, wenn jemand ihre Besprechungen versäumt.«

Auch wenn dieser Rat von Roger kam, zweifelte ich nicht an seiner Glaubwürdigkeit. Mitchell Lee leitete unsere Sachbuchabteilung und war eine nüchterne Frau mit wenig Toleranz für Inkompetenz oder Faulheit. Die Romanabteilung unter Chris Singer hingegen war eine lockerere Truppe. Sie gingen oft abends gemeinsam weg, besuchten Buchpräsentationen, wenn die Unterhaltung und das Essen gut waren, und manchmal fuhren sie sogar zusammen in den Urlaub. Ich war gestern Abend eingeladen worden, in eine Kneipe mitzukommen, aber ich war nicht gegangen. Ich wollte Mitch nicht den Eindruck vermitteln, ich würde andere Möglichkeiten ausloten. Im Moment musste ich meine Kräfte auf die Abteilung konzentrieren, in der ich war.

Ich warf wieder einen Blick auf die Mappe auf meinem Schreibtisch und überlegte, woher sie gekommen sein könnte. Es war ein Roman, aber irgendwie kam mir alles so real vor. Die Beschreibung von Brown Horne Driggers Haus, die detaillierte Schilderung des Schweineschlachtens und Wurstmachens, Sarras Abstammung von den Melungeons, sogar dass sie ihre Großmutter in der Sprache der Cherokee *Aginisi* nannte … Das alles erweckte Rand und Sarra zum Leben. Der Text strahlte etwas Vertrautes aus. Ich konnte mich nicht entscheiden, ob einfach nur das Thema alte Erinnerungen in mir weckte oder ob etwas an der Stimme und dem Stil des Autors eine Saite zum Klingen brachte, die ich schon einmal gehört hatte. Ich wollte den Finger darauflegen und hatte das Gefühl, dass ich dazu in der Lage sein müsste, aber ich konnte es nicht. Das reizte mich fast genauso sehr wie das Rätsel um dieses Manuskript. Kein Autorenname, keine Kopfzeilen oder Fußzeilen auf den Seiten, das Absenderetikett war vom Umschlag gerissen worden, der Poststempel war so verblasst, dass er kaum noch lesbar war. Kein Begleitbrief. Falls es einen gegeben hatte, war er längst verschwunden.

Was *war* das?

Die Fragen spielten ein spannendes Spiel mit mir – wie Stimmen, die hinter moosbedeckten Felsen und tiefen Bergsenken hervorschallten. Oder wie damals unsere Kinderstimmen, wenn wir beim alten Stall Verstecken oder *Bäumchen, Bäumchen, wechsle dich* gespielt hatten.

Bäumchen ...

Bäumchen ...

Wechsle dich!

Die Rufe meiner Schwestern waren jetzt nur ein Flüstern, ihr kicherndes Gelächter drang durch einen Nebel aus Licht und Schatten zu mir. Die dunklen Schatten des Bedauerns.

Das Flüstern hörte auf, als ich den Umschlag in meine Schreibtischschublade steckte und damit meine Entscheidung traf. Ich hätte ihn auf den Stapel mit den Manuskripten und Zusammenfassungen für die Lektorenbesprechung legen können, an denen ich arbeitete, oder ich hätte ein paar Minuten vor den anderen ins Besprechungszimmer gehen und den Umschlag unauffällig auf den Papierberg zurücklegen können. Selbst wenn George Vida auffallen sollte, dass der Umschlag nicht an seinem gewohnten Platz lag, wüsste niemand, dass ich dafür verantwortlich war.

Niemand. Bis auf denjenigen, der ihn anonym auf meinen Schreibtisch gelegt hatte. Und wie sollte mich dieser Jemand verraten, ohne sich selbst damit in die Bredouille zu bringen?

Während ich mit einem Fingernagel über den betagten Messinggriff der Schublade kratzte, dachte ich über meine eigene Dummheit nach. Das Manuskript war über zwanzig Jahre alt, ein Relikt aus längst vergangenen Zeiten. Inzwischen war die Geschichte entweder als Buch erschienen oder sie lag vergessen im Schrank irgendeines Autors oder war auf dem Müll gelandet. Vielleicht waren diese fünfzig Seiten alles, was von dem Buch noch übrig geblieben war.

Ich sollte es einfach vergessen. Ich sollte es zurücklegen, ohne wertvolle Zeit damit zu vergeuden, es zu lesen. Das war das *einzig* Sinnvolle, das ich tun konnte.

Aber die Besprechung begann erst in ein paar Stunden. Ich hatte genug Zeit, um darüber nachzudenken und vielleicht wieder zur Vernunft zu kommen.

Oder auch nicht.

Während ich an diesem Vormittag meiner Arbeit nachging und Zusammenfassungen von Sachbuchprojekten durchblätterte, die bei der Teambesprechung am nächsten Montag vorgestellt würden, blieben Rand und Sarra, wo sie waren. Als ich meine Sachen für die Besprechung zusammenpackte, rührte ich die heiße Ware nicht an. Ich zog den Schlüssel unter meinem Posteingangsfach hervor und sperrte den Schreibtisch zu. Dann begab ich mich zum Konferenzzimmer.

Slush Mountain thronte größer als sonst im Raum, als ich zur Teambesprechung eintrat. Er badete im Sonnenlicht des schönen Herbstvormittags und schien mich anklagend zu beobachten, während ich mich setzte. Ich suchte mir absichtlich einen Platz am anderen Ende des Tisches. Ich wollte die unebene Oberfläche des Berges nach den Umrissen eines vergilbten braunen Umschlags absuchen. Aber dann tat ich es doch nicht. Nur für den Fall, dass mich jemand beobachtete. Falls der Schuldige in der Nähe war, sollte er ruhig denken, ich hätte die Überraschung auf meinem Schreibtisch noch nicht einmal bemerkt oder sie nicht geöffnet. Falls es ein Scherz sein sollte, konnte ich dieses Spiel auch mitspielen.

Fünf Minuten, nachdem Mitch die Besprechung begonnen hatte, stellte ich fest, dass ich mir, als ich so sehr in *Die Hüterin der Geschichten* vertieft gewesen war, einen Fauxpas erlaubt hatte. Einen großen Fauxpas. Mitch hatte am Morgen per E-Mail Material für ein Buch herumgeschickt, das sie bei der Teambesprechung unbedingt durchbringen wollte. Sie hatte uns im Anhang eine Inhaltsangabe, Vorschläge und Probekapitel mitgeschickt. Da ich keine E-Mails abgerufen hatte, bevor das System zusammengebrochen war, und da das System immer noch streikte, hatte ich das Material nicht gelesen.

Es war unübersehbar, dass Mitchs Projekt das Hauptthema der heutigen Besprechung sein sollte. Jeder von uns sollte mit der Geschichte vertraut sein: die Biografie eines Soldaten aus dem Zweiten Weltkrieg, der sich in eine Japanerin hinter den Feindeslinien verliebt. Wir waren hier, um Verkaufsargumente zu sammeln und uns für die Teamsitzung, bei der die Leute vom Verkauf, vom Marketing und von den anderen Abteilungen unsere Präsentation abschmettern wollten, zu einer geeinten Front zusammenzutun. Und ich hatte keine Ahnung von dem Thema. Im Gegensatz zu allen anderen im Team hatte ich nicht einmal Mitchs Material dabei. Folglich kam ich mir wie eine Idiotin vor und wusste, dass ich sehr bald auch wie eine dastehen würde.

Es dauerte nicht lange, bis Mitch feststellte, dass ihr Material auf dem Stapel, den ich mitgebracht hatte, fehlte. »Haben Sie die E-Mail nicht bekommen?« Ihre Reaktion war irgendwo zwischen überrascht und gereizt. Wahrscheinlich eher Letzteres.

»Nein, Entschuldigung. Ich habe mich heute Morgen in etwas vertieft und habe meine Mails nicht abgerufen, bevor das System zusammenbrach. Ich lese das Material, sobald das Internet wieder funktioniert, und bereite mich für die Sitzung am Montag gut vor. Versprochen.« Was sollte ich sonst sagen?

Mitchs Lippen, die jetzt zu einer schmalen Linie zusammengekniffen waren, sollten alle erinnern, *wessen* Interessen hier an erster Stelle standen. Ich war drauf und dran, den Eindruck zu erwecken, als kümmerte ich mich nur darum, meine eigenen Projekte zu finden und an Land zu ziehen, statt die Projekte der anderen Lektoren zu unterstützen. Besonders *der* Lektoren, die in der Hierarchie über mir standen. Andererseits war Mitch bewusst, wie viele Stunden ich letzte Woche investiert hatte. Sie wusste, dass ich engagiert war.

»Also gut. Es sieht folgendermaßen aus.« Sie schaute durch unmoderne, dicke Brillengläser mit einem schweren schwarzen Rahmen in die Runde. »Ich *will* dieses Buch. *Unbedingt.* Ich will diese Woche nicht nur auf die kurze Liste kommen. Ich will auf *die* Liste kommen. Ich will eine Einigung auf einen möglichen Marketingplan und einige brauchbare Ideen für die Aufmachung und Produktplatzierung, die ich dem Agenten des Autors vorlegen kann.«

Auf der anderen Seite des Tisches lehnte sich Roger zurück, bog seinen Körper leicht nach hinten und legte einen Arm über seine Rückenlehne. Er war von diesem Projekt nicht überzeugt und zeigte das unmissverständlich. Interessant.

Mitch schaute nicht in seine Richtung, sondern konzentrierte sich auf die drei Lektorinnen, die am Ende des Tisches saßen. Auch interessant. »Mir ist bewusst, dass es wie eine Geschichte klingt, die es schon oft genug gab: ein Soldat und seine Kriegsbraut, deren Liebe trotz aller Hindernisse siegt. Aber diese Geschichte ist einmalig und wir sind *nicht* der einzige Verlag, der sie haben will. Ich weiß von der Agentin, dass sie in den nächsten Wochen andere Angebote erwartet. Unser Vorteil für die Autorin ist, dass wir als Verlag kleiner, schneller und wendiger sind. Wir können dieses Buch in neun Monaten herausbringen und dabei erstklassige Arbeit leisten. Wir müssen jetzt nur George Vida davon überzeugen, dass es dieses Buch wert ist, herausgebracht zu werden. *Sehr groß* herausgebracht zu werden.«

»Unterstützen Sie das Projekt, das seine Nichte nächste Woche auf den Tisch legt«, riet Roger Mitch beiläufig. »Überschütten Sie sie mit Lob. Ihr kann er nicht widerstehen. Sie kann ihn um den Finger wickeln.« Bildete ich es mir nur ein oder zog sich Rogers Lippe bei dieser letzten Bemerkung leicht nach oben? Es war kein Geheimnis, dass George Vida von den Talenten seiner Nichte begeistert war und hoffte, dass sie eines Tages seine Nachfolge bei Vida House antreten würde.

»Das sehe ich anders. Ich finde, wir sollten die Geschichte einfach gut präsentieren«, schlug Hillary Vecchio nüchtern vor. Ihre Worte waren genauso klar und unantastbar wie ihr Aussehen: die Haare perfekt geföhnt, der Lippenstift makellos, die Figur beneidenswert schlank. Wir hatten uns schon ein paar Mal neben dem Kaffeeautomaten unterhalten. Ich mochte sie. »Es ist ein gutes Projekt. Das Manuskript hat viel Potenzial. Es ist ein Sachbuch, aber es liest sich wie ein Roman. Ich würde es in eine Reihe mit *Seabiscuit* und *Truman Capote* stellen. Wenn wir ihn überzeugen können, dass in diesem Buch das gleiche Potenzial steckt, kann er es sich nicht leisten, es *nicht* zu wollen.« Sie unterstrich ihre Worte mit einem Nicken und war mit sich zufrieden.

Die übrigen drei Teammitglieder trugen ihre Ideen vor. Nur ich blieb als Einzige am Tisch stumm.

Natürlich wandte sich Mitch jetzt an mich. Ich hatte gehofft, dass sie das nicht tun würde, aber es überraschte mich nicht. »Irgendwelche Ideen? Sie haben solche Situationen zweifellos in der Vergangenheit schon oft erlebt, da Sie über jahrelange Verlagserfahrung bei viel *größeren* Häusern verfügen.« Es war schwer zu sagen, was diese Betonung zu bedeuten hatte: Ob Mitch versuchte, meine Qualifikationen herausstellen, oder ob sie mich dafür rügen wollte, dass ich ihre Mail nicht gelesen hatte, obwohl ich meine Krallen bei größeren Verlagen geschärft hatte.

Ich rutschte auf meinem Stuhl vor. »Ich denke, der bleibende gesellschaftliche Wert des Buches sollte betont werden. Die Tatsache, dass es nicht nur die Geschichte von einem Mann und einer Frau ist, die sich ineinander verlieben. Es ist eine Geschichte aus einer wichtigen historischen Epoche, einer Stunde des Triumphes für Amerika. Einer Zeit, in der für das gemeinsame Ziel große Opfer gebracht wurden. Aber trotz des edlen Anliegens gibt es die kleineren menschlichen Kämpfe: Liebe und Hass, Eifersucht und Altruismus. Diese Paare hatten kein leichtes Leben, wenn sie sich trotz der Armeebestimmungen und der kulturellen Vorurteile dafür entschieden zu heiraten. Sie hatten mit allen möglichen Schwierigkeiten zu kämpfen, selbst wenn sie es schließlich schafften, gemeinsam in die Staaten zu gelangen.«

Plötzlich sah ich eine Verbindung. Die persönliche Seite von historischen Ereignissen hatte mich schon lange vor meiner ersten Stelle als Lektorin für Biografien begeistert. »Ich erinnere mich an ein Interview, das ich vor Jahren für einen Journalismus-Kurs mit einer Frau aus Kobe in Japan geführt habe. Sie heiratete nach dem Krieg einen amerikanischen Soldaten und zog mit ihm nach Georgia. Sie wusste erst seit Kurzem, dass sie schwanger war, als sie zum Zahnarzt musste. Der Zahnarzt sagte ihr, dass sie die Schwangerschaft abbrechen solle, weil die Rassenvermischung zu genetischen Problemen führen würde. Ihr Kind würde nie normal geboren werden. Und das aus dem Mund eines *Arztes* im zwanzigsten Jahrhundert! Können Sie sich das vorstellen?«

Hillary schüttelte mit großen Augen den Kopf. Sie war augenscheinlich genauso entsetzt und gefesselt wie ich damals, als ich diese Geschichte zum ersten Mal gehört hatte.

»Der Arzt bot an, den Kontakt zu jemandem herzustellen, der den Schwangerschaftsabbruch vornehmen würde. Die junge Japanerin ließ sich also einen Termin bei einer zwielichtigen Praxis geben, brach jedoch vorher zusammen und erzählte einer angesehenen Frau aus der Gesellschaft, für die sie das Haus putzte, die ganze Geschichte. Diese Frau wurde so wütend, dass sie zu dem Zahnarzt fuhr, ihm eine Ohrfeige verpasste und dann einen Leserbrief an die Lokalzeitung schrieb. Die anderen Damen der Gesellschaft versuchten jedoch, die Japanerin aus der Stadt zu vergraulen. Von diesem Tag an wurde sie eine leidenschaftliche Aktivistin.«

Roger kratzte sich am Kopf. »Worauf willst du hinaus? Das ist zwar eine gute Geschichte, aber ...« Er bewegte die Hand, als wollte er sagen: *Komm endlich zur Sache, Jen.*

»Worauf ich hinauswill, ist, dass diese Geschichte von dem Zahnarzt vielleicht eine oder zwei Minuten gedauert hat, aber jeder hat aufmerksam zugehört. Niemand hat mich unterbrochen.« Das kam bei Lektoratsbesprechungen tatsächlich nicht sehr oft vor. Normalerweise warfen sich die Lektoren schnell die Bälle zu oder unterbrachen einander ungeduldig. »Wahrscheinlich kann jeder bei dieser Geschichte mitfühlen. Uns alle interessiert das menschliche Element, der Teil, der zeitlos ist. Aber uns interessieren auch diese Wendepunkte in der Geschichte, diese gesellschaftliche Doppelmoral, die noch vor einer Generation als völlig selbstverständlich akzeptiert wurde. Wir möchten glauben, dass wir selbst auf keinen Fall so gewesen wären, wenn wir damals gelebt hätten. Die Generation, die diese Geschichten *erlebt* hat, stirbt aus. Und sie stirbt, ohne dass ihre Geschichten erzählt werden. Das ist Stoff für ein großes Medieninteresse. Und über die Medien verkaufen sich Bücher. Es gibt nichts Besseres als eine Geschichte, die man nicht glauben würde, wenn man sie in einem Roman lesen würde, die man aber glauben *muss*, weil sie *wahr* ist.«

Mitch atmete mit geschürzten Lippen scharf aus. »Das gefällt mir. Lesen Sie meine Mail baldmöglichst und melden Sie sich bei mir mit weiteren Ideen.«

»Selbstverständlich.«

»Ich will, dass Sie das, was Sie uns eben erzählt haben, am Montag bei der Teamsitzung wiederholen.« Mitch kritzelte wie wild in ihrem Notizblock und die Besprechung nahm weiter ihren Lauf. Bevor wir wieder in unsere Büros zurückkehrten, war der Präsentationsplan in trockenen Tüchern. Ich hatte nun eine halbe Stunde Pause, in der ich Mitchs Mail lesen konnte, bevor ich mich zu einem späten Mittagessen mit einem Agenten traf, der mit ein paar Manuskripten in der Tasche unterwegs war und nach Abnehmern dafür suchte.

Doch als ich mich an den Schreibtisch setzte, um Mitchs Projekt im Schnellverfahren zu lesen, reizten mich die Worte am meisten, die in meiner Schublade versteckt waren. In der Dunkelheit eingeschlossen, lockte mich *Die Hüterin der Geschichten* und schien eine ganz eigene Macht auf mich auszuüben.

Die Seiten in meiner Schublade wisperten mir unablässig zu, während der Tag seinen Lauf nahm und mir eine Aufgabe nach der anderen bescherte, die meine Aufmerksamkeit erforderte – Mitchs Projekt, das Treffen mit dem Agenten, Telefonate, ein Gespräch mit Hillary. Doch während der ganzen Zeit flatterten die Schatten von Rand und Sarra wie Laub vor einem Fenster durch meine Gedanken, teilten sich, verdichteten sich, bildeten eine undurchdringliche Wand, die sich wieder teilte und mich fortwährend ablenkte.

Am Ende des Tages war die Versuchung so stark, dass ich mich kaum noch konzentrieren konnte. Eine kurzfristig eingeschobene Besprechung, um Mitchs Präsentation der Kriegsbraut-Geschichte durchzugehen, erschien mir mehr wie eine Folter als eine Chance, bei meiner neuen Chefin Pluspunkte zu sammeln. Die Besprechung dauerte bis Viertel nach fünf. Als ich in mein Büro zurückkehrte, stieg mir ein modriger Geruch aus der Vergangenheit in die Nase.

Ich versteckte mich wieder mit dem jungen Mädchen unter der Hütte und belauschte die Gespräche von gefährlichen Männern. Damit verwoben war eine persönliche Erinnerung. Eine Erinnerung, der ich mich bis jetzt nicht gestellt hatte: das Gefühl, sich verstecken zu müssen, zu lauschen und dann wegzulaufen, um frei zu sein. Die nackten Füße berühren Steine und Sträucher. Ranken und Zweige zerren an meiner Kleidung und Haut, weiches Moos und der Glimmer in den Steinen fangen die letzten Sonnenstrahlen ein.

Die Schreibtischoberfläche verblasste nach und nach und ich sah dünne, nackte Beine unter dem Saum eines rosafarbenen Kleides. Da waren alte Narben, die verheilt waren, während aus neuen Wunden Blut in das kühle Wasser des Honey Creek tropfte.

Mit welchem Tag waren diese Erinnerungen verbunden? Vielleicht mit dem Morgen, an dem ich erfahren hatte, dass meine Mutter fort war? War es das? Schwer zu sagen. So viele Erinnerungen an die Zeit mit meiner Mutter hatte ich entweder freiwillig verdrängt oder sie waren in mir erstickt worden. Als sie uns verlassen hatte, waren wir ermahnt worden, nie wieder von ihr zu sprechen.

Noch etwas anderes weckte Erinnerungen in mir. Dieses sonderbare, unbekannte Wort, über das Rand Champlain nachgedacht hatte.

Melungeon.

Die Erinnerung kam plötzlich und mit erstaunlicher Klarheit. Einer Klarheit wie bei einem beschlagenen Spiegel, der mit der Handfläche abgewischt wurde.

Wenn du noch einmal in den Wald läufst, obwohl du arbeiten sollst, Jennia Beth, lasse ich dich von den Melungeons holen.

Die Stimme meiner Großmutter knurrte drohend bei dieser Warnung und ein Kochlöffel wurde erhoben. Ich wusste, wozu der Kochlöffel da war. Nicht, um ein köstliches Essen umzurühren, sondern um eine Tracht Prügel zu verpassen.

Die Melungeons holen dich in der Nacht. Du kannst dankbar sein, dass ich sie weggebetet habe. Sie kommen in der Nacht und holen die Bösen – so wie deine Mutter. Sie verkaufen deine Seele an den Teufel, wenn du nicht auf dem guten Weg bleibst. Hörst du mich?

»Ich hasse dich, du Hexe.« Diese Worte waren laut gesprochen, von einer erwachsenen Frau. Es war *meine* Stimme. Damals hätte ich diese Worte nie gewagt, laut auszusprechen.

Wie Rand Champlain in der Geschichte hatte ich gedacht, die Melungeons wären nur eine Erfindung, genauso wie die schwarzäugigen Kinder, die Hilfe suchend an die Haustür kamen und deren Gesichter unter ihren Umhängen verborgen blieben, bis man bereit war, sie hereinzulassen. Erst dann sah man, dass sie keine

Augen hatten, nur dunkle Höhlen an den Stellen, an denen ihre Augen sein sollten. Wenn die Melungeons uns nicht in den Wald verschleppten und unsere Seele stahlen, so warnte uns Oma Leena, würden es die schwarzäugigen Kinder tun. Keines von uns Kindern würde es verdienen, gerettet zu werden, weil unsere Mutter es auch nicht verdiente.

Ich hatte seit Jahren nicht mehr daran gedacht, ich hatte Oma Leena und ihre Bosheit aus meinem Leben ausgesperrt. Ich hatte diese Erinnerungen nicht einmal lange genug zugelassen, um mir darüber Gedanken zu machen, wie furchtbar es war, Kindern, die bereits schwer unter ihrer Situation litten, auch noch Schuldgefühle einzureden. Kindern, deren Mutter verschwunden war und deren Vater von ihnen verlangte, dass sie jeden seiner Befehle peinlich genau befolgten, wenn sie keine Tracht Prügel bekommen wollten.

Ich sank auf meinen Schreibtischstuhl, klappte den Computer auf und gab das Wort in die Suchleiste ein.

Melungeon.

Ein einziger Tastendruck genügte und mir standen Hunderte von Links zur Auswahl. Im Gegensatz zu Rand Champlain hatte ich sofort Zugang zu grenzenloser Information.

… Bezeichnung für verschiedene mehrrassige, abgeschieden lebende Gruppen im Südosten der USA. In der Geschichte wurden Melungeons aufgrund ihrer Zurückgezogenheit und ihrer sonderbaren Bräuche als gefährlich betrachtet …

… »Mythos oder genetisches Geheimnis: DNA-Untersuchungen über die Herkunft der Melungeons.« Viele Generationen lang wurden unterschiedlich und zuweilen bizarre Geschichten über die Indianer in den Appalachen mit dunkler Haut und blauen Augen erzählt …

… umfassen eine Gruppe gemischtrassiger Menschen, die aus der Cumberland Gap-Region stammt. Melungeons galten als Nachkommen von Ehen zwischen gestrandeten portugiesischen oder türkischen Seeleuten, entflohenen Sklaven und der einheimischen Bevölkerung …

… oder von dem afroportugiesischen Wort melungo, *das »Schiffskamerad« bedeutet. Aber in Wirklichkeit weiß niemand mit Bestimmtheit, woher der Name kommt oder was der kulturelle Ursprung der Melungeons sein könnte …*

… Melungeons, die aus dem westlichen North Carolina in die Berge

im östlichen Tennessee und ins südliche Virginia zogen, um der Verfolgung durch nachrückende neue Bevölkerung zu entfliehen. Verdammt zu …

… möglicherweise Nachkommen der Verlorenen Kolonisten, die 1585 auf Roanoke Island zurückgelassen wurden. Die ersten Engländer und Franzosen, die später die Berge in North Carolina erkundeten, berichteten von blauäugigen Indianern, die in Häusern lebten. Die Melungeons …

… und die Leute ließen sie in Ruhe, da sie sonderbar und vom Teufel besessen und verhext waren. Wer so dumm war, ins Melungeon-Land zu gehen, und zurückkam, ohne erschossen worden zu sein, siechte später unweigerlich dahin oder wurde von einem Leiden befallen, das niemand …

Selbst in meinem höhlenähnlichen Raum am hintersten Ende des Flurs spürte ich, während ich aufgeregt eine Vielfalt von Informationen aufnahm, wie der Tag zu Ende ging und der Abend anbrach. Geräusche drangen zu mir durch: Türen, die geschlossen wurden, Arme, die in Jackenärmel schlüpften, Aktentaschen und Laptoptaschen, deren Reißverschluss zugezogen wurde, die gedämpften Stimmen und Gesprächsfetzen über Wochenendpläne.

Mein Lieblingspraktikant steckte den Kopf zur Tür herein – Andrew, der mit mir flirten wollte. »Freitagabend! Das Romanteam trifft sich bei Blockers, um etwas zu trinken, zu essen und gemeinsam das Spiel der Knicks anzusehen. Eine gute Gelegenheit, die Leute kennenzulernen. Kommen Sie mit? Sie können sich ruhig in den Löwenkäfig wagen, auch wenn Sie nicht zur Romanabteilung gehören.«

Das Bild vom Löwenkäfig entlockte mir ein Lachen. Dieser Junge hatte nicht nur ein süßes Gesicht und babyblaue Augen, er betrachtete die Verlagswelt auch mit dem nötigen trockenen Humor. Als wir eines Tages im Aufenthaltsraum gewartet hatten, bis das Mikrowellenessen warm war, hatte er mir erzählt, dass ihm die Teamsitzungen wie wichtige Besprechungen über die Frage *»Sehe ich mit diesem Manuskript fett aus?«* erschienen.

Ich mochte Andrew, aber leider nicht so, wie er das gerne gehabt hätte. Er war ein Kleinstadtjunge aus Iowa, der jetzt ganz allein in der Großstadt lebte. Ein Kleinstadtkind, das in die Großstadt kam, versuchte normalerweise verzweifelt, sich eine neue Familie zu schaffen, wobei die Betonung auf *verzweifelt* lag. Das hatte ich in meiner ersten Zeit in New York schmerzlich am eigenen Leib erfahren.

»Ich habe zu viel Arbeit, aber danke für die Einladung.«

»Immer nur Arbeit und kein Vergnügen.«

»Falls Sie es immer noch nicht erkannt haben, verrate ich Ihnen gerne ein Geheimnis: Ich bin tatsächlich so langweilig.«

Andrew bedachte mich mit diesem süßen Lächeln, das seine Mama zu Hause zweifellos liebte und vermisste. Sie war wahrscheinlich entsetzt, dass ihr Junge weggegangen war, um seine Träume in der Ferne zu verwirklichen. Wahrscheinlich rief sie ihn jeden Abend an, um sicherzustellen, dass er sich gesund ernährte, und zu fragen, ob er schon jemanden kennengelernt habe. Andrew besaß alle Eigenschaften eines Kindes, das sehr geliebt wurde und fürsorglich aufgewachsen war. Von einer liebevollen Familie getragen und unterstützt.

Einen Moment lang war ich ein wenig eifersüchtig. Ich wünschte, er wäre zehn, vielleicht zwölf Jahre älter, aus welchem Grund auch immer noch Single und auf der Suche nach der richtigen Frau, die er mit nach Hause nehmen und dort seiner Familie vorstellen konnte. Das war natürlich dumm. Aber selbst, wenn man wie ich mit seinem Leben durchaus zufrieden war, rührte sich manchmal der instinktive Wunsch nach Heim und Herd und Familienbeziehungen in einem. Beziehungen, die sich nicht nach Fesseln anfühlten.

»Vielleicht nächste Woche.« Das hätte ich nicht sagen sollen. Es war falsch, ihm Hoffnungen zu machen.

»Cool.« Er zögerte an der Tür, als gäbe es noch etwas, über das er mit mir sprechen wollte. »Dann bis Montag.«

»Bis Montag, Andrew. Danke, dass Sie mir helfen, mich hier einzugewöhnen. Das ist sehr nett von Ihnen.«

»Kein Problem. Das ist voll in Ordnung. Immer gerne!« Der Junge musste wirklich noch lernen, Wörter wie *cool* und *voll* aus seinem Vokabular zu streichen, wenn er in diesem Beruf ernst genommen werden wollte. Der Kleine war echt niedlich und meinte es nur gut.

Als er gegangen war, rang ich mit mir, ob ich meine Google-Suche vertiefen oder Feierabend machen und Arbeit mit nach Hause nehmen sollte. Dort musste ich wenigstens keine ängstlichen Blicke hinter mich werfen, wenn ich *Die Hüterin der Geschichten* wieder auspackte.

Der Lärm einer Putzmaschine setzte irgendwo auf dem Flur ein und nahm mir die Entscheidung ab. Ein Keilriemen quietschte in einem hohen, langen Ton, während sich die Bürsten drehten. Vielleicht lag es an der *Hüterin der Geschichten*, aber der quietschende Keilriemen klang in meinen Ohren, als würde ein kleines Ferkel am Bein gepackt und seiner Mutter entrissen, um als Spanferkel gebraten zu werden.

Ich packte alles in die große Aktentasche mit Rollen, die ich am Ende der Woche immer dabeihatte, wenn ich schweres Gepäck mit nach Hause nahm. Dann blieb ich einen Moment stehen und dachte über das Risiko nach, das es bedeutete, das verbotene Manuskript auch noch aus dem Haus zu schmuggeln.

Du könntest jetzt wahrscheinlich unentdeckt zum Slush Mountain hinüberschleichen und es zurückbringen. Fast alle Kollegen sind schon gegangen …

Aber ich wusste, dass ich das nicht tun würde. Noch bevor ich die Schreibtischschublade aufsperrte und den Umschlag herausholte, tauchte ich bereits wieder in die Welt von Sarra und Rand ein. In die Blue Ridge Mountains. Nicht die Orte, die die Touristen liebten, sondern die engen, mit Schlaglöchern übersäten Straßen, abgelegenen Siedlungen und verborgenen Täler, die zu Beginn des zwanzigsten Jahrhunderts, als sie von Rand Champlain besucht wurden, meilenweit von jeder Zivilisation entfernt gewesen waren. In manchen Fällen waren sie das auch heute noch.

Auf dem Weg aus dem Büro kam ich an Russell und der monströsen Bodenputzmaschine vorbei. Er hatte das Ding angehalten und schaute unter die Haube.

»Der Keilriemen hat sich gelockert«, sagte ich.

Russell blickte überrascht auf. »Ja, das könnte es sein.« Er schaute mich einen Moment durchdringend an. »Gehen Sie heute Abend früher nach Hause?«

»Ja.« Ich fragte mich, ob noch jemand anderes, etwa George Vida oder möglicherweise Mitch, merken würde, dass ich heute Abend nicht die Letzte war, die den Verlag verließ. Nach dem Schlamassel bei der Besprechung heute Morgen wäre es vielleicht klug, mich noch länger hier blicken zu lassen – doch im Moment interessierte es mich nicht, einen guten Eindruck zu schinden. »Ich habe etwas zu erledigen.«

5

Meine Wohnung war düster, voller Schatten und totenstill – mit Ausnahme von Freitags Schnarchen, der in seinem provisorischen Hundebett lag. Freitag war ein Überbleibsel aus meiner Zeit mit Brian. Wir hatten ihn in einem Müllcontainer gefunden, als wir eines Abends vom Essen nach Hause geschlendert waren. Freitag war eine ausgehungerte, dreckige Chihuahua-Kreuzung gewesen, die keinem Menschen über den Weg getraut hatte.

Es war Brians Idee gewesen, den Hund mit in meine Wohnung zu nehmen, ihn eine Woche zu behalten und in der Gegend Zettel aufzuhängen, falls jemand den Hund vermissen sollte. Brian war in einer gutbürgerlichen Gegend aufgewachsen und hatte in Bezug auf manche Dinge eine so unschuldige Einstellung, dass es schon fast süß gewesen war. Er wäre nie auf die Idee gekommen, dass Menschen ein Lebewesen absichtlich aussetzten.

»Du solltest ihn lieber mit zu dir nehmen«, hatte ich widersprochen, als wir am Ende der Gasse gestanden und überlegt hatten, was wir jetzt tun wollten. »Dich mag er lieber als mich.«

»Ja, das sieht man.« Brian hatte das Tier in einem abwehrenden Klammergriff gehalten. Mit seinen angelegten Ohren, seinen Knopfaugen und den scharfen, spitzen Zähnen hatte der kleine Hund wie ein Monster in einem Horrorfilm gewirkt. »Ich habe keine Zeit, um mich um einen Hund zu kümmern, Jen.«

»Und *ich* etwa schon?« Manchmal vergaß Brian, dass wir im selben Verlag arbeiteten. Er im Verkauf, ich im Lektorat. Wir hatten beide einen Beruf, der sehr viel Zeit in Anspruch nahm. Wir gingen seit anderthalb Jahren hin und wieder heimlich miteinander aus. *Heimlich*, da Liebesbeziehungen zwischen den Mitarbeitern im Verlag nicht gerne gesehen wurden, und *hin und wieder*, da wir uns nicht entscheiden konnten, ob unsere Beziehung zu irgendetwas führen würde und *wozu* sie führen sollte.

Der Hund warf den Kopf zurück und schnappte bedrohlich in die Luft. Ich konnte nicht anders und musste lachen. »Nur gut, dass er kein Pitbull ist.«

Die Diskussion endete so, wie alle Diskussionen endeten: Damit, dass ich nachgab. Brian gelang es, den Hund zu beruhigen, und beide schauten mich mit so großen Hundeaugen an, dass ich nicht Nein sagen konnte. »Okay, aber nur bis nächsten Freitag.«

Seitdem waren fast drei Jahre mit vielen Freitagen und dem endgültigen Ende unserer Beziehung vergangen. Nun hatte ich den Hund schon viel länger als die Beziehung und die Stelle.

Ich konnte nicht einmal genau sagen, warum ich Freitag behalten hatte. Vielleicht weil ich ahnte, dass er mit seiner Persönlichkeit und seinem Aussehen nie ein Zuhause finden würde. Vielleicht auch nur, weil er pflegeleicht war und die Wohnung nicht auf den Kopf stellte. Die Wohnung war sowieso die meiste Zeit unbenutzt und ich zahlte den Kindern auf dem Gang ein paar Dollar dafür, dass sie ihn ausführten. Ihre Mutter war alleinerziehend und sie konnten das Geld gut gebrauchen.

Freitag gähnte und schaute mich von der Seite her an, als ich meinen Aktenkoffer neben dem kleinen Tisch abstellte, der die meiste Zeit als Schreibtisch diente, und dann den Rest meiner Sachen auf die Arbeitsplatte in der Küche legte, die ebenfalls hauptsächlich als Schreibtisch benutzt wurde.

»Hast du dich heute im Hundepark mit jemandem angelegt?« Freitag war dafür bekannt, dass er Tiere, die viermal so groß waren wie er, furchtlos angriff. Die Mädchen, die ihn ausführten, fanden das lustig.

Er stand auf und streckte ein Bein nach dem anderen durch, dann drehte er sich schnüffelnd im Kreis und ließ sich mit dem Hinterteil in meine Richtung und der Schnauze in Richtung der leeren Butterdose, die als Futterschale diente, wieder nieder. Wie immer war er ein hervorragender, wenn auch nicht unbedingt taktvoller Gesprächspartner.

»Ich freue mich auch, dich zu sehen, Freitag. Hattest du einen anstrengenden Tag?«

Er antwortete mir natürlich nicht, deshalb übernahm ich seinen Part des Gesprächs: »Ach, er war gar nicht so schlecht, Jen. Ich saß auf dem Fensterbrett. Habe das Sofa eine Weile belegt. Dann die Wasserschüssel leer getrunken. Habe mir im Hundepark ein paar Feinde mehr gemacht. Ein ganz normaler Tag eben.«

Er gähnte, seufzte und nieste dann, als wollte er sagen: *Ach, das ist so langweilig. Überleg dir endlich etwas Neues, Jen Gibbs.*

Man sollte doch meinen, dass ein Hund, dessen Hundesteuer und Futter man zahlt, zur Begrüßung wenigstens mit dem Schwanz wedelte. Aber bei Freitag brauchte man viel Fantasie. »Mein Tag? Ach, danke der Nachfrage. Er war interessant. Gut und schlecht. Ich habe eine Lektorenbesprechung vermasselt, aber dann ist etwas wirklich Interessantes passiert. Es ist richtig bizarr. Was hältst du davon?«

Ich beugte mich über meinen Aktenkoffer, zog den Reißverschluss des vorderen Fachs auf und holte den alten Umschlag heraus. »Das ist heute wie aus dem Nichts auf meinem Schreibtisch aufgetaucht. Gleich am frühen Morgen. Aufgrund des Datums im Poststempel gibt es eigentlich nur eine Möglichkeit: Der Umschlag muss vom Slush Mountain stammen.«

Als ich den Kopf hob, hatte sich Freitag in seinem Hundebett aufgesetzt und beobachtete mich. Dann wanderte sein Blick weiter und blieb an etwas hinter meiner Schulter hängen, als hätte er dort etwas entdeckt. Er knurrte und ein kalter Schauer zog über meine Haut.

War jemand in meiner Wohnung? Ich fuhr herum, um mich in der offenen Studiowohnung umzusehen. Da war niemand. Nichts Ungewöhnliches außer Freitags Benehmen.

»Hör auf!« Ich schaltete das Deckenlicht ein. Die Neonröhren flackerten und drohten zu versagen – ein gespenstisches Déjà-vu-Erlebnis.

Doch im nächsten Moment war alles wieder ganz normal. Das Licht brannte stetig. Freitag sank wieder auf sein Bett. Ich warf einen Blick auf den Umschlag. Im Licht der Neonröhren an der Decke konnte ich fast den Rest des Stempels erkennen.

Ich trat in die Mitte des Zimmers, hielt ihn näher ins Licht und kniff die Augen zusammen.

Zwei Buchstaben: *NC*. Diese Geschichte spielte nicht nur irgendwo in den Blue Ridge Mountains – sie war auch noch in North

Carolina geschrieben worden. In meinem Heimatbundesstaat, dem ich vor langer Zeit den Rücken gekehrt hatte.

Der kalte Schauer erfasste mich erneut. Eine Mischung aus Angst, Faszination und Ungewissheit. Wie konnte das alles ein Zufall sein? Wer hatte diesen Umschlag auf meinen Schreibtisch gelegt und mit welcher Absicht?

6

DIE HÜTERIN DER GESCHICHTEN

Kapitel Drei

»Was zum Kuckuck soll das, Junge?« Ira stapfte mit einem vollen Eimer den Hang hinauf. »Hör sofort mit diesem Lärm auf! Alle Geräusche sind in diesen Tälern so gut zu hören, dass man im Umkreis von zehn Meilen erraten kann, wo wir uns verstecken. Warum, glaubst du, habe ich heute Nacht kein Feuer gegen die Kälte angezündet?«

Rand zog den Oberkörper leicht zurück und schaute die Mundharmonika an, die er in einer Bergbausiedlung gekauft hatte – einem traurigen Ensemble von zwei Gebäuden, die sich an den Hang klammerten. Rand hatte solche Instrumente in den drei Wochen, die er schon mit Ira unterwegs war, öfter gehört und war von der Musik der Bergbewohner fasziniert.

»Du bringst uns beide noch unter die Erde.« Ira hängte seinen Eimer neben das Seil, mit dem die Maultiere angebunden waren. Normalerweise tränkten sie die Maultiere und das Pferd, wenn sie unterwegs waren, aber heute Abend hatte Ira die Tiere, ohne anzuhalten, durch jede Furt getrieben.

»Sie sind inzwischen bestimmt schon über alle Berge.« Schuldgefühle gruben sich erneut schmerzhaft in Rands Brust ein. So vieles war hier falsch. Völlig falsch.

Das Mädchen. Ja, er hatte für sie gebetet, als er und Ira geflüchtet waren, aber er hätte bestimmt mehr tun können, vielleicht sogar zurückgehen und … Er wusste nicht, was er genau hätte tun sollen, da Ira seine geladene Pistole auf ihn gerichtet hatte. Doch er wollte glauben, dass er etwas unternommen hätte, wenn nur eine Gelegenheit dazu da gewesen wäre.

Er hatte die Mundharmonika ausgepackt, um sich abzulenken, aber das hatte nicht funktioniert. *Das Gewissen ist ein nicht zu unterschätzender, fest entschlossener Gegner. Naturgemäß trifft es den schwächsten Punkt im Gedankengang eines Menschen.* Das hatte ihm sein Vater oder Großvater bei einer ihrer vielen Missionsreisen gesagt. Sie hatten versucht, das Evangelium in die unerreichten Winkel der bekannten Welt zu bringen. Als Bischof der Diözese von South Carolina war diese Aufgabe in den Zuständigkeitsbereich seines Großvaters gefallen. Rand, der mit beiden Männern oft unterwegs gewesen war, hatte viel gelernt, bevor der Tod seinen Großvater und dann auch seinen Vater geholt hatte. Diese Todesfälle waren mitverantwortlich für Rands Entschlossenheit, die Wildnis zu erleben, solange es noch ging.

Ira kehrte in die Mitte des Lagers zurück, an die Stelle, an der die Feuerstelle gewesen wäre, wenn sie ein Feuer entfacht hätten. »Hör mir gut zu, Junge.« Er beugte sich zu ihm vor und Rand roch Alkohol, Tabak und verfaulte Zähne in seinem Atem. »Bevor diese Sache erledigt ist, wird auf diesem Berg entweder jemand umgebracht oder es gibt eine Blutsfehde oder beides. Wenn die Leute glauben, dass du dabei irgendwie die Finger im Spiel hast, ziehen sie dir die Haut ab und hängen sie irgendwo an einen Baum, damit jeder sieht, was einen Mann erwartet, der sich mit dem Falschen anlegt.«

Ein unangenehmes Kribbeln setzte unter Rands Rippen ein und durchzog seinen ganzen Körper, aber trotz der spürbaren Angst war er gereizt. »Ein Mann, der nicht für das einsteht, was richtig ist, stirbt lange vor seinem letzten Atemzug.« Das stammte ebenfalls von seinem Vater, einem Mann mit großem, von Gott gegebenem Mut, sowohl im Kampf als auch sonst im Leben.

Ira warf den Kopf zurück und lachte in die Nacht hinein. Seine schallende Stimme war lauter als die Töne der Mundharmonika. »Ein Mann, der sich nicht in fremde Angelegenheiten einmischt, behält, was er hat. Und sein Leben dazu.« Er nahm den Beutel, den er vom Wagen mitgebracht hatte, bevor er zum Bach gegangen war, um Wasser zu holen. »Für diesen Rat wirst du mir eines Tages noch dankbar sein, junger Mann. Genauso wie für diesen Laib von Holzbein-Mollys Brot, den ich gekauft habe, bevor es dort oben unangenehm wurde.« Er riss ein Stück ab und warf es Rand hin. »Deine hohe Moral hat dir doch nicht den Appetit verdorben, oder?«

Rand nahm das Brot, saß aber nur damit da und starrte in die Flamme der Laterne, deren Docht langsam niederbrannte.

»Vergiss es, Junge. Du siehst aus, als hätte man dein Maultier erschossen. Du wirst darüber hinwegkommen. Merk dir meine Worte. Der Berg wird dich genauso formen wie jeden Mann. Das Leben hier oben ist hart. Es ist das Leben eines Mannes und nicht das eines Jungen. Hier geht es ständig um Leben und Tod. Das ganze Leben lang.« Er biss ein Stück Brot ab, drehte dann den Rest des Laibes in der Luft und biss noch etwas ab, während er weitersprach. »Erzähl mir noch ein paar Geschichten von Löwen und Giraffen und wie man diese Wilden in Afrika zu Gott bekehrt. Dann wird deine Stimmung bestimmt wieder besser.«

Rand kam der Aufforderung nicht nach. Seit zwei Wochen erzählte er Ira und den Leuten, denen sie auf ihren Reisen begegneten, diese Geschichten, da er hoffte, dadurch ihren Blick auf Gott zu lenken. Aber anscheinend hatte er bis jetzt nicht mehr erreicht, als die Menschen zu unterhalten. Die Menschen hier waren genauso hart und starr wie die Berge, in denen sie lebten.

Aber wo es Leben gab, bestand noch Hoffnung. Rand hatte die Hoffnung nicht aufgegeben, dass sich Ira im Laufe der Zeit, die sie wohl noch miteinander verbringen würden, für den Glauben öffnete.

Ein solches Ereignis würde dieser Reise den Erfolg bescheren, den er seiner Familie vorweisen musste. Um sowohl die Zustimmung als auch die finanzielle Unterstützung seiner Familie zu bekommen, hatte er seine Reise als *Missionsreise,* als gutes Werk ausgegeben. Er selbst war nie davon überzeugt gewesen, für das Leben eines Geistlichen besonders geeignet zu sein. Dennoch wurde von ihm erwartet, dass er eine Pastorenstelle annehmen würde, wenn er entsprechend ausgebildet und im richtigen Alter wäre.

Das war in seiner Familie Tradition, und obwohl er diese Vorstellung oft verworfen hatte, beschlich ihn nun Heimweh, als er in die Flamme der Laterne starrte und eine Weile darin versank. In Gedanken kehrte er nach Charleston zurück, nach La Belle, in das Haus seiner Familie an der South Battery mit den schönen, polierten Böden und einladenden Kaminfeuern. Einen Moment lang saß er gemütlich in einem Sessel vor einem knisternden Feuer und hatte eine Tasse von Old Hasts Kakao in der Hand. Er genoss ein gutes Buch und musste sich nicht auf eine lange, kalte Nacht in den Bergen einstellen – ohne ein Feuer, um die Kälte zu vertreiben und wilde Tiere, die durch den Wald streiften, fernzuhalten.

So bemerkte er nicht, dass Ira sein Gewehr nahm und sich hinhockte. »Wer ist da draußen? Freund oder Feind?«

Seine Worte rissen Rand aus seinen Tagträumen. Er bewegte sich, um aufzustehen, und merkte erst jetzt, dass er seine Pistole in der Satteltasche gelassen hatte. Ein törichter Fehler angesichts von Iras Warnungen.

»Rede endlich! Sonst schieße ich.«

Iras Drohung wurde mit dem Klicken eines Gewehrs beantwortet.

»Leg das Gewehr wieder an seinen Platz zurück!«, durchdrang eine Stimme die Dunkelheit. Dann waren die Schritte eines Mannes zu hören, unter dessen Stiefeln der Blätterteppich raschelte.

Ira erstarrte. Er ließ das Gewehr sinken, nahm aber den Zeigefinger nicht vom Abzug.

»Zieh die Hand zurück, Mann!«

Rand erkannte die Stimme und sein Pulsschlag beschleunigte sich. Der Mann mit den Pocken im Gesicht aus Brown Driggers Laden? Er hoffte, dass er sich irrte, aber das, was Ira befürchtet hatte, schien einzutreffen.

Der Eindringling wurde am Rand des Laternenscheins sichtbar und seine angelegte Pistole bestätigte Rands Befürchtungen.

Ira legte die Ellenbogen auf die Knie, drehte die Handflächen nach oben und versuchte, über seine Schulter hinweg etwas zu erkennen. »Du brauchst deine Waffe nicht. Du kannst dich gern zu uns setzen, wenn du willst.« Die Worte waren freundlich und sogar entspannt, aber das Gesicht des Händlers strafte seine Worte Lügen. Sein Blick wanderte hektisch von der Waffe zum Wagen. »Ich habe friedliche Absichten. Wir haben hier nur für die Nacht unser Lager aufgeschlagen. Morgen früh fahren wir weiter nach Whistler Holler hinab. Alles andere interessiert mich nicht.«

Der Mann mit den Pockennarben betrat das Lager, umkreiste sie und blieb dann links neben der Laterne stehen, als wollte er beide im Blick behalten.

Rand stockte der Atem. Sein Vater hatte ihm oft Geschichten von ähnlichen Situationen im Sezessionskrieg erzählt, aber Rand hatte so etwas noch nie erlebt.

Sein Verstand arbeitete auf Hochtouren. Er malte sich die Folgen seiner Entscheidungen aus, sah im Geiste seine geliebte Mutter, die an seinem Grab stand und zusammen mit seinen jungen Schwestern und seiner Großmutter weinte. Aufgrund seiner fehlgeleiteten Entscheidung, auf der er so eigensinnig beharrt hatte, waren sie alle am Boden zerstört. Aber noch schlimmer wäre es, wenn seine Familie nie erfahren würde, was aus ihm geworden war. Wenn seine letzte Ruhestätte ein unscheinbarer, namenloser Winkel in diesen Bergen wäre und seine Gebeine von Wind und Wetter und von wilden Tieren verstreut würden.

»Wenn ein Mann verschwindet, ohne sich zu verabschieden, fragt man sich, wohin er will und *zu wem* er will.« Der Eindringling schaute Ira über den Lauf seiner Pistole hinweg mit zusammengekniffenen Augen an.

Wie fühlte sich wohl eine Kugel an?, fragte sich Rand. Was für ein Gefühl war es, wenn sie sich durch Fleisch und Knochen bohrte?

»Ich will zu niemandem. Zu überhaupt niemandem. Ich bin einfach weitergefahren. Das ist alles. Ich mische mich in keine fremden Angelegenheiten ein. Ich will damit nichts zu tun haben.«

Der Mann mit den Pockennarben fuhr mit der Zunge über seine Unterlippe und schmeckte nachdenklich das Salz auf seiner Haut. Trotz der Kälte stand Schweiß auf seiner Stirn. »Ich schätze, so jemand wie du will einen anderen warnen. Er will dem Vater der Kleinen sagen, dass ich ihn unschädlich machen will. Vielleicht will er ein paar von ihren Leuten auf mich hetzen, wenn ich nicht aufpasse. Eine Blutsfehde anzetteln.«

»Ich habe doch gesagt, dass ich nichts damit zu tun haben will!« Iras Stimme wurde lauter. Er war hartnäckig oder verzweifelt oder beides. »Ich kenne ihre Leute nicht. Und selbst wenn, würde ich nichts mit ihnen zu tun haben wollen. Das Mädchen ist ein Melungeon. Ich halte mich von diesen sechsfingrigen Teufeln fern, auch wenn sich nur noch wenige von ihnen hier in der Gegend herumtreiben. Wenn ich nur daran denke, kommt mir schon das Grauen.«

»Ist das so?« Der Mann deutete mit seiner Pistole in Rands Richtung. »Und was ist mit dem Grünschnabel da? Er hat noch gar nichts dazu gesagt.«

»Er weiß nichts. Das ist nur ein Junge, der aus Charleston heraufgekommen ist. Ein Städter, der sich die Berge ansehen will. Er hat nichts zu sagen.« Ira bedachte Rand mit einem drohenden Blick, um ihn zu warnen, sich auf keinen Fall in das Gespräch einzuschalten. Aber Rand fühlte, wie sich die Worte in ihm bildeten, nach oben drängten, Kraft gewannen und sogar das wilde Hämmern seines Herzens und das Dröhnen des Blutes in seinen Ohren übertönten.

Dem Mann mit den Pockennarben entging die stumme Warnung durch Ira nicht. »Vielleicht hast du ihm gesagt, dass er den Mund halten soll. Vielleicht hat er Angst, dich zu verraten. Er hat womöglich eigene Absichten.«

»Hat er nicht.« Wieder erhob Ira die Stimme.

Der Mann fuchtelte mit der Pistole in Richtung des fahrenden Händlers. »Er hat wohl auch keine Zunge?«

»Ich *habe* eine Zunge.« Rand kochte jetzt innerlich so vor Wut, dass er erwartete, seine Stimme würde wegen der unterdrückten Emotionen zittern. Doch sie klang ganz ruhig und gefasst.

Der Fremde begutachtete ihn stumm und mit zurückgelegtem Kopf. »Das ist gut. Denn wir wollen auch hier übernachten und haben einiges zu bereden. Ihr müsst euch schwer ins Zeug legen, wenn ihr die Jungs und mich davon überzeugen wollt, dass ihr nichts gegen uns im Schilde führt. Du hast doch nichts dagegen, junger Grünschnabel?«

Rand ballte die Faust an seiner Seite und zwang sich, nicht so impulsiv zu reagieren, wie er es vielleicht getan hätte, wenn sie an einem Ort gewesen wären, an dem Recht und Gesetz herrschten. »Mir bleibt anscheinend keine andere Wahl.«

»Anscheinend nicht.«

Männer tauchten aus der Dunkelheit auf und dann Pferde. Zwei Männer. Vier Pferde. Ein anderes Geräusch folgte, als die Pferde stehen blieben. Das Rasseln einer Kette, das Knurren eines Mannes, das Keuchen einer Frau, ein Schmerzensschrei.

Rand erstarrte, richtete sich auf, wollte aufstehen. Die Aufmerksamkeit der Männer war auf den Wald gerichtet. Sie standen mit dem Rücken zu ihm. Er überragte alle bis auf Jep, aber es waren drei mit einer Waffe und einer, den er noch nicht sehen konnte. Hatte er gegen sie eine Chance?

Sein Verstand arbeitete auf Hochtouren. Sollte er die Laterne packen? Sie so kräftig auf den Boden schlagen, dass sie zerbrach, dass sich Petroleum und Flammen ausbreiteten und hoffentlich genug Panik und Ablenkung entstand? Oder leise aufstehen und sich zum Wagen schleichen, um die Pistole aus seiner Satteltasche zu holen? Oder zum Wagen stürmen und hoffen, dass er in Deckung gelangte, bevor sich jemand zu ihm umdrehte und mit seiner tödlichen Waffe auf ihn zielte?

Er malte sich aus, wie er auf dem Laubteppich verblutete, das Leben aus seinem Körper wich und das Mädchen immer noch nicht gerettet war.

»Bleib brav sitzen, Grünschnabel.« Der Pockennarbige schien seine Gedanken lesen zu können. »Revi? Was treibst du dort unter den Bäumen? Wenn du sie anrührst, ziehe ich dir die Haut ab und hänge dich daran auf. Die Frau gehört mir. So lästig sie auch ist, werde ich ihr noch heute Nacht mein Brandzeichen aufdrücken. Das heißt nicht, dass ich nicht bereit sein könnte, sie mit euch zu teilen, aber zuerst muss sie wissen, wem sie gehört.«

Rand versuchte, sich seine Schwester Lucinda in einer so grausamen Lage vorzustellen. Vor Entsetzen drehte sich ihm der Magen um und die Galle stieg ihm in den Hals. Er schaute Ira an. Der alte Mann schüttelte den Kopf, richtete den Blick auf die Laterne und hatte die Ellenbogen immer noch auf die Knie gestützt. Er unternahm keine Anstalten, seine Waffe ergreifen zu wollen.

»Ich habe sie!«, schrie Revi aus dem Wald. »Sie hat wieder versucht wegzulaufen. Nur gut, dass Brown Drigger sie angekettet hat.« Revi tauchte aus dem Schatten auf. Zuerst war er im schwachen Licht nur schemenhaft zu sehen, doch als er in den Lichtschein der Laterne trat, erwies er sich als schlaksiger Halbwüchsiger. Er hatte das Mädchen über seine Schulter geworfen. Ihre Haare hingen in rabenschwarzen, glänzenden Wellen nach unten, in denen sich sowohl das Laternenlicht als auch das Licht des Vollmondes fingen, der endlich so hoch gestiegen war, dass er ihr Lager beleuchtete.

Das Mädchen landete mit einem dumpfen Schlag auf der Erde, als Revi sie auf den Boden warf. Sie blieb zusammengekauert liegen, während die schweren Ketten klirrten, die die Eisen an ihren Handgelenken und Fußknöcheln miteinander verbanden. Rand erkannte diese abscheulichen Sachen. Sklaveneisen hingen in Charleston und der umliegenden Gegend immer noch in Kutschhäusern und Kellern herum – Überbleibsel aus einer Welt, die es nicht mehr gab.

»Ich will nichts mehr mit ihr zu tun haben, Jep.« Revi trat zurück und wischte sich die Hände ab, um alle Spuren des Mädchens an sich zu beseitigen. »Ich habe sie da draußen in der Dunkelheit Zaubersprüche aufsagen hören. Sie hat eine teuflische, unheimliche Sprache gesprochen. Ich will nichts mit ihr zu tun haben, wirklich.«

»Da täuschst du dich.« Jeps Grinsen, bei dem seine vom Tabak gefleckten Zähne sichtbar wurden, verzerrte sein pockennarbiges Gesicht und spiegelte seine Vorfreude sowie sein Selbstvertrauen, weil er diese Gruppe kontrollierte, wider. »Sie geht uns alle etwas an. Wenn ihr Vater uns erwischt, kann keiner von euch sagen, dass er dem Mädchen nichts getan hätte.«

Revis Augen weiteten sich fast unmerklich. Die Gefangene begann, sich vom Boden hochzuschieben. Revi trat zurück und hob abwehrend die Hände.

Jeps Lachen stieg in die Nacht auf. »Du bist wirklich ein Angsthase, Vetter! Glaubst du, sie schleudert vom Boden etwas hoch, das dich treffen könnte? Mit diesen Ketten kann sie nichts tun. Wenn sie in Ketten gelegt sind, können sie keine Geister beschwören. Und ich habe den Schlüssel zu den Eisen hier in meinem Stiefel. Sie kommt nicht an ihn heran. Aber das würde sie gerne, nicht wahr? Schau nicht in ihre Augen, Junge! Sonst raubt sie dir das Leben.«

Jep lachte wieder, als die junge Frau den Kopf zurückwarf, dass ihre langen, dichten Haare über ihre Schulter fielen. Ein Auge war durch einen Bluterguss zugeschwollen und getrocknetes Blut klebte verkrustet unter ihrer aufgeschlagenen Lippe. Aber sie war trotzdem sehr schön, stellte Rand fest. Fast wie ein Wesen aus einer anderen Welt. Ihr unverletztes Auge war von einem funkelnden silbernen Blau unter dunklen Wimpern, ihre Haare waren so schwarz wie die

Schatten der Nacht. Ihre glatte Haut zeigte das Olivbraun getrockneter Blätter.

Sie sah aus wie ein geheimnisvolles Geschöpf aus den Bergen, das in eine menschliche Gestalt gepresst worden war. Einen Moment lang fragte Rand sich, ob das, was über sie gesagt wurde, stimmte. Einem Instinkt folgend, wanderten Rands Finger zu dem goldenen Kreuz in seiner Jackentasche, das seinen Vater und seinen Großvater bei ihren Reisen in viele Länder begleitet hatte. Er berührte es durch den Stoff hindurch und verwarf die heidnischen Aussagen von Jep und seinen Männern. Dieses arme Geschöpf war von Gott und nicht vom Wald geschaffen worden. Auch wenn sie den Allmächtigen nicht kannte, kannte der allmächtige Gott sie.

Du musst dem allen irgendwie Einhalt gebieten. Diese Überzeugung kam schnell und stand für alles, was er als richtig und vernünftig erkannt hatte. Diese Männer durften ihre bösen Absichten mit dem Mädchen nicht in die Tat umsetzen. Damit könnte Rand nicht leben. Er konnte das unmöglich zulassen.

Allerdings war Gewalt keine Option. Sie waren in der Überzahl und er hatte keine Waffe. Er musste sich etwas anderes einfallen lassen. Und zwar schnell.

Er zog das heilige Kreuz aus seiner Tasche, während die Männer ihre Aufmerksamkeit vorübergehend darauf konzentrierten, ihre Pferde anzubinden. Rand öffnete die Handfläche und betrachtete den Schatz, der in seiner Familie schon vor der Zeit, als die ersten Champlains im Hafen von Charleston die Neue Welt erreicht hatten, von einer Generation an die andere weitergegeben worden war. Das Kreuz hatte in den letzten Wochen Meile für Meile schwer in seiner Tasche gelegen und ihn daran erinnert, dass er in Bezug auf seine Gründe für diese Reise nicht ganz ehrlich gewesen war.

»Dieses Ding wird dich nicht beschützen. Komm auf keine dummen Ideen«, zischte Ira leise. Das Zischen erregte Jeps Aufmerksamkeit. Rand schloss schnell die Finger um das Kreuz.

Jep kehrte zu dem Bereich neben der Laterne zurück und ließ seinen Blick zu dem Mädchen und dann wieder zu Rand wandern. »Sie schaut dich an, Grünschnabel. Sie schaut dich an, als wüsste sie, wer du bist. Bist du ein Freund von ihren Leuten?«

Rand wagte einen kurzen Blick auf sie. Sie beobachtete ihn tatsächlich und umklammerte etwas an ihrem Hals, einen kleinen, rechteckigen Anhänger aus Knochen oder Elfenbein. Er hing mit mehreren geschnitzten Perlen und glänzenden Muscheln an einem Lederband um ihren Hals. Etwas Trübes, Blaues baumelte über ihrem Daumen, und obwohl er es nicht mit Bestimmtheit sagen konnte, sah es aus wie die Meerglas-Stücke, die manchmal am Strand in der Nähe von Charleston zu finden waren.

»Ich kenne dieses Mädchen nicht.« In seinem Inneren vermischte sich kalte Angst mit der Hitze der Entrüstung und drohte den Plan, der langsam in seinem Kopf Gestalt annahm, zu vereiteln.

»Sie sieht aus, als würde sie ihn kennen!«, rief einer der anderen Männer, die außerhalb des Laternenscheins standen. »Sie sieht aus, als warte sie darauf, dass er etwas unternimmt.«

»Ich kenne dieses Mädchen nicht«, beharrte Rand.

Jep schaute ihn mit zusammengekniffenen Augen an, dann trat er zu der Gefangenen, packte sie an den Haaren und riss ihren Kopf zurück. Sie schaute ihn mit ihrem guten Auge finster an. »Er ist einer von deinen Leuten, stimmt's?«

»Ich habe dieses Mädchen noch nie gesehen.« Rands Worte klangen jetzt gepresst, ein wenig verzweifelt, aber er zwang sich, unbeweglich zu bleiben und nicht aufzustehen.

Irgendwo in den Bäumen heulte eine Eule. Rand dachte an Petrus, der Jesus dreimal verleugnet hatte.

Jep ließ das Mädchen los und versetzte ihr mit seiner Stiefelsohle einen Stoß, sodass sie erneut zu Boden sank. Rand schaute nicht mehr in ihre Richtung. Um ihn herum begannen die Männer, ihr Nachtlager aufzuschlagen, und plünderten nach Iras unfreiwilliger Einladung den Maultierwagen. Rand wartete, bis sie gegessen und genug Alkohol getrunken hatten, es sich an dem frisch entfachten Feuer so richtig gemütlich machten und nicht mehr ganz nüchtern waren, bevor er seinen Plan in die Tat umsetzen wollte.

»Sie schaut dich schon wieder an, Grünschnabel«, stellte Jep schließlich fest und Rand wusste, dass jetzt der entscheidende Zeitpunkt gekommen war. Eine weitere Chance bekäme er nicht. Jep erhob sich und wollte wieder auf das Mädchen losgehen. »Und *du* schaust sie an. Vielleicht kennst du ihre Leute wirklich nicht. Vielleicht wartest du nur auf eine Gelegenheit, sie mir wegzunehmen. Ist es das, Grünschnabel?«

Rands Wut kochte überraschend stark in ihm hoch und ihm lag schon eine scharfe Erwiderung auf der Zunge. Doch er schluckte die Worte hinunter und setzte ein gezwungenes Lächeln auf. »Ich möchte das Mädchen kaufen.« Das Angebot kam etwas zu schnell aus seinem Mund geschossen, abgehackt und unsicher. Er umklammerte das Kreuz noch fester und wappnete sich. Er war kein Junge mehr und das hier war kein Spiel für Kinder. Es war ein Spiel unter Männern. Ein Spiel um Leben und Tod.

Jep schaute ihn durchdringend an. Seine kleinen Schweinsaugen verrieten nicht, was er dachte. Falls dieser Mann eine Seele hatte, irgendetwas, das nicht böse war, war es tief verborgen.

Die anderen, die um das Feuer herum saßen, drehten betrunken ihre Köpfe zu ihnen. Das Mädchen beobachtete sie nur regungslos. Rand fragte sich, ob sie vielleicht ihre Sprache nicht verstand. In den Bergen gab es Menschen, die nur die alten Sprachen beherrschten. Cherokee, Catawba, Französisch, Schottisch, aber kein Englisch.

»Unversehrt«, fügte Rand hinzu.

»Sie hat ihn verhext, sage ich euch!«, lallte einer der Männer am Feuer. »Sie hält dieses Ding, das sie um den Hals hängen hat, in der Hand und er hat ihr in die Augen gesehen. Du bist ein Idiot, Junge! Du darfst einem Melungeon nie in die Augen schauen. Sie hat dich verhext!«

Rand erhob sich jetzt langsam, richtete sich zu seiner vollen Größe auf und musste nur wenige Zentimeter zu dem Mann mit den Pockennarben hinaufschauen. »Ich kann euch versichern, dass ich nicht verhext bin. Und ich habe keine Angst davor, was sie vielleicht ist. Ich bin Christ. Ich halte nichts von solchen Dingen.«

Jep blinzelte und bemühte sich, ein wenig nüchterner zu werden. Zum ersten Mal sah Rand echte Besorgnis in seinen Augen. »Du bist ein Prediger, Grünschnabel?«

Rand öffnete die Hand, in der er das Kreuz liegen hatte. »Noch nicht ganz, aber bald.« Das war nicht die Unwahrheit, hoffte er, es sei denn, dies waren seine letzten Minuten auf Erden. »Ich habe dieses Kreuz von meinem Großvater bekommen. Es wurde von vielen

Generationen meiner Familie getragen, während sie das Evangelium in die dunkelsten Winkel dieser Erde brachten.«

Jep taumelte einen Schritt zurück. »Ich verkaufe sie nicht! Wenigstens noch nicht.« Er trank einen weiteren Schluck von Iras selbst gebranntem Schnaps, wischte sich mit dem Handrücken den Mund ab und hielt Rand den Krug hin. Als Rand den Alkohol ablehnte, streckte Jep die Hand nach dem Kreuz aus, als wollte er es nehmen, doch dann zog er die Hand zurück und sagte stattdessen: »Aber vielleicht beschließe ich, gnädig zu sein, Junge. Vielleicht lasse ich dich am Leben, damit du ein paar Dinge lernst. Oder vielleicht … *auch nicht.*«

»Jep, du kannst doch keinen Prediger töten«, warnte einer der anderen Männer. »Vielleicht haben uns seinetwegen die Hexengeister noch nicht angegriffen.«

Ira schob sich jetzt auch vorsichtig auf die Beine und wollte die Gelegenheit nutzen, solange der Alkohol das Denken der Männer trübte und ihre Zungen löste. »Dieser Junge ist ein sehr mächtiger Prediger. Er hat nicht aufgehört zu predigen, seit ich ihn in Murphy mitgenommen habe. Wenn ihr ihn tötet, kommt der *Unsichtbare* von oben *und* von unten und packt euch. Deshalb schaut das Mädchen diesen Jungen an. Sie hat Angst vor dem Zauber, der ihn umgibt.«

»Wirklich?« Jeps Lippen verzogen sich zu einem Grinsen, bei dem seine braunen Zähne sichtbar wurden. Dann richtete er den Blick auf Ira. »Dann könnte ich vielleicht *dich* packen.«

»Lassen Sie ihn in Ruhe!« Rands Puls hämmerte wie ein Bettler an der Haustür, aber sein Verstand arbeitete scharf und präzise. Er spürte, dass sich das Gewicht langsam verlagerte. Er konnte zum ersten Mal in seinem Leben die Macht des Guten über das Böse fühlen.

Jep ging drei wackelige Schritte rückwärts auf das Mädchen zu. Sie wich zurück, versuchte stolpernd, sich aus seiner Reichweite zu bringen, aber der Mann erwischte sie an ihrem braunen Wollkleid und an ihren Haaren und zerrte sie so brutal nach oben, dass Knöpfe absprangen und Nähte aufrissen.

»Du bist nichts.« Die Worte waren ein leises Knurren. Dann schleuderte Jep das Mädchen nach vorne. Wegen der Ketten fiel sie mit dem Gesicht nach unten vor Rands Füßen auf den Boden.

Er widerstand dem Drang, ihr zu helfen. Sie spielten hier um einen hohen Einsatz. Er konnte es nicht riskieren, sich in die Karten schauen zu lassen.

Sie rappelte sich auf die Knie, legte beide Hände über das geschnitzte Amulett, das sie um den Hals hängen hatte, und begann, etwas in einer Sprache zu murmeln, die er noch nie gehört hatte.

»Das ist die Sprache des Teufels!« Die anderen Männer wichen entsetzt zurück und brachten den Wagen zwischen sich und das Mädchen.

»Sorge dafür, dass sie damit aufhört!«, befahl Jep und baute sich breitbeinig auf, um das Gleichgewicht nicht zu verlieren, bevor er auf das Mädchen und dann auf Rand deutete. »Treib ihr den Teufel aus! Dann drücke ich ihr mein Brandzeichen auf. Mal sehen, ob es sich lohnt, sie zu behalten.«

»Tu es, Junge!«, drängte ihn Ira. Rand konnte unmöglich sagen, ob Ira so etwas für möglich hielt oder nicht, aber das spielte im Moment keine Rolle.

Rand tat, als denke er über diese Aufforderung nach, als überlege er, wie er dabei vorgehen musste. Das Murmeln des Mädchens wurde lauter, die Sprache war fremd und tief. Sie kam ihm irgendwie fast bekannt vor, aber er konnte sie nicht einordnen.

Die Flammen des Feuers schossen zischend in die Höhe. Sowohl Rand als auch Jep fuhren zum Feuer herum.

Etwas Fremdes beschlich Rand in diesem Moment, ein Zweifel, ein plötzlicher Unglaube. Er verbannte ihn schnell aus seinem Denken, konzentrierte sich und wiederholte im Geiste das Glaubensbekenntnis. »Ich brauche meine Satteltasche, damit ich meine Bibel herausholen kann.« Er drehte sich zum Wagen herum, aber er kam kaum einen Schritt weit, als Jeps Pistole auf ihn gerichtet wurde.

»Hack, bring ihm sein Buch!«

»Das rühre ich nicht an!«

»Dann bring ihm die ganze Satteltasche!« Jep trank noch einen Schluck Whiskey, deutete mit der Pistole zum Wagen und feuerte ärgerlich einen Schuss ab, der in der Erde landete und die Maultiere aufschreckte. Puddinhead stieg hoch und versuchte mit ganzer Kraft, den dünnen Baum nach unten zu ziehen, an den ihn Rand gebunden hatte.

»Jetzt sofort!«, befahl Jep und richtete die Waffe auf das Mädchen. »Ich will, dass er ihr den Teufel austreibt.«

Die Männer bestimmten Revi, um Rand die Satteltasche zu bringen. Rand wartete nervös und zählte die Schritte, bis die Tasche sicher in seiner Hand war. Die Pistole lag darin, aber was sollte er tun? Er war zwar ein guter Schütze und schnell, aber Jep hatte seine Waffe schon gezogen.

Er holte zuerst die Bibel mit dem alten braunen Ledereinband heraus, die er von seinem Vater bekommen hatte. Ein Familienerbstück, das schon die Kanzeln vieler Kirchen gesehen hatte. Er blätterte darin und erinnerte sich daran, wie er als Kind in leeren Kirchen am Altar gestanden und so getan hatte, als hielte er eine Predigt. Er war damals ein guter Schauspieler gewesen.

Er ließ das Buch aufgeschlagen auf seiner breiten Handfläche liegen, sodass die Nachtluft die Seiten bewegte. Er bemerkte, dass Jep, seine Männer, Revi und sogar das Mädchen einen Moment lang von dieser Bewegung wie gebannt zu sein schienen.

Dieser kurze Moment genügte ihm.

Bevor Jep reagieren konnte, hatte Rand die Pistole gezogen, entriegelt und auf ihn gerichtet. Über seinen Lauf hinweg konnte er Jeps überraschten Blick sehen, dem nun langsam dämmerte, was hier geschah.

Ira nahm schnell sein Gewehr, als die anderen zu ihren Waffen eilen wollten. »Stehen bleiben! Das Mädchen ist mir egal. Aber ihr habt meinen Proviant gegessen und Waren aus meinem Wagen gestohlen. Gebt mir zurück, was mir gehört, dann könnt ihr sie haben! Dann sind wir miteinander fertig und gehen getrennte Wege. Friedlich und brav, einverstanden?«

Rand ging rückwärts um die Laterne herum, damit er die ganze Gruppe im Visier hatte, einschließlich Ira. »Wir gehen«, erklärte er. »Und wir nehmen das Mädchen mit.«

7

Es war halb zehn am Abend, als ich schließlich Jamie anrief. Inzwischen hatte ich die drei Kapitel des Manuskripts mindestens fünfmal gelesen. Ich hatte im Internet eine Suche nach dem Titel, den Personennamen und anderen Schlüsselbegriffen gestartet, um herauszufinden, wo das Buch erschienen war, aber ich fand absolut nichts.

Das Manuskript war, soweit ich es beurteilen konnte, nie gedruckt worden. Als mir das klar wurde, betrachtete ich den Text, als wollte ich einen Geheimcode entschlüsseln. Ich versuchte, ihm seine Geheimnisse zu entlocken, seine Macht zu begreifen. Warum hatte ich den Eindruck, als wäre etwas knapp unter der Oberfläche verborgen, etwas, das ich nicht fassen konnte? Warum fesselte mich dieses Manuskript so sehr? Ich hatte noch nie eine Geschichte gekauft, die mit den Appalachen zu tun hatte. Im Gegenteil, ich hatte solche Projekte abgelehnt, wenn sie mir von Agenten angeboten worden waren. Sie waren zu real. Sie bewegten sich zu nahe an Dingen, die ich vergessen wollte.

Aber diese Geschichte hatte mich gepackt und ließ mich nicht mehr los. Ich musste wissen, warum.

Jamie war die Einzige, die ich anrufen konnte. Eine beste Freundin kommt um halb zehn an einem Freitagabend, auch wenn man ihr den Grund nicht erklären kann. Wenn sie zufällig auch noch brillant ist, ist es noch besser.

Freitag sprang von seinem Stuhl und fletschte wie ein Wachhund die Zähne, als ich Jamie in die Wohnung ließ. Der kleine Napoleon reagierte nicht sehr positiv auf Besuch. Ich durfte froh sein, dass er *mich* hier wohnen ließ.

Jamie schürzte die Lippen und knurrte ihn ebenfalls an. »Weißt du, Freitag, ich mag Tiere wirklich, aber du bist ein sehr lästiger Hund. Vielleicht würde dir eine Therapie ganz guttun.« Sie wickelte ein modisches Tuch von ihrem Hals und hängte es zu ihrem Designermantel. Sie trug ein kurzes schwarzes Kleid und Schuhe mit lächerlich hohen Absätzen und einer erhöhten Sohle. Sie war unverkennbar mit ihren Mitbewohnerinnen ausgegangen.

»Fantastische Schuhe. Kann ich mir die irgendwann ausleihen?«

»Ja, falls du jemals mit uns ausgehst. Man könnte den Eindruck gewinnen, dass diese Sache mit Brian dich für immer verdorben hat. Weißt du, nur weil er sich als Niete erwiesen hat, heißt das nicht, dass du alle Männer meiden solltest.« Sie stemmte die Hände in die Hüften und legte den Kopf auf die Seite. »Also, warum hast du mich angerufen?«

Ich nahm den Umschlag, in den ich wieder alles so gesteckt hatte, wie ich es vorgefunden hatte. Ich wollte, dass Jamie meine Gefühle nachempfinden konnte. »Schau dir das an. Das lag heute Morgen auf meinem Schreibtisch im Büro.«

»Du schleppst mich wegen eines eingesandten *Manuskripts,* das du bearbeiten sollst, hierher? Im Ernst?«

»Das ist kein Manuskript, das ich bearbeiten soll. Es lag nicht in meinem Posteingang *oder* auf meinem Manuskriptstapel. Ich habe gesagt, dass ich es heute Morgen in der Ecke auf meinem Schreibtisch *gefunden* habe. Ohne Erklärung.«

Jamie balancierte auf einem Fuß, während sie einen Schuh öffnete, dann zog sie die Schnalle an ihrem zweiten Schuh auf und kickte schließlich beide Schuhe in Richtung Tür. »Oh, meine Zehen!«

Sie ging zur Küche, machte einen weiten Bogen um Freitag, der jetzt wieder in seinem Schlafsessel lag, und steuerte auf den Kühlschrank zu. Dort fing sie an, die Behälter mit Fertiggerichten zu durchsuchen, bis sie einen mit Eierflockensuppe fand. »Bekomme ich davon eine Lebensmittelvergiftung?«

»Zu neunzig Prozent nicht.«

»Danke, das ist beruhigend.« Sie schob die Suppe in die Mikrowelle und drehte den Löffel in der Luft. »Der neue Postdienst bei Vida House ist also schlampig. Willst du das damit sagen?«

»Nein. Dieses Ding ist über zwanzig Jahre alt. Ich vermute, dass es direkt vom Slush Mountain kommt.«

Das Klingeln der Mikrowelle unterstrich meinen Satz, aber Jamie drückte nicht auf den Knopf, um die Tür zu öffnen. »Du hast etwas vom Slush Mountain *gestohlen*? Von dem Papierberg, den du nicht einmal anrühren solltest? Den *niemand* anrühren soll?«

»Nein. Du hast mir nicht richtig zugehört. Ich habe gesagt, dass der Umschlag über Nacht auf meinem Schreibtisch auftauchte.«

Plötzlich waren die Suppe und die Mikrowelle völlig unwichtig. Jamie drehte sich um, ging durch die Küche und nahm das Manuskript. Ich hatte gewusst, dass sie das tun würde. »Und du hast es behalten? Du solltest dich schämen.« Sie zog den Inhalt aus dem Umschlag und sank auf einen Stuhl.

Als sie die Seiten zu Ende gelesen hatte, saß sie über den Tisch gebeugt, hatte die Füße unter sich angezogen und ihre blonden Haare hinter ihre Ohren geschoben. Sie starrte die letzte Seite eine Minute lang an, bevor sie sie auf den Stapel zurücklegte. Ihre Suppe war kalt, obwohl ich einen Löffel hineingesteckt und sie neben sie gestellt hatte.

»Also«, sagte sie schließlich. »Ich würde wirklich gerne wissen, wie es weitergeht. So etwas habe ich früher geliebt, als ich in der Romanabteilung arbeitete.« Jamies Chance, zu einer bekannten Modezeitschrift zu wechseln, war vor Jahren aus heiterem Himmel gekommen. Sie hatte jemanden gekannt, der wiederum jemanden gekannt hatte. »Ich hätte den Rest des Manuskripts verlangt. Der Autor hat ein gutes Gespür für das Tempo der Handlung und eine angenehme, authentische Sprache. Ich kauerte in der Anfangsszene buchstäblich mit dem Mädchen unter dieser Hütte. Und jetzt interessiert mich, ob sie entkommen können oder nicht.«

Sie drehte das Manuskript um und betrachtete das aquamarinblaue Deckblatt, dann blätterte sie in ein paar Seiten. »Aber eine grausam amateurhafte Präsentation. Ein Deckblatt mit einer handgemalten Zeichnung darauf? Und buntes Papier? Wer macht denn so was? Das ist ein absolutes No-Go! Das lernt man schon in einem Anfängerschreibkurs einer Kleinstadtbibliothek. Dieser ahnungslose Amateurschreiber lebte offenbar hinter dem Mond. Wahrscheinlich klingt dieses Material genau deshalb so authentisch und naturverbunden. Ich wüsste gerne, wer diesen Umschlag damals aufgemacht hat und was damit geschah. Auf den Seiten steht kein Autorenname, es gibt kein Begleitschreiben …«

»Die Antworten auf diese Fragen wüsste ich auch gerne, aber ich kann niemanden direkt *fragen.*« Jamies Aufregung war Wasser auf meine Mühlen. »Und ja, es ist amateurhaft, besonders dieses blaue, selbst gezeichnete Titelblatt, obwohl es künstlerisch nicht schlecht ist. Aber es ist die Sprache, die mir keine Ruhe lässt. Irgendetwas klingelt bei mir, wenn ich das lese. Als sollte ich *wissen,* wer es geschrieben hat. Aber wie kann das sein? Diese Seiten wurden lange vor meiner Zeit bei Vida House geschrieben.« Ich drehte den Umschlag auf dem Tisch um und deutete darauf. »Das Datum des Poststempels kann man lesen, aber der Rest ist zu sehr verblasst.«

Jamie hob den Umschlag hoch und hielt ihn sich näher vors Gesicht. »Da steht was von … North Carolina. Hast du irgendwo ein Vergrößerungsglas?«

»Nein. Doch … warte! Warte einen Moment, vielleicht habe ich doch eines.«

Ich eilte auf die andere Seite des Zimmers und um die geflochtene Trennwand herum, die den Schlafzimmerbereich abtrennte. Diese Ecke war schlecht beleuchtet und dämmrig, aber das zylindrische, mit den Blättern des Amberbaums bemalte Kästchen mit dem Holzgriff stand immer noch an dem Platz, an den ich es gestellt hatte, als ich in diese Wohnung gezogen war. Ich nahm den Deckel ab und kippte den Inhalt aufs Bett.

»Ich habe eines in meinem Nähkästchen.«

»Du hast ein *Nähkästchen*? Weißt du auch, was man damit macht?«

In solchen Momenten wurde mir bewusst, was für eine Heuchlerin ich doch war. Ich hatte meine halbe Kindheit damit verbracht zu nähen und zu flicken. »Ja, ich weiß, was man damit macht.«

»Ich zahle also seit Jahren viel Geld dafür, dass meine Sachen geändert werden oder ein Saum hochgenäht wird, und dabei hätte ich sie einfach zu dir bringen können? Warum hast du mir das nie erzählt?«

»Ich habe dieses Kästchen seit Ewigkeiten nicht mehr aufgemacht.« Aber das altertümliche Vergrößerungsglas lag noch genau da, wo ich es seit dem Tag, an dem mir Wilda erlaubt hatte, es von ihrem Haus am Honey Creek mitzunehmen, versteckt hatte. Sie hatte mich dabei erwischt, wie ich es heimlich in die Tasche stecken wollte, nachdem ich in ihrem Treibhaus gearbeitet hatte. Der Rahmen war schön und kunstvoll verziert, filigranes Silber mit bunten Steinen im Griff. Ich hatte es für eine Schande gehalten, dass etwas so Hübsches neben Schrauben, Muttern und Gartengeräten auf dem Fensterbrett lag. Ich hatte mir gesagt, dass sie nie merken würde, wenn es nicht mehr da wäre.

Du brauchst nur zu fragen, Jennia Beth Gibbs. Es hat doch keinen Sinn, zur Diebin zu werden, nicht wahr? Behalte es. Und merk dir: Egal, wie viele falsche Entscheidungen wir in der Vergangenheit getroffen haben – wir können uns jeden Tag neu entscheiden, heute die richtige zu treffen. Die Vergangenheit muss nicht die Zukunft bestimmen.

Diese Worte gingen mir durch den Kopf, als ich Jamie das Vergrößerungsglas reichte. Sie stieß mich ungeduldig mit dem Ellenbogen zur Seite, beugte sich nahe über den Umschlag und versuchte, mehr von dem Poststempel zu entziffern. »Das ist … Nein, doch nicht … Du stehst mir im Licht. Mist. Ich kann nicht … Warte … Hast du … eine Taschenlampe oder eine kleine Lampe?«

Ich nahm mein Handy und schaltete es ein. »Taschenlampen-App.«

»Nicht schlecht.« Wir steckten wieder die Köpfe zusammen und beugten uns über den Umschlag wie Alice im Wunderland, die gerade in das Kaninchenloch schaut.

»Versuch, die Taschenlampe in den Umschlag zu stecken. Wenn das Licht von unten durchscheint, kann man manchmal die Pigmente sehen, die noch tief im Papier sitzen.«

»Das kam letzten Monat in *Die Drei vom Pfandhaus*, du Witzbold. Wir haben die Sendung gemeinsam angesehen, schon vergessen?«, erinnerte mich Jamie.

»Ach ja. Vielleicht weiß ich es daher.« Ich hatte eine Schwäche für Realityshows, in denen es um das Entdecken von antiken Schätzen aller Art ging. Irgendwo auf meiner inneren Wunschliste stand demnach auch: *um die Welt reisen und nach verlorenen Schätzen suchen.*

Jamie hob vorsichtig den Umschlag hoch und schob das Handy hinein.

»Siehst du etwas?« Sie hatte zweifellos bessere Augen als ich. Ich war in der Grundschule halb blind gewesen, bis eine Lehrerin herausgefunden hatte, dass ich eine Brille brauchte. Der Lions Club hatte sich dann meiner erbarmt und mir eine Brille mit gebrauchtem Gestell gespendet. Eine Laseroperation vor ein paar Jahren hatte schließlich dafür gesorgt, dass meine Sehstärke jetzt fast normal war.

»*E* … irgendwas«, murmelte Jamie. »Es sind zwei Wörter. *Emerald Isle*, vielleicht? Das ist in North Carolina. Als ich ein Kind war, fuhren wir ein paar Mal in den Urlaub dorthin. Das ist südlich von den Outer Banks. Nein, warte, es sind drei Wörter. Und das ist kein *E*. Das ist ein *L* … *Look* … irgendwas. Das zweite Wort beginnt mit einem *G* … und das dritte mit einem *O* oder … oder vielleicht auch einem *G*.«

»Looking Glass Gap.«

»Das kannst du lesen?« Jamie lehnte sich zurück und beugte sich dann wieder über das Papier. »Aber warum kommt mir das so bekannt vor? Liegt das irgendwo am Meer? Vielleicht war ich schon dort.«

»Das liegt nicht am Meer. Es ist in den Bergen.« Der einzige Grund, warum ich diese Worte entziffern konnte, war der, dass der Ort so nahe bei meinem Zuhause lag. Unsere Highschool hatte gegen die Schule in Looking Glass Gap öfter Football gespielt. Ich war nie bei einem Footballspiel gewesen, aber ich wäre so gerne einmal zu einem in Looking Glass Gap gefahren, weil …

Plötzlich kam mir ein Gedanke. Ich zog den Umschlag so abrupt zurück, dass ich den Rand zerriss. »Heiliger Strohsack! Oh … oh! Nein! Das kann doch nicht sein. Das kann doch unmöglich …« Die Verbindungen strömten mit einem Mal zusammen wie Regentropfen, die auf einer Fensterscheibe nach unten laufen, zusammentreffen, sich vereinen und zu einem kleinen Strom werden. Plötzlich wurden mir die Zusammenhänge so klar, dass ich nicht glauben konnte, dass ich sie nicht schon früher bemerkt hatte. Ich nahm das Manuskript, drehte es um, begann, in den Seiten zu blättern, las einzelne Passagen und suchte nach Beweisen.

»Was? Was, was, *was?*« Jamie fuchtelte mit den Händen. »Heiliger Strohsack? *Was?*«

Auf der anderen Seite des Zimmers protestierte Freitag knurrend, dass er bei seinem Schönheitsschlaf gestört wurde.

»Hol meinen Computer. Er ist in meiner … Warte, nein! Er

ist hier.« Ich war so aufgeregt, dass ich ganz vergessen hatte, dass er nicht mehr in meinem Aktenkoffer war. Ich hatte heute Abend schon daran gesessen, als ich versucht hatte, das Geheimnis von *Die Hüterin der Geschichten* zu lösen. Dabei war die Antwort die ganze Zeit direkt vor meiner Nase gewesen.

So unglaublich nahe bei meinem Zuhause.

Ich öffnete eine Seite, klickte rückwärts durch die aufgelisteten Bücher und suchte eine Leseprobe.

Jamie baute sich hinter mir auf. »Verrätst du mir, was los ist, oder muss ich weiterraten? *Warum* bist du auf der Website von Evercrest Books und liest die Seite über *Die Zeitreisenden*? Glaubst du, dieses Manuskript hat mit einer Entführung durch Außerirdische zu tun? Oder hat sich dein Literaturgeschmack plötzlich geändert?«

Ich tippte auf die Seite. »Ich denke, *er* hat das geschrieben. Evan Hall.« In der Pressemitteilung gab es ein Foto vom Autor, das inzwischen wahrscheinlich veraltet war. Evan Hall hatte seit zehn Jahren kein neues Buch mehr geschrieben – seit seine *Zeitreisenden*-Serie über Nacht ein großer Erfolg geworden war und einen Film-Boom und einen Kult mit irren Fans ausgelöst hatte, die glaubten, in den Blue Ridge Mountains gäbe es tatsächlich Zugangsportale für Zeitreisen.

Auf dem Foto im Bucheinband des ersten *Zeitreisenden*-Romans schaute er nachdenklich in die Kamera, seine dunklen Haare lockten sich über seinen Augen, die tiefblau und durchdringend waren. Er war damals wahrscheinlich erst achtzehn oder neunzehn gewesen, lächerlich jung, um einen so großen Erfolg zu landen. Damit hatte der Verlag damals Werbung gemacht, um die Verkaufszahlen des Buches zu erhöhen. Es verkaufte sich gut: *Unbekannter Student der Ingenieurtechnik setzt sich hin und schreibt aus heiterem Himmel über Nacht einen Bestseller.*

Er hatte einen Sturm von Cinderella-Fantasien mit Science-Fiction-Flair unter Teenagern ausgelöst und viele Herzen erobert. Einschließlich meines Herzens. Mit dreizehn Jahren hatte ich zum ersten Mal ein Buch heimlich aus der Schulbibliothek nach Hause geschmuggelt und es im alten Brunnenhaus unterhalb des Hauses meiner Großeltern versteckt. Im Brunnenhaus wurde Fleisch und Gemüse gelagert und es war immer meine Aufgabe gewesen, es zu holen. Das Buch einfach mitzunehmen und es heimlich dort zu lesen – das war das erste Rebellische gewesen, das ich in meinem Leben getan hatte. Es war gleichzeitig ein Protest und ein Überlebensmechanismus gewesen. Eine Flucht. Meine Mutter hatte uns kurz zuvor sitzen lassen und mit ihr war auch die hauchdünne Schutzschicht zwischen meinem Vater, meinen Großeltern und uns Kindern verschwunden. Plötzlich hatte ich die Stelle meiner Mutter eingenommen und war das geworden, was sie immer gewesen war. Eine dünne Schutzwand, die sich streckt und dehnt, zerreißt und wieder geflickt wird, bevor sie wieder brutal zerrissen wird.

»Evan Hall?«, riss mich Jamies Stimme aus meinen Gedanken. »Das glaubst du doch selbst nicht!«

Ich drehte das Manuskript herum und schob es neben den Computer. »Schau dir diese Formulierungen an. Einige seiner Lieblingswörter. Jeder Autor hat welche. Und der Poststempel. Looking Glass Gap? Dort spielen die *Zeitreisenden*-Bücher. Er stammt von *dort.*«

Jamie atmete scharf ein. »Oh, jetzt weiß ich, woher ich diesen Ort kenne! Ich habe vor ein paar Jahren einen Bericht über Mode, die von Filmen inspiriert wurde, eingekauft. Erinnerst du dich an die Zeit, als ich Gastgeberin dieser kleinen Modeshow war? In dem Bericht ging es unter anderem um die *Zeitreisenden* und die Leute, die völlig verrückt danach sind. Sie pilgern zum Looking Glass Lake und ziehen Kleider aus verschiedenen Zeitepochen an. Einige von ihnen haben sogar antike Waffen und alte Münzen bei sich und wandern auf der Suche nach Zugangsportalen in andere Zeiten in den Bergen herum. Das Hintergrundmaterial zu diesem Artikel hat mir persönlich ein wenig Angst eingejagt.« Sie warf einen nachdenklichen Blick auf das Manuskript. »Aber das hier ist keine Science-Fiction. So etwas würde Evan Hall nicht schreiben.«

»Und wenn er so etwas *früher* geschrieben hat? Er tauchte mit den *Zeitreisenden*-Büchern aus dem Nichts auf. Laut seiner Biografie hat er nie zuvor etwas geschrieben. Er saß im Physikunterricht, als er eines Tages plötzlich die Idee für die *Zeitreisenden* hatte. Vielleicht war das einfach nur eine schlaue Erfindung, um dem Autor etwas Geheimnisvolles zu verleihen, als das erste Buch herauskam? ›Angehender Raumfahrtingenieur hat einen Geistesblitz und schreibt Bestseller‹ ist für das Marketing hervorragend, aber in Wirklichkeit könnte es doch sein, dass er schon eine ganze Weile geschrieben hat und versuchte, einen Verlag zu finden, der seine Sachen herausbringt.«

Jamie trommelte mit ihren elegant manikürten Fingernägeln auf die Tischplatte, während sie über diese Möglichkeit nachsann. »Hm, das wäre wirklich interessant. Dieses Phänomen hat viele Leute sehr reich gemacht. Als er ausstieg, hat er einen Haufen Leute hängen lassen, so viel steht fest. Der schlimmste Albtraum jedes Lektors.«

Ich warf wieder einen Blick auf das Manuskript, blätterte ein paar Seiten um und betrachtete Evan Halls Bild auf dem Bildschirm. »Das könnte die *Zeitreisenden*-Lizenz ziemlich aufwirbeln.«

»Und auch die Fans. Wie reagieren sie, wenn sie erfahren, dass Evan Hall nicht irgendein zeitreisendes Genie mit einer wunderbaren Vision war? Sondern einfach nur ein ehrgeiziger Autor wie jeder andere mit einer Geschichte, die sich gut verkauft?«

Auf der anderen Seite des Zimmers bellte Freitag, da ein Müllwagen draußen auf der Straße dröhnend vorbeirollte. Jamie und ich zuckten wie zwei Diebe zusammen, die auf frischer Tat ertappt werden. Dann schauten wir uns lachend an.

»Was hast du jetzt damit vor?« Jamie beugte sich näher herüber, als ich den Computer wieder heranzog. »Du kannst schließlich nicht am Montag in den Verlag marschieren und es allen sagen. Und du kannst auch nicht einfach den Autor anrufen. Evan Hall spricht weder mit seinen Fans, noch mit Reportern, Lektoren oder sonst jemandem. Das weiß ich, denn wir haben es versucht, als wir den Artikel über die Filmmode brachten. Er verschanzt sich auf seinem Berg, seit er das Schreiben an den Nagel gehängt und die Gerichtsprozesse seines Verlages gegen ihn hinter sich gebracht hat. Selbst wenn dieses Manuskript von ihm stammen sollte, würde es unter die Optionsklauseln in seinen Verträgen fallen. Du könntest die Rechte dafür nie kaufen. Was willst du also damit machen?«

Darauf wusste ich keine passende Antwort. Ich hatte keine Ahnung, wie es weitergehen sollte, aber ich fühlte mich wie in der Nacht, in der ich mit Tom Brandon auf einem verschneiten Berg festgesessen hatte. Ich war an einer wirklich großen Sache dran. »Ich bin nicht sicher. Aber ich denke, ich muss zuerst einmal herausfinden, wo er sich jetzt aufhält und wer sein Manager ist.«

8

Das Problem bei einer Obsession ist, dass man sie erst bemerkt, wenn sie schon längst von einem Besitz ergriffen hat. Die Suche nach Evan Hall gestaltete sich so, als jagte ich einen Geist. Sein Verlag hatte nichts mehr mit ihm zu tun und alle Kontakte zu seinem Literaturagenten hatte er schon vor Jahren abgebrochen. Das Studio, das die *Zeitreisenden*-Filme produzierte, hatte aus den neun ursprünglichen Romanen so viele Filme wie möglich gemacht – außer den ersten paar Folgen alle ohne den Segen des Autors –, doch jetzt war auch das vorbei. Evan Hall wohnte immer noch auf seinem Berg über Looking Glass Gap, wo er laut Aussage seines Managers keine Besuche, die mit Geschäftlichem, Büchern und Verlagen zu tun hatten, duldete.

Selbst Jamie hielt mich für verrückt, weil ich diese Sache weiter verfolgte. »Hast du den Verstand verloren?«, hatte sie gefragt, nachdem ich ihr vier Tage lang vorgejammert hatte, dass ich nicht weiterkäme. »Du bist ganz neu bei Vida House und diese Sache, die du da verfolgst, ist ziemlich aussichtslos.«

Ich wusste, dass sie recht hatte, aber diese Geschichte ließ mich nicht mehr los. Sie zehrte auf eine Weise an mir, die ich nicht erklären konnte. Bei der Teambesprechung am Montag konnte ich mich nicht konzentrieren. Ich konnte mich nur im Raum umsehen und denken: *Wer außer mir weiß etwas über* Die Hüterin der Geschichten*? Wer von diesen Leuten hat mir das Manuskript auf den Schreibtisch gelegt?*

Hatte der geheimnisvolle Unbekannte das Rätsel selbst nicht gelöst?

Wollte er nicht wissen, wie die Geschichte weiterging?

»Vergiss die ganze Sache am besten!«, hatte Jamie mich aufgefordert, als wir am Ende eines langen Dienstags gemeinsam zur U-Bahn geschlendert waren. *Ich bin deine beste Freundin und gebe dir einen guten Rat. Ich baue auf dich und deine hohe Provision, die du bei Vida House bekommst, damit du mir Geld leihen kannst, falls meine Zeitschrift schließen muss.*

Natürlich gab es nichts, das ich für Jamie nicht tun würde, aber im Moment hatte ich selbst Mühe, das nötige Geld für meine Miete zusammenzukratzen. Dazu kam, dass ich am Dienstag in der Post einen Umschlag mit Eselsohren und einem Absender aus Towash, North Carolina, bekommen hatte. Darin waren eine nette Karte und Bilder vom ersten Schultag gewesen. Ich wusste, was das bedeutete: Eine Bitte um Geld würde nicht lange auf sich warten lassen.

Ich bemühte mich, nicht daran zu denken.

Angesichts meines Kontostandes konnte ich mir keine finanziellen Eskapaden erlauben. Ich sollte beruflich auf Nummer sicher gehen, aber ich hatte bereits beschlossen, dass ich das Manuskript wieder mit zu Vida House nehmen würde – jedoch nicht mit der Absicht, es unauffällig auf den Slush Mountain zurückzulegen. Das Positive an meiner Besessenheit von diesem Manuskript war, dass der Brief meiner Schwester und die Schulfotos fast aus meinem Gedächtnis verdrängt wurden. Fast.

Am Mittwochmorgen brach ich sehr früh zur Arbeit auf. Mitch war bestimmt schon im Büro und brütete über ihrem Kriegsbraut-Projekt. Ich musste sie erwischen, solange es im Büro noch ruhig war.

Als ich am Konferenzraum mit dem Papierberg vorbeischritt und in ihr Büro trat, galt meine ganze Konzentration der *Hüterin der Geschichten* und wie sehr ich dieses Manuskript als Buch gedruckt sehen wollte.

Mitch saß an ihrem Schreibtisch und arbeitete, als ich ihren Hoheitsbereich betrat. In ihrem Büro sah es aus wie in einer Folge von *»Raus aus dem Messie-Chaos«*. Jeder freie Platz im Raum war mit Texten zum Korrekturlesen, mit Covervorschlägen, fertigen Büchern, Stapeln von Korrekturfahnen, Vorschlägen und Manuskripten jeder Form und Farbe gefüllt – zusammengeheftet, mit Spiralbindung, zusammengehalten mit Gummibändern oder mit großen Büroklammern – eben so ziemlich allem außer Isolierband. Aber selbst davon gab es wahrscheinlich irgendwo etwas. Der einzige freie

Raum war ein schmaler Pfad von der Tür zum Schreibtischstuhl und vom Schreibtischstuhl zu einem Sideboard, das ebenfalls mit Manuskripten belagert war.

Es gab keine Möglichkeit, sich zu setzen, also blieb ich stehen.

Plötzlich waren meine Handflächen schweißgebadet, wodurch sich der Umschlag in meinen Händen anfühlte, als hätte er im Morgennebel gelegen.

Mitch schaute zuerst gar nicht auf. »Ja?« Sie klang höflich, aber ungeduldig.

»Ich brauche Ihren Rat zu einem Projekt.«

»Ja?« Ihr Blick war immer noch auf ihren Bildschirm gerichtet. Ich wartete, bis sie mich ansah.

»Auf meinem Schreibtisch ist etwas aufgetaucht …« Das Blut wich aus meinem Gesicht, als ich die verbotene Ware herausholte, und mir war leicht schwindelig. Ich hörte Jamies Warnungen. *Die Menschen auf diesen Seiten werden dich auch nicht retten, wenn du deine Arbeit verlierst. Und eine Stelle wie bei Vida House findest du nie wieder …* Wie sollte ich die Sache erklären? Wie konnte ich es ansprechen, ohne zu klingen, als hätte ich den Verstand verloren?

Aber die Besessenheit ließ mich nicht los und wurde immer stärker.

Mitchs Augen zogen sich zusammen und wanderten langsam nach unten, bis sie an dem Umschlag hängen blieben. Bildete ich es mir nur ein oder war da ein Hauch von Wiedererkennen?

»Mitch, ich weiß nicht, wie das in mein Büro kam, das müssen Sie mir glauben. Ich habe es eines Morgens auf meinem Schreibtisch gefunden, aber der Poststempel ist zwanzig Jahre alt. Ich denke, es kommt von …«

Sie hob die Hand, um mich schnell zu unterbrechen. »Moment. Sprechen Sie nicht weiter. Wann genau haben Sie diesen Umschlag *gefunden*?«

»Ich habe ihn … schon seit ein paar Tagen. Lange genug, um ein wenig zu recherchieren.«

»Warum?« Ihre Haltung veränderte sich und zeigte, dass sie deutlich auf Distanz ging, während sie mich über den Rand ihrer Lesebrille hinweg anschaute. »Geben wir Ihnen hier nicht genug zu tun?«

»Ich *will* das Projekt.«

Sie blinzelte. Dann blinzelte sie noch einmal, senkte das Kinn und bedachte mich mit einem überraschten Blick. »*Was?* Sie wissen, woher das stammt, nicht wahr? Hier im Haus ist *nichts* zwanzig Jahre alt und steckt noch in einem Umschlag, es sei denn, es stammt vom ...«

»Vom Slush Mountain. Ja, ich weiß.«

Mitchs Blick schoss schnell zur Tür hinter mir und wanderte durch das Büro, über dem immer noch die Stille des frühen Morgens lag. Ihre Hand zuckte nervös, dann nahm sie schwungvoll die Brille ab und tippte damit auf die Stuhllehne. »Ich habe keine Ahnung, was hier los ist, aber ich gebe Ihnen einen guten Rat: Bringen Sie es zurück. Sorgen Sie dafür, dass so etwas nie wieder geschieht.«

»Das kann ich nicht«, platzte ich heraus. Der Kopf meiner Vorgesetzten fuhr nach hinten, als hätte ich ihr einen kräftigen Haken mit der Linken versetzt. Ich stammelte weiter: »Es zurückbringen, meine ich. Ich habe ein bestimmtes Gefühl bei der Sache. Ich glaube, ich habe herausgefunden, wer es geschrieben hat. Wenn Sie einfach ...«

»Nein! Stopp! Aufhören! Ich will nichts davon hören.« Sie schwieg einen Moment und ließ mich in der Luft hängen, während sie ihre Gedanken sammelte. »Hören Sie, Jen: Ich werde Ihnen nicht sagen, was Sie tun sollen. Aber ich *muss* Ihnen sagen, dass Sie die Entscheidung, die Sie jetzt treffen, auf eigene Gefahr treffen. Ich weiß *nichts* davon. Sie haben mich *nicht* darauf angesprochen. Und nein, ich will das, was Sie in diesem Umschlag haben, *nicht* sehen.« Dann wurde sie weicher und sogar ein wenig mitfühlender. »Ich kann nachvollziehen, dass man sich in ein Projekt verliebt. Sogar blind verliebt. Aber ich rate Ihnen, sich gut zu überlegen, ob es die Sache wert ist.«

Sie wartete, bis ihre Worte zu mir durchdrangen, bevor sie fortfuhr: »Es ist ein Glücksspiel, Jen, und ich bin nicht ganz sicher, was sie dabei zu gewinnen hoffen. Aber falls irgendjemand hier mehr über dieses Manuskript weiß, ist das wahrscheinlich George Vida. Und falls Ihnen irgendjemand Antworten geben kann, ist das wahrscheinlich auch er. Aber wie ich schon sagte: Überlegen Sie es sich gut. Ich erwarte von Ihnen Großes hier, wenn Sie Ihre eigenen Projekte verwirklichen. Ich bin Ihnen für Ihre Anregungen zur *Kriegsbraut* dankbar. Sie haben dazu beigetragen, dass es bei der Teambesprechung die richtige Note bekam. George Vida mag Sie. Glauben Sie mir: Er ist nicht zu jedem, der hier anfängt, so freundlich. Aber Sie kennen die Regeln in Bezug auf den Slush Mountain. Ob George Vida Ihnen abkauft, dass dieses Ding einfach auf Ihrem Schreibtisch *aufgetaucht ist*, weiß ich nicht. Es fällt mir im Moment selbst schwer, das zu glauben, aber … ich kann mir einfach nicht vorstellen, warum Sie als Neue in unserem Team beschließen sollten, gegen die Regeln zu verstoßen. Sie machen auf mich den Eindruck einer klugen Frau, die weiß, wie dumm das wäre.«

Ich schob den Umschlag in die Aktenmappe zurück. Mir war von Mitchs Bemerkungen ganz unwohl geworden. Sie drehte sich wieder zu ihrem Computer um und gab mir zu verstehen, dass ich ihr Büro verlassen und meine Geheimnisse mitnehmen sollte.

»Danke, dass Sie mir zugehört haben, Mitch.« Etwas in mir sagte: *Sie hat recht. Du weißt, dass sie recht hat.* Aber gleichzeitig freute ich mich, dass sie die Tür zu meiner Idee nicht ganz zugeknallt hatte. Sie hatte nur gesagt, dass ich diesen Weg auf eigene Gefahr ginge. »Ich werde es mir noch einmal überlegen.«

»Das würde ich an Ihrer Stelle auch tun. Ich habe Leute gesehen, die von einer Minute auf die andere den Verlag verließen. Das kommt nicht oft vor, aber es kommt vor. *Loyalität, Ehrlichkeit, Teamwork.* So lautet das Motto von Vida House. Aber George Vida schätzt es auch, wenn jemand einen guten Riecher hat. Die Frage ist, was überwiegt in diesem Fall? Nicht dass ich irgendetwas über diese Sache wüsste! Denn ich weiß nichts davon. Verstehen Sie?«

»Ja, ich verstehe Sie.«

»*Falls* Sie die Sache weiter verfolgen wollen, würde ich versuchen, George Vida zu erwischen, wenn die Türhüterin nicht da ist.« Mit der *Türhüterin* meinte sie natürlich Hollis.

»Danke, Mitch.«

»Danken Sie mir nicht«, murmelte sie. »Vergessen Sie nicht, dass es genauso gut sein kann, dass Sie sich mit dieser Sache Ihr eigenes Grab schaufeln.«

9

Das Flugzeug wackelte und ruckelte wegen einiger Luftturbulenzen. Die Bewegungen weckten mich, kurz bevor der Pilot verkündete, dass wir bald landen würden. Ich blinzelte verschlafen und hätte schwören können, dass ich Freitag knurren hörte. Doch dann erinnerte mich die Ansage des Piloten daran, dass ich inzwischen weit weg von zu Hause war. Ich konnte mich nicht genau an den Grund für meine Reise entsinnen, aber er war im Moment nicht wichtig. Ich wollte einfach noch ein wenig schlafen …

Ich ließ die Augen zufallen und griff nach einer Erinnerung, die, wenn auch nur verschwommen, in meinem Kopf kreiste. Etwas an den Geräuschen und Bewegungen des Flugzeugs erinnerte mich an eine Fahrt in einem wackeligen, quietschenden Wagen über eine holprige Straße. In Gedanken wanderte ich zurück und zurück und immer weiter zurück. Zurück zur Fahrt in einem verrosteten, alten roten Bollerwagen, in dem wir zu viert saßen und einen holprigen Abhang hinuntersausten. Dürre Gliedmaßen und nackte Füße ragten überall heraus.

Lachen und fröhliches Kreischen erscholl. Marah Dianes hohe Stimme übertönte alles andere. Ihre braunen Haare peitschten um Joeys Babygesicht mit den runden Wangen. Und dann fuhren wir plötzlich über einen großen Stein, die Lenkung wurde herumgerissen und es folgte ein wildes Durcheinanderpurzeln. Körper flogen in hohem Bogen in alle Richtungen. Ich sah Schnittwunden, Kratzer, Blut, Tränen. Mama kam aus dem Containerhaus gelaufen und hob im Laufen den Rock über ihren langen, gut geformten Beinen hoch, die sonst nie das Tageslicht sahen, da das nicht erlaubt war.

Das Flugzeug flog holpernd durch die widrigen Luftströmungen und warf dabei meinen Kopf so heftig nach vorne, dass ich endgültig aufwachte. Ich drückte mich wieder nach hinten in den Sitz und kehrte zu der Erinnerung zurück.

Marah Diane stand auf, deutete mit dem Finger auf ihren Bruder und hielt sich das Knie. Joey lag wie eine Puppe im Graben und schrie wie am Spieß, aber er hatte keinen einzigen Kratzer abbekommen.

»*Du* bist schuld! Das war *deine* Idee!« Marah Dianes Stimme war schrill und scharf wie die hartnäckigen Rufe der Pieper-Waldsänger, die die Stille der Bergluft durchschnitten. *Petzen* nannten wir diese Vögel, weil sie immer *teacher, teacher – Lehrerin, Lehrerin* – zu rufen schienen. Ich hasste diese Stimmen: die der Pieper-Waldsänger und die von Marah Diane. Zwischen Marah Diane und mir herrschte ein ständiger Schwesternkampf. Da wir vier Kinder wie die Orgelpfeifen waren, jeweils zwei Jahre auseinander, kämpften wir immer miteinander um Platz und Raum, aber Marah Diane und ich waren am schlimmsten.

Als der Wagen umkippte, galt meine größte Sorge Joey. Er war etwas Besonderes, da er ein Junge war. Solange ich mich erinnern konnte, hatte ich mich immer um das jüngste Kind kümmern müssen. Meine Mutter begann erst jetzt wieder damit, auf uns Kinder zu achten.

Mama lief zuerst zu Joey, an Marah Diane und ihrem aufgeschürften Knie vorbei. Coral Rebecca lag mit dem Gesicht nach unten auf der Straße, unter den dichten weißblonden Haaren vergraben, die ihr ihren ungewöhnlichen Namen beschert hatten. Sie sparte sich die Energie zu weinen. Mit ihren dreieinhalb Jahren rollte sie sich einfach herum, setzte sich auf und betrachtete den angerichteten Schaden. Sie wollte keine Aufmerksamkeit auf sich ziehen. Das war aber gar nicht so leicht, da sie wegen ihrer Haare überall Aufmerksamkeit erregte.

»Es war *deine* Schuld!«, rief Marah Diane wieder, die es eilig hatte, einen Schuldigen zu finden.

»Niemand ist daran schuld.« Mama rettete Joseph John aus dem Graben, sah nach, ob er verletzt war, und drehte sich dann mit einem erleichterten Seufzen zu uns anderen herum. Joey hatte keinen einzigen Kratzer abbekommen. Er war von der Straße geflogen, ohne sich zu verletzen, da er leichter und aerodynamischer war als wir anderen.

Aerodynamisch. Dieses Wort hatte ich erst eine Woche zuvor in der dritten Klasse in Towash gelernt. Wir hatten über die Apolloflüge zum Mond gesprochen. Es erschien unmöglich, dass Menschen auf dem Mond gestanden hatten, noch bevor ich geboren wurde. Der Mond erschien von den Bergen North Carolinas aus so klein.

»Kommt, wir bringen das wieder in Ordnung. Es ist ja nichts Schlimmes passiert.« Mama stand mit Joey in den Armen da, nahm Marah Diane an der Hand und schaute sie mit ihren sanften, tröstenden Augen an. Ich hatte das im Laufe der Jahre vergessen: Wie sanft sie gewesen war und dass sie nichts von dem verriet, was zu Hause schiefgelaufen war, während Papa auf den Feldern arbeitete, im Wald die *Coonhounds* für die Waschbärenjagd abrichtete oder sich irgendwo als Tagelöhner verdingte – falls es Arbeiten gab, die er annehmen konnte. Denn der Sohn eines Diakons der Heiligen Brüder von Lane's Hill durfte nicht einfach irgendeine Arbeit verrichten. Ich war damals stolz darauf gewesen, dass mein Großvater eine besondere Stellung in der Gemeinde innehatte.

Ich war auch stolz darauf gewesen, dass meine Mutter mit ihren dunklen Haaren und leuchtenden Augen sehr schön war. Über ihre Schönheit war sogar in der Gemeinde geflüstert worden, obwohl das nicht gerne gesehen wurde, weil die Schönheit einer Frau nur dazu diente, einen Mann zur Sünde zu verführen. Genauso, wie meine Mutter nach Ansicht der Gemeindeglieder meinen Vater verführt hatte. Er hatte eine Frau geheiratet, die nicht aus der Gemeinde der Heiligen Brüder stammte, was sehr kritisch gesehen worden war und ihm wahrscheinlich den Weg versperrt hatte, jemals Diakon zu werden. Die Ehe war zwar geduldet worden, da meine Mutter in die Gemeinde eingetreten war. Dennoch war immer deutlich betont worden, dass ihre Ehe unrein wäre und dass auch Mama selbst unrein sei.

Das Flugzeug setzte zum Landeflug an und riss mich unsanft aus meinen Erinnerungen. Von meiner Mutter waren so wenige Erinnerungen übrig geblieben, dass mir ein Blick auf jene Jahre wie ein Porträt erschien, aus dem einzelne Teile herausgeschnitten worden waren. Es war frustrierend. Und ein wenig beunruhigend.

Warum setzt eine Frau sechs Kinder in die Welt und verschwindet dann, ohne ein Wort zu sagen, und lässt nie wieder etwas von sich hören? Auf diese Frage wusste ich immer noch keine Antwort.

Ich hatte es vor Jahren aufgegeben, meine Mutter zu suchen oder sie verstehen zu wollen.

Meine Augen waren trocken und schwer und ich brauchte eine Weile, bis ich klar sehen konnte. Ich hörte Freitag wieder knurren, als das Flugzeug über die Landebahn rollte. Etwas bewegte sich neben meinem Fuß und ein kurzes Kläffen ließ mich in die Höhe fahren. Ich schaute nach unten und sah Freitag, der in der gepolsterten Transportbox unter dem Sitz saß. Ich hatte sie mir in einem Anflug von Verzweiflung in letzter Minute von Jamies Mutter ausgeliehen, nachdem ich niemanden gefunden hatte, der sich für ein paar Tage um den Hund kümmern konnte.

Schlagartig erinnerte ich mich an alles: mein Gespräch mit George Vida, der auf meine Theorie in Bezug auf Evan Hall mit Skepsis, aber auch mit Interesse reagiert hatte. Der Chef hatte mir das Manuskript aus den Händen genommen, um sich selbst ein Bild zu machen. Am nächsten Morgen schon hatte Hollis die Dienstreise für mich gebucht und noch am selben Tag wurde ich auf eine Art Zeitreise geschickt, zurück an den Ort, an den ich nie hatte zurückkehren wollen. In die Blue Ridge Mountains mit ihren schmerzlich schönen Bergen und Tälern, den vertrauten Geräuschen und Gerüchen und den abgelegenen Orten, in denen eine unbeschreibliche Not herrschte.

In den letzten vierundzwanzig Stunden hatte ich zwei Dinge gelernt: Erstens, wenn George Vida etwas wollte, scheute er keine Kosten und Mühen, um es zu bekommen. Er wollte wissen, ob dieses Manuskript von Evan Hall war, und falls es von ihm war, wollte er es haben. Zweitens, kleine Hunde sind bei vielen Flügen in einer Transportbox erlaubt, solange die Box unter den Sitz passt. *Das ist keine große Sache. Meine Mutter macht das ständig,* hatte Jamie beharrt. *Nimm ihn einfach mit. Ich bringe dir sogar ihre Transportbox für den Hund.* Das war ihre Art, mit ihren Schuldgefühlen umzugehen, weil sie nicht hatte einspringen wollen, als klar wurde, dass die Kinder auf dem Gang nicht auf Freitag aufpassen konnten. Jamies Schwester hatte einen Hochzeitstermin festgelegt und sie planten, am Wochenende Kleider kaufen zu gehen.

Und so waren Freitag und ich gemeinsam zu dieser Reise aufgebrochen, die uns tausend Meilen von zu Hause fortbrachte. Völlig ungleiche Partner, die auf Gedeih und Verderb zusammenhalten mussten. Freitag war alles andere als begeistert.

Ich hörte ein verdächtiges Geräusch und es wurde schnell klar, dass Freitag gerade etwas von sich gegeben hatte, das auf beengtem Raum mit vielen Menschen unentschuldbar ist.

»Igitt!«, kreischte das kleine Mädchen vor mir. »Mama, er hat es wieder gemacht.«

Die Mutter warf einen finsteren Blick zwischen den Sitzen nach hinten, während sie aufstand und es nicht erwarten konnte, aus dem Flugzeug zu stürmen, sobald sich die Türen öffneten.

Schamesröte zog an meinem Hals hinauf und meine Ohren glühten.

»Was geben Sie diesem Tier zu fressen?« Der Mann Mitte dreißig auf der anderen Seite des Ganges verzog scherzhaft das Gesicht. Wir hatten uns ein wenig unterhalten, bevor ich eingeschlafen war. Er flog nach Kitty Hawk, um bei einer Strandhochzeit seine Jugendliebe zu heiraten. Eine wunderbare Geschichte.

»Tut mir leid. Freitag kommt nicht viel aus dem Haus.«

»Den Grund dafür kann ich mir denken«, grinste er, dann hielt er die Schlange auf dem Gang hinter sich auf, damit ich Freitags Box unter dem Sitz herausziehen konnte.

Freitag knurrte, erneut stieg ein widerlicher Lufthauch nach oben und das Kind auf dem Nachbarplatz stöhnte: »Ich will hier raus!«

Jamie könnte etwas erleben! Aus ihrem Mund hatte es so einfach geklungen, den Hund im Flugzeug mitzunehmen, fast, als wäre es ein lustiges Abenteuer für Hund und Besitzer. Aber bei Freitag war nichts einfach.

Mein Sitznachbar berührte mich am Arm. »Hey, vergessen Sie Ihre Aktentasche nicht.«

Ich warf einen erschrockenen Blick auf meine Tasche, packte sie und hängte sie mir über die Schulter. Meine Nerven lagen heute blank. Die Gründe dafür steckten in dieser Aktentasche. Der eine Grund war das angefangene Manuskript von *Die Hüterin der Geschichten* und der andere ein zweiter Umschlag von Coral Rebecca. In diesem Umschlag steckten keine Schulfotos und netten Grußkarten. Ich hatte noch nicht einmal den Mut aufgebracht, ihn aufzumachen, sondern ihn nur in meine Aktentasche gesteckt und mitgenommen.

Ich fühlte seine erdrückende Last, während ich den Gang entlangging. Meine Schwester hatte keine Ahnung, dass ich soeben nur wenige Stunden von zu Hause gelandet war. Ich war auch immer noch nicht sicher, ob ich es ihr sagen wollte. Es wäre viel leichter, einfach zu kommen und zu gehen und nie ein Wort darüber zu verlieren.

Ich dachte über diese Möglichkeit nach, während ich Freitag und mein Gepäck durch den langen Gang schleppte.

Der Flughafen in Charlotte hatte sich in den letzten zehn Jahren kaum verändert. Allerdings erschien er mir jetzt viel kleiner. Als ich nur einen Tag nach meinem Collegeabschluss in Clemson nach New York City aufgebrochen war, hatte der Flughafen riesig gewirkt. Ich war damals das erste Mal in einem Flugzeug und sogar in einem Flughafen gewesen.

Wilda hatte mir genaue Anweisungen gegeben, bevor ihr Sohn, Richard, meine Reisetasche – meinen ganzen Besitz – aus dem Kofferraum geholt und sie mir vor dem Eingang zum Flughafen gereicht hatte. Ich hatte innerlich eine Todesangst ausgestanden, war aber äußerlich so still gewesen wie ein kalter Wintermorgen. Clemson war eine Sache, aber New York war mir damals wie die andere Seite der Erde erschienen. Ich hatte zu Wildas großem Haus am Honey Creek laufen wollen. Mein Versteck. Meine Zuflucht.

Aber ich wusste, dass sie das nicht zulassen würde. In meinen drei Jahren in Clemson hatte sie nur einmal angeboten, mich nach Hause zu holen. Nur für die Beerdigung meines kleinen Bruders. Mehr hätte ich nicht verkraftet. Joey hätte nicht mit dreizehn Auto fahren sollen, aber er hatte es getan, und dann war er tot gewesen. Meine Großmutter hatte mir Vorwürfe gemacht. Sie hatte geschimpft, dass das nicht passiert wäre, wenn ich da gewesen wäre und auf ihn aufgepasst hätte.

Danach hatte es Wilda für besser gehalten, dass ich Abstand zu meiner Familie hielt. Damit hatte sie zweifellos recht gehabt. Meine Familie hatte sich nicht für meinen Collegeabschluss oder meine Pläne interessiert zu studieren und in New York ein Praktikum bei einem Verlag zu machen. Niemand aus Lane's Hill hatte es für nötig gehalten, sich von mir zu verabschieden, aber Wilda hatte mit zitterndem Kinn vor dem Flughafen gestanden, als ich allein in die große Halle gegangen war.

Ich konnte sie auch jetzt noch im Geiste dort stehen sehen, mit Richard an ihrer Seite, der unbeholfen mit seinem guten Arm gewinkt hatte, bis ich durch die Türen verschwunden war. Plötzlich wünschte ich mir, dass sie draußen stehen und auf mich warten würden, um mich bei meiner Rückkehr zu begrüßen.

Sie waren natürlich nicht da.

Richard ist wahrscheinlich inzwischen auch schon gestorben. Dieser Gedanke beschäftigte mich, während Freitag und ich uns unseren Weg zum Mietwagenschalter bahnten. Richard hatte schon damals gesundheitliche Probleme gehabt. Da Wilda nur ein halbes Jahr, nachdem ich nach New York gegangen war, gestorben war, hatte ich keine Ahnung, was aus ihrem Haus, den Gärten und dem Obstgarten geworden war. Wahrscheinlich gehörten sie jetzt jemand anderem.

Die Realität holte mich ein, als ich am Schalter für die Mietautos stand und dem Mitarbeiter die Papiere reichte, die mir Hollis mitgegeben hatte.

»Ach, Sie wollen nach Looking Glass Gap.« Er zog das letzte Wort unnatürlich in die Länge und schaute mich mit hochgezogener Braue an. »Sie wollen ins Kriegerlager? Dazu haben Sie aber viel zu wenig Gepäck. Wo ist Ihr Kostüm?«

»Ich glaube, ich habe es an.« Meine verständnislose Miene entlockte ihm ein Lachen.

»Sie schreiben also nur für die Presse über die Kriegerwoche?« Er unterstrich seine Vermutung mit einem Kopfnicken.

»Krieger … was?«

Er stützte die Hände theatralisch auf die Theke. »Ich habe mir schon gedacht, dass Sie nicht so aussehen, obwohl man das natürlich nie genau sagen kann. Ganze Familien kommen hier durch. Väter, Mütter, kleine Kinder. Manchmal tragen sie ihre Kostüme schon hier im Flughafen. Manchmal bleiben sie inkognito, bis sie zum Looking Glass Lake kommen. Aber meistens habe ich einen guten Blick für die Zeitreisenden. Es ist Kriegerwoche. Eine ganze Woche lang ist ein großes Lager aufgebaut. In jedem Frühling und Herbst. Fantreffen. Einige glauben wirklich, sie bräuchten *kei-*

nen Rückflug zu buchen, wenn Sie verstehen, was ich meine. Wenn Sie nur zu einem ruhigen Urlaub hier sind, sollten Sie Ihre Reisepläne vielleicht ändern und etwas anderes buchen. Vielleicht den Pisgah-Nationalforst oder die Highlands? Übrigens, möchten Sie gegen einen kleinen Aufpreis nicht lieber ein Auto mit Allradantrieb? Man weiß um diese Jahreszeit nie, wie das Wetter wird und welche Straßenverhältnisse einen erwarten.« Er bewegte eine Hand vage durch die Luft und deutete auf irgendeine Bergstraße in weiter, weiter Ferne.

Ich merkte, wie mein Lächeln langsam erlosch. Ich hatte ausgerechnet eine Woche erwischt, in der ein großes Fantreffen stattfand? Hollis hatte diese Reise gebucht. Sie hatte erwähnt, dass die Hotels voll seien und sie die letzte Hütte in der ganzen Stadt, draußen am Looking Glass Lake gebucht habe. Kein Wunder, dass sie kein anderes Zimmer gefunden hatte! In Looking Glass Gap herrschte wahrscheinlich Chaos und die ganze Stadt platzte vor *Zeitreisenden*-Fans aus allen Nähten.

Das war mit Abstand die ungünstigste Zeit, um Evan Hall sprechen zu wollen. Er hatte sich bestimmt auf seinem Familienanwesen außerhalb der Stadt verschanzt, um dem Massenansturm zu entfliehen, während Reisebusse vor seinem Tor standen und unermüdliche Fans hofften, einen Blick auf den Mann zu erhaschen, der diese ganze Welle ins Rollen gebracht hatte. Ich hatte ein paar Fotos in Fan-Blogs im Internet gesehen.

»Oh, Mann! Das ist nicht gut.« Meine Chancen, hier etwas zu erreichen, lagen wahrscheinlich bei null. Ich hätte einen klareren Kopf behalten sollen, als George Vida mich losschickte. Ich hätte um eine oder zwei Wochen Zeit bitten sollen, um die Situation genauer auszuloten und eine Strategie zu entwickeln. Aber ich hatte befürchtet, dass er seine Meinung ändern würde. Oder dass ich meine Meinung ändern würde. Wenn wir mehr Zeit hätten, würde einer von uns sicher zur Vernunft kommen.

»Ich dachte, das große Treffen wäre immer im Frühling.« Meine Panik wuchs. Von dieser Dienstreise hing so viel ab. Wie konnte ich zu George Vida zurückkehren und ihm gestehen, dass ich absolut nichts erreicht hatte?

»Im Frühling ist die Wilde Woche. Im Herbst die Kriegerwoche.

Sie beginnt immer am dritten Donnerstag im Oktober. Jedes Jahr«, klärte mich der Mann auf.

Das Manuskript fühlte sich plötzlich an wie ein tanzendes Nilpferd, das an meine Schulter gekettet war.

»O-kay. Okay …« *Denk nach, denk nach!* Ich ließ meinen Blick über den Gang des Flughafens wandern und bemerkte plötzlich einen Freibeuter aus dem achtzehnten Jahrhundert, der einen Umhang und Stiefel, die bis über die Knie reichten, aus seiner Reisetasche holte und die Sachen anzog. Ein Stück weiter glaubte ich, Abraham Lincoln und seine Frau Mary Arm in Arm zur Tür hinausgehen zu sehen.

»Soll ich Ihnen vielleicht die Angebote unserer Partnerhotels heraussuchen? In einer anderen Stadt?« Der Angestellte rümpfte die Nase und schnupperte. »Was *riecht* hier so?«

Freitag, der neben meinem Gepäck stand, machte sich wieder bemerkbar.

»Keine Ahnung.« Wo war die gute Fee mit dem Zauberstab und den Glaspantoffeln, wenn ich sie brauchte? Sie hätte Freitag in ein Wesen mit guten Umgangsformen verwandeln können. Zum Beispiel in einen Lakaien. »Ich nehme das Auto, das für mich reserviert wurde. Wenn ich vor Einbruch der Dunkelheit dort sein will, sollte ich jetzt fahren.«

Der Mann reichte mir meine Papiere. »Dann viel Glück! Einen schönen Aufenthalt in Looking Glass Gap!«

10

Kalte Luft strömte in meine Lunge, als ich aufwachte, blinzelnd die handbearbeiteten Dachbalken der Hütte betrachtete und mich erinnerte, wo ich mich befand und warum ich gekommen war.

Der Erstickungstraum hatte mich seit Jahren nicht mehr geplagt, aber jetzt war er klar und deutlich in meinem Kopf wie ein Kinofilm, der auch dann noch weiterläuft, wenn im Kino das Licht schon angegangen ist.

Dieses Mal standen wir sechs im Traum am Ufer des Looking Glass Lake. Die Luft roch nach Kiefern und Robinienblüten, wilder Zaubernuss und Holzrauch. Marah Diane, Coral Rebecca, Evie Christine und ich hatten unsere Röcke zwischen den Beinen nach oben gebunden und den Saum in den Bund gesteckt, wie wir es zu Hause nie wagen würden. Joey hatte die Hosenbeine hochgerollt und Lily Clarette, die zur Welt gekommen war, nachdem die zwei tot geborenen Babys im Obstgarten beerdigt worden waren, trug ein altes T-Shirt unseres Vaters, das so lang wie ein Kleid an ihr hing.

Wir lernten schwimmen. Selbst im Traum war mir bewusst gewesen, dass das nur ein Fantasieprodukt war und keine Erinnerung. Ich hatte schon immer schwimmen können. Unten am Honey Creek gab es ruhige Badestellen mit klarem Wasser und Wasserfälle, die sich sprudelnd in Teiche ergossen. Marah Diane und ich waren heimlich zu diesen Stellen gelaufen, seit wir alt genug waren, um uns aus dem Haus zu schleichen, wenn Mama und die kleineren Kinder schliefen.

Aber in meinem Traum war es der Looking Glass Lake und nicht eine Stelle am Honey Creek. Das kalte, von einer Quelle gespeiste Wasser lag klar und still da. Seine Oberfläche wirkte wie ein Spiegel, solide und makellos. Ein zweiter Himmel war darin zu sehen und ein Falke, der kunstvoll seine Kreise zog.

Looking Glass Gap lag weit weg auf der anderen Seite. Für uns verbotenes Gebiet. Ich hatte bereits beschlossen hinüberzuschwimmen und mir den Ort anzusehen, von dem ich gelesen hatte. Den Ort, an dem einen ein magisches Zeitportal von den ganzen Problemen dieser Welt fortholen und in die Arme eines Beschützers bringen konnte. Nathaniel, ein Wächter, ein Zeitreisender, war ganz anders als die gnadenlosen Männer, die ich kannte. Seine starke, sanfte, verzweifelte Liebe zu Anna, einer bloßen Sterblichen, war der Traum, an den ich glauben wollte.

»Duu bekommst von Papaa die Ruute«, sagte Marah Diane mit ihrem leichten Sprachfehler, der die Worte langsam und zäh wie Sirup machte. »Du wirst schon sehen. ›Wer sündigt, ist vom Teufel, denn der Teufel sündigt von Anfang an.‹«

»Das ist nur Wasser.« Das Wasser floss kühl und angenehm um meine Füße, als ich hineinstieg.

»Das musst du selbst ausbaden. Ich helfe dir nicht«, rief Marah Diane. »Sünderin!«

Ich schwamm hinaus, bis ich weit genug weg war, sodass mich die Worte meiner Schwester nicht mehr erreichen konnten. Papa konnte mich auch nicht erreichen. Ich war für alle unerreichbar. Ich drehte mich auf den Rücken, schaute zum Himmel hinauf, beobachtete den Falken und fühlte mich frei. Endlich frei.

Doch dann zog mich etwas nach unten und zerrte mich unter die Oberfläche. Ich konnte die Luft sehen, sie aber nicht einatmen, ich konnte schreien, aber keinen Ton über die Lippen bringen, die Hände ausstrecken, aber nichts berühren.

Ich starrte zu den Holzbalken über meinem Kopf hinauf und wartete, dass sich mein Herzschlag beruhigte, während mein Hirn zwischen der Vergangenheit und Gegenwart hin und her geworfen wurde und versuchte, wieder klar zu denken.

Mit dreizehn war ich für die Wäsche und das Aufpassen auf die Kleinen verantwortlich gewesen und sollte helfen, dass die Mahlzeiten auf den Tisch kamen. Wir waren aus dem kleinen Containerhaus unten an der Straße umgezogen und wohnten jetzt im Haus meiner Großeltern, damit Oma Leena ein Auge auf uns haben konnte. Da mein Großvater nur wenige Monate, nachdem meine Mutter verschwunden war, gestorben war, war Platz im Haus. Aber im Herzen meiner Großmutter war kein Platz für uns. Wir waren nach wie vor befleckt und unrein. Die Kinder unserer Mutter. Lästige Bälger.

In meinem Traum waren immer meine Geschwister bei mir und jedes Mal schimpfte Marah Diane mit mir, weil ich diese ersten Schritte ging. Und jedes Mal ging ich sie am Ende trotzdem. Ich ließ sie zurück, alle fünf. Und immer, wenn ich die ersten süßen Tropfen der Freiheit schmeckte, packte mich etwas und zog mich in die Tiefe. Vom Himmel herab, unter das Wasser, durch den Boden, wo sich die Erde über meinem Kopf schloss wie der Treibsand in den Filmen, die ich nur gelegentlich in der Schule gesehen hatte, da wir zu Hause keinen Fernseher besaßen.

Die Träume endeten immer in einem furchtbaren, schmerzlichen, gewissen Tod. So, wie es uns immer angedroht worden war, falls wir uns je von dem Leben in Lane's Hill abwenden würden.

Es gefiel mir überhaupt nicht, dass der Traum ausgerechnet an diesem Morgen zurückkam und dass er auch jetzt noch die Macht hatte, mich keuchend und nach Luft ringend aus dem Bett zu holen.

Ich warf die Decke zurück, stand auf und schaute mich im trüben Morgenlicht in der Hütte um. Diese Hütte war nichts Besonderes. Sie war zweifellos irgendwann in der Vergangenheit als Fischerhütte gebaut worden. Sie war nicht besonders groß. Unter dem spitzen Dach befand sich auf einer Seite ein kleiner Dachboden zum Schlafen, der nur über eine Leiter zugänglich war.

Nachdem ich gestern Abend angekommen war und den Schlüssel im Briefkasten am Ende der Zufahrt gefunden hatte, hatte ich unten auf dem Ausziehsofa geschlafen, ohne mir die Mühe zu machen, das Sofa auszuziehen. Ich fürchtete mich ein wenig davor, wie die Matratze wohl aussehen würde. Das Sofa war alt, mit einem goldbraun karierten Überzug, auf dem wohl schon mancher Fischer geschlafen hatte.

Allerdings hatte man von der Hütte aus einen unglaublichen Blick. Durch die Kiefern sah ich das Wasser funkeln. Der See war genauso verlockend wie gestern Abend, als sich das Mondlicht auf der Oberfläche gespiegelt hatte. Der Looking Glass Lake war genauso schön, wie ihn Evan Hall in seinen Büchern beschrieben hatte, genauso magisch. Obwohl dieser Ort keine Autostunde von der Farm entfernt lag, auf der ich aufgewachsen war, hatte ich ihn außer durch die Worte in seinen Büchern noch nie gesehen. Als Teenager hatte ich ihn mir oft vorgestellt. Doch wenn ich gefragt hätte, ob ich hierherkommen dürfe, hätte ich damit zugegeben, *Die Zeitreisenden* gelesen zu haben. Dafür hätte ich mir unausweichlich eine strenge Strafe eingehandelt. Nicht einmal Wilda Culp wäre von meiner neuen Faszination begeistert gewesen, da mir damals ihre große Bibliothek mit Klassikern zur Verfügung stand.

Mein Mietwagen vor der Hütte sah ziemlich mitgenommen aus, denn der ausgeschwemmte Lehmweg zum Grundstück war abenteuerlich gewesen. Aus dem Zustand des Weges schloss ich, dass schon eine ganze Weile niemand mehr hier gewesen war. Auch die Möbel sahen für eine Miethütte eigentlich zu abgewohnt aus und die Glühbirnen ganz oben an der Decke unter dem Dach waren kaputt. Ich hatte gestern Abend nur den schwachen Schein einer Stehlampe mit Hirschgeweih und Metallstange zur Verfügung gehabt.

Heute Morgen tat die Sonne sehr gut, die rosa und bernsteinfarben auf der anderen Seeseite über den Bergen aufging und immer höher stieg. Hier unten im Tal waren die Sonnenstunden knapp und die Orte waren noch wie unter einem Mantel aus Schatten und Nebel eingehüllt. Diese Landschaft war der perfekte Nährboden für Geschichten von Schattenwesen, Geistern und von »Speerfinger«, der Cherokee-Hexe, die vorlaute Kinder weglockte und dann ihre Leber aß. Der See war der ideale Ort, an dem Evan Halls außerirdische Zeitreisende die geheimen Zugangsportale verstecken konnten, durch die sie in der Lage waren, Raum und Zeit zu verkrümmen und sogar Krieg gegen die Herren der Finsternis zu führen. Was unter dem Wasser lag, war durch das Spiegelbild der Bäume, des Himmels und der Felswände mit ihren silbern leuchtenden Wasserfällen verborgen.

Die gemalten Bilder an den Hüttenwänden gaben den See zu verschiedenen Jahreszeiten wieder: das Ufer und die Bäume, den Schnee im Winter, Hartriegel und Judasbäume im Frühling, bunt leuchtende Blätter im Herbst. Ich ging nahe an ein Bild heran, warf einen Blick aus dem Fenster und sah dann wieder zur Leinwand. Es war derselbe Blick. Das Bild war hier gemalt worden. Es war schön. Ein kleines Kunstwerk.

Der Name des Künstlers war in der unteren Ecke zwischen umbrabraunen und weinroten Blättern verborgen, die neben einem verlassenen Gartenrechen aufgehäuft waren. *H. Hall.*

Vielleicht ein Verwandter von Evan Hall? Konnte ich tatsächlich so viel Glück haben?

Schwer zu sagen. *Hall* war hier in der Gegend ein häufiger Name. Trotzdem könnte vielleicht eine Verbindung bestehen …

Freitag wachte auf, gähnte und streckte sich und beobachtete mich dann von seinem neuen Lieblingssessel aus, während ich mich in der Hoffnung auf Hinweise nach Kontaktinformationen des Eigentümers in der Hütte umsah. Hollis hatte mir nichts Genaueres gesagt.

»Hallo, dort im Haus!« Das Echo einer Stimme drang durch das Fenster herein. Es überraschte mich und versetzte mich gleichzeitig in eine andere Zeit zurück. In dieser abgelegenen Waldgegend näherte man sich nie einem fremden Haus, ohne sich vorher laut bemerkbar zu machen, um sicherzustellen, dass man willkommen war. Wer gegen dieses Gebot verstieß, musste damit rechnen, dass ein Gewehr in seine Richtung abgefeuert wurde oder – noch schlimmer – dass man direkt zur Zielscheibe mutierte. Wo Marihuanafelder zwischen Maisfeldern versteckt waren, Drogenlabors wie Pilze aus dem Boden schossen und schwarz gebrannter Schnaps und Erdbeerbrandy sowohl eine Sache der Ehre als auch des Lebensunterhaltes waren, lebten die Menschen aus gutem Grund abgeschieden. Sie hatten ihre Geheimnisse, die sie für sich behalten wollten.

Freitag bellte laut, als ich die Tür öffnete und hinaustrat. Ich trug immer noch meinen Jogginganzug und meine Haare waren unfrisiert. Ein Mann kam vom See herauf. Sein Gesicht lag abgesehen von der Spitze eines langen, schütteren grauen Bartes im Schatten seines abgenutzten braunen Hutes versteckt. Als er so aus dem Nebel kam und ihn das gedämpfte Licht von hinten beleuchtete, schien er direkt dem Wasser entstiegen zu sein.

Ich stand auf der Veranda, schlotterte ohne Schuhe und ohne Jacke und wartete, während er näher trat. Er schaute mir nicht in die Augen, als er die Stufen heraufstieg, sondern schien mich nur aus dem Augenwinkel heraus zu beobachten. Das war hier keine seltene Angewohnheit, aber Wilda Culp war fest entschlossen gewesen, mir das abzugewöhnen.

Hinterwäldlerisch hatte sie es genannt. *Entschuldige dich nicht dafür, dass du da bist, Jennia Beth Gibbs. Eine Frau muss mit Selbstvertrauen in die Welt gehen. Solange sie das nicht kann, ist sie noch keine Frau, sondern nur ein Mädchen. Schau den Leuten in die Augen, wenn du mit ihnen sprichst.*

Der Mann auf der Veranda blieb ein Stück von mir entfernt stehen und war sichtlich unsicher, was er mit mir anfangen sollte. Freitag baute sich zwischen uns auf, hatte den Rücken gekrümmt und seine Fettröllchen wackelten, während er tief knurrte.

»Freitag, still!« Er ignorierte mich natürlich.

»Ist in der Hütte alles in Ordnung? Brauchen Sie etwas?«

Ich brauchte einen Moment, um seine Worte zu übersetzen. Die alten Leute hier in den Blue Ridge Mountains hatten ihre eigene Sprache mit einer eigenen Melodie, einer Mischung aus zusammengesetzten Wörtern, die man nur verstand, wenn man von hier stammte.

»Danke. Es passt alles. Ich habe den Schlüssel im Briefkasten gefunden. Das war kein Problem. Danke, dass Sie nachfragen.« Da hörte ich es: das leichte Dehnen der Silben am Ende des Satzes, ein kleiner Schritt zurück in die alte Heimat.

Er schaute zum Himmel hinauf. Ich sah nur ein Funkeln graublauer Augen zwischen der faltigen Haut und den dunklen Brauen. Ich dachte an alles, was ich über Melungeons gelesen hatte. Konnte er einer sein? Hatte ich je Melungeons *gekannt?* Soweit ich gelesen hatte, waren die meisten weiter in den Westen nach Tennessee abgedrängt worden, aber einige waren geblieben, verbargen aber ihre Herkunft unter dem Staub von Familiengeheimnissen und behaupteten, sie wären kreolische Franzosen oder Spanier. Zweifellos war Melungeon-Blut in diesen Bergen im westlichen North Carolina weitverbreitet, wo die ersten europäischen Kundschafter Menschen mit sonderbaren blauen Augen entdeckt hatten, die schon 1654 in Dörfern aus Blockhäusern gewohnt hatten.

»Ich habe den Auftrag, nach Ihnen zu sehen.« Sein Tonfall verriet mehr als seine Worte. Er war nicht begeistert, dass er mit mir sprechen sollte. »Miss Hall hat heute oben im Laden viel zu tun, da diese ganzen Verrückten in der Stadt sind.« Er wagte einen weiteren Blick in meine Richtung. Dieses Mal war er ein wenig länger und verriet deutlich, dass er mich einschätzen wollte. Er versuchte herauszufinden, ob ich zu diesen Verrückten gehörte.

»Ich hatte keine Ahnung, dass ich eine Woche erwische, in der so viel los ist. Sagten Sie, sie hat einen Laden in der Stadt? Ich möchte mich gerne bei ihr dafür bedanken, dass ich in der Hütte wohnen darf. Ich habe den Eindruck, dass sie normalerweise nicht vermietet wird.«

Ich hatte die Signatur der Künstlerin noch im Hinterkopf. *H. Hall.* Vielleicht war das ein guter Ausgangspunkt.

»Normalerweise vermietet sie die Hütte nicht. Nein.«

»Sie schauen hier also nach dem Rechten?«

»Ich mache, was nötig ist. Hauptsächlich Gartenarbeit. Und ich kümmere mich um die Wurzelstellen.«

Ich nickte, da ich wusste, was es mit den Wurzelstellen auf sich hatte. Meine Großmutter kannte sie auch. Stellen im Wald, die ihr ihre Mutter und Großmutter gezeigt hatten. Geheim gehaltene Stellen, an denen Ginseng-Wurzeln, rote Teppichbeere, Klapperschlangenkraut und andere Heilpflanzen wuchsen. Dinge, die man essen, verkaufen, gegen andere Sachen eintauschen oder zur Behandlung von Leiden verwenden konnte. Noch heute waren Ginseng-Wurzeln in den Bergen so gut wie Bargeld und gute Ginseng-Hänge wurden streng bewacht – wenn es sein musste, mit Waffen, Fallen und Hunden.

Meine Großmutter verriet niemandem, wo ihre kostbaren Plätze waren. Da ich das älteste Mädchen war, wäre dieses Geheimwissen eigentlich an mich übergegangen, wenn ich geheiratet und eine eigene Familie gegründet hätte. Vielleicht gehörten die Wurzelplätze jetzt Marah Diane. Vielleicht sammelte sie die wild wachsenden Pflanzen, ging damit an den Markttagen in die Stadt und tauschte sie gegen Dinge, die ihre Familie brauchte. Tauschhandel war in der Gegend von Lane's Hill und Towash üblicher als die Bezahlung mit kaltem, harten Bargeld.

Mich erstaunte erneut, wie weit dieser Ort von New York City entfernt war. Es war, als wäre man auf der anderen Seite der Erdkugel gelandet. Oder sogar auf einem anderen Planeten. In New York käme niemand auf die Idee, in ein Geschäft zu gehen und eine Handvoll Wurzeln, an denen noch die Erde klebte, als Bezahlung für eine Rechnung anzubieten. In Towash war das eine selbstverständliche Sache.

»Können Sie mir sagen, welcher Laden Mrs Hall gehört?«

Eine Antwort schien dem Fremden zu widerstreben, doch schließlich verriet er: »Der Medizinladen. Mountain Leaf.«

»Danke, dann gehe ich dorthin.«

Er wandte sich um und wollte die Veranda verlassen. Freitag trat einen Schritt vor und schnüffelte hinter dem Hosenbein des Mannes in der Luft. Ich bückte mich und schwang den Hund auf meine Arme, während der Mann auf den Stufen stehen blieb und sich wieder zu mir herumdrehte. »Brauchen Sie sonst noch etwas?«

»Glühbirnen, wenn es möglich ist. Es eilt nicht. Nur, falls Sie Zeit haben und daran denken.«

»Ich komme wieder, vielleicht noch am Vormittag, wenn ich kann. Ich kümmere mich darum.«

»Ich bin dann wahrscheinlich nicht hier. Soll ich den Schlüssel in den Briefkasten legen? Ich habe in der Stadt zu tun.«

»Das hat mir Miss Hall schon gesagt.« Er hielt einen Schlüssel hoch, um mir zu zeigen, dass er einen eigenen hatte.

»Wirklich?« Das hatte ich nicht erwartet. Was genau hatte Hollis erzählt, um die Frau zu überreden, mir die Hütte zu vermieten? Wie viel hatte sie verraten?

»Sie hat gesagt, dass Sie zu diesen Bücherleuten gehören. Er spricht mit keinem von euch. Man hat ihn schon zu oft geärgert.«

Mein Pulsschlag beschleunigte sich. Hollis hatte also die Katze aus dem Sack gelassen. Nicht nur das, die Katze streunte offenbar ungehindert in Evan Halls Heimatort herum.

Jetzt blieb mir keine andere Wahl, als in die Offensive zu gehen. »Dass ich hier bin, hat nichts mit den *Zeitreisenden* oder der Kriegerwoche oder so etwas zu tun. Das verspreche ich Ihnen. Ich müsste nur zehn Minuten mit ihm sprechen. Es geht um etwas sehr Wichtiges. Wenn er weiß, worum es sich handelt, wird er bestimmt auch mit mir sprechen wollen. Haben Sie eine Ahnung, wie ich Kontakt zu ihm aufnehmen kann? Er könnte mich auf meinem Handy …«

»Er spricht nicht mit Fremden.« Der Mann war von der Veranda gestiegen und marschierte zu seinem Boot, ohne sich noch länger aufhalten zu lassen. »Sie können sich die Mühe sparen. Glauben Sie mir.«

»Können Sie ihm wenigstens sagen, dass ich hier bin und nichts weiter möchte, als ein paar Minuten mit ihm zu sprechen?« Meine Stimme hallte vom See wider, viel zu laut für den frühen Morgen. »Er kann mich hier in der Hütte erreichen. Das heißt, falls das Telefon da drinnen funktioniert. Funktioniert es?«

Der Mann antwortete nicht, sondern stieg nur in sein Boot und stieß sich vom Ufer ab. Der untere Teil seiner Gestalt verschwand zuerst. Danach verschluckte der Morgennebel nach und nach seine Schultern und seinen Kopf, bis er nicht mehr zu sehen war.

Ich stellte Freitag auf den Boden. Er lief kläffend und knurrend zum Ufer und verschwand im Nebel.

Der abrupte Abgang des alten Mannes hatte meine Zuversicht nicht gerade gefördert, aber wenigstens hatte ich ein paar Informationen bekommen. Der Mann war eindeutig mit Evan Hall verwandt und Mrs Hall wusste offenbar ungefähr, warum ich hier war, hatte diese Hütte aber trotzdem an mich vermietet. Das deutete ich als ein gutes Zeichen.

»Freitag?«, flüsterte ich in die feuchte Morgenluft hinein, aber es kam keine Antwort. »Freitag, wo bist du?«

Wieder kam keine Antwort. Ein leichtes Unbehagen regte sich in mir. Der Wald konnte für kleine Tiere gefährlich sein. Rotluchse und Schwarzbären tauchten auf der Suche nach Essen selbst in der Nähe von Ortschaften auf. Zu meiner Schulzeit war die Pause in Towash gelegentlich früher beendet worden, weil Schwarzbären gesehen worden waren. Ein Stadthund konnte hier sehr schnell große Probleme bekommen. Freitags bisherige Vorstellung von Wildnis beschränkte sich auf einen eingezäunten Hundepark.

»Freita-a-ag!«, rief ich lauter, obwohl mir bewusst war, dass andere Hütten in Hörweite waren, auch wenn ich sie wegen der Bäume nicht sehen konnte. Ich hatte Lichter und Einfahrten gesehen, als ich gestern Abend angekommen war.

Freitag tauchte nicht auf. Deshalb schlüpfte ich schnell in meine Tennisschuhe und lief zum See. Der Nebel schien sich um meine

Knie herum zu teilen und wieder zu schließen, während ich näher zu den Binsen am Ufer trat. Das Bild von einem verwitterten Kai und einem alten roten Kanu tauchte verschwommen auf und wurde dann schärfer.

»Freitag?« Ich kam mir vor wie eine Schauspielerin in einem Horrorfilm, die sich langsam der sicheren Katastrophe nähert. »Freitag, bist du da draußen?«

Vielleicht war er einen Bogen gelaufen und schon wieder bei der Hütte …

»Freitag?«

Plötzlich war er da. Mit angelegten Ohren, eingeklemmtem Schwanz und entsetzt aufgerissenen Augen kam er auf mich zugeschossen. Hinter ihm bewegten sich die Binsen und schaukelten wie durch einen Minitornado. Etwas Schwarzgraues und Wütendes war ihm dicht auf den Fersen. Ein Bär? Ein Rotluchs? Ein Hund? Ein Hirsch?

Eine ausgewachsene Kanadagans! Sie stürmte aus ihrem Versteck, hatte die Flügel ausgebreitet und war stinkwütend.

Freitag schlug in letzter Sekunde einen scharfen Bogen um mich herum, ebenso die Gans, und beide rasten links und rechts an mir vorbei, bevor ich ihnen stolpernd folgen konnte. Wir spielten Fangen zwischen den Bäumen, um das Auto herum, während ich versuchte, die Gans zu verscheuchen, und die Gans versuchte, Freitag zu zwicken und zu beißen, und Freitag knurrte und bellte. Ich lief aufgeregt zwischen den beiden hin und her, fuchtelte mit den Armen und schrie: »Aufhören! Halt! Schluss! Schluss! Freitag, komm zu mir! Nein … warte! Hör auf! Freitag! Stopp! Autsch!«

Schließlich stürmte Freitag so nahe an mir vorbei, dass ich ihn zu fassen bekam. Ich schwang ihn wie einen Football auf die Arme und stürmte zur Hütte, während die Gans mit den Flügeln schlug und nach meiner Trainingshose schnappte. Ich nahm die Verandastufen in einem einzigen, riesigen Sprung und hängte unseren Verfolger so weit ab, dass ich in die Hütte kam, die Tür zuschlagen konnte und uns damit das Leben rettete, aber nicht unsere Würde.

Freitag wand sich aus meinen Armen und bellte wütend die Tür an, während die Gans auf der anderen Seite laut schnatternd schimpfte. Ich warf den Kopf zurück und lachte. Ich war seit Jahren nicht mehr von einer Gans gejagt worden. Ich nahm mein Handy und machte ein Foto von Freitag von innen, dann lief ich zum Fenster und machte ein Foto von der Gans vor der Tür und schickte beide mit dem Kommentar »Gänseangriff. Überlebt.« an Jamie.

Jamies Antwort war ein Smiley, gefolgt von der Beschwerde, dass ich ihr nicht Bescheid gegeben hatte, dass ich gestern Abend gut angekommen sei. Wir schrieben uns hin und her, während Freitag die Tür bewachte und ich mich für den Tag fertig machte und eilig aufräumte. Ich schlüpfte in eine schwarze Jeans und eine locker sitzende gelbe Bluse, die alltäglich genug war, um nicht aufzufallen, aber trotzdem elegant genug für Geschäftsgespräche. Nur für den Fall, dass ich zufällig die Chance bekommen sollte, heute welche zu führen. Den Abschluss bildeten meine hohen schwarzen Stiefel. Dann betrachtete ich mich im Spiegel. Schlicht, unauffällig, nicht übertrieben.

Diese Kleidung dürfte in diesem Ort wahrscheinlich genau das Richtige sein.

»Also, Freitag: Was mache ich jetzt mit dir?« Ich schaute ihn an und rang mit mir. In New York blieb er stundenlang allein in der Wohnung. Abgesehen von einem gelegentlichen Spaziergang brauchte und wollte er keine Gesellschaft.

Aber hier? Er hatte bereits an der Tür gekratzt, um hinauszukommen. Ich wollte nicht, dass er hier etwas kaputt machte, während ich fort war. Abgesehen davon hatte ich nichts, das ich ihm zum Frühstück geben konnte.

»Okay, hör zu!« Ich nahm die Leine und zeigte sie ihm. »Ich nehme dich mit, aber du machst keine Mätzchen. Hörst du?«

Freitag hob ungewohnt kooperativ das Kinn, sodass ich an sein Halsband herankommen konnte. Vielleicht hatte er Angst, dass die Gans wiederkäme. Vielleicht freute er sich aber auch einfach auf ein Abenteuer. Schwer zu sagen.

»Du hinterlässt im Mietwagen keinen Gestank, du bedrohst keine Fremden, du greifst keine anderen Hunde an. Wir versuchen, hier so wenig wie möglich aufzufallen. Wir sind einfach nur Touristen. Verstanden?«

Freitag antwortete mir nicht. Also gingen wir zum Auto und fuhren holpernd und knirschend die Auffahrt zum Ort hinauf. Doch kaum näherten wir uns dem Ort, musste ich erkennen, dass unsere Chance, diese Woche in Looking Glass Gap nicht aufzufallen, gering war. Noch bevor wir am Ortsrand ankamen, fuhren wir an einem Soldaten aus dem amerikanischen Bürgerkrieg in einem Golfwagen vorbei, winkten einem Bergbewohner auf einem Pferd zu und erblickten vor uns einen Mann, der ganz genauso aussah wie Mel Gibson in *Braveheart.* Er regelte den Verkehr. In einem Kilt! Autos warteten darauf, dass er sie durchließe und sie in ein großes Lager auf einem ebenen Gelände am Ortsrand von Looking Glass Gap hinabfahren konnten.

Das war das berühmte Kriegerwochen-Lager. Das Fest dort unten sah aus wie eine Mischung aus Kostümfest für Erwachsene, einem Renaissance-Fest, einem Flohmarkt und einem Jahrmarkt. Zelte, Pferdewagen, Autos, Wohnmobile und Campingbusse jeder Art übersäten die gesamte Wiese und reichten bis in den Wald hinein. In der Lagermitte neben einem Platz, der wie ein Turnierplatz aussah, verkauften Händler so ziemlich alles – angefangen bei Filmsouvenirs über Wahrsagen und Handlesen bis hin zu Körben mit gebratenen Krebsen und frisch gepresster Limonade.

Ich war versucht, mir das anzusehen. Immerhin war es noch sehr früh. Die Geschäfte im Ort hatten vielleicht noch gar nicht geöffnet. Abgesehen davon war ein Parkplatz, der von einem Mann in einem Kilt bewacht wurde, etwas, das man sich nicht entgehen lassen sollte. Die kurze Verzögerung lohnte sich bestimmt. Wenigstens hätte ich danach eine schöne Anekdote zu erzählen. Ich hatte das Gefühl, dass dieses Abenteuer vielleicht sogar der Geschichte mit Tom Brandon Konkurrenz machen würde.

Diese Idee wurde immer verlockender, je weiter ich in der Schlange nach vorne kam. Als ich den Punkt erreichte, an dem ich mich entscheiden musste, konnte ich nicht anders, als von der Straße abzubiegen, die drei Dollar Parkgebühr zu zahlen, mir einen Stempel auf die Hand drücken zu lassen und Braveheart zu fragen, ob ich ein Foto von ihm machen dürfe. Er war so nett, sich in Pose zu stellen.

Ich schickte Jamie das Foto mit dem Kommentar: Wir sind angekommen!

Es war wirklich schade, dass sie das Lager nicht mit eigenen

Augen sehen konnte. Dieser Platz war auf seine Art verlockend, ja sogar faszinierend. Freitag schien das auch zu denken. Er stand auf den Hinterbeinen an der Fensterscheibe, beobachtete, was da draußen geschah, und sabberte beim Duft von gebratenem Mais, Truthahnschenkeln und Zwiebeln die Scheibe voll. Ich hatte ihn noch nie so begeistert gesehen. Er warf mir einen aufgeregten Blick zu, als ich über ein Paar kicherte, das aussah wie ein Mann aus *Die Tribute von Panem* und eine Frau in einem viktorianischen Kleid.

»Ich weiß nicht recht, Freitag. Es sieht ganz so aus, als würden wir die Zeitreisenden nicht nur besuchen, sondern als hätten wir selbst eine Reise in eine völlig andere Welt gemacht.« Freitag knurrte zustimmend und ich war froh, dass ich ihn nicht in der Hütte zurückgelassen hatte. Es wäre schade gewesen, wenn er das hier verpasst hätte. Außerdem hatte ich das Gefühl, dass ich entweder eine Bestätigung oder Unterstützung brauchte, während ich durch die Windschutzscheibe auf das interessante Treiben schaute. Aber ich war mir nicht ganz sicher, was von beidem.

11

»Die hier sind für LARP. Wir haben unten auch noch andere, die echt sind und mit denen man tatsächlich durch ein Zeitportal gehen könnte.« Das Mädchen in dem Elfenkostüm strotzte vor Informationen. Sie konnte nicht älter als dreizehn sein, ein Kind, das sich noch an die letzten Reste Kindheit klammerte und sich zum Spaß verkleidete, aber trotzdem hinter einem Verkaufsstand stehen musste. Ihre graugrünen Augen betrachteten mich unter abstehenden braunen Haaren hervor, die aussahen, als wären sie seit einer Woche nicht mehr gekämmt worden.

»Wie bitte?« Ich stolperte zur Seite, als Freitag mit seinem ganzen Körper gegen mein Bein rammte, dann sich mit seinen kleinen Pfoten an meine Stiefel klammerte und eine überraschend gute Imitation von einem Klammeraffen abgab. Seine Augen waren wie gebannt auf die dreißig Zentimeter lange heiße Wurst im Teigmantel am Stiel gerichtet, die ich in meinen Händen hielt. Sie verstieß definitiv gegen alle Grundregeln in den Büchern über gesunde Ernährung, die ich im vergangenen Jahr lektoriert hatte. »Freitag, hör auf damit!« Ich schüttelte ihn von mir, brach dann aber ein weiteres Stück von dem Hotdog ab und warf es ihm hin, um ihn zu beruhigen.

»Was ist LARP?«

Das Mädchen seufzte, als sie erkannte, dass sie es mit einem Neuling zu tun hatte, der vielleicht weniger geneigt war, ihre Sachen zu kaufen. »LARP: *Live Action Role Playing*!«

Live. Action. Rollen. Spiel. Ich wiederholte die Worte in Gedanken und versuchte, sie mit den faszinierenden, aber trotzdem sonderbar anmutenden Dingen in Einklang zu bringen, die ich seit Betreten des Lagerplatzes gesehen hatte. Größtenteils sah es nach einem Familienspaß aus und war wirklich drollig: Mütter, Großmütter und Enkelinnen trugen Kostüme, die sie selbst entworfen hatten; ein Liebespaar Mitte zwanzig plante, hier im Camp zu heiraten; verwirrte Väter in normaler Straßenkleidung irrten umher, gefolgt von begeisterten Töchtern im Teenageralter, die zum ersten Mal hier waren. Ein Traumausflug mit Papa. In mir regte sich beim Bild der Väter und Töchter der blanke Neid.

Ich hatte es bis zum Verkaufsbereich geschafft, wo die verschiedensten Gegenstände vor Wohnmobilen und Wohnwagen – wie am Stand meiner jungen Elfe – zum Verkauf angeboten wurden. Mehrere kleinere Kinder liefen hinter ihrem Verkaufstisch herum: eine Prinzessin, ein Junge in einer Art Tunika mit Strumpfhose und eine Fee, die kaum alt genug zum Krabbeln war und deren schmutzige Flügel aus Kleiderbügeln und buntem Stoff bestanden. Flügel jeder Art hingen an einem Ständer in der Nähe.

»Wenn Sie zwei Paar Flügel nehmen, kann ich Ihnen einen Rabatt geben. Ein Paar für Sie und ein Paar für den Hund? Wir haben auch Hundeflügel.« Das Mädchen stemmte eine Hand in die Hüfte. »Es geht einfach darum, eine Rolle zu finden. Jemand anderes zu *sein*, solange Sie im Lager sind. Das ist LARP.«

Ein großer Hund näherte sich dem Baby. Freitag bellte, versuchte, unter den Tisch zu kriechen, und riss dabei die Leine, meinen Arm und den Hotdog mit. Die Elfe unterbrach ihr Verkaufsgespräch, um ihre kleine Schwester zu retten, und Freitag begann zähnefletschend ein Kräftemessen mit dem großen Hund. Es ging um die Wurst, die Freitag auf keinen Fall hergeben wollte.

»Ich gebe ihm für seinen Kampfgeist eine Eins. Er weiß nicht, dass er ein kleiner Hund ist, der keine Chance hat, nicht wahr?«, stellte die junge Verkäuferin fest. »Und er sieht auch so aus, als wäre das nicht sein erster Hotdog.«

»Er hat Stoffwechselprobleme. Und er hat kräftige Knochen.« Ich ließ die Leine los. Freitag würde nicht weglaufen, solange es hier etwas zu essen gab. »Also … *wovon* ist es abhängig, ob etwas … durch das Zeitportal geht oder nicht?« Jetzt bereute ich es, dass ich mir nicht die Zeit genommen hatte, mich in Bezug auf die *Zeitreisenden* fit zu machen, sondern nur einzelne Textpassagen gelesen und mir ein paar Filmszenen angesehen hatte.

Das Mädchen seufzte und wirkte jetzt eher wie ein Teenager und weniger wie eine Rollenspiel-Expertin. »Also, es läuft so: Sachen gehen nicht mit durch das Portal, es sei denn, sie entsprechen der Zeitepoche. Deshalb sind Waffen ein Problem, manchmal sogar alte Waffen, wenn sie neuere Teile enthalten. Das stand in *Die Zeitreisenden, Band 3 – Der Fluch des schwarzen Drachen.* Mein Vater zerlegt also alle unsere Sachen und kontrolliert sie. Bei den LARP-Sachen ist es anders. Hier ist alles nur zur Schau. Es spielt also keine Rolle, solange es echt aussieht. Die Sachen gehen nicht durch ein Portal, aber nicht jeder will tatsächlich eine Zeitreise machen. Viele Leute sind nur hier, um ein paar Tage so zu leben, verstehen Sie?«

»Das klingt logisch.« Eigentlich eher nicht. »Bist du schon einmal durch ein Zeitportal gegangen?« Wurde dieses arme Kind von Leuten aufgezogen, die wirklich glaubten, dass in den Blue Ridge Mountains Zeitreise-Portale versteckt waren?

Sie verdrehte die Augen und gab mir zu verstehen, dass eine von uns nicht ganz richtig im Kopf war. »Nein, aber wenn Sie es versuchen wollen, kann ich Ihnen fünfundzwanzig Prozent Nachlass auf alles auf den Kostümtischen geben. Das ist ein Spezialangebot, das nur heute Morgen gilt. Wenn mein Vater erst einmal aufgestanden ist, kann ich Ihnen solche Rabatte nicht mehr anbieten.« Das Baby watschelte mit einem Erdklumpen im Mund an ihr vorbei. Die große Schwester bückte sich, um ihr die Erde schnell aus dem Mund zu ziehen und wegzuwerfen. »Lass das, Arlie! Du sollst nichts in den Mund stecken! Becca, du sollst doch auf sie aufpassen!«

Meine Gefühle schlugen unerwartet Purzelbäume. Das Mädchen erinnerte mich plötzlich an meine eigene Kindheit. Ich hatte auf Tauschmärkten schon am Verkaufsstand meines Vaters gestanden, als ich noch nicht einmal zehn gewesen war. Damals hatte es keine Fantasiekostüme gegeben, aber genauso wie diese Familie hatten wir alles verkauft, was wir herstellen, züchten oder sonst irgendwie auftreiben konnten. Messer aus Stahlschrott waren eine Spezialität gewesen.

»Ich will mich wirklich nur ein wenig umsehen.« Ich hatte Schuldgefühle, als ich das sagte. Als sollte ich LARP-Ausrüstung oder Prinzessinnenhüte kaufen, nur um nett zu sein. Die Kinder meiner Schwester würden mit diesen Verkleidungen sicher viel Spaß haben. Aber ich hatte Coral Rebeccas Brief noch nicht einmal geöffnet, geschweige denn entschieden, ob ich verraten wollte, dass ich hier war.

Während ich jetzt hier stand und sah, wie diese Zwölfjährige schon die Verantwortung für die Kinder ihrer Eltern tragen musste, konnte ich es mir nicht vorstellen, Kontakt zu meinen Schwestern aufzunehmen. Mir tat dieses Mädchen sehr leid, dabei war sie nicht einmal mit mir verwandt. Wenn mich die Augen meiner Schwestern aus einem Kindergesicht wie diesem anblicken würden, wäre das unerträglich.

Eine Familie, offensichtlich aus einem reichen Vorort irgendwo im Norden, näherte sich den ausgestellten Flügeln und ich nutzte diese Gelegenheit, um zu verschwinden. Ich trödelte schon lang genug hier auf dem Lagergelände herum. Die Geschäfte im Ort hatten inzwischen bestimmt geöffnet und mit etwas Glück würde ich Mrs Hall finden. Ich hoffte, dass mich das weiterbringen würde, aber ich hatte das Gefühl, dass es nicht leicht wäre, zu Evan Hall vorzudringen.

Jedoch war es ein Leichtes, das Geschäft Mountain Leaf zu finden. Es war mit dem Auto schnell zu erreichen und befand sich in einem alten, zweistöckigen Eckhaus in der Innenstadt unter einem massiven, gemeißelten Marmorschild mit der Aufschrift *E. B. Hall 1860.*

Edward Bartholomew Hall. Ich hatte genug Informationen über die *Zeitreisenden* gelesen, um diesen Namen zu kennen. Nachdem er dieses Gebäude für seine junge Braut gebaut hatte und dann in den Bürgerkrieg gezogen war, war der echte E. B. Hall nie zurückgekehrt. Aber unter den eingefleischten Fans hielt sich hartnäckig das Gerücht, dass Evan Hall in Wirklichkeit zweihundert Jahre alt und sein eigener Vorfahre sei. E. B. Hall persönlich. Ein Zeitreisender, der durch ein Zeitportal gekommen und bei seiner Zeitreise in Looking Glass Gap hängen geblieben war.

Als ich jetzt den Namen auf dem Eckschild aus Granit betrachtete, hatte ich das Gefühl, Wirklichkeit und Fantasie würden sich miteinander vermischen. Dieser Ort sah aus wie etwas aus Evan Halls Büchern. Das Gebäude war aus massivem Stein gebaut und das Relief war kunstvoll verziert. Ein Paar massive Wasserspeier bewachten die oberen gemeißelten Marmorecken. Die Familie Hall war offensichtlich schon seit vielen Generationen wohlhabend. Doch nur ein kleines, beleuchtetes Schild im Stil der 50er-Jahre verriet den heutigen Zweck dieses Gebäudes. *Mountain-Leaf-Apotheke* stand hier, und darunter in kleineren Buchstaben: *Verschreibungspflichtige Medikamente, Kräuter, Naturheilmittel, Karten und Geschenke.*

Ans Schaufenster waren mit weißer Kreide und geschwungenen Buchstaben mit kleinen Kringeln an den Enden die Worte *Handgemachtes aus der Region, selbst gemachte Seifen und Kerzen* geschrieben worden.

Ich stellte das Auto im Schatten um die Ecke ab und ließ Freitag nach seinem Frühstücks-Hotdog schlafen.

Als ich eintrat, waren mehrere Leute in dem Geschäft. Ungefähr die Hälfte trug historische Kostüme. Die andere Hälfte trug langweilige Alltagskleidung wie ich. Die gleiche Mischung bewegte sich an der Schaufensterscheibe vorbei und verlieh der von der Sonne beschienenen Straße das Aussehen eines etwas skurrilen Charles-Dickens-Dorfes.

Ich schlenderte durch den Laden und suchte mir Seifen und andere Sachen aus, die alle offenbar hier in diesem Geschäft hergestellt wurden. Neben dem Apothekenschalter befand sich auch ein kleiner Schrank mit Naturheilmitteln, die Einheimische benutzten. Ginseng, Wurzeln des Nelkenzimtbaumes, Benzoebaum, Zuckerbirke, Katzenminze, Pfefferminze, Zaubernuss, Kirschbaumrinde, Gelbwurz. Zweifellos mieden die Einheimischen den Ort in der Kriegerwoche wie die Pest, es sei denn, sie mussten hier arbeiten. Das Mädchen, das an der Verkaufstheke stand, stammte offenbar aus »Gap«, wie sie den Ort bezeichnete, als sie ein paar Touristen etwas erklärte. Die Frau, die hinter der Kasse am Apothekenschalter stand, war mindestens Mitte siebzig und ihre Sprache war von einem leichten Akzent geprägt.

Eine Apothekerin reichte gerade eine Flasche mit einem verschreibungspflichtigen Medikament durch ein Fenster und sagte: »Hier ist das Antibiotikum, das auf dem Rezept steht, Mrs Hall.«

»Ich habe es, Tante Helen«, sagte ein kleines Mädchen eifrig, das mit hinter der Kasse stand. Sie war vielleicht zehn oder elf und sah aus wie die Fotos von Evan Hall. Dunkle Haare, blaue Augen, hellbraune Haut. Seine Tochter? Hatte er Kinder? Die Schauspielerin, mit der er verheiratet gewesen war, hatte ihn nach einer sehr kurzen

Ehe vor Jahren verlassen. Sie war für die *Zeitreisenden*-Fans immer noch eine Persona non grata.

Ich begab mich zum Schalter und wartete, bis Mrs Hall ihre Kundin bedient hatte, dann stellte ich mich vor und schloss mit: »Ich bin die Frau, die in Ihrer Hütte wohnt.«

»Oh, die Reporterin«, erwiderte sie. »Ich bin Helen Hall. Es freut mich, Sie kennenzulernen.« Ihr Lächeln wurde breiter und Falten bildeten sich auf ihren runden Wangen. Sie hatte das gesunde Aussehen einer Frau, die viel Zeit im Freien verbrachte. Als hätte sie jeden der bunten Gärtnerhüte persönlich ausprobiert, die vorne am Ständer hingen. Im Gegensatz zu dem Mädchen war ihre Haut hell und sommersprossig.

»Lektorin«, verbesserte ich sie. »Vom Verlagshaus Vida in New York.«

Ihre grauen Brauen schossen hinter ihren dicken Brillengläsern mit Regenbogengestell nach oben. Sie hob leicht den Kopf und schaute mich verwirrt an. »Oh. Ich dachte, die Frau, die die Hütte gemietet hat, hätte meiner Schwägerin gesagt, dass Sie hier wären, um an einer Story zu arbeiten, etwas über den See … Eigentlich sollten die Reisebüros den Leuten Violets Nummer nicht mehr geben. Ihr geht es in letzter Zeit nicht gut.« Sie zuckte die Achseln, fing einen Stift auf, der vom Tisch rollen wollte, und steckte ihn in eine Tasse. »Vielleicht hat Violet auch *Lektorin* gesagt. Diese dämlichen Handys! Ich verstehe immer nur die Hälfte. Das kommt davon, wenn man alt wird. Man hört schlechter, man sieht schlechter und man bekommt einen Hängebusen. Das Alter ist nichts für Leute mit schwachen Nerven.«

»Tante Helen!«, kreischte das Mädchen entsetzt und schaute sie mit großen Augen an. »Igitt!«

Ich konnte mir ein Lachen nicht verkneifen und entschied auf der Stelle, dass ich Helen Hall mochte. »Die Lage der Hütte ist herrlich. Ich habe die Aussicht heute Morgen sehr genossen.«

»Im Sommer kann man dort schwimmen.« Das Mädchen trat näher und wollte sich an dem Gespräch beteiligen. »Das Kanu ist auch nicht schlecht. Es hat zwar ein Leck, aber Onkel Clive und ich sind neulich damit auf den See hinausgefahren und nicht gesunken. Der Gänserich heißt Horatio. Er lebt unter dem Schuppen. Er mag

Brot, falls Sie ihm etwas geben wollen. Er vertreibt die Schlangen, aber er ist ein wenig …«

»Das genügt, Hannah.« Helen warf ihr einen tadelnden Blick zu. »Mach deine Hausaufgaben fertig, bevor dein Papa dich abholt.«

»O-kay«, seufzte Hannah und verdrehte die Augen, bevor sie widerstrebend zu ihren Schulbüchern zurückging.

Helen warf einen besorgten und ein wenig traurigen Blick auf sie, bevor sie sich wieder an mich wandte. »Violets Cousin, Clive, kümmert sich um die Hütte. War er heute Morgen da und hat gefragt, ob Sie etwas brauchen? Die Hütte war schon länger nicht mehr vermietet. Wir bieten sie nur an, wenn die Reisebüros jemanden haben, der zuverlässig ist. Sie gehört schon seit Jahren unserer Familie. Ich will nicht, dass jemand von diesen Partylöwen sie mietet und zwanzig Wohnwagen auf dem Gelände stehen.«

»Ich werde dort keine Party veranstalten, versprochen. In der Hütte sind nur ich und mein Hund, Freitag. Ich hoffe, das stört Sie nicht. Er ist stubenrein und er knabbert nichts an. Eigentlich sollte er gar nicht mitkommen … Aber das ist eine längere Geschichte. Jedenfalls ist er harmlos, obwohl er heute schon eine kleine Auseinandersetzung mit Horatio, dem Gänserich, hatte. Und ja, ein Mann kam heute Morgen vorbei und hat gefragt, ob ich etwas brauche.« *Er wirkte allerdings nicht besonders begeistert, dass ich da bin.* »Bis auf ein paar Glühbirnen ist in der Hütte alles bestens. Er hat gesagt, dass er mir neue Birnen bringt.«

»Gut. Sie haben hoffentlich ein Auto mit Allradantrieb? Die Fahrt zur Hütte hinab kann eine Herausforderung darstellen.«

»Leider nicht, aber ich habe es geschafft.«

Ein besorgter Blick trat in ihre Augen. »Falls es zu regnen beginnt, sollten Sie das Auto unbedingt oben beim Briefkasten abstellen und zu Fuß zur Hütte gehen, nur für alle Fälle.«

»Danke, das werde ich mir merken. Vielleicht regnet es nicht, solange ich hier bin.«

Ihre Antwort war von einem vielsagenden Lächeln begleitet. »Sie haben anscheinend nicht vor, lange zu bleiben.« Ich verstand diesen Insiderwitz. Hier regnete es eigentlich fast immer. »Es ist wirklich schade, dass Sie nicht zur schreibenden Zunft gehören. Die Hütte ist ein wunderbarer Ort zum Schreiben. Mein Neffe hat früher oft dort geschrieben.«

Plötzlich schien die Tür weit offen zu stehen.

»Sie machen also hier Urlaub?« Mrs Hall versuchte immer noch, mich einzuordnen. Ihre Schwägerin hatte offensichtlich von Hollis nicht alles erfahren.

»Es ist eine Dienstreise«, antwortete ich.

Sie zog den Kopf so weit zurück, dass ihr Kinn Falten bildete. »Sie haben sich dafür aber eine ungewöhnliche Woche ausgesucht.«

Ich überlegte, wie ich am besten vorsichtig den Grund ansprechen konnte, aus dem ich hier war. Könnte mir diese Frau helfen, fünf Minuten mit Evan Hall zu sprechen? Wäre sie überhaupt bereit, es zu versuchen? »Ehrlich gesagt, habe ich mir das Timing nicht selbst ausgesucht. Es war eher anders herum. Vor einer Woche landete etwas auf meinem Schreibtisch. Ein Manuskript. Nur ein Teil, die ersten drei Kapitel. Ich bin hierhergekommen, um mehr darüber herauszufinden.«

»Oh? Dann lebt der Autor hier in der Gegend?« Jetzt beobachtete sie mich mit den vorsichtigen Augen eines Rehs, das überlegt, ob es auf eine offene Wiese laufen oder eilig in den Wald flüchten soll.

»Ich hoffe es. Der Poststempel besagt, dass das Paket von hier kam.«

»Wie heißt der Autor? Vielleicht kann ich Ihnen den Weg beschreiben oder Ihnen seine Telefonnummer geben. Ich kenne fast jeden hier im Bezirk. Ich lebe hier, seit ich mich '53 in einen Seemann verliebt habe und ins Binnenland zog.«

Ich schwieg einen Moment und überlegte mir meine nächsten Worte genau. Das war der entscheidende Moment. Meine einzige Chance. »Um ehrlich zu sein, weiß ich es nicht. Das Manuskript enthielt keine Informationen über den Autor. Falls es sie gegeben hat, gingen sie verloren.«

»Und Sie sind quer durchs Land geflogen, um den Autor zu finden? Das ist doch bestimmt nicht die normale Vorgehensweise, nehme ich an …« Die Schaufensterscheibe spiegelte sich in ihren Brillengläsern und verdeckte ein wenig, dass sich ihre Augen noch enger zusammenzogen. Es war nicht zu übersehen, dass ihre Haltung immer abweisender wurde.

»Die Geschichte war etwas ganz Besonderes«, gab ich zu. »Und … nun ja … es ist so … dass ich mich frage, ob sie vielleicht von … Evan Hall stammt.« Bildete ich es mir nur ein oder drehten sich bei der Erwähnung dieses Namens alle Köpfe in der Apotheke zu uns herum, obwohl ich mich bemühte, leise zu sprechen?

Das Mädchen am Tisch schaute mich interessiert an. Helen forderte sie auf, sich wieder auf ihre Hausaufgaben zu konzentrieren. Ich vermutete, dass sie damit Zeit gewinnen wollte.

Helen schaute mich mit gespieltem Mitleid an, als sie sich wieder an mich wandte. »Dann haben Sie diese Reise leider vergeblich gemacht. Das Manuskript kann nicht von ihm sein. Es ist wirklich schade, da er so talentiert ist, aber mein Neffe hat nichts mehr geschrieben, seit er dieses juristische Fiasko um die *Zeitreisenden* hinter sich gebracht hat. Ehrlich gesagt bezweifle ich, dass er je wieder schreiben wird.«

Jetzt oder nie. Wenigstens hatte sie mich noch nicht aus dem Haus geworfen. »Dieses Manuskript ist zwanzig Jahre alt.«

Sie baute einen noch größeren Abstand zu mir auf. »*Das* ist ja wirklich interessant.« Ein ungläubiges Stirnrunzeln zog über ihr Gesicht und ihr Blick blieb an meiner Hand hängen. Ich merkte, dass sie den Stempel betrachtete, den man mir auf den Handrücken gedrückt hatte, als ich das Kriegerlager betrat.

»Ich bin keine von *ihnen*«, erklärte ich eilig. »Ich habe zwar als Jugendliche ein paar von den Büchern gelesen, aber das jetzt hat nichts mit den *Zeitreisenden* zu tun. Dieses Manuskript wurde vorher geschrieben.« Ich kam nicht weiter. Die Frau machte dicht. Ich hatte genug Geschäftsverhandlungen geführt, um zu wissen, wann man verloren hatte. Verschränkte Arme statt des freundlichen Blickes am Anfang. Sie war zu dem Schluss gekommen, dass ich irgendeine Stalkerin wäre … oder eine Geisteskranke. »Ich will nur … Hören Sie zu, ich habe einiges riskiert, um hierherzukommen. Aber manchmal stoße ich auf eine Geschichte und weiß, dass sie erzählt werden muss. Ich möchte wirklich …« Eine weitere Kundin hatte sich hinter mir angestellt. Mir blieb nicht mehr viel Zeit. »*Die Hüterin der Geschichten.* Es geht um zwei junge Menschen, die um 1890 in den Bergen festsitzen. Rand und Sarra?«, platzte ich heraus. »Sagt Ihnen das etwas?«

Ihre Lippen öffneten sich leicht. Etwas flackerte kurz in ihren Augen auf und verschwand dann schnell wieder. Kamen ihr die Namen bekannt vor?

»Nicht, dass ich wüsste.« Ihre Arme verknoteten sich noch enger über ihrer Brust und bildeten eine undurchdringliche Barriere. »Bitte versuchen Sie nicht, sich auf Evans Grundstück zu schleichen, um ihn zu finden, wie diese ganzen anderen Leute. Meine Schwägerin, seine Großmutter, ist sehr krank. Die Polizei war erst gestern wieder draußen, um Leute wegzuholen, die über den Zaun gestiegen waren, weil sie glaubten, dort irgendwo Zeitportale zu finden. Evan will einfach in Ruhe gelassen werden. Er hat ein Recht auf seine Privatsphäre.«

Ich war der Verzweiflung nahe. »Ich bin nicht hier, um ihm Schwierigkeiten zu bereiten. Ehrlich … Bitte hören Sie mir nur …«

»Ich habe Kundschaft.« Sie schaute an mir vorbei zu der Frau, die hinter mir anstand. »Hallo, Elmira. Ich habe Ihr Medikament hier.«

Vor meinen Augen ging meine ganze Zukunft den Bach hinunter. Was würde passieren, wenn ich mit leeren Händen zu Vida House zurückkehrte und eingestehen musste, dass mich mein Riecher für Manuskripte völlig in die Irre geführt hatte? Hätte ich meine Stelle überhaupt noch, und wenn ja, wie sollte ich je meine Glaubwürdigkeit zurückgewinnen? Inzwischen hatte es sich bestimmt schon herumgesprochen, dass ich allein aufgrund einer vagen Vermutung hierher geflogen war. Meine neuen Kollegen dachten wahrscheinlich, George Vida und ich hätten beide den Verstand verloren.

Aber ich spürte noch einen viel tieferen Verlust. Bis jetzt hatte ich mir nicht eingestanden, dass die Möglichkeit existierte, dass ich die Rechte für dieses Manuskript *nicht* bekommen könnte. Dass ich vielleicht nie den Rest von Rands und Sarras Geschichte erfahren würde. Die Trauer schlug mit einer plötzlichen Gewalt zu. Als würde jemand vor meinen Augen sterben und ich könnte nichts dagegen tun.

»Danke, dass Sie mit mir gesprochen haben.« Ich trat zur Seite, um mit meinen Einkäufen zur Kasse zu gehen. Das Mädchen, das seine Hausaufgaben machen sollte, beobachtete mich aufmerksam und staunte über den Stimmungsumschwung in unserem Gespräch. Ich bezweifelte, dass Helen Hall sehr oft Leute so schroff abwies.

»Oh, ich habe es nicht eilig«, sagte die Frau hinter mir. »Sie können gerne erst noch abkassieren, Helen.«

»Wir sind fertig, Elmira«, sagte Helen knapp.

Ich hob den Blick und Elmira schaute mich fragend an. Bevor ich wusste, wie mir geschah, saß ich wieder in der sechsten Klasse im Englischunterricht. Ich sah, wie diese strengen Lippen eine dünne Linie bildeten und diese Frau uns über ihre Brille hinweg musterte, nachdem sie ihren Namen an die Tafel geschrieben hatte.

»Mrs *Penberthy?«* Sie hatte sich kein bisschen verändert. Vielleicht war sie ein wenig älter geworden, aber sie war eine Erinnerung, die plötzlich leibhaftig vor mir stand. Als ich zwölf gewesen war, hatte sie herausgefunden, dass ich das Lesen nur hasste, weil ich nicht gut *sehen* konnte. Sie war diejenige gewesen, die dafür gesorgt hatte, dass meine Augen untersucht wurden und ich eine Brille vom Lions Club bekam, nachdem sich bei mir zu Hause niemand darum gekümmert hatte.

Ihr Verstand war immer noch genauso scharf wie früher. »Jennia Beth Gibbs! Guter Himmel, Kind! Sieh dich nur an! Ich habe seit Jahren nichts mehr von dir gehört. Wie geht es dir, Liebes?« Sie breitete die Arme aus und wenige Sekunden nach Helen Halls schroffer Abweisung wurde ich herzlich und liebevoll willkommen geheißen. Ich würde nie vergessen, was Mrs Penberthy alles für mich getan hatte – wie sie sich vor meinem Vater aufgebaut und ihm gedroht hatte, dass sie es dem Jugendamt melden würde, falls der Brille, die ich seiner Meinung nach nicht brauchte, *irgendetwas* zustoßen sollte.

»Mir geht's toll.« Der gleiche Geruch wie damals umwehte sie: Kamille, alte Spitzen und Katzen. Ich schloss die Augen und ließ ihn auf mich wirken.

»Danke, mir geht es *gut*«, korrigierte sie mich.

»Ja, es geht mir sehr gut, danke.« Das hatte sie uns beigebracht. »Höfliche Umgangsformen« wurden zusammen mit Englisch ab der sechsten Klasse in Towash unterrichtet. Einige von uns Kindern hatten diesen Unterricht auch wirklich dringend nötig gehabt.

»Kluges Mädchen.« Ihr Lob ging mir runter wie Öl. So war es schon immer gewesen. Vor Wilda Culp hatte es Mrs Penberthy gegeben. Sie war der erste Mensch gewesen, der den Mut besessen hatte, meinem Vater die Stirn zu bieten.

Sie schob mich zur Seite des Apothekenschalters und hielt mein Kinn immer noch zwischen ihren kühlen, knöchrigen Händen fest. »Oh, Liebes, erzähl mir, wo du gewesen bist. Du weißt, dass Wilda Culp vor einigen Jahren gestorben ist? Sie war so stolz auf dich. Ihr Sohn ist auch gestorben, aber erst vor Kurzem. Er hat länger gelebt, als alle wegen seiner vielen gesundheitlichen Problemen erwartet hätten.«

»Ja, davon wusste ich. Von Wilda. Von Richards Tod aber nicht.« Ich schämte mich plötzlich. Ich war nicht zu Wildas Beerdigung gekommen. Ich hatte kein Geld und keine Möglichkeit gehabt, pünktlich hierher zu reisen, aber das war nicht der eigentliche Grund gewesen. Ich hatte weiterhin so tun wollen, als würde sie immer noch in diesem großen Haus am Honey Creek wohnen. Und solange ich sie in keinem Sarg sah, konnte ich das. Ich wollte nicht wieder allein auf der Welt sein.

»Und was machst du jetzt? Was hat dich wieder nach Hause geführt?«

»Ich arbeite als Lektorin im Vida-Verlagshaus in New York.« Mir war bewusst, dass sowohl Helen Hall als auch Hannah unser Gespräch aufmerksam verfolgten. »Ehrlich gesagt bin ich wegen eines Manuskripts hier.«

Mrs Penberthy hielt die Luft an. »Oh! Oh, das muss ja sehr interessant sein! Und wie herrlich! Ich bin so stolz auf dich. Du warst immer ein kluges Mädchen. Und so fleißig. Ich wusste, dass du es weit bringen würdest.«

»Danke, Mrs Penberthy. Ich weiß nicht, ob ich Ihnen das jemals gesagt habe, aber …« Tränen brannten in meinen Augen. Ich schluckte schwer, um sie zurückzuhalten. »Aber Sie haben so viel Gutes für mich getan. Für uns alle.«

Ein Zwinkern und ein leichtes Lächeln waren ihre Antwort. »Oh, das wusste ich, Liebes. Eine gute Lehrerin sieht das.«

Sie umarmte mich wieder, dann hielt sie mich von sich weg, um mir in die Augen zu sehen und ihre Miene wurde ernster. »Ich dachte, du wärst vielleicht wegen deines Vaters nach Hause gekommen.« Ihre Besorgnis war nicht zu übersehen, und da ich Mrs Penberthy kannte, wusste ich, dass ihre Sorge nicht meinem Vater galt. Sie befürchtete, dass meine Familie mich wieder nach unten ziehen könnte. Sie kannte die schwierigen Verstrickungen von Familienbeziehungen und Armut nur allzu gut. »Dieser Unfall macht ihm anscheinend große Probleme.«

»Unfall?«, fragte ich, bevor mir bewusst wurde, wie viel diese Frage über unsere aktuellen Familienbeziehungen verriet. Ich hatte keine Ahnung, dass mein Vater einen Unfall gehabt hatte, geschweige denn einen schweren.

Mrs Penberthy begann zu sprechen, brach ab und setzte erneut an. »Sein Arm, den er durch den Heumäher fast verloren hätte.« Sie versuchte jetzt, höflich zu sein. Zweifellos sah sie mir an, dass ich keine Ahnung von dem Unfall hatte. »Meine Tochter unterrichtet an der Grundschule in Towash. Sie hat eine Tochter deiner Schwester in der Klasse. Es hört sich so an, als könne dein Vater von Glück sagen, dass er nicht an der Infektion im Krankenhaus gestorben ist. Das ist für die Familie schwer und es dauert ziemlich lange, bis der Arm heilt. Aber natürlich hört er weder auf die Ärzte noch ist er zu irgendeiner Therapie bereit.« Ihre Meinung über meinen Vater schwang unüberhörbar in ihrem Tonfall mit.

Eine unsichere Pause kehrte in unser Gespräch ein, da wir beide nicht genau wussten, was wir sagen sollten. Starke Schuldgefühle regten sich in mir, schnell und erbarmungslos wie geschickte und gierige Jäger. Zweifellos war der Unfall der Grund für Coral Rebeccas zweiten Brief. Wenn eine ganze Familie nur mit knapper Not ihren Lebensunterhalt bestreitet, wenn eine Familie der nächsten etwas ausleiht und ihrerseits wieder betteln muss – dann ist das ein Teufelskreislauf von gegenseitiger Abhängigkeit. Dieses fragile Konstrukt ist wie ein wackeliges Kartenhaus, das nur darauf wartet, von einem unerwarteten Windstoß umgeworfen zu werden.

»Genug davon.« Mrs Penberthy bemühte sich um einen würdevollen Themenwechsel. Sie umklammerte meine Oberarme, als wollte sie mich als Vogelscheuche aufstellen. »Es ist so wunderbar, dich zu sehen, Jennia Beth, und ich gratuliere dir von ganzem Herzen zu deinem Erfolg. Das zu hören, tut dem Herzen einer alten Lehrerin gut. Das kannst du mir glauben. Wir haben immer Hoffnung, aber so oft wissen wir nicht, was aus unseren Schülern später wird.«

Plötzlich wurde mir bewusst, dass Mrs Penberthy damals, als sie sich mit meinem Vater angelegt hatte, viel mehr Energie in mich investiert hatte, als ich zu diesem Zeitpunkt ahnen konnte. Aus keinem konkreten Grund, außer ihrer eigenen positiven Lebenseinstellung, hatte sie entschieden, dass ich es wert sei, gerettet zu werden.

Tränen wollten sich erneut Bahn brechen. »Danke, Mrs Penberthy. Das bedeutet mir sehr viel.«

»Sag *Elmira* zu mir. Du bist jetzt erwachsen. Du hast es dir verdient.«

»Das käme mir irgendwie nicht richtig vor.« Ich umarmte sie noch einmal und wir lachten beide, bevor sie an den Apothekenschalter trat.

Mir wurde erneut bewusst, dass Helen Hall und Hannah uns beobachteten. Ich hatte keine Ahnung, wie sie dieses Gespräch einordneten. Hannah und ich schauten uns kurz an, als ich zur Kasse an der Tür ging. Ich lächelte sie freundlich an.

Helen Hall holte mich ein, kurz bevor ich um die Ecke zum Gang mit den Grußkarten bog. »Ich werde sehen, was ich tun kann. Falls es eine Möglichkeit geben sollte, rufe ich Sie an. Ihre Handynummer steht bestimmt im Mietvertrag für die Hütte.« Sie hielt Mrs Penberthys Rezept immer noch in der Hand und fuhr mit den Fingern nachdenklich die Kante nach. »Aber ich kann Ihnen nichts versprechen.«

12

DIE HÜTERIN DER GESCHICHTEN

Kapitel Vier

Sarra wartete, bis er zum Lager aufbrach, um ihm dann zu folgen. Sie war dem jüngeren der beiden Männer in der Dunkelheit absichtlich zum Wasser hinab nachgegangen, blieb in seiner Nähe, aber trotzdem so, dass er sie nicht fassen konnte. Es sah so aus, als unterscheide er sich am meisten von Jep und seinen Männern, die sie wie Schweine angebunden und im Lager zurückgelassen hatten. Dem Jungen, Revi, hatten sie die Sklaveneisen angelegt und ein Messer neben ihm liegen gelassen. Wenn er irgendwann aufwachte, bräuchte er eine Weile, um den kleinen Baum, an den sie ihn gekettet hatten, mit dem Messer durchzusägen, um sich zu befreien und dann die anderen loszubinden. Vielleicht sogar ein paar Tage.

Im Moment war sie diese Kerle los, aber sie war nicht sicher, ob sie nicht vom Regen in die Traufe geraten war. Etwas an dem alten fahrenden Händler machte sie vorsichtig. Sie traute ihm nicht. Sie hatte ihn dabei ertappt, wie er sie mit glühenden Augen beobachtet hatte, als der Mond hinter den Bergen verschwunden war und die undurchdringliche Dunkelheit sie gezwungen hatte, bis zum Morgen anzuhalten.

Aber dieser junge Mann – *Rand* hatte der Händler ihn genannt, als sie mit dem Wagen im Mondschein geflohen waren –, was für eine Sorte Mann er war, ließ sich nur schwer sagen. In den letzten Wochen fragte sie sich, ob überhaupt irgendein Mann gut war. Sie wollte keinen in der Dunkelheit in ihrem Rücken haben, egal, wer er war. Das, was sich hinter einem befand und was man nicht sehen konnte, sollte einen wachsam machen. Wenn man in den Bergen aufwuchs, lernte man das oder man lebte nicht lange genug, um überhaupt noch etwas zu lernen.

Der Mann mit dem Namen *Rand* blieb stehen, um sie vorbeigehen zu lassen, und wartete, als wäre sie ein erstarrtes Kaninchen.

»Hab keine Angst«, sagte er. Die Worte waren als Trost gedacht, aber sie war klug genug, sich davon nicht beirren zu lassen.

Sie antwortete ihm nicht. Sie hatte zu keinem der Männer bis jetzt ein Wort gesagt. Es war besser, wenn sie dachten, sie wäre ein wildes Tier oder eine Rauchsäule oder ein Geist.

Sie straffte sich und zog ihre Decke enger um sich, um die Kälte abzuwehren. Ihr tat jedes Körperteil weh, ihre Knöchel waren von den Eisen aufgeschürft und geschwollen, aber sie zwang sich, mit langen Schritten vor ihm herzugehen. Sie wollte einen gewissen Abstand zwischen ihnen aufbauen, während er den Wassereimer für die Maultiere und das Pferd schleppte. Es brannte kein Feuer, das ihnen den Weg ins Lager zeigen würde. Nur das schwache Laternenlicht. Das genügte für die letzten, langen Stunden dieser Nacht.

Es würde ihr auf alle Fälle genügen, um alles zusammenzutragen, was sie brauchte, bevor sie sich davonstahl – Essen aus dem Wagen, ein Messer, eine Pistole, falls sie eine ergattern konnte. Eine steckte in der Satteltasche auf Rands Pferd. Wenn sie das Pferd auch noch nähme, ginge es ihr viel besser, aber die kleineren Sachen zu stehlen war schon beunruhigend genug. Sie wollte das nicht noch schlimmer machen, indem sie auch noch sein Pferd stahl.

Trotzdem war es ein weiter Weg, bis sie zu Hause wäre. Selbst wenn sie den Weg finden könnte, wusste sie nicht, ob sie es zu Fuß schaffen würde. Jep und seine Männer wären bald wieder frei. Sie würden sie verfolgen, vielleicht sogar mit Brown Driggers Hunden.

Ihre Hoffnung erlosch fast, als sie sich neben die Lampe setzte und die Decke eng um sich zog. Auf der anderen Seite der Lampe hatte der alte Mann einen Jutesack auf den Boden geworfen und lehnte sich darauf zurück. Er schaute sie mit halb geschlossenen Augenlidern durchdringend an. »Du kannst reden, Mädchen«, brummte er. »Ich weiß, dass du nicht stumm bist.«

Sie sagte nichts.

»Wenn du versuchst, mich zu verhexen, steche ich dir die Augen aus.« Er nahm sein Messer aus der Scheide und legte es sich auf die Brust. »Ich mag solche wie dich nicht, hörst du? Du bist ein ganz hübsches Ding, aber du bist es nicht wert, dass wir deinetwegen sterben. Der Weichling dort drüben ist zu anständig. Er hätte sie alle töten und begraben sollen, damit niemand ihre Knochen findet. Jetzt stecken wir in der Klemme und dein Vater ist auch irgendwo da draußen.«

Sie starrte in die kleine Flamme und schaute weder in seine Richtung noch in die Richtung, in der Rand das Pferd versorgte. Eine eisige Kälte zog unter die Decke und stellte Aginisis gekonnte Webarbeit auf eine harte Probe. Sarra zog die Decke so eng um sich, wie sie konnte, und tat, als würden sie Aginisis breite, gegerbte Hände beschirmen. Sie beugte den Kopf auf ihre Knie und wärmte sie mit ihrem Atem. Irgendwo über den Bergen zog Schnee auf. Das konnte sie fühlen.

Sie hoffte, der Schnee käme nicht heute Nacht oder morgen früh, aber er kam unausweichlich. Der Schnee konnte alles verändern. Er verbarg Gerüche, aber ihre Spuren waren im Schnee gut zu sehen. Ein starker Schneefall konnte von Vorteil sein, aber eine dünne Schneedecke, wie sie um diese Jahreszeit zu erwarten war, würde jeden Verfolger auf ihre Spur führen.

Die Wagenplane raschelte. Metall klirrte auf Metall. Ihr entging kein einziges Geräusch und sie wusste genau, wie nahe Rand schon war. Selbst unter ihrer Decke hörte sie, wie er zur Laterne trat. Das dumpfe Rascheln seiner Kleidung und das fast geräuschlose Kratzen seiner Stiefel machten sie hellwach. Er blieb eine Minute neben ihr stehen. Sie regte sich nicht, atmete nicht. Er berührte ihre Schulter. Alle Muskeln und Sehnen in ihr spannten sich an, aber sie zuckte nicht zusammen. Das erlaubte sie sich nicht.

»Brauchst du etwas?«, fragte er. »Ich kann deine Wunden mit einer Salbe behandeln, wenn du willst. Das lindert die Schmerzen.«

Sie antwortete ihm nicht.

Etwas fiel weich um sie, etwas, das schwer und von der kalten Nacht steif war. Eine weitere Decke. Sie umklammerte sie nicht, sondern ließ sie einfach auf sich liegen und fühlte, wie sie den Wind abhielt.

Es war lange her, seit ein Mann ihr etwas Gutes getan hatte. Das war nicht mehr vorgekommen, seit Opa mit seinen weißen Haaren und seinem runden Bauch und der kräftigen Stimme, die die Hütte erfüllt hatte, gestorben war. Er war Schotte gewesen. Sie wusste also, dass alle Schotten gute Menschen waren. Vielleicht war Rand auch ein Schotte, aber das würde sie nur herausfinden, wenn sie ihn fragte.

Es war Jahre her, seit Opa diese Welt ohne Vorwarnung verlassen hatte. Sarra und Aginisi hatten selbst noch mithilfe eines Maultiers Mühe gehabt, den schweren, totenstarren Körper zu begraben. Jetzt konnte sie ihren Großvater plötzlich wieder sehen. Vielleicht spielte ihr Verstand ihr einen Streich, aber da war er – mit seinem dichten weißen Bart. Er setzte sie auf seine Knie, um ihr aus dem Buch vorzulesen. Das war etwas, das Aginisi nicht gekonnt hatte. Sie hatten alle zusammengesessen, Aginisi und Mama und Sarra, und zugehört, während Opa ihnen von fernen Orten und längst verstorbenen Menschen vorgelesen hatte, an deren Taten man sich immer noch erinnerte.

Die Zeit, als sie noch ganz klein gewesen war, hatte sie in guter Erinnerung, aber diese Erinnerung tat auch weh. Es tut immer weh, wenn gute Zeiten vorbei sind. Das hatte Aginisi gesagt, nachdem Sarras Mama nicht mehr auf der Welt gewesen war.

Alles vergeht, Schatz. Alles auf dieser Welt hat eine Zeit, geboren zu werden, und eine Zeit zu sterben. Eine Zeit für Probleme und eine Zeit für Frieden und Ruhe.

Schhhh …, flüsterte Aginisis Stimme in Sarras Gedanken. *Jetzt ist Zeit, dich auszuruhen, Kind.*

Ich hörte auf zu lesen, hob den Blick und war fast überrascht, dass ich allein auf der Veranda von Helen Halls Hütte saß und nicht in einem notdürftigen Nachtlager in den Bergen unter einer Decke lag, während der Mond hinter den Gipfeln verschwand und sich die pechschwarze Nacht über mir ausbreitete. Über dem Looking Glass Lake war der Abend aufgezogen. Ein Rotluchs schrie irgendwo im Wald und verstärkte die Illusion, ich würde in die Geschichte eintauchen. Fast schien es mir, als befände ich mich im Körper dieses verängstigten, verwirrten Mädchens, dessen einzige Hoffnung auf einem jungen Mann ruhte, der in der Wildnis der Berge völlig fehl am Platz war. Ein Mann, von dem sie nicht wusste, ob sie ihm trauen konnte.

Ich hatte absolut keine Ahnung, wie dieses neue Stück des Manuskripts – zwei vollständige Kapitel! – in die Hütte gelangt war. Dort hatte es auf mich gewartet, als ich vom Abendessen zurückkam.

Nach meinem Besuch in der Apotheke hatte ich den Tag mit meinem Laptop im Ort verbracht und in einem Café etwas Arbeit erledigt, während Freitag unter dem Tisch geschlafen hatte und Scharen von *Zeitreisenden*-Fans gekommen und gegangen waren. Ich hatte gehofft, Helen Hall würde anrufen. Ich wäre sofort zur Stelle gewesen, nur für den Fall, dass es ihr gelungen sein könnte, ein Gespräch zu arrangieren. Aber es kam kein Anruf. Als sich das Café mit Leuten gefüllt hatte, die zum Abendessen kamen, hatte ich etwas gegessen und dann das Warten aufgegeben.

Die Hütte hatte genauso gewirkt, wie ich sie verlassen hatte. Die Glühbirnen waren immer noch kaputt und auch sonst war alles wie gehabt. Es gab keine Reifenspuren außer denen meines Mietwagens, keine Hinweise, wer hier gewesen sein könnte. Ich hatte zuerst gedacht, der Umschlag, der zwischen der Mückengittertür und der Haustür eingeklemmt gewesen war, wäre die Rechnung für die Hüttenmiete.

Er hat ihr nicht nur gesagt, dass er nicht mit mir sprechen will. Er hat sie auch noch aufgefordert, mich hinauszuwerfen. Na toll!

Dieser Gedanke war mir durch den Kopf gegangen. Mir war nie in den Sinn gekommen, dass genau das, weswegen ich hierhergekommen war, in diesem Umschlag stecken könnte. Mehr von der *Hüterin der Geschichten* auf vergilbtem Papier. Die Buchstaben waren in der gleichen ungewöhnlichen Schriftart gehalten wie schon die ersten Kapitel.

Wilda würde kritisieren, dass der Autor sein Handwerk nicht richtig verstehe. Sie verabscheute schlampige Arbeit und fehlende Vorbereitung beim Schreiben und im Leben.

Eine kluge Frau ist immer richtig vorbereitet. Sie kennt den Wert einer perfekt erledigten Arbeit. Sie weiß, dass sie fähig sein muss, ihren

Weg selbständig in einer Männerwelt zu gehen, Jennia Beth, hatte sie gesagt. Dabei hatte sie die Zeitungskolumne ausgedruckt, die sie geschrieben hatte, um ihr Lehrerinnengehalt ein wenig aufzubessern. Das war nötig gewesen, seit sie allein den Lebensunterhalt für sich und ihren Sohn bestreiten musste. Die Mädchen meiner Generation *wurden nicht zur Selbstständigkeit erzogen, aber die Realität ist oft ganz anders als das, was wir uns erträumt haben. Unsere Fähigkeit, uns anzupassen, entscheidet über unser Überleben.*

Ich widmete mich wieder dem Manuskript und fragte mich: Hätte ich das Zeug zum Überleben, wenn ich in die Situation des Mädchens in der Geschichte geraten würde?

Hatte *sie* das Zeug dazu?

13

DIE HÜTERIN DER GESCHICHTEN

Kapitel Fünf

Rand drehte sich langsam um. Sein Kopf hämmerte, als er sich bemühte, die Augenlider zu heben und den neuen Tag zu begrüßen. Stechende Schmerzen durchbohrten ihn. Er schob sich in die Höhe und versuchte, ganz wach zu werden. Es war später, als er erwartet hatte. Die Sonne wanderte schon an der Felswand über ihm entlang und erreichte ihr Lager.

Sonderbar, dass ihn Ira noch nicht geweckt hatte. Normalerweise brachen sie jeden Morgen bei Tagesanbruch auf und aßen nur Maisbrot oder getrocknetes Rindfleisch zum Frühstück.

Ihm war kalt … und ihm tat alles weh.

Ein süßlicher Geruch stieg ihm in die Nase, als ein kleines Tuch von seinem Gesicht flatterte. Er hob es auf, roch daran und erkannte den Geruch sofort. Andere mit Äther kurzzeitig zu betäuben, das war unter den jungen Leuten in Charleston sehr beliebt gewesen. Der Geruch war unverkennbar. Nichts anderes hatte diesen typischen Geruch.

Erinnerungen strömten auf ihn ein. Der zurückliegende Tag lief rasend schnell vor seinem inneren Auge ab: Brown Driggers Hütte, der plötzliche, überstürzte Aufbruch, die Pistole auf Iras Schoß, die auf ihn gerichtet war. Jep, Revi, der Junge, die anderen Männer, das Mädchen in den Ketten, ihre ungewöhnlichen blauen Augen, Großvaters Kreuz, die Auseinandersetzung, die Flucht vor den anderen, solange der Mond ihnen den Weg beschien …

Ira hatte wie viele Händler Äther in seinem Wagen, um ihn zu verkaufen.

Rand rappelte sich auf die Beine, drehte sich stolpernd im Kreis und betrachtete den Ort, an dem ihr Lager gewesen war. Die Stelle, an der der Wagen gestanden hatte, war leer.

»Nein!« Seine Stimme war rau und zornig. Wütend trat er gegen seine Schlafdecke. »Du … du nichtsnutziger alter Ziegenbock!«

Da fiel ihm das Mädchen ein und eine große Angst erfüllte ihn. Er fuhr auf wackeligen Beinen herum, stellte fest, dass ihr Platz leer und ihre gewebte Decke fort war, ebenso die Decke, die er ihr gegeben hatte. Nur ein Abdruck auf dem weichen Waldboden verriet, dass sie überhaupt hier gewesen war. Er ließ seinen Blick suchend durch die Bäume schweifen und entdeckte sie auf einem Felsen in der Nähe. Sie hatte den Rock etwas nach hinten gezogen und ihre schlanken, dünnen Beine wie eine Katze angelegt, um jederzeit hochschnellen zu können.

Sie rührte sich nicht, sondern beobachtete ihn nur aufmerksam. Dabei schienen ihre Augen zu glühen. Die Schwellung auf ihrer Wange war leicht zurückgegangen. Sie konnte ihn jetzt also mit beiden Augen ansehen.

Sein erster Impuls, als er sie sah, war Ärger. Noch kein ganzer Tag war vergangen, seit sich ihre Wege gekreuzt hatten, und sie hatte seine Welt schon völlig auf den Kopf gestellt und seine Pläne durcheinandergebracht. Jetzt war er in einer fremden Gegend, einer gefährlichen Gegend, zu Fuß und allein, und vielleicht waren schon Verfolger auf seinen Fersen.

»Das gemeine, alte Schwein hat sich aus dem Staub gemacht!« Rand fuhr mit dem Kopf herum, war aber immer noch so vom Äther benebelt, dass er über die Decken stolperte und stürzte. Er krabbelte auf Händen und Füßen auf den Hügelkamm zu. Wenn er nur eine Spur von dem Wagen erspähte, könnte er loslaufen und ihn einholen. »Dieser alte, borstige, verlogene …! Wenn ich dich in die Hände bekomme, drehe ich deinen nichtsnutzigen Hals um! Ich reiße dir die Ohren ab und verfütterte sie an die Ratten! Ich …!«

Den Rest konnte Sarra nicht hören. Nur seine wütende Stimme, die unverständlich von den Bergen widerhallte und die Wintervögel in ihren Verstecken aufschreckte. Sie folgte ihm nicht, als er den Berg hinaufstolperte, aber sie verschwand auch nicht. Sie konnte nicht erklären, warum sie nicht schon früher weggelaufen war, als sie aufwachte und sah, dass der Händler Vorbereitungen traf, sich aus dem Staub zu machen.

Sie war noch zu benommen gewesen, um alles zu begreifen: warum der alte Händler so früh am Morgen schon auf war und allein die Sachen einpackte. Sie hatte ihn durch einen Spalt in ihrer Decke beobachtet. Dabei hatte sie gesehen, wie er den Lappen mit etwas aus einer braunen Flasche getränkt hatte, ihn auf Rands Gesicht gelegt und auch noch seinen Schlafsack mit der Flüssigkeit benetzt hatte, bevor er die Flasche wieder verkorkte.

Dann war der Blick des alten Mannes in ihre Richtung gewandert. »Bleib, wo du bist, Mädchen. Rühr dich nicht vom Fleck. Wenn du mir Schwierigkeiten machst, bist du tot.«

Sie rührte sich nicht. Sie wartete ab. Sie hatte alles, was sie brauchte, zusammengepackt, als beide Männer geschlafen hatten, und es bereits im Gebüsch versteckt. Sie wartete selbst nur auf den Tagesanbruch. Sie hatte nicht vorgehabt, wieder einzuschlafen, aber der Schlaf hatte sie übermannt. Jetzt war ihr der fahrende Händler zuvorgekommen und hatte die Absicht, alles mitzunehmen. Er hatte sogar den Sattel auf den Wagen geworfen und das Pferd hinten angebunden. Das Einzige, was er nicht eingesteckt hatte, waren die Satteltaschen, die Rand vor dem Einschlafen neben sich gelegt hatte. Diese Satteltaschen hatte Sarra genommen.

Kurze Zeit später bewegten sich der Wagen und die Maultiere klappernd über den Berg ins Tal hinab und das Pferd musste trotz seines Widerstands hinterhertrotten. Jetzt hinderte sie nichts mehr daran, ebenfalls das Weite zu suchen. Aber irgendetwas ließ es einfach nicht zu, dass sie sich aus dem Staub machte und Rand ganz allein und völlig ahnungslos hier auf dem Boden liegen ließ. Stattdessen hatte sie gewartet und mit der Pistole, die sie gestohlen und in ihre Rocktasche gesteckt hatte, über ihm gewacht.

Geh!, flüsterte eine Stimme jetzt, da er ganz wach war, in ihr. *Lauf!* Aber plötzlich umspielte ein Lächeln ihre Lippen, was völlig ungewohnt und unerklärlich war. Rand war oben auf dem Hügel stehen geblieben, hob einen Stiefel hoch, knallte ihn auf den Boden, hüpfte dann wütend im Kreis herum und reckte die Faust in die Luft.

Er war mehr ein Junge als ein Mann. Noch nie im Leben hatte

sie gesehen, dass sich jemand, der so kräftig war, so albern benahm. Noch nie im Leben hatte sie einen Städter in die Berge kommen sehen, der so wenig von den Bergen verstand und so wenig Ahnung davon hatte, was nötig war, um hier zu überleben.

Dieser Mensch, halb Mann und halb Junge, mit dem bartlosen Gesicht und seinen goldenen Haaren, war ganz anders als jeder andere Mensch, dem sie je zuvor begegnet war.

Rands Herz rutschte in die Hose, als sein Blick über das endlose Meer aus mit Bäumen bedeckten Berggipfeln und nackten Felswänden wanderte. Nirgends war die geringste Spur von Ira, dem Maultierwagen oder dem Pferd zu sehen. Nur Schicht für Schicht Erde, die von Nebel, Steinen und Bäumen bedeckt war. Der alte Mann war längst verschwunden. Zweifellos hatte er diesen Plan schon seit gestern Abend geschmiedet.

»Ich war so dumm und blind!«, schimpfte er mit sich selbst und schlug seine Faust heftig in die Hand. Dann schüttelte er beide Hände aus, weil der Schlag in der Kälte schmerzhaft war. Er hätte es besser wissen sollen. Warum hatte er geglaubt, dass Ira diesem bedauerlichen Geschöpf helfen würde, seinen Verfolgern zu entfliehen?

Ein Mann, der hier *irgendetwas* voraussetzte, war ein Narr und Narren starben jung.

Er war viel zu jung, um zu sterben.

Es war eine schmerzliche Lektion, aber er würde sie so schnell nicht vergessen. *»Sei nicht schnell, dich zu ärgern; denn Ärger ruht im Herzen des Toren.«* Der Vers aus dem Buch Prediger, den sein Großvater so oft zitiert hatte, ging ihm nun durch den Kopf. Er schloss die Augen, atmete die kalte Morgenluft in tiefen Zügen ein, wandte sein Gesicht dem Himmel zu und fühlte kleine eisige Nadelstiche auf seiner vor Zorn glühenden Haut. Herbstschnee hatte begonnen, die Berge zu überziehen. Das fiel ihm erst jetzt auf.

Konnte Gott ihn hier an diesem Ort, fernab von jedem richtigen Gotteshaus, fernab von jedem ordinierten Pastor, hören? Noch nie zuvor war er in der Wildnis in Schwierigkeiten geraten, ohne seinen Großvater oder Vater bei sich zu haben, ohne ihren Glauben, der ihn getragen hatte. Jetzt war er von alledem verlassen. Selbst seine Bibel war offenbar verschwunden. Als er mit dem Fuß die Decken aufgewühlt hatte, war weder seine Tasche noch seine Pistole zum Vorschein gekommen.

Ira hatte ihm nichts gelassen. Er war so gut wie tot. Und das Mädchen mit ihm.

Langsam drehte er sich um und kehrte ins Lager zurück. Er rechnete damit, dass das Mädchen inzwischen das Weite gesucht hatte, aber sie stand an der Stelle, an der sie die getrockneten Kiefernnadeln weggefegt hatten, um die Laterne abzustellen. Sie hatte die Fingerknöchel an ihre Lippen gepresst. Ihr Handgelenk war aufgeschürft und geschwollen. Der Ausdruck in ihren Augen verwirrte ihn. Er konnte ihn nicht deuten. Was musste sie von ihm halten?

Wortlos wandte er sich von ihr ab und schmeckte die gallige Mischung aus Wut und Demütigung, gewürzt mit Angst. Jetzt war es wichtig, die Situation ruhig zu beurteilen und einen Plan zu entwerfen. Jedoch wollte er viel lieber etwas, irgendetwas, packen und in Stücke reißen.

Er entschied sich für einen Mittelweg. Er war nicht ruhig, aber er zerstörte auch nicht sinnlos das wenige, was sie hatten und das aus ein paar Decken und der Kleidung, die sie auf dem Leib trugen, bestand. Er legte die Finger auf seinen Gürtel, trommelte mit den Fingerspitzen und überlegte, wie sie vorgehen müssten. Die Decken und Kleidung waren also alles, was sie hatten. Und es schneite.

Steh auf, Junge!, flüsterte sein Vater in seinen Gedanken. *Der Herr schenkt dir den Atem für einen neuen Tag. Es könnte schlimmer sein.*

Sie waren noch nicht allzu weit von Brown Driggers Laden weg. Sie hätten eine realistische Chance, dorthin zurückzufinden, aber wozu? Da seine Satteltasche fort war, hatte er kein Geld, um dort Vorräte zu kaufen. Auch wusste er nicht, ob Brown Drigger nicht versuchen würde, das Mädchen wieder einzusperren. Abgesehen davon bestand die Gefahr, dass Jep und seine Männer sich befreiten und auch dorthin zogen.

In Jeps Lager gab es Essensvorräte. Vielleicht könnten sie irgendwo in der Nähe auch Pferde finden. Rand und Ira hatten die Pferde in die Nacht hinausgetrieben, bevor sie das Lager verlassen hatten. Aber dieser Plan war mit einem großen Risiko verbunden. Wenn er sich in die Höhle des Löwen wagte, könnte er leicht feststellen, dass der Löwe jetzt frei herumlief und auf seine Beute wartete. Rand müsste sich sehr vorsichtig anschleichen …

»Kannst du uns in das Lager zurückbringen, in dem wir Jep und seine Männer gestern Nacht zurückgelassen haben?« Er räusperte sich und baute sich ein wenig größer auf, um seinen verletzten Stolz zurückzugewinnen. Es gefiel ihm überhaupt nicht, dass Ira ihn so überrumpelt hatte. Wenn er sich äußerlich ruhig gab, könnte er vielleicht ihre Kooperation gewinnen, anstatt sie in Panik zu versetzen.

Sie hob das Kinn und ihre Augen weiteten sich. Sie schüttelte vehement den Kopf.

Er hatte sie noch mehr erschreckt. Das Letzte, was er jetzt brauchte, war eine hysterische Frau, um die er sich kümmern musste.

»Nein.« Das Wort – das erste, das sie aussprach – überraschte ihn. »In zwei, vielleicht drei Tagen kommt ein Ort. Ich kann den Weg ins Tal finden. Hier oben ist es nicht sicher. Wenn Brown Drigger die Hunde auf uns hetzt, gibt es kein Entkommen.«

»So nahe liegt eine Siedlung? Bist du sicher?« Er bezweifelte das. Während der Fahrt hierher hatte Ira geschimpft, dass der Drigger-Vorposten so abgelegen war.

»Zwei Tage. Wenn du nicht zu langsam bist.« Sie steuerte auf den Wald zu, bedeutete ihm aber, dass er bleiben sollte, wo er war.

Während er wartete, dankte er Gott für sein Glück. Das Mädchen verstand seine Sprache, sie kannte den Weg zu einer Siedlung und sie schien normale geistige Fähigkeiten zu besitzen. Das Gerede gestern Abend von Hexen und Flüchen hatte ihn stärker beunruhigt, als er zugeben wollte. Sie war nur eine Frau. Aus Fleisch und Blut. Eigentlich nicht viel mehr als ein Kind, das in die Hände von gefährlichen Männern geraten war. Hilflos.

Er hörte, wie sie sich im Unterholz raschelnd bewegte, zuerst auf die eine Seite der kleinen Lichtung, dann auf die andere. Als sie zurückkam, hatte sie in ihren schlanken braunen Fingern eine Mischung aus wilden Kakifrüchten und Hickorynüssen. Die Lebhaftigkeit und der Gegensatz der Farben faszinierte ihn einen Moment lang. Ein Stillleben, das irgendwie betörend war. Sie kam ein ganzes Stück näher, bevor ihm auffiel, dass sie etwas über die Schulter geworfen hatte, das er kannte. Seine Satteltaschen.

»Meine Sachen!« Er bewegte sich schneller auf sie zu, als er sollte, denn sie wich erschrocken zurück und die Früchte und Nüsse purzelten auf den Boden und die Taschen landeten zwischen ihnen. Er hob die Taschen auf, schaute zuerst in die eine und dann in die andere, fand Hartkekse und Brot, die am Tag zuvor nicht darin gewesen waren. Auch ein Stück Räucherfleisch und seine Pistole. Er entdeckte außerdem die Ersatzmunition, die er nicht in den Satteltaschen, sondern in seinem Koffer im Wagenbett gehabt hatte, und ein neues Jagdmesser, wie Ira sie in einer Kiste aufbewahrte.

Er warf ihr einen verwirrten Blick zu, schaute wieder in die Taschen und dann auf sie hinab, während sie das leuchtend rote Obst aufhob und es in ihrem Rock sammelte. Allmählich dämmerte ihm, was sie getan hatte.

»Du hast meine Satteltaschen gestohlen!«, platzte er heraus. »Und meine Pistole.« Sie hatte das Lager geplündert, während die Männer geschlafen hatten. Sie hatte alles vorbereitet, um … alleine wegzulaufen?

Sie unterbrach das Einsammeln der Nüsse und schaute ihn an. »Ich dachte, der Händler würde sich um dich kümmern.«

Er durchsuchte die Taschen genauer, fand darin die Bibel seines Großvaters sowie seine Lupe, die sich als nützlich erweisen könnte, um ein Feuer zu entfachen, vorausgesetzt, die Sonne schien. Das in Leder gewickelte Bündel, das seine Tagebücher enthielt, war verschwunden, genauso wie seine Federn und die Tinte. Sie musste sie irgendwo in der Nähe des Lagers versteckt haben, als sie die Taschen mit Waren aus dem Wagen gefüllt hatte. »Meine Bücher sind fort. Wo sind meine Bücher und Federn?«

Sie richtete sich auf und betrachtete eine Kakifrucht, als beabsichtige sie, an Ort und Stelle daraus eine Mahlzeit zuzubereiten. »Ein Buch mit getrockneten Blättern darin kann man nicht essen. Die meisten, die du gesammelt hast, taugen nicht einmal als Medizin.« Sie zuckte die Achseln, biss in die Frucht und verzog das Gesicht, als der Saft ihre aufgesprungene Lippe berührte. »Wir sollten jetzt aufbrechen. Es kommt bald noch mehr Schnee. Und Jep und seine Männer sind auch irgendwo. Wenn sie zu Brown Drigger gehen, hetzt er seine Hunde auf uns.«

»Ich will meine Bücher zurück.« Er überragte sie mindestens um Haupteslänge und hielt ihr fordernd die Hand hin.

»Als die Hunde mich fanden, wollte ich zuerst weglaufen.«

»Ich habe gesagt, dass ich meine *Bücher* zurückhaben will ...«

Das Telefon in der Hütte klingelte. Erst beim dritten Klingeln begriff ich, was es war. Freitag, der auf der anderen Seite der Veranda döste, bewegte ein Ohr vor und zurück, irritiert durch den Klang. Er hatte noch nie das klirrende, mechanische Klingeln eines alten Telefons gehört.

Ich legte die letzten Seiten ungelesen weg und lief hinein. Freitag gab alles, um vor mir durch die Tür zu kommen.

Ich hob beim fünften Klingeln ab und meldete mich, auch wenn ich etwas außer Atem war.

»Ich hatte Ihre Handynummer nicht greifbar und rufe deshalb einfach auf diesem Telefon an.« Helen Hall machte sich nicht die Mühe, sich vorzustellen, aber ich erkannte ihre Stimme sofort. Abgesehen davon hatte ich den ganzen Nachmittag und Abend wider alle Vernunft gehofft, sie würde anrufen. »Hallo? Sind Sie da?«, fragte sie.

»Ja, ja. Entschuldigung. Der Hund und ich sind nur gerade übereinandergestolpert.« Ich schob Freitag mit dem Fuß zur Seite. Daraufhin ging er wütend auf meinen Schuh los. *Ich werfe dich Horatio zum Abendessen vor,* hätte ich ihm am liebsten gedroht, aber das konnte ich natürlich nicht. »Entschuldigung, Helen. Was haben Sie gesagt?« Ich drückte den Hörer enger an mein Ohr und hielt mir das andere Ohr zu, um ihre Stimme trotz des Knisterns in der Leitung und Freitags Bellen zu verstehen.

Das Ende des Satzes verstand ich: »... kommen Sie morgen nach dem Mittagessen zu mir in die Apotheke. Ich habe eine Idee.«

14

Ich ließ Freitag mit Wasser, Futter und einer strengen Ermahnung, brav zu sein, in der Hütte und brach zeitig zur Apotheke auf. Eine Mischung aus Neugier und gespannter Vorfreude setzte jeden Nerv in meinem Körper unter Strom. Die Möglichkeit, dass meine Fragen in Bezug auf Evan Hall und *Die Hüterin der Geschichten* schon heute Nachmittag beantwortet werden könnten, war genauso berauschend wie der Äther, mit dem Ira Rand außer Gefecht gesetzt hatte. Helen Halls Idee, wegen der sie gestern angerufen hatte, sah so aus, dass ich sie heute begleiten sollte, wenn sie ihre Schwägerin auf dem Berg besuchte. Auf dem *Berg*, Evan Halls streng abgeschirmtes Gelände, das seiner Familie seit Generationen gehörte und wo seine Großmutter, Violet Hall, immer noch lebte.

Ich hatte den Abend und den größten Teil des Morgens damit verbracht, die Teile von *Die Hüterin der Geschichten*, die ich hatte, immer wieder zu lesen. Nach zwei Tagen Fußmarsch waren Rand und Sarra immer noch weitab von jeder Zivilisation. Sie sahen keine Spur von Jep und seinen Männern, aber gelegentlich hörten sie in der Ferne das Bellen von Hunden. Inzwischen wurden sie zweifellos schon verfolgt. Es wäre eine starke Untertreibung gewesen zu sagen, dass ich von dem Buch nur »total gefesselt« war.

Auch Coral Rebeccas zweiter Brief ließ mir keine Ruhe. Ich hatte ihn gestern Abend schließlich geöffnet, als ich im Bett unter dem Spitzdach gelegen hatte, während Freitag unten auf dem Sofa schnarchte. In dem Umschlag hatte ich eine Schilderung vom Unfall meines Vaters und eine Bitte um Geld vorgefunden. Coral Rebecca wurde wie üblich ihrer Rolle als Familienbotschafterin gerecht. Das Dach auf dem alten Bauernhaus musste dringend erneuert werden und die alte Stromverkabelung, die älter war als wir alle, gab den Geist auf. Es hatte einen Kurzschluss und ein kleines

Feuer in dem Zimmer gegeben, in dem meine jüngste Schwester, Lily Clarette, wohnte.

Das Geld für Reparaturen fehlte. Deshalb hatten sie die Kabel zu Lily Clarettes Zimmer gekappt. Vorerst musste sie ohne Strom auskommen. Marah Diane und ihr Mann, die mit ihren Kindern ein Stück bergab in einem Wohnwagen lebten, lagen mit ihren Ratenzahlungen zurück, weil sie Papa bei seinen Arztrechnungen ausgeholfen hatten. Die Kirche hatte Kleider gesammelt, damit Marah Dianes Zwillinge ins neue Schuljahr starten konnten, aber auch die Kirche hatte zurzeit finanzielle Probleme. Die Gemeinde der Heiligen Brüder von Lane's Hill war stark geschrumpft, seit die Gießerei und dann die Kleiderfabrik in Towash geschlossen worden waren. Gemeindemitglieder waren aus der Gegend weggezogen, um an anderen Orten Arbeit zu suchen. Meine zweitjüngste Schwester, Evie Christine, erwartete ihr nächstes Kind. Sie und Marah Diane freuten sich, dass das Baby nicht einmal zwei Jahre jünger wäre als Marah Dianes jüngstes Kind. Ideale Spielkameraden …

Die Probleme meiner Familie waren ein Fass ohne Boden. Sie waren einfach erdrückend. Was konnte ich tun, das wirklich etwas positiv und dauerhaft verändern würde? Was hatte ich bis jetzt getan? Nichts. Nichts, als hin und wieder ein Loch in einem Damm zu stopfen, der hoffnungslos dem Bruch geweiht war. Hinter dem Damm baute sich das Wasser immer höher auf und brodelte und wütete. Ich hatte mich in einen Kreditkarten-Albtraum hineinmanövriert, um eine untragbare Situation zu verlängern. Die jungen Leute wurden ermutigt, sehr früh zu heiraten, und Schwangerschaften wurden als Errungenschaften gefeiert – egal, ob Geld da war, um die Kinder zu versorgen, oder nicht.

Mein Magen verkrampfte sich, während ich die kurvige Bergstraße hinein in den Ort fuhr und das bunte Treiben im Lager der Kriegerwoche sah. Hatten diese Menschen eigentlich irgendeine Ahnung, wie es hier *wirklich* aussah? Begriffen die Touristen auch nur ansatzweise, wie mühsam es war, in diesen Bergen zu leben? Hier waren keine Zeitportale nötig. In den Appalachen gab es immer noch Gebiete, in denen die Menschen wie in einer anderen Zeit lebten. Sie saßen in der Vergangenheit fest und waren von deren Schönheit und Hässlichkeit gleichermaßen gefangen. Der

Schönheit und Majestät der Berge. Der Hässlichkeit der Armut, der fehlenden Bildung, des Hungers, der Gesundheitsprobleme wie z. B. die verfaulten Zähne der Kleinkinder, die mit Fläschchen voller Limonade und Zuckerwasser gefüttert wurden.

Ich halte das nicht aus. Das geht einfach nicht. Ich wusste nicht genau, mit wem ich sprach. Mit Gott wahrscheinlich, obwohl wir schon länger nicht mehr wirklich miteinander sprachen. Gott und die heruntergekommene weiße Kirche in Lane's Hill, die Angst, die Schmerzen, die Strafen, die Demütigungen und die Schuldgefühle waren in mir untrennbar miteinander verbunden. Es war zu schwer, mir darüber klar zu werden, was von alledem, das ich über Gott gehört hatte, wirklich der Wahrheit entsprach – losgelöst von den Gesetzen, die dazu bestimmt waren, die Menschen von Lane's Hill *in* Lane's Hill zu halten. Es war immer leichter gewesen, das ganze Paket wegzupacken und einen weiten Bogen darum zu machen, als Wahrheit und Lüge auseinanderzusortieren.

Aber diese Reise holte das Paket unweigerlich immer weiter aus den verstaubten Tiefen hervor. Die sonderbaren Verkettungen und Verbindungen drängten mir die Schlussfolgerung auf, dass es kein Zufall sein konnte, dass ich hierhergekommen war. Die jüngsten Ereignisse flüsterten, ja sie schrien mir fast zu, dass der Gott meiner Kindheit und von Lane's Hill – die bedrohliche Gestalt, die mich wegen der sündigen Natur meiner Mutter verachtete und verabscheute – in Wirklichkeit ein Gott sein könnte, der einen Plan mit mir hatte und mich versorgte. Dass er möglicherweise die ganzen Jahre für mich gesorgt und mich geführt hatte, während ich mir einredete, ich würde meinen Weg selbst bestimmen.

Etwas in mir wusste, dass ich zu einem bestimmten Zweck hierher geführt worden war. Alles lief auf eine Auseinandersetzung mit meiner Vergangenheit hinaus. Irgendwie hatte ich immer gewusst, dass ich erst nach diesem Schritt wirklich meine Freiheit finden würde. Freiheit konnte sich erst dann einstellen, wenn ich für mich geklärt hatte, welche Lügen ich glaubte und was dagegen die Wahrheit war. In Bezug auf mich selbst, auf meine Familie und auf Gott.

Diese Aufarbeitung war nicht möglich, ohne an den Ort zurückzukehren, an dem die ganzen Dinge, vor denen ich geflohen war, jetzt um meine Aufmerksamkeit kämpften. Ich war mir über den

Zeitplan noch nicht ganz im Klaren, aber bevor ich nach New York zurückkehrte, würde ich nach Lane's Hill fahren. Das war mir bewusst, seit ich Coral Rebeccas Brief gelesen hatte.

Das Städtchen Looking Glass Gap, das jetzt vor mir lag, war ganz anders als die Orte, an denen ich aufgewachsen war. Es lag wie ein Postkartenbild an einem Bergsee, friedlich und ruhig. Die Gebäude waren hübsch restauriert und auf den Straßen herrschte ein reges Treiben. Evan Halls Geld und Ruhm hatten diese Stadt vorangebracht und sie in eine Touristenattraktion ähnlich wie die Highlands oder Asheville, die Heimatstadt vieler berühmter Persönlichkeiten, verwandelt.

Ich stellte das Auto in der Nähe der Apotheke ab, obwohl es immer noch zu früh war, um zu Helen zu gehen. Es war mitten am Vormittag, aber sie hatte mir gesagt, dass ich nach dem Mittagessen kommen solle. Deshalb schlenderte ich durch die Straße und ließ die bizarre Kombination aus Zeitreisenden-Souvenirs, Kostümen und Waffen, Filmplakaten, regionalen Handwerksprodukten und antiken Schätzen auf mich wirken.

In der Ecke der Eisdiele schaute ich zu, wie Kunden mit einer lebensgroßen Pappfigur, die Evan Hall darstellte, für Fotos posierten. Die Pappkartonfigur trug ein schwarzes Cowboyhemd, eine schwarze Hose und Stiefel, die bis über die Knie reichten, wie sie Piraten trugen. Die kleine Rolle, die Evan Hall im ersten *Zeitreisenden*-Film gespielt hatte, war auf YouTube von mehreren Millionen Fans angeklickt worden. Die wahren Fans wussten genau, wo sie ihn inmitten der Crew auf einer vom Sturm beschädigten portugiesischen Galeone suchen mussten, auf der rebellische Zeitreisende den Seeleuten halfen, die Inselkette Outer Banks vor North Carolinas Küste zu erreichen. Dort schleppten sich die Überlebenden in das Dorf von Sir Walter Raleighs geheimnisvollen Verlorenen Kolonisten, die schon längst ihre ursprüngliche Siedlung auf Roanoke Island aufgegeben und sich mit den Croatoan-Indianern auf der weiter südlich gelegenen Insel Hatteras vermischt hatten.

In Evan Halls Geschichtsversion lebten die *Melingee*, ein isoliertes, geheimnisvolles Volk, in den Blue Ridge Mountains von North Carolina und Tennessee. Sie waren Nachfahren der Zeitreisenden, deren Zeitportal defekt war, was ihnen den Wiedereintritt in die intergalaktischen Bahnen unmöglich machte. Deshalb saßen sie auf der Erde fest, in der Neuen Welt bei den Verlorenen Kolonisten und den amerikanischen Ureinwohnern, zwanzig Jahre vor der Landung der Pilgerväter mit der Mayflower. Nachdem sie Ehen mit den Indianern eingegangen waren und mit ihnen Kinder bekommen hatten, wollten viele bleiben. Im dritten Buch wurde die Geschichte erzählt, wie es ihnen doch noch gelang, auf der Erde durch die Zeit zu reisen, um der Verfolgung zu entfliehen, aber ohne vorhersagen zu können, wo die Portale sie jedes Mal absetzen würden.

Ich konnte nicht verstehen, warum ich die Verbindungen nicht schon früher erkannt hatte. Evan Halls erfundenes Volk der *Melingee* waren in Wirklichkeit die real existierenden *Melungeons*. Dunkle Haare, braune Haut, auffallend blaue oder silberne Augen. Genauso wie die Melungeons wiesen die Melingee in seinen Büchern auf die Vermischung mit europäischen Siedlern hin, die schon früh in Amerika gelandet waren. Die Gerüchte und Legenden, die sich später um die Melungeons gerankt hatten – dass sie eine fremde Rasse aus blauäugigen Teufeln und Betrügern seien, die Zauberei praktizierten –, waren in der Romanversion in Wirklichkeit die Folge der übernatürlichen Fähigkeiten der Zeitreisenden von einem anderen Stern.

Konnte Evan Halls Interesse an den abgeschieden lebenden Menschen in den Blue Ridge Mountains, mit Rands und Sarras Geschichte, begonnen haben? Konnten sie die Grundlage für Nathaniel und Anna gewesen sein, deren verbotene Liebe die Zeiten überspannte, die Fantasie unzähliger Leser zwischen neun und neunzig anregte und zum Verkauf von Millionen von Büchern führte – ganz zu schweigen von den Kinotickets und reißerisch aufgemachten DVD-Sets?

Das war schwer zu sagen. Die Trennlinie zwischen Fantasie und historischen Fakten war in Evan Halls Büchern nicht leicht zu ziehen. Sie enthielten genug Wahrheit, um die Illusion zu schaffen, dass alles wirklich passiert sein könnte. Die *Zeitreisenden*-Bücher waren garniert mit Legenden aus den Blue Ridge Mountains, Geistergeschichten und Besonderheiten wie dem Stumphouse Tunnel – einem Eisenbahntunnel, der wegen des Bürgerkrieges nie ganz fertiggestellt worden war. In der *Zeitreisenden*-Version war dieser unheimliche Tunnel ins Nirgendwo in Wirklichkeit der Ort eines Zeitportals, das die Herren der Finsternis erobert und dann in einer großen Schlacht in Stein verwandelt hatten.

Die Fans der *Zeitreisenden*-Romane pilgerten regelmäßig zum Stumphouse Tunnel und zu den nahe gelegenen Issaqueena Falls, wo Anna und Nathaniel ein geheimes Portal benutzt hatten, um der Verfolgung zu entfliehen.

An einem Ecktisch in der Eisdiele führten ein paar Männer mit Kapuzenumhängen eine wissenschaftliche Diskussion über die Physik des Stumphouse Tunnels und von Zeitreisen.

Ich konzentrierte mich so sehr darauf, diesem Gespräch zu folgen, dass ich erst merkte, dass mir die Zeit davongelaufen war, als der Terminkalender meines Handys piepte.

Ich überließ es den Naturwissenschaftlern in den Kapuzenumhängen, ihre Fragen ohne mich zu klären, und eilte zur Apotheke. Dort bot ich Helen Hall an, dass wir mit meinem Auto fahren könnten.

»Danke, das wäre sehr nett.« Sie schlüpfte in eine Windjacke und folgte mir aus der Tür. »Leider haben wir nicht allzu viel Zeit. Meine Schwägerin hat am Spätnachmittag einen Arzttermin in Charlotte.«

»Ich bin Ihnen für Ihre Hilfe wirklich sehr dankbar.« Ein Kurzbesuch war zwar nicht die ideale Ausgangslage, aber ich durfte mir diese Gelegenheit auf keinen Fall entgehen lassen. Ich war immer noch nicht sicher, was Helen heute vorhatte, aber ich war bereit, mich auf alles einzulassen, was mich Evan Hall näherbringen könnte.

»Falls es irgendjemanden gibt, der wissen könnte, ob mein Neffe etwas mit ihrem geheimnisvollen Manuskript zu tun hat, dann ist das Violet. Sie hat ihn und seinen kleinen Bruder nach dem Tod ihrer Eltern aufgezogen.«

»Ich freue mich sehr darauf, sie kennenzulernen.« Ich wusste von Evan Halls tragischer Familiengeschichte. Die gesamte Familie war in einer Ferienhütte vom Feuer überrascht worden. Nur Evan und sein jüngerer Bruder Jake hatten dem Feuer entkommen können. Seine Eltern und seine ältere Schwester waren in den Flammen ums Leben gekommen.

»Danke, dass wir mit Ihrem Auto fahren«, sagte Helen, als wir das Ortsschild passierten. »Meinem Sohn gefällt es in letzter Zeit nicht mehr, wenn ich allein mit dem Auto den Berg hinauffahre. Es ist komisch, wenn die eigenen Kinder anfangen, einem zu sagen, was man tun soll.«

»Das glaube ich gern.« Ich dachte kurz an die Nachricht vom Unfall meines Vaters und an meine Schwestern. Es war unvorstellbar, dass sie je das Kommando im Haus übernehmen dürften. Papas Wort war bestimmt immer noch Gesetz. »Das ist eine schöne Strecke. Ich verstehe, warum Sie nicht darauf verzichten wollen, hier entlangzufahren. Ich glaube, deshalb habe ich die Bilder in der Hütte so sehr bewundert. Sie fangen alle Jahreszeiten so wunderbar ein.«

Diese Bemerkung entlockte ihr ein wehmütiges Seufzen. »Sie gehörten zu meinen liebsten Bildern. Sie sind jetzt natürlich schon viele Jahre alt. Ich habe eine Weile an der Volkshochschule unterrichtet. Aber als mein Mann einen Schlaganfall hatte, stand ich vor der Entscheidung, entweder die Apotheke weiter zu betreiben oder weiter zu unterrichten. Der Ort braucht eine Apotheke und so musste ich auf den Kunstunterricht verzichten. Mit der Apotheke und der Versorgung meines Mannes, mit den Enkelkindern und jetzt noch Violet habe ich, auch ohne zu malen, genug zu tun.« Der innere Kampf spiegelte sich in ihrer Miene wider, die stille Trauer, weil sie einen Traum hatte aufgeben müssen, um sich der harten Realität zu stellen. »Aber mir haben diese Jahre sehr viel Freude bereitet. Es war eine Chance, einige talentierte, junge Menschen zu ermutigen. Nicht vielen hier aus der Gegend gelingt es, nach Clemson zu gehen, aber die Volkshochschule ist wenigstens ein Anfang.«

»Es ist ein guter Anfang.« Ich hatte mir so sehr gewünscht, Coral Rebecca würde Kurse an der Volkshochschule belegen. Ich hatte versucht, sie dazu zu überreden, aber nachdem ich weggegangen war, war unser Vater fest entschlossen gewesen, auf keinen Fall zuzulassen, dass noch jemand Lane's Hill verließe.

»Ich kannte Wilda Culp«, erzählte Helen. Ich warf ihr einen fragenden Blick zu, aber ihr Gesicht war im Schatten verborgen, da die Straße gerade an einer Felswand entlangführte. »Wir kannten uns nicht sehr gut, aber wir arbeiteten zusammen, um Geld für eine Hilfsorganisation zu sammeln. Sie wollte etwas ins Leben rufen, um den Frauen in dieser Gegend zu helfen, besonders den jüngeren. Ach, ich glaube, das war vor dreizehn oder vierzehn Jahren.«

Vor dreizehn oder vierzehn Jahren. Damals war ich gerade nach Clemson gegangen. Wilda hatte offenbar große Zukunftspläne gehabt. »Davon hat sie mir nie etwas erzählt.«

»Ich fürchte, sie kam damit nicht sehr weit, da bei ihr Lungenkrebs diagnostiziert wurde. Danach ist bei dem Projekt nicht mehr viel geschehen. Es hing hauptsächlich an ihr. Sie hatte die nötigen Beziehungen.«

»Das ist wirklich schade.« Nachdem ich fortgegangen war, hatte ich immer gehofft, dass meine Schwestern bei Wilda die gleiche Zuflucht finden würden wie ich. Aber in meiner Familie wurde alles, was mit Wilda zusammenhing, kategorisch abgelehnt. Mein Vater hatte mir nur erlaubt, zu ihr zu gehen, weil er und Oma Leena mich nicht mehr zu Hause haben wollten, da ich meiner Mutter immer ähnlicher sah. Sobald Marah Diane alt genug gewesen war, um sich um die Kleinen zu kümmern, waren alle froh, dass ich das Haus verließ und Geld verdiente, denn Wilda zahlte gut.

»Ich hätte sie gerne besser gekannt«, seufzte Helen.

Dann unterhielten wir uns über die herrliche Landschaft und die Verarmung der Kleinstädte und die Gebiete, in denen Feriensiedlungen früheres Ackerland verdrängten.

»Es dauert nicht mehr lange, bis der Schnee kommt. Im Winter ist es hier ruhiger«, bemerkte Helen abschließend. »Dann kommen nur noch die Skifahrer und die Wasservogel-Jäger hierher.«

»Mir ist heute Morgen aufgefallen, wie kalt es ist.« Ich dachte an Sarra und tauchte in Gedanken erneut in die Geschichte ein. Sie hatte auch gefühlt, dass der Winter kam. Wenn eine neue Jahreszeit anbrach, lag etwas in der Luft, und wenn man die Gegend gut kannte, spürte man, dass sich das Wetter änderte. Die Leute hatten es plötzlich eiliger, Brennholzstapel wurden errichtet, die Einheimischen fuhren los und legten sich Vorräte an. In einigen ländlichen Gebieten konnten die Straßen wochenlang unpassierbar sein und der Strom ausfallen, aber noch nicht so früh im Jahr.

Wir bogen um eine Kurve und plötzlich wichen die rostigen Stacheldrahtzäune und Holzzäune, die vorher am Straßenrand zu sehen gewesen waren, einem scheinbar endlosen, vier Meter hohen

Maschendrahtzaun, der Tiere drinnen oder Menschen draußen halten sollte oder beides. Alle zehn Meter wurde diese Absicht durch »Betreten verboten«-Schilder unterstrichen.

Ich ahnte, dass wir die Grenze von Evan Halls Landbesitz erreicht hatten. Die Zäune erstreckten sich meilenweit, eindrucksvoll, abwehrend und wirkten in dieser Landschaft völlig fehl am Platz. Über Generationen waren diese Wälder durch nicht viel mehr als die Geografie und alte Weidezäune in den Tälern unterteilt gewesen. Nichts, unter dem man nicht hätte durchkriechen oder über das man nicht hätte klettern können. Abgesehen von den gelegentlichen Fallen in der Nähe geheimer Schnapsbrennereien oder Marihuanafelder, um die man lieber einen Bogen machte, standen das Land und die verfallenen Überreste alter Einsiedlerhöfe und Friedhöfe jedem offen, der hier unterwegs war.

Wir fuhren über eine kleine, überdachte Brücke und wurden von Dunkelheit eingehüllt, bevor wir auf der anderen Seite wieder herauskamen. Vor uns erschien ein Tor mit ungefähr einem Dutzend Autos, die entlang des Grabens parkten, der das Tor umgab. Die Szene sah aus, als käme sie direkt aus einem der Fanblogs, die ich gelesen hatte. Leute machten Fotos von den Messinginsignien an der Steinmauer neben dem Wachhäuschen und drehten durch das kunstvolle Eisentor hindurch Videos.

Sie traten zur Seite, als wir durchfuhren, und spähten neugierig ins Auto, um zu sehen, ob wir vielleicht jemand Wichtiges wären. Ein Sicherheitsmann mit Cowboyhut und braunem T-Shirt, auf dem *Hall Ranch* stand, trat auf uns zu und ließ uns passieren.

»Ich bin es nur«, sagte Helen.

Er winkte uns unter den Augen der neidischen Zuschauer durch.

»Ist es hier immer so?« Ich hatte es mir nicht ganz so schlimm vorgestellt. Der Mann war im buchstäblichen Sinn des Wortes auf seinem eigenen Berg eingesperrt.

Helen seufzte. »Wenn diese Lager im Ort stattfinden, ist es schlimmer. Einerseits ist es wahrscheinlich ein Beweis für Evans Talent, aber andererseits ist es einfach nur verrückt. Der arme Junge sollte doch ein freies Leben führen dürfen. Er ist überhaupt nicht der Typ für dieses ganze Theater, aber je mehr er sich aus der Öffentlichkeit zurückzieht, umso mehr verfolgt man ihn anscheinend.«

»Vielleicht ist das einer der Gründe, warum er so verfolgt wird. Dadurch wird das Geheimnisvolle am Leben erhalten und die Illusion, dass es etwas geben könnte, das er versteckt.« Wahrscheinlich überschätzte ich mich maßlos, aber mir war in den Sinn gekommen, dass Evan Hall und ich uns tatsächlich gegenseitig helfen könnten. Wenn ein Autor ein Buch aus einem völlig anderen Genre auf den Markt brachte, wurden normalerweise die Feuer früherer Werke erstickt. Und da *Die Hüterin der Geschichten* ein älteres Manuskript war, galten dafür vielleicht keine vertraglichen Verpflichtungen gegenüber dem Verlag, der seine *Zeitreisenden*-Bücher herausgebracht hatte. »Wenn ich nur ein paar Minuten mit Ihrem Neffen hätte, um ihm zu erklären, warum wir beide von dieser Sache profitieren könnten ...«

Meine Handflächen schwitzten. Ich umklammerte das Lenkrad und mein Puls überschlug sich fast. Es konnte gut sein, dass heute der Moment der Entscheidung kam. Entweder war es der Anfang oder das Ende.

»Mein Neffe kann ein sehr eigensinniger Mann sein«, warnte mich Helen.

»Ja, das habe ich gehört.«

Sie musste lachen. Es klang, als würde durch ein Ventil der Überdruck abgelassen. »Aber Sie sind eine sehr hübsche Frau. Ein Mann kann einer schönen, jungen Frau nicht so leicht ins Gesicht sagen, dass er nichts mit ihr zu tun haben will. Besonders dann, wenn er einsam ist. Und immerhin verbindet euch beide das Interesse an Büchern.«

Ich warf ihr einen schnellen Blick zu, während die Straße immer schmaler wurde und sich am Berggrat entlangwand wie Lametta, das sich an einen Weihnachtsbaum schmiegt. Was wollte sie damit andeuten? War das ein Geschäftstreffen oder eine Art Verkuppelungsversuch?

Ich suchte nach einer passenden Erwiderung, aber mir fiel beim besten Willen nichts ein.

»Sowohl Violet als auch ich hätten gerne, dass Evan wieder schreibt, aber keine dieser *Zeitreisenden*-Bücher. Vor diesen Büchern hatte Evan schöne Geschichten über die Menschen und die Berge und das Herz dieser Region geschrieben. Ich denke, Schreiben war für ihn wie eine Therapie, als Violet ihn nach dem Unfall zu sich nahm. Er war erst zwölf, aber er konnte damals schon sehr gut Geschichten erzählen.«

Sie deutete nach vorne, wo sich die Straße teilte und eine Abzweigung in einen geschotterten Waldweg um den Berg herum überging, während die asphaltierte Straße in Serpentinen zum Gipfel hinaufführte. »Hier müssen wir rechts fahren. Die andere Straße führt auf die Rückseite der Ranch herum.«

Wir fuhren weiter bergauf und kamen an einem alten Bauernhaus mit Stall, das an einer Felswand unter den Bäumen versteckt lag, vorbei. Zwei Pferde knabberten Moos von einem Felsen und mitten zwischen wilden Rhododendron-Büschen hob ein Reh ruhig den Kopf und sah uns nach. Schließlich tauchte vor uns oben auf dem Gipfel ein Gebäudekomplex mit einem großen asphaltierten Parkplatz, einer Garage mit sechs Stellplätzen, einem Swimmingpool mit Umkleidehäuschen, einem Gästehaus und einem palastähnlichen Wohnhaus auf.

Ich bemühte mich, nicht vor Überraschung scharf einzuatmen. Evan Hall wohnte nicht schlecht. Egal, was er in Bezug auf die *Zeitreisenden*-Bücher dachte, hatte er offensichtlich reichlich davon profitiert.

Wir parkten unter dem hohen Säulenvorbau vor dem Haus und traten ein, ohne zu klopfen. Als wir durch eine große Eingangshalle schritten, die augenscheinlich von einer Frau – oder einem Innenarchitekten – eingerichtet worden war, machte sich Helen lautstark bemerkbar.

»Violet? Vi-i-iolet? Wo bist du?«

Violet antwortete aus dem Wohnzimmer, wo sie auf einer abgenutzten Quiltdecke in einem überdimensionalen Ledersessel saß. Die Kissen und Bücher, Zeitschriften und Stickarbeit, die um sie herumlagen, verrieten, dass sie einen großen Teil ihrer Zeit hier verbrachte. Ihre zerbrechliche Gestalt schien fast mit dem Sessel zu verschmelzen, aber ihr Lächeln war freundlich und einladend.

Helen drückte ihr einen Kuss auf die Wange, bevor sie mich vorstellte und wir uns setzten.

Die zwei Frauen unterhielten sich kurz über die Geschäfte in der Apotheke, über die Besucher der Kriegerwoche und über Violets

Arzttermin in Charlotte an diesem Nachmittag. Bei einem Onkologen. Die Körpersprache bei diesem Teil des Gesprächs verhieß nichts Gutes.

Dann richtete Violet ihre Aufmerksamkeit auf mich. »Helen sagt, dass Sie sich in dieser Gegend auskennen.« Das war der höfliche Einstieg in ein Südstaatengespräch: *Woher stammst du? Wer ist deine Familie? Wo gehst du zur Kirche?* Seit ich in der Großstadt lebte, war ich in Bezug auf diese Form der Kommunikation außer Übung. In New York begann ein Geschäftsgespräch mit dem Geschäftlichen.

»Ich bin in der Nähe von Towash aufgewachsen.« Plötzlich wurde mir die Ironie meiner Situation bewusst. Ich versuchte seit dreizehn Jahren, diesen Ort aus meiner Sprache, meinem Denken, meiner Geschichte auszulöschen, doch jetzt waren mir diese Beziehungen plötzlich von Vorteil. Ich kam mir wie ein Opportunist bei einem Klassentreffen vor, der alte Beziehungen aufleben lässt, um Gebrauchtwagen oder Versicherungen zu verkaufen. »Ich denke, deshalb hat mich das Manuskript von *Die Hüterin der Geschichten* so sehr gepackt. Es verrät ein starkes Gespür für diese Gegend. Für das Leben um die Jahrhundertwende.« Ich wartete auf irgendeine Reaktion, auf irgendein Zeichen, dass sie für das Manuskript, das an meiner Tür aufgetaucht war, verantwortlich sein könnten.

Violet baute mit leichtem Stirnrunzeln etwas mehr Abstand zu mir auf. Ich war zu schnell zum geschäftlichen Teil übergegangen. »Und wer ist Ihre Familie drüben in Towash? Ich erinnere mich an keine Familie Gibbs.«

»Meine Familie lebt im Westen von Towash, ungefähr zwanzig Kilometer westlich der Stadt. Oberhalb des Honey Creek.« Ich nannte absichtlich nicht den Namen *Lane's Hill.* Sie hatte zweifellos schon von dem Ort gehört. Die Heiligen Brüder genossen in dieser Gegend ungefähr den gleichen Ruf wie die Melungeons in Rands und Sarras Tagen: geheimnisvoll, anders, fremdartig, sonderbar gekleidet und mit verdächtigen Praktiken, misstrauisch gegenüber Außenstehenden.

Violet ließ die Hand auf das Kissen sinken und ein Lächeln trat kurz an die Stelle, an der vorher noch Misstrauen zu sehen gewesen war. »Oh, meine Güte! Als Mädchen haben wir oft unser kleines Kanu genommen und sind damit auf dem Honey Creek gepaddelt!

Es war ein herrliches Leben. In meiner Kindheit und Jugend war es hier wunderbar. Bevor die ganzen Zäune kamen.« Den letzten Satz unterstrich sie mit einem Stirnrunzeln.

Violet befürwortete es also auch nicht, dass der Berg abgeriegelt wurde. Sie verstand, dass das nicht sehr nachbarschaftlich war. *Die Hüterin der Geschichten* war so einfühlsam geschrieben, dass ich ihren Autor nur schwer mit dem hohen Maschendrahtzaun und dem strengen Wachhäuschen in Verbindung bringen konnte.

Irgendwo im Haus öffnete sich eine Tür und ein elektronisches Alarmsystem piepte, aber der Ton wurde schnell von den lauten Schritten eines Kindes übertönt, das unbeschwert in die Eingangshalle hüpfte. Einen Moment später platzte Hannah ins Zimmer, blieb aber abrupt stehen, als sie sah, dass der Raum nicht leer war.

»Hannah.« Violet verkniff sich mühsam ein Lächeln. »Was habe ich dir über das Laufen im Haus gesagt?«

»Dass … ich es nicht tun soll?« Hannah schaute sich schnell um, entdeckte mich auf dem Sofa und kam zu mir gelaufen. Ihre Cowboystiefel schlitterten über den Fliesenboden. »Hey!« Sie breitete die Arme aus und im nächsten Moment wurde ich von einer überschwänglichen Begrüßung auf die Rückenlehne zurückgedrückt. Es erstaunte mich einen Moment, wie gut sich das anfühlte.

Als sie sich wieder auf die Beine schob, blieb sie vor mir stehen. »Mir hat niemand gesagt, dass Sie kommen.« Sie bedachte die älteren Damen mit einem argwöhnischen Blick und einer vorwurfsvoll hochgezogenen Augenbraue.

Violet streckte den Arm aus und lockte sie mit dem Zeigefinger. »Komm zu mir und setz dich einen Moment zu Oma. Ich dachte, du und dein Papa wolltet heute angeln gehen, Schatz.«

Hannah setzte sich auf Violets Armlehne und beugte sich resigniert nach vorne. »Er muss arbeiten. Deshalb können wir nicht angeln.«

Ein kritisches Stirnrunzeln und ein vielsagender Blick wurden hinter dem Rücken des Mädchens gewechselt. Ich kam mir wie ein Eindringling vor, der einen Familienstreit belauscht.

»Heute sollte doch sein freier Tag sein.« Helens Worte verrieten ihr Missfallen.

In der Eingangshalle, die wir nicht sehen konnten, ging die Tür erneut auf und wieder zu. Das elektronische Alarmsystem piepte. Dieses Mal hallten die Schritte von Männerstiefeln auf den Fliesen wider.

Ich bereitete mich darauf vor, Evan Hall zu begegnen, wenn auch vielleicht nicht unter den besten Umständen. Doch der Mann, der eintrat, entsprach nicht dem Bild, das ich von ihm hatte. Er hatte eine gewisse Ähnlichkeit – dunkle Haare, blaue Augen, sinnliche Lippen –, aber er war kleiner, als ich erwartet hatte. Nicht unbedingt *klein*, aber ich hatte von Evan Hall das Bild gehabt, dass er weit über einsachtzig groß wäre.

Der Mann schaute nicht in unsere Richtung, als er um die Ecke bog, obwohl er abrupt stehen blieb, als wäre er überrascht, Leute hier im großen Wohnzimmer anzutreffen. »Ich hole nur kurz meine Brieftasche. Ich muss in die Stadt. Diese *Zeitreisenden*-Idioten haben wieder ein Stück Zaun niedergerissen.«

»Ich dachte, du wolltest mit deiner Tochter angeln gehen.« Helen folgte ihm hartnäckig, als er zu einer Tür auf der anderen Seite des Raumes weiterging.

»Sie freut sich schon die ganze Woche darauf«, fügte Violet hinzu.

Er verschwand in einem kleinen Raum, der nach einem Büro aussah. »Dann sagt doch Evans idiotischen Fans, dass sie aufhören sollen, unsere Zäune einzureißen!«

Das war also nicht Evan Hall und Hannah war nicht Evans Tochter ...

»Ich kann diese Leute manchmal nicht ausstehen.« Hannah stellte sich auf die Seite ihres Vaters, fuchtelte mit der Hand durch die Luft und ließ sie dann fallen. »Sie haben uns den ganzen Tag verdorben.«

Helens Nasenflügel blähten sich auf und ein weiterer stummer Wortwechsel zwischen ihr und Violet folgte. Ihre Meinung war offensichtlich. *Dein Vater hat dir den Tag verdorben und niemand sonst.*

Ich saß da und bemühte mich, so zu tun, als wäre ich blind und stumm für die Spannungen, die sich wie Maulwurfgänge knapp unter der Oberfläche ausbreiteten.

Als er wieder aus dem Büro auftauchte, warf Hannahs Vater einen Blick in unsere Richtung und blieb dann abrupt stehen. »Ich wusste nicht, dass wir Besuch haben.« Er betrachtete mich genauer und lächelte leicht.

»Das ist Jennia Beth«, verkündete Hannah ungefragt. Offenbar hatte sie meinen Namen von Mrs Penberthy in der Apotheke aufgeschnappt. Ich war schon seit Jahren nicht mehr *Jennia Beth.*

Ich stand auf, als er auf mich zukam. Helen erhob sich ebenfalls. Auch sie nannte mich Jennia Beth, als sie mich ihrem Neffen, Jake Hall, Evan Halls jüngerem Bruder, vorstellte. Genauso wie Evan sah er auffallend gut und attraktiv aus. Cowboyhut, tiefblaue Augen, sonnengebräunte Haut. Trotzdem strahlte Jake Hall etwas Verbrauchtes und Hartes aus, obwohl er nicht viel älter war als ich, vielleicht Mitte dreißig.

»Jen«, korrigierte ich meinen Namen.

»Es freut mich, dass Sie hier sind und dieses Haus zum Strahlen bringen.« Er setzte ein Lächeln und dann einen unverhohlen flirtenden Blick auf, der angesichts der anderen im Raum fast peinlich war.

»Ich freue mich, dass ich hier sein kann.«

»Sie wohnen hier in der Gegend?« Warum hatte ich das Gefühl, dass Jake Hall so etwas oft zu Frauen sagte? War Evan auch so … direkt? Irgendwie stellte ich ihn mir anders vor. Ich *hoffte*, er wäre anders.

»Jennia Beth wohnt in der Hütte unten am See«, warf Hannah wieder dazwischen.

Ihr Vater jedoch sah kein einziges Mal in ihre Richtung. »Oh. Schön. Dort hat man einen herrlichen Blick. Man hat seine Ruhe, auch wenn die Hütte eigentlich nicht weit von den Nachbarn entfernt ist. Haben Sie Onkel Clive schon kennengelernt? Lassen Sie sich von ihm nicht vergraulen. Er ist nie *ganz* aus dem Krieg zurückgekommen, wenn Sie verstehen, was ich meine. Aber er ist harmlos.«

»Jake, das ist unfreundlich«, schimpfte Violet. »Du sprichst von meinem Cousin.«

Jake antwortete mit einem Achselzucken und einem trockenen Grinsen.

»Horatio hat ihren Hund angegriffen«, plapperte Hannah weiter. Wieder würdigte ihr Vater sie keines Blickes.

»Vielleicht möchte Hannah lieber mit dir in die Stadt fahren, als hierzubleiben«, schlug Helen vor. In mir regte sich ein starkes Mitgefühl für das Mädchen. Alle schienen Hannah abschieben zu wollen. Ich verstand zwar, warum Helen und Violet keine neugierigen Kinderohren hier haben wollten, aber das arme Kind …

»Es kann eine Weile dauern, bis ich finde, was ich brauche«, lehnte Jake den Vorschlag ab und trat einen Schritt zurück. »Hannah würde sich nur langweilen, nicht wahr? Onkel Clive müsste später mit den Mähblättern hier sein, die er für mich geschärft hat. Vielleicht könnt ihr zur Fischstelle auf dem See hinausfahren, an der ihr gestern wart, und Clives alte Gefriertruhe mit Fischfilets füllen.« Jetzt bedachte er seine Tochter mit einem Lächeln und richtete seinen Charme auf sie.

»Ja, vielleicht. Wahrscheinlich.« Hannahs bewundernder Blick war herzzerreißend. »Ich gehe vielleicht einfach ein wenig reiten.«

»Aber reite nicht zu weit«, ermahnte sie Violet. »Du hast uns gestern große Angst eingejagt. Du warst viel zu lange fort. Und nicht auf dem Schimmel! Das Pferd ist viel zu lebhaft für dich. Wenn du allein ausreitest, dann nimm Blackberry.«

Hannah öffnete den Mund, um ihr zu widersprechen, aber Violet brachte sie mit einem schnellen Blick und erhobenem Finger zum Schweigen.

»Na gut, wenn es unbedingt sein muss.« Sie verdrehte in bester Teenagermanier die Augen. Wo war die Mutter dieses Kindes? Und wie passte Evan Hall in dieses menschliche Drama?

Kurz hintereinander verschwanden Hannah und ihr Vater. Wir nahmen unser Gespräch wieder auf, aber mir lief allmählich die Zeit davon. Beide Frauen waren bereit, jetzt über Evan und das Manuskript zu sprechen.

Violet schaute mich mit einem vielsagenden Blick an. »Ich tue nichts, das meinem Enkel schaden könnte. Er hat es schon schwer genug mit einer kranken, alten Frau, um die er sich kümmern muss. Und jetzt sind auch noch sein Bruder und Hannah hier eingezogen. Evan war noch ein Junge, als er diese *Zeitreisenden*-Bücher verkaufte. Kaum achtzehn. Er hat einige Fehler gemacht und das hat ihm anstrengende Gerichtsprozesse beschert. Abgesehen davon gibt es immer Leute, die versuchen, Geld aus ihm herauszuschlagen. Er wird von allen Seiten ausgenutzt.«

»Ja«, stimmte ihr Helen zu. »Wir wollen nichts tun, das Evan noch mehr Probleme bescheren könnte. Wenn Sie nicht von hier wären und ich nicht dieses gute Bauchgefühl in Bezug auf Sie gehabt hätte, als Sie in meinen Laden kamen, hätte ich Violet nie wegen dieser Sache angesprochen. Oder Sie hierher gebracht.«

»Natürlich. Ich kann Ihnen gar nicht sagen, wie dankbar ich Ihnen dafür bin.« Es wurde Zeit, zur Sache zu kommen. Ich war vielleicht ein wenig aus der Übung, was Fragen wie *Wer ist Ihre Familie?* und *Woher stammen Sie?* betrifft, aber Geschäftsverhandlungen beherrschte ich. »Ich verspreche Ihnen, dass ich nicht gekommen bin, um irgendjemanden auszunutzen. Vida House hat einen sehr guten Ruf. Das ist einer der Gründe, warum ich dort arbeite. Bei diesem Verlag habe ich ein gutes Gefühl. Ich glaube ehrlich, dass diese Sache für alle Beteiligten von Vorteil sein könnte.« Ich fuhr fort und erklärte, dass es dazu beitragen könnte, diese fortdauernde *Zeitreisenden*-Manie deutlich einzudämmen, wenn Evan ein Buch aus einem völlig anderen Genre herausbrächte.

Als ich fertig war, legte Violet ihre dünnen Finger zusammen und tippte die Fingerspitzen aneinander. Sie warf einen Blick auf die altmodische Uhr, die auf dem Kaminsims tickte. »Sie müssen bei meinem Enkel sehr behutsam vorgehen. Er kann … manchmal sehr unnahbar sein. So abweisend, dass es ihm selbst schadet.«

»M-hm!«, unterstrich Helen ihre Aussage.

»Wer, Onkel Evan?« Plötzlich tauchte Hannah wieder auf. Die Frauen brachen das Thema schlagartig ab.

»Niemand, Liebes. Ich dachte, du wärst reiten gegangen.« Violet warf wieder einen Blick auf die Uhr und schob sich von ihrem Sessel hoch. Helen beugte sich vor und schaute zur Tür. Mein Puls beschleunigte sich, als ich plötzlich begriff, dass Evan Hall jeden Augenblick hier auftauchen würde.

Hannah schnappte sich eine Baseballkappe vom Garderobenständer neben der Tür zum Pool und schlenderte dann auf uns zu. »Ich habe meine Kappe vergessen.«

»Viel Spaß beim Reiten! Molly ist gekommen und putzt das Haus. Wenn du etwas brauchst, während wir beim Arzt sind, ist sie da.«

»Ich brauche keinen Babysitter. Ich kann selbst auf mich aufpassen.«

Violet runzelte die Stirn. »Sei nicht vorlaut, Hannah. Das ist nicht nett. Brauchst du sonst noch etwas?« Sie schob sich auf dem Sessel weiter nach oben und drehte sich mühsam herum, um ihre Urenkelin besser sehen zu können. Selbst diese kleine Bewegung schien schon viel zu anstrengend für sie zu sein. Dieser armen Frau sollte nicht die Fürsorge für eine Elfjährige aufgebürdet werden. Damit war sie überfordert.

Hannah schob unschlüssig einen Fuß über den Fliesenboden und legte den Kopf schief. Ihre langen, dunklen Haare fielen ihr über die Schulter. »Ich dachte, dass Jennia Beth vielleicht Blackberry sehen möchte.« Ein hoffnungsvoller Blick richtete sich auf mich. »Sie mögen doch Pferde?«

Ich öffnete den Mund, um ihr zu antworten, aber Violet kam mir zuvor. »Sie ist hier, um über etwas Geschäftliches zu sprechen, Schatz. Geh du jetzt reiten.«

»Etwas Geschäftliches mit Onkel Evan?«

»Hannah!«

»Das war doch nur eine Frage.«

»Sei nicht so vorlaut. Sonst gehst du in dein Zimmer und reitest nicht auf Blackberry aus.«

»Wollen Sie ihn wegen dieses Buches fragen, wie Sie es in Tante Helens Laden gesagt haben?« Hannah ignorierte ihre Großmutter und schaute mich aufmerksam an.

»Hannah!« Der strenge Tadel kam nun aus dem Mund von beiden Frauen gleichzeitig.

»Ist ja gut!« Ich merkte, wie alles auf eine peinliche Auseinandersetzung hinauslief. Wie oft kam so etwas hier vor?

»Dann eben nicht.« Hannah gab auf und marschierte mit missmutiger Miene davon. Wir drei schauten ihr nach, wie sie durch die Glastür verschwand, um den Pool herumging und dann mit hängenden Schultern und schlaffen Armen die Steinstufen zum Hof hinaufstieg.

»Entschuldigen Sie bitte.« Violet sank auf ihrem Sessel zusammen. »Sie ist ein liebes Kind. Aber sie kann leider manchmal eine Klette sein. Sie ist sehr einsam.«

»Sie vermisst ihre Mama.« Helens Verachtung war nicht zu übersehen. »Scheidung. Ihre Mutter will das Sorgerecht nicht. Sie ist nach Nashville gezogen, um ihre Träume zu verwirklichen. Sagt sie.«

Eine Flut an Gefühlen überrollte mich, plötzlich und stark und erdrückend. Ich erinnerte mich, wie ich eines Morgens aufgewacht war und plötzlich meine Großmutter den Platz meiner Mutter eingenommen hatte. *Deine Mama ist weggelaufen und sie wird nicht zurückkommen.* Mehr hat man mir nie gesagt.

»Sie haben ein wenig Ähnlichkeit mit Hannahs Mutter.« Helens Bemerkung kam unerwartet. »Das könnte der Grund sein, warum sie sich so benimmt.«

Ich schwieg einen Moment. Was war die richtige Antwort auf eine solche Aussage?

Violet schaute wieder auf die Uhr. »Ich verstehe nicht, wo Evan bleibt.«

Ich rutschte auf meinem Sessel nach vorne. »Es würde mir nichts ausmachen, mir Hannahs Pferd anzusehen. Das würde ich sogar sehr gerne tun, wenn Sie nichts dagegen haben. Als ich in ihrem Alter war, bin ich auch geritten. Allerdings hatten wir hauptsächlich Maultiere für die Waschbärenjagd. Meine Familie züchtet und verkauft sie.« Hunde und Maultiere abzurichten, die man dann zur Waschbärenjagd einsetzen konnte, das war unser Familienunternehmen – falls man es als solches bezeichnen konnte.

»Gehen Sie ruhig zu ihr.« Violet deutete zur Tür. »Wenn Evan kommt, bereiten wir ihn ein wenig auf Sie vor und versuchen, ihn für Ihren Vorschlag zu gewinnen.«

Ich folgte Hannah durch die Glastüren, um den Pool herum und die sauber gepflegten Steinstufen hinauf. In der Nähe floss ein künstlich angelegter Bach den Hang hinab und hier und da schwamm ein Herbstblatt auf der Oberfläche. Die Gartenflächen waren auf allen Seiten makellos gepflegt und das ganze Laub war sauber weggekehrt. Offenbar gab es hier neben einer Putzfrau auch einen Hausmeister.

Ich staunte erneut darüber, dass die Menschen hier, von außen betrachtet, ein wunderschönes Leben führten. Ein perfektes Leben. Man zieht so leicht irgendwelche Schlüsse, wenn man an fremden Häusern vorbeifährt. Man ist so sicher, dass das, was im Inneren dieser Mauern geschieht, das äußere Bild widerspiegelt. Dass glitzernde Fassaden und auf Hochglanz polierte Fenster von perfekten Familien zeugen würden. Aber in Wirklichkeit sagt der Behälter nichts über den Inhalt aus.

Leid macht vor keinem Leben halt. Man sieht nur viel leichter die eigenen Probleme als die der anderen.

Hannah hatte ihren Sattel festgeschnallt und wollte gerade aufsteigen, als ich in den Stall trat.

»Hey!«, sagte sie, während sie das Halfter löste und ihren Wallach an den Zügeln zu mir führte. »Das ist Blackberry. Er war früher einmal Onkel Evans Pferd. Er beherrscht Kunststücke. Er kann sich verbeugen, mit einem Fuß zählen und sich hinlegen. Wenn Sie wollen, bringe ich ihn hinaus und zeige es Ihnen.«

Blackberry war um die Augen und das Maul herum grau und hatte unverkennbar schon einige Jahre hinter sich. Er begrüßte mich, indem er an meiner Bluse schnupperte, dann ein lautes Pferdeseufzen ausstieß und mich mit seinem Schnodder bespritzte. Das erinnerte mich an früher. Die Maultiere waren ebenfalls dafür berüchtigt gewesen. »Er scheint ein netter Kerl zu sein.«

»Sie sprechen so komisch. Als wären Sie im Fernsehen oder so.«

»Ich lebe in New York City. Vielleicht klingt es deshalb für dich anders.«

»Ja, wahrscheinlich. Wie ist es dort?«

Ich dachte eine Minute über ihre Frage nach. Zum ersten Mal seit Jahren schien New York weit weg zu sein, wie ein Ort, den ich in einem Film gesehen, an dem ich aber nie gelebt hatte. »Interessant. Aufregend. Es ist immer etwas los. Es gefällt mir dort.«

Hannah fuhr mit den Fingern durch Blackberrys Mähne. »Gefällt es Ihnen *hier?«*

»Die Berge sind auch schön. Aber anders. Du hast hier bestimmt viel Spaß mit den Pferden und dem Pool und allem anderen.« Ihre veränderte Miene verriet mir sofort, dass ich das nicht hätte ansprechen sollen. Hannah war hier nicht glücklich.

»Es ist langweilig.«

»Blackberry freut sich bestimmt, dass du da bist. Es gefällt ihm sicher, mit dir auszureiten und wieder ein paar Abenteuer zu erleben.« Blackberry schaute mich mit einem Blick an, als wollte er sagen: *Gute Frau, hast du sie noch alle?*

Hannah warf dem Pferd die Zügel über den Hals. »Er ist träge. Er steht nur herum und wird immer fetter und fetter. Er hat Glück, dass ich gekommen bin und ihn wieder ein wenig in Form bringe.« Sie hielt ihm das Ohr zu und flüsterte dann: »Mit dem Schimmel ist es viel schöner. Er ist schneller. Er hat irgendeinen langen Namen, aber ich nenne ihn Silberbär.«

»Ein schöner Name.« Ich schmunzelte.

Ein Auto fuhr klappernd auf den Parkplatz und Hannah, die den Fuß gerade in den Steigbügel stellen wollte, drehte sich schnell um. »Das ist bestimmt Onkel Evan. Halten Sie bitte Blackberry! Ich hole ihn.« Bevor ich sie daran hindern konnte, hatte sie mir die Zügel zugeworfen und war zur Tür gestürmt. Ich nahm das Pferd und befestigte die Zügel an einem Ring, da ich hoffte, Evan vor dem Haus abfangen und vielleicht mit ihm gemeinsam zum Haus gehen zu können, bevor die Gründe, aus denen ich hier war, bekannt wurden. Ein Stall war kein Ort für Geschäftsverhandlungen. Mit Helens und Violets Hilfe würde es zweifellos besser laufen. Ich brauchte Unterstützung und Blackberry war dafür wahrscheinlich weniger geeignet.

Als ich aus dem Stall trat, kletterte Hannah gerade auf einen offenen Viehwagen hinauf, um hineinzuspähen. Sie winkte mich aufgeregt zu sich. »Schauen Sie! Onkel Evan hat Ziegen! Ooh! Schauen Sie nur das Baby an! Es ist so süß!« Im Anhänger steckte eine Ziege ihre Nase durch die Bretter und stieß ein langes, lautes Klagen aus.

Die Wagentüren gingen auf. Ein untersetzter Cowboy stieg auf der Fahrerseite aus und Evan Hall auf der Beifahrerseite. Ich erkannte ihn sofort. Er kam mit langen, kräftigen Schritten, die mich sofort an die Filmszene an Deck der portugiesischen Galeone erinnerten, um das Fahrzeug herum. Die kurze Filmsequenz im Internet wurde ihm bei Weitem nicht gerecht.

Mir stockte der Atem und ich war plötzlich sehr eingeschüchtert. Diese Situation war so unangenehm. Ich überlegte, ob ich einfach so tun sollte, als hätte ich Hannah nicht gehört, und in der Hoffnung, dass er mich vielleicht noch nicht bemerkt hatte, schnell ins Haus zurückkehren sollte.

»Jennia Beth, kommen Sie und schauen Sie!« Hannah ließ meine Tarnung auffliegen und sowohl Evan Hall als auch der andere Mann blickten in meine Richtung.

Ich tauchte widerstrebend aus dem Schatten des Stalls auf. Der untersetzte Cowboy und ich begegneten uns, als er auf den Stall zuschritt. »Ma'am«, sagte er und tippte im Vorbeigehen an seinen Hut.

Beim Viehanhänger erklärte Evan Hannah gerade, dass die Ziegen nicht hierbleiben würden. Sie waren durch eine kaputte Stelle im Zaun auf sein Land gekommen.

»Aber das Baby ist so süß! Können wir nicht wenigstens das Baby behalten, Onkel Evan?« Hannah hielt sich am oberen Brett fest und beugte sich tief in den Anhänger, um die Nase des neugierigen Ziegenbabys zu berühren.

»Fall nicht hinein«, scherzte ihr Onkel. »Sie sind Menschenfresser.« Er packte ihre in der Luft baumelnden Beine und tat, als wolle er sie hineinwerfen. Damit entlockte er ihr ein lautes Kreischen.

Der Mann schien ganz in Ordnung zu sein. Er wirkte sogar richtig umgänglich. Ganz anders, als ich erwartet hatte. Nach den Interviews und Pressefotos hatte ich ihn mir ernst, abweisend und reserviert vorgestellt.

»Das ist Jennia Beth«, stellte mich Hannah, die immer noch kopfüber in den Wagen hing, durch die Bretterspalten hindurch vor. »Sie wohnt in der Hütte am See.«

Evan Hall drehte sich zu mir herum und reichte mir die Hand. »Freut mich, Sie kennenzulernen, Jennia Beth.«

Er lächelte, als ich ihn ebenfalls begrüßte, und ich muss zugeben, dass es betörend war. Diese schmachtenden Frauen in der Eisdiele hätten sich hässlichere Kerle für ihre Träume aussuchen können.

»Sie ist mit Tante Helen gekommen«, erzählte Hannah.

Er zog verwirrt eine dunkle Braue hoch. »Weiß Tante Helen, dass Oma Vi heute einen Arzttermin hat? Wir fahren gleich los.« Er schaute mich kurz an und fügte dann hinzu: »Tut mir leid.«

»Das macht nichts.«

Die Babyziege stellte sich auf die Hinterbeine und streckte sich nach oben, um an Hannahs Fingern zu knabbern. »Schau! Schau, Onkel Evan! Es mag mich *so* sehr. Schauen Sie nur, wie süß es ist, Jennia Beth.«

»Wir behalten die Tiere nicht, Hannah«, erinnerte Evan sie sanft.

Ich spähte durch die Bretter und steckte eine Hand hinein, um die weichen, flauschigen Ohren des Tieres zu streicheln. Samtig. Genauso, wie ich sie in Erinnerung hatte. Es gab auf der ganzen Welt nichts Süßeres als die Ohren einer Babyziege. »Sie ist erst einen oder zwei Tage alt. Sie hat Glück, dass sie nicht gefressen wurde, bevor Sie sie fanden.« Mein Blick wanderte zu der verängstigten Ziegenmutter hinüber. »Wahrscheinlich ist die Mutterziege noch sehr jung. Sie hat nichts Besseres zu tun, als auf eigene Faust auf Wanderschaft zu gehen.« Auf dem Hof hatten wir immer einen alten Esel zu den Ziegen gestellt, um Raubtiere fernzuhalten. Die Esel waren erstaunlich gute Aufpasser.

»Siehst du! Das Baby *braucht* uns, Onkel Evan.« Hannah verdrehte sich nach oben zu ihrem Onkel. Sie ließ nicht locker. Die kleine Ziege meckerte sie an und sie beugte sich wieder in den Wagen hinein. »Es ist so ein winziges Babybaby.«

Evan hielt sie am Fuß fest, um zu verhindern, dass sie eine unfreiwillige Bauchlandung hinlegte. Er verzog die Lippen zu einem trockenen Grinsen, als er mich anschaute. »Vielen Dank.«

»Entschuldigung.« Dann lächelte ich ihn an und er lächelte zurück. Ich konnte nicht einmal sagen, wie es passierte, aber plötzlich war ich wie gebannt. Ob es an dem Mann selbst lag oder an der *Zeitreisenden*-Mystik oder an dem Einfühlungsvermögen, mit dem *Die Hüterin der Geschichten* geschrieben war, konnte ich nicht sagen – aber ich war von ihm fasziniert. Bis jetzt war er ganz anders, als ich ihn mir vorgestellt hatte.

»Oh!«, stöhnte Hannah leise. »Die Mama will sich nicht einmal um das Baby kümmern. Armes Baby.«

Evans Lächeln verblasste und sein Blick trübte sich. Er wandte sich ab, um seine Gefühle nicht zu zeigen. »Komm jetzt herunter, Hannah, bevor du hineinfällst. Mike ist hineingegangen und ruft die Nachbarn an, um herauszufinden, wem die Ziegen gehören.«

Das Mädchen kletterte vom Anhänger herab. »Vielleicht findet Mike ja niemanden, dem sie gehören.« Ihre Miene wurde traurig.

»Höchstwahrscheinlich gehören sie Mrs Masterson.«

Jetzt wurde Hannahs Gesicht noch länger. »Na toll! Dann zeigt sie uns wahrscheinlich wieder an.«

»Hannah!« Evans tadelnder Blick erinnerte mich an den Blick seiner Großmutter. »Das reicht jetzt.«

»Okay.« Offenbar nahm sie Onkel Evan ernster als ihre Großmutter.

»Aber wir sorgen dafür, dass das Baby nicht verhungert. Wir melken die Mutter und finden auch eine Flasche, um es zu füttern.« Seine düstere Miene hatte sich verzogen, als er sich wieder mir zuwandte. »Haben Sie zufällig Erfahrung im Ziegenmelken?«

»Mehr, als mir lieb ist.« Ziegenmilchseifen und -cremes gehörten zu den Produkten, die meine Großmutter auf dem Markt gegen andere Waren eingetauscht hatte. Mit den Kräutern, die sie an ihren geheimen Plätzen erntete, stellte sie Mixturen gegen Arthritis, Angina, Koliken, Fieber und andere Krankheiten her. Ich bereute jetzt, dass ich in den Jahren, nachdem meine Mutter weggegangen war, meine Großmutter so sehr gemieden hatte, dass ich die alten Methoden nicht mehr lernte und auch nicht wusste, wie man die Bergpflanzen sammelt und verarbeitet.

»Das könnte sehr nützlich sein.« Evan zwinkerte mir zu und ein sonderbares Kribbeln erfasste mich.

Hannah spielte durch die Bretter hindurch mit der weichen Nase der Ziege. »Jennia Beth kommt aus New York City.«

Ein Alarmsignal schrillte in meinem Inneren. Jetzt wurde es brenzlig. Es fehlte mir gerade noch, dass Hannah ihm erzählte, warum ich hier war. Ich hatte noch Helens Warnung im Hinterkopf. *Mein Neffe kann ein sehr eigensinniger Mann sein.*

Evan warf mir einen interessierten Blick zu. Nicht misstrauisch oder abweisend, sondern angenehm interessiert. »Eine Frau aus New York City, die sich mit Ziegen auskennt?« Er steckte die Hände in seine Jeanstaschen und schaute mich abwartend an.

»Ich bin in der Nähe von Towash aufgewachsen. Mit Ziegen. Ich bin nur für ein paar Tage hier.« Wahrscheinlich bildete ich es mir ein, aber er schien von dem letzten Satz ein wenig enttäuscht zu sein. Ich fragte mich, wie oft Gäste auf das Gelände kamen und wie oft er wohl mit Fremden sprach.

»Nun ja, um diese Jahreszeit ist es am See sehr schön.« Er betrachtete mich mit mehr als nur beiläufigem Interesse. Sein Verstand verarbeitete die Informationen jetzt auf Hochtouren. Dieser

Mann versuchte, mich einzuordnen. »In der Kriegerwoche ist es allerdings nicht ganz so friedlich.«

»Ach, sie ist nicht wegen der Kriegerwoche hier.« Hannah richtete jetzt ihre Aufmerksamkeit auf uns. »Jennia Beth ist *aus geschäftlichen Gründen* hier.«

Es war, als landete eine kalte, harte Faust brutal in meinem Magen. Zum Glück war Evan abgelenkt. Der untersetzte Cowboy, Mike, war gerade aus dem Stall gekommen. »Warum wandert Blackberry mit Sattel und Zaumzeug über die Weide?«, rief er über den Hof.

»Oh, Mist!« Hannah lief zum Stall. Mike folgte ihr schnell und beide rannten hinter Blackberry her.

»Das war meine Schuld«, gestand ich. »Ich habe die Zügel nur durch den Ring geschlungen und sie nicht richtig festgebunden.«

Aber als ich mich wieder umdrehte, beobachtete Evan nicht Mike und Hannah, die über die Weide liefen. Sein durchdringender Blick war auf mich gerichtet. »Was für eine Art von Geschäft?«

Meine Gedanken purzelten wild durcheinander. Adrenalin schoss durch meinen Körper. So hatte ich das überhaupt nicht geplant. Ich kontrollierte meine Verhandlungen gern. Das war ein Grund für meinen Erfolg. Aber jetzt, da er gefragt hatte, konnte ich ihn nicht anlügen. »Ich bin wegen eines Manuskripts hier.«

»Sie arbeiten für einen *Verlag*?«, fauchte er, als wäre das ein unanständiges Wort. Er zog die Hände aus den Hosentaschen und stemmte sie in die Hüften, während die Muskeln in seinem Gesicht sich verhärteten.

»Ja. Ich bitte Sie nur um fünf Minuten Ihrer Zeit. Ich bin Lektorin bei Vida …«

»Und Sie haben meine Tante beschwatzt, Sie hierher mitzunehmen!« Er beugte sich drohend über mich, sodass ich gezwungen war, den Kopf in den Nacken zu legen, um seinen Blick zu erwidern.

»Nein. So war es nicht. Helen und Ihre Großmutter haben gehofft, dass wir …«

»Um das zu bekommen, was Sie wollen, haben Sie also meine alte Tante, meine Großmutter, die bald an Krebs sterben wird, und ein kleines Mädchen, dass erst vor einem halben Jahr von seiner

Mutter sitzen gelassen wurde, für Ihre Zwecke missbraucht? Habt Ihr Verlagsleute eigentlich überhaupt kein Gewissen?«

Schuldgefühle überrollten mich. Mit voller Wucht. Hatte ich diese Menschen ausgenutzt? Hatte er recht? »Wenn Sie mir nur eine Minute *zuhören* würden! Wenn ich nur einen ganzen Satz sagen dürfte ...«

Er beugte sich noch näher vor. So nahe, dass ich die silbernen Punkte in seinen Augen sah, die jetzt wütend funkelten. »Ich *brauche* keinen ganzen Satz! Egal, was Sie zu sagen haben, ich bin *nicht* interessiert. Und Sie verschwinden von hier.«

»Ich habe Ihre Tante in meinem Auto mitgebracht«, protestierte ich. Das war eine Katastrophe. Was sollte ich jetzt machen? Die Frau hier sitzen lassen und wie ein geprügelter Hund den Schwanz einziehen und das Weite suchen?

»Ich sorge dafür, dass sie nach Hause kommt.« Er deutete zum Tor, bevor er sich abwandte und mit harten, wütenden Schritten zum Stall marschierte und mich einfach stehen ließ. »Steigen Sie in Ihr Auto und verlassen Sie mein Grundstück. Sofort!«

15

DIE HÜTERIN DER GESCHICHTEN

Kapitel Sechs

Ihre Angewohnheit beunruhigte Rand gewaltig. Das ging schon seit drei Tagen so. Jeden Morgen, wenn er aufwachte, saß Sarra auf ihrer handgewebten Decke, hatte die Knie unter sich angezogen und sah auf die Halskette, die vor ihr auf der Erde lag. Ihr Ritual war Tag für Tag das gleiche. Immer wurde das Objekt ihrer Anbetung – die Halskette mit den sechs Perlen und dem geschnitzten Kästchen aus Horn – feierlich abgenommen. Dann wurde der Schiebedeckel des Kästchens geöffnet und die Teile darin wurden mit Ehrerbietung zum Himmel erhoben, bevor sie auf die Erde gelegt wurden. Wenn möglich, lag ein noch glühendes Holzstück zwischen dem Deckel und dem Kästchen, dessen Rauch im frühen Tageslicht in einer dünnen Säule aufstieg. Diese unterbrach sie mit den Händen exakt dreimal und wedelte den Rauch über sich. So heiligte sie sich auf irgendeine sonderbare Weise und inhalierte den Duft ihrer Gottheit, während sie ihr morgendliches Gebetsritual vollzog.

Ihn störte weniger die heidnische Natur dieser Zeremonie – er hatte bei den Missionsreisen mit seinem Vater so etwas schon öfter gesehen –, sondern die fremde und scheinbar gotteslästerliche Vermischung von heidnischen Worten und Symbolen mit denen, die seinem eigenen Glauben heilig waren.

Die Perlen an dem Lederband, an dem ihr Kästchen hing, waren mit verschiedenen geschnitzten Tiertotems verziert: Fische, Vögel und etwas, das wie eine Meeresschildkröte aussah. Und … er konnte es kaum glauben, weil sie so weit vom Meer entfernt waren … an ihrer Kette hingen auch lilafarbene Muscheln, die unter den Indianerstämmen oft als Wertgegenstände gehandelt wurden. Außerdem hatte er die dünne Gravur auf der Außenseite des Kästchens als Malteserkreuz erkannt, ähnlich den Kreuzen, die er in den Kirchen in Südeuropa gesehen hatte.

Innerhalb des Kästchens, auf der Unterseite des Deckels und dem inneren Boden des Kästchens, befanden sich geschnitzte Bilder. Er war ihr während ihres Rituals nahe genug gekommen, um einen Mann und eine Frau darin zu erkennen. Die Bilder waren früher eindeutig bemalt gewesen, vielleicht sogar vergoldet, aber die Farben waren nun größtenteils abgegriffen. Das Kästchen musste also ziemlich alt sein.

Er hatte ihre Rituale oft genug beobachtet und vermutete, dass die Bilder vielleicht die Jungfrau Maria und Jesus Christus abbilden sollten. In einer rudimentären Form wusste dieses Mädchen vielleicht, wen diese Bilder darstellten. In ihre Gebete waren die Namen der Gottesmutter und des Sohnes Gottes eingeflochten. Sie wurden zwischen Worten in einer kehligen Sprache, die ihm unbekannt war – vielleicht Cherokee –, genannt. Wenn sie betete, berührte sie die Schildkröte, die Fische, die Vögel und jede Perle an der Halskette, die vor ihr lag.

Die Nebeneinanderreihung von heiligen Bildern mit irdischen Totems beunruhigte Rand jeden Tag mehr. Über diese Vermischung zwischen heidnischen und christlichen Ritualen hatte sein Großvater ziemlich oft gepredigt. Als Bischof war es immer seine Verantwortung gewesen, Missionsgemeinden zu ermahnen, heidnische Riten aus ihrem Gottesdienst zu verbannen. Er hatte betont, wie wichtig es sei, sich an die Lehren der Kirche zu halten.

Heute Morgen nahm Rand das Tagebuch und die vergoldete Schreibfeder aus seiner Satteltasche und begann zu zeichnen, während er sie beobachtete. Sie waren nun schon drei Tage unterwegs und es sah inzwischen nicht mehr so aus, als würden sie verfolgt werden. Ihm fiel auf, wie sie Nahrung und andere Dinge, die der Wald ihnen lieferte, sammelte. Da er diese Dinge in seinem Buch katalogisierte, war es nur logisch, dass er sie ebenfalls skizzierte.

Wenigstens sagte er sich das. In Wahrheit war er auf eine Weise von ihr fasziniert, die er nicht ganz begreifen konnte und der er auch nicht genauer auf den Grund gehen wollte. Sie waren in einer ungewöhnlichen Schicksalsgemeinschaft miteinander verbunden und dennoch redete sie nur, wenn sie direkt angesprochen wurde. Ihm war bewusst, dass sie an den Ort zurückkehren wollte, von dem sie gekommen war und wo sie mit ihrem Vater gelebt hatte. Doch Rand vermutete, dass ihr Vater auch nicht besser war als Jep und seine Kumpanen.

Sobald sie diese Siedlung, die sie kannte, erreichen würden, wollte Rand eine sichere Bleibe für sie finden, sich ein Pferd kaufen und dann überlegen, wie er weiter vorgehen sollte. Die letzten anstrengenden Tage hatten seine Wanderlust deutlich gemindert und heute Morgen hatte erneut ein leichter Schneefall eingesetzt. Sie hatten auf einem Grat übernachtet. Von hier aus konnte er sehen, wie die dunklen, Unheil verkündenden Wolken aufzogen. Sie brachten Schnee, obwohl Sarra die Schneeflocken, die sich auf ihre Haut legten und wie Edelsteine auf ihren langen, dunklen Wimpern lagen, gar nicht zu bemerken schien. Stattdessen führte sie ihren Morgengesang fort.

»O-gi-do-da ga-lv-la-di-ceus
gal-lv-quo-die-ju ge-se-s-di santificado
Za-gv-wi-ju-hi …«

Einen Moment lang versank Rand in ihrem Gesang und vergaß den Schnee. Er hielt ihre Worte auf der Seite neben der Skizze von ihr fest. Er ließ die Angst los, dass es bald Schwefel und Feuer vom Himmel regnen würde, zu dem sie ihr Gesicht erhoben hatte, und betrachtete sie. Diese Gelegenheit hatte er in den letzten drei Tagen ihrer Flucht kaum gehabt, da er ihr auf keinen Fall den Eindruck vermitteln wollte, er wäre genauso wie die Männer, die ihr ihre Freiheit geraubt hatten und sie brutal hatten missbrauchen wollen. Das einzige Mal, als Rand sie berührt hatte, um sie beim Durchwaten eines eiskalten Baches zu stützen, hatte sie sich so schnell von ihm losgerissen, dass beide das Gleichgewicht verloren hatten. Anschließend mussten sie mehrere Stunden mit von den Knien abwärts durchnässter Kleidung weitermarschieren. Am Abend hatten sie ein größeres Feuer anzünden müssen, um ihre Sachen richtig zu trocknen.

Er hatte sich fest vorgenommen, in Zukunft besser darauf zu

achten, wie er sich ihr gegenüber benahm. Er konnte nur erahnen, an welche Gräuel sie die Hand eines Mannes erinnerte und was dieses arme, gequälte Geschöpf schon alles hatte ertragen müssen.

»De cada dia de-s-gi-du-gv-i na-s-gi-ja zi-di-ga-jo-zi
ne-ho zo-zi-du-gi
Perdoai-nos as nossas ofensas,
assim como nós perdoamos a quem nos tem ofendido.
E não nos deixeis cair em tentação, mas u-jo ge-sv-i e men.«

Er transkribierte den Schluss des Gesangs und versah die Skizze mit ihrem Namen, auch wenn er nicht sicher war, warum er das tat. Es war sehr unwahrscheinlich, dass er diese Frau, mit der er die anstrengendsten und ungemütlichsten Stunden seines Lebens verbracht hatte, je vergessen würde.

Sarra, ein Melungeon-Mädchen, schrieb er. Dann wurde ihm bewusst, dass er für den Fall, dass er hier sein Ende finden würde, wünschte, dass seine Familie von seinem Schicksal erfuhr. Deshalb fügte er noch das Datum und eine Notiz hinzu, in der er bat, dass der Finder seines Tagebuchs es seiner Familie zukommen ließe.

Plötzlich fiel ihm das Schweigen auf und er warf einen Blick auf Sarra. Sie konzentrierte ihre Aufmerksamkeit auf ihn und spähte jetzt neugierig auf seine Skizze. Er wandte sich verlegen ab und klappte sein Buch zu. Falls sich eine Gelegenheit bieten sollte, würde er noch mehr Notizen über ihre Rituale festhalten.

Bei diesem Gedanken regten sich deutliche Schuldgefühle, weil er sie lieber unterweisen sollte, dass diese Praktiken nicht gut waren, anstatt sie interessiert zu beobachten. Doch er ertappte sich dabei, dass er dieses arme, aber unerklärlich reizvolle Geschöpf Tag für Tag mit atemloser Neugier beobachtete.

Sarra wiederum konnte sich nicht erklären, warum er sie so anschaute, obwohl das wahrscheinlich keine große Rolle spielte. Sie könnte ihn loswerden, wenn das nötig wäre, aber gemeinsam standen ihre Chancen besser. Darüber hinaus wusste sie, dass er alleine keinen Tag überleben würde. Entweder würden Jep und die anderen ihn töten oder die Berge.

Aber wenn er so dasaß und sie beobachtete, als versuche er, sie zu durchschauen, spielte sie mit dem Gedanken, zwischen den Bäumen zu verschwinden oder in ein Tal hinabzulaufen und ihn sich selbst zu überlassen. Dann würde sie zu Aginisis Berg in Tennessee zurückwandern. Aber jedes Mal, wenn sie an diesen Ort dachte, fragte sie sich, ob sie den Weg dorthin allein finden könnte.

Als ihr Vater sie von dort weggeholt hatte, war sie so oft in Gedanken zu Aginisis Hütte zurückgekehrt, dass sie die Orientierung verloren hatte. Sie waren immer weitergeritten und Flüsse und Senken und sonderbar geformte Felsen waren von ihr unbeachtet an ihnen vorübergezogen. In ihr hatten eine Trauer und ein Schmerz gewütet, der sie bis ins Mark erschüttert hatte. Immer wieder waren ihre Gedanken zu den vertrauten Orten ihrer Kindheit zurückgewandert. Sie hatte sich erinnert, wie sie von Opa mit dem guten heiligen Buch beschützt worden war und wie sie von Aginisi das Vaterunser gelernt hatte, so, wie ihre Großmutter es kannte – teilweise auf Cherokee und teilweise in der alten Sprache, die vor langer Zeit mit den Hütern der Geschichten über das Meer gekommen war.

Sarra betete das Vaterunser jeden Morgen, bevor sie mit Rand zu einer neuen Tagesetappe aufbrach. Es war wichtig, am Beginn jedes Tages das kleine Gebetskästchen zu öffnen und diese Morgenworte zu sprechen, die Aginisi sie gelehrt hatte. Die Worte waren ein Trost und erinnerten sie daran, dass sie, selbst so fern von ihrem Zuhause, von Gott, dem Vater, nur ein Flüstern entfernt war. Er wohnte unten in den tiefsten Tiefen und oben auf den höchsten Bergen, genau wie das heilige Buch es versprach. Er war immer in Hörweite.

Sie hatten sehr oft miteinander gebetet, Aginisi und sie, nachdem Opa gestorben war. Damals war alles schwerer geworden, aber die Gebete hatten die Wölfe vertrieben, die im Winter um die Hütte herumgeschlichen waren. Sie hatten ihnen auch Nahrung beschert, wenn der Maisvorrat zur Neige gegangen und alles aufgebraucht war, was sie im Sommer im Garten geerntet und in Tontöpfen gelagert hatten. Gebete hatten sie durch die hungrigen Tage und kalten Nächte getragen, wenn die wilden Tiere, die selbst Hunger litten, immer näher gekommen waren. Gebete hatten den Fuß eines kleinen Schneehasen in eine Falle geführt oder eine Beutelratte aus ihrem Versteck geholt und aus keinem ersichtlichen Grund in der Nähe der Hütte herumlaufen lassen. So nahe, dass sie mit dem

Gewehr auf sie zielen konnten. Gebete hatten dafür gesorgt, dass der Schuss das Tier auch getroffen hatte und sie mit Fleisch versorgt worden waren, als sie dringend welches brauchten.

Das alles hatte sie von Opa gelernt und von Aginisi. Das alles hatte Sarra in dieser kleinen Hütte am Bach gelernt. Wenn sie das Gebet sprach, hörte sie wieder Aginisis Stimme. Sie wusste dann, dass Aginisi die Wahrheit gesagt hatte, bevor Sarra von ihrem Vater weggebracht worden war und ihre Großmutter in den letzten Stunden ihres Lebens hatte allein lassen müssen.

Nichts kann uns so weit fortbringen, dass uns die Liebe nicht finden würde, Kind. Die Liebe verbindet uns mit dem Himmel. A-le e-za-lv-quo-di-ju ge-sv ni-go-hi-lv-i.

Dein ist die Kraft und die Herrlichkeit in Ewigkeit. Das waren Aginisis letzte Worte in Cherokee zu Sarra gewesen. Auf ihrem Sterbebett. Inzwischen war sie längst tot.

Aus dem Augenwinkel heraus sah Sarra, dass Rand sie beobachtete, während sie sich Aginisis Gebetskästchen um den Hals hängte, wo der Atem dieser Gebete nahe an ihrem Herzen läge, während sie weitermarschierte. Solange Rand sie nicht anrührte, würde sie ihn mitgehen lassen. Das war sie ihm schuldig, da er ihr das Leben gerettet hatte. Sie hatte das Richtige getan.

Allerdings gab er ihr Rätsel auf. Warum war er ihretwegen dieses Risiko eingegangen? Und warum war er kurz vor Einbruch der kalten Jahreszeit überhaupt hierhergekommen? Warum kritzelte er in dieses Buch und malte Bilder hinein und steckte immer wieder Blätter von Pflanzen zwischen die Seiten? Warum schaute er sie immer wieder so beunruhigend an? Warum wollte er alles über die Wurzeln und die Blätter und die Dinge, die der Wald als Speise lieferte, wissen?

Warum war er so anders als alle anderen, denen sie bisher begegnet war?

Sie hatte daran gedacht, ihn zu fragen, um seine sonderbare Art zu begreifen. Doch es war sicherer, Abstand zu ihm zu halten und nicht mehr mit ihm zu tun zu haben, als nur neben ihm her zu marschieren und nachts mit ihm das Lager zu teilen.

»Der Himmel sieht nicht gut aus«, sagte sie und klemmte den Rock zwischen ihre Beine, während sie neben ihm, aber außerhalb seiner Reichweite, in die Hocke ging, um ihre Decken zusammenzubinden. »Es kommt mehr Schnee.« Bald würde es nicht mehr nur ein wenig schneien, das wusste sie. Sie führte ihn an den Hängen entlang, auch wenn sie dadurch nur mühsam vorankamen. Aber hier war die Gefahr geringer, gesehen zu werden. Unten an den Bächen und Flüssen wäre weniger Schnee, aber dort waren mehr Menschen. Brown Drigger und seine Hunde benutzten bestimmt die alten Pfade unten in den Tälern, ebenso Jep und seine Männer. Sie hatten keine Veranlassung, höher hinaufzusteigen. Sie wussten ganz genau, dass das Wetter Sarra und Rand bald in ihre Hände treiben würde.

»Wir sind bestimmt schon in der Nähe der Siedlung, die du erwähnt hast. Du hast gesagt, es sind zwei, vielleicht drei Tage bis dorthin.«

Sie hörte ihn nicht sofort, denn sie beobachtete sein Buch. Er hatte heute ein Bild hineingezeichnet. Sie hatte nicht gesehen, was es war, aber sie wüsste es nur zu gerne. Vielleicht würde sie später heimlich einen Blick hineinwerfen, wenn er allein irgendwo verschwand, ohne seine Tasche mitzunehmen.

Das, was er gesagt hatte, drang nur langsam zu ihr durch. *Die Siedlung.* Jetzt schaute er sie mit zusammengekniffenen Augen an. Sie hatte, ohne es zu wollen, etwas verraten.

»Es gibt keine Siedlung und du hast keine Ahnung, wohin wir gehen! So ist es doch, oder?« Er stand aufgeregt auf und warf eine Hand in die Luft, als wolle er sie wegfliegen lassen.

Sie wich zurück, rappelte sich schnell auf die Beine und hob einen Arm, um den Schlag abzuwehren. In der Zeit mit ihrem Vater, mit Brown Drigger und mit Holzbein-Molly hatten sich ihre Reflexe gut entwickelt.

»Hör auf damit!« Er schaute sie jetzt finster an. Zornig. Wütend. Aber etwas anderes traf sie unvorbereitet. Er sah aus, als hätte sie ihn irgendwie verletzt, als hätte die Lüge etwas zwischen ihnen zerstört. »Hör auf, mich so anzusehen, als würdest du Schläge erwarten.«

Sie rechnete selbstverständlich mit Schlägen, aber sie zwang sich zu antworten: »Tu ich nicht.«

»Ich *erwarte keine Schläge*«, korrigierte er sie wütend und unterstrich seine Worte mit vorgeschobenem Kinn.

Sie verstand ihn nicht. Was meinte er damit? Dass sie *ihn* schlagen würde, war doch sehr unwahrscheinlich. Er war doppelt so stark wie sie.

»Es heißt: *Ich erwarte keine Schläge* und nicht einfach *Tu ich nicht.* So eine Antwort schickt sich nicht für junge Frauen.« Jetzt warf er beide Hände in die Luft und seine Stimme wurde lauter. Ein Vogel flatterte erschrocken davon. »Was ist das überhaupt für eine Ausdrucksweise? Gütiger Himmel, bist du denn unter rohen Kerlen und Lügnern aufgewachsen?«

Sarra dachte an Aginisi und Opa, die sie aufgezogen und beschützt und sie alles gelehrt hatten, was man wissen musste, um im Wald zu überleben. Aginisi und Opa, die jetzt tot waren und über die dieser hilflose … Grünschnabel, der keine Ahnung vom Leben in den Bergen hatte, gerade so schlecht redete!

Wütend hob sie ihre Decke und das kleine Bündel Feuerholz hoch, das sie nahe an ihrer Haut trug, damit es für das Feuer heute Abend warm und trocken wäre. Sie packte ihre Sachen und marschierte los, ohne noch ein Wort zu ihm zu sagen.

Rand stürmte panisch los, bevor er begriff, dass das Geräusch nicht von Menschen stammte. Sie waren am Flussufer angekommen, aber inzwischen fiel ein dichter Schnee, der das Nachmittagslicht trübte und dunkle Schatten warf. Unter dem Herbstlaub und der Schneeschicht stöhnten die Bäume wie verlorene Seelen und das gelegentliche Knacken des Holzes und Abbrechen von Zweigen erzeugte ein Geräusch, das ganz ähnlich war wie das Knallen eines Gewehrschusses.

Bei diesem Wetter verfolgte sie bestimmt niemand. Es war nicht ungefährlich, sich jetzt unter den Bäumen aufzuhalten, aber die durchdringende Kälte lenkte seine Aufmerksamkeit von allem anderen ab. Seine Füße waren nass, taub, wund und brannten bei jedem Schritt, obwohl er Stiefel trug. Er konnte nur erahnen, wie sehr Sarra in ihren selbst genähten, knöchelhohen Mokassins frieren musste. Aber sie marschierte steif und unbeugsam vor ihm her. Sie hatte seit dem Morgen nicht mehr mit ihm gesprochen. Schließlich hatte er beschlossen, dass ihm das egal sei. Er hatte seinen Kopf und seine Schultern in seine Decke gewickelt, da ihm nichts anderes übrig blieb, als sich gegen den eisigen Wind zu stemmen und den Spuren zu folgen, die sie im Schnee hinterließ.

Als der Wind einen Moment nachließ, hörte er das Blöken eines Lammes. Er blickte auf und sah das niedrige Dach einer Hütte am anderen Flussufer und den Rauch, der vom Kamin aufstieg und vom Wind weggetrieben wurde. Deshalb hatten weder er noch Sarra ihn gerochen.

Gott sei Dank, dachte er. *Gott sei Dank!* Er hatte bereits angefangen, sich zu fragen, ob sie trotz aller Gefahren, die sie bisher gemeistert hatten, so enden würden: erfroren im Schneesturm, ganz ohne das Zutun von Jep und seinen Männern.

Er zwang seine schweren Beine, schneller zu gehen, um Sarra einzuholen. Er zog sie an dem Schneeschutz, den sie aus einer ihrer Decken gebildet hatte. Die gefrorenen Spitzen ihrer Haare fielen über seine Finger, als er zu der Hütte am anderen Ufer deutete. Dann eilte er zum Fluss, um ein Mittel zu finden, wie sie das Wasser überqueren konnten, ohne noch nassere Füße zu bekommen. Ein umgestürzter Baumstamm, der von einem Ufer zum anderen reichte, bildete eine wackelige Brücke. Er setzte sich darauf, ließ die Beine über beide Seiten baumeln und rutschte hinüber, statt darauf zu vertrauen, dass er mit seinen Beinen, die in der Kälte jedes Gefühl verloren hatten, aufrecht hinübergehen könnte.

Sarra erwartete ihn bereits auf der anderen Seite. Wie sie dorthin gekommen war, gab ihm Rätsel auf. Er erinnerte sich kurz an Revis Gerede über Melungeons und die Zauberkraft der Waldgeister, verbannte diesen Unsinn aber schnell wieder aus seinem Denken. Natürlich war sie nicht hinübergeflogen, sondern hatte das Wasser auf irgendeine andere Weise überquert.

Sie blieb zwischen den Sträuchern zurück, als er einen kleinen Anstieg hinaufstolperte, aufgeregt über die Aussicht auf ein Dach über dem Kopf und ein warmes Feuer. Er war ziemlich sicher, dass er gekochtes Essen roch.

Das blökende Lamm wurde von einem jungen Mädchen in einem dunklen Wollumhang gezogen. Sie erblickte ihn, noch bevor er etwas sagen konnte, und lief zum Haus. Im nächsten Moment eilte eine verhärmt aussehende Frau aus der Tür und richtete ein Gewehr auf Rand. Ihre grauen Haare flatterten im Wind.

»Bleiben Sie, wo Sie sind!« Ihr starker Dialekt war kaum zu verstehen. »Was wollen Sie hier oben?«

Er hob vorsichtig die Hände. Dabei öffnete sich seine Decke und der Wind rüttelte erbarmungslos an ihm. »Ich suche Essen und einen Unterschlupf für die Nacht. Ich habe vor mehreren Tagen oben in den Bergen mein Pferd und meinen Sattel verloren. Ich kann Ihnen dafür Geld zahlen.« Bei seinem letzten Satz horchte sie auf. Damit hatte er gerechnet. Richtiges Geld war hier in der Gegend selten.

Sie ließ das Gewehr ein wenig sinken, sagte aber nichts. Von der Veranda aus beobachteten ihn zwei halbwüchsige, rothaarige Mädchen, die sich jetzt den Umhang teilten.

»Wir brauchen Ihre Hilfe«, sagte er in der Hoffnung, die Frau überreden zu können. »Wir tun Ihnen nichts.«

Ihr Blick wanderte misstrauisch an ihm vorbei zu den Sträuchern. »Wen haben Sie dort hinten? Was verstecken Sie?«

Zu spät erkannte er seinen Fehler. Sie verdächtigte ihn eines Hinterhalts. »Niemanden. Nur ein Mädchen, das mich begleitet. Wir suchen Schutz vor dem Schnee.« Er rief Sarra, dass sie sich zeigen solle. Sie kam seiner Aufforderung langsam nach und trat schüchtern unter einer mit Schnee bedeckten Kiefer hervor.

Die Frau beäugte sie mit zusammengekniffenen Augen. »Komm näher, Mädchen. Dort neben diesen Kerl!«

Sarra tat, was sie sagte, und die Frau hob das Kinn, als rieche sie etwas Stinkendes. Sie richtete ihre Aufmerksamkeit und den Gewehrlauf wieder auf Rand. »Sie bekommen von mir etwas zu essen, wenn Sie dafür zahlen. Aber die da kriegt nichts. Für solche wie sie ist kein Platz hier.«

»In Gottes Namen, Frau! Wir sind halb erfroren.«

»Ich habe gesagt, dass ich keinen Teufel wie sie hier haben will.« Das Geräusch eines Gewehrhahns, der entriegelt wurde, lenkte seinen Blick wieder auf die Frau. »Three Forks liegt zwanzig Kilometer flussabwärts. Bringen Sie sie doch dorthin.«

»In diesem Schneesturm schaffen wir keine zwanzig Kilometer. Das überleben wir nicht. Es wird bald Nacht.« Er hatte es bis jetzt vermieden, an diese grausame Möglichkeit zu denken: wie sie nass und erschöpft überleben sollten, wenn die Temperaturen noch weiterfielen und die Nacht hereinbrach.

»Die Stadt liegt zwanzig Kilometer flussabwärts. Verschwindet jetzt von hier!«

»Haben Sie wenigstens ein Pferd, das ich kaufen kann? Und Essen?«

»Nicht für sie. Ihre verhexte Hand berührt nichts, das uns gehört. Jetzt fort mit euch!« Sie trat einen Schritt weiter auf ihn zu und legte den Finger um den Abzug. Ihm blieb keine andere Wahl, als zurückzuweichen, und Sarra mit ihm. Erst als sie auf der anderen Seite der Sträucher herauskamen und ein Stück flussabwärts stolpernd weiterstapften, atmete er wieder durch und rechnete nicht mehr mit einer Kugel im Rücken.

»Sarra«, sagte er schließlich. »Sarra, bleib stehen. Ich muss einen Moment stehen bleiben und nachdenken.« Seine Gedanken wanderten zu der Hütte zurück und kreisten um eine Idee, die noch vor wenigen Tagen für ihn undenkbar gewesen wäre. Er hatte seine Pistole. Vielleicht sollte er zurückschleichen und sich das, was sie brauchten, gewaltsam holen. Ihr Leben hing davon ab. Waren noch mehr Leute in der Hütte? Ein Mann? Was erwartete sie dort?

Und wenn er gezwungen wäre zu schießen, um sich zu verteidigen? Er musste an die Mädchen denken. Sie waren völlig unschuldig. Er konnte es nicht riskieren, sie zu verletzen.

Was jetzt? Was sollte er tun? Wie konnte er Sarras und sein Leben retten?

Sie drehte sich zu ihm herum. Ihre Lippen, die durch den eiskalten Wind aufgesprungen waren und bluteten, waren eng zusammengepresst, um ihr Beben zu verbergen. In ihren Augenwinkeln standen Tränen und sie zitterte am ganzen Körper.

»Sarra«, sagte er leise und wollte sie berühren.

Sie wich zurück, drehte ihm die Schulter zu und zog sich in sich selbst und den Schutz der Sträucher zurück, statt den Schutz zu suchen, den er ihr bieten konnte.

»Bitte gib nicht auf.« Er streckte wieder die Hand nach ihr aus, aber ein Geräusch vom Hang über ihnen ließ ihn innehalten. Ein leises, menschliches Geräusch. Hinter einem alten, knorrigen Nussbaum stand das Mädchen mit dem Wollumhang und bedeutete ihnen, ihr zu folgen. Ein schwaches Licht fiel auf die roten Locken, die unter dem Umhang herausgerutscht waren. Sie sah fast aus wie ein Geschöpf aus einer anderen Welt. Er fragte sich, ob er vor Kälte schon halluzinierte und der Tod vielleicht näher war, als er gedacht hatte.

Er sah nach Sarra und stellte fest, dass auch sie das Mädchen ungläubig staunend beobachtete. Die Kleine im Wollumhang winkte sie beide zu sich. *Vielleicht,* überlegte er, *hat die Frau in der Hütte doch ein Einsehen.* Er stieg den Hang hinauf und folgte dem Mädchen, das nichts sagte, sondern immer ein Stück vor ihnen blieb und sich nur hin und wieder umdrehte, um zu sehen, ob sie ihr folgten. Ihr Gesicht, das von der Kapuze umgeben war, strahlte den süßen Glanz eines Engels aus. Sie führte sie nicht zur Hütte, sondern den Hang weiter hinauf, wo sie zwischen mehreren Felsblöcken verschwand und dann darüber wieder auftauchte.

Rand wandte sich an Sarra und packte sie, bevor sie ihm ausweichen konnte. »Bleib hier.«

Sie schüttelte den Kopf und berührte ihn zum ersten Mal freiwillig. »Nein.« Ihre Augen waren groß und angsterfüllt.

»Warte auf mich!«, befahl er eindrücklicher.

Sie gehorchte ihm natürlich nicht. Er war nicht weit gekommen, als er sie hinter sich hörte. Sie kletterten gemeinsam die Felsen hinauf und erreichten einen Felsvorsprung mit einer Höhle. Ein Unterschlupf, auf den er fast nicht mehr zu hoffen gewagt hatte! Tief, trocken, vor Schnee und Wind geschützt.

Das Kind stand in der Mitte, lächelte sie an und holte dann unter seinem Umhang sowohl ein Bündel trockenes Feuerholz als auch ein Stück groben Stoff hervor, in dem etwas steckte. Sie breitete ihn auf dem Boden aus und verschiedene Lebensmittel wurden sichtbar.

»Danke«, flüsterte er und fragte sich erneut, ob sein Blut langsam immer dicker und langsamer floss und seinen Verstand benebelte. »Wie heißt du?« Bis zu seinem letzten Tag auf Erden würde er dieses Waldkind, diese kleine Lebensretterin in seine Gebete einschließen.

Sie stieß ein kehliges Geräusch aus und machte eine Bewegung, die ihm verriet, dass sie stumm war, aber einen klaren Verstand besaß.

Ihre Lippen verzogen sich kurz, dann drehte sie sich um und war verschwunden.

Gemeinsam machten er und Sarra sich über den Inhalt des Tuches her und verschlangen gierig die Kartoffeln, den Lauch und den Ziegenkäse – wahre Schätze, die zweifellos aus einem Vorratskeller in der Nähe der Hütte hervorgezaubert worden waren.

Nachdem er sich den letzten Bissen in den Mund geschoben hatte – ein Stück Ziegenkäse als krönender Abschluss –, setzte er sich zufrieden zurück und sah, dass Sarra ihre in der Kälte aufgesprungenen Lippen ableckte.

»Dann sollten wir jetzt am besten ein Feuer machen«, sagte sie fröhlich. Zum ersten Mal, seit sie sich kannten, lächelte sie. Diese scheue, unsichere Geste überraschte Rand. Er musste ebenfalls lächeln. Obwohl sein eigenes Gesicht vom Wind ausgekühlt war und wehtun sollte, fühlte er nichts außer einer plötzlichen Wärme, die sich in seinem Körper ausbreitete und die Verzweiflung vertrieb. Er fühlte sich reich gesegnet.

»Ja, das sollten wir.«

Am Ende des Kapitels hörte ich auf zu lesen und kehrte langsam vom eiskalten Berg in die Gegenwart zurück. Auf dem See vor der Hütte ließ sich ein Seetaucher vernehmen. Sein Ruf wirkte dünn und schwach in der kühlen, dunstigen Luft und verstärkte den Eindruck, dass Fantasie und Wirklichkeit ineinander übergingen.

Freitag hatte es sich in einem Sessel am Fenster bequem gemacht. Er hob den Kopf, drehte sich langsam zur Fensterscheibe herum und knurrte. Ein unbehagliches Gefühl breitete sich in mir aus, obwohl ich nicht sagen konnte, woran das lag.

Mein Handy vibrierte, als ich gerade überlegte, mir eine Tasse von dem Chai-Tee zu machen, den ich mir aus der Stadt mitgebracht hatte. Als ich mich meldete, hörte ich Jamie am anderen Ende völlig aufgebracht schimpfen: »Ich verliere noch den Verstand! Du solltest mir nie eine solche SMS schicken, wenn ich keine Chance habe, dir zu antworten. Du *weißt,* dass ich den ganzen

Tag mit dem Brautkleidkauf beschäftigt bin. Wenn ich ans Telefon gehe, bekommt meine Schwester einen Anfall. Sie will meine *volle* Aufmerksamkeit. Du hast also heute Abend noch mehr von der Geschichte gefunden? Mehr von dem mysteriösen, faszinierenden Manuskript? Hast du zufällig auch den *Mann* gefunden, von dem das *Man*uskript stammt?«

Jamies Fragen, die wie aus der Pistole geschossen kamen, waren fast befremdend und holten mich viel zu abrupt in die Wirklichkeit zurück. »Okay, warte! Beruhige dich erst einmal, dann erzähle ich es dir genauer.« Ich warf einen Blick auf die Uhr. Es war erst neun, obwohl ich das Gefühl hatte, dass es schon später sein müsste. Ich brachte Jamie in Bezug auf *Die Hüterin der Geschichten* auf den neuesten Stand. »Ich habe noch ein paar Seiten zu lesen.«

»Schön. Aber wer bringt dir diese Seiten? Und warum auf diese Weise? Warum diese ganze Heimlichtuerei?«

»Ich habe keine Ahnung. Ehrlich gesagt, finde ich es langsam ein wenig gruselig, aber ich *liebe* die Geschichte. Sie ist faszinierend.«

»Vielleicht steckt Evan Hall selbst dahinter. Hast du diese Möglichkeit schon einmal in Betracht gezogen? Vielleicht soll das ein Trick sein, um … den Preis in die Höhe zu treiben? Nein. Das ergibt keinen Sinn. Der Mann hat goldene Finger. Wenn er etwas auf den Markt bringen will, kann er dafür fast jeden Preis verlangen. Er müsste das Manuskript nur versteigern. Die Verlage in New York würden sich gegenseitig überbieten.« Jamie schwieg einen Moment und überlegte, welche anderen Möglichkeiten es geben könnte.

»Ja, ich weiß.«

»Vielleicht genießt er einfach dieses Versteckspiel. Er wirft dir immer wieder einen kleinen Köder hin. Nach allem, was ich in der Presse gelesen habe, bekomme ich den Eindruck, dass der Kerl nicht ganz normal ist.«

»Er wirkte ganz normal. Feindselig. Aber normal.«

»Moment! Was willst du damit sagen? Heißt das, dass du mit ihm *gesprochen* hast? Wann? Wo? Wie?«

»Ja, ich habe mit ihm gesprochen.« Allein beim Gedanken an diesen Nachmittag regten sich zuerst ein angenehmes und dann ein sehr unangenehmes Gefühl in mir. Das angenehme Gefühl hatte mit den Momenten neben dem Ziegenanhänger zu tun, als alles nett und freundlich gewesen war. Doch dann hatte er mich eiskalt angesehen und beschuldigt, ich würde zwei alte Frauen und ein unschuldiges Mädchen schamlos ausnutzen, um meine Ziele zu erreichen.

Während ich Jamie dieses Erlebnis ausführlich schilderte, packte ich die übrigen Nachos von gestern aus und wärmte sie auf. Freitag kam in die Küche, um mir zu verstehen zu geben, dass er nichts gegen Resteessen hatte, besonders nichts gegen Nachos. Er winselte und knurrte und warf mir anklagende Blicke zu, bis ich das Essen mit ihm teilte.

»Es erübrigt sich zu sagen …« Ich holte die Familienpackung Vanilleeis mit Erdnussbutter aus dem Gefrierfach, der ich nicht hatte widerstehen können, als ich vergeblich in der Stadt gewartet hatte, um Helen Hall zu erwischen. Ich hatte ihr erklären wollen, warum ich ohne sie in die Stadt zurückgefahren war. »… dass die Verhandlungen brutal abgebrochen wurden. Ich sitze jetzt also mit einem weiteren Kapitel des Manuskripts da und habe nach wie vor keine Antworten. Ach ja, und ich habe es mir für immer mit dem Mann verscherzt, zu dem ich eine freundschaftliche Geschäftsbeziehung aufbauen sollte. Das alles wird einfach immer bizarrer. Ich mache mir Sorgen, dass ich den größten Fehler meines Lebens begangen habe, als ich diese Sache verfolgte.«

Auf Jamies Seite herrschte ein untypisch langes Schweigen. »Ich hätte meiner Schwester absagen und mit dir kommen sollen. Weißt du was? Ich könnte morgen ins Flugzeug steigen, mir ein paar Tage freinehmen und …«

Ich wollte den Rest nicht hören. »Nein, Jamie! Das hier kann noch ein paar Tage dauern und du kannst es dir nicht leisten, an der Arbeit zu fehlen, besonders bei der momentanen schwierigen Lage eurer Zeitschrift.«

So nett ein wenig Gesellschaft – oder Zuspruch nach den ganzen sonderbaren Dingen, die bis jetzt passiert waren – auch gewesen wäre, konnte ich Jamie aus mehreren Gründen nicht bei mir brauchen. Einer dieser Gründe war der Brief von meiner Schwester. Da meine Mission hier offenbar missglückt war, konnte ich den Besuch in Lane's Hill nicht länger vor mir herschieben. Morgen muss ich mit Coral Rebecca sprechen. Persönlich. »Außerdem habe ich sowieso immer mehr das Gefühl, dass ich auf dem Holzweg bin. Es ist nicht nötig, dass wir beide unsere Zeit vergeuden.«

»Auf dem *Holzweg*?«, wiederholte Jamie lachend. »Du müsstest dich reden hören. Du klingst schon fast wie ein Landei.«

Natürlich machte sie nur Scherze, aber als wir uns verabschiedeten, ließ mich diese Bemerkung lange nicht los. Ich merkte, wie mich die Vergangenheit einholte und die Erinnerungen wie im Wasser versunkene alte Trümmer, die mit Moos überwachsen und völlig verheddert waren, wieder an die Oberfläche stiegen. Der Schlamm widersprüchlicher Gefühle bedeckte alles, was mit meiner Familie zu tun hatte. So war es schon immer gewesen, soweit ich zurückdenken konnte. Schon mit acht Jahren hatte ich erkannt, dass das Leben in Lane's Hill und die Selbstverständlichkeit, mit der unsere Familie ständig größer geworden war, nicht normal war und nicht normal sein konnte. Joey war kaum eineinhalb Jahre alt, da war Mama schon wieder schwanger gewesen. Papa hatte es am Ende des Sonntagsgottesdienstes stolz den Heiligen Brüdern verkündet.

Alle hatten gratuliert und ihm auf den Rücken geklopft, aber ich war von einer Welle der Verzweiflung überrollt worden, die gedroht hatte, mich in die Tiefe zu ziehen. Jedes Mal, wenn Mama ein Baby abgestillt hatte und wieder normal wurde, war sie schon wieder mit dem nächsten schwanger. Und wenn dieses Kind geboren wurde, ging alles wieder von vorne los.

Dort drüben in Lane's Hill vermehren sie sich wie die Karnickel, hatte ich eine Mutter bei der Weihnachtsfeier der zweiten Klasse sagen hören. Ich saß in der hintersten Ecke, denn mein Vater hatte mir verboten, an der Feier teilzunehmen. *Sie können die Kinder nicht richtig ernähren, kleiden, sauber halten und impfen lassen, aber sie können sie in die Welt setzen. Das ist so primitiv.*

Ich hatte das Wort *primitiv* nicht verstanden, aber ich hatte begriffen, dass es nichts Gutes war. Mein Verstand arbeitete auf Hochtouren.

Wie kann sie so etwas sagen? Wie kann sie so etwas Gemeines über meine Mama sagen?

Was wussten diese Frauen, diese oberflächlichen Mütter schon? Sie lebten in Ungehorsam, in Sünde und würden verloren gehen. Sie folgten nicht dem Weg der Heiligen Brüder. Jeder, der außerhalb der Gemeinde der Brüder lebte, war dazu verdammt, früher oder später im Feuer zu verbrennen.

Eine der Mütter stellte ein Stück Kuchen auf die Schulbank, an der ich saß. *Hier, Schatz. Du darfst doch bestimmt wenigstens etwas essen und trinken?! Ich habe die Weihnachtsverzierung abgekratzt und den Kinderpunsch in einen einfachen Pappbecher ohne Weihnachtsdekoration gegossen, okay?*

Die süße Flüssigkeit lief verführerisch meine Kehle hinab. So etwas gab es bei uns zu Hause nur dann, wenn alles gut lief, wenn Papa ein Maultier oder einen Jagdhund verkauft hatte oder wenn die Ernte gut ausgefallen war.

Ich beobachtete die anderen Kinder, die die Weihnachtsfeier genossen, probierte den Kuchen und fragte mich erneut, warum unser Leben so anders war. Ob es wirklich sein konnte, dass wir recht hatten und alle anderen unrecht.

Als das neue Baby von Papa in der Kirche angekündigt worden war, hatte ich mich in unserem Wohnwagen umgesehen und gedacht: *Wohin sollen wir es legen?* Der Wagen platzte bereits aus allen Nähten, wie auch die Kirche. In jeder Kirchenbank saßen Familien wie unsere. *Gesegnet sind die, die ihr Vertrauen auf den Herrn setzen, denn der Herr wird ihre Zahl vergrößern.* Sonntag für Sonntag wurde den Mädchen von Lane's Hill eingetrichtert, Gottesfurcht bestünde darin, den Anweisungen der Ältesten zu gehorchen, *brav zu sein*, unterwürfig zu sein und vor allem die Zahl der Heiligen Brüder zu vermehren.

Wie das jemals für mich einen Sinn hatte ergeben können, war mir schleierhaft, genauso wie die Tatsache, dass es für meine Schwestern immer noch einen Sinn ergab.

Ich verdrängte diesen Gedanken, rieb mir die Augen, widmete mich wieder dem Manuskript und tauchte erneut in Rands und Sarras Welt ein, die mir lieber war als meine eigene.

16

DIE HÜTERIN DER GESCHICHTEN

Kapitel Sieben

Ein Geräusch drang an Rands Ohr. Es war über seinem eigenen Rascheln im Unterholz nur schwach zu hören. Er hatte einen Stoß Treibholz gefunden, das am Fluss angeschwemmt worden war. Sie hatten in der Nacht das meiste von dem Holz, das sie in der Nähe der Höhle gefunden hatten, verbrannt und den Rest heute Morgen verbraucht. In ihrem Unterschlupf bemühte sich Sarra, das Feuer vor dem Schneetreiben und dem starken Wind zu schützen. Das Wetter machte es ihnen unmöglich, die zehn Meilen flussabwärts zu marschieren. Sie müssten abwarten, bis sich der Sturm endlich legen würde.

Das Rascheln machte ihn vorsichtig, erzeugte aber auch eine gewisse Hoffnung. Sie hatten das Essen, das das Mädchen ihnen gebracht hatte, nicht vernünftig eingeteilt und das Kind war bis jetzt nicht wiedergekommen. Außer den letzten paar Nüssen hatten sie nichts mehr zu essen. Er zog die Pistole aus seinem Gürtel und lauschte. Etwas bewegte sich leise in der Nähe. Ein entferntes Knurren drang an seine Ohren. Woher kam dieses Geräusch?

Etwas kratzte über einen Felsen. Ein Reh vielleicht. Jetzt sah er es. Aber er hatte die Entfernung falsch eingeschätzt. Es war weiter unten am Ufer. Er ging eilig einige Schritte weiter, entriegelte die Pistole, lief noch drei Schritte und huschte um einen Busch, wo er seine Beute, ein dürres Reh, zum Wasser fliehen sah. Erschrocken drehte sich das Reh in der Luft herum und flüchtete am Ufer entlang.

Er lief dem Tier nach, atemlos. Frisches Wildbret wäre eine gute nächste Mahlzeit. Schluss mit dem nagenden Hunger, der sie beide quälte. Das Reh würde ihnen die Nahrung liefern, die sie so dringend brauchten. Er konnte schon fast das gebratene Fleisch an einem Spieß riechen ...

Etwas Kleines, Schwarzes, Rundes ließ ihn abrupt innehalten. Ein Geruch stieg ihm in die Nase: schwer, intensiv, bekannt. Das Blut gefror in seinen Adern. Die Hinterlassenschaften eines Bären. Das Knurren, das er gehört hatte. Er hätte es wissen sollen ...

Das Reh war nicht zufällig geflohen.

Sein Magen zog sich zusammen und rebellierte. Blut schoss in seine Glieder, aber er zwang sich, vernünftig zu denken. *Vorsichtig, leise,* dachte er. Das Tier blieb zwischen den Sträuchern stehen und richtete sich auf. Seine Nase ragte zwischen den schneebedeckten Blättern heraus und prüfte die Luft.

Ein Schwarzbär. Voll ausgewachsen.

Rand wagte es nicht davonzulaufen. Davor hatten ihn Ira und sein eigener Vater mehrmals gewarnt. Er erstarrte, obwohl ihm der Gestank den Atem raubte und die Schneeflocken stetig auf seiner Haut schmolzen. Sekunden verstrichen, verschiedene Möglichkeiten schossen durch seinen Kopf und verflüchtigten sich wieder, bevor er sich auf eine konzentrieren konnte.

Wenn er die Felsen in der Nähe erreichen und hinaufklettern könnte, käme das Tier vielleicht zu dem Schluss, dass es sich nicht lohnte, ihn zu verfolgen. Wenigstens wäre er dann in der Lage, mehr als einen Schuss abzugeben. Es war unwahrscheinlich, dass er ein so großes Tier mit nur einem einzigen Schuss seiner Pistole ...

Der Bär ging zum Angriff über, bevor sich Rand für einen Weg entschieden hatte. Er ließ die Vorderbeine auf den Boden sinken und durchbrach krachend und mit einem donnernden Brüllen, das von den Bergen widerhallte, die Sträucher. Rand setzte sich schlagartig in Bewegung. Er tat genau das, was er auf keinen Fall tun sollte: Er rannte um sein Leben und schaute sich kein einziges Mal um. Das war nicht nötig. Er fühlte, dass ihm sein Verfolger dicht auf den Fersen war, er hörte Zweige zersplittern und Steine fliegen. Er betete um schnelle Füße und steuerte auf die linke Seite der Felsen zu, die nicht von Eis und Schnee überzogen war.

Vielleicht wuchsen ihm Flügel und die Füße einer Bergziege. Er konnte es nicht sagen. Er stand oben auf dem Felsen, bevor er wusste, wie ihm geschah. Zum Glück tat ihm der Bär den Gefallen und versuchte, über eine Eisplatte zu klettern. Er rutschte ab, landete unten auf dem Boden, rollte herum, stand wieder auf den Beinen, brüllte wütend und versuchte erneut hinaufzuklettern. Dieses Mal umkreiste er die Stelle und versuchte es einen knappen Meter von Rands Stiefeln entfernt erneut.

Rand zielte mit der Pistole, bemühte sich um eine ruhige Hand und wartete, bis er den perfekten Schuss abfeuern konnte. Der Knall warf ihn auf dem eisigen Boden aus dem Gleichgewicht, sodass er einen Moment lang befürchtete, er würde zu dem Bären hinabrutschen. Erst als dieser nach hinten zurückzuckte, wie ein betrunkener Matrose taumelte und dann stürzte, erlaubte sich Rand endlich, in die Hocke zu gehen, sich nach vorne zu beugen und das Blut wieder in seinen Kopf fließen zu lassen. Einige Zeit verging, bevor er klar denken konnte.

»Puh!« Er wischte sich die eisige Feuchtigkeit von der Stirn, dann blickte er an sich hinab, um sicherzugehen, dass er tatsächlich soeben seine erste Begegnung mit einem Schwarzbären überlebt hatte, ohne auch nur einen Kratzer abbekommen zu haben. Er schien völlig unversehrt zu sein.

»Puh!«

Dann erfüllte ihn ein wenig mehr Enthusiasmus und veranlasste ihn, sein Versteck zu verlassen und sich vorsichtig dem pelzigen Ungetüm zu nähern.

Er fand einen Stein und warf ihn auf den Bären. Das Tier rührte sich nicht.

Der Triumph des Jägers setzte ein und an die Stelle der Freude, die Gefahr überlebt zu haben, trat Ekstase. »Ein einziger Schuss! Was für ein Jäger! Was für ein Mut! Was für ein Können!« Er sah im Geiste diese Worte in einer Ostküstenzeitung geschrieben, direkt neben einem Bild von dem Bären. »Wie großartig und meisterhaft und …!«

Sarras panischer Ruf riss ihn aus seiner Euphorie. Er hörte, wie sie durch die Büsche gelaufen kam.

Schnell trat er hinter das tote Tier, versteckte die Pistole in seinem Gürtel und zog das Messer aus der Scheide. Er stellte einen Stiefel auf den Bauch des Bären und nahm eine Siegerpose ein.

So erwartete er sie, als sie aus dem Gebüsch gestürmt kam und einen Ast als Keule schwang. Ihr Keuchen und ihre angsterfüllten Augen verrieten, dass sie das Schlimmste befürchtet hatte.

Er blähte seinen Brustkorb auf, schob das Kinn vor und wischte das Messer am Fell des Bären ab, obwohl es blitzblank war, da er es nicht benutzt hatte. »Kein Grund zur Sorge. Ich musste nur einen Bären erlegen. Aber alles ist in Ordnung.«

Ihre Augen wurden noch größer und stachen wie zwei Silbermünzen von ihrer braunen Haut ab. Ihre Haare wehten im Wind. Einzelne Schneeflocken glitzerten darauf. Sie hatte nicht einmal eine Decke umgelegt, bevor sie losgestürmt war, um ihm zu helfen. Sie wagte einen vorsichtigen Schritt und dann noch einen zweiten und kam immer näher. »W-was ist aus deiner Pistole geworden?«

»Die habe ich nicht gebraucht. Ich wollte für ihn keine Kugel verschwenden. Ich habe ihn mit meinen bloßen Händen getötet.« Er dachte an seine Schwestern und wie gutgläubig sie immer auf seine Scherze hereinfielen. Sie gingen ihm jedes Mal wieder auf den Leim.

Sarra blieb stehen. Der tote Bär lag zwischen ihnen. Sie stieß ihn mit dem Stock an und runzelte nachdenklich die Stirn. »Ganz in der Nähe wurde ein Schuss abgegeben. Ich habe ihn deutlich gehört.« Ein vorsichtiger Blick über ihre Schulter verriet ihre Sorge, dass der Schuss vielleicht von jemand anderem abgefeuert worden sein könnte und sie nicht allein waren.

Mit einem Achselzucken nahm Rand den Fuß von seiner erlegten Beute. Es war das erste Mal, dass sie von etwas, das er getan hatte, ehrlich beeindruckt zu sein schien. Das gefiel ihm. Er bastelte an seiner erfundenen Geschichte weiter. »Ach, das war, *nachdem* ich diesen Kerl erlegt hatte. Ich feuerte den Schuss ab, um den *anderen* Bären zu vergraulen.«

»Es waren zwei?« Sie drehte sich jetzt in einer schnellen, nervösen Bewegung um die eigene Achse.

Er verkniff sich ein Schmunzeln. »Ja, sie waren zu zweit. Sie gingen gemütlich miteinander spazieren. Wahrscheinlich wollten sie mich zum Abendessen verspeisen. Sie stellten sich sogar auf die Hinterbeine und haben es mir gesagt: ›Rand Champlain‹, sagten sie, ›du hast zwar nicht viel Fleisch auf den Rippen, aber wir sind zwei hungrige Bären an einem verschneiten Wintertag.‹«

Sie drehte sich langsam zu ihm herum, ihre Nasenflügel blähten sich auf und ihre Mimik bewegte sich zwischen einem Lächeln und einem Stirnrunzeln. Sie legte den Kopf leicht zurück und schaute ihn unter ihren langen Wimpern hervor an. »Und was hast du ihnen geantwortet?«

Er steckte das Messer ein und spielte ihr die erfundene Szene lebhaft vor. »Ich habe gesagt: ›Kumpels, ich bin ein hungriger Mann und ihr beide solltet lieber verschwinden, bevor ich beschließe, *euch* zum Abendessen zu verspeisen.‹ Als sie nicht gingen, wusste ich natürlich, dass ich gegen sie kämpfen musste.«

»Natürlich.« Sie stemmte die Hände in die Hüften. »Und was ist dann passiert?« Ihre Augen funkelten lebhaft, während ihre Lippen unter der feuchten Salbe glänzten, die sie aus zerdrückten Schafgarbewurzeln gewonnen hatte. Als sie so am verschneiten Flussufer stand, bot sie das Bild von etwas Wildem, Geheimnisvollem.

Plötzlich vergaß er alle Gedanken an frühere Scherze und seine Schwestern.

»Es stand zwei gegen einen und sie waren größer als ich, aber ich hatte keine Angst. Ich muss den Bären wirklich Lob zollen. Sie benahmen sich wie richtige Gentlemen und gingen nacheinander auf mich los. Der Große machte den Anfang. Als ich ihn tötete, zog der kleinere den Schwanz ein und lief davon. Ich gab noch einen Schuss ab, um sicherzustellen, dass er nicht zurückkommen würde.«

Sie beugte sich über den Bären und schaute ihn sich genauer an. »Weißt du was?« Ein Lächeln umspielte ihren Mund, das sie vor ihm zu verbergen suchte. »Nur gut, dass diese Bären so höflich waren.«

Rand erwiderte ihren Blick und grinste. Erst jetzt wurde ihm bewusst, dass er als Erstes an Sarra gedacht hatte, als er vor dem Bären stand. Er hatte Angst gehabt, sie allein hier zurückzulassen. Er hatte sich gefragt, wer sie beschützen würde, wenn er das nicht mehr könnte.

Erstaunlicherweise hatte er eine ähnliche Sorge gesehen, als sie ans Ufer gestürmt war und ihre Waffe geschwungen hatte. Vielleicht hatte sie genauso viel Angst, *ihn* zu verlieren, wie er Angst hatte, *sie* zu verlieren.

Etwas in ihm wollte an die Oberfläche dringen. Er konnte es

nicht einordnen. Es fiel auf ihn wie eine reife Frucht von einem bis zu diesem Zeitpunkt unbekannten Baum. Das Gefühl war anders als jedes andere, das er bis dahin verspürt hatte. Dafür fehlte ihm jede Beschreibung. Er wusste nur, dass er diese wilde und gefährliche Gegend erst verlassen konnte, wenn er für Sarra einen geeigneten Platz gefunden hatte. Einen sicheren Platz.

Sie erwiderte einen Moment lang seinen Blick und schien ähnlich verwirrt zu sein wie er. Dann streckte sie die Hand nach seinem Messer aus. Ihre Finger streiften die seinen, die um den Griff lagen. Er überließ ihr die Waffe.

»Was …?« Keine vernünftigen Worte kamen ihm in den Sinn. Die Geschichten, die er gerade noch gesponnen hatte, waren wie weggeblasen.

Sarra zog das Messer aus der Scheide, beugte sich über den Bären und packte sein dickes Fell. »Das Fleisch«, sagte sie.

Irgendwo in der Ferne hörte Rand etwas, das wie das Bellen eines Jagdhundes klang. Schlagartig begriff er, dass sein Schuss zweifellos meilenweit von den Bergen und dem Fluss widergehallt war.

Kapitel Acht

Sarra stand früh auf, um Holz zu sammeln, und ließ Rand weiterschlafen. Es schneite immer noch und in der Kälte stieg ihr Atem dampfend auf. Heute konnten sie wieder nicht weiterziehen. Bei einem solchen Wetter konnte man erfrieren, und da sie das Bärenfleisch hatten, fehlte ihnen nichts außer Holz, um das Feuer nicht ausgehen zu lassen. Sie hatten es in der Nacht sehr klein gehalten, aber keine Anzeichen von Hunden oder ihren Verfolgern vernehmen können. Nur das Geräusch des Windes, der die Bäume bewegte, und das Ächzen der mit Schnee schwer beladenen Äste war zu hören gewesen.

Der Morgen ließ sich unter dem großen Baum still an, aber irgendein Tier war herausgekommen und hatte etwas gesucht. Es war jedoch nicht so groß, dass sie sich deshalb Sorgen machen musste. Ein Hase oder ein Eichhörnchen auf der Suche nach Nüssen hielt sich in der Nähe auf. Sie hielt die Ohren offen, während sie Holz sammelte. Ein abgestorbener Eichenzweig war in der Nacht unter seiner Last abgebrochen und sie schätzte, dass sie ihn in kleinere Stücke zerbrechen und den Hang hinaufschleppen könnte, um das Feuer anzuzünden.

Da kam das Tier aus seinem Versteck. Ein Kaninchen. Sie musste das Tier nicht töten, deshalb schaute sie nur zu, wie es sie entdeckte und zusammenzuckte. Sein Herz schlug jetzt bestimmt ganz schnell und seine Muskeln hatten sich zusammengezogen. Es war vor Angst wie gelähmt.

»Schhh«, flüsterte sie und trat auf das Tier zu. »Lauf nach Hause, kleiner Freund.« Das hatte Aginisi zu den Tieren gesagt, die sie nicht hatte töten müssen.

Der Atem in jedem Tier kommt von Gott, dem Vater, Kind, hatte sie gesagt. *Er sorgt sich um jedes einzelne Tier. Für ihn ist jedes Leben wertvoll. Auch uns sollte es deshalb wichtig sein.*

Das Kaninchen blieb wie erstarrt sitzen und war jetzt so nahe, dass sie es hätte berühren können, wenn sie gewollt hätte. »Es ist zu kalt, um heute Morgen hier draußen zu sein.« Sie beugte sich zu dem Tier vor und genoss seine Nähe und die Sanftheit des wilden Tieres. Es war noch ganz jung. Noch nicht ganz ausgewachsen. Falls es den Winter überlebte, würde es sich im Frühling paaren und Junge bekommen.

Falls es überlebte.

In seinen dunklen Augen spiegelten sich die Bäume und der Himmel, eine eigene, winzige Welt. Sie schaute es an und genoss die Stille und die Schönheit der Natur.

Etwas bewegte sich im Schatten des Baumes und das Spiegelbild bewegte sich im Auge des Kaninchens. Jetzt hörte es Sarra deutlich: Das Scharren von Hufen, der mühsame Atem, aber das Geräusch wurde vom Schnee stark gedämpft.

Ihr Herz stockte wie das des Kaninchens. Jetzt war *sie* das gejagte Tier und fürchtete sich zu atmen oder sich zu bewegen.

Sie ging noch tiefer in die Hocke und drehte sich nur so weit herum, dass sie besser sehen konnte. Pferd und Reiter stiegen den Hang hinauf. Wenn er in ihre Richtung geblickt hätte, wäre sie von ihm entdeckt worden, aber sein Blick war auf etwas anderes gerichtet: auf die Spur, die sie und Rand hinterlassen hatten, als sie das

Fleisch des Bären den Berg hinaufgeschleppt hatten, um es in der Nähe ihres Lagers an einen Baum zu hängen.

Sie kannte dieses Pferd, ein Fuchsschecke. Viele Meilen lang hatte sie gefesselt über seinem Widerrist gelegen, während sich der Sattel und die Sklavenkette in ihre Beine geschnitten hatten.

Sie hielt den Atem an, da sie Angst hatte, selbst der kalte Dampf vor ihrem Mund könnte Revis Aufmerksamkeit erregen. Das Kaninchen neben ihr spannte sich an, bereit zu fliehen. Falls es sich jetzt bewegte, würde der Junge es hören und den Kopf herumdrehen.

Ruhig, kleiner Freund. Dieser Gedanke war nicht mehr als ein Flüstern in ihrem Kopf.

Momente vergingen, während sie wartete, aber ihre Gedanken rasten weiter. Oben lag Rand noch unter seiner Decke und schlief. Trotz seiner Pistole hätte er gegen Revi keine Chance. Wo waren Jep und die anderen? Vielleicht hatten sie die Höhle schon gefunden?

Sie betete, dass dem nicht so wäre, schloss die Augen und bat Gott, den Vater, die Verfolger woandershin zu führen.

Revi war schon fast vorbei, als sie in ihr Versteck zurückkroch. Einen Schritt. Zwei. Drei. Sie verhielt sich ganz leise und machte sich klein und unsichtbar. Dann nahm sie einen kleinen Zweig und scheuchte das Kaninchen in die andere Richtung. Es hüpfte auf das Pferd zu, bevor es einen Haken schlug und zum Fluss floh.

Revi hielt sein Pferd an, lenkte es nach links und rechts, dass es auf den Steinen und dem Schnee rutschte und taumelte. Das Maul des Schecken stand keuchend offen und stieß Dampf aus.

»Habt ihr etwas gehört?« Revis Stimme hallte zwischen den Bäumen wider.

Es kam keine Antwort. Wie weit war Jep entfernt? Wo waren die anderen? Hatte Rand die Stimme gehört? War er davon aufgewacht?

Revis Blick schweifte über den Hang zum Fluss, dann in einem Bogen weiter. Sarra schloss die Augen, als er nahe an ihr vorbeiritt und ihr der Geruch nach Holzfeuer und Whiskey und dem salzigen Schweiß des Pferdes in die Nase stieg. Sie hatten ihre Tiere trotz des Schnees erbarmungslos angetrieben.

Das Blut hämmerte in ihren Ohren, als sie durch die Sträucher spähte, die weißen Fesseln des Pferdes sah, seinen Atem roch und feststellte, dass es ein Ohr in ihre Richtung drehte. Das Tier rutschte aus, verlor auf einer Wurzel das Gleichgewicht und taumelte einen oder zwei Schritte.

»Pass doch auf, du Mistvieh!«, schimpfte Revi mit dem Tier und schlug mit dem Zügel an seine Flanke.

Irgendwo bei der Hütte, wo sie die Frau und die Mädchen gesehen hatten, ertönte ein Schuss. Ein zweiter Schuss folgte. Revi riss sein Pferd herum, drückte sich tief in seinen Sattel und stürmte den Hang hinab. Dabei schaute er immer wieder hinter sich, unsicher, woher der Schuss gekommen war.

Sarra war immer noch wie erstarrt. Sie zitterte am ganzen Körper und die Luft brannte in ihrer Lunge, als sie mühsam einatmete. Ein galliger Geschmack trat in ihren Mund. Heiße Tränen brannten in ihren Augen.

»Sarra.« Sie hörte sein Flüstern, bevor seine Hand ihren Arm packte und sie aus dem Gebüsch zog. »Bist du verletzt?«

Sie konnte nicht sprechen und schüttelte deshalb nur den Kopf.

»Wir müssen verschwinden«, flüsterte Rand. »Sarra, wir müssen uns beeilen. Hörst du? Wir können nicht hierbleiben.«

Er führte sie wie ein Kind auf dem kürzesten Weg zu einer Stelle, an der er eine Decke und seinen Beutel versteckt hatte. Er warf sich die Sachen auf den Rücken, ergriff wieder ihre Hand und sie liefen blindlings los, obwohl die Angst sie zu lähmen drohte.

Tränen brannten in ihren Augen und liefen warm und dann kalt über ihre Haut. Sie konnte sie nicht länger zurückhalten, aber sie durfte ihnen auch nicht die Oberhand überlassen. Rand und sie erreichten den Fluss, überquerten ihn und liefen am Ufer weiter, wo der Schnee nicht auf der Böschung liegen blieb und ihre Füße keine Spuren hinterließen. Sie beschäftigte kein anderer Gedanke, als dass sie so schnell und so weit laufen musste, wie ihr Körper sie trug. Nur wenn ihre Beine nicht mehr konnten oder sie eine Verschnaufpause brauchten, blieben sie kurz stehen.

Seine Wangen waren rot und glühten, als er sie anschaute. Seine Haarspitzen waren gefroren. »Hast du den Verstand verloren? Wie konntest du weggehen, während ich geschlafen habe? Als ich aufwachte und du nicht da warst …« Seine Hand legte sich wieder um ihren Arm. »Es war großes Glück, dass ich aufgewacht bin. Dass ich dich suchte. Dass ich Revi entdeckte, bevor er mich fand.«

»Ich ha-habe Holz gesammelt.« Ihre Stimme zitterte unter ihren Tränen.

»Ohne Waffe? Gütiger Himmel, ich wurde gestern von einem Bären angegriffen! Und wir haben die Hunde gehört.« Sein Mund stand einen Moment offen, dann klappte er ihn wieder zu. »Wir wussten, dass sie den Schuss gestern gehört haben können.«

Ihr Verstand irrte herum wie eine Maus, die ein Loch sucht, in dem sie sich verkriechen kann. Sie konnte ihm die Wahrheit nicht gestehen: dass sie lange dagesessen und ihn im Schlaf beobachtet hatte, dass sie die Gelegenheit genutzt hatte, ihn anzusehen, ohne dass er es merkte. Sie hatte die Form seines Kinns betrachtet, die wenigen, dünnen Barthaare, die heufarbenen Locken, die ihm in die Stirn fielen, die Biegung seines Mundes, die Art, wie seine Lippen zuckten, als spräche er im Traum mit jemandem. Sie erinnerte sich an sein Lächeln, als er wegen des erlegten Bären geprahlt hatte. Während sie ihm beim Schlafen zusah, hatte sie erneut darüber geschmunzelt.

Dann hatte sich eine Sehnsucht in ihr geregt, ein unbekanntes Gefühl, das sie nicht einordnen konnte. Es hatte sie ein wenig beunruhigt und sie war allein in den Wald gegangen, um Holz zu sammeln. Sie hatte gehofft, dass sie in der Kälte des frühen Morgens wieder einen klaren Kopf bekäme.

»Ich hatte die Ohren und Augen offen, ob ich Hunde höre oder Bärenspuren sehe.« Sie zwang ihr Kinn, nicht mehr zu zittern, und hob es hoch. Sie hätte natürlich die Ohren besser spitzen sollen, aber sie war in Gedanken mit diesem Gefühl beschäftigt gewesen, das sich in ihr geregt hatte, als sie ihn neben dem Feuer beim Schlafen beobachtete. »Ich weiß, dass ich mich vor Bären in Acht nehmen muss.«

Sie wartete nicht auf seine Antwort, sondern drehte sich um und stapfte in den Wald hinein. Der Sturm nahm wieder an Fahrt auf, der Wind drang bis zu ihren Knochen durch. Ein dichter Schneefall raubte ihnen die Sicht. Der Schnee würde ihre Spuren und ihren Geruch verbergen, aber sie würden es nie zehn Meilen flussabwärts schaffen, ohne zu erfrieren. Sie müsste ein Versteck für sie beide finden, in dem sie sich verkriechen und mit Laub und Nadelzweigen bedecken könnten, um nicht zu erfrieren.

Da sie jetzt nur noch zwei Decken hatten, wäre es ein langes, unangenehmes Warten, bis es zu schneien aufhörte und die Sonne wieder schien. Sie betete, dass das geschehen würde, bevor die nächste Nacht hereinbrach, und dann glaubte sie es. Gott, der Vater, hörte seine Kinder und er erhörte sie, wenn sie ihn um etwas baten und an ihn glaubten.

Er war ihnen auch im Sturm nahe.

Ein Lächeln teilte den dichten, grauen Bart des Mannes und er deutete mit der Hand auf Rand. »Entspann dich, mein Freund. Ich beiße nicht. Man bekommt hier in der Gegend nicht viele Gelegenheiten, mit anderen zu reden. Wir müssen uns gegenseitig helfen, so gut wir können. Ich beobachte euch, seit ihr gestern nach Three Fork gekommen seid. Darf ich mich setzen?«

Rand lud den Mann mit einer Handbewegung dazu ein. Es würde wahrscheinlich nicht schaden, obwohl er sich auf seinem Stuhl zurücklehnte und eine Hand in seinen Beutel steckte, wo er gleichzeitig seine Pistole und die Bibel seines Großvaters berührte. Er und Sarra hatten keine geringe Aufmerksamkeit erregt, als sie sich gestern zu Fuß in den Ort geschleppt hatten, vom Wetter gezeichnet und der völligen Erschöpfung nahe. Sie waren den ganzen Weg nach Three Forks gewandert, als der Sturm endlich nachgelassen hatte. Es war ihr Glück gewesen, dass der Tag deutlich wärmer geworden war und die Sonne den Schnee schnell geschmolzen hatte. Sie waren dem Fluss gefolgt und hatten hier und da einen Bogen um eine Hütte gemacht, um unbemerkt zu bleiben.

Rand war es gelungen, in Three Forks eine Unterkunft zu mieten, aber sie waren nicht freundlich aufgenommen worden, was ihm zeigte, dass hier kein sicherer Ort für Sarra war. Er konnte nicht allein weiterziehen, wie er es geplant hatte.

Im Gegenteil, je früher sie diesen Ort wieder verließen, umso besser. Er konnte es nicht erwarten, Pferde von der Lieferung zu kaufen, die in einem oder zwei Tagen in der Stadt einträfe, und dann das Trask Rooming House zu verlassen. Ihnen war ein Raum neben dem Stall zugewiesen worden, da Sarra in dem armselig eingerichteten

Gebäude, in dem man etwas zu essen kaufen und sich ein Zimmer mieten konnte, nicht willkommen war. Der Verschlag, in dem sie heute Morgen noch schlief, schien mehr für Tiere als für Menschen geeignet zu sein, aber sie waren trotzdem beide sehr erleichtert, dass die Torturen in der Wildnis endlich überstanden waren und sie einen Unterschlupf sowie ein warmes Feuer gefunden hatten.

Der Fremde stellte seinen Kaffee auf den wackeligen Holztisch zwischen ihnen, dann beugte er sich vor und rieb seine rauen Hände aneinander. »Durch die Schneeschmelze wird die Straße nass und beschwerlich.«

»Ja, das kann ich mir denken.«

»Wollt ihr bald wieder weiter?«

Rands Rücken versteifte sich. Er war den kühlen Empfang, den er hier bis jetzt erlebt hatte, wahrscheinlich einfach nicht gewohnt. Normalerweise reagierten die Leute auf den Namen Champlain mit Respekt. Und falls sein Name die Menschen nicht freundlich stimmte, dann tat das in der Regel sein Geld.

»Ja, wir brechen auf, sobald ich Pferde kaufen kann. Ich habe gehört, dass es im ganzen Ort keines zu kaufen gibt und dass ich warten muss, bis in einem oder zwei Tagen eine neue Lieferung eintrifft.«

Die Miene des Mannes veränderte sich, er zog die Augen hinter seinen verschmierten Brillengläsern leicht zusammen und seine Wange zuckte. »Diese Pferde gehören mir. Sie sollen heute Vormittag ankommen. Maultiere und Zugpferde, die hinauf nach Soldier's Rock gebracht werden. Ich habe den Auftrag bekommen, dort ein Sägewerk zu errichten.«

Unter anderen Umständen hätte Rand diesen Mann nach seiner Arbeit gefragt und ihm mit großem Interesse zugehört. Doch stattdessen sagte er jetzt: »Man hat mir versprochen, dass bald eine weitere Lieferung eintreffen soll. Reitpferde.«

Jetzt nahm der Mann seine Brille ab und stellte sich als Hudson Johns vor, woraufhin ihm Rand seinen Namen nannte.

Hudson drehte die Brille zwischen seinen Fingern und beugte sich weiter vor. »Mein Junge, du solltest mir jetzt erzählen, wie es dazu kommt, dass du und deine Melungeon-Freundin hier zu Fuß unterwegs seid.«

Rand versuchte, Zeit zu gewinnen, indem er an seinem Kaffee

nippte. Wagte er es, ehrlich zu diesem Mann zu sein? Wer konnte sagen, was für eine Belohnung inzwischen auf Sarra ausgesetzt war? Oder auf seinen Kopf?

»Du bist noch nicht lange hier, nicht wahr? Ich habe dich noch nie gesehen und auch nichts von dir gehört.«

Ein Anflug von Erleichterung veranlasste Rand, die Finger um seine Pistole zu lockern. Wenn Hudson noch nichts von ihm gehört hatte, dann war wahrscheinlich nichts von ihrer Geschichte und auch nicht Jep und Brown Drigger bis hierher vorgedrungen. Three Forks wäre also ein sicherer Ort, um auf verfügbare Pferde zu warten. »Nein. Ich bin noch nicht lange in dieser Gegend. Ich bin erst vor wenigen Wochen aus Charleston gekommen, um den Winter in den Bergen zu verbringen. Leider geriet ich vor dem Sturm in einige Schwierigkeiten und habe dabei mein Pferd und auch den Großteil meines Gepäcks verloren.«

»Man hat dich ausgeraubt?«

»So könnte man es nennen.«

»Ging es bei diesen Schwierigkeiten um deine kleine Melungeon-Freundin?«, schmunzelte Hudson. Kaffee schwappte über seinen Ärmel, aber ihn schien der Fleck nicht zu stören. Bei genauerem Hinsehen stellte Rand fest, dass seine Jacke seit dem letzten Waschen offenbar schon öfter Kaffee abbekommen hatte.

Seine Andeutungen störten Rand, genauso wie sein Lachen und der finstere Blick der Witwe Trask hinter dem Ofen. »Sie ist nicht … meine Freundin.« Er wollte dieses Wort nicht einmal aussprechen, da es auf eine unheilige Verbindung schließen ließ, die er nie in Betracht ziehen würde.

Hudson strich über den dichten, frostfarbenen Bart, der über seiner Wollweste weit nach unten reichte. »Ich kann mich nicht erinnern, schon einmal ein so hübsches Melungeon-Mädchen wie sie gesehen zu haben. Ich nehme an, der Verlust des Pferdes hat etwas mit dem Mädchen zu tun.« Er hob abwehrend die Hand und fügte hinzu: »Jetzt reg dich nicht auf, junger Freund. Ich verstehe das. Ich habe selbst eine Cherokee geheiratet. Meine Bonnie ist eine gute Frau. Eine bessere Frau kann man nicht finden. Einige Leute verstehen das nicht, aber man darf seine Entscheidungen nicht davon abhängig machen, was andere denken.«

Rand richtete sich höher auf und wehrte sich innerlich gegen diesen Gedanken und gegen alles, was damit verbunden war. »Ich bin nur für den Winter hier oben. Ich habe vor, von hier aus in den Westen weiterzuziehen. Wenn das Jahr vorbei ist, kehre ich nach Charleston zurück. Ich habe dort Verpflichtungen.«

»Und du willst keine Verstrickungen, die dich hier halten könnten?«, folgerte Hudson.

»Ja. So könnte man es wahrscheinlich nennen.«

Hudson warf den Kopf zurück und lachte so laut, dass die Witwe Trask wieder herübersah. »Es kann sein, dass du es noch nicht gemerkt hast, Junge, aber du *hast* schon deine Verstrickungen. Das ist bei jedem Mann so, der hierherkommt und länger als einen Monat bleibt. Außerdem habe ich gesehen, wie du das Mädchen gestern angesehen hast.«

Rand tat diese Bemerkung mit einem Achselzucken ab, obwohl ihm ähnliche Gedanken auch schon gekommen waren. Erst heute Morgen hatte er festgestellt, dass sein erster Gedanke nach dem Aufwachen Sarra gegolten hatte, die gleich auf der anderen Seite des Vorhanges schlief. »Ich fahre am Ende des Sommers wieder nach Hause.«

»Vielleicht tust du das ja wirklich.« In Hudsons Auge lag ein vielsagendes Zwinkern, bevor er sich wieder vorbeugte, damit die Ohren der Witwe Trask ihr Gespräch nicht belauschen konnten. »Ich will dich nicht aufziehen, mein Junge. Ich versuche nur herauszufinden, wie anstrengend du sein könntest. Ich breche heute Vormittag auf und ich brauche immer noch gute, kräftige Männer. Das Mädchen könnte meiner Bonnie helfen, sich um das Essen und die Wäsche zu kümmern. Wenn du rechnen, lesen und schreiben kannst, zahle ich dir ein Drittel mehr, als meine Männer bekommen. Investoren im Osten wollen, dass das Sägewerk bis zum Frühling Holz liefert. Bei diesem Wetter ist das keine leichte Aufgabe, aber der alte Hudson hat schon viele Sägewerke gebaut und ich habe meine Termine immer eingehalten. Das wird auch dieses Mal nicht anders sein. In diesem Winter geht die Diphterie um. Es ist schwer, eine ganze Mannschaft zusammenzubringen.«

Rand dachte vorsichtig über diese Idee nach. Er konnte nicht wissen, ob er diesem Angebot trauen konnte. Andererseits ließen sich Hudson und seine Frau vielleicht überreden, Sarra bei sich zu beschäftigen und sich auch dann um sie zu kümmern, wenn das Sägewerk fertig gebaut war – falls Hudson sich als anständiger Mann erwies. »Ich bin eigentlich nicht auf der Suche nach einer Arbeit …«

Hudsons durchdringender Blick unterbrach Rand mitten im Satz. Er starrte den Mann nur mit offenem Mund sprachlos an.

»Mein Junge, bevor du Nein sagst, solltest du mir lieber zuhören. Die einzigen Pferde, die in nächster Zeit nach Three Forks kommen, sind die, die den Berg hinauf zu meiner Baustelle für das Sägewerk gebracht werden. Mehr Pferde kommen nicht, aber falls dir das jemand erzählt hat, dann will er dich aus *einem bestimmten Grund* in Three Forks *halten.* Wenn du klug bist, sagst du ganz artig: ›Ja, Sir, Mr Johns.‹ Und dann holst du deine Freundin und schlüpfst unbemerkt hinaus zu meinem Maultierwagen und wartest mit ihr unter der Plane, bis ich aufbreche. Hier ist etwas Böses im Gange. Das fühle ich, seit ihr beide hier in der Stadt aufgetaucht seid.«

17

Das Geräusch war über dem Rauschen des Wassers in dem alten Wandwaschbecken kaum zu hören. Ich drehte den Hahn zu und lauschte. Jemand klopfte. Das Geräusch war hartnäckig und fordernd.

Ich schaute in den Spiegel und geriet einen Moment in Panik. Wer konnte das sein? Ich hatte noch nasse Haare und war ungeschminkt.

Das Klopfen wurde lauter und ungeduldiger.

»Ich komme gleich.« Eilig schlüpfte ich in meine Schuhe und fuhr schnell mit den Fingern durch meine Haare, bevor ich zur Tür ging.

Als ich sie öffnete, stand niemand anderes als Evan Hall vor mir. Wütend und angriffslustig.

Er hatte die Arme vor der Brust verschränkt, das Kinn vorgeschoben und die Lippen zu einer schmalen Linie zusammengekniffen. Er öffnete sie nur weit genug, um einen kurzen Satz zu fauchen. »Sie sind ja immer noch da!« Sein träger Südstaatenakzent ließ diesen Satz auf seine eigene Weise fast höflich klingen.

»Ja.« Das war das Aller-, Allerletzte, was ich heute Morgen brauchen konnte. Nach der Auseinandersetzung gestern vor Evan Halls Haus und nachdem ich noch mehr Kapitel von *Die Hüterin der Geschichten* in der Hütte vorgefunden hatte, hätte ich Coral Rebecca und die Familienprobleme fast verdrängt, aber heute blieb mir keine andere Wahl mehr. Ich musste nach Lane's Hill hinüberfahren und die jüngste Krise persönlich in Angriff nehmen, solange ich noch hier war. Ich war schon völlig durch den Wind, obwohl ich die Hütte noch gar nicht verlassen hatte.

»Und warum sind Sie noch da?« Er kratzte mit dem Zeigefinger über seine Lippe und ließ ihn einen Moment dort liegen. Sein Blick durchbohrte mich – finster, eisig, aber gleichzeitig fragend, als wollte er sehen, ob ich ihm glaubte, ob ich seine Drohung ernst nahm.

»›Lassen Sie nicht locker, bis Sie Antworten bekommen.‹ Das hat man uns beim Journalismus-Studium an der Uni in Clemson eingeschärft.« Niemand, wirklich *niemand*, hatte mich je mit so viel Verachtung behandelt, seit ich Lane's Hill hinter mir gelassen hatte. Plötzlich beschloss ich, meine Krallen zu zeigen.

Freitag musste die eskalierende Feindseligkeit gespürt haben. Er lief um meine Füße herum, schob sich an der Mückengittertür vorbei und tapste auf die Veranda hinaus, wo er sich zwischen dem Eindringling und mir aufbaute.

»Clemson«, wiederholte Evan Hall und verzog ironisch die Lippen. »Schlau von Ihrem Chef, jemanden zu schicken, der von hier stammt. Ein geschickter Schachzug. Das muss man ihm lassen. Das hat bis jetzt noch keiner versucht.«

»Reiner Zufall. Das Manuskript, das mich hierher geführt hat, landete rein *zufällig* auf meinem Schreibtisch. Ich habe nicht darum gebeten.« Irgendwo mahnte mich trotz meines Ärgers eine leise innere Stimme zur Vorsicht. *Sei vorsichtig, was du preisgibst,* warnte sie mich. Falls das Manuskript von ihm stammte und mir jemand Bruchstücke davon zur Hütte brachte, könnte er verhindern, dass noch weitere Kapitel auftauchten.

Ein hartes, süffisantes Lachen war die Antwort. »Ich habe seit fast zwanzig Jahren kein Manuskript mehr an irgendwelche Verlage geschickt.«

Ich ließ mich nicht einschüchtern. Die aufgestaute Spannung dieses Morgens trieb mich an, obwohl ich mich wahrscheinlich lieber zügeln sollte. »Dieses Ding ist zwanzig Jahre alt. Es stammt von einem alten Papierberg von Manuskripten, aber es gibt kein Begleitschreiben und keinen Absender mehr.«

Das verblüffte ihn einen Moment und führte zu einer kurzen Denkpause. Doch genauso schnell, wie er gekommen war, verschwand der überraschte Blick wieder. »Es ist nicht von mir.«

»Dann ist das Thema für Sie ja erledigt, oder?« Was war nur mit mir los? Ich sollte mit diesem Mann verhandeln und nicht die Kluft zwischen uns noch vertiefen. Ich ließ mich bei meiner Arbeit nie von meinen Gefühlen leiten. In meiner Kindheit hatte ich gelernt,

Ärger, Zorn, Schmerz und alle anderen Reaktionen in mir einzuschließen. Mädchen, die nicht immer nett waren, wurden gewaltsam zurechtgewiesen und ermahnt, nett zu sein.

Aber in diesem Moment wollte ich zurückschlagen und Evan Hall war eine willkommene Zielscheibe.

Seine Augen funkelten wütend. »Sie erwarten tatsächlich, dass ich Ihnen dieses Märchen von irgendeinem Manuskript von einem zwanzig Jahre alten Papierberg glaube? Meine Tante und meine Großmutter haben Ihnen das vielleicht abgenommen, aber …«

»Schauen Sie doch selbst nach! *Vida House Publishing.* George Vida. Ja, wir haben immer noch Papier und wir haben einen richtigen Papier*berg*, den *Slush Mountain.* Über ihn wurde schon einiges geschrieben.«

Seine Finger zuckten und die Autoschlüssel klapperten. Ich hatte ihm einen Moment Paroli geboten. Das tat so gut.

»Sind wir uns einig?«

»In Bezug auf was?«

»Dass Sie *verschwinden.* Ich habe keine Lust, schon wieder ein richterliches Zutrittsverbot zu erwirken.«

Bei genauerem Nachdenken war es eigentlich unmöglich, dass dieser arrogante Schnösel die Gedanken und Gefühle eines sechzehnjährigen Mädchens, das durch Vorurteile und gefährliche Männer bedroht wurde, oder die sanften Regungen einer unmöglichen Liebe zwischen zwei jungen Menschen aus zwei verschiedenen Welten so einfühlsam hatte aufschreiben können.

Vielleicht war Evan Hall überhaupt nicht der Mann, den ich suchte? Vielleicht lag ich tatsächlich völlig daneben?

»Halten Sie sich von meiner Tante fern! Und von meiner Großmutter! Und von meinem Haus!«

»Ich wurde dorthin eingeladen.«

»Die beiden sind alt. Sie sind verletzlich. Es ist schon schlimm genug, dass meine Familie mit den Irren leben muss, die sich auf das Grundstück schleichen, und mit den Schaulustigen, die am Tor herumlungern, und mit dem ganzen anderen Kram. Aber ich werde nicht zulassen, dass irgendeine dahergelaufene Opportunistin sie für ihre Zwecke missbraucht! Und auch nicht Hannah. Zwingen Sie mich nicht, die Polizei einzuschalten!«

Plötzlich kochte meine aufgestaute Wut über. »Wissen Sie was! Ich bringe seit *zehn Jahren* Sachbücher heraus. Darunter waren so viele juristische Bücher, dass sich sogar ein Pferd daran verschlucken würde. Ich habe so viel juristisches Zeug gelesen, dass ich inzwischen praktisch selbst *Juristin* sein könnte. Ihre Tante betreibt einen Laden und der Laden steht der Öffentlichkeit offen. Ich habe eine Hütte gemietet, die ihr und Ihrer Großmutter gehört. Ich wurde gestern gebeten, Ihre Tante bei einer Fahrt auf den Berg zu begleiten. Das hat absolut nicht das Geringste mit Stalking zu tun. Sie hätten mit einer Anzeige überhaupt keine Chance!« Meine erhobene Stimme hallte durch die Bäume und auf den See hinaus und schreckte eine Entenschar am Ufer auf. Freitag drehte sich um und schaute ihnen nach, während Evan Hall und ich uns feindselig gegenüberstanden, gefangen in einem Stellungskrieg von juristischem Halbwissen.

Er deutete mit dem Finger, an dem der Schlüssel baumelte, auf mich und trat einen Schritt näher. Freitag, der gute Junge, stellte die Haare auf seinem dicken, kleinen Rücken auf, schaltete in Angriffsmodus und versuchte, das große Meisterhirn der *Zeitreisenden* am Stiefel zu packen. Das war das erste Mal, dass Freitag für etwas anderes zu gebrauchen war, als um Fußböden nass zu sabbern und Essensreste zu vertilgen.

Evan Hall schob das Kinn vor und stieß den Hund mit dem Stiefel von sich. »Ihr Köter hat mich gebissen! Sie wissen, was der häufigste Prozessgrund ist? Körperverletzung durch Hunde!«

Mein Zorn zerbarst wie Glas und ich hätte laut loslachen können. Ich schluckte mühsam, um ernst zu bleiben. »Ach, hören Sie doch auf! Sonst wende ich mich an die Presse und erzähle, dass Sie mich *verklagen*, weil Sie von einem *Chihuahua* angegriffen wurden!« Die Mückengittertür knallte hinter mir zu, als ich hinaustrat, um Freitag von ihm loszureißen. »Wenn Sie mit *Die Hüterin der Geschichten* wirklich nichts zu tun haben, dann lassen Sie mich in Ruhe, bevor … bevor ich … meinen Hund tatsächlich auf Sie hetze.«

Seine Mundwinkel zuckten leicht, obwohl er versuchte, sich dagegen zu wehren.

Ich erinnerte mich, auch wenn ich das nicht wollte, was für ein nettes Lächeln er gehabt hatte, bevor der feindselige, berühmte Schriftsteller zum Vorschein gekommen war.

»Was für eine Drohung!«

»Das ist keine Drohung. Es ist ein Versprechen. Kommen Sie! Ich kann es kaum erwarten.« Ich hielt ihm Freitag mit einem drohenden Schütteln hin. Freitag drehte sich in meinen Armen wie wild im Halbkreis und verwandelte sich erfolgreich in eine kleine Hundekreissäge.

Evan hustete kurz, um ein Lachen zu kaschieren, aber der Anflug von Humor wurde schnell wieder von einer finsteren Miene verdrängt.

Ich klemmte Freitag wie einen Football unter meinen Arm. »Hören Sie! Ich will niemanden verletzen. Ich versuche nur, meine Arbeit zu machen.«

Seine Augen zogen sich leicht zusammen und schauten mich direkt an. Etwas Spannungsgeladenes und Gefährliches knisterte zwischen uns und verblüffte mich. »Halten Sie sich von meinem Berg fern, Mrs Gibbs. Egal, ob man Sie einlädt oder nicht. Und halten Sie sich von Hannah fern. Sie hat schon genug Probleme. Sie vermisst ihre Mutter und braucht keine Fremde, die so tut, als wäre sie ihre Freundin.«

Ich öffnete die Mückengittertür und erklärte: »Ich habe die Hütte für eine Woche gemietet. Und ich beabsichtige, so lange zu bleiben.« Genau genommen wurde die Hütte sowieso nur wochenweise vermietet. Hollis hatte bestimmt nicht erwartet, dass ich überhaupt so lange brauchen würde, als die Buchung von ihr vorgenommen worden war.

Ich hatte George Vida glauben gemacht, dass ich dieses Rätsel sehr schnell lösen könnte. Bei diesem Gedanken wurde mir schlecht. Ich war wie ein Glücksspieler, der seine ganzen Jetons auf eine Zahl legt und dann eine Niete nach der anderen zieht. Diese Berge mit ihren schmerzhaften Bindungen und Erinnerungen waren der schlimmste Ort für mich. Ausgerechnet hier sollte ich nicht alles auf eine Karte setzen. Hier waren die Gefahren nicht nur beruflicher, sondern auch persönlicher Natur.

Evan Halls Schritte verstummten, als ich die Tür hinter mir zuknallte. Ich lehnte mich daran, schloss die Augen und sank mit

Freitag in den Armen auf die Fußmatte. Tränen liefen mir übers Gesicht. Ich wusste nicht einmal, weshalb ich weinte. Wegen heute, gestern oder der Vergangenheit.

Es gab unzählige schmerzende, klaffende Wunden.

Freitag, der zwischen meinen Beinen und meinem Oberkörper eingeklemmt war, begann, mir die salzigen Tränen vom Gesicht zu lecken.

Ich wehrte mich nicht mehr und ließ den Tränen freien Lauf. *Ein kräftiger Regen tut der Erde gut,* hatte Wilda Cup immer gesagt. Ich brauchte einen kräftigen Regen.

Als ich vom Boden aufstand, war ich fix und fertig und benommen und wollte mich lieber ins Bett verkriechen, als mich auf eine Konfrontation mit meiner Familie einzulassen. Ich zog mich fertig an, dann rief ich Freitag, der mich begleiten durfte, denn ich wollte diese Fahrt nicht allein unternehmen. Wenigstens freute sich Freitag, aus dem Haus zu kommen, nachdem er gestern den ganzen Tag eingesperrt gewesen war. Er streckte mir das Köpfchen entgegen und straffte seine Halsfalten, damit ich die Leine am Halsband befestigen konnte.

Als wir die Veranda hinabgingen, wartete Horatio bereits in der Ecke, um einen Angriff aus dem Hinterhalt auf uns zu starten. Er hob den Kopf und breitete die Flügel aus. Freitag versuchte ängstlich, an mir hochzuklettern, als wäre ich ein Baum.

»Lass das!«, rief ich und deutete drohend mit dem Finger auf den Gänserich. »Ich bin absolut nicht in Stimmung!«

Horatio, der entweder beleidigt oder überrascht war, blieb tatsächlich, wo er war, und prahlte nur mit seiner Flügelspannweite, während Freitag und ich ins Auto stiegen. Langsam krochen wir die Auffahrt hinauf, denn die Räder hatten auf der ausgeschwemmten Straße mit den vielen losen Steinchen große Mühe und drehten immer wieder durch.

Freitag bedrohte Horatio durch die Rückscheibe und hüpfte dann begeistert von einem Sitz zum anderen und betrachtete die Aussicht, als wir auf der asphaltierten Straße ankamen. Er verbellte die Menschen im Kriegerlager, kläffte Hunde in Vorgärten an und besudelte die Scheibe, als er sich mit zwei Pitbulls in einem vorbeifahrenden Pick-up anlegte.

Schließlich legte er sich auf den Beifahrersitz und machte ein Nickerchen. Ich nutzte die Stille, kurbelte die Scheibe nach unten und ließ die kühle Herbstluft herein, während ich durch Looking Glass Gap fuhr. Auf den Straßen war es ungewöhnlich ruhig, doch erst als ich an einer großen Kirche mit weißen Schindeln vorbeikam, begriff ich den Grund dafür.

Kein Wunder, dass ich heute Morgen nichts von Helen gehört hatte! Heute war Sonntag.

Ich konnte nicht einmal genau sagen, warum ich weiterfuhr. Meine ganze Familie wäre noch mindestens zwei Stunden in der Kirche. Das war die perfekte Ausrede, um kehrtzumachen und zur Hütte zurückzufahren, aber falls ich jetzt einen Rückzieher machte, war es sehr gut möglich, dass ich nie den Mut aufbrächte, um meine Familie zu besuchen.

Etwas Schweres legte sich auf mich. Eine unangenehme Erkenntnis. Zu Hause war der Sonntag einfach ein normaler Arbeitstag. Der einzige Unterschied war, dass ich nicht aufstehen und ins Büro fahren musste, aber trotzdem verbrachte ich den Tag mit meiner Arbeit. Irgendwie hatte ich mir immer gesagt, dass das so in Ordnung sei, aber jetzt bekam ich Schuldgefühle. Vielleicht lag es an der faszinierenden Schönheit des Herbstes in den Bergen – an den leuchtenden Ahornbäumen und den Amberbäumen, die in faszinierenden Farben gekleidet waren, an den dunkelgrünen hohen Kiefern, die bis zum Himmel hinaufragten –, dass meine Gedanken diese Richtung einschlugen. Ich dachte an Sarra und ihre Gebete, an ihren Glauben, dass Gott lebte und immer da war.

Ich dachte an Rand und seine Angst, dass Gott ihn in der Wildnis nicht hören könnte.

Die Wahrheit war, dass ich mich tief in meiner Seele danach sehnte, wie Sarra zu sein. Zu *fühlen,* dass Gott nahe war, dass er sich um mein Leben kümmerte, dass er gerne bereit war, mich zu beschützen und zu lieben. Er war immer da. Er hörte mich immer. Er führte mich immer.

Aber ich wusste einfach nicht, wie ich das schaffen sollte. Wie ich endlich die Bindungen an die Heiligen Brüder kappen und in einen Glauben eintauchen konnte, der nicht Knechtschaft, sondern

Freiheit atmete. Die alten Fesseln waren immer noch da, auch wenn sie unter der Oberfläche versteckt lagen.

Ich bog von der Hauptstraße ab und fuhr über eine kurvenreiche Landstraße, hing meinen Gedanken nach, schlug Zeit tot und versuchte, wieder Ruhe zu finden. Der Asphalt endete, als die Straße tiefer ins Tal hineinführte. Die Bäume standen nahe am Straßenrand und die Zweige berührten sich über der Straße. Die Landschaft wurde immer abgeschiedener. Armselige Häuser, die mit Teerpappe geflickt waren, und verwahrloste Wohnmobile stemmten sich gegen den Wind und kauerten im Schutz der Bäume. Briefkästen hingen gähnend an schiefen Pfosten, die Abdeckungen waren von Jugendlichen, die einen Spaß darin sahen, nachts mit schwingenden Baseballschlägern durch diese Straßen zu fahren, abgerissen worden. Hunde bellten und zerrten an den Ketten. Dürre, müde aussehende Pferde, Maultiere und Milchkühe schenkten mir keine Beachtung und waren damit beschäftigt, zwischen der kahlen Erde und den Steinen Futter zu finden.

Auf der Veranda eines Mobilheimes spielte ein Kleinkind in schlabbriger, schmutzig grauer Unterwäsche mit einer Babyflasche in der Hand und schien sich an dem kühlen Wetter nicht zu stören. Im Graben davor saßen zwei Jungen in dreckigen, zerrissenen Jeans neben einer Pfütze und hatten eine verrostete Kaffeedose zwischen sich stehen. Ein Stück weiter drehte sich ein älteres Mädchen in schwarzen Cowboystiefeln auf einer Reifenschaukel im Kreis. Sie hatte den Kopf zurückgelegt und ihre blonden Haare flogen durch die Luft. Sie war sechzehn, vielleicht siebzehn. Im Hof stand ein schmutziger Babylaufstall. Ein Kleinkind versuchte, über das Geländer zu klettern.

Das Mädchen hörte auf zu schaukeln und schaute mir hoffnungsvoll nach, als mein Auto vorbeifuhr.

Ich fragte mich, ob das Baby ihr Kind war.

Sie schrie etwas und deutete auf die Straße. Ich fuhr einfach weiter, bis sie schließlich aus meinem Blickfeld verschwand.

Neben einer windschiefen Blockhütte, die aussah, als könnte sie seit Brown Driggers Tagen hier stehen, grub eine Frau mit einer kleinen Handharke am Bach etwas aus. Sie erntete Lauch, stellte ich fest. Jetzt war die Zeit dafür. Jetzt wurde der Lauch geerntet, zusammengebunden und für eine spätere Verwendung in den Vorratskeller gehängt.

»Wir denken an die Fische, die wir in Ägypten umsonst aßen, und an die Kürbisse, die Melonen, den Lauch, die Zwiebeln und den Knoblauch«, hörte ich Wilda Culp in meinen Gedanken sagen. *»Das steht in 4. Mose 11,5. Siehst du, ich bin keine Heidin, wie sie dir einreden wollen, Jennia Beth Gibbs. Es gibt viele, die die Bibel zitieren, aber kein Wort davon verstehen. Gott ist geheimnisvoll. Jeder muss sich selbst auf dieses Geheimnis einlassen. Kein anderer kann Gott für dich kennenlernen. Das, mein Kind, ist die Wahrheit.«*

»Ja, Ma'am«, hatte ich höflich geantwortet. Wenn sie solche Dinge sagte, jagte sie mir Angst ein. Das war so weit von dem entfernt, was man mich immer gelehrt hatte. Durch meine Adern floss schon das unreine Blut meiner Mutter, das ich nicht wiedergutmachen konnte, und ich wollte nicht im feurigen Pfuhl enden. Soweit es ging, versuchte ich, nicht hinzuhören, wenn Wilda Culp Abstecher in den Bereich der Religion unternahm.

Die Frau, die den Lauch ausgrub, richtete sich auf und legte eine Hand unten an ihren Rücken. Unter ihrem Sonnenhut hervor beobachtete sie mich verwirrt.

Einen Kilometer später kam ich über eine kleine Brücke, bog um eine Ecke und sah den Grund für ihre Reaktion. Die Straße endete abrupt an einem vier Meter hohen Maschendrahtzaun, der für diese Gegend viel zu modern war und mir viel zu bekannt vorkam.

Aufgrund der Richtung, in die die Straße verlief, hätte ich eigentlich wissen müssen, dass sie irgendwann auf Evan Halls Land stoßen musste. Wie viele von diesen alten Waldwegen hatte er vom öffentlichen Gebrauch abgeschnitten, als er seinen Berg mit Maschendrahtzaun von der Außenwelt abgegrenzt hatte?

Offenbar war mein Ausflug zu Ende, aber das war wahrscheinlich nicht so wichtig. Bis ich die ganze Strecke zurück zur Bundesstraße gefahren war, auf ihr meinen Weg nach Towash fortsetzte und dann noch die achtzehn Kilometer weiter nach Lane's Hill zurücklegte, war Coral Rebecca vielleicht schon zu Hause. Ich wollte zuerst mit ihr sprechen. Der Brief war von ihr gekommen. Von all meinen Schwestern war Coral Rebecca, die immer die stillste in der Familie gewesen war, mit Abstand die vernünftigste. Ihr Mann arbeitete immer noch für das Sägewerk, soweit ich gehört hatte, was bedeutete, dass sie ein regelmäßiges Einkommen besaßen und nicht auf Sozialhilfe, Invalidenrente und das, was sie auf den Tauschmärkten bekamen, angewiesen waren.

Ein Vogel flatterte vorbei, als ich das Tempo verlangsamte, um die Brücke wieder zu überqueren. Mein Blick wanderte zu dem Pfosten, auf dem der Vogel saß. Dort hing ein verrostetes Schild, dessen Buchstaben und Zahlen kaum noch zu entziffern waren.

1947
Sarra Bend Bridge

Ich blinzelte, trat auf die Bremse und schaute genauer hin. *Sarra Bend Bridge.* Brücke an der Sarra-Biegung. Das stand hier tatsächlich.

Der Vogel flatterte davon, als ich aus dem Auto stieg und Freitags eiligen Versuch, mir zu folgen, vereitelte. Irgendwo flussaufwärts rauschte und gurgelte ein Wasserfall. Seine Musik hüllte mich ein und verlieh diesem Moment etwas Traumähnliches. Ich ging auf das Schild zu, berührte seine Oberfläche, fuhr mit den Fingern über die Farbreste und staunte darüber, dass es immer noch hier stand.

Hatte jemand – Evan Hall oder wer auch immer *Die Hüterin der Geschichten* tatsächlich geschrieben hatte – eine Person in seinem Roman nach diesem Ort benannt oder war dieser Ort nach einer Frau benannt worden, die es *tatsächlich gegeben hatte?* Konnte die Geschichte wahr sein?

Ich nahm mein Handy und machte ein Foto, um das Beweisstück festzuhalten. Was ich damit beweisen wollte, konnte ich nicht sagen. Doch das Geheimnisvolle reizte mich, als ich zum Auto zurückkehrte und langsam weiterfuhr, bis die Brücke aus meinem Rückspiegel verschwand.

An der Stelle, an der die Frau den Lauch ausgrub, hielt ich an, stieg wieder aus und trat an den Wiesenrand, während mich Freitag mit neugierigen Augen durch die Autoscheibe verfolgte.

»Haben Sie sich verfahren?« Sie schüttelte die Erde von ihrem Lauch, bevor sie aufblickte. Ihr Gesicht, das vom Hut beschattet wurde, war gegerbt und ledrig und ihr Mund war eingefallen, was darauf hindeutete, dass sie keine Zähne mehr besaß.

»Ich wusste nicht, dass die Straße dort hinten einfach aufhört.«

»Das ist schon eine ganze Weile so. Dahinter gibt es keinen Ort mehr.« Sie grub wieder weiter, ohne eine Meinung zu äußern oder Interesse an einem weiteren Gespräch zu zeigen.

»Ich habe die Brücke gesehen. Auf einem Schild steht *Sarra Bend Bridge.* Wissen Sie, woher dieser Name stammt?«

Sie legte wieder eine Hand an ihren Rücken, wischte sich mit dem Arm über die Stirn und schaute mich fragend an. »Das da hinten ist der Sarra Creek und ein Stück flussaufwärts sind die Sagua Falls.« Mit der Schaufel deutete sie über die großen Bäume am Ende eines abgeernteten Feldes. »Das ist schon immer so, solange ich zurückdenken kann. Mein Vater hat die Maultiergespanne gelenkt, die die alte Mühlbrücke abgerissen haben, damit die jetzige Brücke gebaut werden konnte. Das war damals zur Zeit der großen Depression. Diese Buchstaben waren in eine alte Eiche ein Stück weiter oben eingeritzt. S-A-R-R-A. Meiner Mama gefiel das nie. Sie sagte, das stamme von den Cherokee und es wäre ein heidnisches Wort. Aber meine Mama ließ sich leicht nervös machen. Sie wuchs drüben in Asheville auf. Sie hat sich hier unten im Tal nie besonders wohlgefühlt. Früher, als es noch keine Bundesstraße gab, fuhren die Leute auf dieser Straße nach Towash. Damals gab es eine Mühle und eine Holzarbeitersiedlung flussabwärts. Aber davon ist nichts mehr übrig.«

Sie deutete mit dem Kopf zur Straße und wischte sich die Hände ab. »Früher hatten wir einen Verkaufsstand vor dem Haus. Wir haben Gemüse und Wurzelstöcke verkauft. Aber jetzt kommt kaum noch jemand hier vorbei. Nur die Leute, die hier wohnen.« Mit einem erfahrenen Blick schaute sie zum Himmel hinauf. Das Licht fiel auf ihr gegerbtes Gesicht. »Es regnet bald. Sie sollten sich lieber beeilen, solange Sie noch von hier fortkommen können.«

18

Wolken zogen über den Bergen auf und trübten das Nachmittagslicht in Coral Rebeccas Garten. Unter dichten Kiefern stand an einer Felswand das blaue Modulhaus. Ein schöner Platz. Das Gelände war sauber und gepflegt, aber für eine vierköpfige Familie war das Haus viel zu klein. In einem abgeernteten Gemüsegarten neben dem Haus steckten nur noch die Herbstzwiebeln in der Erde. Weiße Bettlaken flatterten an einer Wäscheleine und wurden vom Wind aufgebläht.

Ich erkannte die Veranda von einem Weihnachtsbild, das Coral Rebecca mir irgendwann geschickt hatte.

Auf der anderen Seite des Gartens entdeckte ich zwei Paar kleine Füße hinter der Wäscheleine. Das Kichern von kleinen Mädchen wehte über das Gras und verstummte, als ich meine Autotür zuschlug. Ein kleines Kind, das Coral Rebecca verblüffend ähnlich sah, spähte um den Rand eines Lakens herum. Dann trabte ein anderes Mädchen, das ein wenig älter war, ein paar Schritte hinter dem Laken hervor, blieb mit schief gelegtem Kopf stehen und schaute mich fragend an. Ihre Ähnlichkeit mit Coral Rebecca war ebenfalls unverkennbar. Hellblonde Haare, leuchtende blaue Augen, dünne Gliedmaßen mit heller Haut, die in der Sonne höchstens rot, aber nie braun wurde.

»Deedee?«, vermutete ich aufgrund der letzten Fotos, die meine Schwester mir vor ihrer Bitte um Geld zugeschickt hatte. Das war Diane Lenelle, nach meiner Schwester und meiner Großmutter benannt, aber alle sagten nur Deedee zu ihr.

Ihre jüngere Schwester kam auch aus ihrem Versteck, doch Deedee streckte schützend einen Arm aus, um sie daran zu hindern, näher zu mir zu kommen. Diese Bewegung war mir so vertraut, dass ich sie fast am eigenen Leib fühlte. Diesen Beschützerinstinkt unter Geschwistern, die sich nie ganz sicher fühlen. Für die es keine Gewissheit gibt. Ich war nicht darauf vorbereitet, dass mich die Mädchen so sehr an meine Kindheit mit meinen Schwestern erinnern würden. Es tat fast weh, sie in ihren langen, altmodischen Kleidern, die bis weit über ihre Waden reichten, anzusehen. Weinrote Baumwolle. Selbst gemacht. Zweifellos ihre Sonntagskleider. Ihre gelockten Haare waren zu Mozartzöpfen geflochten.

»Ich bin eure Tante Jennia Beth.« Obwohl ich diesen Namen in den letzten Tagen einige Male gehört hatte, war es immer noch ungewohnt, ihn auszusprechen. Ich war schon seit so vielen Jahren *Jen*. *Jennia Beth* sah ich nur auf Versicherungsunterlagen und juristischen Papieren, aber selbst dort hasste ich diesen Namen. »Ist eure Mama da?«

Deedee warf einen schnellen, vorsichtigen Blick zum Haus. Offenbar versuchte sie abzuschätzen, ob sie an mir vorbei zum Haus laufen und das Risiko eingehen konnte, ihre kleine Schwester mit einer Fremden allein im Garten zu lassen. Ihr Gedankengang war für mich so leicht zu durchschauen.

»Habt keine Angst. Ihr zwei geht hinein und sagt ihr, dass Jennia Beth da ist. Ich warte hier.« Ich trat ein paar Schritte zurück, um ihnen zu zeigen, dass ich nicht vorhatte, eine von ihnen zu schnappen, wenn sie an mir vorbeiliefen. Die Kinder der Heiligen Brüder lernten sehr früh, gegenüber Fremden vorsichtig zu sein. Deedee stürmte mit ihrer Schwester an der Hand los und versuchte, der Dreijährigen das Tempo einer Sechsjährigen aufzuzwingen.

Als sie fort waren, stand ich da, schaute die Bäume an und versuchte zu verarbeiten, dass ich nach so vielen Jahren im Garten meiner Schwester stand. Sie fragte sich bestimmt, warum ich hier war. Sie hatte einen Scheck erwartet und keinen Überraschungsbesuch. Und wenn sie das Gefühl hatte, überfallen zu werden? Wenn ich die ganze Sache völlig falsch anpackte, indem ich ohne Vorwarnung hier auftauchte?

Andererseits würde dieses Gespräch nicht gut enden, egal, wie ich es anpackte. Ich konnte Coral Rebecca nicht das sagen, was sie gerne hören wollte.

Eine eisige Kälte zog unter meine Windjacke. Ich legte die Arme um mich und zitterte im Wind des aufziehenden Sturms. Die Frau am Sarra Creek hatte recht. In wenigen Stunden würde ein kalter

Regen einsetzen. Die Wolken, die sich über den Gipfeln in der Ferne zusammenbrauten, spiegelten meine Gedanken wider, während ich hier stand und wartete.

Ich hoffte, Coral Rebecca käme allein aus dem Haus. Ich hatte den Eindruck, dass ihr Mann ein recht anständiger Kerl war, aber wir hatten uns nie kennengelernt. Levi war in Towash aufgewachsen. Er war in die Kirche eingetreten, um Coral Rebecca in ihrem letzten Schuljahr heiraten zu dürfen. Ich fragte mich schon immer, wie gut diejenigen, die in die Kirche einheirateten, die Lebensweise von Lane's Hill wirklich übernehmen konnten. Meine Mutter hatte es anscheinend versucht. Es war für mich kaum vorstellbar, dass für sie mein Vater, seine Familie und die Heiligen Brüder Stabilität bedeutet hatten und dass sie durch dieses falsche Gefühl von Beständigkeit hierher geführt worden war. Sie war als Kind zwischen Verwandten und drogenabhängigen Eltern herumgereicht worden. Offenbar hatte sie Schlimmes erlebt, bis sie schließlich meinen Vater heiratete und er sie in das kleine Mobilheim an der Straße ein Stück unterhalb meiner Großeltern brachte.

Auch wenn ich meiner Mutter grollte, weil sie einfach weggegangen war, ohne uns mitzunehmen, hatte ich immer gehofft, dass sie »draußen« eine bessere Welt vorgefunden hatte als in Lane's Hill. Ich stellte sie mir in einem Haus mit Blumen vor, ähnlich den Blumen, die in Coral Rebeccas Garten vom Frost erwischt worden waren. Aber das würde ich nie mit Gewissheit erfahren.

Meine Schwester tauchte an der Haustür auf und legte trotz des trüben Nachmittags eine Hand an ihre Stirn, um besser sehen zu können. Am Rand der Veranda zögerte sie, dann ging sie einen Schritt, zögerte erneut und ging den nächsten Schritt.

»*Jennia Beth?*« Sie blieb stehen, als sie auf dem niedergetrampelten Fußpfad, der zur Veranda führte, ankam. »Oh, meine Güte! Jennia Beth! Du bist es wirklich!«

Coral Rebecca lief durch das braune Gras. Ihr Rock flatterte um ihre Knöchel, ihre Füße waren nackt und ihre ausgebreiteten Arme beantworteten meine Frage, ob sie sich freuen würde, mich zu sehen.

Sie nahm mich in die Arme. Das Erste, was mir auffiel, war, dass meine Schwester immer noch genauso roch und sich immer noch genauso anfühlte wie früher. Ihre Umarmung war genauso sanft wie alles andere an ihr. Als fürchtete sie, sie könnte etwas beschädigen, wenn sie einen zu fest umarmte. Sie roch nach der Ziegenmilchseife, die wir immer auf den Tauschmärkten verkauft hatten. Dieser Geruch schien sich schon immer in ihren Haaren gefangen zu haben. Die Haut auf ihrer Wange war genauso weich wie damals, als sie ein Kind gewesen war. Winzige Locken, die aus ihrem Zopf gerutscht waren, kitzelten meine Wange genauso wie früher, als sie noch ein Kleinkind gewesen war und Mama sie in mein Bett gelegt hatte, um die Wiege für Joey vorzubereiten.

Marah Diane hatte sich damals furchtbar aufgeführt. Sie hatte nicht auf die Matratze auf dem Boden umziehen wollen, wo sie ab sofort allein hatte schlafen müssen …

»Warum bist du hier?« Coral Rebecca ließ mich los, schob aber die Finger durch meine und hielt mich fest, als fürchtete sie, ich könnte mit dem Wind, der die Wäsche an der Leine aufblähte, wieder wegfliegen.

Ich erklärte ihr, dass ich beruflich hier in der Gegend zu tun hatte, während die Wäsche immer stärker vom Wind gepeitscht wurde. Coral Rebecca warf einen besorgten Blick auf die Laken. »Du kannst sie abhängen«, sagte ich. »Ich helfe dir.«

Die Mädchen waren inzwischen auf die Veranda herausgekommen. Die Kleinere hatte den Daumen im Mund und beobachtete uns. Coral Rebecca schickte Deedee hinein, um einen Wäschekorb und Schuhe zu holen, und wir nahmen die Wäsche gemeinsam ab. Die Mädchen beäugten mich argwöhnisch, bis wir fertig waren und schließlich ins Haus gingen.

Eine Weile unterhielten wir uns über unverfängliche Themen. Das Haus war still. Außer Coral Rebecca und den Mädchen war niemand da. Die Männer – Levi, mein Vater und Marah Dianes Mann – waren in den Nachbarbezirk gefahren, um mit einem Mann zu sprechen, der ein Quad gegen einen Coonhound meines Vaters tauschen wollte.

»Natürlich machen sie am Sonntag keine Geschäfte«, versicherte mir Coral Rebecca schnell, während sie uns beiden süßen Tee in bunt zusammengewürfelte Plastikbecher einschenkte. »Aber Levi musste sie in unserem Pick-up hinüberfahren und heute ist der einzige Tag, an dem er frei hat. An allen anderen Tagen arbeitet er.«

Ich warf einen Blick auf die kleinen Mädchen, die neben dem durchgesessenen Sofa standen und Coral Rebecca und mich scheu beobachteten. Ich fragte mich, ob sie von ihrem Vater viel sahen. Das Leben als Holzfäller war mit langen Arbeitstagen und großen Gefahren verbunden. *Sechs-Tage-Woche und man kann nur hoffen, wieder nach Hause zu kommen* – das war immer das Argument meines Vaters gewesen, warum er nie als Holzfäller gearbeitet hatte.

»Es hilft bestimmt sehr, wenn Papa den Hund eintauschen kann. Er hat schon einen Nachbarn, der ihm das Quad gegen Bargeld abkaufen will.« Meine Schwester lenkte das Gespräch jetzt langsam zum Thema Geld. Ihre großen blauen Augen wanderten zu den Mädchen hinüber. Nervosität, Sorgen und Angst sprachen aus ihren zarten Gesichtszügen. Ich wusste den Grund. Auch wenn ihr Mann viel arbeitete, sechs Tage die Woche von morgens bis abends, war dieses Haus dennoch nur notdürftig eingerichtet. Die Möbel waren abgenutzt und aus zweiter oder dritter Hand. Coral Rebeccas Kleid war ausgewaschen und abgetragen und die Tennisschuhe, in die sie geschlüpft war, um die Wäsche abzuhängen, sahen aus, als wären sie schon zigmal zusammengeklebt worden.

Meine restliche Familie erwartete von ihr und Levi Unterstützung und saugte diese kleine Familie regelrecht aus. Coral Rebecca würde das nie zugeben. Nicht einmal sich selbst gegenüber. Dafür war sie viel zu zart. Viel zu freundlich und nett. Während wir hier saßen und Tee tranken, überlegte sie wahrscheinlich, wie sie und Levi das Geld für das Benzin aufbringen sollten, das die Fahrt mit meinem Vater und Schwager, um Verhandlungen für den Hundeverkauf zu führen, kostete. Selbst wenn das Geschäft zustande käme, würde niemand anbieten, ihm seine Unkosten zu erstatten.

Schuldgefühle legten sich schwer und kalt auf mich. Sie drückten wie die Schneemasse einer Lawine auf meine Brust und raubten mir den Atem. Diese Leute stahlen meiner Schwester ihr Leben. Sie hätte mir nicht geschrieben, wenn sie nicht dringend Hilfe bräuchte.

Wie konnte ich ihr eine Absage erteilen? Aber wie konnte ich Ja sagen? Ich konnte nicht immer noch höhere Kredite aufnehmen, um Geld nach Lane's Hill zu schicken.

»Wie geht es Evie Christine und Lily Clarette?« Ich kannte meine zwei jüngsten Schwestern kaum. Sie waren noch kleine Mädchen gewesen, als ich sie bei Joeys Beerdigung gesehen hatte, nicht viel älter als Coral Rebeccas Kinder.

»Es geht ihnen gut. Ganz gut.« Meine Schwester zog die Worte in die Länge, wodurch sie sehr melodisch klangen. Coral Rebecca hatte schon immer eine so hübsche Stimme gehabt, aber sie war zu schüchtern gewesen, um zu singen, sobald jemand in der Nähe war. »Evie Christine und Marah Diane sind *beide* schwanger. Marah Diane weiß es erst seit Kurzem. Sie freuen sich beide sehr. Wir alle freuen uns. Das ist ein Segen. Ich werde alle Babysachen und den Hochstuhl und was sie sonst noch brauchen waschen und bereit machen.«

Aber aus Coral Rebeccas Miene sprach keine Freude wegen des Kindersegens. Eher Sorgen. Noch zwei Münder mehr, die gefüttert werden mussten. Mehr Schuhe, mehr Windeln, mehr Platz. Es wurde noch mehr gebraucht, obwohl es ohnehin schon hinten und vorne nicht reichte.

»Das habe ich dir aber vielleicht schon in meinem Brief geschrieben.« Sie schaute mich kurz an, dann richtete sie ihren Blick wieder auf ihren Teebecher und drückte die Eiswürfel mit den Fingerspitzen nach unten. »Entschuldige, wenn ich mich wiederhole. Ich bin wahrscheinlich ein wenig nervös.«

»Nervös? Warum?«

Sie war zu höflich, um die Wahrheit zu sagen. »Ich bin es einfach. Weißt du, ich kann einfach nicht so gut mit Leuten reden …«

»Mama, die Hunde bellen das Auto da draußen wie wild an«, stellte Deedee fest. Beide Mädchen standen wie gebannt am Fenster.

»Oh, nein! Freitag!« Ich stand auf und eilte die wenigen Schritte zur Haustür. Freitag hatte tief geschlafen, als ich hier angekommen war. Ich hatte ihn völlig vergessen. Er und die Hofhunde zerlegten wahrscheinlich inzwischen mein Mietauto.

Die Mädchen liefen hinter mir aus der Tür. Deedee hob ihren Rock und überholte mich mit ihren nackten Füßen und ihren dünnen Beinen, die so schnell waren wie die eines Rehs. Das Mädchen konnte fliegen, genauso wie seine Mutter. Die Sportlehrer hatten

Coral Rebecca in der Schule angefleht, zu Wettkämpfen anzutreten, und ihr sogar zugetraut, dadurch ein Stipendium zu bekommen, aber mein Vater hatte es verboten.

Als ich das Auto erreichte, zerrte Deedee einen dürren Bluetick Coonhound vom Auto weg, trat mit dem Fuß gegen einen anderen Hund und schrie einen dritten an. Ihre jüngere Schwester kam ein paar Schritte hinter mir an und rettete einen Welpen unter dem Auto hervor, während ich die Tür aufmachte und Freitag herausholte.

»Du hast einen Welpen!«, kicherte das kleinere Mädchen.

»Das ist kein Welpe. Er ist schon ausgewachsen. Er wird nicht mehr größer.« Freitag fletschte die Zähne, entweder, um meine Worte unter Beweis zu stellen, oder, um dem Hund zu drohen, der sich von Deedee nur schwer halten ließ und sie näher zu uns hinzog.

»Was für ein Hund ist er denn?«, fragte Deedee und schaute Freitag fragend an.

»Er ist ein Chihuahua. Ein fetter Chihuahua.«

»Er sieht nicht sehr nett aus.«

»Er ist auch nicht sehr nett.« Bis auf die Mädchen in meinem Haus, die schon ein wenig älter waren, war Freitag noch nie mit Kindern zusammen gewesen, soweit ich wusste. »Er ist schlecht gelaunt.«

»Woher hast du ihn?«

»Ich habe ihn gefunden.«

»Wir haben auch zwei so kleine Hunde.« Deedee deutete auf die Hunde, die jetzt unsere Beine beschnupperten. »Opa hat gesagt, dass er kommt und sie erschießt. Aber Papa hat gesagt, er soll sie am Leben lassen. Sie tun niemandem etwas. Der da hatte auch Junge. Aber nur einer hat überlebt. Sissy mag ihn.«

Sissy hielt den Welpen hoch und zu meiner Überraschung versuchte Freitag nicht, ihn zu fressen.

»Er ist süß«, sagte ich, aber ich hatte den Eindruck, dass Coral Rebecca nicht auch noch einen zusätzlichen Hund brauchte, der gefüttert werden musste.

Ich kehrte mit einer Schar Hunde und Kinder zum Haus zurück. Freitag zappelte in meinen Armen und versuchte, allen anderen abwechselnd zu drohen und sie zu beschnuppern. Einer der Hunde trat auf Freitags Leine, als ich die Tür öffnen wollte, und es dauerte einen Moment, bis die Mädchen und ich alles entwirrt hatten.

Coral Rebecca stand in der Küche am Telefon und wickelte das olivgrüne Kabel um ihren Finger. Sie stand mit dem Rücken zur Tür, aber ihre Stimme war durch die Mückengittertür gut zu verstehen. »Keine Ahnung. Sie hat gesagt, dass sie aus beruflichen Gründen hier ist ... Das weiß ich nicht, Marah Diane. Ich denke, du solltest einfach selbst kommen, dann könnt ihr miteinander reden ... Ja, sie hat meinen Brief bekommen. Das hat sie gesagt. Wir haben nicht weiter darüber gesprochen, aber ... Okay ... Okay ... Gut, aber bring die Kinder mit. Sie können mit Deedee und Sissy spielen.«

Die Mückengittertür fiel hinter mir zu, als ich eintrat.

Coral Rebeccas Schultern zuckten unter einem schweren, weißen Pullover zusammen, den sie angezogen haben musste, während ich draußen war. Sie drehte sich zu mir herum, zwang sich zu einem Lächeln und sagte ins Telefon: »Dann komm einfach, sobald du kannst, Marah Diane. Wir sind hier.«

Sie legte den Hörer auf und kam zum Tisch zurück, wo sie Freitag stirnrunzelnd beäugte, den ich auf dem kleinen, abgenutzten Linoleumfleck gleich neben der Tür abgesetzt hatte.

»Was in aller Welt ist das denn?«

»Das ist ein *Sie-wau-wau.*« Deedee kam der Sache ziemlich nahe. Sie ging neben Freitag in die Hocke und schaute dann mit zusammengekniffenen Augen zu mir hinauf. »Aber das ist ein *Junge.* Wusstest du das? Es muss also *Er-wau-wau* heißen.«

Coral Rebecca hielt sich die Hand über den Mund und ein leises Lachen drang zwischen ihren Fingern durch. Ich konnte mich auch nicht mehr zurückhalten und im nächsten Moment lachten meine Schwester und ich zum ersten Mal seit unserer Kindheit miteinander. Ich stand einen Moment neben Freitag, nur um sicherzugehen, dass alles in Ordnung war, während die Mädchen seine Ohren untersuchten und seine winzigen Pfoten begutachteten. Er schien diese Behandlung tatsächlich zu genießen. Vielleicht hatte er einem kleinen Mädchen gehört, bevor er in einem Müllcontainer gelandet war.

»Also ... ich sage dir das wirklich nur ungern ... aber ... er ist wirklich nicht besonders schön«, sagte Coral Rebecca mit einem hohen, süßen Lachen.

»*Ma-ma!*«, protestierte Deedee. »Ich finde, er ist hübsch.«

»Er ist sehr hübsch, Mama«, bestätigte Sissy mit ernster Miene.

»Du verletzt seine Gefühle.« Deedee umarmte Freitag, um sein Selbstwertgefühl wieder zu stärken. Freitag wedelte mit dem Schwanz. Er bewegte ihn tatsächlich als direkte Reaktion auf den Kontakt mit den Mädchen schnell hin und her. Ich hatte keine Ahnung gehabt, dass er zu so etwas fähig war.

»Ich hoffe, du hast nichts dagegen, dass ich ihn mit ins Haus gebracht habe.« Ich kehrte zum Tisch zurück. »Ich hatte Angst, dass der Coonhound ihn frisst.«

»Das könnte leicht passieren.« Coral Rebecca schaute zu dem Bluetick hinüber, der jetzt mit finsterer Miene vor der Mückengittertür saß.

»Freitag hat keine Flöhe oder so etwas«, beruhigte ich meine Schwester.

»Ach, wir haben sowieso ständig Flöhe im Haus«, erwiderte Coral Rebecca unbeschwert, während wir uns wieder setzten. Der Kulturschock traf mich erneut. Wenn sich zu Hause in New York ein Hund im Hundepark auch nur hinter den Ohren kratzte, erntete man schon böse Blicke.

Coral Rebecca und ich nippten an unserem Tee und ein unsicheres Schweigen kehrte ein, als sich das Lachen gelegt hatte. Meine Schwester unterbrach das Schweigen und setzte einen fröhlichen Blick auf. »Marah Diane müsste jeden Moment hier sein. Ich wusste, dass sie dich bestimmt sehen will.«

Ich schloss die Augen, schluckte schwer und fühlte, dass nun der kalte, harte Moment der Wahrheit gekommen war. »Ich kann kein Geld schicken, Coral Rebecca. Ich habe meine Arbeitsstelle gewechselt, deshalb dauert es eine Weile, bis ich mein nächstes Gehalt bekomme, und … ich habe einfach gerade kein Geld, das ich schicken könnte.«

Sie blinzelte kräftig. Die ersten Anzeichen von Tränen benetzten die sanften rosa Ränder ihrer Augen. Sie wandte das Gesicht ab, damit ich es nicht sehen sollte. »Aber du verdienst so viel Geld, Jennia Beth. Du hast eine gute Arbeit und all das.«

Mir wurde übel. Wie sollte ich das durchziehen? Wie konnte ich hart bleiben?

Doch was sollte ich sonst tun? »Ich habe schon so hohe Schulden, dass es fast unverantwortlich ist. Ich kann nicht einen noch höheren Kredit aufnehmen. Das Leben in New York City ist sehr teuer, auch in einer winzigen Wohnung wie meiner. Das meiste von dem, was ich verdiene, brauche ich für meinen Lebensunterhalt, und dann …« Wie konnte ich das sagen? Wie konnte ich das meiner Schwester ins Gesicht sagen? Sie befand sich in einer ähnlichen Situation wie ich. Sogar in einer noch schlimmeren, weil sie Kinder hatte, um die sie sich Sorgen machen musste.

Ich rieb mir die Stirn und suchte nach einer freundlichen Art, es ihr zu sagen. Doch schließlich rückte ich einfach unverblümt mit der Sprache heraus. »Jedes Mal, wenn ich anfange, meine eigenen Kredite abzuzahlen, kommt ein Brief und jemand steckt in der Klemme.« *Genau genommen hörte ich nichts von meiner Familie, es sei denn, es handelte sich um eine Bitte um Geld.* Ich sagte das nicht laut. Das würde ich nie tun. Aber wir wussten es trotzdem beide.

Ihre Hände ließen den Teebecher los und blieben dann zitternd auf der Kunststofftischplatte liegen. »Das verstehe ich.« Was sie nicht sagte, aber dachte, war: *Aber Marah Diane wird es nicht verstehen und Papa auch nicht.*

»Tut mir leid.«

»Ich weiß.« Ein langer Seufzer entwich ihrem Mund, bis ihre dünnen Schultern wie die Kanten eines Kleiderbügels unter ihrem Pullover hervorstachen. »Ich weiß, dass du uns liebst, Jennia Beth. Wirklich.« Eine Träne kam unter ihren hellen Wimpern hervor und rollte über die lange Falte, die in ihrem Mundwinkel zitterte. Trotz ihrer erst siebenundzwanzig Jahre sah meine Schwester aus wie Ende dreißig. Dieser Ort, dieses Leben laugten sie langsam, aber sicher aus und kosteten sie alles.

Es gab so vieles, das ich gerne sagen wollte, bevor Marah Diane erschien. »Ich weiß, dass es grausam klingt, aber Levi und du – ihr könnt euch nicht ständig aussaugen lassen. Ihr habt eure *eigene* Familie, um die ihr euch kümmern müsst. Eure *eigenen* Kinder, um die ihr euch sorgen müsst.«

Sie nahm eine Serviette und tupfte sie an die Nase. »Die Familie kümmert sich umeinander. Du weißt, dass es so ist.«

»Ich weiß, dass deine *Familie* sich um *dich* genauso kümmern sollte wie um sich selbst«, knurrte ich, obwohl das nicht richtig war. Das alles war nicht Coral Rebeccas Schuld. Wie immer war sie das stumme Opfer. Die nette. Die freundliche. Diejenige, die sich alles gefallen ließ. Diejenige, die versuchte, Frieden zu stiften. »Ich *weiß*, dass Menschen, die einen anderen lieben, ihn auch unterstützen. Sie sitzen nicht nur herum und warten mit Ausreden auf, warum sie angeblich nicht arbeiten können, während du dich zu Tode schuftest, um *sie* zu unterstützen. Dein Mann hat nur *einen* Tag in der Woche frei, Coral Rebecca. Einen einzigen Tag. Wie oft stehen Papa oder Marah Dianes Mann auf und gehen zur Arbeit? Und jetzt hast du geschrieben, dass Evie Christines Mann auch noch seine Arbeit gekündigt hat.«

»Sein Auto ging kaputt und er konnte nicht mehr zur Arbeit fahren.«

»Es ist immer irgendetwas.« Ich klang wie ein herzloses Ungeheuer. Ich fühlte mich auch wie eines. Aber ich hatte das alles einfach so satt. Ich hatte genug davon, im selben Teufelskreislauf gefangen zu sein wie sie, obwohl ich weit weg wohnte.

Meine Schwester lehnte sich zurück und zog die Hände vom Tisch, als versprühte ich ein gefährliches Gift, mit dem sie nicht in Berührung kommen wollte. Die Sünde schlich ins Zimmer. Jeder, der die Lebensweise in Lane's Hill kritisierte, beging eine Sünde. »Roy und Waylon arbeiten für Papa auf dem Hof. Und sie helfen ihm bei den Hunden und den Maultieren. Papa kann seit dem Unfall nicht mehr viel machen.«

»Von der Farm kann man nicht *leben*, Coral Rebecca. Und schon gar nicht drei Familien.« Von der Farm hatte man noch nie leben können. In meiner Kindheit waren wir mit der Landwirtschaft, dem Tauschhandel, dem Geld von der Waschbärenjagd und dem Verkauf von Hunden und Maultieren immer nur mit knapper Not über die Runden gekommen. Ich hatte kein einziges Mal erlebt, dass mein Vater sich um eine regelmäßige Arbeit bemüht hätte.

»Und Papa hat in der Kirche viel zu tun, seit er Diakon ist«, fügte Coral Rebecca hinzu, die jetzt voll in die Verteidigungsrolle geschlüpft war.

»Zwing mich nicht, etwas über die Heiligen Brüder zu sagen!«

Coral Rebecca atmete scharf ein, riss entsetzt die Augen auf und schob ihren Stuhl ein Stück zurück. »Jennia Beth!«

Ich merkte, dass meine Nichten jetzt wie erstarrt neben der Tür standen.

»Mädchen, geht hinaus und wartet auf Marah Diane und die Kinder! Spielt mit ihnen im Garten, wenn sie kommen. Den kleinen Hund könnt ihr hierlassen. Hier geschieht ihm nichts.«

»Aber, Mama, ich kann unsere Hunde im Zwinger einsperren ...«

»Geht *jetzt*!«, kreischte Coral Rebecca und die Mädchen eilten zur Tür hinaus. Mit dem Feuer gerechter Entrüstung in den Augen drehte sich meine Schwester jetzt zu mir herum. »Ich lasse *nicht* zu, dass du vor meinen Kindern so sprichst! Wie kannst du das wagen!«

Ich schluckte das Gift hinunter, aber es brannte gefährlich. Ich wollte ihr gerne so vieles von dem sagen, was ich gelernt hatte, seit ich von Lane's Hill fortgegangen war, und was ich erst jetzt langsam begriff. Rands und Sarras Weg hatte mich gepackt und schuf ein Geflecht aus Gedanken und Erkenntnissen.

»Ich will dich nicht beleidigen, Coral Rebecca. Ich ... sehe jetzt einfach vieles anders. Ich stimme nicht allem zu, was die Heiligen Brüder sagen.«

»Und ich bete deshalb für dich. Ehrlich.« Ihr Mund war hart und sie saß aufrecht und steif auf dem Stuhl. »Ich wünschte mir inständig, du wärst nie fortgegangen, Jennia Beth.«

»Ich bin froh, dass ich weggegangen bin.« Uns beiden traten Tränen in die Augen. Meine Schwestern und ich würden uns immer von verschiedenen Seiten eines Berges aus anschreien und unsere Stimmen würden nur als schwaches Echo durch die Bäume dringen. Nie würden wir uns wirklich verstehen können. »Das war das Beste, was ich je tun konnte.«

»Das meinst du nicht im Ernst!«

»Doch.« Ich konnte sie nicht einmal ansehen. Ihre Stimme war so traurig, so tieftraurig. Begriff sie das Gleiche wie ich: dass wir nie so wären, wie Schwestern sein sollten?

Sie beugte sich über den Tisch und legte die Hand auf meine, obwohl wir beide zitterten. »Du kannst zurückkommen, Jennia Beth. Wenn du Buße tust und von deinen Wegen umkehrst, werden Papa und die Ältesten vielleicht …«

»Diese Menschen haben unserer Mutter das Leben unerträglich gemacht. Hast du das vergessen? Sie konnte sich noch so sehr anstrengen, aber sie war ihnen nie gut genug. Sie brachten ihr nicht das geringste Erbarmen entgegen. Keine Freundlichkeit. Sie war für sie nicht *heilig* und *rein* genug.«

»Jennia Beth!« Eine Hand flog entsetzt in Richtung Mund. Doch dann hielt sie in der Luft inne und strich stattdessen einige lose Haarsträhnen in ihren Zopf zurück.

»Außerdem würden wir wahrscheinlich alle verhungern, falls ich nach Hause käme …« Ich biss die Zähne zusammen, um nicht noch mehr zu sagen, und rief mir erneut ins Gedächtnis, dass Coral Rebecca genauso geknebelt war wie ich. Aber in mir kämpfte ein kleiner, sehr menschlicher Teil damit, dass dieselbe Familie, die mich immer nur kritisierte und verurteilte, seltsamerweise nicht das geringste Problem damit hatte, mein Geld zu nehmen.

»Das ist nicht fair. Papa will nur, dass du mit Gott im Reinen bist.«

»Hast du dich je gefragt, *warum* Papa und die Heiligen Brüder an Gottes statt sprechen? Kann Gott seine Entscheidungen nicht selbst treffen?«

»Es steht einer Frau nicht zu, die Gedanken des Herrn zu kennen.«

»Aber Papa steht es zu? Er und die Ältesten haben recht, aber der Rest der Welt irrt sich?«

»Das habe ich nicht gesagt.«

»Doch, das hast du gesagt.« Man hatte uns das tausendmal eingebläut. Die Billigung der Heiligen Brüder war gleichzusetzen mit der Billigung von Gott. Der Rest der Welt war dazu verdammt, im Feuerpfuhl zu schmoren. »Du hast gerade gesagt, dass Papa und die Kirche entscheiden, ob Gott mich haben will oder nicht.«

»Ich will darüber nicht sprechen.«

Ein alter, verrosteter Pick-up rollte klappernd in den Hof und rettete uns davor weiterzusprechen, auch wenn wir nicht viel weiter gekommen wären.

Ich erkannte Marah Diane, als sie aus dem Auto stieg und vier Kinder aus der Fahrerkabine schlüpften und mit Deedee, Sissy und dem Welpen sprachen.

»Du solltest solche Sachen nicht vor Marah Diane sagen«, warnte mich Coral Rebecca nervös.

Aber Marah Dianes steife Arme und entschlossene Schritte verrieten deutlich, dass sie bereits zum Angriff geblasen hatte.

»Es hätte keinen Sinn, mit ihr darüber zu sprechen.« Wenn ich *schwarz* sagte, sagte Marah Diane *weiß.* »Sie hört nicht auf mich.«

»Das kann sie nicht.« Coral Rebecca warf mir einen traurigen Blick zu und einen kurzen Moment dachte ich: *Sie weiß es. Sie weiß, wie verkorkst das alles ist.*

Einen Moment später stand Marah Diane im Türrahmen, ein wenig wackelnd, da es ihr der Wind schwer machte, die Tür zu schließen. Freitag flüchtete von seinem Platz auf dem Linoleum und zog sich unter einen kleinen Ecktisch zurück, als spürte er, dass eine Rakete angeschossen kam, und als wüsste er, dass er sich schnellstens in Sicherheit bringen musste.

Es war im ersten Moment ein Schock für mich, das Gesicht meiner Schwester zu sehen. Auf den Fotos, die mir Coral Rebecca schickte, waren die Erwachsenen fast nie abgebildet. Nur die Kinder, wie sie auf einem umgestürzten Baumstamm oder auf den Stufen vor dem Haus oder der hinteren Veranda oder einer Picknickdecke bei der Waschbärenjagd oder an einem Feiertag am Esstisch aufgereiht waren. Die Motive waren immer fröhlich und die Hintergrundinformationen wurden sorgfältig ausgewählt.

Marah Diane war so sehr gealtert, dass ich sie, abgesehen von ihren honigbraunen Augen, fast nicht erkannt hätte. Ihre früher braunen Haare waren jetzt dunkler, fast schwarz. Sie waren eng zu einem Knoten zurückgezogen und wirkten genauso ernst wie ihre nach unten gezogenen Mundwinkel. Ihr Gesicht war aufgedunsen und tiefe Ringe lagen um ihren Augen. Aber vor allem sah sie … unendlich müde aus. Sie war schon immer nach meiner Großmutter geraten, aber jetzt war die Ähnlichkeit erschreckend. Sie hatte den gleichen Gesichtsausdruck wie meine Großmutter: wütend, erschöpft, ungeduldig.

Sie keuchte schwer, als sie sich durch die Tür schob. Nach vier

Kindern und angesichts der nächsten Schwangerschaft hatte sie viel Gewicht zugelegt.

»Du bist es tatsächlich.« Sie blinzelte und blinzelte noch einmal, entweder um mir zu verstehen zu geben, dass sie mich auch fast nicht erkannt hätte, oder dass sie Coral Rebeccas Anruf nicht ganz geglaubt hatte.

Vielleicht wartete sie aber auch nur ab, wie ich sie begrüßen würde, und überließ mir den ersten Schritt.

»Ich bin es wirklich.«

Coral Rebecca stand auf und ich folgte ihrem Beispiel. Marah Diane trat nur so weit ins Zimmer, dass sie die Tür hinter sich schließen konnte. Sie warf einen Blick auf Coral Rebecca. Aus dem Augenwinkel sah ich, wie unsere jüngere Schwester den Kopf schüttelte. »Jennia Beth hat eine neue Stelle angetreten und kann uns im Moment nicht helfen.« Ihre Stimme war nicht viel lauter als ein Flüstern. Eine Bitte um Frieden mit einer weißen Flagge, die so abgenutzt war, dass man schon durchsehen konnte.

Marah Diane kniff die Lippen zusammen. Falten bildeten sich in ihren Mundwinkeln. Meine Gedanken rasten zu tausend Auseinandersetzungen in unserer Kindheit zurück. Marah Diane und ich hatten so selten nette Worte füreinander gehabt.

»Du hast *Nein* gesagt!«, fuhr sie mich an. »Du kommst hierher und lässt dich *bitten*, damit du dir einen Spaß daraus machen kannst, ihr das ins Gesicht zu sagen! Dabei ist Coral Rebecca immer nur nett zu dir. Sie sorgt dafür, dass du auf dem Laufenden bist, auch wenn *du* dich *kein bisschen* um deine Familie kümmerst. Sie hat dich wahrscheinlich sogar umarmt, als du hier ankamst. Das hättest du dir sparen können, Coral Rebecca! Ihr ist ihre Familie völlig egal. Sie ist nicht gekommen, um uns zu helfen. Sie ist gekommen, um uns alle auszulachen.«

Ich knirschte so kräftig mit den Zähnen, dass ich fürchtete, die Zahnwurzeln würden sich lockern. »Ich bin *beruflich* hier. Ich bin wegen eines Manuskripts, das auf meinem Schreibtisch gelandet ist, nach Looking Glass Gap gekommen.«

Ihr Kopf zuckte nach hinten und ihr Gesicht wurde hart, als hätte ich sie geschlagen. »Was du nicht sagst, du eingebildete Ziege! Das passt zu dir, dass du drüben bei diesen Verrückten in Gap bist.

Du solltest dich schämen! Oma Leena würde sich im Grab umdrehen. Du warst immer ganz genauso wie Mama. Du hast ihre sündige Art geerbt.«

Ich umklammerte die Rücklehne des Stuhls und fühlte, wie mir die Augen aus dem Kopf traten. In gewisser Weise tat mir Marah Diane wahrscheinlich sogar einen Gefallen. Jedes Wort aus ihrem Mund machte es mir leichter, mich einfach umzudrehen und zu gehen.

»Du bist genauso egoistisch wie sie!«

»Marah Diane, das ist nicht fair!« Coral Rebeccas Stimme steigerte sich zu einem so hohen Kreischen, dass der rostige Deckenventilator vibrierte. Wir verstummten beide einen Moment. Die kurze Pause genügte mir, um wieder einen klaren Kopf zu bekommen. Ich war auf Marah Dianes Frontalangriff nicht vorbereitet gewesen. Wahrscheinlich hatte ich nicht damit gerechnet, dass sie das nach den vielen Jahren, die wir uns nicht gesehen hatten, tun würde.

»Wenigstens weiß ich jetzt, was ihr alle von mir haltet.« Meine Worte waren beherrscht und klar. Ruhig. Das war überraschend, da in meiner Brust ein emotionaler Orkan wütete, der vergrabene Schichten aufwirbelte, die ich schon seit vielen Jahren verrottet glaubte.

Etwas Warmes berührte meine Schulter. Ich begriff, dass es Coral Rebeccas Hand war. »Das denken wir nicht über dich, Jennia Beth. Wir sind dankbar für alles, was du für uns getan hast. Ehrlich.«

»Pah!«, fauchte Marah Diane. »Hör auf, sie zu trösten! Sie hat doch nur Angst, dass sie auf ein wenig Botox oder einen von diesen teuren Mänteln wie der, den sie da anhat, verzichten muss. Es geschieht ihr gerade recht, wenn sie sich schlecht fühlt. Die Familie kümmert sich umeinander. Das gehört sich einfach.«

»Wie *lange*?« Ich trat einen Schritt auf sie zu. Die Bewegung war so plötzlich, dass ich Freitag erschreckte. Er raste in die Mitte des Zimmers und baute sich wie ein Schiedsrichter bei einem Boxkampf zwischen uns auf. »Wie lange soll ich noch für euch zahlen? Und für Papa? Und jetzt sind auch noch Evie Christine und ihr Mann auf dem Hof. Warum geht keiner von euch *arbeiten*?«

»Wir betreiben *Landwirtschaft*!«

»Die Landwirtschaft hat noch nie genug abgeworfen, dass man

davon leben könnte. Das weißt du ganz genau. Das wisst ihr alle. Das ist nur eine Ausrede.«

Marah Dianes Nasenflügel blähten sich auf und ihre Haut wurde rot und schweißglänzend. »Unsere Familie bearbeitet dieses Land seit hundertfünfzig Jahren! Wir verdienen ehrlich unseren Lebensunterhalt. Nicht so wie *du*! Geh ruhig weiter deinen sündigen Weg! Genauso wie Mama. Verschwinde doch und lass uns einfach sitzen! Genauso wie sie. Dort ist die Tür! Geh und komm nie wieder!« Sie trat zur Seite, um mir den Weg frei zu machen.

Freitag ließ sich nicht einschüchtern und knurrte drohend.

»Hört auf!«, schluchzte Coral Rebecca, die jetzt den Tränen nahe war. »Das ist *mein* Haus! Und in meinem Haus wird *nicht* gestritten! Ihr seid beide meine Schwestern, ich liebe euch beide und will nicht, dass wir streiten!«

Ich atmete tief durch. Marah Diane tat das Gleiche. Einen kurzen Moment schien Coral Rebecca die Situation tatsächlich unter Kontrolle gebracht zu haben. Doch dann fing Marah Diane erneut an: »Bevor du wieder zu deiner *wichtigen* Arbeit in deiner *großen* Stadt zurückstolzierst, solltest du hinüberfahren und dir ansehen, wie dein eigener Vater lebt. Keine Angst, im Moment ist niemand zu Hause.«

19

Ich fragte mich, ob es möglich war, verworrene und ungesunde Familienbindungen je ganz abzulegen. War es möglich, durchs Leben zu gehen, ohne dass sie sich langsam in die Haut eingruben wie das Hundehalsband, das ein verantwortungsloser Tierbesitzer einem Welpen zu eng umgebunden hat? Das Band wird langsam immer enger, bis es mit der Haut untrennbar verbunden ist.

Meine Familiengeschichte war wie einer dieser traurigen Berichte in den Nachrichten, die man sich nicht wirklich ganz vorstellen kann, solange die Bilder nicht über den Bildschirm flimmern. Die Situation war schlimmer, als ich sie mir je vorgestellt hätte.

Das alte Bauernhaus, das meinen Großeltern gehört hatte, war eine Bruchbude. Es stank nach Schimmel und Moder und überall waren Spuren davon zu sehen, dass das Dach undicht war. Die Deckenplatten waren an mehreren Stellen abgefallen. In der Küche waren die Schränke mehr oder weniger leer, aber die Flächen waren mit Fast-Food-Behältern übersät, da sich niemand die Mühe machte, sie wegzuwerfen. Insekten, Hinterlassenschaften von Ratten und verstreute Kartoffelchips sammelten sich in den schmutzigen Ecken hinter den Möbeln. Ich war froh, dass ich Freitag im Auto gelassen hatte. Ich wollte nicht, dass er diese Sachen fraß. So sollte niemand leben.

Das kaputte Fenster im Zimmer meiner jüngsten Schwester war mit einer Plastikfolie und Isolierband abgedichtet worden. Jetzt, da wegen des Kurzschlusses der Strom zu diesem Teil des Hauses abgeklemmt worden war, versuchte Lily Clarette, im Licht einer Petroleumlampe ihren Schulabschluss zu schaffen, während sie sich gleichzeitig um meinen Vater kümmerte und Marah Diane bei ihren vier Kindern half.

Lily Clarette sprach bereits davon, dass sie heiraten wollte. Mit siebzehn! Und alle schienen sich darüber zu freuen. Coral Rebecca hoffte, dass sie zumindest zuvor ihr letztes Schuljahr abschloss. Lily Clarettes Freund war vor Kurzem einundzwanzig geworden und arbeitete als Gasflaschenfahrer für seinen Onkel. In Marah Dianes Augen hatten die beiden alles, was nötig war, um ein gemeinsames Leben zu beginnen. Eine meiner Schwestern hatte sogar schon ein Brautkleid in einem Secondhandladen entdeckt.

»Vielleicht legen sie es zurück, bis wir das Geld zusammen haben«, knurrte Marah Diane, als sie mir von dem Kleid erzählte. *»Du* willst es ihr ja offensichtlich nicht zahlen.«

Ich stand nur mit offenem Mund da und ließ meinen Blick über Lily Clarettes Chemiebuch und die Petroleumlampe auf ihrem Schreibtisch unter dem zugeklebten Fenster wandern. Auf dem Bett, das auf dem engen Platz danebenstand, lag ein alter, zerfledderter Teddybär. Lily Clarette war noch ein halbes Kind, um Himmels willen!

»Ich finde, sie sollte zuerst die Schule abschließen«, brachte ich krächzend über die Lippen. Der Geruch nach verkohltem Holz brannte in meiner Kehle und trieb mir Tränen in die Augen. Wie sollte Lily Clarette an diesem Ort irgendwelche Träume entwickeln können?

»Natürlich findest du das«, knurrte Marah Diane. »Aber sie hat einen guten Mann gefunden, der eine Arbeit hat. Einen Mann aus der Kirche. Er wird bestimmt nicht ewig warten, da er schon einundzwanzig ist.«

Ich gab ihr darauf keine Antwort. Ich starrte sie nur an.

Was stimmte mit diesen Menschen nicht?

Ich hatte es vergessen. Ich hatte vergessen, wie schrecklich, wie hoffnungslos, wie unglaublich trostlos dieser Ort, dieses Leben war. Wenn man weit weg von hier lebte, erschien einem dieser Ort irgendwann als unwirklich. Doch nun hatte mich die Realität wieder eingeholt.

Ich warf einen Blick auf die Chemiegleichungen in Lily Clarettes Notizbuch. Ein Test schaute zwischen den Seiten heraus. Sie hatte eine Eins. Lily Clarette war immer klug gewesen, aber wenn sie mitten in dieser Misere lebte und dennoch gute Noten in Chemie hatte, musste sie außergewöhnlich klug sein.

Ein Donner rollte in der Ferne und lenkte meinen Blick durch das zugeklebte Fenster hin zu Marah Dianes Kindern, die mit den Hunden im Hof spielten.

All diese kleinen Kinder. Diese vielen Kinder, die so aufwuchsen …

Welche Hoffnung hatten sie?

Ein Geschenk ist nichts weiter als schön verpackter Müll, solange du es nicht auspackst. Das waren Wilda Culps Worte gewesen. Das hatte sie zu mir gesagt, als sie mich gedrängt hatte, für die Schule zu lernen, obwohl mich fünf jüngere Geschwister gebraucht hatten. Ich hätte so leicht genauso enden können, wie es Lily Clarette offenbar bevorstand. Da war Jason gewesen, der ein Jahr vor mir die Schule abgeschlossen hatte, einer Arbeit als Baggerfahrer nachgegangen war und mir all das zugeflüstert hatte, was ein junges Mädchen hören will.

Ich kann dich versorgen, Jennia Beth, und ich kann deiner Familie helfen, wie es ein Sohn tun sollte. Er war damals selbst noch ein Kind gewesen und hatte versucht, meine Probleme auf seine Schultern zu nehmen.

Das alles ging mir jetzt durch den Kopf, als ich in mein Auto stieg, um den Hof meines Vaters zu verlassen. Unten an der Straße stand Marah Dianes und Roys Containerhaus. Es sah auch nicht viel besser aus als alles andere hier. Das Dach war mit einer Kunststofffolie bedeckt, die mit alten Reifen beschwert wurde. Ich zahlte immer noch den Kredit für die dreitausend Dollar ab, die ich Marah Diane letztes Jahr für ein neues Dach geschickt hatte. Aber auf dem Containerhaus befand sich kein neues Dach.

Ich schaute ihr nach, wie sie mit zwei Kindern auf der Ladefläche des Pick-ups, zwei Kindern vorne und einem im Bauch, holpernd nach Hause fuhr. Bis jetzt hatte ich sie die Kinder nur frustriert anbrüllen sehen. Vier Kinder unter zwölf waren anstrengend und meine Schwester war offensichtlich überfordert.

Schau mich nicht so an!, hatte sie mich angefaucht, als sie mich dabei ertappt hatte, wie ich unauffällig ihren Bauch betrachtete. *Jedes Kind ist ein Segen. Wenn du selbst eines hättest, würdest du das verstehen.*

Fünf Minuten vorher hatte sie eine ihrer Töchter am Arm gepackt, ihr einen kräftigen Klaps verpasst und gesagt: *Sei still, hörst du! Du hast dich zu benehmen oder ich gebe dich weg.*

Ihre Stimme hallte in meinen Ohren wider, als ich die Farm verließ. Die Gespräche begleiteten mich und spielten sich in meinen Gedanken wieder und wieder ab, während Freitag besorgte Blicke auf mich warf. Vielleicht spürte er, dass ich kurz vor einem emotionalen Zusammenbruch stand. Zwar hatte ich endlich den Gestank von Schimmel und altem Teppich und verkohlten Tapeten nicht mehr in der Nase, aber ich war trotzdem total aufgewühlt.

Mein Besuch hier hatte überhaupt nichts gelöst. Wir hatten nur entschieden, dass ich lieber wieder fahren sollte, falls das Hundegeschäft der Männer nicht gut gelaufen war und sie schlecht gelaunt früher nach Hause kamen.

Das Geld, das das eingetauschte Quad bringen würde, war bereits so gut wie ausgegeben. Marah Diane plante eine Geburtstagsfeier für ihre und Coral Rebeccas Töchter.

Ich rollte die Scheibe nach unten und hoffte, die kühle Luft des Spätnachmittags würde meine Frustration abkühlen. Unbewusst verlangsamte ich das Tempo, als ich an der bekannten Abzweigung zu Wilda Culps Haus vorbeifuhr. Einen Moment war ich versucht abzubiegen, aber ich tat es nicht. Das Haus war nicht mehr dasselbe wie früher, da Wilda und Richard tot waren. Es war leichter, mir vorzustellen, bei Wildas Zufluchtsstätte wäre die Zeit stehen geblieben und das Haus stünde da wie unter einer Glaskugel geborgen, in der sich die verschiedenen Jahreszeiten geschützt entfalten konnten. Bunte Blätter im Herbst, Schnee im Winter, zarte Blumen im Frühling, leuchtende Kletterrosen im Sommer. So schön wie eh und je.

Eine Viertelstunde später bog ich von der Bundesstraße ab und nahm eine Abkürzung auf eine kurvenreiche Nebenstraße, die am Honey Creek entlang durch ein langes, enges Tal verlief, durch das früher eine Handelsstraße der Cherokee geführt hatte. Die Straße würde später wieder auf die Bundesstraße zurückkehren. Wir hatten diese Strecke oft benutzt, um entweder Towash zu meiden, um nicht von Polizisten wegen abgelaufener Zulassungsplaketten oder gewildertem Fleisch angehalten zu werden oder um nicht stundenlang hinter langsamen Traktoren auf der Bergstraße herschleichen zu müssen.

Im Moment bedeutete diese Straße für mich Frieden und eine

Gelegenheit, die erdrückenden Altlasten eine Weile hinter mir zu lassen.

Die Straße wurde enger und holpriger, je weiter ich kam. Hier und da sah man den Bach, auf dessen Oberfläche sich der wolkige Himmel in einem weichen, schimmernden Grau spiegelte. Das plätschernde Wasser des Honey Creek erschien mir wie das willkommene Gesicht eines alten Freundes.

Wie viele schwere Teenagerstunden hatte ich als Jugendliche an diesen Ufern verbracht, wo ich mit einem von Wildas Readers-Digest-Bänden oder einem geschmuggelten Büchereibuch oder meiner Schularbeit Zuflucht gesucht hatte? Nachdem meine Mutter weggegangen war, hatte es im Haus meiner Großeltern keinen Platz für irgendwelche anderen Bücher als die Bibel gegeben. Aus diesem Buch war auch nur dann zitiert worden, wenn es um eine Drohung ging, aber es wurde nie wirklich darin gelesen. Denn es gab darin Stellen, die nicht mit den Dingen übereinstimmen, die in Lane's Hill gelehrt wurden. Die schlimmsten Prügel, an die ich mich erinnern kam, hatte ich bezogen, als ich das angesprochen und als Beweis auf eine Seite in der Familienbibel gedeutet hatte.

Danach hatte ich gelernt, solche Dinge nicht mehr laut auszusprechen.

Das Auto holperte über ein Schlagloch und meine Handtasche flog auf den Boden. Freitag öffnete ein Auge, dann rutschte er vom Sitz, um zu sehen, ob er etwas Essbares finden könnte. Bevor ich ihn daran hindern konnte, bediente er sich an einer Rolle Bonbons, einschließlich Alufolie und Papier. Er hob den Kopf. Aus seinem Maul ragte ein Ende der Rolle und pfefferminzfrischer Atem wehte zu mir herüber.

»Freitag, lass das! Du bekommst noch einen Darmverschluss. Oder etwas Schlimmeres!« Ich beugte mich zu ihm hinüber, packte das Ende der Rolle und zog daran. »Freitag, lass das los! Das ist …«

Die plötzliche Bodenwelle überraschte mich vollkommen und eine spontane Achterbahnfahrt folgte, auch wenn das Looping fehlte. Das Auto landete mit einem dumpfen Aufprall und der Matsch spritzte nach allen Seiten, als wir über eine Buckelpiste aus Schlaglöchern holperten und dann wieder auf ein Stück Asphalt kamen. Die Straße war plötzlich eben und neu und etwas Metallenes glitzerte vor uns zwischen den Bäumen, das überhaupt nicht in diese abgelegene Landschaft passte.

»Was zum Kuckuck …?«

Freitag hüpfte wieder auf den Sitz, um nachzusehen, was los war.

Wir fuhren unter den Zweigen einer überhängenden Eiche durch, kamen auf der anderen Seite wieder ins Licht und plötzlich sah der unbekannte fremde Gegenstand an der Honey Creek Road sehr bekannt aus.

»Das glaube ich jetzt nicht!« Ich hielt das Auto an, schaute aus dem Fenster und betrachtete kopfschüttelnd den vier Meter hohen Maschendrahtzaun. Es fehlte ein Wachhäuschen, aber das Tor und die Aufschrift *E. H.* waren unverkennbar. *Evan Hall.* Schon wieder! Der Mann besaß nicht nur einen ganzen Berg und die alte Straße hinter der Sarra Bend Bridge, er hatte sich auch noch die Honey Creek Road unter den Nagel gerissen. Dank ihm mussten wir nun umkehren und die rund dreißig Kilometer auf demselben Weg, den wir gekommen waren, zurückfahren, um zur Bundesstraße zu gelangen. Und das alles nur, weil Evan Hall diese Straße *gehörte*! Er hatte sich offenbar im wahrsten Sinne des Wortes den halben Bezirk einverleibt.

»Das soll wohl ein Witz sein! Freitag, kannst du das glauben?«

Freitag wusste auch keine Antwort und wirkte ebenfalls verblüfft.

Ein Knurren setzte tief unten in seiner Kehle ein und wurde immer lauter. Freitag drückte sich auf dem Beifahrersitz zurück und bekam plötzlich Angst.

Ich war schwer versucht, das Tor zu rammen oder wenigstens eine wirklich böse Nachricht daran zu hängen, aber auf dem Tor befand sich eine Kamera. Es würde mir gerade noch fehlen, dass diese Aufnahme als Beweismittel bei einer Anklage wegen angeblichen Stalkings gegen mich verwendet würde. Das einzige Gute war, dass mir diese Straßensperre eine neue Zielscheibe für meinen Ärger bot. Ich hatte für einen Moment ganz meine Familienprobleme vergessen. Vielleicht goss der Zaun auch nur Öl ins Feuer. Jedenfalls war ich auf hundertachtzig und nicht zu bremsen.

Ich fuhr einen Bogen und trat voll aufs Gaspedal, um so viel Matsch und so viele Steinchen wie möglich nach hinten zu spritzen. Da mein Auto aber Vorderradantrieb hatte, war das einfach nur eine idiotische Idee. Ich bespritzte lediglich mein eigenes Auto, aber es tat trotzdem irgendwie gut. Es war ein Protest gegen diesen Tag. Gegen die Familienprobleme. Gegen Menschen, denen Straßen gehörten und die andere Leute aussperren und …

Der Matsch spritzte und die Räder drehten sich. Plötzlich merkte ich, dass Freitag und ich seitlich in den Graben hinunterrutschten.

Das war nicht gut.

Ich hätte es besser wissen müssen. Ich war auf solchen Straßen aufgewachsen. Wie konnte ich nur so dumm sein?

Als ich mehr Gas gab, machte das Auto einen so ruckartigen Satz nach vorne, dass Freitag von seinem Sitz hochgehoben wurde.

Bitte. Bitte. Bitte, bitte, bitte, bitte …

Wir krochen einige Zentimeter auf die rettende Asphaltdecke zu, spritzten mit Matsch um uns und gruben uns unaufhaltsam tiefer in den Boden …

»Komm schon, Baby. Komm schon! Wenn du mich hier herausbringst, fahre ich dich durch eine Waschanlage. Versprochen.«

Der Asphalt kam ein paar Zentimeter näher. Der Motor dröhnte. Das Getriebe quietschte lange und laut. Ich betete, dass es nicht ausgerechnet jetzt den Geist aufgäbe.

Noch ein Satz nach vorne. Hoffnung keimte in mir auf. Und danach … ging es nur noch *abwärts*. Ich nahm erst dann den Fuß vom Gaspedal, als ich den Wagen einen halben Meter neben dem Asphalt bis zu den Achsen im Schlamm eingegraben hatte.

Meine Stirn sank resigniert auf das Lenkrad. Ein langes, tiefes Stöhnen erfüllte das Auto. Ich begriff, dass es von mir kam und nicht von Freitag. Aber er stimmte schließlich auf dem Beifahrersitz mit einem Heulen ein.

Gegen alle Vernunft versuchte ich, mit meinem Handy Hilfe zu holen. Doch natürlich hatte ich hier in dieser Einöde kein Netz. Was konnte ich nun noch tun? Ich konnte entweder den ganzen Weg, den ich gekommen war, zu Fuß zurückgehen – ich war allerdings seit mindestens fünfzehn Kilometern an keinem Haus mehr vorbeigekommen – oder ich könnte mein Glück bei Evan Hall versuchen.

Er würde mir nie glauben, dass ich das Auto nicht absichtlich hier in den Graben gefahren hatte. Aber interessierte es mich, was er dachte? Eigentlich nicht. Doch eine weitere Konfrontation mit diesem Mann würde nicht dazu beitragen, sein Vertrauen zu gewinnen. Und nachdem ich *Sarra Bridge* nur einen Steinwurf weit von seinem Land entfernt gefunden hatte, war ich überzeugter denn je, dass ich irgendwie sein Vertrauen gewinnen sollte. Er wusste mehr über dieses Manuskript, als er zugab.

Leider schienen im Moment alle Wege zu Evan Hall zu führen. Im wahrsten Sinne des Wortes.

Die Erinnerung an sein lästiges, arrogantes Grinsen verfolgte mich, als ich mit Freitag im Schlepptau zum Tor stapfte, mich vor der Kamera aufbaute und das internationale Zeichen für »Ich stecke im Matsch fest und brauche Hilfe« gab. Dann stand ich da und fragte mich, ob wohl jemand kommen würde. Was sollte ich machen, wenn *niemand* kam? Es wäre dunkel, bevor ich zu Fuß das nächste Haus erreichte, und wer konnte schon sagen, ob dieses Haus so weit von der Zivilisation entfernt jemandem gehörte, dem man trauen konnte?

Im Auto gab es nicht einmal eine Taschenlampe außer meiner Handy-App. Und zum Essen hatte ich nichts anderes als eine halbe Rolle von Freitags vollgesabberten Pfefferminzbonbons.

Was sollte ich jetzt tun?

Eine Viertelstunde verging. Ich winkte, ich stand da und winkte wieder. Niemand kam.

Über den Bergen hörte ich immer wieder ein Donnergrollen. Das Gewitter brauchte länger, um über den Berg zu ziehen, als ich gedacht hatte, aber es kam unausweichlich näher. Als Beweis dafür wehte ein kalter, feuchter Wind durch das Tal. Ich legte zitternd die Arme um mich. Ich war für ein solches Wetter, das nach Einbruch der Dunkelheit aufziehen und die ersten Vorboten des Winters mit sich bringen konnte, nicht richtig angezogen. Wie kalt würde es heute Nacht werden?

»Hey!«, schrie ich zu der Kamera hinauf. »Hey! Mein Auto steckt im Matsch fest! Ich brauche Hilfe! Hallo!«

Ich malte mir aus, wie Evan Hall oben in seiner Festung auf dem Berg saß, genüsslich die Kamera ausschaltete und zu den Sicherheitsleuten sagte: »Lasst sie einfach dort stehen. Dann macht sie uns keine Scherereien mehr.« Schließlich wollte dieser Mann mich loswerden.

Es war schwer zu glauben, dass ich noch vor zwei Wochen, auf dem Höhepunkt meiner Karriere angelangt, durch die friedlichen Straßen von New York City zur ersten Teamsitzung meines Traumjobs geschlendert war. Alles war fast perfekt gewesen. Bis *Die Hüterin der Geschichten* auf meinem Schreibtisch aufgetaucht war. Bis ich den Umschlag aufgemacht und dieses sechzehnjährige Mädchen kennengelernt hatte, das sich unter der Hütte versteckte.

Freitag hob den Kopf, um zu sehen, ob ich irgendwelche neuen Ideen hätte. Er begann bereits zu zittern, da er kein Schlechtwetterhund war. Im Herbst und Winter brauchte er selbst für die kurzen Ausflüge in den Hundepark einen Pullover.

»Komm schon. Komm schon. Denk nach.« *Denk nach, denk nach, denk nach.* Aber in meiner Kehle bildete sich ein Kloß. Ich wollte am liebsten weinen. *Weinen, weinen, weinen.*

Stattdessen betrachtete ich den Zaun und überlegte, ob ich hinüberklettern könnte. Ich war relativ gut in Form. Ich könnte es wahrscheinlich schaffen, aber was war mit Freitag? Zwischen der Unterseite des Tores und der Straße waren höchstens fünf Zentimeter Luft. Das genügte nicht, um ihn durchzuschieben. Und selbst wenn ich hinüberklettern konnte, mussten es von hier aus mehrere Kilometer zu Evan Halls Haus sein. Steil bergauf.

Der Lärm eines Quads ertönte und erschien mir wie ein Flüstern des Himmels. Rettung kam. Erleichterung erfasste mich und vertrieb die Kälte.

Das Quad bewegte sich in meine Richtung. Das Geräusch wurde lauter.

Man hatte mich bemerkt.

Wenige Minuten später raste ein kakifarbenes Quad aus dem Wald, rollte über die Wiese und flog über einige kleinere Bodenwellen.

Ich erkannte Jake Hall, noch bevor er auf der Straße eine 180-Grad-Wende hinlegte und auf der anderen Seite des Tores theatralisch zum Stehen kam. »Man hat mir gesagt, dass hier unten jemand feststeckt«, sagte er, warf ein Bein über den Sitz, stieg aber nicht ab – so als hätte er noch nicht ganz entschieden, was er mit mir anfangen solle. »Ich wusste nicht, dass Sie es sind.«

»Wären Sie auch gekommen, wenn Sie das gewusst hätten?«

Ein lässiges Lächeln umspielte seine Lippen und Lachfalten traten in seine Augenwinkel. Er und Evan hatten das gleiche Lächeln. Ein charmantes Lächeln. »Ich bin anders als mein Bruder.« Er sagte das mit einer starken Betonung. Ganz gleich, was er damit meinte – ich fand es tröstlich. *Anders als mein Bruder* klang in diesem Moment gut.

Ich deutete mit dem Daumen hinter mich auf das Auto. »Ich stecke fest. Ich hatte keine Ahnung, dass die Honey Creek Road abgesperrt ist.« Die Bitterkeit trat zum Vorschein. Ich konnte nicht anders.

»Dann schauen wir einmal, was wir tun können.« Er rutschte von seinem Quad, gab am Tor einen Code ein und es öffnete sich auf wundersame Weise. »Wir finden schon eine Lösung.«

Ich war einen Moment lang schockiert. War das der Bruder, über den ich mir gestern eine negative Meinung gebildet hatte? Er schien tatsächlich … nett zu sein. Richtig nett. Ein bereitwilliger Retter von Frauen und Chihuahuas, die hoffnungslos im Matsch feststecken.

Leider stellte er, nachdem er sich das Auto angesehen hatte, schnell fest, dass wir es ohne Geräte nicht aus dem Matsch befreien könnten. »Ich bringe Sie zum Haus hinauf und dann kommen Mike und ich mit einem Traktor und ziehen das Auto heraus. Es ist zu kalt, um hier draußen herumzustehen. Sie sind für dieses Wetter nicht warm genug angezogen.« Er bedachte mich mit einem flirtenden Blick, als wir zu dem Quad gingen. Ich konnte nicht anders und lächelte ebenfalls. In diesem Moment war ich Mr Jake Hall sehr freundlich gesonnen. Vielleicht hatte ich ihn gestern nur in einem schlechten Augenblick erwischt und vorschnelle Schlüsse gezogen.

»Springen Sie hinauf«, sagte er und ließ mich auf den Sitz rutschen, bevor er ein Bein darüberschwang und dann den bibbernden Freitag mit einer Hand hochhob. »Halten Sie sich fest. Ich will Sie nicht verlieren.«

Ich sah im Geiste vor mir, wie das Quad vor wenigen Minuten fast akrobatisch über das Gelände gerast war. »Hauptsache, Sie verlieren Freitag nicht, okay?«

»Meine Süße, ich *liebe* den Freitag.« Das war ein ziemlich lahmer

Spruch, aber trotzdem musste ich lachen, als wir losfuhren – glücklicherweise nicht zu schnell.

Ich hatte mit meiner Vermutung, wie weit wir von Evan Halls Haus entfernt waren, recht gehabt. Als wir oben auf dem Berg ankamen, hatte bereits ein eisiger Regen eingesetzt. Freitag und ich waren völlig durchgefroren. Meine Zähne klapperten und Freitag zitterte wie Espenlaub, als wir unter das Vordach vor dem Stall einbogen.

»Gehen Sie mit dem Hund ins Haus.« Jake reichte mir Freitag. »Ich suche Mike und wir kümmern uns um das Auto. Nehmen Sie die Hintertür am Pool. Dieser Weg ist kürzer.«

»Sind Sie sicher, dass das okay ist?«

»Evan ist nicht da, falls Sie das meinen. Ich habe gehört, dass er sich gestern lausig benommen hat. Das überrascht mich nicht. Das hier ist seine Welt. Wir anderen leben nur darin.«

»Ich kann doch mit Ihnen wieder zum Auto fahren und sobald es frei ist, fahre ich auf dem Weg zurück, den ich gekommen bin.« Wenn ich von hier fortkäme, ohne dass Evan Hall erfuhr, dass ich schon wieder unbefugt sein Land betreten hatte, wäre das viel besser.

Freitag zitterte und schaute mich flehend an, als wollte er sagen: *Hallo, dein Chihuahua erfriert hier jeden Augenblick.*

Jake schaute zum Himmel hinauf. »Nein, schauen Sie! Dieser Regen legt bald richtig los. Dann sollten Sie nicht hier draußen sein. Gehen Sie ins Haus und unterhalten Sie sich mit Oma Vi. Hannah wird sich freuen, dass Sie da sind. Sie mag Sie. Sie sollten aber sowieso nicht auf der Honey Creek Road zurückfahren. Glauben Sie mir. Wenn es nass wird, ist diese Straße ein einziges Schlammloch. Wir beeilen uns, dass wir Ihr Auto dort herausholen, bevor das Unwetter über uns kommt.«

»Es tut mir sehr leid, dass ich Ihnen so viel Mühe mache.« Ich kam mir so idiotisch vor.

Er zwinkerte und bedachte mich mit einem lässigen Lächeln. Dann beugte er sich zu mir herüber, als teilten wir ein Geheimnis. »Das stört mich nicht. Ich muss sowieso irgendetwas tun. Ich kann also genauso gut Ihr Auto retten.« Das Handy an seinem Gürtel klingelte, aber er beachtete es nicht. »Der Chef duldet hier keine Faulenzer.«

Das machte mich ein wenig vorsichtig. Ich wollte mit den Problemen, die es hier vielleicht gab, nichts zu tun haben. Mir genügten meine eigenen verworrenen Familienbeziehungen.

Aber trotzdem fragte ich mich, was zwischen den Brüdern vorgefallen war. Wer war schuld? Ging es hier nur um die übliche Geschwisterrivalität oder reichte der Konflikt tiefer?

»Dann danke. Wenn ich irgendetwas tun kann …«

»Nein, Sie können nichts tun. Gehen Sie hinein und wärmen Sie sich auf.«

Er schritt auf den kleinen Raum zu, in dem neulich der Cowboy verschwunden war, und ich trug Freitag zum Haus. Es war ein sonderbares Gefühl, einfach so hineinzugehen. Ein Klingeln kündigte mein Kommen an.

»Hannah?« Violets Stimme ertönte von jenseits des riesigen Wohnzimmers, in dem wir uns bei meinem letzten Besuch unterhalten hatten.

»Nein, Ma'am, hier ist Jen Gibbs. Ich war gestern mit Helen hier.« Ich streifte meine Schuhe an der Fußmatte ab und schob dann mehrmals Freitags Pfoten darüber, um sie abzuwischen. Es wäre besser, wenn er keine Spuren hinterließ. Keine Beweise.

Mit etwas Glück würde Evan Hall nie erfahren, dass wir schon wieder sein Haus betreten hatten.

Ich fand Violet in einem kleinen Salon gleich neben dem Büro. Sie saß an einem Kamin und hatte die Hände um eine Tasse mit heißem Tee gelegt. Sie seufzte, als sie mich sah. »Ich hatte gehofft, es wäre Hannah.«

»Das tut mir leid.«

»Sie ist schon wieder seit Stunden mit diesem Pferd unterwegs und jetzt ist es kalt und es regnet bald.« Ihre Lippen zitterten und ich sah ihr deutlich an, dass sie schon eine Weile hier saß und sich Sorgen machte. »Ich versuche schon seit einer Stunde, Jake anzurufen. Aber er geht nicht ans Telefon.«

»Hannah geht es bestimmt gut.« Hannahs Vater hatte offenbar keine Ahnung, wo sie war. Das erschien mir falsch, da ich sah, wie sehr sich Violet um sie sorgte. »Ich könnte nachsehen … oder schauen, ob ich Jake erwische … oder sonst jemanden. Mein Auto ist auf der Honey Creek Road im Matsch stecken geblieben. Jake wollte hinunterfahren, um es herauszuziehen.« Draußen fuhr der Traktor laut dröhnend vorbei.

Violet schüttelte den Kopf und zog eine Decke enger um sich, obwohl in dem massiven Marmorkamin ein knisterndes Feuer brannte und das Zimmer warm war. »Ich habe vor einer Weile zum Stall hinuntertelefoniert. Der Junge dort hatte sie nicht gesehen. Mir fällt im Moment nicht einmal ein, wie er heißt. Ist das nicht furchtbar? Ich habe mich richtig hineingesteigert. Der Stallbursche sagte, dass er sie suchen gehen will.«

»Das ist gut. Kann ich sonst etwas tun? Soll ich Ihnen etwas holen?«

»Legen Sie bitte noch ein Stück Holz nach. Hier drinnen ist es so kalt. Diese Nordostwinde. Ich hasse die Nordostwinde. Ich sollte zu all den anderen Rentnern nach Florida ziehen.« Sie bemühte sich, vermutlich mir zuliebe, um ein Lachen, während ich mit einer Hand das Feuer entfachte und mit der anderen Freitag festhielt.

»Und sagen Sie Evan nichts von Hannah«, fügte Violet hinzu. »Sagen Sie um Himmels willen nichts zu Evan. Zwischen den beiden Jungen kracht es auch so schon genug. Brüder sollten nicht ständig streiten.« Sie schaute geistesabwesend in die Flammen. Ich setzte mich ihr gegenüber auf den Sessel und hielt Freitag auf meinem Schoß fest, auch wenn er nach unten wollte. Er hatte in weniger als acht Stunden mehr körperliche Nähe gehabt als sonst in einem ganzen Jahr.

Violet seufzte. »Es tut mir leid, dass Sie die beiden gestern in einer so schlechten Stimmung erwischt haben. Haben Sie mit Evan über das Manuskript gesprochen? Weiß er etwas davon?«

»Wir kamen nicht sehr weit. Ich fürchte, ich hatte einen ungünstigen Zeitpunkt erwischt«, sagte ich vage und schloss daraus, dass sie keine Ahnung hatte, dass er mich von seinem Grund und Boden gejagt und mich am Morgen in der Hütte aufgesucht hatte.

»Er hat sich wegen meines Arzttermins Sorgen gemacht«, sagte Violet und ich kam mir sofort wie ein unsensibles Ungeheuer vor. Evan Hall hatte genug andere Sorgen. »Und dann konnte der Arzt uns auch nichts Gutes sagen.«

»Das tut mir sehr leid.«

»Ich wünschte, sie würden sich nicht alle solche Sorgen um mich machen.«

»Wenn man jemanden liebt, ist das doch ganz normal.« Meine Stimme stockte.

»Sind Sie gekommen, um heute noch einmal mit Evan zu sprechen? Er ist im Moment nicht da.«

»Nein. Mein Auto ist unten auf der Honey Creek Road im Matsch stecken geblieben. Jake war so nett, mich zu retten, und fährt jetzt zurück, um das Auto herauszuziehen.«

Ihr Gesicht leuchtete auf, als höre sie das zum ersten Mal. »Das schafft er bestimmt. Machen Sie sich keine Sorgen. Jake konnte schon immer sehr gut mit Werkzeug und Traktoren und so weiter umgehen. Als Junge hat er immer alles auseinandergebaut und untersucht. Wir haben ihm einmal die Eisenbahn seines Großvaters gegeben. Ehe wir uns versahen, hatte er sie in ihre Einzelteile zerlegt.« Sie bewegte die Hände, um zu demonstrieren, was für ein großes Chaos er angerichtet hatte. »Evan war so sauer auf ihn, weil er die Eisenbahn auseinandergebaut hatte. Er wollte schon immer, dass alles seine Ordnung behält. Aber Jake hat die Teile wieder zusammengebaut. Dieser Junge konnte alles reparieren, wenn er wollte.«

Das Bild nahm vor meinem geistigen Auge langsam Formen an. Evan, der künstlerische, gelehrte Typ. Jake, der praktisch veranlagte Typ. Brüder, aber völlig verschieden. »Es ist schon seltsam, dass jeder seine eigenen Fähigkeiten mitbekommt. Meine Schwestern und ich sind auch so verschieden wie Tag und Nacht.«

Violet ließ die Hände langsam auf den Sessel sinken und zog die Decke wieder höher. »Es war für Jake schwer, in Evans Schatten zu stehen. Evan war immer schon der ältere gewesen, der größere, der schnellere, der bessere Schüler. Derjenige, der alles richtig machte.« Ihre Finger spielten mit dem Saum der Decke und drehten gedankenverloren an einem losen Faden. »Es ist schwer, immer hinter Evan zurückstehen zu müssen.«

»Das kann ich mir gut vorstellen.« Meine Worte hatten einen säuerlichen Beigeschmack.

Ihr Blick kehrte zum Feuer zurück. »Es ist nicht Evans Schuld, dass Hannahs Mutter wegging und Jake jetzt in dieser Situation steckt – obwohl Jake ihm anscheinend die Schuld dafür gibt. Es ist einfach eine traurige Situation. Manchmal ist eine Frau einfach nicht als Mutter geeignet. Sie kann es einfach nicht. Die Jungen hatten eine so gute Mutter. Sophie hat sie geliebt. Ich hätte nie gedacht, dass sie einmal Frauen heiraten würden, die so anders sind als ihre Mama. Sophie war so schön und begabt, aber auch freundlich. Ich erinnere mich noch gut daran, als Robby sie das erste Mal zu Besuch mitbrachte. Ich habe sie auf Anhieb gemocht und ich sah ihm an, dass es ihm genauso ging. Robby hätte für Sophie alles getan. Wenn man jemanden liebt, findet man einen Weg. Ich schätze, Jake dachte, er bekäme eine Frau wie Sophie, als er Hannahs Mutter heiratete, aber …« Sie brach mitten im Satz ab und schaute zur Tür. »Ist da jemand gekommen?«

»Ich habe nichts gehört.«

Sie seufzte schwer. »Wo steckt das Mädchen nur?« Vor dem Fenster war der leichte Nieselregen jetzt in einen kräftigen Gewitterregen übergegangen.

»Ich gehe in den Stall hinaus und sehe nach, ob ich sie finde.« Falls Hannah da draußen war, hatte es keinen Sinn, dass wir über die Vergangenheit plauderten und Violet vor Sorgen fast den Verstand verlor.

»Das wäre sehr nett von Ihnen. Sie sollte bei diesem Wetter nicht draußen herumlaufen. Am Garderobenständer neben der Tür sind Schirme. Sie können den kleinen Hund hierlassen. Er scheint sich hier am Feuer wohlzufühlen.« Sie deutete auf einen Teppich neben dem Kamin.

Freitag blieb sehr gerne zurück, während ich einen Schirm nahm und hinausging, wo sofort der kalte Wind meine dünne Jacke und Jeans durchdrang.

Ich fand Hannah im Stall, wo sie mit einem metallenen Schweißschaber das Wasser von Blackberrys Fell schob.

»Hey!«, sagte sie und lief durch den Gang, um mich überschwänglich zu umarmen. Sie roch nach Regen, Sattelleder, Heu und Pferdehaaren. Sie sah fröhlich und glücklich aus. Offenbar hatte sie keine Ahnung, dass ihr eine Standpauke bevorstand. Ich hasste es, die Überbringerin von schlechten Nachrichten zu sein, aber die arme Violet war krank vor Sorge.

»Du solltest ins Haus gehen und dich zurückmelden. Alle machen sich Sorgen um dich.« *Alle* erschien mir netter, als zu sagen, dass nur ihre Urgroßmutter gemerkt hatte, dass sie fort war.

Aber Hannah wusste Bescheid. »Oma Vi?«

»Ja.«

»Sie hat geschlafen, als ich ging. Ich habe ihr eine Nachricht geschrieben.« Das schien sie für völlig ausreichend zu halten, als wäre es nicht im Mindesten seltsam, dass eine Elfjährige bei einem aufziehenden Sturm stundenlang allein draußen unterwegs ist.

»Das Wetter macht sie nervös, denke ich.«

»Oma Vi macht sich viel zu viele Sorgen. Ich weiß, was ich tue. Ich reite durch den Wald, seit ich klein war. Dort, wo wir früher wohnten, war gleich der Park. Ich konnte über den Zaun klettern und überall hinreiten. Meiner Mama machte das nie etwas aus, solange ich das Pferd versorgte, wenn ich zurückkam. Meine Mama reitet Rodeo und singt. Sie ist richtig gut. Eines Tages wird sie bestimmt ein großer Star. Ich vermisse mein altes Pferd. Mit ihm hat es mehr Spaß gemacht als mit Blackberry. Sie haben es bei der Scheidung verkauft.«

Meiner Mama machte das nie etwas aus. Dieser Satz sprach Bände. »Na ja, Blackberry scheint ein treues Pferd zu sein, aber es ist nicht sehr nett, deine Oma Vi zu beunruhigen. Wenn du *weißt,* dass sie sich Sorgen um dich macht, solltest du dich vielleicht öfter bei ihr blicken lassen.«

»Dann müsste ich ja ständig hierbleiben.« Sie legte den Kopf schief und schaute mich an, als käme ich vom Mond. War dieses Kind denn nie gezwungen worden, jemandem zu gehorchen? »Mir geht es gut. Ich war nicht weit weg. Ich war unten in meinem Geheimversteck und habe nicht gehört, dass es zu regnen anfing. Das ist alles. Auf dem Rückweg wurden wir ein wenig nass. Ich wollte nicht, dass sich Blackberry erkältet. Meine Mama hätte mich übers Knie gelegt, wenn ich die Pferde nass in den Stall gestellt hätte.«

Ich hielt ihr die Hand hin, um den Schweißschaber zu nehmen. »Weißt du was? Ich kümmere mich um Blackberry und du gehst schon mal hinein und sagst deiner Oma Vi, dass du zurück bist und dass es dir gut geht.«

»Das könnten doch *Sie* ihr sagen.« Dunkle Brauen zogen sich hoffnungsvoll nach oben.

»Nein, das solltest du lieber selbst übernehmen.«

»Okay.« Mit einem übertriebenen Seufzen überließ sie mir den Schaber und dann war sie fort.

Ich ließ mir Zeit mit Blackberry, da ich hoffte, den Traktor mit meinem Auto bald kommen zu hören. Es war ein gutes Gefühl, wieder in einem Stall zu sein, das Rascheln der Tiere und des Heus zu hören, das Flattern der Vögel unter den Balken, das leise Prasseln des Regens auf dem Blechdach. Blackberrys Fell war glatt und nass unter meinen Fingern. Ich genoss dieses Gefühl und entspannte mich. Als Kind war es für mich die schönste Zeit des Tages gewesen, wenn ich früh am Morgen draußen im Stall sein konnte und Zeit hatte, um einem der Maultiere ein Zaumzeug überzustreifen. Ich war ohne Sattel durch den Wald geritten, während die Felsen und die Bäume erwachten und der Waldboden mit seinen Blüten und winzigen Tieren den neuen Tag begrüßte.

Ich hatte mir immer vorgenommen, dass ich, wenn ich groß bin, ein eigenes Pferd haben wollte. Ein gutes Reitpferd, das ich direkt hinter meinem Haus halten würde, damit ich jederzeit darauf reiten und ein Abenteuer erleben oder fliehen könnte.

Ich hatte seit Jahren nicht mehr auf einem Pferd gesessen.

Ich war fast versucht, meine Finger in Blackberrys Mähne zu schieben und mich auf seinen Rücken zu schwingen. Das war natürlich albern, aber als ich mit dem Striegeln fertig war, konnte ich mir vorstellen, wie es sich anfühlen würde.

Blackberry war fast trocken, als Hannah zurückkam. Sie brachte Freitag mit und setzte ihn auf einen Heuballen im Gang. »Entschuldigung, dass es so lange gedauert hat. Ich musste Oma Vi bei etwas helfen und sie hat mich *gezwungen*, trockene Sachen anzuziehen. Igitt! Dann ist sie wieder eingeschlafen. Wir können hineingehen und uns einen Kakao machen. Hier draußen ist es ein wenig kalt. Wollen Sie mein Zimmer sehen?«

Ich dachte daran, was Helen und Violet über meine Ähnlichkeit mit Hannahs Mutter gesagt hatten, und an Evans strenge Ermahnung, ihr nichts vorzumachen. »Ich denke, ich warte lieber hier draußen, bis dein Papa mit meinem Auto kommt, aber danke.«

Sie zog die Nase kraus, dass sich ihre Sommersprossen zusammenzogen. »Mein Vater holt Ihr Auto?«

»Ich bin unten auf der Honey Creek Road im Matsch stecken geblieben.«

»Oh. Diese Straße hat einige wirklich schlimme Stellen. Ich reite dort manchmal am Bach entlang. Ich kenne den Code für alle Tore.«

»Als Kind habe ich oft an diesem Bach gespielt.«

»Das ist cool.« Hannah war begeistert. »Vielleicht können wir irgendwann hinunterreiten – sie könnten den Schimmel nehmen. Oder Sie reiten auf Blackberry und ich auf dem Schimmel. Papa traut mir nicht zu, dass ich mit ihm fertig werde, aber das kann ich locker. Auf ihm zu reiten macht Spaß.«

»Ich glaube nicht, dass ich dazu lange genug hier bin. Aber das wäre wirklich schön. Danke für die Einladung.«

Sie verzog die Lippen und kraulte Freitags Kopf, während ich Blackberry losband. »Werden Sie und Onkel Evan miteinander ein Buch machen? Das Buch, über das Sie mit Oma Vi und Tante Helen gesprochen haben?«

»Ich bin nicht sicher, ob daraus etwas werden wird. Dein Onkel Evan sagt, dass das Manuskript nicht von ihm ist.«

»Oh.« Ihr kindlicher Verstand arbeitete so schnell, dass fast Rauch aus ihren Ohren trat. »Bleiben Sie wenigstens noch so lange hier, bis Sie wissen, wer es geschrieben hat?«

Bleiben Sie noch so lange hier …? Ich hatte das traurige Gefühl, dass es ihr vor allem darum ging. »Ich denke, ich habe getan, was ich konnte. Ich muss nach New York zurück. Auf mich warten viele andere Bücher.«

»Ich könnte auch ein Buch schreiben.«

»Das glaube ich gern.«

»Sie könnten *mein* Buch haben.« In diesen großen blauen Augen lag so viel Hoffnung. *Warum ich?,* wollte ich fragen. Wusste sie denn nicht, dass ich die letzte Person war, die sie in diesem großen Haus bitten sollte, die Lücke, die ihre Mutter hinterlassen hatte, zu füllen? Allein schon bei diesem Gedanken fühlte ich mich unwohl. Ich wollte nicht noch mehr Bindungen an diese Berge haben.

Ich nahm den Führstrick und brachte Blackberry in seine Box.

»Wenn du es fertig hast, musst du es mir nach New York schicken. Ich lese gerne alles, was du schreibst.« Ein Gedanke meldete sich in meinem Hinterkopf, auch wenn er völlig fehl am Platz war: Wie wäre es, wenn ich meine Nichten und Neffen aus der Ferne ermutigen könnte, ihr Potenzial zu entfalten, oder auch noch andere Kinder, die hier in der Gegend aufwuchsen? Vielleicht könnte man sie fördern und aus ihren Geschichten etwas machen.

Eine Art Anthologie … oder Sammelband …, um Spenden für Stipendien zu sammeln …

Ich stellte diese Idee erst einmal zurück, da sie noch reifen musste. Außerdem verkraftete ich nicht zu viele Baustellen gleichzeitig.

»Ja, das müsste gehen.« Ihre Enttäuschung war offensichtlich. Es tat mir leid, dass ich der Grund dafür war, aber die Pause in unserem Gespräch war auch irgendwie eine Erleichterung. Wir brachten Blackberry in seine Box und gaben ihm frisches Heu, während Freitag auf seinem Heuballen saß und uns zuschaute. Ich sah mich unauffällig nach Anzeichen von der kleinen Ziege um, entdeckte sie aber nicht. Ich war klug genug, keine weiteren wunden Punkte anzurühren, deshalb fragte ich nicht nach dem Tier. Dieses Mädchen hatte schon zu viele Enttäuschungen erlebt. Wenn ich wüsste, dass sie das Tier behalten könnte, würde ich meine Familie anrufen und versuchen, eine kleine Ziege für sie aufzutreiben, obwohl jetzt nicht die Jahreszeit war, in der Ziegen üblicherweise Junge bekamen.

Der Traktor kam knatternd die Straße herauf, als wir mit dem Pferd gerade fertig waren. Mein Mietwagen, der schlammbespritzt und mitgenommen aussah, rollte ebenfalls an.

Jake kam zu uns unter das Vordach. »Sie haben das Auto ganz schön rangenommen.« Er deutete auf den Matsch, der an der Seite des Autos klebte, und die langen Grashalme, die immer noch daran hingen.

»Wenn ich etwas mache, dann richtig«, scherzte ich und lachte.

»Ich fahre Ihnen am besten auf dem Weg in die Stadt nach, um sicherzugehen, dass alles in Ordnung ist. Ich hole nur kurz meine Brieftasche.«

»Kann ich mitkommen, Papa?«, mischte sich Hannah ein und hielt ihn auf, bevor er zum Haus laufen konnte. Ihre Hände klammerten sich an den Ärmel seiner nassen Jacke.

»Du solltest hierbleiben.« Die Antwort kam wie aus der Pistole geschossen und klang furchtbar abweisend. Er entzog ihr seinen Arm und tätschelte ihren Kopf. »Jemand sollte sich um Oma Vi kümmern.«

Ich blinzelte. *War das sein Ernst?* Die Elfjährige sollte hierbleiben und sich um ihre kranke Großmutter kümmern, aber wer kümmerte sich in dieser Zeit um die Elfjährige? »Wissen Sie was? Das ist nicht nötig. Ich komme allein zurecht. Das Auto ist bestimmt funktionstüchtig. Es ist nur schmutzig. Ich möchte Ihnen nicht noch mehr Zeit stehlen. Es tut mir leid, dass ich mit meiner Dummheit Ihren Tag durcheinandergebracht habe.«

»Ich lade Sie zum Essen ein.« Jake begann jetzt zu flirten und ging dabei nicht gerade dezent vor. Mike, der den Traktor gefahren hatte, warf einen Blick in unsere Richtung, als er zum Stallbüro ging. Er bemerkte zweifellos, dass mein Gesicht dunkelrot anlief.

»Oh nein. Im Ernst, das ist nicht nötig. Ich ... muss zurück und ...« Ich nahm Freitags Leine und hatte es plötzlich sehr eilig. »Und ... ich muss heute Abend noch einiges arbeiten.«

Jake schlug sich mit der Hand auf die Brust und verzog das Gesicht, als wäre er von einer Kugel getroffen worden. »Abgelehnt.« Er grinste und schwankte dabei leicht. Ich roch etwas und begriff endlich. Jake hatte ein oder zwei Bier getrunken, als er mein Auto aus dem Graben gezogen hatte. Er war leicht angetrunken.

In diesem Zustand sollte er auf keinen Fall in die Stadt fahren.

»Vielen Dank für Ihre Hilfe. Es tut mir leid, dass Sie meinetwegen ganz nass und schmutzig geworden sind. Ich wünsche Ihnen einen schönen Abend. Nochmals vielen Dank!«

Ich stürmte los wie eine Rakete und zog Freitag hinter mir her.

20

Ich legte den Donut weg, schob das Handy näher an mein Ohr und konzentrierte mich auf das Gespräch. Auf der Picknickbank neben mir richtete sich Freitag auf, da er sich einen möglichen Imbiss erhoffte. Ihn störte es nicht, dass der Donut schmeckte, als liege er schon seit gestern im Wagen.

Mein Chef wollte Ergebnisse sehen und man musste kein Genie sein, um zu wissen, dass Mitch nur in seinem Auftrag handelte. Der eigentliche Druck kam von George Vida. Das Romanteam war am Wochenende bei einer Buchmesse gewesen und hatte dort nicht nur eine neu aufgemachte Ausgabe der *Zeitreisenden*-Serie zum Kinostart des letzten Films gesehen, sondern auch ein, wie Mitch es ausdrückte, hartnäckiges Gerücht gehört, dass ein Vertrag zu einer neuen Evan-Hall-Serie so gut wie unterschrieben sei.

»Das ist nicht … möglich«, stammelte ich und war von Mitchs Anruf und dieser Information völlig überrumpelt. »Mitch, ich sehe dafür nicht die geringsten Hinweise. Ich habe mit dem Mann schon zweimal gesprochen, und wenn er nicht ein überragender Schauspieler ist, ist diese nicht endende Fanmanie wegen dieser Bücher für ihn das Schlimmste, was es gibt. Ich kann mir nicht vorstellen, dass er freiwillig zu den *Zeitreisenden*-Serien zurückkehrt.«

Ich klang so selbstsicher, aber in Wirklichkeit hing ich seit meinem letzten unfreiwilligen Besuch auf Evan Halls Berg schon zwei Tage hier herum und hatte keine weiteren Anzeichen von Manuskriptseiten oder von Evan Hall selbst gesehen. Offenbar war ich in einer Sackgasse gelandet, auch wenn ich mir das nicht eingestehen wollte. Ich verließ die Hütte jeden Tag für mehrere Stunden und fuhr in der Hoffnung, dass mehr von dem Manuskript auftauchen würde, am Abend zurück. Ich hatte mich ein paar Mal mit Helen unterhalten. Sie meinte, Evan sei einfach starrsinnig. Er weigerte sich, auch nur in Betracht zu ziehen, dass er noch einmal mit mir sprechen könnte.

Vor Mitchs Anruf hatte ich meine Zeit damit totgeschlagen, einen Donut zu essen und mittelalterlichen Elfen und Kriegern auf der offenen Fläche, die für Insider als das »Feld der Ehre« bekannt war, beim LARP zuzusehen. Zu meinem eigenen Entsetzen hatte ich in den letzten zwei Tagen so viel Zeit auf dem Gelände des Kriegercamps verbracht, dass ich inzwischen sogar schon den Fachjargon kannte.

»Das Gerücht von dem neuen *Zeitreisenden*-Vertrag stammt aus einer zuverlässigen Quelle«, beharrte Mitch.

»Er hat die *Zeitreisenden*-Geschichten seit über zehn Jahren nicht mehr angefasst. Ich weiß, dass sie aus den letzten paar Büchern unzählige Ausgaben gemacht haben und sie als Hardcover, Softcover und als Taschenbuch herausbrachten – aber ich habe mit diesem Mann *gesprochen*. Er hat von diesem Thema die Nase voll. Gestrichen voll. Es ist einfach unmöglich, dass er noch einen *Zeitreisenden*-Roman schreibt.«

Das junge Elfenmädchen, das mir ganz am Anfang LARP erklärt hatte, drehte sich zu mir herum. Sie stand am Feld der Ehre und verfolgte zusammen mit anderen Leuten die Morgenschlacht. Plötzlich wurde mir klar, dass sie auch mein Gespräch verfolgte.

Ich drehte mich weg und schirmte das Handy mit meiner Schulter ab. »Hören Sie, Mitch …«

»Sie sind bereits mit einem Bein draußen, Jen. Ich kann, ehrlich gesagt, überhaupt nicht verstehen, warum George Vida Sie dort hingeschickt hat.« Sie ließ mich nicht weitersprechen. »Ich weiß, dass Sie in der Vergangenheit schon öfter Risiken eingegangen sind und dabei große Fische an Land gezogen haben. Ich nehme an, dass er Sie deshalb ermutigt hat, diese Sache zu verfolgen. Aber ich möchte Ihnen einen Rat geben, da Sie bei uns neu sind und da es einiges gibt, das Sie wahrscheinlich nicht verstehen. Der Chef kann sehr nett und großväterlich sein, wenn er möchte, aber er will nicht verlieren. Er stellt Leute auf die Probe, besonders, wenn sie neu sind.«

»Verstehe.« Mein Magen fühlte sich an wie ein Wasserball, der einen steilen Hang hinabrollt.

»Finden Sie heraus, ob das Manuskript, hinter dem Sie her sind, tatsächlich von Evan Hall stammt und ob wir irgendeine Chance haben, es zu bekommen. Und falls die Antwort etwas anderes als ein eindeutiges *Ja* ist, dann verschwinden Sie von dort und kommen zurück.«

»Okay … Okay, wird gemacht.«

Mitch kämpfte jetzt mit harten Bandagen. Als wir das Gespräch beendeten, saß ich da und schaute auf das Feld der Ehre hinaus. Ich entdeckte ein erhöhtes Podium mit einer Guillotine und drei Holzblöcken. Ich hatte eine gespenstische Vision, in der ich in Ketten dort angebunden war und Freitag mit hochstehenden Haaren und gefletschten Zähnen mutig versuchte, mein Leben zu verteidigen.

Ich rieb mir die Stirn und schaute auf das Handy hinab.

Die Elfe war neben mich getreten, ohne dass ich es richtig gemerkt hatte. »Ich erinnere mich an Sie.« Sie deutete mit dem Zeigefinger auf mich. »Sie waren die, die nicht wusste, was LARP ist.«

»Das stimmt.« *Ich weiß offensichtlich auch andere Sachen nicht.* Evan Hall hatte eingewilligt, eine neue *Zeitreisenden*-Staffel zu schreiben? Wie konnte das möglich sein?

Das Mädchen rutschte mir gegenüber auf die Bank. Ihre über den Tisch gebeugte Haltung verriet, dass wir beide jetzt Tacheles reden würden. Eher nebenbei hielt sie mir die Hand hin und stellte sich vor. »Hey, ich bin übrigens Robin.«

»Jen … Gibbs.«

»Ich habe Sie telefonieren gehört. Haben Sie Evan Hall wirklich persönlich *gesehen?«*

»Ja. Nein. Nein. Das habe ich nicht.« Das hatte mir gerade noch gefehlt: ein aufgeregter Fan, der mir alles endgültig kaputt machte.

Ihre Augen leuchteten auf, ihre Miene wurde eifrig und einen Moment lang erinnerte sie mich an Jamie, wie sie im Ausverkauf Jagd auf Designerstücke macht.

»Könnten Sie ihn dazu bringen, ein paar Sachen zu signieren?«

Du hast mir nicht richtig zugehört, Kind. »Nein, im Ernst. Wirklich nicht. Er ist kein Freund von mir oder so etwas. Ich habe ihn einmal zufällig getroffen. Das ist alles. Ich kann dir nicht helfen. Tut mir leid.«

»Es ist nämlich so: Das Lager ist in diesem Jahr sehr voll und wir kamen leider erst später an, weil mein Vater zuerst noch das Heu für unsere Nachbarn einbringen musste.« Sie deutete mit dem Daumen vage über ihre Schulter. »Mama näht das ganze Jahr über für die zwei *Zeitreisenden*-Wochen. Wir verkaufen normalerweise alles, weil unsere Sachen gut sind, aber dieses Jahr verkaufen wir einfach nicht so viel … außerdem ist der Gaspreis so gestiegen, dass wir nicht wissen, wie wir den Winter überstehen sollen, wenn wir hier nicht mehr Geld einnehmen. Und da das Baby noch sehr viel auf dem Boden herumkrabbelt … wird es leicht krank.«

»Robin, ich kann dir nicht helfen. Es tut mir leid.« Dieses Mädchen hatte großes Verkaufstalent, aber zumindest ein Teil von dem, was sie sagte, stimmte. Ich konnte meinen Blick nicht von ihren Augen wenden. Diese großen, hoffnungsvollen Augen inmitten der struppigen Haare, die aussahen, als hätte sich die ganze Woche niemand die Mühe gemacht, sie zu bürsten oder Robin aufzufordern, sie zu waschen. Angst stand in ihren Augen, als sie von der Gasrechnung sprach. Ich erkannte es sofort. Ein so junges Mädchen sollte sich eigentlich noch nicht darum kümmern müssen, wie viel das Gas kostete, aber einige Kinder mussten das leider sehr früh tun.

Sie gab nicht so leicht auf. »Kaum jemand hat noch irgendetwas Signiertes, das er verkaufen könnte. Aber falls wir etwas hätten, wäre es sehr viel wert.« Sie wandte den Blick ab und fügte dann hinzu: »Sonst würde ich nicht fragen. Ich will Sie nicht belästigen.«

Ich hörte in der Ferne ein leises Geräusch. Ich glaube, es war meine Entschlossenheit, die angesichts einer stärkeren Macht zusammenbrach. »Okay. Falls ich eine Chance bekomme, frage ich ihn. Aber mach dir keine zu großen Hoffnungen.« Vielleicht konnte ich ihr Anliegen bei Helen vorbringen. »Du wohnst also hier in der Nähe?« Ich konnte mir diese Frage nicht verkneifen, obwohl ich, ehrlich gesagt, distanziert bleiben wollte.

»Im Nachbarbezirk. In Sarroh Valley, ungefähr zwanzig Kilometer hinter Culver. Waren Sie schon einmal dort?«

Bei diesem Wort wurde ich hellhörig. »Wie schreibt man den Namen? Sarroh Valley?« So, wie Robin es aussprach, hatte es mindestens acht Silben, aber ich wollte wissen …

Sie bedachte mich mit einem Blick, als hätte ich sie beleidigt. »Ich *weiß*, wie man es schreibt, falls Sie das meinen. Ich gehe zur Schule. Und ich habe nur gute Noten. Ich bin diejenige, die in der Bibliothek in den ganzen Geschichtsbüchern blättert und Mama sagt, wie die Kleider aussehen sollen, die sie näht. Ich bin nicht *dumm.*«

»Das weiß ich.«

»*S-A-R-R-A.* Es liegt gleich hinter der alten Missionsschule La Belle. Wissen Sie, wo das ist?«

La Belle? Der Name von Rands Familienhaus in Charleston?

»Vielleicht. Ich bin nicht ganz sicher.« Der Name war wie ein Ton, der nicht ganz in die Melodie passte. Er machte mich hellhörig. Missionsschule *La Belle* in *Sarra* Valley. Vielleicht floss dort der *Sarra* Creek.

»Du hast gesagt, dass du gerne hier in die Bibliothek gehst? Findet man dort viel über die Geschichte aus dieser Gegend? Familienstammbücher und solche Sachen?« Einen Versuch war es wert. Wenn ich schon mit dem Manuskript nicht weiterkam, könnte ich es wenigstens mit der Geschichte versuchen, die ihm zugrunde lag. Ein guter Bibliothekar könnte mir vielleicht weiterhelfen. Vielleicht waren Rand und Sarra doch mehr als nur eine Erfindung.

»Na klar. Hier in Looking Glass Gap gibt es dank des vielen Geldes von der Familie Hall eine gute Bibliothek. Dort ist ein großer Raum voll mit Büchern über die Geschichte aus dieser Gegend.« Sie beugte sich wieder über den Tisch. »Hey, ich habe einige Ketten, die so gut zu dieser Bluse passen würden. Gleich dort drüben an meinem Stand. Möchten Sie sie sich ansehen?«

Ich willigte ein, da ich das Gefühl hatte, dass ich für Robin im Moment nichts anderes tun könnte, als ihr etwas abzukaufen. Ich wünschte, ich könnte ihr mehr helfen. In diesen Bergen gab es viele kluge Mädchen, die ein besseres Leben verdienten.

Ich nahm Freitag auf den Arm und folgte ihr zu ihrem Stand. Kurze Zeit später war ich stolze Besitzerin von einer Halskette, Ohrringen und einem Armband, die Robin alle selbst aufgefädelt hatte. Die Halskette hatte einen Anhänger aus einem glitzernden Stein, den Robin selbst mit einem Draht umwickelt hatte. Er erinnerte mich an Sarras Kette in der Geschichte.

Robin war begeistert, als ich meinen neuen Schmuck anlegte. Sie vergaß aber nicht, mich noch einmal an die Autogramme zu erinnern, und ich versicherte ihr erneut, dass die Chancen schlecht stünden.

Als ich das Lager verließ, kreisten meine Gedanken unweigerlich um sie und die Frage, wie ihr Leben wohl aussah. Andererseits wollte ich das gar nicht so genau wissen. Nicht wirklich. Ich spielte in Bezug auf meine Familie immer noch mit Fluchtgedanken. Ich hatte keine Ahnung, wie ich mit der Situation umgehen sollte.

Vielleicht wäre es wirklich das Beste, einfach Mitchs Rat zu befolgen und nach New York zurückzukehren, um mich auf Aufgaben zu konzentrieren, die ich lösen konnte, und auf Projekte, die ich unter Kontrolle hatte. Auf Dinge, die nicht so kompliziert waren. Und scheinbar so unmöglich. Vielleicht bekäme ich in New York endlich wieder einen klareren Kopf. In Bezug auf Lane's Hill und in Bezug auf *Die Hüterin der Geschichten.*

Auf dem Parkplatz des Kriegerlagers schlug die Unentschlossenheit mit lähmender Wucht zu. Ich saß einfach im Auto, starrte durch die Windschutzscheibe und wusste nicht, was ich jetzt tun sollte. Schließlich entschied ich mich dafür, eine E-Mail an meinen Chef zu verfassen und ihm die Situation zu erklären. Ich bat um noch ein paar zusätzliche Tage hier, um die Fragen klären zu können. Ich log erneut und schrieb, dass ich zuversichtlich wäre.

Mein verworrenes Netz aus Ausreden schwebte durch den Äther zu Vida House. Dann fuhr ich los, ließ das Lager hinter mir, bog auf die Bundesstraße ein und steuerte auf die Hütte zu. Ich wollte die Manuskriptteile holen und damit zur Bibliothek fahren. Vielleicht würde ich dort fündig werden. Oder vielleicht steckte wie durch ein Wunder an diesem Abend, wenn ich nach Hause käme, ein weiterer Umschlag an meiner Tür.

Ein Zitat aus dem Manuskript kam mir in den Sinn: *Wo Leben ist, ist Hoffnung.* Rand, Sarra und ihre Geschichte ließen mich immer noch nicht los.

Mein Telefon summte. Ich sah nach, ob es meine Antwort aus dem Büro war, aber es war eine Nachricht von Jamie, die erst jetzt bei mir ankam, obwohl sie sie offenbar schon am frühen Morgen hinterlassen hatte. »Hey, ich bin auf dem Weg zur Arbeit und denke an dich. Ich habe seit zwei Tagen nichts mehr von dir gehört. Ist alles in Ordnung? Melde dich. Ich mache mir ein wenig Sorgen.«

Ich mir auch, dachte ich, als ich kurz nach unten sah, um das Handy wieder in meine Handtasche zu stecken. *Nur ein wenig.*

Eine plötzliche, verschwommene Bewegung tauchte in meinem Blickwinkel auf und lenkte meine Aufmerksamkeit schnell wieder auf das, was vor meiner Windschutzscheibe geschah. Mir stockte der Atem. Ich ließ das Handy fallen und trat eilig auf die Bremse. Der Pick-up vor mir scherte hinten aus, da die Reifen blockierten. Vor ihm lief wie in einer Zeitlupenaufnahme eine Kettenreaktion ab. Am Anfang der Autoschlange rutschte ein Viehtransporter seitlich weg. Von seinen Rädern stieg schwarzer Rauch auf. Eine Wolke aus Staub und toten Blättern rollte über mein Auto hinweg, versperrte mir einen Moment die Sicht und zog dann weiter.

Etwas Großes, Weißes bewegte sich am Straßenrand, verschwand hinter dem Viehtransporter und tauchte dann wieder auf. Ein Pferd! Es stieg nervös, bockte und riss den Kopf scharf zur Seite, als der Reiter versuchte, einem entgegenkommenden Auto auszuweichen.

Minuten schienen zu vergehen, bevor der Viehtransporter in einer Staubwolke endlich schlingernd zum Stehen kam, obwohl alles gleichzeitig zu passieren schien. Mein Mietauto blieb nur wenige Zentimeter von der hinteren Stoßstange des Pick-ups entfernt stehen. Warnblinker wurden eingeschaltet. Der Fahrer des Viehtransporters stieg aus seinem Fahrzeug. Ein Mann in Steampunk-Kleidung lief auf dem Mittelstreifen nach hinten, um den nachfolgenden Verkehr aufzuhalten.

Wurde der Urlaub eines *Zeitreisenden*-Fans durch einen schrecklichen Unfall auf tragische Weise beendet? In welcher Verfassung waren das Pferd und der Reiter? Hatte der Wagen sie erfasst? Hatte schon jemand die Polizei verständigt? Sollte ich aussteigen? Sollte ich mein Auto am Straßenrand abstellen? Nach dem Pferd und Reiter sehen? Konnte ich helfen?

Der Steampunk-Typ kam auf dem Mittelstreifen zurück und bedeutete den Leuten, wieder in ihre Autos zu steigen, und schrie, dass alles in Ordnung sei.

Ich atmete langsam aus, um die angestaute Spannung abzubauen, während ich darauf wartete, dass sich der Verkehr wieder in Bewegung setzte. *Gott sei Dank!* Das war alles, was ich denken konnte. Plötzlich waren der Anruf aus dem Büro und die Fragen wegen meines Auftrags völlig unwichtig gewesen. Vollkommen belanglos.

Jemand hatte heute sehr großes Glück gehabt. Dieser Vorfall hätte ganz anders ausgehen können.

Der Verkehr bewegte sich langsam weiter und ich erhaschte einen kurzen Blick auf den Reiter, der auf der anderen Seite des Pferdes stand. Während ich langsam um den Viehtransporter herumfuhr, der halb auf die Straße ragte, konnte ich nur Jeans und Stiefel ausmachen. Rosa Stiefel.

Der Viehanhänger war leer. Das war wahrscheinlich der Grund, warum der Fahrer einen so kurzen Bremsweg gehabt hatte. Die Dame mit den rosa Stiefeln bekam wahrscheinlich in diesem Moment eine Standpauke.

Während ich mit meinem Auto am Führerhaus vorbeikroch, fiel mein Blick in den Rückspiegel auf die Szene, die sich dort am Straßenrand abspielte. Ich entdeckte dunkle Haare und einen Pferdeschwanz.

Hannah?

Der Schimmel! Das Pferd, das sie nicht reiten sollte! Was in aller Welt machte sie so weit hier unten im Tal?

Ich wendete an einer freien Stelle, fuhr schnell zurück und brachte mein Auto auf dem Schotterstreifen am Straßenrand hinter dem Viehtransporter zum Stehen. Der Mann hatte jetzt den Führstrick des Pferdes in der Hand, gestikulierte und redete mit Hannah, die ihm brav folgte.

Freitag entdeckte sie und versuchte, aus dem Auto zu springen, als ich ausstieg. »Schluss damit!«, schrie ich ihn an. Zum ersten Mal tat er, was ich ihm sagte.

Der Fahrer fuhr beim Klang meiner Stimme herum und seine Überraschung war ihm deutlich anzusehen. »Ich wollte dem Mädchen nur helfen«, verteidigte er sich. Seine Reaktion erschien mir sonderbar. Sogar gruselig. Als hätte ich ihn bei etwas Verbotenem ertappt. »Sie steckt in der Klemme. Ihr Vater soll nicht erfahren, dass sie mit dem Pferd ausgeritten ist. Ich habe ihr gesagt, dass ich das Pferd in den Anhänger bringe und sie und das Tier fahre, damit sie mit ihrem alten Herrn keine Schwierigkeiten bekommt.«

Ich war einen Moment lang wie vor den Kopf gestoßen. Dieser Mann kannte Hannah nicht und sie kannte ihn nicht. Sie wollte zu einem älteren Mann, den sie noch nie zuvor gesehen hatte, ins Auto steigen?

Mein Magen zog sich zusammen und mein Verstand raste in zig verschiedene Richtungen, in die ich überhaupt nicht denken wollte. Was wollte er von ihr als Gegenleistung für seine Hilfsbereitschaft?

Hannah schien von der Situation überfordert zu sein und folgte ihm wie ein verirrtes Lamm. Er hatte das Pferd in einer Hand und ihr Handgelenk in der anderen.

»Hannah, was ist hier los?«

Sobald ich ihren Namen sagte, versuchte der Mann, ihr die Zügel zurückzugeben. Plötzlich konnte er das Pferd und Hannah anscheinend nicht schnell genug loswerden. »Das klingt, als wüssten Sie, wer sie ist.«

»Es ist okay«, flehte Hannah, die mich anschaute, statt die Zügel des Pferdes zu nehmen. »Er bringt mich zum hinteren Tor am Sarra Creek und von dort aus kann ich zurückreiten. Er weiß, wo das ist.«

Aufregung und Fassungslosigkeit erfassten mich und wirbelten meine Gefühle völlig durcheinander. Dieser große Viehtransporter war viel zu breit für die Sarra Creek Road. Wo wollte er dort wenden?

Ich schnappte mir schnell die Zügel des Schimmels. »Kein Problem. Ich regle das.«

Der Fahrer warf einen Blick auf mein Auto, auf mich, auf das Pferd und auf Hannah und fragte sich wahrscheinlich, wie ich allein alles gleichzeitig von der Straße bringen wollte. Er wich zurück und hob die Hände, wie um seine Unschuld zu beteuern, was mich nur noch argwöhnischer machte. »Sie sollte dieses Pferd nicht reiten.«

»Sie reitet dieses Pferd jetzt auch nicht mehr.«

Hannah schob das Kinn vor. »Ich kann ihn reiten. Er kommt im Wald gut zurecht. Ich bin nur dort unten falsch abgebogen und wir kamen an der Straße heraus. Er ist erschrocken, als er die Autos sah und …«

»Hannah, Schluss jetzt!«

»Aber der Mann hat gesagt, dass er mich …« Sie warf einen Blick zu dem Viehtransporter und suchte immer noch eine Möglichkeit, wie sie es umgehen könnte, ihrer Familie zu gestehen, was passiert war.

»Ich habe gesagt, dass *ich das regle.*«

Der Fahrer schüttelte schnaubend den Kopf und hakte dann die Daumen irgendwo unter seinen Bierbauch in seinen Gürtel. »Das müssen Sie jetzt auch.« Er ging zu seinem Wagen zurück. Einen Moment später löste er die Handbremse und der Transporter fuhr keuchend und hustend wieder auf die Straße zurück.

»Und was *machen* wir jetzt?« Hannah war auf eine verzweifelte Art schnippisch.

Ich beugte mich zu ihr nach unten und wir schauten uns beide aufgewühlt an. »Ich *sage* dir, was wir jetzt machen: Du nimmst die Zügel und dann *führst* du dieses Pferd den Kilometer oder wie weit es noch bis zur Hütte am See ist. Ich folge dir mit dem Auto. Dann stellen wir das Pferd in den eingezäunten Garten hinter der Hütte und ich fahre dich nach Hause.« *Und unterwegs bekommst du einiges von mir zu hören!*

21

Das große Haus war leer, als wir ankamen. Von Evan oder Hannahs Urgroßmutter oder sonst jemandem war keine Spur zu sehen. Uns erwartete nur ein riesiges, schemenhaftes Gebäude, das verschwommen und unangenehm still im Nachmittagslicht stand. Ich fand es so traurig, ein kleines Mädchen hier allein abzusetzen. Ich dachte an die Kinder meiner Schwestern und an die winzigen Häuser, in denen sie lebten. War dieses Haus hier wirklich besser? Mehr Platz, weniger Leute. Mehr Spielsachen, aber niemand, mit dem man spielen konnte. Ein Stapel, der nach übrig gebliebenen Geburtstagsgeschenken aussah, lag in der Ecke der Garage. Die Geschenke waren immer noch in den Schachteln eingepackt und Tesafilm und Geschenkpapierreste klebten daran. Hannah hatte alles, aber *materielle* Dinge lösten das Problem nicht.

Ich fragte mich, wie oft Hannah unbemerkt das Gelände verließ und auf den Straßen spazieren ritt. Sie hatte den Honey Creek vorher schon einmal erwähnt und gesagt, dass sie den Zutrittscode für die Ranchtore kannte, aber ich hatte nicht wirklich überlegt, was das bedeutete. Sprach sie öfter mit Fremden, denen sie begegnete, wenn sie mit dem Pferd unterwegs war? Und wenn sie irgendwann in einer verlassenen Gegend ganz allein war und dort die falschen Leute traf?

Ich wollte jemandem erzählen, was ich gesehen hatte, aber es war niemand da.

»Können Sie und Freitag noch eine Weile bleiben? Wir könnten uns einen Film ansehen oder so etwas.« Sie schaute mich viel zu vertrauensselig an, viel zu offen und hoffnungsvoll, wenn man bedenkt, dass sie mich kaum kannte. Dieses Kind war so furchtbar einsam, so völlig allein. Sie vermisste ihre Mutter. Ich konnte das schmerzlich nachempfinden. Wenn man plötzlich gezwungen ist, sich ohne Mutter in der Welt zurechtzufinden, ist es so unglaublich schwer, nicht den Boden unter den Füßen zu verlieren.

Sie brauchte jemanden und ich begriff erneut, dass eine Freundin in der Ferne diese Rolle nicht ausfüllen konnte. Sie brauchte jemanden, der hier war und sich um sie kümmerte. Ihre Urgroßmutter und Helen waren wunderbar, aber sie hatten nicht die Zeit und Energie, die ein Mädchen wie Hannah brauchte.

Sie legte einen Arm um sich und rieb eine Gänsehaut weg. »Ich bin nicht gerne ganz alleine hier.«

»Hannah, ich sollte wahrscheinlich lieber nicht …«

»Mir gefällt Ihre Halskette. Sie ist so cool. Ist das ein Strandkiesel?« Sie wechselte das Thema und untersuchte die handgearbeitete Kreation aus Muscheln und Kieselstein, die ich heute gekauft hatte.

»Ja. Ein Mädchen namens Robin im Kriegerlager hat sie gemacht. Sie ist nicht viel älter als du.«

»Das ist cool. Wir haben *Matrix 3.*« Hannah kehrte wieder zu der Frage *Kannst du hierbleiben?* zurück und machte einen hoffnungsvollen Schritt auf das Wohnzimmer zu, in dem ein riesiger Flachbildfernseher über dem Kamin hing.

»Vielleicht kann ich ein bisschen bleiben.« Mit ein wenig Glück würde die Haushälterin oder Helen oder Violet oder Jake oder einer der anderen Angestellten kommen, bevor Evan auftauchte. Ich könnte erzählen, was Hannah heute getan hatte, und sie dann ihren Händen überlassen.

»Oder *Oblivion.* Diesen Film hat mein Vater erst vor Kurzem mitgebracht«, plauderte sie mit betont unbeschwertem Tonfall weiter.

»Hast du vielleicht auch etwas Fröhliches? Einen Disneyfilm oder so etwas? Freitag mag keine Gewaltfilme. Davon bekommt er Albträume.«

Ein verspieltes Grinsen war die Antwort. »Wir haben irgendwo *Die kleine Meerjungfrau.* Mag Freitag Beach Movies?«

»Das sind seine Lieblingsfilme.« Ich musste so dringend arbeiten und hatte wirklich keine Zeit für Disneyfilme, aber was sollte ich tun? Ich konnte sie schließlich nicht allein hierlassen.

Hannah begann, den Schrank neben dem hohen Steinkamin zu durchsuchen. »Wahrscheinlich ist er unten im Filmraum. Wollen wir hinuntergehen? Ich könnte die Popcornmaschine einschalten und uns Popcorn machen.«

»Freitag liebt Kino und Popcorn.«

Freitag erkannte eines seiner Lieblingswörter, *Popcorn,* und bekundete mit einem jaulenden Knurren seine Zustimmung.

Hannah kicherte. Es war das erste Mal, dass ich sie übers ganze Gesicht lächeln sah, ohne dass tiefe Sorgen in ihren Augen standen. Es war ein Lächeln, wie man es bei einem elfjährigen Kind sehen sollte. »Okay.«

Ich folgte ihr durch Evan Halls riesiges Haus, an Zimmern vorbei, die aussahen, als würden sie nie benutzt werden, und an Gemälden vorbei, die wahrscheinlich nicht von Helen stammten. Am Ende des Flures gingen wir eine Treppe hinab, deren Wände mit Pressefotos, gerahmten Zeitungsartikeln, Filmplakaten und Literaturpreisen geschmückt waren.

Unten erwartete uns ein voll ausgestatteter Filmraum. Im Halbkreis angeordnete, verstellbare Ledersessel verrieten, dass der Raum von einem Profi eingerichtet worden war. Neben einem alten Kinoschalter an der Seite standen eine Popcornmaschine in Originalgröße, ein Getränkeautomat, eine Minibar, ein Kühlschrank und alles, was das Herz begehrte. An der anderen Wand führte eine Reihe Glastüren auf eine Steinterrasse mit einem Außenkamin und einem unglaublichen Blick über das Tal hinaus. Diese Terrasse war für gemütliche Stunden mit Freunden gemacht, aber sonderbarerweise sah ich keine Tische oder Stühle draußen, sondern nur Zweige, Tannennadeln und frisch gefallenes Laub. Die Terrasse sah verlassen aus.

Hannah trat an die Popcornmaschine und holte alles, was sie brauchte, aus dem Schrank.

»Bist du sicher, dass du dieses Ding allein einschalten darfst?« Die Maschine war größer als sie.

Sie maß das Öl und die Maiskörner ab und stellte sich auf Zehenspitzen, um sie einzufüllen. »Kein Problem. Das mache ich sehr oft. Auf dem Getränkeautomaten liegen Jetons. Nehmen Sie sich einfach heraus, was Sie möchten, okay?«

»Okay.« Ich stellte Freitag ab, der schnurstracks zur Popcornmaschine lief und aufgeregt wartete.

»Du bekommst gleich welche«, kicherte Hannah.

»Er braucht nicht mehr als eine Handvoll. Mehr ist für seine schlanke Taille nicht gut.«

»Hmmm. Dafür ist es schon zu spät, fürchte ich.« Sie lachte herzhaft. Es tat so gut, sie glücklich zu sehen, dass ich für eine Minute fast versucht war, die ganze Sache am Straßenrand zu vergessen. Natürlich ging das nicht. Ihre Familie musste Bescheid wissen. Abgesehen davon stand hinter meiner Hütte ein Pferd, das jemand abholen musste.

Im Moment schien das für Hannah unendlich weit weg zu sein. Vielleicht versuchte sie, mich abzulenken, oder vielleicht versuchte sie einfach, alles zu verdrängen. Ich konnte es nicht sagen, aber plötzlich waren wir wie Freundinnen bei einer Übernachtungsparty.

»Hey, wollen Sie vielleicht lieber einen *Zeitreisenden*-Film sehen? Onkel Evan *hasst* diese Filme, aber wir haben die DVDs oben. Ich schaue sie nur an, wenn er nicht da ist.«

Die Versuchung war groß, aber ich konnte mir vorstellen, was passieren würde, wenn Evan Hall nach Hause käme und mich, die Frau, die er nicht mochte, dabei erwischte, wie ich in seinem Haus, zu dem er mir den Zutritt verboten hatte, die *Zeitreisenden*-Filme anschaute, die er hasste. Das würde mir auf jeden Fall eine Anzeige einbringen. Oder gar eine Gefängnisstrafe.

Hannah bemerkte mein Zögern und deutete es richtig. »Es kann nichts passieren. Wenn jemand kommt und die Tür öffnet, hören wir es piepen. Dann kann ich schnell auf *Die kleine Meerjungfrau* umschalten. Dieses Gerät lädt vier DVDs auf einmal. Man kann damit Filme ansehen, bis einem die Augen wehtun.«

»Eine reizende Aussicht.«

»Sie sind lustig.« Ihre Brauen zogen sich auf einer Seite nach oben und auf der anderen nach unten, als wäre sie immer noch unschlüssig, was sie von mir halten sollte. »Mir gefällt es hier. Hier unten ist nie jemand. Dieser Raum gehört mir allein. Ich hole jetzt die Filme.« Sie stürmte zur Tür und verschwand auf der Treppe.

»Nette Bude«, murmelte ich, aber irgendwie strahlte dieses Zimmer etwas Trauriges aus. Dieses Haus machte auf mich den Eindruck, als wäre es mit großer Erwartung und Hoffnung gebaut worden und für viele Gäste, die aber nie kamen.

Ich dachte an Evans Exfrau, die Schauspielerin. War dieser Raum ihre Domäne gewesen? Benutzte ihn Evan aus diesem Grund nicht? Aus irgendeinem verrückten Grund wollte ich diesen Mann gern verstehen. Obwohl ich wusste, dass ich die Finger davon lassen sollte, ließen mir diese Fragen einfach keine Ruhe. Wer war er wirklich?

Das Handy klingelte in meiner Handtasche und lenkte mich von der Popcornmaschine ab, die jetzt weiche weiße Popcornstücke in den Glasbehälter schoss. Ich nahm das Handy und meldete mich, wandte aber den Blick immer noch nicht von dem Gerät ab.

Es war Coral Rebecca. Bevor ich überhaupt richtig zuhörte, hatte sie schon mehrere Sätze gesagt, etwas von einer Einladung zu einer Familiengeburtstagsfeier von ihren Mädchen und Marah Dianes Zwillingen. Morgen. Auf dem Gelände hinter der Kirche. »Papa sagt, es ist okay, wenn du mit dabei bist, aber … du solltest nicht in einer Hose kommen, ja?«

Ich trat auf die Terrasse hinaus und schloss die Tür hinter mir. Hier konnte der kalte Wind meine glühenden Wangen abkühlen. *Papa sagt, es ist okay, wenn du mit dabei bist …* Dem Mann, den ich seit zwölf Jahren, seit der Beerdigung meines kleinen Bruders, nicht mehr gesehen hatte, fiel nichts anderes ein als diese Worte? Alles, was ihn interessierte, war meine Kleidung? Ob ich seinen Maßstäben und denen der Heiligen Brüder entsprach oder nicht?

»Ich weiß nicht, ob ich kommen kann.« Ich schloss die Augen vor dem Anblick der Blue Ridge Mountains, die sich in gelben und orangefarbenen Herbsttönen, von grünen Nadelbäumen durchsetzt, meilenweit erstreckten. Mein Herz brannte genauso wie meine Augen.

»Ach bitte, Jennia Beth«, flehte meine Schwester. »Du hast Evie Christine und ihre Kinder und Lily Clarette noch überhaupt nicht gesehen. Wir wollen dich alle bei uns haben.«

Ich versuchte es mit der lahmen Ausrede, dass dies eine Dienstreise sei, doch schließlich sagte ich: »Ich versuche es.«

»Bitte komm!«, wiederholte Coral Rebecca noch einmal. »Meine Mädchen fragen nach dir, seit du neulich hier warst … und … nun ja … ich … ich bete schon eine ganze Weile, dass du zurückkommst und wir alle wieder eine Familie sein können.«

Mein Magen zog sich zusammen, als wringe ihn jemand kräftig aus. »Ich weiß nicht genau, wie es morgen aussieht. Deshalb kann ich dir nichts versprechen.« *Ich* war die Erhörung der Gebete meiner Schwester? Wie konnte das sein?

»Ich liebe dich, Jennia Beth. Ich weiß, dass du mir das nicht glaubst.«

»Doch, das glaube ich dir.« Aber es war viel bequemer, die Verbindungen zu ignorieren. Die Bande einer gemeinsamen Kindheit zu durchtrennen und nicht mehr zurückzublicken. Aber die Bande waren trotzdem da, sie waren tief in mir verwurzelt. Sie zogen und zerrten an mir auf eine Weise, die ich nicht beschreiben konnte. »Ich liebe dich auch.«

Ich kehrte mit einem benommenen Gefühl in den Filmraum zurück, setzte mich in einen Sessel, während der Film anlief, und versuchte, meine Fragen zu vergessen, während Evan Halls Fantasiewelt die große Leinwand ausfüllte. Die *Zeitreisenden* waren eine perfekte Flucht vor der Realität, genauso wie damals, als ich mich hinter dem Brunnenhaus meiner Großmutter verkrochen hatte, um die Bücher zu lesen.

Als ich die Geschichte jetzt verfolgte, wurden mir tiefere Themen bewusst, die ich als Jugendliche nicht in Worte hätte fassen können. Themen, die mich schon damals angesprochen hatten. Die Zeitreisenden waren trotz ihrer übernatürlichen Kräfte in gewisser Weise Gefangene, genauso wie ich. Die kleine Gruppe von zeitreisenden Elitesoldaten war in den begrenzten Jahrhunderten der Erde gefangen und konnte niemals Frieden finden, da sie ständig unter der Bedrohung der Herren der Finsternis stand. Die Zeitreisenden hatten außerdem die unerwünschte Gewohnheit, sich in bloße Menschen zu verlieben und den festgelegten Ablauf der menschlichen Ereignisse zu gefährden. Es war verboten, die menschliche Liebe durch die Zeit mitzunehmen. Menschen wurden ihrer Erinnerungen beraubt und blieben zurück, wenn ein Zeitreisender von den Herren der Finsternis entdeckt und gezwungen wurde, durch ein Zeitportal zu fliehen. Aber Nathaniel war von seiner großen Liebe Anna grenzenlos fasziniert. Er konnte ihr nicht ihre ganzen Erinnerungen rauben, aber er konnte auch nicht seine Unsterblichkeit mit ihr teilen. Er konnte nur mit ihr durch die Zeit fliehen und brach damit das Erste Gesetz. Von diesem Augenblick an war er sowohl vor den Herren der Finsternis als auch vor den Wächtern seiner eigenen Truppe auf der Flucht und schloss sich denen an, die um der Liebe willen Meuterer geworden waren.

Jetzt ertappte ich mich dabei, dass ich genauso wie die Leute im Kriegerlager wünschte, ich könnte durch ein Zeitportal entfliehen und alles hinter mir lassen. Ich wollte in einer magischen Welt leben, in der die Liebe über allem anderen stand. War so etwas in der realen Welt überhaupt möglich? Ich hatte mit der Liebe immer die Erfahrung gemacht, dass sie sich wie ein Parasit benahm, der langsam den Wirt überwuchert, ihn aussaugt und schließlich erstickt.

Das war wirklich ein sehr zynisches Bild. So wollte ich eigentlich überhaupt nicht denken oder sein. Ich wollte ein Mensch sein, der vergeben und trotz der schlechten Erfahrungen in meiner Vergangenheit vertrauen und auf andere Menschen zugehen konnte.

Wäre es ein erster Schritt, Coral Rebeccas Einladung anzunehmen? Konnte ich über meinen Schatten springen und das tun? Die Geburtstagsfeier fand ausgerechnet auf dem Kirchengelände statt. Die Heiligen Brüder und meine ganze Familie, die ich seit Jahren nicht mehr gesehen hatte, würden dort sein. Die Männer würden mich höchstwahrscheinlich ignorieren. Die Frauen würden vorwurfsvolle Blicke wechseln, während sie die Männer an den Tischen bedienten und in einem künstlichen Singsang miteinander plauderten. Sie blieben wie immer freundlich, da jede von ihnen genau wusste, dass ihnen ein abweichendes Verhalten unausweichlich von ihrer Familie und möglicherweise auch vom Ältestenrat eine scharfe Zurechtweisung einbrächte.

Konnte ich das ertragen? Die drei Stunden auf Joeys Beerdigung waren schon fast mehr gewesen, als ich aushalten konnte, ohne zu explodieren und in alle Richtungen Granatsplitter zu verteilen.

Der Sensor über der Tür zum Filmraum piepte und auf der Leinwand erschien die Meldung: *Garagentor.*

Hannah schaltete auf einen anderen Film um, dann sprang sie von ihrem Sitz hoch, lief zum Gerät und steckte die *Zeitreisenden*-DVD wieder in die Hülle zurück. Sie schob sie hinter einen Stapel anderer DVDs und ließ sich, scheinbar völlig sorglos, wieder in ihren Sessel plumpsen. »Ich kann den Film heimlich ins Büro zurückbringen, wenn er irgendwann nicht da ist.«

Die Realität traf mich genauso plötzlich und unerwartet wie ein losgelassenes Gummiband, das auf die Haut schnalzt. »Du hast diesen Film aus dem Büro deines Onkels *gestohlen*?«

»Das ist schon okay.« Sie schob das Kinn vor und war plötzlich mehr Teenager als kleines Mädchen. »Das ist keine große Sache.«

»Wenn du es nicht tun sollst, ist das nicht okay. Du hast gesagt, dass dein Onkel diese Filme *nicht mag*. Du hast nicht gesagt, dass du die Finger von diesen DVDs lassen sollst!«

Ihre dunklen Haare breiteten sich fächerförmig über der Lehne aus, als sie sich im Sessel herumrollte und mich anschaute. »Es gibt eigentlich keine Regeln. Meinem Vater ist das egal.«

»Aber es ist das Haus deines Onkels Evan.« Ich stand auf, ging zur Tür und wieder zurück und war nicht sicher, was ich jetzt tun sollte. War es besser, dabei ertappt zu werden, wie ich gemütlich mit Hannah einen Film anschaute, oder auf der Flucht zum nächsten Ausgang erwischt zu werden?

Hannah ließ die Beine über die Armlehne baumeln und trommelte dagegen. »Ähm … Sie wissen schon … das, was heute passiert ist … Onkel Evan braucht nicht … ähm … er braucht nicht noch mehr Sorgen. Am besten erzählen wir ihm einfach nichts und ich sage es später meinem Vater, wenn er zurückkommt. Dann kann er das Pferd holen.« Ich konnte fast sehen, wie sie sich innerlich verhärtet hatte. Das war nicht das verwundbare, verängstigte Mädchen, das mich vor zwei Stunden fast angefleht hatte, es nicht allein zu lassen.

»Dein *Onkel* ist nach Hause gekommen?« Ich warf einen schnellen Blick zur Treppe. Bis jetzt war sie leer. Woher wusste sie, wer gerade gekommen war?

»Ja, mein Vater parkt nie in der Garage. Das sind Onkel Evan und Oma Vi. Sie kommen bestimmt vom Arzt zurück.«

Okay, du musst Ruhe bewahren. Bleib ruhig. Bleib ganz ruhig. Du hast einen triftigen Grund, hier zu sein, und du musst diesem Mann etwas sagen. »Hannah, ich lüge deinen Onkel nicht an.«

»Sie müssen nicht *lügen*. Sie brauchen es ihm doch nur nicht zu *sagen*. Mein Vater wird das Pferd abholen. Alles ist in Ordnung.«

»Dein Onkel wird sich fragen, warum ich *hier bin*.«

»Dann sage ich ihm einfach, dass ich Sie angerufen habe.« Ihr Blick wanderte teilnahmslos zur Leinwand.

Auf dem Flur über uns waren jetzt Schritte zu hören. Ich konnte nicht anders und packte meine Handtasche, schlüpfte in meine Jacke und bewegte mich aus der direkten Sichtlinie.

Hannah sah mich stirnrunzelnd an. »Was machen Sie denn? Im Ernst, es ist keine große Sache.«

»Was ist keine große Sache?« Evans Stimme. Er kam halb die Treppe herab und blieb dann stehen.

»Hey, Onkel Evan.« Hannah verdrehte den Hals, um ihn durch die offene Tür hindurch anzusehen. »Wenn wir *noch einen* Film anschauen. Ich habe Jennia Beth gesagt, dass das keine große Sache ist.«

Es folgten schnelle, wütend klingende Schritte, dann stand er im Raum, starrte mich an und war offensichtlich verblüfft, mich hier anzutreffen. Nicht einmal seinem geübten, kreativen Verstand fiel ein Grund ein, warum ich hier in seinem Filmraum saß und mit seiner Nichte *Die kleine Meerjungfrau* anschaute. Sein Mund öffnete sich leicht und seine Augen funkelten mich wütend an. Dieser Gesichtsausdruck sprach Bände. Er sagte: *Du hast wirklich Nerven, Frau!*

Ich bemühte mich schnell um einen würdevollen Abgang. »Ich muss jetzt wirklich gehen. Jetzt ist ja jemand zu Hause.« Der letzte Satz war ein Versuch gewesen, meine Anwesenheit zu erklären. Ein wenig wenigstens.

Hannah schwang ihre Füße auf den Boden, kam auf mich zu und schlang die Arme um mich. »Danke, dass Sie gekommen sind und mit mir einen Film angeschaut haben. *Müssen* Sie wirklich schon gehen?« Sie warf mir einen verschwörerischen Blick zu, dessen Aussage eindeutig war. *Verrate nichts!*

»Ja, ich muss gehen.« Ich löste ihre Arme von mir, nahm ihr Gesicht in beide Hände und sah wieder das traurige, verwundbare kleine Mädchen. »Ich habe das, was ich im Auto gesagt habe, ernst gemeint, okay? Mach das nie wieder! Damit meine ich *alles*. Hörst du?«

Sie seufzte, dann löste sie sich von mir und warf sich schmollend wieder in den Sessel.

Evan deutete mit dem Kinn scharf zur Tür. Ich folgte ihm aus dem Zimmer und hoffte, ich könnte verschwinden, ohne Oma Vi über den Weg zu laufen. Sie musste von dem Streit zwischen ihrem Enkel und mir nichts mitbekommen. Es war ohnehin besser für sie, wenn sie von dem heutigen Vorfall auf der Bundesstraße nichts erfuhr.

Weder Evan noch ich sprachen ein Wort, als wir durch den Flur und durch eine Tür gingen, die zu einer Treppe führte.

»Dort geht es zur Einfahrt.« Er deutete zu den Steinstufen. Befehlend, nicht einladend. Ich gehorchte und stieg die Treppe hinauf. »Ich nehme an, Sie haben Ihr Auto versteckt, da ich es vor dem Haus nicht gesehen habe«, knurrte er.

Ich merkte, wie in mir etwas zu brodeln begann. Das hatte ich nicht verdient. Ich versuchte nur zu helfen. Und nach Coral Rebeccas Anruf war ich immer noch nicht ich selbst und ganz bestimmt nicht in der Stimmung, schon wieder Schläge einzustecken. »Ich habe mein Auto dort geparkt, wo Hannah es sagte.«

»Ich habe Ihnen ausdrücklich gesagt, dass Sie sich von Hannah fernhalten sollen. Was wollten Sie hier? Haben Sie mein Haus nach weiteren Teilen Ihres mysteriösen Manuskripts abgesucht?«

Ich war jetzt oben an der Treppe angekommen und fuhr wütend zu ihm herum. »Ob Sie es glauben oder nicht, Evan Hall, aber es dreht sich nicht alles nur um *Sie!* Das heute hat nicht das Geringste mit dem Manuskript zu tun. Sondern allein mit dem kleinen Mädchen dort drinnen. Und wenn sie Ihnen genauso wichtig wäre wie Ihre Sorge, wer Ihren kostbaren Berg betritt, würden Sie vielleicht fragen, wie es dazu kam, dass ich heute hier bin.«

»Sie haben von meiner Familie keine *Ahnung*!«

»Ich weiß, wie es ist, als Kind plötzlich ohne Mutter dazustehen. Hannah braucht einen Menschen. Und das ist *nicht* ihre Urgroßmutter. Denn sie ist zu krank, um sich um sie kümmern zu können. Und sie braucht auch *keinen* Vater, dem es anscheinend nichts ausmacht, dass seine Tochter auf einem Pferd, auf dem sie nichts verloren hat, ganz allein durch die Gegend reitet. Sie wäre heute beinahe überfahren worden! Auf der Bundesstraße! Als ich zufällig dazukam, wollte sie gerade ein Lastwagenfahrer, der alles andere als vertrauenswürdig aussah, mitnehmen. Sie wollte zu ihm ins Auto steigen, um das Pferd nach Hause zu bringen, ohne dass hier jemand etwas erfährt.«

Meine Gefühle nahmen die Stärke eines Tsunami an und erfassten den Schutt, den Stress dieses Tages, dieser Woche, dieses *Ortes.* Der Tsunami packte alles und schleuderte es wie eine Flutwelle auf Evan. Mir war es im Moment egal, ob er darunter ertrank. Wenn er begriff, dass seine Nichte zu einem Fremden ins Auto hatte steigen wollen, würde er vielleicht endlich aufwachen und merken, dass ich nur das getan hatte, was jeder vernünftige Mensch an meiner Stelle getan hätte. Aber im Moment schaute er mich mit der gleichen versteinerten Miene an wie immer. Er sah eher danach aus, als würde er von mir keine Erklärung akzeptieren, egal, was ich sagte.

»Wissen Sie was …? Ach, vergessen Sie's!«, fauchte ich und warf resigniert die Hände in die Luft. »Glauben Sie über mich, was Sie wollen, aber *sprechen* Sie mit Hannah. Jemand muss auf sie aufpassen.«

Er kniff die Augen zusammen und hob abwehrend das Kinn. Ich hatte einen sensiblen Punkt getroffen. »Ihr Vater sollte hier sein und …«

»Es geht nicht darum, wer etwas tun *sollte!*«

Die aufgestaute Frustration, die mir wie ein schweres Gewicht auf meiner Brust den Atem raubte, erdrückte mich fast. Ich ging hier langsam, aber sicher immer mehr in meiner eigenen Familiensituation unter und es schien keinen Ausweg zu geben. Jedes Mal, wenn ich einen Eimer Wasser aus meinem sinkenden Boot schöpfte, wurden mir drei neue hineingeschleudert. »Es geht um *Hannah.* Darum, was *sie* braucht. Ich weiß nicht, was hier los ist, und es interessiert mich auch nicht. Ich habe genug eigene Familienprobleme, das können Sie mir glauben, und …«

Der Damm brach, Tränen schossen mir in die Augen und ich tat das Einzige, was mir einfiel: Ich drehte mich um und lief zu meinem Auto.

Der Türgriff gehorchte mir nicht, als ich daran rüttelte. Meine Hand rutschte ab und drei Fingernägel bogen sich nach hinten. Ich zog unwirsch die Fernbedienung aus der Jackentasche, drückte darauf, rüttelte wieder am Türgriff und dieselben drei Fingernägel brachen ab, als die Tür nicht aufging. »Dämliches Auto!« Im nächsten Moment hämmerte ich gegen die Scheibe und drehte völlig durch.

Ich hörte Evan hinter mir, bevor ich seine Hand auf meinem Arm spürte, die mich von meinem nächsten Schlag abhielt. Die Schlüsselkette fiel klappernd auf den Boden. Er hob sie auf. »Warten Sie einen Moment.«

»Geben Sie mir meine Schlüssel!« Ich riss mich los, obwohl ich vor Tränen nicht richtig sehen konnte, taumelte gegen das Auto und stieß mich am Seitenspiegel.

Er ließ die Schlüssel nicht los. »Ich habe gesagt, Sie sollen einen Moment warten.« Trotz des Befehlstons war seine Stimme sanft und nicht mehr zornig und hart. »Ich entschuldige mich, okay? Es war ein schwerer Tag mit Oma Vi, dann wollten ein paar Idioten am Tor nicht aus dem Weg gehen und dann komme ich nach Hause und es ist schon wieder etwas mit Hannah. Es tut mir leid. Ich hätte keine voreiligen Schlüsse ziehen sollen. Erzählen Sie mir bitte genauer, was heute passiert ist.«

Ich schniefte und suchte in meiner Handtasche etwas, in das ich hineinschnäuzen konnte. Abgesehen von der emotionalen Achterbahn, in der ich mich befand, war es hier draußen auch noch ziemlich kalt. Evan zog eine Mullrolle aus der Tasche, die entweder aus dem Krankenhaus oder aus dem Pferdestall kam, und reichte sie mir.

Ich wischte mir das Gesicht damit ab. Der Rest der Rolle rutschte mir aus der Hand, rollte sich auf dem Pflaster aus, dem Haus entgegen. »Mir … mir tut es auch leid.« Ich ließ das Ende der Rolle los. Es segelte im Wind davon und wirbelte wie Toilettenpapier bei einem Kinderstreich durch die Luft. »Moment. Nein, es tut mir nicht leid. Sie benehmen sich unmöglich.«

»Manchmal«, gab er mit einem reumütigen Lächeln zu. »Ich schaffe es leider immer wieder, meinen Ärger an den falschen Personen auszulassen. Jake sollte heute bei Hannah sein, während wir nach Charlotte fuhren. Und anhand dessen, was Sie mir erzählen, merke ich, dass er *nicht* hier war.«

Ich wiederholte die Geschichte dieses Mal ruhiger und ausführlicher: wo ich Hannah gefunden hatte, wo der Schimmel jetzt war und was sich auf der Straße ereignet hatte. »Das Schlimme ist, dass sie nur noch zehn Schritte vom Wagen dieses Mannes entfernt war. Wenn ich bloß daran denke, bekomme ich eine Todesangst. Nicht einmal *ich* wäre zu diesem Mann ins Auto gestiegen.«

Evan ging ein paar Schritte auf und ab und hatte die Hände um seinen Gürtel gelegt, sodass die Fingerknöchel weiß hervortraten. »Wenn mir Jake zwischen die Finger kommt, drehe ich ihm den Hals um! Ich verlange wirklich nicht viel von ihm dafür, dass er hier wohnen kann. Er soll aufhören zu trinken und sich um sein Kind kümmern. Das ist alles. Sie braucht ihren Vater.«

Meine eigenen Probleme rollten wieder mit voller Wucht auf mich zu. Ich dachte an den Anruf von Coral Rebecca und daran, dass mein Vater gesagt hatte, es wäre okay, wenn ich zur Geburtstagsfeier käme. *Okay!*

»Sie braucht *jemanden*. Dieser Jemand muss nicht unbedingt ihr Vater sein.«

Es schien ihn zu überraschen, dass ich das sagte. Doch dann verdrängte eine große Traurigkeit schnell den erstaunten Blick. »Es sollte aber ihr Vater sein.« Er hob die Hände, ließ sie dann wieder fallen und hilflos herunterhängen. »Ich tue *alles* für ihn. Ich versuche immer noch, ihm zu helfen, weil er ein Verfahren wegen Trunkenheit am Steuer am Hals hatte. Hannah war mit ihm im Auto, als das passierte! Was muss denn noch geschehen, damit er endlich aufwacht?«

Ich dachte wieder an meinen Vater, an die vielen Male, in denen ich mir gewünscht hatte, er würde mich wenigstens einmal richtig anschauen. Er würde *mich* sehen und nicht nur eine Erinnerung an meine Mutter. Ich erinnerte mich an die vielen Male, als ich ihm meine Ideen, Sorgen und Ängste hatte sagen wollen. An die vielen Male, in denen ich es so sehr gebraucht hätte, dass er diese drei kleinen Worte sagen würde, die jedes Mädchen von seinem Vater hören will. Inzwischen waren viele Jahre vergangen und ich wartete immer noch.

»Einige Menschen wachen nicht auf. Niemals.« Das sagte ich genauso sehr zu mir wie zu Evan. »Als ich ein Kind war, arbeitete mein Vater die halbe Zeit im Wald und die andere Hälfte predigte er in der Gemeinde oder züchtigte uns mit der Rute. Doch jemand anderes hat sich für mich interessiert und diese Lücke in meinem Leben ausgefüllt. Wilda Culp war nicht meine Mutter und sie war nicht mein Vater, aber sie war eine Stütze in meinem Leben, auf die ich mich verlassen konnte. Jemand, der beständig und zuverlässig war. Das war nicht perfekt, aber mir genügte es zu wissen, dass ich *einen* Menschen hatte, auf den ich mich immer verlassen konnte.«

Evan lehnte sich mit dem Rücken ans Auto, verschränkte die Arme vor sich und ließ den Kopf sinken. Ich stand neben ihm und saugte die letzte Wärme des von der Sonne erwärmten Metalls auf. Heute Nacht würde es wieder ziemlich kalt werden.

»Ich wünsche mir einfach, dass sich Jake bessert. Ich habe versucht, ihm dabei zu helfen, aber ich kann es nicht.«

Diese Seite an Evan hatte ich bis jetzt nicht gesehen. Diese verwundbare, leidende Seite, die sich mit schmerzhaften Familienbeziehungen quälte. Genauso wie ich. »Vielleicht ändert er sich irgendwann, aber Hannah braucht *jetzt* jemanden. Und nicht später. Sie ist wirklich ein großartiges Mädchen.«

»Ja, ich weiß.« Er schaute mich an. Seine Augen fingen das Licht auf und glänzten silbern. Plötzlich wurde ich mir seiner Nähe bewusst und ich merkte, dass seine Schulter meine berührte. Ich konnte seine Körperwärme durch meine Jacke hindurch zwar nicht fühlen, aber dennoch konnte ich sie irgendwie spüren. »Sie mag Sie sehr. Es kann gut sein, dass sie heute zu Onkel Clives Haus am See wollte, aber ich habe das Gefühl, dass sie vielleicht zu Ihrer Hütte unterwegs war. Sie fragt mich ständig, ob Sie wiederkommen.«

Eine Mauer wurde Stein für Stein hochgezogen. Ich konnte fast hören, wie sie zwischen uns immer höher wurde. Evan konnte sie nicht sehen, aber ich. »Ich würde wirklich gerne mit Hannah in Kontakt bleiben, aber ich bin höchstens noch zwei Tage hier. Ich muss nach New York zurück.«

»Sie fahren mit leeren Händen zurück?« Er wirkte überrascht und vielleicht sogar ein wenig enttäuscht, dass ich aufgab.

»Ich habe nicht das erreicht, weswegen ich gekommen bin.«

Er wurde sanfter und schaute mich jetzt direkt an. Sein Blick zog mich einen Moment in seinen Bann. »Es gibt kein Manuskript, das Sie finden könnten. *Die Hüterin der Geschichten* … ich habe davon nicht mehr als sieben oder vielleicht acht Kapitel geschrieben. Der Auszug, den Sie gelesen haben, war fast alles. Mehr gibt es davon nicht. Das Ganze basiert auf einer Geschichte, die ich als Kind gehört habe. Eine dieser Legenden aus den Bergen, die mündlich weitererzählt wurden. Mit diesen paar Kapiteln habe ich mir viele Absagen eingehandelt. Ich habe seit Jahren nicht mehr daran gedacht.«

Ich schaute ihn fragend an. War das endlich die Wahrheit? »Ich schätze, das von Hand gezeichnete Titelblatt hat alle verblüfft.«

Mit einem verlegenen Stöhnen trat er gegen einen Stein und sah ihm nach, wie er wegrollte. »Das zeigt, wie wenig Ahnung ich hatte. Ich hielt es für eine brillante Idee, mein eigenes Cover zu erfinden und es auf dieses hellblaue Papier zu malen. Ich dachte, damit würde es auffallen und in diesen ganzen großen Verlagshäusern in New York sofort Aufmerksamkeit erregen. Ich dachte, ich würde die Verlagswelt im Sturm erobern. Ich wusste nicht, dass man vorher das *ganze* Buch schreiben muss. Als ich diese ersten Manuskripte wegschickte, hatte ich nicht die geringste Ahnung. Ich war schockiert, als die Absagen eintrudelten. Wirklich schockiert.«

»Eigentlich war die Zeichnung auf dem Titelblatt gar nicht so schlecht.«

»Ich kann kaum glauben, dass Sie dieses Ding nach so vielen Jahren gefunden haben.«

»Evan, ich habe es nicht *gefunden*. Es hat *mich* gefunden. Ich habe neulich nicht gelogen. *Die Hüterin der Geschichten* lag eines Morgens ohne Erklärung auf meinem Schreibtisch. Das ist die Wahrheit. Niemand darf einfach etwas vom Slush Mountain wegnehmen.«

»Dieser Papierberg ist verbotenes Terrain, ja, ich weiß.« Sein Blick wanderte wieder in meine Richtung und kleine Lachfalten zogen über seine Wangen. »Ich habe mich nach Ihnen erkundigt. Ob Sie es glauben oder nicht, aber ich habe tatsächlich noch ein paar Freunde in New York, die mir einiges über Sie erzählt haben: Sie haben vor ein paar Jahren Tom Brandons Memoiren an Land gezogen. Das war ein großer Coup.«

Ein sonderbares Kribbeln erfasste mich. Ich wollte dieses Kribbeln nicht. Aber es war da. Er hatte sich die Zeit genommen, sich über mich zu erkundigen.

»Ja, das stimmt. Ich war auf diesen Vertrag mit Tom Brandon stolz.« Ich kehrte gerne wieder zu geschäftlichen Themen zurück. Das war sicherer. Außer dem Manuskript durfte es zwischen Evan Hall und mir auf keinen Fall irgendetwas geben. Mein Leben war in New York. Ich wollte nicht noch mehr Bindungen an diese Berge haben, als ich ohnehin schon besaß. Außerdem hatte ich mir nach der verheerenden Beziehung – als ich am Ende ohne meine Stelle, aber dafür mit einem Hund dagestanden hatte – geschworen, nie wieder Berufliches und Privates miteinander zu vermischen.

Hund! Mist, ich hatte Freitag vollkommen vergessen. Er lag noch in seinem Popcorn-Koma in Evans Filmraum.

»Das kann ich mir denken.« Evan versuchte jetzt, mich einzuschätzen. »Die Sache mit dem Schneemobil und der Nacht in den Bergen war sehr beeindruckend. Sie gehen ziemlich weit, um das zu bekommen, was Sie wollen.«

Ich zog den Kopf ein wenig zurück und versuchte auszuloten, was er damit meinte. »Es war ein gutes Geschäft, aber es war nicht Teil des Planes gewesen, die ganze Nacht in den Bergen festzusitzen. Bei *Die Hüterin der Geschichten* liegt die Sache völlig anders. Ich war hinter Tom Brandons Memoiren her, weil sie von *Tom Brandon* waren. Als ich vor zwei Wochen den Umschlag mit dem Manuskript öffnete – mit *Ihrem* Manuskript –, wusste ich nicht, wer es geschrieben hat, aber ich fühlte mich von der ersten Seite an mit diesem Mädchen unter der Hütte verbunden. Es ist wirklich gut geschrieben.«

»Der Rest des Manuskripts ist schon lange fort. Keine Ahnung, wo es gelandet ist. Wahrscheinlich auf der Mülldeponie. Ich hatte einmal einen Teil von dem, was ich geschrieben habe, unten in der Hütte am See aufbewahrt. Ich habe gelegentlich dort gearbeitet. Aber wir haben die Hütte vor mehreren Jahren ausgeräumt, als Tante Helen und Oma Vi anfingen, sie zu vermieten. Ich habe den alten Müll eigenhändig eingepackt und in den Müllcontainer geworfen. Die Kapitel, die Sie haben, sind alles, was von den ursprünglichen acht Kapiteln noch da ist.«

Er schien ehrlich zu sein und doch passte das, was er sagte, nicht mit dem zusammen, was ich wusste. »Evan, jemand bringt mir immer wieder ein Kapitel von diesem Manuskript und steckt es in die Hüttentür. Ich habe inzwischen acht Kapitel gelesen. Wenn es nicht mehr als diese acht Kapitel gibt, ist das wahrscheinlich der Grund, warum in den letzten Tagen nichts Neues mehr aufgetaucht ist.«

»*Acht* Kapitel?« Er schaute mich ungläubig an. Ich konnte es ihm nicht verdenken. Aber ich sah auch, wie sein Verstand auf Hochtouren arbeitete. Er fragte sich, was hier los war. Eines stand fest: Er hatte mit diesen geheimnisvollen Lieferungen nichts zu tun.

22

Das Telefongespräch spielte sich in meinem Kopf erneut ab. Meine jüngste Schwester, Lily Clarette, hatte angerufen und gefragt, ob ich heute Nachmittag zu der Feier käme. »Ich will dich einfach sehen, bevor du wieder fährst.« Sie hatte Coral Rebeccas süße, melodische Stimme. Hatte sie auch ihr musikalisches Talent und konnte so schön singen? Mir fiel auf, dass ich noch nie mit ihr telefoniert hatte. Kein einziges Mal. Sie hatte mir im Laufe der Jahre hin und wieder wegen Schulprojekten geschrieben, aber das war alles gewesen.

Ich erkannte nicht einmal ihre Stimme. Das war ganz bestimmt nicht richtig.

»Vielleicht kann ich versuchen zu kommen. Mal sehen.«

Ich hatte noch ein paar Tage mehr hier am Looking Glass Lake herausgehandelt, nachdem ich mit Evan gesprochen hatte. Das Auftauchen der Manuskriptseiten in der Hütte verblüffte ihn genauso sehr wie mich. Als er das Pferd holte, war er in die Hütte gekommen, um sie sich anzusehen. Nachdem er bestätigen konnte, dass dieses Manuskript wirklich von ihm stammte, hatte er telefonisch versucht, der Sache auf den Grund zu gehen. Doch Oma Vi und Helen erklärten, dass sie nichts damit zu tun hätten.

Laut Evan hatte ich inzwischen alles gelesen, was es von *Die Hüterin der Geschichten* je gegeben hatte. Wir hatten auf der Veranda vor der Hütte gesessen und uns darüber unterhalten, während Hannah den nervösen Schimmel durch das Fenster des Pferdeanhängers hindurch tröstete.

Plötzlich waren Evan Hall und ich keine Feinde mehr. Das Rätsel hatte uns zu unerwarteten Verbündeten gemacht. Wir wollten beide wissen, woher diese Kapitel gekommen waren.

Und wir wussten beide nicht, wen wir noch fragen sollten.

Das Rätsel war gleichzeitig faszinierend und frustrierend, aber die Erinnerung an Lily Clarettes Anruf verdrängte im Moment alle meine Fragen bezüglich des Manuskripts. »Komm schon, Jennia Beth! Du musst ja nicht lange bleiben. Coral Rebecca sagt, dass Levi sich einen halben Tag von der Arbeit freinimmt und zu Walmart in Sylva hinüberfährt, um eine große Torte abzuholen. Außerdem haben wir im alten Stall gesucht und die Hufeisen zum Hufeisenwerfen gefunden. Es wird lustig. Papa und Roy haben den Hund gegen das Quad getauscht und das Quad ist bereits verkauft und alle sind glücklich. Coral Rebecca wünscht sich so sehr, dass du kommst. Wenn du nicht kommst, ist sie sehr traurig. Wir waren noch nie alle zusammen.«

Natürlich waren wir schon alle zusammen gewesen, aber daran konnte sich Lily Clarette nicht erinnern. Bis auf die paar E-Mails wegen ihres Berichts für die Schule und ihres Projekts in der vierten Klasse waren wir uns völlig fremd. »Ich versuche es. Ehrlich. Aber ich stecke hier mitten in einer Sache, die mit meiner Arbeit zu tun hat, und weiß gerade nicht, wie es weitergeht.«

Meine Schwester seufzte: »In Jesaja steht: ›Gedenkt nicht an das Frühere und achtet nicht auf das Vorige! Denn siehe, ich will ein Neues schaffen.‹ Es ist Zeit für Neues, Jennia Beth.«

Das Bibelzitat kam völlig unerwartet und überrumpelte mich. Bei diesen Worten regte sich etwas in mir, das ganz klein und verkümmert war. Ich erkannte es aber noch: Es war Hoffnung. »Okay. Ich komme.«

Und so fuhr ich jetzt über die kurvige Bergstraße und hatte Kräutertöpfe und Sandspielsachen schön in Geschenkpapier verpackt auf dem Rücksitz liegen. Freitag und ich hatten unterwegs im Geschäft Mountain Leaf angehalten, um Geschenke zu kaufen, damit ich nicht mit leeren Händen käme. Angesichts der finanziellen Situation der Familie und des Zustandes von Papas Haus würde die Geburtstagsfeier der Kinder mager ausfallen.

Aber offenbar hatte jemand genug Geld zusammengekratzt, um eine Geburtstagstorte in der Walmart-Konditorei zu bestellen, oder alle verließen sich darauf, dass Coral Rebecca und Levi sie zahlten.

Denk nicht daran. Denk einfach nicht daran …

Meine Kinnmuskeln verhärteten sich bereits, da ich die Zähne so fest zusammenbiss und mich verkrampfte. Meine Anspannung war nicht zu leugnen.

Ich versuchte, mich auf das Recherchematerial zu konzentrieren, das ich in der Bibliothek von Looking Glass Gap ausfindig gemacht hatte. Die Bibliothekarin war unglaublich hilfsbereit gewesen. Sie hatte nichts über den Ursprung von Sarra Creek finden können, nur dass es den Namen schon vor dem Bau der Missionsstation La Belle gegeben hatte. Sie hatte mir ein Buch über La Belle gezeigt, eine Missionsschule, die 1904 gegründet worden war, sowie Kopien von Volkszählungen und Steuerlisten aus der Jahrhundertwende, aber ich hatte darin nirgends Rand Champlains oder Sarras Namen gefunden.

Während ich über die schmale Landstraße fuhr, auf der sich Schatten und Sonnenschein abwechselten, versank ich in einer anderen Zeit und ließ meinen Blick über die Berghänge und die Siedlungen in den fruchtbaren Tälern schweifen. Meine Gedanken wanderten die Wildpfade und die alten Cherokee-Handelswege entlang und malten sich hier und da Bilder von Rand und Sarra bei ihrem Überlebenskampf aus. Dahinter stand die viel tiefere Frage: Konnten sie die sozialen Schranken, die sie voneinander trennten, überwinden? Konnte es für die beiden ein gemeinsames Leben geben?

Es war sehr gut möglich, dass ich nie die Antworten auf diese Fragen finden würde. Die Bibliothekarin kannte sich gut aus, aber sie hatte keine historischen Beweise ausfindig machen können, die über die Legenden, die Evan als Junge gehört hatte, hinausgingen: Geschichten von einem jungen Weißen und einer jungen Frau, die teilweise Cherokee war und die beide eher einen Wasserfall hinabgesprungen wären, als sich voneinander zu trennen. Der Legende zufolge wanderten die Geister der Verliebten, deren Liebe nicht geduldet wurde, immer noch am Sarra Creek durch die Senken und an sonnigen Tagen erzeugte ihre Liebe einen Regenbogen über den Sagua Falls.

Mir ließ es keine Ruhe, dass ich möglicherweise am Ende der Geschichte angekommen war, wenn in dem Material aus der Bibliothek nicht auf wundersame Weise doch noch etwas auftauchte. Und wenn Rand und Sarra nichts weiter als eine alte Legende aus den Bergen waren? Wenn es nichts Geschichtliches mehr zu entdecken gab oder die Geschichte für immer verloren war? Evan hatte zwar Interesse, die historischen Fakten auszugraben, falls es welche geben sollte, aber er hatte keine Lust, ein Ende für Rands und Sarras Geschichte zu erfinden. Er sagte, darin sehe er keinen Sinn.

Ich musste mich der Tatsache stellen, dass mir auf lange Sicht wohl nichts anderes übrig bliebe, als die ganze Sache zu vergessen.

Vielleicht ging es bei dieser Reise gar nicht darum, dass ich eine längst vergessene Geschichte ausgraben oder in Druck bringen sollte. Vielleicht ging es die ganze Zeit nur um *meine* Geschichte. Darum, ein neues Kapitel zu schreiben, statt herauszufinden, was vor langer Zeit geschrieben worden war.

Vielleicht könnte ich hier, wo ich nie Frieden gefunden hatte, endlich mit der Vergangenheit Frieden schließen.

Und wenn ich nicht stark genug war, um mich der Aufarbeitung zu stellen, die ich schon am Anfang dieser Reise geahnt hatte?

Kehr um, lass dir irgendeine Ausrede einfallen und fahr zur Hütte zurück. Die Stimme der Versuchung, wieder einfach allen Problemen aus dem Weg zu gehen, war so stark, dass ich ihr fast nicht widerstehen konnte.

Ich versuchte, sie zum Verstummen zu bringen, als ich durch Towash fuhr. Während ich an der Kreuzung stand, rang ich erneut mit mir, kämpfte mit Engeln und Teufeln, bis ein Auto mit klapperndem Auspuffrohr lärmend hinter mir stehen blieb und mich hupend zu einer Entscheidung zwang. Es überstieg fast meine Kräfte, die Abzweigung nach Lane's Hill zu nehmen. Zweifel und Gespenster der Vergangenheit quälten mich auf der langsam immer schmaler werdenden Straße, die zu den Überbleibseln eines Postamts und eines Geschäfts aus der Jahrhundertwende führte, Reste einer winzigen Siedlung an der Wasserfurt. Ich fühlte, wie das Flüstern immer näher kam, die Geister durch die Fensterscheiben ins Auto spähten, an die Scheibe hämmerten und drohten, mich zu ersticken.

Einen halben Kilometer weiter schien der Feldweg nach Lane's Hill fast nicht mehr weiterzuführen. Zweige kratzten wie Fingernägel über das Auto und das langgezogene, hohe Kreischen bohrte sich in meinen Kopf. Die Reifen drehten in den matschigen Fahrrillen durch. Das unheilvolle Gefühl wuchs, wurde mit jeder Umdrehung der Räder stärker und fast unerträglich, als ich an der Stelle vorbeifuhr, an der Joey so gerne Salamander gefangen hatte, während die Erwachsenen oben vor der Kirche standen. Freitag wachte auf und stellte die Pfoten auf das Armaturenbrett. Er schien meine veränderte Stimmung zu spüren, die größere Anspannung und den zunehmenden Sauerstoffmangel im Auto.

Ich hatte das Gefühl, jeden Augenblick zu ersticken.

Vor mir spähte das kleine, gedrungene Kirchengebäude durch die Bäume und stand einen Augenblick später vor mir. Der kurze Kirchturm und die verwitterten Schindeln wirkten auf mich nun seltsam unscheinbar, wenn ich daran dachte, wie riesig und bedrohlich dieses Gebäude mir in meiner Kindheit vorgekommen war. Es hatte mich sogar mit Grauen und Angst erfüllt. Aber als ich es jetzt betrachtete, während ich zwischen dem bunten Sammelsurium aus Fahrzeugen durchfuhr, wurde mir bewusst, wie unbedeutend es war. Nur ein Gebäude, von Menschen gebaut, gefüllt mit Bruchstücken aus Gottes Wort, die aus dem Zusammenhang gerissen und wie die Buchstaben eines Erpresserbriefes zusammengeklebt worden waren.

Hier hatte es nie etwas anderes als Hass und Angst und Strafe und brutale Gewalt gegeben, das wurde mir in diesem Moment erneut bewusst. Dieses Gebäude war keineswegs das Tor zum Himmel, sondern zur Hölle gewesen. Hier hatte nicht die Liebe oder die Gnade regiert. Nichts von dem, was ich beim Lesen in der Familienbibel gefunden und was mich so verwirrt hatte. Menschen hatten Gott diesen Ort entrissen und ihn zu einem Goldenen Kalb, einem Götzen gemacht. Wenn ich diesem Götzen weiterhin Macht gab, war ich genauso verloren wie die Menschen, die sich immer noch am Fuß dieses selbst gemachten Götzen aus alter Teerpappe und Blech versammelten.

Es wurde Zeit, Lane's Hill das zu entreißen, was ihm von Anfang an nie hätte gehören dürfen.

Ich atmete tief durch, warf die Schultern zurück und stieg aus dem Auto. Dann holte ich die Geschenke vom Rücksitz und war fest entschlossen, diesen wichtigen Schritt in die Freiheit zu gehen.

Ein Stimmengewirr lag in der Luft, als ich um das Gebäude bog. Unter den Bäumen waren Tische zwischen den alten Wippen und

Schaukeln aufgestellt worden, die Überbleibsel einer alten Schule, die längst geschlossen war, seit die Schüler den Schulen in anderen Orten zugewiesen worden waren. Mädchen mit Zöpfen und Jungen in den viel zu großen Hosen ihrer älteren Brüder liefen zwischen den verrotteten Schaukeln und windschiefen Karussells herum und spielten Fangen. Ihre hohen Stimmen ließen die Vergangenheit neu erwachen.

So oft waren wir nach den Gebetsversammlungen in den alten Schulhof gelaufen, wo das Lachen und die ausgelassenen Spiele erlaubt waren. In der Kirche mussten selbst die Jüngsten starr wie eine Salzsäule in der gebotenen ehrfürchtigen Haltung auf ihren Plätzen sitzen. Wer herumzappelte, erntete eine schnelle, scharfe Züchtigung mit der kurzen Rute, einem kleinen, dünnen, biegsamen Weidenstock, den die Eltern in der Tasche trugen oder in die Bibel gesteckt hatten. Längere, kräftigere Ruten warteten zu Hause und wurden, wenn nötig, eingesetzt.

Ich fragte mich, ob diese Form der Züchtigung hier immer noch gängige Praxis war. Ich konnte mir nur schwer vorstellen, dass Coral Rebecca ihre Mädchen schlug oder zuließ, dass jemand anders sie schlug. Gemeindemitglieder, denen bei einem anderen Kind ein Verhalten auffiel, das nicht als angemessen galt, durften den Übeltäter schlagen. Hier in Lane's Hill lernte man, dass die Strafe ständig alles überschattete. Wer nicht gehorchte, bekam Prügel.

Deedee, Coral Rebeccas älteste Tochter, entdeckte Freitag an seiner Leine und die Geschenke in meinen Händen, als ich näher kam. Die kleine Rothaarige neben ihr, eine von Marah Dianes Töchtern, schaute die Geschenke mit großen Augen an, die jedoch schmaler und vorsichtiger wurden, sobald sie erkannte, wer diese Geschenke in der Hand hielt. Ich hatte bei meinem letzten Besuch kaum Kontakt zu Marah Dianes Kindern gehabt, da sie so damit beschäftigt gewesen war, mit ihnen zu schimpfen und sie wegzuschicken. Ich konnte nur ahnen, was sie über mich gehört haben mussten. Wenigstens hatte ich heute auf ausdrücklichen Wunsch meines Vaters keine Hose angezogen. Ich trug einen Wollrock, der bis über meine Waden reichte, und ein schlichtes Oberteil. Ich hatte die Sachen an Robins Stand im Zeitreisenden-Lager gefunden und ein Tuch aus meinem Koffer als Gürtel umgebunden. Kombiniert mit einem

Blazer und hohen Stiefeln sah das Ganze gar nicht einmal schlecht aus.

Einer der Jungen packte die Rothaarige an der Hand und sie und Deedee begannen zu laufen und stürmten so nahe an mir vorbei, dass sie mich fast berührten. Marah Diane schaute mit großen Augen in meine Richtung. Sie kam auf mich zu und schimpfte mit den Kindern, dass sie von dem Tisch mit dem heißen Fett, in dem die Fische gebraten wurden, fernbleiben sollten.

»Ich kann nicht zur Gebetsstunde nach der Party bleiben«, schickte ich voraus, als wir uns gegenüberstanden. Mir war nicht entgangen, dass heute Mittwoch war, was bedeutete, dass eine Gebetsversammlung der Heiligen Brüder beginnen würde, sobald diese Party zu Ende ging.

Doch im Moment wirkte das Gelände täuschend unbeschwert und fröhlich. Geburtstagstische warteten, eingedeckt mit bunten Tellern, Servietten und Plastikbesteck. Ein riesiger Topf mit Bohnen und einem großen Käsestück daneben – Essen, das wohl jemand beigesteuert hatte, der Zugang zu Großpackungen besaß – standen bereit, um die vielen Verwandten und Freunde aus der Kirche satt zu bekommen. Gebratener Fisch und etwas, das wie Wildbret aussah, warteten auf einer großen Servierplatte und über einer Gasflasche stand ein Topf mit erhitztem Fett.

»Ich habe nicht erwartet, dass *du* in die Kirche kommen würdest«, fauchte Marah Diane und betrachtete erneut meine Kleidung. »Ich nehme an, Coral Rebecca hat dir gesagt, dass du dich anständig anziehen sollst.«

Lass dich zu keiner Reaktion hinreißen! Reagiere jetzt nicht! »Ich habe etwas für die Kinder mitgebracht. Wo soll ich es hinstellen?«

»Dort drüben zu den anderen Geschenken.« Sie deutete zu einem Tisch neben dem Gebäude. Meine Kinnlade fiel nach unten. Vier neue Fahrräder standen neben der riesigen Torte und anderen eingepackten Geschenken.

»Papa und Roy haben das Geld für diesen Quad schon.« Marah Diane hob das Kinn und schaute mich hochnäsig an. »In bar. *Zweitausendfünfhundert* Dollar.«

Mir wurde glühend heiß und ich lief wahrscheinlich knallrot an. *Was ist mit dem undichten Dach? Den Rechnungen? Dem Fußboden, der durchbricht? Dem kaputten Fenster in Lily Clarettes Zimmer, in dem es nicht einmal Strom gibt?*

Wie immer galt hier: Verschwendung oder Hungern.

»Die Mädchen haben ausnahmsweise einmal einen schönen Geburtstag.« Sie benetzte ihre Lippen und genoss sichtlich meinen inneren Konflikt, den ich nur mühsam verbergen konnte. Der Geldsegen durch den Verkauf des Hundes wäre in einem Monat aufgebraucht. Das Geld wurde für sinnlose Einkäufe verschleudert oder Verwandten geliehen, die gerade in der Klemme steckten. Das ging so lange, bis alle wieder gleich wenig Geld hatten. So lief das hier.

»Oh!«, war alles, was mir dazu einfiel.

»Du kannst deine Geschenke dort hinten auf den Tisch stellen. Nett von dir, dass du ihnen etwas mitbringst.« Sie warf einen abfälligen Blick auf die Geschenketüten, der besagte: *Du hättest dir auch etwas Größeres leisten können, aber du bist einfach zu egoistisch.*

Ihre Aufmerksamkeit wanderte zum Grill, wo Coral Rebecca und Levi selbst gefangene Fische panierten. Um den Tisch herum arbeiteten mehrere meiner Tanten, während die Männer in der Nähe auf Gartenstühlen im Kreis zusammensaßen, darunter mein Vater, mit dem Rücken zu mir. Entweder hatten die Männer mich noch nicht bemerkt, oder es interessierte keinen, dass ich gekommen war. Schwer zu sagen.

»Ich kümmere mich jetzt lieber um den Fisch.« Marah Diane ließ mich am Geschenketisch stehen. Ich überlegte, was ich jetzt tun sollte. Schließlich legte ich die Geschenke zu den anderen und versuchte, mir einzureden, dass sie das Geld sinnloser hätten ausgeben können als für Fahrräder. Wenigstens hatten die Kinder dadurch eine Freude.

»Ich freue mich wirklich sehr, dass du gekommen bist«, sagte Coral Rebecca hinter mir. Aber sie blieb mit einem gewissen Abstand stehen, statt mich zu umarmen, wie sie es getan hatte, als ich bei ihr zu Hause gewesen war. Sie hatte die Arme unsicher vor der Brust verschränkt. Uns beiden waren die neugierigen Blicke bewusst, die jetzt in unsere Richtung geworfen wurden, und das unterdrückte Flüstern, das die Runde machte. Die Luft war so angespannt, dass man eine Melodie darauf hätte spielen können. »Es war sehr lieb von dir, den Kindern etwas mitzubringen.«

»Nach unserem Gespräch vor ein paar Tagen habe ich befürchtet, dass sie nicht viel bekommen.« Ich schluckte den Rest hinunter. Jetzt war dafür nicht der richtige Zeitpunkt.

»Sei nicht sauer.« Coral Rebecca wusste, was ich dachte. Wahrscheinlich stand es mir deutlich ins Gesicht geschrieben. »*So* viel Geld hat es nicht gekostet. Marah Diane und Roy wollten den Mädchen einfach einen besonderen Geburtstag schenken. Und da wir uns die Kosten teilen, mussten Levi und ich uns nur ein wenig Geld borgen, um Sissy ein Rad zu kaufen und unseren Teil des Essens zu zahlen.«

»Du und Levi musstet euch Geld *leihen*, um diese Feier ausrichten zu können?«

»Das schaffen wir schon. Levi will mit einem seiner Kumpel oben bei der Kriegerwoche ein paar Messer verkaufen. Sie haben schon eins verkauft. Wenn jemand noch die anderen kauft, können wir das Geld zurückzahlen.«

»Und wenn die Messer *nicht* verkauft werden? Wenn du und Levi auf den Schulden sitzen bleibt?«

»Das passt schon. Wir schaffen das schon irgendwie. Wie immer.«

Warum schreibst du mir dann Briefe, sobald ein Kind eine Zahnspange braucht oder ein Auto kaputt geht oder jemand mit seinen Kreditzahlungen drei Monate im Rückstand ist? Ich durfte es nicht sagen und das frustrierte mich ungemein.

Meine Schwester sah aus wie ein Tier, das in eine Käfigecke gedrängt wurde. Als wäre sie zwischen mir und dem Gitter gefangen. »Komm mit und begrüße Papa und die anderen. Feiere mit uns, Jennia Beth. Meine Kinder sind so aufgeregt, seit Marah Diane ihnen gesagt hat, dass es eine gemeinsame Geburtstagsfeier gibt. Die Mädchen können es nicht erwarten, auf diese Räder zu springen. Sie bekommen nie etwas Neues. Immer nur irgendwelche alten Sachen, die schon jemand vor ihnen gehabt hat.«

Ich folgte ihr zum Picknicktisch und bemühte mich nach Kräften, so zu tun, als würde ich die Anspannung in der Luft nicht bemerken. Ich ignorierte die Blicke, die jede meiner Bewegungen verfolgten, oder die missbilligenden Frauen, die meine Kleidung und meine Haare kritisch betrachteten, die in einem losen Pferdeschwanz zusammengebunden waren, statt anständig geflochten zu sein.

Mein Vater rührte sich nicht vom Fleck, als ich zu den Gartenstühlen trat. »Jennia Beth«, sagte er nur. Die Worte waren vermutlich als Begrüßung gemeint, aber sie klangen eher wie eine Zurechtweisung.

»Hallo, Papa.«

Er führte sein Gespräch mit dem Mann weiter, der ihm gegenübersaß, entweder jemand aus der Gemeinde oder ein entfernter Verwandter.

Das war alles, was er mir zu sagen hatte, nachdem ich zwölf Jahre fort gewesen war! Ich sank auf eine der Picknickbänke neben dem Essen und war wie betäubt. In einem fernen Winkel meiner Seele hatte sich das kleine Mädchen in mir diesen Moment ganz anders ausgemalt. Ich hatte die Realität nicht wahrhaben wollen.

Wann würde ich mich endlich damit abfinden, dass sich mein Vater nicht für mich interessierte? Er wollte nicht wissen, wo ich lebte oder was ich machte oder wer ich war. Ich war ihm einfach gleichgültig.

Einer meiner Neffen – Marah Dianes Jüngster – wackelte an mir vorbei, stolperte über einen Zweig und stieß sich den Kopf am Tischbein. Ich hob ihn auf, setzte ihn auf meinen Schoß und war dankbar für die Ablenkung. Er lehnte sich an mich, spielte mit meinen Schlüsseln, drückte dann auf den Knopf für die Fernbedienung und lachte, als das Auto auf dem Parkplatz hupte.

»Noch mal! Noch mal!« Er kicherte. »Ein Zug!«

»Drück noch einmal auf den Knopf.« Ich führte sein kleines speckiges Däumchen zu dem Knopf. »Oh! Jetzt hupt es wieder! Der Zug kommt!« Seine weichen Babylocken kitzelten mich im Gesicht und der Geruch nach Erde und kleinem Jungen erinnerten mich an Joey. Er war ein so unruhiges Baby gewesen und hatte oft Koliken und Hustenanfälle gehabt. Ich hatte unzählige Nächte mit ihm auf der Veranda gesessen, den Vollmond betrachtet und ihn die kühle, feuchte Luft einatmen lassen, damit sein Husten und Weinen aufhörten. Niemand hatte mich je so geliebt wie mein kleiner Bruder.

Ich legte das Kinn auf den Kopf des Kindes, schloss die Augen und ließ die Erinnerungen zu. In der Stille der Nacht, wenn unser kleines Haus atmete und lebte, hatte es Momente gegeben, in denen sich die Familie wie eine Decke über mich gelegt und mir das Gefühl von Wärme und Sicherheit vermittelt hatte. An manchen Tagen war ich der festen Überzeugung gewesen, dass ich mein ganzes Leben hier in diesen Bergen verbringen würde – mit einem Mann und Kindern würde ich ein einfaches Dasein fristen. Darauf hatte ich mich hin und wieder sogar regelrecht gefreut.

Aber dann wiederum hatte es Zeiten gegeben, in denen ich meine Mutter zusammengekauert in der Ecke hatte sitzen sehen, während mein Vater sie demütigte, beschimpfte, anschrie und ihr drohte. Er hatte meine schöne Mutter gepackt, sie geschüttelt und sie dann wieder zu Boden gestoßen, wo sie weinend zusammensank, mit leuchtend roten Striemen auf ihrer Haut. Geschlagen und zerbrochen. Es hatte Zeiten gegeben, in denen seine ungezügelte Wut noch viel weiter gegangen war. Dann hatte sich in unserem Haus der reinste Horror abgespielt.

In jenen Nächten hatte ich gewusst, dass ich lieber tot wäre, als den Rest meines Lebens hier zu verbringen.

Es musste noch etwas anderes auf der Welt geben. Einen anderen Weg.

Aber als ich jetzt den Kleinkindergeruch von Marah Dianes Jüngstem einatmete, rührte mich das Leben meiner Schwester überraschend an – die Zukunft, die ich hier zurückgelassen hatte. Etwas in mir wollte auch so ein Baby haben, ein Zuhause, eine Familie und die ganzen Dinge, die in dem ausgefüllten, fordernden Leben, das ich mir in New York aufgebaut hatte, keinen Platz fanden.

Diese Sehnsucht beschlich mich, während ich noch unter der kalten Begrüßung meines Vaters litt. Sie kam hier, inmitten des bekannten Anblicks und der vertrauten Gerüche meiner Familie, mit überraschender Stärke zum Vorschein.

»Er mag dich.«

Ich hob den Kopf und erblickte Lily Clarette, die in meiner Nähe stand und mich ansah.

»Dieser Kleine geht normalerweise zu niemandem, den er nicht kennt. Wenigstens nicht, ohne zu weinen. Er ist ein wenig anhänglich.« Sie schaute den Kleinen an und schnitt ihm eine lustige Grimasse. Er gluckste und streckte die Arme nach ihr aus. »Nein, nein. Ich will dich nicht. Bleib nur, wo du bist.«

Ich hätte Lily Clarette nicht erkannt, wenn mir Coral Rebecca nicht hin und wieder Fotos von Familienfesten geschickt hätte. Meine jüngste Schwester war praktisch schon eine Frau. Sie war groß und schlank und ihre Haare hatten ein dunkleres Braun als damals, als sie klein gewesen war. Ihre Haut war glatt und hellbraun und ihre Augen genauso goldbraun wie meine und Marah Dianes. Mir war auf den Fotos gar nicht bewusst geworden, wie ähnlich sie Mama sah. Und mir.

Ich fragte mich, wie es meinem Vater wohl damit ging, dass Lily Clarette so große Ähnlichkeit mit unserer Mutter hatte.

Sie blieb, wo sie war, unsicher, ob sie sich noch weiter nähern sollte, aber sie wirkte neugierig.

Am liebsten hätte ich die Arme ausgebreitet und meine kleine Schwester an mich gedrückt, aber ich hatte Angst, dass ich sie vergraulen oder ihr Schwierigkeiten mit den Heiligen Brüdern einhandeln könnte. »Kannst du dich ein wenig zu mir setzen?«, fragte ich stattdessen. »Ich habe ewig nichts mehr von dir gehört. Ich glaube, das letzte Mal, als du mir eine E-Mail geschickt hast, war … wann? Ich denke, vor mindestens zwei Jahren. Du hast an einem großen Projekt für den Wissenschaftswettbewerb gearbeitet und du hast mich gebeten, deine Arbeit Korrektur zu lesen.« Es war falsch, dass ich danach nicht mit ihr in Kontakt geblieben war. Ich wusste nicht einmal, wie der Kontakt eingeschlafen war, ob *ich* mich nicht mehr gemeldet hatte oder ob *Lily Clarette* sich nicht mehr gemeldet hatte. Es passierte leicht, dass ich so sehr in meiner Arbeit aufging, dass Wochen und sogar Monate vergehen konnten, ohne dass ich meine privaten E-Mails alle las. Vielleicht hatte sie nur keine Lust mehr gehabt zu warten.

»Ach ja, das.« Sie verdrehte die Augen. Die Reaktion war so typisch für Teenager, dass ich darüber lächeln musste. Lily Clarette hatte eine überraschend mutige Art. »Ich habe es tatsächlich in die Ausscheidungen geschafft, aber dort habe ich nicht gewonnen und auch kein Stipendium bekommen. Es war also keine große Sache.« Ihre Schultern hoben und senkten sich und ihr Blick wanderte zum Männerstuhlkreis. Ich fragte mich, was wohl mein Vater zu Lily Clarettes Erfolgen gesagt hatte.

»Soll das ein Witz sein? Das ist eine große Leistung! Du bist wahrscheinlich die Erste in der Familie, die es je in die landesweiten Ausscheidungen in irgendeinem Bereich geschafft hat.« Das, was ich sagte, stimmte. Kinder aus einem schwierigen Familienumfeld sind in der Schule normalerweise keine überragenden Größen.

»Es ist nicht gut, stolz zu sein.«

Die Muskeln auf meinem Rücken spannten sich an. Diese Worte hätten aus dem Mund meines Vaters kommen können. *Für was hältst du dich eigentlich, Kind? Für die Königin von Paris? Hat dir diese Culp wieder Flausen in den Kopf gesetzt?*

»Du darfst stolz auf dich sein, wenn du etwas erreicht hast.«

»Stolz ist Sünde.«

»Fähigkeiten kommen von Gott, Lily Clarette.«

»Nicht immer.« Sie schaute auf ihre Hände und zupfte unbehaglich an einem eingerissenen Fingernagel.

Das Kleinkind entspannte sich an meiner Brust und seine Atemzüge wurden länger und tiefer. Ich setzte mich so hin, dass sein Kopf bequem lag. Die Bewegung war natürlich, vertraut, selbstverständlich. Genauso wie ein Kinderlied, das man auch nach Jahren noch auswendig singen kann. »Wenn sie nicht von Gott kommen, von wem dann?«

Ich konnte mir vorstellen, was bei Lily Clarettes Teilnahme beim Bundeswettbewerb passiert war. Zweifellos gab es irgendwo eine Wilda Culp oder eine Mrs Penberthy, die für meine jüngste Schwester etwas Besseres wollte und wusste, dass sie es schaffen könnte. Ich konnte mir die Auseinandersetzung zwischen meinem Vater und der Lehrerin lebhaft vorstellen. Mein Vater zog in die eine Richtung, die Lehrerin in die andere. Mein Vater hatte sicher versucht, Lily Clarette kleinzuhalten und ihr Schuldgefühle einzureden, weil sie einen klugen Verstand besaß und ihn tatsächlich auch benutzen wollte.

Jetzt erst begriff ich, dass es einen Grund gegeben hatte, warum Lily Clarette mir damals aus der Schule geschrieben und von ihrem Erfolg erzählt hatte. Sie hatte Unterstützung gesucht, aber ich war so sehr damit beschäftigt gewesen, meinem nächsten großen Projekt nachzujagen, dass ich mich nicht eingeschaltet hatte. Das hätte ich tun sollen. Und jetzt war es fast zu spät. Sie war in ihrem letzten Schuljahr und dachte daran, die Schule abzubrechen und einen Einundzwanzigjährigen zu heiraten. Und das mit dem Segen der Familie!

»Alles kommt vom Teufel, wenn es uns vom richtigen Weg fortführt«, antwortete Lily Clarette, so wie es ihr eingetrichtert worden war.

Ich dachte über ihre Worte nach. Wie bei den meisten Dingen, die man mir als Kind gesagt hatte, steckte gerade so viel Wahrheit darin, um dem eigentlichen Thema auszuweichen, es abzuwürgen und langsam zu ersticken. »Wer sagt denn, dass es *nicht* Gottes Plan wäre, dass du dein Talent für Naturwissenschaften einsetzt? Vielleicht könntest du studieren und dich für den Umweltschutz engagieren? Die Holzbetriebe, die alten Schlackenberge vom Bergbau und die Verseuchung des Grundwassers durch Abwässer verursachen große Probleme. Ging es bei deinem Projekt nicht darum?«

Wieder ein unverfängliches Achselzucken. »Ein wenig.«

»Hast du schon daran gedacht, ob du studieren willst?«

Marah Diane schaute jetzt in unsere Richtung. Ihre Miene war hart und ihr Kinn war angriffslustig vorgeschoben. Der Männerkreis flüsterte etwas, aber ich konnte die Worte nicht verstehen. Ein junger Mann mit langen Koteletten hatte sein Gespräch unterbrochen und beobachtete uns jetzt unter dem Schild einer Ford-Kappe hervor. War er der Mann, mit dem Lily Clarette verheiratet werden sollte?

»Hast du schon mal überlegt, ob du ans College gehen willst? Vielleicht an die WCU drüben in Cullowhee?«, drängte ich, da ich spürte, dass ich nicht mehr viel Zeit hatte. »Es gibt so viele Möglichkeiten, ein Stipendium zu bekommen, Lily Clarette. Nicht nur den Wissenschaftswettbewerb.«

Ihre Augen, die im Sonnenlicht golden leuchteten, blickten mich ernst an. Dachte sie wirklich darüber nach?

»Ich helfe dir, so gut ich kann – egal, um was es sich handelt. Ehrlich. Mit dem Material für die Zulassungstests, bei der Bewerbung für ein Stipendium. Wenn ich für ein Studiendarlehen bürgen soll, mache ich es. Ich könnte in Clemson Kontakte für dich herstellen. Ich habe dort zwar nicht so viel Einfluss wie Wilda Culp …«

Evan Hall verfügte zweifellos über den nötigen Einfluss. Würde er meiner Schwester helfen? »Aber ich würde es versuchen.«

Lily Clarette presste die Lippen zusammen. Sie schluckte schwer und blinzelte schnell, als würden ihre Augen brennen. »Clemson ist so weit weg.«

»Dann vielleicht für den Anfang die Volkshochschule?« Ich beeilte mich jetzt. Lily Clarette konnte es nicht sehen, weil sie mit dem Rücken zu den Männern saß, aber im Männerkreis braute sich etwas zusammen. Mein Vater hatte Marah Diane zu sich gerufen und es war nicht schwer zu erraten, dass es um mich ging.

Aus Coral Rebeccas Körpersprache schloss ich, dass sie es ebenfalls bemerkt hatte und sich Sorgen machte. Ihre Augen schossen nervös nach allen Seiten, während sie mit Levi flüsterte, der auf den Männerkreis verzichtete, um seiner Frau beim Braten der Fische zu helfen. Diesen verängstigten, leidenden Blick hatte sie immer, wenn sie wusste, dass es jeden Augenblick laut und unschön werden würde.

»Ich könnte dir helfen, eine Wohnung zu finden. In der Nähe des Campus, damit du zu Fuß zur Uni gehen kannst.« Keine meiner Schwestern hatte einen Führerschein, soweit ich wusste. Für Lily Clarette war es sicher genauso Furcht einflößend, sich auf den Straßen einer Stadt zurechtzufinden, wie es das anfangs für mich auch gewesen war. Ihre Augen waren so groß wie die blassgrünen Eier des exotischen Huhns, das mein Vater mit nach Hause gebracht hatte, als ich zehn gewesen war. Wenn wir die Eier einsammelten, war es immer ein Spiel gewesen, wer wohl das grüne Ei finden würde, das die graue Henne gelegt hatte.

Aus Lily Clarettes Gesicht sprach halb Entsetzen, halb Faszination. »Ich weiß nicht … Ich müsste Papa fragen.« Sie strich einige widerspenstige Haarsträhnen nervös in ihren Zopf zurück. »Und Craig.«

Fast verzweifelt legte ich meine Hand auf ihre. »Du *musst* niemanden fragen, Lily Clarette. Es ist *dein* Leben. Du bist fast achtzehn.« Ich hatte mir ihren Geburtstag gemerkt, auch wenn ich sonst nicht viel über sie wusste. Sie war in dem Jahr zur Welt gekommen, in dem in der ersten Novemberwoche so viel Schnee gefallen war. Meine Mutter hatte ihr den Namen *Winter* geben wollen, aber mein Vater war strikt dagegen gewesen. Er hatte noch nie gehört, dass jemand einen solchen Namen trug. In Wirklichkeit hatte er nach den zwei Fehlgeburten meiner Mutter gehofft, dass er noch einen Jungen außer Joey bekommen würde, und Lily Clarette hatte eine Enttäuschung für ihn bedeutet. Meinem Vater war es ganz egal gewesen, welchen Namen meine Mutter ihr gab, solange es keiner war, der in der Kirche Anstoß erregte.

»Ich werde sehen, was Papa dazu sagt«, wiederholte sie, was gleichbedeutend mit Resignation war. »Er braucht mich seit dem Unfall mehr. Ihm ging es eine Weile sehr schlecht …« Ich sah ihr an, dass sie noch mehr sagen wollte, aber sie zögerte. »Nur weil man achtzehn wird, bedeutet das nicht, dass man seinen Vater nicht ehren müsste. Ich habe Mamas Wesen in mir. Mehr als die anderen. Ich kämpfe dagegen an, aber es ist trotzdem da. Ich will nicht den falschen Weg einschlagen wie Mama und …«

»Und ich?« Ich musste zweifellos seit Jahren als abschreckendes Beispiel für den Weg, den man *nicht* einschlagen sollte, herhalten.

»Das habe ich nicht gesagt. Leg mir nichts in den Mund, was ich nicht gesagt habe.« Farbe zog auf ihre Wangen und übersäte ihre Haut mit rosa Flecken. »Ich bin anders als Marah Diane und Evie Christine. Ich verstehe, warum du nach Clemson gegangen bist, Jennia Beth. Ich sage nicht, dass ich mit allem einverstanden bin, aber ich verstehe es. Und ich weiß, dass dir Coral Rebecca sehr oft geschrieben und dich um Geld gebeten hat. Und du hast immer welches geschickt. Manchmal hätten wir es ohne deine Hilfe nicht geschafft. Ich bin nicht dumm.« Sie entzog mir ihre Hand, legte sie auf ihren Schoß und umklammerte sie mit ihrer zweiten Hand.

»Ich weiß, dass du nicht dumm bist. Deshalb möchte ich ja, dass du wenigstens darüber nachdenkst. Deine Zukunft liegt vor dir, Lily Clarette. Geh in die Welt hinaus und *schau*, was du tun willst. Du kannst jederzeit hierher zurückkommen, falls du dich entscheidest, dass hier der richtige Ort für dich ist. Aber dann weißt du wenigstens, was es außer Lane's Hill noch gibt.«

»Ich weiß, wie es da draußen in der Welt aussieht.« Sie rümpfte mit unübersehbarer Verachtung die Nase. »Großstädte, in denen Leute überfallen und ermordet werden und alle eng aufeinandersitzen. Ich würde in so einer Stadt den Verstand verlieren.«

Ich musste schmunzeln. Fast das Gleiche hatte ich zu Wilda Culp gesagt, als sie mir nahegelegt hatte, dass ich studieren könnte. »Es ist nicht so, wie man es dir erzählt, Lily Clarette. Die Stadt ist … interessant. Dort ist viel los. Sie ist voller Leben und es gibt so viel, was man sehen und tun kann. Es gibt dort Möglichkeiten, die du hier nicht einmal erahnen kannst. Komm mich im Winter besuchen. Schau es dir an und bilde dir selbst eine Meinung.« Ich war nicht sicher, wie ich das Flugticket bezahlen würde oder wie ich sie überhaupt dazu bewegen konnte, zum Flughafen in Charlotte zu kommen, ganz zu schweigen davon, wie ich sie aus Papas Fängen befreien sollte – doch ich war fest entschlossen. Ich würde eine Möglichkeit finden.

Einen Moment leuchtete etwas in ihr auf. Die Sehnsucht eines neugierigen, klugen Kopfes. »Ach, ich weiß nicht.« Sie warf einen Blick hinter sich auf die Männer und bemerkte zum ersten Mal die Konferenz, die dort abgehalten wurde. »Ich muss einfach abwarten.« Der verträumte Blick verschwand genauso schnell, wie er gekommen war. »Du brauchst dir um mich keine Sorgen zu machen, Jennia Beth. Ich weiß, was ich tue. Craig hat eine gute Arbeit und wenn er etwas Geld spart, kann er vielleicht sogar eines Tages die Firma von seinem Onkel kaufen. Ich werde ein anderes Leben führen als Marah Diane und Evie Christine, das verspreche ich dir.«

Ich hob den Blick und sah, dass Marah Diane auf uns zukam. »Aber komm mich wenigstens besuchen. An Weihnachten. Was hältst du davon? Wir feiern Weihnachten in der Stadt. Danach hast du immer noch genug Zeit, um zu entscheiden, wo du nach der Schule leben willst.« Ich zog meine Visitenkarte heraus, drückte sie ihr in die Hand und faltete ihre Finger darüber. »Du musst dich nicht jetzt sofort entscheiden, okay? Schreib mir eine E-Mail oder ruf mich an und wir können weiter darüber sprechen.«

Die Visitenkarte schien sie neugierig zu machen, obwohl sie die Hand schnell umdrehte und in ihren Rockfalten versteckte. »Craig wird nicht auf mich warten, während ich überall auf der Welt herumflattere. Er ist einundzwanzig. Er ist bereit, eine Familie zu gründen.«

»Wenn er dich liebt, wartet er, bis *du* auch dazu bereit bist.« Ich flüsterte jetzt fast, da dieses Gespräch unter uns bleiben sollte. Sobald die Familie Wind davon bekäme, würden sie Lily Clarette in die andere Richtung ziehen. Sie würde dann ein Spielball in einem Machtkampf werden.

»Lily Clarette.« Marah Dianes Stimme war schrill. »Geh und hilf Coral Rebecca, das Essen zu servieren.« Ihr Auftreten ließ keinen Widerspruch zu und sie zeigte deutlich, dass sie hier das Sagen hatte.

»Wir unterhalten uns gerade«, protestierte ich.

»Du könntest auch helfen, das Essen auf den Tisch zu bringen. Oder hast du vergessen, wie das geht?« Sie riss den Kleinen von meinem Schoß, stellte ihn halb schlafend auf die Beine und versetzte ihm einen Klaps. »Geh und spiel mit den anderen Kindern! Wenn du deinen Mittagsschlaf gemacht hättest, als ich es dir sagte, würdest du nicht mitten bei einer Geburtstagsfeier einschlafen.«

Der kleine Junge fand sein Gleichgewicht und watschelte auf seinen kleinen Beinchen, die sich wie bei einem Cowboy nach außen bogen, und auf seinen nackten Füßen über den steinigen, unebenen Boden davon.

Lily Clarette verschwand fast genauso schnell von der Bank.

»Du lässt sie in Ruhe!«, zischte Marah Diane und drohte mir mit dem Finger. Im Vergleich zu ihr wirkten die Männer auf den Gartenstühlen geradezu sympathisch.

Ich fuhr schockiert zurück. »Wie bitte?«

»Du *weißt*, wovon ich spreche.«

»Ich glaube nicht.«

»Lass sie selbst entscheiden, was sie will. Komm ihr nicht mit deinem Gift. Sie ist ein gutes Mädchen und vor ihr liegt ein gutes Leben. In der Kirche, mit einem Mann von den Heiligen Brüdern. Du kannst das nur nicht *ertragen*, weil du überhaupt nichts hast.« Ihre Stimme wurde so laut, dass die anderen zu uns herüberschauten. Ich wusste, dass sie das wollte. Zum Teil tat sie das nur zur Schau. Die Männer erwarteten, dass sich die Frauen gegenseitig ermahnten. Sie griffen erst dann ein, wenn es nötig war.

Mein Ärger war entfacht, während sich Köpfe zu uns herumdrehten. »Darauf sage ich jetzt lieber nichts.« Ich schaute mich suchend nach Freitag um, damit ich ihn holen und von hier verschwinden könnte. Ich würde jetzt auf keinen Fall mit ihr streiten. Falls Marah Diane wirklich auf unsere Probleme eingehen wollte, würde das verheerend enden.

»Warum denn *nicht*? Du weißt doch alles so genau. Du mit deinem großen Job und deinem Geld in New York! Du bist doch so viel *klüger* als wir anderen alle!«

»Marah Diane, hör auf damit. Das ist die Geburtstagsfeier deiner Kinder, um Himmels willen.« Ich stand auf, um ihr auf Augenhöhe zu begegnen. »Was ist denn mit dir *los*?«

Bei den Schaukeln und Wippen hörten die Kinder auf zu spielen und beobachteten uns mit einer ängstlichen Vorahnung. Ich kannte diese Blicke. Diese Gesichter warteten darauf, dass eine Bombe explodierte. Sie rechneten damit, dass ein völlig normaler Tag durch Konflikte und Chaos zerstört wurde. Sie wussten, wie das ablief, genauso wie wir das früher immer gewusst hatten. Zufriedenheit war in dieser Familie ein Feind, den man bekämpfen musste.

Marah Diane beugte sich näher zu mir. »Sag *mir* nicht, wie ich *meine* Kinder aufzuziehen habe, wenn du selbst nicht einmal welche *hast!*«

»Das Essen ist fertig!«, flötete Coral Rebecca, als hätte sie die sich anbahnende Katastrophe nicht bemerkt.

»Kommt essen, bevor es kalt wird«, fügte Levi hinzu. Gott segne Levi! Ich kannte ihn nicht einmal und mochte ihn sofort. Er und Coral Rebecca schienen von unserer Familiendynamik fast genauso frustriert zu sein wie ich.

Die Leute erhoben sich von den Gartenstühlen und gingen zum Tisch, wo mein Vater als ältester männlicher Gastgeber über dem Essen beten würde, damit es geheiligt und rein wäre.

Marah Diane warf mir einen letzten warnenden Blick zu, als wir uns trennten. Ich ging um den Tisch herum und fand einen freien Platz auf der Frauenseite neben Coral Rebecca und ihren Kindern. Freitag schlüpfte neben meine Beine und hoffte, auch etwas vom Essen zu bekommen.

Nachdem mein Vater für die Speisen gebetet hatte, folgte das Essen nach gewohnter Manier. Es war eine Mischung aus Vergangenheit und Gegenwart. Unsere glücklichsten Momente waren es immer gewesen, wenn alle ein Essen vor sich stehen gehabt hatten. *Was* es gegeben hatte und *wie viel* wir gehabt hatten, war von der

Jahreszeit abhängig gewesen. Wir hatten hauptsächlich das gegessen, was der Hof und der Wald hergaben, und hatten uns biologisch und natürlich ernährt, lange bevor diese Ernährung modern geworden war.

Ich plauderte mit Coral Rebecca und beobachtete ihre Töchter. Sie und Levi lächelten sich über den Tisch hinweg an und mir wurde bewusst, dass sie nebeneinandersäßen, wenn die Regeln der Heiligen Brüder nicht festlegen würden, dass Frauen und Männer an getrennten Tischen sitzen mussten. Ich fragte mich, ob Craig – der Mann, den Lily Clarette heiraten wollte – wohl Ähnlichkeit mit Levi hatte. So sehr ich sie auch davor bewahren wollte, so jung zu heiraten, hoffte ich es.

Als alle aufgegessen hatten, brachte Marah Diane die Torte, machte ein großes Theater um die Kerzen und schlug scherzhaft nach kleinen Händen, die den Zuckerguss abkratzen wollten. Die Kinder kicherten. Das fröhliche, süße Kinderlachen tat gut. Eine solche Geburtstagstorte gab es sonst nie. Deshalb war es schön, ihnen zuzusehen, wie sie auf ihre Stücke warteten und dann ihre Beute genossen. Selbst mein Vater schien sich darüber zu freuen. Er lachte und unterhielt sich mit dem jungen Mann, der vermutlich Lily Clarettes künftiger Bräutigam war.

Als die Teller der Kinder wieder leer waren, begannen die Geburtstagskinder, nach ihren Geschenken zu fragen.

»Ihr bekommt sie, wenn euer Papa sagt, dass es so weit ist«, schimpfte Marah Diane und warf ihrem Mann einen flehenden Blick zu.

»Das hier ist *mein* Tisch«, korrigierte mein Vater sie. »Und ich habe jetzt erst einmal etwas zu sagen.«

Der Kuchenbissen in meiner Kehle wurde steinhart. Ich war zuerst nicht einmal sicher warum, doch dann fiel mir ein, dass das Ende des Essens immer der Moment für Züchtigung gewesen war. Wenn mein Vater meinte, jemand hätte sich etwas zuschulden kommen lassen, wurde sein Vergehen an dieser Stelle vor der ganzen Familie verkündet und die Strafen wurden verhängt. Wenn man etwas getan hatte, das so schlimm war, dass man dafür die lange Rute verdiente, wurde erwartet, dass man ruhig hinausging und sich auf die Schläge vorbereitete.

Erst jetzt fiel mir auf, wie viel er abgenommen hatte, wie tief seine Augen in ihren Höhlen lagen und wie sehr seine Hände zitterten, als er die Handflächen auf den Tisch stützte. Ein Arm war von dem Unfall entstellt und vernarbt und drei Finger fehlten.

Sein Blick wanderte über die Anwesenden, blieb aber nicht an mir hängen. Selbst die kleinsten Kinder verstummten und rutschten auf ihren Stühlen nach hinten. Ich hatte Mühe, mich nicht genauso wie sie verkriechen zu wollen, als er sprach.

»Craig Johns hat gerade um Lily Clarettes Hand angehalten. Ich halte ihn für einen guten und rechtschaffenen Mann unserer Kirche. Deshalb habe ich ihm meine Erlaubnis gegeben. Sie können heiraten, sobald sie einen Termin festlegen. Ihr dürft ihnen gratulieren.«

Mein Vater setzte sich wieder. In dem Bruchteil einer Sekunde, bevor die Gespräche wieder einsetzten, beugte ich mich vor und schaute in Lily Clarettes Richtung. Ihr Blick war auf ihren Teller gerichtet und ihre Haut war kreidebleich. Als sie den Kopf hob, hatte sie ein Lächeln aufgesetzt, das aber unecht wirkte. Offensichtlich hatte sie mit der heutigen Ankündigung nicht gerechnet.

Aufgeregte Gespräche setzten am Frauentisch ein und die Geburtstagsfeier war für einen Moment vergessen. Stattdessen wurden Pläne geschmiedet. Man sprach über das gebrauchte Brautkleid im Secondhandladen, das jetzt mit einem Teil des Geldes, das der Hundeverkauf eingebracht hatte, erstanden werden konnte. Es wurde diskutiert, wer Stoff hatte, um eine Hochzeitsquiltdecke zu nähen, oder wer Möbel besaß, die er an das junge Paar abtreten könnte.

Am Männertisch schlug man sich auf den Rücken und gratulierte und es war davon die Rede, dass Craig vielleicht seine Arbeit als Gasflaschenfahrer aufgeben und für meinen Vater arbeiten könnte, falls man die Hundezucht ausbaute.

Alles, was ich gegessen hatte, lag mir plötzlich sehr schwer im Magen. Ich beugte mich zu Coral Rebecca hinüber und sagte leise: »Ich muss gehen, okay? Sag den anderen in meinem Namen Tschüs, wenn sich alles wieder beruhigt hat.«

Ich wollte sie morgen anrufen und fragen, was sie von Lily Clarettes Situation hielt. Wir könnten doch bestimmt etwas unternehmen, um sie dazu zu bewegen, die Schule nicht abzubrechen und jetzt schon in das gebrauchte Brautkleid zu schlüpfen, nur weil mein Vater das so wollte.

Ich stand auf und ging zuerst langsam und dann immer schneller und zerrte Freitag hinter mir her. In meinem Kopf tobte es wie ein Tornado, der über ein frisch gepflügtes Feld rast und alles auf seinem Weg mit sich reißt.

Ich merkte erst, wohin ich fuhr, als ich wieder in meinem Auto saß, über den Parkplatz raste und ein paar Kilometer den Feldweg entlangholperte. Plötzlich war mir alles bekannt. Ich hatte diesen Weg schon mit allen nur erdenklichen Fortbewegungsmitteln zurückgelegt – Pferd, Maultier, verrosteter Pick-up, zu Fuß, sogar mit einem alten Fahrrad, das wir auf einem Müllhaufen gefunden und repariert hatten.

Wildas Haus befand sich ein Stück den Berg hinauf gleich links nach der Weggabelung. Ich hielt den Atem an und wartete gespannt, bis es in meinem Blickfeld auftauchen würde. Dann stand es vor mir. Immer noch zwischen den Kiefern eingebettet, immer noch taubenblau gestrichen, auch wenn die Farbe inzwischen verblasst war.

Der Anblick dieses Hauses wirkte auf mich wie eine starke, beruhigende Umarmung von Wilda selbst. Tröstend legte sich eine warme Decke um mich. Ich kam etwas zur Ruhe und schloss hier vor dem Haus mit den abgedunkelten Fenstern, der verwitterten Fassade und dem überwucherten Garten die Augen. Ich legte den Kopf auf das Lenkrad, ließ die Tränen kommen und tat, als wäre Wilda immer noch da und würde sie wegwischen.

23

Eine Sturmfront zog über die Berge, als ich von Wildas Haus zurückfuhr. Ein kalter Regen hatte eingesetzt, bevor ich an der Hütte ankam. Ich wagte es nicht, mit dem Auto bis zur Hütte zu fahren. So blieb mir nichts anderes übrig als der Fußmarsch hinab zur Hütte in der Dunkelheit, bei dem ich trotz meines Schirms völlig durchnässt wurde und bei dem der Matsch meine Stiefel aufweichte. Nur mit meinem Handy als Taschenlampe stolperte ich über Steine und rutschte in den kleinen Sturzbächen aus, während sich Freitag schutzsuchend an meine Füße drückte.

Ich will fort von hier. Mir reicht's. Ich konnte es nicht erwarten, von hier wegzukommen. Wenn es nicht zu spät gewesen wäre, um noch heute Abend zum Flughafen zu fahren – ich wäre noch am selben Tag geflogen.

In Gedanken war ich schon in New York und kehrte zurück in meine vertraute Routine, wie man in ein Paar bequeme, alte Schuhe schlüpft.

Ein Blitz zerschnitt den Himmel, ein plötzlicher Windstoß setzte ein und klappte meinen Regenschirm um. Als ich auf die Veranda stolperte, war ich völlig durchnässt, konnte wegen der nassen Haare, die mir ins Gesicht hingen, nichts sehen und war sehr schlecht gelaunt. Freitag kratzte aufgeregt an die Tür und konnte es nicht erwarten, hineingelassen zu werden.

»Warte!« Während ich noch mit den Schlüsseln kämpfte, schaltete ich das Verandalicht ein. Die flackernde Glühbirne beleuchtete etwas, das noch nicht da gewesen war, als ich die Hütte verlassen hatte. Es war rechteckig und braun … und kam mir sehr bekannt vor. Es war ein Umschlag. Er klemmte dieses Mal hinter dem metallenen Begrüßungsschild. Ich nahm ihn vorsichtig mit zwei nassen Fingern mit hinein, wo ich ihn behutsam auf den Wohnzimmertisch fallen ließ, bevor ich ins Badezimmer eilte, um zitternd in meinen Hausanzug und in trockene Socken zu schlüpfen.

Nach drei Tagen kam plötzlich aus heiterem Himmel eine neue Lieferung? Wer hatte sie gebracht? Was konnte darinstecken? Wenn ich davon ausging, dass Evan die Wahrheit sagte, waren die acht Kapitel, die ich bereits gelesen hatte, alles, was es gab.

Freitag schien sich das auch zu fragen. Als ich ins Wohnzimmer zurückkehrte, hatte er die Vorderpfoten auf den Tisch gelegt und schnupperte an dem Umschlag, als hätte er etwas Interessantes entdeckt.

»Was ist in dem Umschlag, Freitag?« Dieser Umschlag war dünn und leicht. Vielleicht war es dieses Mal wirklich die Rechnung für die Hüttenmiete.

Ich öffnete den Umschlag, schaute hinein, blätterte in den Seiten und entdeckte gedruckte Linien. Das war eindeutig nicht die Rechnung. Das war … ein weiteres Stück des Manuskripts. Aber *wie* … und *wer*?

Ein unheimliches Gefühl beschlich mich, das Gefühl, beobachtet zu werden. Ich schaute in alle Ecken und Winkel der Hütte und kletterte dann die Leiter hinauf und schaute mich oben um. Bis auf die unerwartete Lieferung auf der Veranda fand ich alles so vor, wie ich es verlassen hatte.

Warum spielte jemand immer noch dieses Katz- und Mausspiel? Was erhoffte sich derjenige davon?

Die Müdigkeit des Tages war wie weggeblasen und die Neugier breitete sich wie ein süßer Duft im Raum aus. Unwiderstehlich, verlockend. Ich saugte diesen Duft auf und holte die Seiten heraus.

»Kapitel fünfzehn?«

Freitag spitzte die Ohren und legte den Kopf schief. Vielleicht war sogar ihm bewusst, dass als Nächstes eigentlich Kapitel neun an der Reihe wäre. Vieleicht wusste sogar er, dass es laut Evan das Kapitel, das ich jetzt in der Hand hielt, überhaupt nicht geben konnte.

Konnte das ein Teil eines anderen Manuskripts sein? Vielleicht sogar etwas, das mit *Die Hüterin der Geschichten* gar nichts zu tun hatte?

Diese Seiten waren anders. Schmalere Seitenränder, eine andere Schriftart. Das Papier hatte ein dunkles Grau angenommen und war steif geworden. Die ersten Blätter waren an den Rändern von Motten angefressen. Sie waren auf einer alten Schreibmaschine getippt worden. Einer Maschine wie der, auf der Wilda Culp Jahr für Jahr ihre Zeitungskolumne getippt hatte. Ich fuhr mit den Fingern vorsichtig über die Rückseite des Blattes, fühlte die Abdrücke der Buchstaben und stellte mir vor, ich könnte hören, wie Tasten mit unterschiedlicher Kraft auf das Papier gedrückt wurden. *Zeigefinger, Mittelfinger, kleiner Finger, Ringfinger, Zeigefinger …*

Ping, ping, ping …

Der Autor hatte diesem Teil des Manuskriptes eine Kapitelüberschrift und auch eine Nummer gegeben:

Kapitel 15

Tiefster Winter

24

DIE HÜTERIN DER GESCHICHTEN

Kapitel 15

Tiefster Winter

Es war schon weit nach der Mitte des Monats Dezember, als Sarra von Zeit zu Zeit auch ohne Begleitung allein im Lager des Sägewerks unterwegs war, um Aufgaben zu erledigen, die sie von Hudsons Frau Bonnie bekommen hatte. Seit sie in Hudsons Wagen bei den Sagua Falls angekommen waren, achtete Bonnie im Allgemeinen darauf, Sarra nahe bei sich zu haben, und schien sie wie eine Mutter beschützen zu wollen. Aber je mehr die Unbilden des Winters ihre umfangreichen täglichen Pflichten noch mühsamer machten, umso häufiger hielt es die Cherokee Bonnie für nötig – wenn auch nicht unbedingt für vorsichtig –, Sarra mit kurzen Aufträgen zu betrauen, die sie alleine erledigen musste.

Bei einem dieser Aufträge befand sich Sarra, die durch mehrere erfolgreich ausgeführte Aufgaben in den letzten Tagen in ihrem Selbstvertrauen gestärkt war, in dem Holzgebäude, in dem sich der Laden des Lagers befand. Als sie feststellte, dass der Laden bis auf den freundlichen alten Verkäufer menschenleer war, trat sie zu dem Fach mit den Haarbändern, die der Verkäufer schon für die Frauen und Familien der Arbeiter, die im Frühling hier erwartet wurden, auf Vorrat hatte. Da die Männer um diese Tageszeit alle mit dem Bau der Sägewerksgebäude beschäftigt sein sollten, hielt es Sarra für unbedenklich, diese wunderbare Sammlung an Waren zu betrachten, bevor sie mit der Arbeit, die ihr aufgetragen war, fortfuhr.

»Ich glaube, die hier hast du vergessen.« Die unerwartete Stimme in ihrem Rücken ließ sie zusammenzucken.

Sarra fuhr herum und erblickte den Mann, den alle Hoffsteader nannten, direkt hinter sich. Er hielt ihr eine Hand hin, an der eine Kette mit versilberten Glasperlen baumelte. Diese Perlen wurden oft zu Handelszwecken benutzt und waren nicht besonders wertvoll, aber in ihren Augen waren sie hübsch. Da sie nie irgendeinen Schmuck gesehen hatte außer den handbearbeiteten Knochenperlen und dem geschnitzten Gebetskästchen, das ihr von ihrer Cherokee-Großmutter gegeben worden war, hatte sie gelegentlich sehnsüchtige Seitenblicke auf die versilberten Perlen geworfen.

Ihre Hand bewegte sich wie von selbst auf die Perlen zu, aber sie zog die Finger schnell wieder zurück. »Nein. Die gehören mir nicht. Ich bin nur hier, um Salz und Mehl zum Braten zu kaufen.« Sie hob den Korb mit den Lebensmitteln, derentwegen Bonnie sie hierher geschickt hatte. Mit diesen Sachen würden sie das Fleisch eines großen Rehs braten, das Hoffsteader selbst am Abend zuvor erlegt hatte. Das war ihm zweifellos bewusst, da es seine Aufgabe war, für frisches Wildbret zu sorgen, um die mageren Wintervorräte bis zum Frühling aufzustocken.

Sie atmete scharf ein, als Hoffsteader ihre Hand ergriff und die Perlenkette hineinlegte. »Du solltest sie haben. Sie haben die gleiche Farbe wie deine Augen, aber sie sind viel weniger reizvoll.«

Sarra schaute mit offenem Mund stumm die Kette an, die jetzt in ihrer Hand lag. Noch nie hatte jemand so etwas zu ihr gesagt! Noch nie hatte ihr ein Fremder ein Geschenk gemacht und sozusagen darauf bestanden, dass sie es annehmen müsse.

»Sie wurde ganz bestimmt für einen hübschen Hals wie deinen gemacht.« Hoffsteader bewegte die Finger durch die Luft, als hätte er die Absicht, ihre Haare beiseitezuschieben und die Haut zu berühren, auf der die Perlen liegen sollten.

Sarra wich instinktiv zurück. Die kostbaren Perlen rutschten aus ihren Fingern und landeten klirrend auf dem Boden. Sie verlor einen Moment das Gleichgewicht, bevor sie wieder fest auf den Füßen stand, auch wenn sie ihre Stimme noch nicht wiederfand.

Hoffsteader nahm in einer galanten Bewegung seinen Hut ab,

hob die Perlen auf und legte sie in seine kräftigen Finger, als wären sie ein winziges Spielzeug. »Ich wollte dich nicht erschrecken.«

Bonnies unzählige Warnungen übertönten das aufgeregte Hämmern in Sarras Herz und ließen sie noch einen Schritt zurückweichen. *Halte dich von den Männern fern. Hier sind zu viele einsam und suchen Wärme.*

Sie wich noch einen Schritt zurück, doch die grob bearbeiteten Regale an der Wand versperrten ihr den Weg. Es war wirklich anstrengend, Tag für Tag mit so vielen Männern zusammenzuleben und zu keinem von ihnen zu gehören. Sie könnte bestimmt eine Beziehung eingehen, wenn sie das wünschen würde. Im Laufe der vergangenen Wochen hatte sie gelegentlich überlegt, ob sie das tun sollte. Falls sie einen dieser Männer heiratete, wären Jep und Brown Drigger gezwungen, ihren Anspruch auf sie endgültig aufzugeben. Einem Mann seine Frau zu stehlen galt als todeswürdiges Verbrechen und in den Bergen, wo das Leben dem Gesetz der Berge unterworfen war, wurde diese Strafe oft sehr brutal vollstreckt. Hoffsteader, der ein kräftiges Exemplar von einem Mann und ein treffsicherer Schütze war und der selbst Cherokeeblut und Blut von Weißen in den Adern hatte, könnte sie zweifellos gut beschützen.

Hoffsteaders Stimme war sanft und lockend, als rufe er einen Welpen zu sich. »Es stand dir deutlich ins Gesicht geschrieben. Ich habe dich beobachtet. Du kannst sie doch einfach als Geschenk annehmen. Ein Geschenk unter Freunden.«

»Ich ...« Sie hatte keine Erfahrung, wie sie darauf reagieren sollte. »Sie sehen hübsch aus, aber ich bin nur wegen des Mehls und des Salzes für Bonnie hier.« Sie drückte den Korb an ihre Hüfte und warf einen ängstlichen Blick zur Tür. Das kleine, niedrige Gebäude fühlte sich auf einmal wie eine Falle an, die ihr den Fluchtweg versperrte.

»Ich muss in dieselbe Richtung.« Er hatte ihr schon den Korb aus den Händen genommen, noch bevor sie um ihn herumgehen konnte. »Ich muss den Rest von diesem Reh holen und über die Felswand werfen, bevor es Ungeziefer anlockt.«

Da ihr kaum eine andere Wahl blieb, folgte ihm Sarra und hörte zu, während er etwas von einem Rotluchs erzählte, der sich in den letzten Nächten bis an den Rand des Lagers vorgewagt hatte.

Sie antwortete nicht, sondern nickte nur höflich und mit einer gewissen Faszination, da sie Hoffsteader nicht für den Typ gehalten hatte, der Geschichten erzählte. Genau genommen hatte sie in den ganzen Wochen, seit sie am Sagua Creek war, noch überhaupt nicht mit ihm gesprochen. Er verschwand oft tagelang und tauchte dann wieder auf, wenn er seine Beute erlegt hatte. Er kannte sich in den Bergen sehr gut aus. Ähnlich versiert war er mit Wurzeln und Blättern, um Speisen zu würzen und Krankheiten zu heilen, und sammelte sie ebenfalls.

Vielleicht, dachte Sarra jetzt, wäre es geschickt, wenn sie versuchen würde, ihr Herz für diesen Mann zu erwärmen, falls man ein Herz mit reiner Willenskraft steuern konnte. Vielleicht könnte er ihr im nächsten Frühling helfen, den Weg zu Aginisis Hütte zu finden, um ihre Gebeine zu begraben und für sie zu beten.

Sie beobachtete, wie der Matsch unter ihren Stiefeln einsank, und bewegte diese wichtigen Fragen in ihrem Herzen, während Hoffsteader von dem Rotluchs erzählte und wie er ihm am Tag zuvor entkommen war.

»Ich bin ein Mann, der früher oder später bekommt, was er sich vornimmt.« An der Tür, die zu Bonnies und Hudsons schlicht gebauter Küche führte, blieb er stehen. Sein Blick wich nicht von ihr. Sie bemerkte, dass er sie begehrte, und etwas tief in ihrem Inneren wich instinktiv zurück. Seine Miene weckte ungewollte Erinnerungen an lange Nächte in Brown Driggers Hütte.

»Was ist denn hier los?« Randolphs Stimme durchbrach die Stille des Winternachmittags. Sarra nahm Hoffsteader ihren Korb ab und fuhr herum. Randolph tauchte zwischen den Bäumen auf. Er spazierte oft mit seinem Buch und seinem Stift in den Wald hinein. Heute hatte er einen kleinen Zweig des Galaxblättrigen Winterblattes bei sich, eine Pflanze mit hellrosa Blüten und gelben Staubfäden, die Aginisi auf Cherokee als *Schee-schow* bezeichnet hatte. Sie wuchs nahe am Wasser und warf auch in den kalten Monaten ihre Blätter nicht ab.

Kohlen glühten in Randolphs blauen Augen, als er Hoffsteader ansah, der wiederum seine Brust aufblähte, das Kinn hob und plötzlich stark an einen Hund erinnerte, der fest entschlossen sein Revier verteidigte. »Darf ich fragen, warum dich das interessiert?«

»Das darfst du *nicht.*« Randolph verschränkte die Arme vor sich und lehnte sich an den Holzstoß neben der Küche.

»Sie ist nicht deine Frau, oder?« Hoffsteader deutete mit dem Kopf in Sarras Richtung.

»Sie ist mit mir hierhergekommen. Deshalb ist es selbstverständlich meine Aufgabe, mich um ihr Wohl zu sorgen.«

Diese Antwort verletzte Sarra ein wenig. In ihr wuchs der Wunsch, dass Randolph auf diese Frage mit einem einzigen Wort antworten würde: *Ja.*

»Ich will ihr nichts tun. Ich möchte nur ein wenig Zeit in ihrer Gesellschaft verbringen. Sie kann schließlich selbst entscheiden, was sie tut.«

Randolph legte jetzt eine Hand auf Sarras Arm und zog sie näher zu sich. Seine Berührung war sanft, aber bestimmt. »Ich würde sagen, du solltest dich jetzt lieber verziehen, Hoffsteader.«

Sarras Gedanken stoben auseinander wie kleine Mäuse, die unter den Felsspalten im Frühling aufgeschreckt werden.

Hoffsteader weigerte sich noch einen Moment nachzugeben, bevor er schließlich doch den Rückzug antrat. Ein heimtückisches Grinsen umspielte seine Lippen. »Dann solltest du ein so schönes Ding nicht allein herumlaufen lassen, während du im Wald spazieren gehst. Es könnte sonst leicht passieren, dass ein anderer Mann kommt und seine Absichten *unmissverständlich* klarmacht.«

Dann drehte er sich um und ging. Sarra blieb neben Randolph stehen und schaute dem Mann nach, der widerstrebend das Feld räumte.

»Was zum Kuckuck hatte das zu bedeuten?«, wollte Randolph wissen und schaute sie mit einem strengen Stirnrunzeln an. Sein Blick wanderte zum Korb mit dem Essen. Sie folgte seinem Blick. Erst jetzt stellte sie fest, dass Hoffsteader die silbernen Perlen auf das Mehl gelegt hatte.

»Die hat er gekauft«, murmelte sie und deutete auf die Perlen. Ein Anflug von Gemeinheit veranlasste sie, impulsiv hinzuzufügen: »Er sagte, sie haben dieselbe Farbe wie meine Augen.«

»So, das hat Hoffsteader gesagt?« Er nahm die Perlen aus ihrem Korb und wog sie in seiner Hand ab. »Ich sorge dafür, dass er sie zurückbekommt. Hier in Sagua Falls sind viele Männer, Sarra. Mit allen möglichen Absichten, von denen viele nicht ehrbar sind. Verstehst du das?«

Ihr Zorn regte sich, begleitet von einem gewissen Trotz. Sie dachte daran, ihm die Perlen abzunehmen und zu sagen: *Sie gehören jetzt mir. Er hat sie mir geschenkt.* Aber sie verstand, was Randolph meinte, auch wenn sie das nicht wollte. Diese Perlen bekäme sie nicht kostenlos. Alles, was man von Männern bekam, kostete seinen Preis.

Selbst die Großzügigkeit, die Randolph ihr erwiesen hatte, als er ihr das Leben gerettet und sie hierher gebracht hatte, kostete ihren Preis. Und je länger der Winter dauerte, umso mehr fürchtete sie, dass dieser Preis so hoch war, dass sie ihn nicht zahlen konnte. Ein tiefer Schmerz regte sich in ihr und wuchs täglich. Er durchbohrte sie jedes Mal, wenn sie daran dachte, dass er im Frühling von hier weggehen würde. Ihr fehlten die Worte, um diesen Schmerz zu beschreiben. Ein solches Gefühl hatte sie noch nie zuvor gekannt, aber es hatte große Ähnlichkeit mit dem tiefen Schmerz, der sie durchbohrt hatte, als sie die sterbende Aginisi allein hatte zurücklassen müssen.

»Und Hoffsteader hat sich eindeutig geirrt.« Randolphs Stimme wurde leiser und war nur für ihre und seine Ohren bestimmt. »Deine Augen sind viel schöner als diese Glaskugeln. Oder als sonst irgendetwas.«

Jetzt schaute sie ihm tief in die Augen und die Sehnsucht bohrte sich in sie hinein und rüttelte an ihr wie die Zähne von Brown Driggers Wildschweinen. Der Schmerz riss ihr das Herz, den Magen und die Seele aus dem Leib und höhlte sie aus.

Randolphs kalte Finger streichelten ihr Gesicht. Sie zog sich nicht von ihm zurück, sondern beugte sich ein wenig näher zu ihm vor. Sie hätte es nie für möglich gehalten, dass sie der Berührung einer Männerhand je wieder vertrauen könnte.

»Wir sollten hineingehen«, flüsterte er.

»Bonnie wartet mit der Arbeit auf mich«, nickte sie. Es würde nicht mehr lange dauern, bis die Männer kämen. Sie hatten heute Abend bestimmt großen Hunger nach frischem Fleisch.

Aber eine Frage regte sich in ihr, hatte die Flügel ausgebreitet und schwebte in der Luft. Was sah Randolph, wenn er ihr wie jetzt tief in die Augen schaute?

Er schloss die Faust um die Perlen und steckte sie in seine Jackentasche. »Ich werde dafür sorgen, dass Hoffsteader diese Perlen zurückbekommt und kapiert, dass du nichts von ihm willst.«

Sarra nickte und folgte ihm hinein, dachte aber an die Perlen. Vielleicht hätte sie sie trotzdem behalten sollen. Vielleicht sollte sie sich doch einen Mann suchen, der nicht bald aus den Bergen verschwinden würde.

Randolph beugte sich über sein Papier, hob die Feder wieder und setzte den Brief an seine Familie fort, zu dem er schon oft angesetzt hatte, seit er im Sagua Camp angekommen war. In den letzten warmen Tagen hatte die Schneeschmelze eingesetzt und bald könnte die Post mit einem Maultier in den nächsten Ort hinabgebracht werden.

Inzwischen machte sich seine Familie zweifellos Sorgen um ihn. Seine Mutter und seine geliebten Schwestern fürchteten bestimmt, dass ihn ein schreckliches Schicksal ereilt haben könnte. Als er den Brief noch einmal durchlas, fielen ihm die klaren, geraden Zeilen auf, der Beweis für die ruhige Hand, mit der er das Sägewerkslager beschrieben und es geschafft hatte, den Eindruck zu erwecken, der Grund für seinen Aufenthalt hier wäre allein ein akademisches Interesse an der Errichtung eines Holzfällerortes und eines Sägewerks.

Er schloss seine Beschreibung mit tröstlichen Worten.

Bei allem solltet ihr euch keine Sorgen um mich machen, falls ihr zu etwas so Törichtem versucht sein solltet. Mir geht es gut; ich genieße die saubere Bergluft und die schönen Anblicke der Natur. Die Blue Ridge Mountains sind wirklich ein Stück Himmel auf Erden, falls so etwas überhaupt möglich sein sollte. Ich setze natürlich mein Studium seiner Flora und Fauna und meine Bemühungen, die Menschen hier mit den Wahrheiten der Kirche und des einen, wahren Gottes bekannt zu machen, fort ...

Seine Augenlider senkten sich müde. Er legte schwer den Kopf in seine Hand und gab seinen Versuch, den Brief zu Ende zu bringen, erneut auf. *Der eine, wahre Gott ...* vor dem alle Unwahrheiten ein deutliches Zeichen der Sünde waren. Er war zu seiner Familie alles andere als ehrlich. Und auch zu sich selbst.

Wie oft hatte er sich in diesen kalten Nächten seine Familie vorgestellt, die vor dem gemütlichen, alten Kamin zusammensaß, warmen Tee nippte, Geschichten erzählte und Abendgebete sprach! Wie oft wünschte er, er wäre bei ihnen und würde die Teeplätzchen und die anderen Köstlichkeiten der alten Hausmagd Hast genießen!

Warum konnte er ihnen jetzt nicht schreiben? Warum schienen sie so weit weg zu sein?

Sein Blick schweifte durch den Raum, bis er an Sarra hängen blieb, die nahe vor dem Feuer saß und sich auf die Näharbeit konzentrierte, die Bonnie ihr gegeben hatte. Sie hatten sich angewöhnt, Sarra und er, noch hierzubleiben, wenn Hudson und Bonnie zu Bett gingen. Später würde sich Sarra in ihr Bett in der Küche zurückziehen und Randolph würde hier neben dem Feuer seine Matte ausrollen, in die züngelnden Flammen schauen und über die vielen Wochen nachdenken, die sie hier schon Schutz gefunden hatten. Der Dezember war halb vorbei. Es war bereits tiefster Winter.

Der Frühling schien plötzlich viel zu nahe zu sein.

Sarra unterbrach jetzt ihre Flickarbeit und schaute ihn an, als wäre ihr unerwartet ein Gedanke gekommen. »Warum kritzelst du so viel in dieses Buch? Ich sehe dich so oft damit weggehen.«

Diese Frage traf Randolph unerwartet. Er schaute sie nachdenklich an. Wie konnte er hoffen, ihr die Wissenschaft der Botanik und der Ornithologie und den Ehrgeiz nach wissenschaftlichen Entdeckungen verständlich zu machen? In Sarras Welt gab es für solche Dinge keinen Verwendungszweck. Sie wusste, wozu Pflanzen benutzt werden konnten und wie sie wuchsen und zu welcher Jahreszeit sie blühten, aber ihr käme nie in den Sinn, solche Beobachtungen zu studieren, zu katalogisieren und festzuhalten, außer in ihrem Gedächtnis.

Wie konnte er ihr erklären, dass diese Reise, dieses Jahr in der ungezähmten Wildnis, trotz seiner schicksalhaften Wendungen und des Überlebenskampfes eine heilige Erfahrung für ihn war, die er dokumentieren wollte? Es würde kein Jahrzehnt mehr dauern, bis die Höhen und Täler der Appalachen von Eisenbahnschienen und von Siedlungen wie der, die Hudson hier errichten ließ, durchzogen wären. Die Welt veränderte sich rasch.

»Ich habe gerade meiner Familie geschrieben«, antwortete er ausweichend. »Damit sie mir nicht so weit weg erscheinen. Ich weiß, wie sehr sie sich freuen, wenn sie von mir hören und erfahren, was ich hier sehe und erlebe. Besonders meine Schwester Lucinda. Ich denke, sie wird selbst eine Abenteurerin werden, wenn sie älter ist.« Er wurde erneut daran erinnert, dass Sarra, dieses Mädchen aus den Bergen mit den leuchtenden Augen, ungefähr genauso alt war wie Lucinda, auch wenn ihr Leben mit bloß sechzehn Jahren völlig anders aussah. Sie war noch nicht viel älter als ein Mädchen, aber sie war ganz allein auf der Welt und musste mit unbeschreiblichen, grausamen Widrigkeiten fertigwerden. Er hoffte, dass er eine sichere Unterbringung für sie finden konnte, bevor er wegging. Aber die Schwierigkeit war, dass er keine Idee hatte, wie so etwas konkret aussehen könnte. Die Möglichkeiten für eine Frau mit Melungeon-Blut waren gering und die Gefahren waren vielfältig, umso mehr, da Sarra keine Familie hatte, die sie beschützen konnte.

Jetzt wandte sie wieder den Blick von ihm ab und gab ihm in Bezug auf ihre Gefühle neue Rätsel auf. »Du vermisst sie sehr.« Es war mehr eine Feststellung als eine Frage und ihre Stimme klang belegt. Er sah die Entschlossenheit in ihren zarten Gesichtszügen. Im Feuerschein war sie schön wie das Kunstwerk eines Meisters. Ihre Haut hatte einen weichen hellbraunen Glanz und ihre langen, dichten Locken fielen schwarz wie die Nacht über ihre Schulter, als sie sich wieder ihrer Näharbeit zuwandte.

Randolph betrachtete sie fragend. Vielleicht hatte sie seine Gedanken erraten oder vielleicht hatte die Erwähnung seiner Familie in ihr Erinnerungen an ihre Cherokee-Großmutter in Tennessee geweckt.

»Ja, ich vermisse sie. Jetzt, da bald Weihnachten ist und ich daran denke, dass sie alle um den Festtagstisch versammelt sind, ist das unvermeidlich. Dort wird gelacht und Geschichten werden erzählt. Und mein Platz am Tisch wird leer bleiben.« Er sah dieses Bild vor Augen, als er das sagte, und ein Anflug von Heimweh regte sich in ihm, so scharf und schmerzhaft wie Dolchstiche. »Weißt du, was Weihnachten ist, Sarra?«

»Weiß das nicht jeder?« Sie bedachte ihn mit einem sonderbaren Blick, halb Lächeln, halb Stirnrunzeln. »Opa hat uns oft die Geschichte aus dem Buch vorgelesen. Ist jetzt Weihnachten?«

»Noch nicht. Aber bald.« Er lehnte sich auf seinem Stuhl zurück, nippte an Bonnies Tee aus den Blättern der wilden Scheinbeere, für den er in den letzten Wochen eine Vorliebe entwickelt hatte, und erzählte Sarra von Weihnachten in Charleston. Er beschrieb die Schiffe im Hafen, die Glockenschläge der Kirchen St. Michael und St. Phillip, die schwimmenden Laternen, die Kinder ins Meer setzten, und die tiefen, melodischen Gesänge der kreolischen Frauen bei der Arbeit. »Auf der ganzen Welt gibt es kein Weihnachten wie in dieser wunderschönen Stadt am Meer.«

Da kam ihm ein Gedanke. Er zeichnete eine grobe Skizze von der Silhouette der Stadt mit ihren schönen Kirchtürmen. Dann zeigte er sie Sarra und erklärte ihr die Größe, Form und den Zweck jedes Gebäudes. Er malte sich aus, dass er ihr eines Tages die Stadt mit ihren eindrucksvollen, alten Kirchen und den schönen Häusern, die am Meer Wache standen, zeigen würde. Er würde mit Sarra an der Battery, der Promenade am Meer, entlanggehen und ihren Blick auf die großen Schiffe im Hafen lenken. Er malte sich aus, wie sie sowohl auf das Grandiose als auch auf das Gewöhnliche der Stadt, die er so liebte, reagieren würde.

Was wären wohl ihre Gedanken bei diesen ersten, faszinierenden Eindrücken?

Doch ebenso schnell wie diese Gedanken kamen, verwarf er sie auch wieder. Er schämte sich wegen dieser Idee und der Flucht in eine Fantasiewelt. In Charleston war kein Platz für eine Frau mit gemischtem Blut wie Sarra, noch gäbe es zu seinen Lebzeiten irgendwo sonst einen solchen Platz. Die feine Gesellschaft würde sie in ihren Salons nicht dulden und selbst die Frauen in der Küche seiner Mutter würden ihre Anwesenheit nicht akzeptieren. Irgendein reicher Mann würde sie zweifellos bald zu seiner Geliebten machen, von ihrer exotischen Schönheit fasziniert, aber auch abgestoßen davon, dass sie Cherokeeblut in sich trug.

Charleston konnte diesem Mädchen aus den Bergen nichts bieten und er auch nicht. Es tat weder Sarra noch ihm gut, solche Gedanken auch nur für einen Moment zuzulassen, und schon gar nicht seiner Familie.

Bei seinem Spaziergang am Bach heute hatte er sich unter eine Eiche gesetzt, auf das zugefrorene Wasser geschaut und die Hand an den Baumstamm gelegt, in den er Sarras Namen eingeritzt hatte. Würde sie sich freuen, wenn sie sah, dass ihr Name dort von ihm verewigt worden war? Doch ihm fehlte der Mut, ihr diese Stelle zu zeigen.

Trotzdem würde er dieses und viele andere Wunder gerne mit ihr teilen – wie so vieles auf der Welt. Aber das alles war sicher ein genauso unrealistischer Traum wie die Vorstellung, dass sie nebeneinander in angenehmer Gesellschaft durch die Straßen von Charleston schlendern würden. Obwohl sein Verstand das wusste, wollte eine andere Kraft in ihm nicht aufhören, ihn mit Fantasiebildern zu quälen.

Sarras Augen weiteten sich und glänzten wie eine strahlende Münze. Sie hatte ihre Näharbeit unterbrochen, um ihm zuzuhören. »Aginisi hat mir von den Menschen am Meer erzählt. Die Leute ihrer Mutter kamen von dort.« Sie zog die Kette mit dem Anhänger unter ihrer Bluse hervor, hielt ihn ehrfürchtig in den Händen und zeigte ihn Randolph. »Das haben sie vor langer Zeit mitgebracht. Es kam mit ihnen über das Wasser.«

»Aginisi? Deine Großmutter hat dir das gegeben?« Seine Neugier war geweckt. Er beugte sich näher vor, stand aber nicht auf, um zu ihr zu gehen, da dieser Moment so zart war, dass er ihn auf keinen Fall zerstören wollte. Er hatte sich oft wegen der Kette und der Bedeutung der sonderbaren Mischung aus kleinen Totems daran Fragen gestellt. »Ich hatte angenommen, sie stamme aus diesen Bergen. Sie wäre eine Cherokee.«

Sarra überlegte. »Unsere Leute kommen aus vielen Orten, hat Aginisi gesagt. Sie hat mir die Geschichte der Leute am Meer erzählt, aber auch die der Leute in den Bergen. Sie hat beide in ihrem Blut. Deshalb hat sie mir Geschichten von den einen und von den anderen erzählt. Sie hat gesagt, dass ich diese Geschichten bewahren soll. ›Sarra‹, hat sie oft gesagt, ›alles, was aus Fleisch und Blut ist, vergeht, aber Geschichten bleiben bestehen. Du kennst sie alle, und wenn ich nicht mehr auf der Erde bin, musst du diese Geschichten bewahren und erzählen.‹«

Randolph lehnte sich unwillkürlich näher zu Sarra, fasziniert von ihren Worten.

»Du willst meine Geschichten hören?« Jetzt sah sie ihn mit einem

Blick an, der ihn zu durchbohren und an seinem Platz festzunageln schien.

»Ja, Sarra, ich will sie hören.«

»Ich erzähle zuerst die Geschichte der Cherokee und wie die Berge für sie geschaffen wurden.«

»Das würde ich sehr gerne hören.« Er blätterte in seinem Tagebuch eine neue Seite auf, um die Volkslegende festzuhalten, während sie sprach.

»Er kam vor langer Zeit, als das ganze Land noch flach war. Der große Bussard, der Vater aller Bussarde, die jetzt leben oder jemals gelebt haben, flog über das ganze, weite Land.« Sie streckte ihre langen, schlanken Finger aus, zeichnete einen zarten Bogen in die Luft und streichelte die Landschaft in ihrer Fantasie. »Als der große Bussard ins Land der Cherokee kam, war er sehr müde. Seine Flügel begannen, langsamer zu schlagen, und berührten die Erde, als er immer tiefer sank. An allen Stellen, an denen sie die Erde berührten, entstanden Täler und dort, wo sie sich wieder nach oben bewegten, entstanden Berge.«

Im Feuerschein zeichnete sie für ihn die Berge und ihre Augen leuchteten, als genieße sie seine atemlose Bewunderung. »Als alle Tiere oben im Himmel sahen, was passiert war, fürchteten sie, dass sich die ganze Welt in ein Gebirge verwandeln würde, und riefen den großen Bussard zurück. Aber das Land der Cherokee, in dem er schon gewesen war, ist bis auf diesen Tag voller Berge.« Ihre Lippen zogen sich nach oben, als sie die Geschichte abschloss, und er ertappte sich dabei, dass er sich auf seinem Stuhl gemütlich zurücklehnte und ebenfalls lächelte.

»Eine schöne Geschichte«, sagte er zu ihr. »Und so ist die Welt zu dem geworden, was sie ist? Durch die Flügel eines Bussards?«

»Eine schöne Geschichte«, gab sie ihm recht und ahmte die Betonung und Aussprache, mit der er das gesagt hatte, fast perfekt nach. »Aber *am Anfang schuf Gott den Himmel und die Erde.* Das haben die Menschen hier schon vor langer Zeit von denen gelernt, die übers Meer kamen. Sie kamen in einem Kanu, das so groß war wie eine Hütte, einen weiten Weg von einem fernen Ort. Einem Ort wie dem, den du in deinem Buch gemalt hast, denke ich.«

Er hatte Mühe, das zu begreifen. »*Seeleute* also? Seeleute kamen in diese Berge und haben ihre Religion mitgebracht?« Er hatte gelegentlich von kreolischen Rassen gehört, die von Seeleuten, die vor vielen Generationen Schiffbruch erlitten hatten, von Sklaven und Indianern abstammten. Vielleicht waren sogar die Nachkommen von Sir Walter Raleighs *Verlorener Kolonie* auf Roanoke Island hierher gezogen. Er erinnerte sich daran, was Ira Nelson ihm über die Melungeons gesagt hatte: *Sie sind weder schwarz noch weiß noch rot.* Das unterstützte Sarras Geschichte von den Seefahrern und eröffnete die faszinierende Möglichkeit, dass Sarra selbst von jenen abstammen könnte, die lange vor der berühmten Gründung von Jamestown durch die Briten an dieser Küste gelandet waren.

Er sah, dass sie wieder gedankenverloren die Perlen an ihrem Hals berührte. »Erzähl mir mehr über die Kette, die du trägst.«

»Sie stammt von den Seeleuten vor langer Zeit.«

»Und du betest sie an? Ich habe gesehen, wie du damit gewisse Rituale vollzogen hast.«

»Sie *hilft* beim Beten«, korrigierte sie ihn.

»Beantwortet dein Kästchen Gebete? Hat es eine besondere Macht?« Schon seit geraumer Zeit hatte er den Wunsch, mit ihr darüber zu sprechen. Er wollte ihren falschen Glauben korrigieren und sie mit der unverfälschten Lehre der heiligen Kirche in Verbindung bringen, bevor er sie verlassen musste. Selbst wenn er ihr sonst nichts geben konnte, konnte er ihr wenigstens diese wichtige Unterweisung zuteilwerden lassen.

Sie kaute auf ihrer Lippe, legte die Kette auf ihre Brust und widmete sich wieder ihrer Flickarbeit. »Hat das Gebäude da eine besondere Macht? Betest du zu ihm?« Sie deutete mit dem Handrücken auf seine Skizze.

Er fuhr schockiert und zutiefst entsetzt zurück. »Aber nein, natürlich nicht! Ein anständiger Christ betet keine *Sachen* an, Sarra. Ein anständiger Christ betet den allmächtigen Gott an. Das Kirchengebäude ist ein Haus Gottes, ein Ort, an den wir gehen, um ihm nahe zu sein.« Wie sollte sie so etwas verstehen können, wenn sie noch nie einen Gottesdienst gesehen, eine Kathedrale betreten hatte oder im Katechismus unterwiesen worden war?

»Vielleicht ist er auch *hier.*« Sie fuhr mit der Fingerspitze das eingravierte Kreuz nach, dann wiederholte sie die gleiche Bewegung über ihrem Herzen. »Und hier. Vielleicht ist er uns überall nahe.« Sie hob den Blick von ihrer Näharbeit. »Wer hat die Berge geschaffen und den Wind und das Dunkel vor dem Morgen?«

Ja, Gott ist der Herr, der die Berge formte und den Wind schuf, er lässt die Menschen wissen, was er tun will. Morgengrauen und tiefste Nacht sind sein Werk, er schreitet über die höchsten Gipfel der Berge. »Herr, allmächtiger Gott« wird er genannt! Diese Bibelstelle, die sein Großvater zusammen mit vielen anderen ganz vorne in seine Bibel geschrieben hatte, kam ihm plötzlich leise in den Sinn und verdrängte alle anderen Gedanken. Darauf war er nicht gefasst. Er konnte Sarra nur stumm anstarren.

Er schreitet über die höchsten Gipfel der Berge …

Er kannte diesen Vers gut. Trotzdem hatte er sich in den letzten Wochen große Sorgen gemacht, dass er, falls er hier, fernab von einer richtigen Kirche, sterben sollte, den Himmel nicht betreten dürfte. Also hatte er offenbar befürchtet, dass Gott nicht mit ihm in die Wildnis der Berge gekommen sein könnte.

Plötzlich ging Randolph ein Licht auf und er konnte die Wahrheit deutlich sehen. Der Glaube war keine Sache von festen Ritualen und Äußerlichkeiten. Der Glaube war genauso wie das Blut, der Atem und die Muskeln – ein wesentlicher Bestandteil des Menschen. Und als solcher begleitete er den Menschen überall, wohin er auch ging.

Dieser Ort, diese Wildnis, war nicht von Gott getrennt, denn es konnte auf der ganzen Welt keinen solchen Ort geben. Alles existierte durch Gott und gehörte Gott. Der himmlische Vater war hier weder weiter weg noch näher, sondern so nahe, wie Randolph ihn inmitten seiner Gedanken und Ängste und Hoffnungen an sein Herz heranließ.

Es beunruhigte ihn, sich vorzustellen, was seine Familie wohl zu dieser Schlussfolgerung sagen würde, zu dieser neuen Erkenntnis. Es beunruhigte ihn, wenn er daran dachte, was sie zu Sarra und ihrer Gebetskette sagen würde, die im Grunde genommen nichts anderes war als das Kreuz, das er in seiner Tasche trug.

»Unser Herr hat *alles* gemacht, Sarra«, sagte er nur und sie widmete sich wieder ihrer Näharbeit und er seinem Tagebuch. Er zeichnete ihr Profil vor dem Hintergrund des Feuers im Kamin, während er seinen Gedanken nachhing.

Mit einer erschreckenden Klarheit begriff er, dass er einen großen Teil von sich selbst zurücklassen würde, wenn er nach Charleston zurückkehrte. Die tiefsten Tiefen, die Winkel seiner Seele, die er gerade erst zu begreifen begann, würden hier in den Blue Ridge Mountains bleiben.

Der Teil in ihm, der über jeden Anblick dieses wilden Landes staunte, würde hierbleiben. Der Teil, der, auch wenn er wusste, wie unmöglich es war, langsam anfing, Sarra zu lieben.

Aber ihm blieben dafür seine Familie und sein Leben am Meer, das er ebenfalls sehr schätzte. Den Gedanken, seine Schwestern nicht aufwachsen zu sehen, nie wieder lange Nachmittage auf der Piazza vor ihrem Anwesen *La Belle* zu genießen oder die Lieder der Frauen zu hören, die aus der Küche nach oben drangen, nie wieder den zarten Kuss seiner Mutter auf seiner Wange zu fühlen – all das konnte er nicht ertragen.

Seine Familie und La Belle waren seine Liebe gewesen, lange bevor er dieses ferne Land kennengelernt hatte. Lange, bevor er in Sarras Gesicht geblickt hatte und von ihr verzaubert worden war. Er hatte sein Wort gegeben, dass er nach dem kommenden Sommer nach Charleston zurückkehren würde. Wenn er dieses Versprechen bräche, würde er damit seiner Mutter, seiner Großmutter und seinen Schwestern das Herz brechen. Und er würde die Hoffnungen seines verstorbenen Vaters enttäuschen und die traditionsreiche Linie der Champlains entehren.

Als einziger Sohn war es seine Aufgabe, den Familiennamen weiterzutragen. Der Vater von Kindern zu werden, die in den großen Räumen von La Belle aufwachsen und dieses Haus eines Tages erben würden.

Sarras Kinder aber würden in den Räumen von La Belle nicht willkommen sein.

Er durfte seine Pflichten und die lange gehegten Hoffnungen, die in ihn gesetzt wurden, nicht enttäuschen.

25

Das Klingeln meines Handys durchbrach die Stille in der Hütte und riss mich unsanft aus dem Schlaf. Die plötzliche Störung kam zu laut, zu schnell, zu unerwartet. Das Herz schlug mir bis zum Hals und schnitt mir einen Moment die Luft ab.

Draußen hatte sich der Sturm gelegt und es war still geworden. Irgendwann, nachdem ich dieses neue Kapitel zu Ende gelesen, es *noch einmal* gelesen und analysiert hatte, bis mir schließlich die Augen zufielen, war das Gewitter weitergezogen. Die Luft, die durch das undichte Fenster hereindrang, war kalt und eisig. Ich fühlte mich seltsam verletzbar. Dieses Gefühl hing wie ein Dunst in der Hütte. Vielleicht waren es nur die Folgen der aufwühlenden Begegnung mit meiner Familie bei der Geburtstagsfeier oder das Auftauchen einer weiteren mysteriösen Lieferung, die eindeutig von einem *anderen* Autor verfasst worden war, aber irgendetwas stimmte nicht.

Ich sah auf die Zeitanzeige meines Handys. Erst 21:50 Uhr. Ich lag noch nicht einmal eine Stunde im Bett, aber es kam mir viel länger vor. Die Festnetznummer, die mein Handy anzeigte, stammte aus der Gegend, aber ich kannte sie nicht.

Mein Daumen zögerte über der Taste und ich trat ans Fenster. Ein leichter Schneefall hatte eingesetzt. Watteweiche Flocken schwebten im Licht der Verandalampe nach unten und schmolzen schnell auf der nassen Erde.

Das Telefon klingelte erneut und verlangte meine Aufmerksamkeit.

»Hallo?«

Ein statisches Knistern war die Antwort, aber ich wurde das Gefühl nicht los, dass jemand dran war. Ich hörte jemanden atmen. Glaubte ich wenigstens.

»Hallo?«

Das leise Geräusch eines Schniefens. Eine weibliche Stimme.

Vielleicht hatte sich jemand verwählt? Oder konnte das Hannah sein? Woher sollte sie meine Nummer haben? Ich hatte Evan meine Visitenkarte gegeben. Vielleicht lag sie irgendwo in seinem Haus.

»Hannah? Bist du das?«

»Nein …« Die Stimme war wegen des Schluchzens kaum zu verstehen. »Hier ist …« Ein neuerlicher, erstickter Schluchzer und dann: »Entschuldige. Ich … wollte nicht … ich sollte dich nicht stören, Jennia Beth. Ich … ich wusste nicht, wen ich sonst …«

»Lily Clarette?« Meine Gedanken rasten in zwei völlig unterschiedliche Richtungen wie ein Fluss, der sich an einem großen Felsen im Flussbett teilt. Ein Strudel an Unentschlossenheit bildet sich vor dem Hindernis. War etwas Schlimmes passiert oder hatte sie ihren ganzen Mut zusammengenommen und wollte unser Gespräch von heute Nachmittag fortsetzen?

Wieder ein ersticktes Schluchzen. »Ich bin im … im Algers-Lebensmittelmarkt, a-aber sie machen gleich zu. Ich ka-kann nirgends hingehen. Ver-vergiss es. Ich …«

»Ich komme! Lily Clarette, hörst du? Ich komme. Bleib, wo du bist!« Ich kramte in meinem Gedächtnis, erinnerte mich an die Straßen und Orte. »Der Algers-Store in Towash, gegenüber dem alten Bahnhof?« Was machte sie um fast zehn Uhr abends in einem Geschäft in der Stadt? »Bist du verletzt? Was ist passiert?« Ich lief schon eilig durch den Raum und schnappte mir eine Jeans und ein Sweatshirt, während Lily Clarette am anderen Ende der Leitung in Tränen aufgelöst war.

»Beeil dich, Jennia Beth. Oh, bitte beeil dich! Wenn Craig kommt und mich findet …«

»Lily Clarette, was ist *los*?« Ich erschauerte am ganzen Körper, während ich mich bemühte, mich einhändig anzuziehen. »Sag mir, was passiert ist.«

»Komm einfach. Okay?«

»Es wird eine Weile dauern, bis ich dort bin. Falls Craig auftaucht, sagst du ihm, dass du nicht mitkommst! Hörst du? Wenn er dich dazu zwingen will, rufst du die Polizei. Lily Clarette? Lily … bist du noch da?«

Die Verbindung war unterbrochen. Ich wählte die Nummer noch einmal, aber es meldete sich niemand.

Freitag schaute mich fragend an, als ich schnell die Leiter hinabkletterte und eilig in meine Jacke und in meine nassen Stiefel schlüpfte. Die Verschlussriegel fühlten sich unter meinen Fingern eiskalt an.

»Du bleibst hier«, sagte ich zu Freitag. Er blieb stehen, als ich die Tür aufmachte. Seine Stirn legte sich über seinen Knopfaugen in Falten, als ahnte er, dass etwas passiert sein musste.

»Alles ist gut. Alles ist gut.« Ich hoffte, das stimmte. Das Wetter hier war von Berg zu Berg und von Tal zu Tal verschieden. Ich hatte keine Ahnung, wie es zwischen dem Looking Glass Lake und Towash aussah, wie lange ich für die Fahrt brauchen oder was mich erwarten würde, wenn ich dort ankäme. Rund um die Hütte war der Schneefall unverändert friedlich und sanft, aber als ich den Berg hinauf zur Straße eilte, setzte der Wind ein, der sich eisig durch meine Jacke und Jeans bohrte.

Eine glänzende Eisschicht überzog den Briefkasten und die Autotür. Mit klappernden Zähnen öffnete ich sie, rutschte auf den Sitz und sperrte die Kälte aus. Als ich losfuhr, schaukelte das Auto wie ein Schiff auf hoher See, da es seitlich von Windstößen erfasst wurde.

Der Wind wurde noch stärker, als ich auf die Bundesstraße einbog. Schneeflocken rasten auf die Scheinwerfer zu und durch die Autoscheibe hindurch sah es so aus, als würde ich durch einen Zeittunnel reisen, während die Sterne an mir vorbeiflogen ... Schwer beladene Zweige hingen tief über die Straße, machten die Kurven enger und versperrten den Blick auf die Hütten und Häuser. Dadurch wirkte die fünf Kilometer lange Strecke in die Stadt hinein fremd und verlassen.

Looking Glass Gap lag still und friedlich da, die Geschäfte waren geschlossen und ein paar Autos mit weißer Schneedecke parkten entlang der Hauptstraße. Ich sah keine Spur von den *Zeitreisenden*-Fans oder von sonst jemandem. Hinter den schützenden Gebäuden wurde der Sturm wieder stärker und der Wind peitschte um Kurven und Felswände und rüttelte an dem Auto wie ein Kind, das zu stürmisch mit einem Spielzeug umgeht.

Auf halbem Weg nach Towash wählte ich die Nummer, unter der mich Lily Clarette angerufen hatte. Wieder meldete sich niemand.

»Bitte warte auf mich.« Irgendwo tief in meinem Herzen hoffte ich, das unsichtbare Band zwischen Schwestern könnte meine Worte über die kalten, steinernen Gipfel und windigen Täler zu Lily Clarette tragen. »Bitte warte!«

Was war mit Lily Clarette passiert, seit ich die Geburtstagsfeier verlassen hatte? Hatte sie beschlossen wegzulaufen? Würden mein Vater oder Craig sie verfolgen, falls sie das tat? Was würden sie mit ihr machen, wenn sie sie fanden?

Die Fragen peitschten unaufhaltsam auf mich ein und kreisten im Rhythmus der Scheibenwischer in meinem Kopf, ohne dass ich eine Antwort fand.

In Towash hatte sich eine weiße Decke über die Abflussrinnen entlang der Gehsteige gelegt und umrahmte die kleinen Regenbäche links und rechts am Straßenrand. Der Algers-Store war in Dunkelheit gehüllt, als ich ankam. Nur die Notbeleuchtung und die alten Neonlampen brannten. Der Parkplatz war leer. Als ich an der Schaufensterscheibe vorbeifuhr, fühlte ich, wie sich mein Herz zusammenzog. Niemand war da. War Craig schon gekommen?

Hatte Lily Clarette beschlossen, doch mit ihm nach Hause zu fahren? War sie dazu gezwungen worden?

Die Kälte stach mir wie spitze Nadeln ins Gesicht, als ich aus dem Auto stieg, zum Schaufenster eilte und mich nahe vorbeugte, um trotz der Beleuchtung, die sich darin spiegelte, etwas zu erkennen. Selbst von außen strahlte dieser Laden bekannte Gerüche aus. Totes Ungeziefer in verborgenen Winkeln. Kacheln, die langsam zu Staub zerfielen, Lebensmittel zu Niedrigpreisen, ausgestreutes Kakerlakengift.

Keine Spur von meiner Schwester.

Wohin konnte sie gegangen sein? War sie losmarschiert, als der Laden zumachte? In welche Richtung? Die Nacht war zu kalt, um sich im Freien aufzuhalten.

Ich bemerkte eine Bewegung an der Ecke des Gebäudes und blieb stehen. Ich kniff wegen des flackernden Neonlichts die Augen zusammen und erkannte nur die Umrisse eines Gesichts. Eine Gänsehaut lief über meine Arme. Die Ungewissheit und Angst wurden immer stärker.

»Lily Clarette?«

Sie tauchte langsam und gespenstisch blass auf. Sie hatte die Arme um den Bauch gelegt und hielt den Oberkörper gekrümmt. Sie zitterte und trug nur das Kleid, die Schuhe und die dünne Jacke, die sie bei der Geburtstagsfeier angehabt hatte. Eine dünne Schneeschicht hatte sich wie ein Schleier auf ihre dunklen Haare gelegt.

»Oh, Liebes, du erfrierst ja fast. Was machst du hier?« Ich breitete die Arme aus. Sie kam vorsichtig Schritt für Schritt näher, zuerst unsicher, doch dann lief sie auf mich zu und landete schließlich mit einer solchen Wucht in meinen Armen, dass sie mich einen Schritt zurückwarf. Ich drückte meine Schwester fest an mich und atmete ihren kalten, verschneiten Geruch ein. »Warum hast du nicht gesagt, dass sie dich im Laden warten lassen sollen?«

»Sie mussten *schließen.*« Ihre Stimme war vor Tränen ganz heiser.

»Du hättest sagen sollen, dass du Hilfe brauchst.«

»Das konnte ich nicht«, flüsterte sie und ich verstand, was sie damit meinte. Ihr wäre es nie in den Sinn gekommen, darum zu bitten, im Laden bleiben zu dürfen, als man ihr sagte, dass Ladenschluss sei. Die Frauen von Lane's Hill waren immer still und gehorsam.

»Ich hatte Angst, du würdest nicht kommen.« Sie zitterte am ganzen Körper wie Espenlaub.

»Natürlich bin ich gekommen.« Ich strich über ihre Haare. Die Wärme meiner Hand brachte den Schnee auf ihrem Kopf zum Schmelzen. »Ich werde immer kommen, Lily Clarette.« Es war so ungewohnt, das zu sagen, so unpassend. In all den vergangenen Jahren war ich nie hier gewesen. Ich hatte nichts getan, um ihr Leben zu verbessern, um ihr zu helfen.

Als ich sie jetzt in den Armen hielt, erinnerte ich mich an den Tag, an dem Mama sie zu Hause zur Welt gebracht hatte. Nur eine Hebamme aus der Kirche war da gewesen und hatte ihr geholfen. Ich hatte auf dieses winzige Mädchen mit den daunenweichen Haaren in der Wiege hinabgesehen und war wütend gewesen, dass es sie gab. Wir hatten ohnehin schon zu wenig, um über die Runden zu kommen.

Wie hatte ich nur jemals solche Gedanken in Bezug auf meine Schwester haben können?

»Komm mit. Im Auto ist es wärmer.« Ich führte sie zum Wagen.

Im Moment war es das Wichtigste, aus Towash fortzukommen und uns an einen sicheren, warmen Ort zu bringen, damit ich herausfinden konnte, was passiert war.

Im Auto schloss sie die Augen und drehte den Kopf zum Fenster. Ihr Körper war zusammengekauert und ihre dünnen Schultern zitterten. Ich stellte die Heizung höher und schluckte meine ganzen Fragen hinunter. Sie brauchte Zeit, um sich zu beruhigen und sich wieder ein wenig aufzuwärmen. Außerdem musste ich mich auf die Straße konzentrieren. Die Temperaturen draußen sanken rapide und machten die Straße gefährlich, da die Nässe zu gefrieren begann.

Bevor wir den Looking Glass Lake erreichten, kamen wir an zwei Autos vorbei, die im Graben gelandet waren. Ich hätte anhalten und helfen sollen, aber ich tat es nicht. Ein Monstertruck fuhr dicht hinter uns her. Wilde Szenarien, wer wohl in diesem Wagen sitzen könnte, verfolgten mich und erinnerten mich an die Nacht, als ich Lane's Hill verlassen hatte, ohne jemandem ein Wort zu verraten. Ich war gerade achtzehn gewesen, als ich mich im Licht eines Sommermondes angsterfüllt den Honey Creek hinabgeschlichen hatte. Meine wenigen Habseligkeiten hatte ich in Plastiktüten unter meine Arme geklemmt.

Bei jedem Rascheln im Wald hatte mein Atem gestockt. Ich war sicher gewesen, dass man mich verfolgte. Dass mein Vater oder die Heiligen Brüder hinter mir herkamen. Lane's Hill gab seine Leute nicht kampflos auf. Statt stolz auf mich zu sein, weil ich mit Wildas Hilfe das Stipendium für Clemson erhalten hatte, war ich von meinem Vater streng zur Buße aufgefordert worden. Nur durch Lügen und Täuschungen hätte ich es so weit gebracht, war seine Meinung gewesen. Ich hätte ihn entehrt und genauso wie meine Mutter Pläne geschmiedet, in die sündige Welt zu fliehen. Er hatte mir damit gedroht, mich vor der gesamten Gemeinde zu prügeln. So war mir nichts anderes übrig geblieben, als seiner Aufforderung zur Buße nachzukommen, obwohl große Bitterkeit wie Galle in mir aufgestiegen war. Ich hatte gewusst, dass ich weggehen würde – ich hatte mit Wilda schon alles geplant –, und ich hatte die Tage gezählt. Mein Vater hätte nie etwas davon erfahren, wenn die Studienberaterin der Schule nicht Marah Diane einen Brief wegen des Stipendiums mit nach Hause gegeben hätte.

Jetzt saß Lily Clarette hier und befand sich offenbar in einer ganz ähnlichen Situation wie ich damals. Mein Vater und Lane's Hill wollten sie nicht loslassen.

Aber dieses Mal war ich erwachsen und bereit zu kämpfen.

Der Monstertruck fuhr weiter, als ich auf die Straße zur Hütte abbog. Als ich ihm nachschaute, atmete ich erleichtert auf. Niemand in meiner Familie wusste, wo ich wohnte. Hier würden sie uns nicht finden. Hoffte ich. Würden sie, wenn sie das Gebiet um Looking Glass Gap absuchten, meinen Mietwagen auf dem Schotter neben dem Briefkasten stehen sehen? Würden sie das Auto erkennen? Ich wagte es dennoch nicht, bis zur Hütte hinabzufahren. Wir kämen mit dem Auto bestimmt nicht wieder herauf. Ich war fest entschlossen, Lily Clarette morgen von hier fortzubringen. Auf direktem Weg nach Charlotte und dann weiter nach New York, wo uns niemand von diesen Leuten etwas anhaben könnte.

»Wir müssen zu Fuß den Berg hinabgehen. Der Weg ist ziemlich schlecht.«

Lily Clarette nickte stumm. Sie bibberte immer noch. Feuchtigkeit hing an ihren Haaren und an ihrer Kleidung, als sie die Autotür öffnete.

»Hier, nimm meinen Mantel.« Ich wollte aus dem Ärmel schlüpfen, als ein Windstoß durch die offene Tür wehte.

»Nein, das ist nicht nötig.« Sie stieg aus dem Auto, krümmte sich leicht und wartete. Dann drückte sie sich eng an mich, während wir den Weg hinabstapften. Knapp über dem Horizont drang der Mond durch einen kleinen wolkenlosen Fleck am Himmel. Sein Schein ließ die Neuschneeschicht und den See silbern glänzen und malte eine Szene, die seltsam friedlich erschien, nachdem wir den Schutz der Bäume erreicht hatten.

»Es ist schön hier«, sagte Lily Clarette, als wir auf die Veranda traten. Sie wirkte verlegen und unsicher. Vielleicht wurden ihr erst jetzt die Folgen der ganzen Situation bewusst. Sie warf einen Blick hinter sich zum Weg, als überlege sie sich die ganze Sache noch einmal, während ich die Hüttentür aufsperrte.

»Mach dir keine Sorgen. Hier bist du in Sicherheit. Niemand weiß, wo ich wohne.« Ich berührte ihre Schulter und wollte sie über die Schwelle führen, aber sie zuckte zurück. Erst jetzt fiel mir auf, dass sie ihren Arm nicht nur festhielt, weil ihr kalt war. Sie schützte ihn.

»Hat Craig das getan? Hat er dich geschlagen?«

Sie blieb zitternd stehen und ließ ihren Blick durch die Hütte schweifen, als ich hinter uns die Tür zumachte und den Riegel vorschob. Im Sessel gegenüber der Tür wachte Freitag auf und streckte sich, bevor er unseren Gast kurz beschnupperte.

»Lily Clarette, hat dir *Craig* das angetan?«

Mit hängendem Kopf sank sie aufs Sofa, setzte sich aber nur auf die Kante und faltete die Hände auf ihrem Schoß.

Ich schlüpfte aus meinem Mantel, setzte mich neben sie und strich sanft die Haare aus ihrem Gesicht, die nass auf ihrer Wange klebten. War die dunkle Stelle in ihrem Gesicht nur ein Schatten oder ein Bluterguss?

»Das hat er bis jetzt noch nie gemacht. Nicht wirklich.«

»Was meinst du mit *nicht wirklich*?«

»Nicht so wie heute.« Sie zitterte jetzt am ganzen Körper. Sie brauchte dringend etwas Trockenes zum Anziehen, eine Decke und etwas Warmes zu trinken. Aber ich hatte Angst, mich zu bewegen, da ich fürchtete, dass sie sich vor mir zurückziehen würde, sobald sie wirklich über alles nachdachte.

»Aber er ist schon früher handgreiflich geworden?«

»Nicht so schlimm. Nichts, das …« Ihr Blick wanderte auf den Boden, als suche sie dort Antworten und versuche, eine logische Erklärung zu finden. Aber es gab keine logische Erklärung.

»Lily Clarette, das ist *nicht in Ordnung*. Er darf dir nicht wehtun. Egal, aus welchem Grund.«

»Es ist Aufgabe des Ehemanns, über seine Frau zu herrschen. Das steht in der Bibel. Er macht sich Sorgen um mich. Sorgen wegen der Dinge, die ich manchmal denke.«

Mir wurde übel und ich litt tief in meiner Seele. Sahen so die Ehen meiner Schwestern aus? War Marah Diane deshalb die ganze Zeit so gereizt und hatte Evie Christine deshalb Angst, auch nur in meine Nähe zu kommen? »Nirgends in der Bibel steht, dass ein Mann jemanden schlagen darf, der kleiner und schwächer ist als er. Craig ist außerdem nicht dein Mann.«

»Aber bald ist er es.«

»Warum?« Ich konnte das nicht ertragen. Die Vorstellung, dass dieses kluge, schöne Mädchen – meine Schwester – zu einer solchen Zukunft gezwungen wurde, war einfach nur falsch. Wie konnte sie mit Blutergüssen hier sitzen und immer noch daran denken, diesen Kerl zu heiraten? Warum konnte sie immer noch nicht loslassen?

»Papa will es. Papa sagt, dass diese Ehe gut ist. Alle bei den Heiligen Brüdern denken, dass diese Ehe gut ist.«

»Es spielt keine Rolle, was sie denken!« Meine Stimme hallte in der Hütte wider und schreckte Freitag auf. Er lief auf die andere Seite des Raumes und sprang dann aufs Sofa, um die Sache von dort aus sicherer Entfernung weiterzuverfolgen.

»Du hast leicht reden, Jennia Beth. Aber ich bin nicht so wie du. Ich will nicht irgendwo anders ein tolles Leben führen. Ich will *hier* ein gutes Leben führen.«

»Du bist *siebzehn*, Lily Clarette. Du bist noch viel zu jung, um wirklich zu wissen, was du willst. Mit siebzehn sollte man sich ansehen, was es auf der Welt alles gibt, um aus den vielen Möglichkeiten, die sich dir bieten, eine auszuwählen. Craig ist nicht die einzige Möglichkeit, die du hast. Es gibt noch so viele andere.«

»Ich hätte nicht hierherkommen sollen. Du verwirrst mich nur. Ich habe Craig gesagt, dass ich warten will, bis ich mit der Schule fertig bin, und mich vielleicht sogar wegen der Volkshochschule oder so erkundigen will. Das hat ihm nicht gefallen. Er meint, ich würde ihm nicht zutrauen, den Lebensunterhalt für uns zu verdienen.«

»*Darum* ging es bei dem Streit?«

»Es war kein Streit …« Aber ich sah es ihrem Gesicht an, auch wenn sie versuchte, es vor mir zu verbergen. »Ich hatte seinen Stolz verletzt, deshalb hat er mich aus seinem Auto gezerrt und gesagt, wenn ich mir zu gut für ihn wäre, dann sollte ich zu Fuß nach Hause gehen. Dann hätte ich genug Zeit, über alles nachzudenken und zur Vernunft zu kommen.«

»Obwohl ein *Gewitter* aufzog?«

»Ich bin in die Stadt gegangen. Ich hatte Angst, dass er nach Hause fährt und Papa erzählt, was ich gesagt habe. Nachdem er uns vor allen Leuten seinen Segen gegeben hat, ist Papa bestimmt außer sich vor Wut. Ich hatte Angst, dass er mich vor den Ältestenrat bringen würde, damit sie mich züchtigen, bis ich wieder klar denke.«

»Du warst so weit von zu Hause weg, dass du *zu Fuß* in die Stadt gehen konntest, als Craig dich am Straßenrand absetzte?« Ich konnte es nicht fassen. Der Hof meines Vaters lag zwanzig Kilometer von Towash entfernt. Craig hatte meine Schwester so weit weg von zu Hause allein am Straßenrand stehen lassen, um ihr eine Lektion zu erteilen?

»Reg dich nicht auf, okay? Sonst machst du es nur noch schlimmer, als es sowieso schon ist. Danke, dass du gekommen bist und mich abgeholt hast, aber ich muss selbst eine Lösung finden.« Sie schloss die Augen und lehnte sich ans Sofa. »Aber im Moment bin ich einfach nur müde. Ich kann nicht mehr denken und weiß nicht, was ich tun soll.«

Ich stand auf, strich meiner Schwester über die Haare und dachte daran, wie ich sie in eine Decke gewickelt hatte, als die Hebamme sie mir reichte, und sie ihre ersten Atemzüge tat. »Ich hole dir eine Decke und etwas Trockenes zum Anziehen.«

»Nur eine Decke«, flüsterte sie. »Ich will dir keine Umstände machen.«

26

Mein Puls überschlug sich fast, als ich ans Fenster trat. Helle Autoscheinwerfer hüpften über den Platz vor der Hütte, als sich ein Fahrzeug den matschigen, schneebedeckten Weg herabkämpfte. Ich packte den Schürhaken, den ich neben die Tür gelehnt hatte – das Einzige in der Hütte, das im Entferntesten als Waffe dienen konnte, abgesehen von den Messern in der Küche. Wer konnte schon sagen, wozu ein Mann, der eine Siebzehnjährige aus seinem Auto zerrte, sie grün und blau schlug und sie dann am Straßenrand stehen ließ, fähig war? Und das alles tat er einem Menschen an, den er angeblich *liebte*! Wozu würde er sich hinreißen lassen, wenn er glaubte, dass er sie tatsächlich verlieren könnte?

Ich stellte mich auf eine harte Konfrontation ein und dachte: *Falls du eine von uns anrührst, sorge ich dafür, dass du im Gefängnis verrottest.*

Die Worte in meinem Kopf klangen mutig, aber sie waren begleitet durch Horrorgeschichten aus den Abendnachrichten von Fällen häuslicher Gewalt, die ein furchtbares, trauriges Ende genommen hatten. Menschen, die dachten, sie hätten alles im Griff, bis die Situation völlig außer Kontrolle geriet. Es gab viele Männer, die noch genauso waren wie damals, als Jep und seine Bande Brown Driggers Hunde auf Sarras Fährte angesetzt hatten. Unter den Heiligen Brüdern war so etwas eine Frage des Stolzes, der Ehre und des Überlebens. Wenn ein Mensch wegging, bestand immer die Gefahr, dass andere ihm folgten. Wenn ein Mensch das System infrage stellte, würden vielleicht auch andere anfangen, Fragen zu stellen.

Das Auto blieb mit dröhnendem Motor schlingernd im Matsch stehen. Ich kniff wegen der grellen Scheinwerfer die Augen zusammen und machte die Umrisse eines Jeeps aus. Schwarz, glänzend, Allradantrieb mit großen Geländereifen. Gewiss kein Auto, das sich

Craig leisten konnte. Oder jemand aus meiner Familie. Vielleicht nahmen sie fremde Hilfe in Anspruch?

Ich warf einen Blick zum Dachboden hinauf. Lily Clarette war von dem Lärm offenbar nicht wach geworden. Wenn da draußen jemand war, der sie suchen sollte, würde ich erst einmal behaupten, dass ich sie nicht gesehen hätte, und drohen, die Polizei zu rufen. Hoffentlich würde das genügen. Ich schlüpfte in meine Jacke und meine Schuhe, richtete mich zu meiner vollen Größe auf und trat auf die Veranda hinaus. Dabei umklammerte ich mit einer Hand mein Handy und versteckte die andere Hand mit dem Schürhaken hinter meinem Rücken.

Der Fahrer, der eine Tarnjacke und einen Jagdoverall trug, kam eilig auf mich zu. Ich umklammerte den Schürhaken noch fester und hatte den Daumen auf der SOS-App meines Handys liegen. Wie lange würde die Polizei brauchen, um hierherzukommen, wenn ich einen Hilferuf absetzte?

»Was wollen Sie?« Ich konfrontierte ihn zuerst. Das hatte ich vor langer Zeit in einem Selbstverteidigungskurs gelernt. *Warte nicht, bis etwas passiert. Übernimm die Kontrolle und sei der Aggressor. Überrumple deinen Angreifer.*

Überrascht blieb er oben an der Treppe stehen und mein Selbstvertrauen wuchs. Über den Bergen auf der anderen Seeseite hatte ein schwaches Grau begonnen, den Himmel zu erhellen. Bald wäre es Morgen und Lily Clarette und ich könnten fliehen. Ich schaute den Mann mit zusammengekniffenen Augen an und versuchte, sein Gesicht unter der Kapuze zu erkennen. Meine Finger verkrampften sich, lösten sich und verkrampften sich erneut.

Der Mann schob seine Kapuze zurück.

Jeder Muskel in meinem Körper entspannte sich, doch im nächsten Moment erfasste mich eine neue Angst. »Evan?«

Er strahlte eine große Dringlichkeit aus. »Haben Sie Hannah gesehen? Ist sie hier? Ich habe die Fußspuren von zwei Leuten bei Ihrem Auto gesehen. *Ist Hannah hier?*« Eine schwache Hoffnung sprach aus seinen Augen. Er sah mich mit einem Blick an, der mich anflehte, Ja zu sagen. Doch dann folgte eine furchtbare, schmerzliche Traurigkeit.

»Nein, natürlich nicht.« Mein Verstand arbeitete immer noch auf

Hochtouren, um zu begreifen, was passiert war, während Bilder von den Ereignissen der letzten Nacht wild durcheinanderpurzelten. »Warum sollte Hannah hier sein?«

Er kam näher und streckte die Hand aus, als wollte er mich packen. Seine blauen Augen schauten mich fast wild an. Ich wich an die Hüttenwand zurück und holte in einer Reflexbewegung den Schürhaken hervor.

Er warf einen verwirrten Blick auf die Waffe und dann auf mich. »Hören Sie! Falls sie hier war, müssen Sie es mir sagen. Wir vermuten, dass sie weggelaufen ist.«

»Weggelaufen?« Das konnte doch nicht wahr sein! Das war bestimmt nur ein schrecklicher Traum. Ein Albtraum. »Warum sollte sie das tun?«

»Ich musste ihren Vater auffordern, entweder mit dem Trinken aufzuhören oder auszuziehen. Jake ist gestern mit seinem Pick-up in den Graben gefahren. Betrunken. Bei ihm war eine Frau aus der Kneipe unten am Fluss. Sie hat eine ziemlich starke Gehirnerschütterung. Sie haben beide Glück, dass sie noch leben. Vielleicht hat uns Hannah streiten gehört, nachdem ich ihn nach Hause gebracht habe. Ich weiß es nicht. Ich fuhr in die Stadt, um mit meinem Anwalt zu sprechen und mich zu erkundigen, was ich wegen Hannah unternehmen könnte, denn damit hat Jake natürlich als Erstes gedroht: Dass er sie mitnehmen würde, wenn er ausziehen müsste.«

Er rieb sich mit den Fingern über die Stirn und schloss die Augen, die von tiefen Sorgenfalten gezeichnet waren. »Als ich nach Hause kam, sagte mein Vorarbeiter, dass Jake in einem Pick-up allein weggefahren sei, aber ich konnte Hannah nirgends finden. Blackberry, das kleine Pferd, das sie mag, war auch fort. Ich weiß nicht, ob sie weglaufen wollte oder ob sie nur ausgeritten ist und sich verirrt hat, aber Hannah kennt sich eigentlich in diesen Bergen aus. Und das Pferd auch. Es stammt von hier und stellt normalerweise nichts Dummes an. An einem Abend wie gestern und bei dem Wetter, das aufzog, hätte sie Blackberry nur freien Lauf lassen müssen, dann hätte er den Weg nach Hause gefunden. Wir haben Leute losgeschickt, die alles absuchen. Doch dann fiel mir die Hütte ein und wie sehr sich Hannah für Sie interessiert. Und als ich oben vorbeifuhr, habe ich das Auto stehen sehen und Fußspuren von zwei Personen. Ich war so sicher …«

Ich hätte ihm nichts lieber gesagt, als dass Hannah in der Hütte wäre. »Meine Schwester ist bei mir. Sie hatte einen Streit mit ihrem Freund und er wurde handgreiflich. Deshalb bin ich nach Towash gefahren und habe sie zu mir geholt. Ich habe Hannah nicht mehr gesehen, seit wir vorgestern in Ihrem Haus Filme angesehen haben.«

Ich schaute zum See hinab. »Was ist mit Ihrem Onkel Clive? Sie sagten doch, dass Hannah vielleicht zu ihm wollte, als ich sie auf der Bundesstraße antraf. Könnte sie dort sein?«

Evan schüttelte den Kopf. »Ich habe schon nachgesehen. Die Futterschüsseln für die Hunde sind weg. Das bedeutet, dass er in eines seiner Jagdlager aufgebrochen ist. Manchmal bleibt er eine oder zwei Wochen fort.«

»Evan … Er würde doch nicht …« Vielleicht war es nur meine misstrauische Natur, aber meine einzige Begegnung mit Onkel Clive hatte bei mir nicht den besten Eindruck hinterlassen. Ich erinnerte mich außerdem an Andeutungen, dass Onkel Clive geistige Probleme haben könnte. »Er würde Hannah doch nicht mitnehmen, ohne es Ihnen zu sagen, oder?«

Evans Reaktion kam schnell und entschieden. »Nein. Nein, das würde Onkel Clive nicht tun. Er mag Hannah sehr.«

Das macht mir ja gerade Angst, dachte ich, sprach aber diese Befürchtung nicht aus. Evan wirkte so sicher.

Ich verfolgte diesen Gedanken nicht weiter, sondern suchte andere Möglichkeiten, fand aber keine.

Evan warf einen Blick zur Hütte und deutete dann mit dem Kopf auf den Schürhaken in meiner Hand. »Ist alles in Ordnung? Weiß der Freund Ihrer Schwester, wo er sie finden kann?«

»Nein. Uns geht es gut. Ich bin nur ein wenig paranoid. Ich habe vor, die Familie anzurufen und Bescheid zu geben, wo sie ist, wenn wir morgen früh von hier fort sind.«

»Sie fahren nach New York zurück?« Er schaute mich wieder an. Was hatte dieser Blick zu bedeuten?

»Also, ich … Nein, jetzt nicht mehr. Ich wecke nur kurz Lily Clarette und sage ihr, was passiert ist. Ich will helfen, Hannah zu suchen.« In meinem Kopf spielten sich die schrecklichsten Szenarien ab. Ich dachte an die Szene mit dem Lastwagenfahrer. Hannah war doch sicher nicht zu jemandem ins Auto gestiegen? Ihr war nach unserem Gespräch doch hoffentlich bewusst, wie gefährlich das war!

Evan schüttelte den Kopf. »Sie haben dafür nicht die richtige Kleidung. Es würde uns gerade noch fehlen, dass sich *noch jemand* im Sturm verirrt.«

»Ich bin hier aufgewachsen. Schon vergessen? Ich finde mich im Wald zurecht. Ich kann helfen. Ich werde nicht tatenlos hier herumsitzen und warten.«

Er folgte mir bis zur Tür, hielt mich an der Schulter fest und drehte mich zu sich herum. Der Abstand zwischen uns war plötzlich sehr gering. »Hören Sie. Es tut mir leid, dass ich nicht sofort richtig reagiert habe, als Sie neulich mit mir über Hannah sprachen. Ich dachte wirklich, ich könnte Jake zwingen, Verantwortung zu übernehmen, aber Sie hatten recht. Wenn ich es in die Hand genommen hätte …«

»Wir sollten sie einfach suchen.« Ich legte meine Hand auf seine und fühlte den Lederhandschuh kalt zwischen uns. »Wohin sollen Lily Clarette und ich kommen, wenn wir angezogen sind? Wo haben Sie schon nach ihr gesucht?« Ich ging hinein und nahm einen Notizblock. »Geben Sie mir für alle Fälle Ihre Handynummer.« Die getippten Manuskriptseiten und der Umschlag lagen auf dem Wohnzimmertisch. Evan bemerkte sie nicht, während er an der Tür stand. Er betrachtete Helens Gemälde vom See im Herbst, als hoffte er, Hannah würde jeden Augenblick auf diesem Weg auftauchen.

»Fangen Sie an, hier zu suchen. Am See und auf der alten Holzfällerstraße, die den Berg hinaufführt. Fragen Sie jeden, den Sie sehen, ob er irgendeine Spur von Hannah oder dem Pferd gesehen hat.« Er zog eine Visitenkarte aus der Tasche und reichte sie mir. »Vielleicht hat irgendjemand sie gestern dort vorbeireiten sehen. Die Polizei und die Forstverwaltung starten eine engmaschige Suche und haben schon Hilfe von außen angefordert. Das Problem ist, dass wir nicht einmal genau wissen, wie lang sie schon fort ist oder wohin sie geritten ist. An den Straßentoren zur Ranch sind Überwachungskameras angebracht, aber bei den Weidetoren und Wasserlöchern nicht. Sie könnte die Ranch auf einem dieser Wege verlassen haben. Ich war gestern ziemlich lange mit dem Anwalt beschäftigt, und als ich nach Hause kam, war Oma Vi schon im Bett. Im Filmraum lief ein Film und es war schon fast dunkel, als ich begriff, dass Hannah nicht da unten war. Der Sheriff sagt, dass viele von den Leuten im Zeitreisenden-Lager vor dem Wintereinbruch in Scharen abgefahren sind. Unter diesen Leuten sind immer auch einige Spinner, die Drogen nehmen. Ich hoffe nur, dass sie nicht einem von ihnen in die Hände gelaufen ist.«

»Sie würde Blackberry nie alleine lassen. Wo sie auch ist, das Pferd ist bestimmt bei ihr.« Das war das einzige Beruhigende, das mir einfiel.

»Hoffentlich«, sagte er leise. Dann verließ er die Hütte. Einen Moment später fuhr der Jeep mit laut dröhnendem Motor davon und kämpfte sich durch die dünne Schneeschicht den Berg hinauf. Ich erschauerte, als ich die Tür zumachte, aber es hatte nichts mit dem Wetter zu tun. Ich konnte an nichts anderes als an das Mädchen denken, das jetzt irgendwo da draußen allein in der Dunkelheit saß.

Ich weckte Lily Clarette und wir packten uns mit der Kleidung, die ich dabei hatte, so warm wie möglich ein. Lily Clarette zog ihr Kleid über die Trainingshose, die zu Hause streng verboten wäre.

»Ohne einen dicken Anorak und Stiefel halten wir es draußen nicht lange aus«, stellte sie klar. »Bei diesem Wetter ist das unmöglich.«

»Ich weiß. Aber ich muss etwas tun. Wir können wenigstens das Gebiet rund um den See absuchen, an Türen klopfen und fragen, ob jemand Hannah gestern vorbeireiten gesehen hat. Wenn sie nicht bald gefunden wird, fahren wir in die Stadt und besorgen uns etwas Wärmeres zum Anziehen.«

Wir wickelten uns Decken um den Kopf und brachen am Seeufer auf. Der nasse Wind durchdrang mühelos die Jeans und Trainingshosen aus meinem Gepäck und stellte seine ungezähmte Macht unter Beweis.

Lily Clarette, die neben mir ging, zog ihre Decke enger um sich. »Willst du die Jacke?«, fragte sie, als sich der Fußweg um den See herum teilte. Eine Abzweigung führte bergauf zu den Hütten am Hang und die andere zu mehreren älteren Hütten unten am Wasser.

Wir blieben an der Weggabelung stehen und suchten den Boden nach anderen Spuren außer den winzigen Abdrücken von Rehen ab. Leider war durch die vielen Besucher der Kriegerwoche das ganze Gelände unter der dünnen Schneeschicht mit Abdrücken von Schuhen und Pferdehufen übersät.

»Nein, mir reicht meine Jacke. Behalte sie.«

»Wir sollten uns aufteilen«, schlug Lily Clarette vor. »Ich kann auf der Holzfällerstraße bergauf wandern und du gehst zum See hinunter. Du weißt ja, dass kleine Mädchen manchmal einfach spazieren gehen, ohne auf den Weg zu achten.«

Ich schaute meine Schwester an und begriff, dass sie kein kleines Mädchen mehr war. Sie war eine junge Frau. Trotzdem wollte ich sie nicht gehen lassen. Erst vor wenigen Stunden hatte ich mir Sorgen gemacht, dass ihr Freund uns finden könnte. Und jetzt sollte ich sie im schwachen Dämmerlicht ganz alleine gehen lassen, um an fremde Türen zu klopfen? Mir schossen Evans Worte durch den Kopf. *Unter diesen Leuten sind immer auch einige Spinner, die Drogen nehmen …* Wer hielt sich gerade in diesen Hütten auf? Wer wanderte durch die Wälder?

»Vielleicht sollten wir lieber zusammenbleiben.«

»Wenn wir uns aufteilen, sind wir viel schneller.« Lily Clarettes Atem stieg in der Luft auf, während sie das Gesicht bergauf wandte. »Falls ich zu dir in die Großstadt ziehe, muss ich lernen, mich allein zurechtzufinden, oder?« Sie hatte den ganzen Morgen noch mit keinem Wort verraten, was sie dachte.

Ihr entschlossenes, nach oben geschobenes Kinn war ein Spiegelbild von Mama an guten Tagen, wenn niemand in der Nähe gewesen war, der sie unterdrückte. Das Rückgrat, das ihr geholfen hatte, eine furchtbare Kindheit zu überleben, war zum Vorschein getreten, wenn mein Vater und meine Großeltern nicht hingesehen hatten.

Ich gab nach, auch wenn ich das nicht wollte. »Okay. Dann nimm wenigstens mein Handy. Falls es irgendwelche Probleme gibt oder sonst etwas, dann ruf die Polizei. Ich gehe am Ufer weiter und bin in einer halben Stunde wieder hier. Bis dahin hat in der Stadt bestimmt irgendein Geschäft geöffnet und wir können uns dickere Kleidung besorgen, bevor wir auf der anderen Seeseite weitersuchen – falls sie Hannah bis dahin noch nicht gefunden haben.« Es erschien mir wichtig, das hinzuzufügen und das Beste anzunehmen.

Lily Clarette bedachte das Handy mit einem unsicheren Blick, doch dann nickte sie, steckte es in die Tasche und wir trennten uns. Ich blickte ihr nach, wie sie bergauf verschwand, bevor ich den anderen Weg einschlug und um das teilweise zugefrorene Seeufer herumging, während Eistaucher und Gänse im Schutz von überfrorenen Stegen dösten und die Köpfe unter die Flügel gesteckt hatten. Rehe, die auf den windgeschützten Seiten der Bäume Futter suchten, hoben den Kopf, als ich vorbeikam und sie störte. Ich klopfte an Hüttentüren, weckte schlafende Urlauber und sprach mit einem Fotografen, der sich in die Kälte des frühen Morgens hinausgewagt hatte. Aber weit und breit war keine Spur von Hannah zu finden.

Ich konnte nichts Positives berichten, als ich zur Weggabelung zurückkehrte, um mich wieder mit Lily Clarette zu treffen. Doch ich hatte immer noch die Hoffnung, dass inzwischen ein Anruf auf meinem Handy eingegangen sein könnte und Lily Clarette mir sagen würde, dass Hannah gefunden worden sei. Meine Schwester und ich würden das Auto beladen, noch irgendwo in Looking Glass Gap frühstücken gehen und zu einem Hotel in Charlotte fahren, wo Craig und die Familie uns nicht finden würden.

Über mir tauchte Lily Clarette aus dem Nebel auf. Ihr Kleid wehte um ihre Beine, als sie auf mich zukam. Ihr deprimierter Blick verriet, dass auch sie kein Glück gehabt hatte, weder in Bezug auf einen Anruf noch sonst. »Nichts«, seufzte sie, als wir wieder zusammen waren. »Ich habe ein paar Leute gefunden, die sagten, dass sie gestern Abend in ihrer Hütte waren. Sie hätten es bemerkt, wenn sie vorbeigekommen wäre. Ich glaube nicht, dass sie hier war.«

Sie reichte mir das Handy und ich sah nach, ob ich eine neue Nachricht bekommen hatte. Von Evan war nichts gekommen.

»Sie könnte auf der anderen Seite um den See geritten sein.« Auf der anderen Seite befanden sich auch Hütten, aber Lily Clarettes Zähne klapperten vor Kälte und ich konnte meine Finger nicht mehr fühlen. »Am besten fahren wir in den Ort und besorgen uns, was wir brauchen. Dann fahren wir dort hinüber und fragen die Leute in den Hütten. Natürlich nur, wenn Hannah bis dahin noch nicht gefunden wurde.«

Lily Clarette folgte mir nicht, als ich den Rückweg antrat, sondern blieb nur zitternd stehen und schaute hinter sich, während sie die Decke eng um den Kopf geschlungen hatte. In dem gedämpften Morgenlicht, das durch die Bäume drang, sah sie aus wie ein Kind, das in einem Krippenspiel Maria spielt.

»Was ist?« Ich folgte ihrem Blick zu den Bergen hinauf.

»Nichts.« Sie wandte sich jetzt auch zum Gehen, beugte aber wegen des starken Windes den Kopf, dass ich ihr Gesicht nicht sehen konnte.

Die Hütte war warm und einladend, aber meine Schwester blieb sonderbar still, als wir die nassen Decken ablegten und dann den Hang hinauf zum Auto stapften. Was ging ihr durch den Kopf? »Es ist vielleicht am besten, wenn ich dich vor der Bibliothek oder einem Café absetze. Irgendwo, wo du dir keine Sorgen machen musst, dass Craig oder Papa dich finden. Ich weiß, dass du nach der letzten Nacht erschöpft sein musst.«

Sie verzog schmerzhaft das Gesicht und schob den Sicherheitsgurt von ihrer Schulter. »Mach dir meinetwegen keine Sorgen, okay? Ich will helfen. Ich bin kein dummes, kleines Kind.«

»Das weiß ich.«

Wir ließen dieses Thema fallen und fuhren nach Looking Glass Gap hinab. Mehrere Polizeiautos parkten vor der Apotheke, als wir ankamen, und der Einsatzwagen einer Hundestaffel wartete in der Gasse. In der Apotheke verteilten Helen Hall und ihre Angestellten Kaffee und riefen jeden an, der Hannah gesehen haben könnte.

»Gibt es etwas Neues?«, fragte ich, als Helen den Hörer am Apothekenschalter auflegte.

Ihre grauen Haare lagen wie ein zerzauster Heiligenschein um ihren Kopf. Sie legte eine Hand darauf und schien nicht zu wissen, was sie als Nächstes tun sollte. »Nichts. Ich kann einfach nicht glauben, dass Hannah absichtlich wegläuft. Ihr muss etwas passiert sein.«

»Wie geht es Violet?«

»Der Arzt hat ihr ein Beruhigungsmittel gegeben. Sie verlor fast den Verstand, als sie hörte, dass Hannah verschwunden ist. Vi gibt sich die Schuld, weil sie sich nicht um Hannah kümmern kann und weil Evan wegen ihrer Arzttermine so oft fort ist … und weil sie gestern geschlafen hat … und weil Jake schon wieder Probleme hat. Sie glaubt fest, er hätte diese Probleme, weil sie bei der Erziehung der beiden etwas falsch gemacht hätte. Ich weiß nicht, was mit dem Jungen los ist. Er war schon immer so verantwortungslos. Wissen Sie, dass er sich noch nicht gemeldet hat? Er weiß nicht einmal, dass Hannah fort ist.« Sie blinzelte mühsam, um ihre Tränen zurückzudrängen.

Lily Clarette streckte die Hand über den Schalter und berührte Helen am Arm. »Ich bete, dass wir sie bald finden. Ich weiß, das werden wir.«

Helen schaute meine Schwester verwirrt an und ich stellte die beiden einander vor. Helens Blick blieb an Lily Clarettes Gesicht hängen. Offenbar hatte sie die Blutergüsse unter ihren vom Wind geröteten Augen bemerkt. Heute Morgen prangte ein schwacher blauschwarzer Halbkreis auf der Wange, die sich Lily Clarette angeblich an der Autotür gestoßen hatte.

»Danke, Liebes«, sagte Helen schließlich und hob hoffnungsvoll den Blick, als ein Polizist durch die Tür hereinkam. Doch die Hoffnung erstarb schnell wieder, als sie sah, dass er nur kam, um sich aufzuwärmen und eine Tasse Kaffee zu trinken. »Da draußen ist es so kalt. Ich weiß einfach nicht, wo dieses Kind sein könnte.«

Ich dachte daran, wie ich Lily Clarette im Algers-Store abgeholt hatte und wie durchgefroren sie schon nach einer kurzen Zeit im Freien gewesen war. Hatte Hannah die geringste Ahnung, wie sie überleben konnte, wenn sie sich im Wald verirrte? Noch schlimmer: War sie verzweifelt oder naiv genug, den falschen Leuten zu vertrauen, falls sie in der Dunkelheit und im Sturm auf jemanden gestoßen war?

Ich musste doch irgendetwas tun können, um zu helfen! Etwas Effektiveres, als am See von Hütte zu Hütte zu laufen und die Leute zu fragen. »War schon irgendwer im Zeitreisenden-Lager und hat sich erkundigt, ob sie gestern dort unten gesehen wurde? Sie hat neulich eine Kette bewundert, die ich dort gekauft habe. Vielleicht wollte sie sich im Lager umsehen.« Ich klammerte mich an einen dünnen Strohhalm, das wusste ich, aber falls Hannah dort gewesen war, hatte Robin sie vielleicht gesehen.

Helen schob ihre Brille hoch und wischte sich die Augen. »Einen

Versuch ist es auf jeden Fall wert. Ich hoffe, Hannah ist nicht den weiten Weg bis in dieses Lager geritten. Und wenn ihr jemand von diesen Leuten in den Wald gefolgt ist?«

»Wir sollten keine voreiligen Schlüsse ziehen.« Aber Helen hatte bereits schreckliche Bilder in mir geweckt. Und wenn Hannah tatsächlich im Lager gewesen war? Wenn dort irgendjemand wusste, wer sie war?

Ein geplantes Verbrechen war mir bis jetzt nicht in den Sinn gekommen. Aber Evan Hall hatte Geld …

Ein anderer Polizist kam herein, er hatte einen Polizeihund an der Leine. Helen schaute ihm hoffnungsvoll nach, als er zu dem anderen Polizisten an die Theke trat, der seine Thermoskanne auffüllte. Die Körpersprache war auch ohne die Bruchstücke ihres Gesprächs, die zu uns herüberdrangen, gut zu verstehen. »… Glück im Schnee.«

Der Hund hatte nichts gefunden.

Helen entschuldigte sich und Lily Clarette und ich wandten uns zur Tür. Dass wir dickere Jacken und trockene Stiefel brauchten, wurde schmerzlich deutlich, als wir wieder auf die Straße traten. »Wir können uns im Outdoorladen mit warmer Kleidung eindecken.«

Lily Clarette hielt mich am Arm fest. »Jennia Beth, wir brauchen mehr, als wir dort bekommen.« Sie kaute auf ihrer Lippe. »Wir müssen Papa und Roy und Levi anrufen. Sie sollen die Maultiere und Quads und die Hunde mitbringen. Papas Coonhounds können selbst im Tiefschnee eine Maus aufspüren. Das weißt du. Wenn irgendjemand das Mädchen finden kann, dann sie.«

Meine Reaktion war abrupt und heftig. Alles in mir tobte vor Abscheu, Abneigung und Angst. »Ich lasse dich nicht in die Nähe dieser Leute. Nein.«

»Du weißt, dass ich recht habe.«

»Lily Clarette, gestern hat Papa dich einem Mann versprochen, der dich brutal geschlagen hat! Und jetzt willst du sie *anrufen*? Du glaubst, dass sie einfach hier *auftauchen* und *helfen*?«

»Natürlich.« Lily Clarette hatte viel mehr Vertrauen in unsere Familie als ich. Selbst das beunruhigte mich ein wenig. »Sie sind auf mich sauer, Jennia Beth, und ihnen wird nicht gefallen, was ich für mein Leben beschlossen habe. Aber sie lassen nicht zu, dass ein Kind im Wald erfriert.«

27

Die Straße vor der Mountain-Leaf-Apotheke war mit Autos, Quads und Helfern in warmer Kleidung von leuchtend bunten Skianoraks bis hin zu verwaschenen, mit Erde und Matsch verklebten Tarnjacken gefüllt. Über den Bergen wurde der Abendhimmel immer dunkler und kündigte eine weitere kalte Nacht an. Tragbare Scheinwerfer warfen einen unnatürlichen Schein auf die Straße und verliehen der Stadt den Eindruck einer Schneekugel, aber der idyllische Zuckerguss war nur eine trügerische Illusion. Sobald man den Schutz der Gebäude verließ, heulte der Wind gnadenlos und bohrte sich wie ein Messer in jede auch noch so winzige Körperstelle, die nicht dick vermummt war.

Lily Clarette und ich parkten einige Straßen weiter und schleppten uns zu der Seitengasse, da wir hofften, dem Chaos vorne auf der Straße entgehen zu können. Die Nachricht von der Suche hatte sich herumgesprochen und eine Invasion von Journalisten und Kameraleuten ausgelöst, während wir unterwegs gewesen waren und die Wälder durchkämmt hatten.

Ich konnte mir nicht vorstellen, was Hannah durchmachen musste, während die nächste Nacht hereinbrach. Erst jetzt wurde mir bewusst, dass ich die Möglichkeit, dass wir sie bis zum Abend nicht finden würden, bis jetzt nicht zu denken gewagt hatte. Als mein Vater, meine Schwäger und die Männer von Lane's Hill am Mittag mit ihren Hunden und Maultieren eingetroffen waren, war ich fest überzeugt gewesen, dass wir Hannah vor Einbruch der Dunkelheit finden würden. Die Maultiere konnten in fast jedem Gelände große Flächen abdecken und Lily Clarette hatte recht: Unsere Hunde konnten sogar in einem Schneesturm eine Maus finden. In Lane's Hill war das Jagen und Aufspüren von Tieren nicht nur eine Frage des Stolzes, sondern auch eine Überlebensfrage für die Familien.

Jetzt waren mein Vater und die andern Männer nach Hause gefahren und hatten die Hunde und die Maultiere für die Nacht mitgenommen. Sie hatten nichts gefunden. Hannah und Blackberry waren wie vom Erdboden verschluckt.

Ich dachte an Evan und seine Familie, während wir uns durch eine Schar von Reportern und Schaulustigen einen Weg bahnten, die jetzt den Hintereingang zur Apotheke belagerten. Lily Clarette hielt die Luft an, als wir endlich die Tür hinter uns schlossen. Sie hatte sich an meinen Mantel geklammert und sich von mir durch die Menge ziehen lassen.

»Ist diesen Leuten denn nicht klar, dass sie im Weg stehen? Dass irgendwo da draußen ein kleines Mädchen ganz allein ist und sich verirrt hat? Ich habe in meinem ganzen Leben noch nie so viele Menschen gesehen.« Ihr müder Blick schoss zur Tür, als habe sie Angst, dass sie jeden Augenblick eingedrückt werden könnte. Wir waren schon vorher von Reportern angehalten worden, als wir auf zwei Maultieren, die einem Nachbarn unseres Vaters gehörten, die Straße abgesucht hatten.

»Ich bin wahrscheinlich daran gewöhnt.« Ein eisiges Frösteln erfasste mich, als ich mich aus dem feuchten Schneeoverall schälte und ihn zusammen mit meiner Mütze und meinen Handschuhen über einen Stoß Kisten warf. »Menschenansammlungen, meine ich. Nicht solche Umstände.«

»Ich weiß nicht, ob ich bei so vielen … Fremden leben könnte. Ich kann nicht einmal verstehen, was einige von diesen Leuten sagen.« Zitternd schlüpfte sie aus dem Mantel, den Coral Rebecca ihr mitgeschickt hatte, und fuhr mit unsicherer Miene einem Riss am Saum nach.

Vielleicht stellte sie ihre Entscheidung infrage. Als wir die Maultiere ihrem Eigentümer zurückgaben, hatte sich Lily Clarette geweigert, mit Craig und meinem Vater nach Hause zu fahren. Doch wir wussten beide, dass sie morgen mit Hunden und Maultieren wiederkommen würden. Und mit der Erwartung, dass Lily Clarette endlich zur Vernunft käme. Wenn hier nicht überall Polizisten gewesen wären, hätten die Männer sie wahrscheinlich einfach mit nach Hause geschleppt.

»Komm, wir wärmen uns auf und essen etwas.« Ich war völlig

erschöpft. Ich hatte seit Jahren nicht mehr auf einem Pferd oder Maultier gesessen und war schon lange nicht mehr so viele Stunden am Stück in der Kälte draußen unterwegs gewesen. »Du hast heute Abend das Richtige getan, Lily Clarette.«

Sorge sprach aus ihren vom Wind geröteten Augen. »Hoffentlich. Craig war sehr zornig und jetzt erfahren es alle in der Kirche …«

»Mach dir wegen der anderen keine Sorgen.« Ich führte sie durch den Lagerbereich zu den gedämpften Stimmen und dem Geruch von heißem Kaffee und warmem Essen. »Eine Frau, die auf einem Maultier durch das Unterholz und in Schluchten hinabreiten kann, kann auch selbst entscheiden, was für sie gut ist.«

»Auf einem Maultier kann jeder reiten.«

»Aber nicht so wie du.« Meine Schwester war so naturverbunden, als wäre sie im Wald geboren, genauso wie Sarra in der Geschichte. Sie schien den Wald in ihrem Innersten zu fühlen und die geschützten Täler und Verstecke zu erahnen. In ihr steckte viel von jenen Frauen früherer Generationen in unserer Familie, die gelernt hatten, in diesem rauen Land zu überleben, die geheimen Geschenke der Berge und heilenden Kräuter zu sammeln und einzusetzen. Wie würde es ihr gehen, wenn das alles weit weg wäre, wenn sie von Beton und Glas umgeben und vom Himmel nur ein kleines Stück zwischen den Wolkenkratzern zu sehen wäre? »Du kannst das Leben führen, das du willst. Lass dir von niemandem sagen, wer du zu sein hast.«

»Ich mache mir im Moment nur Sorgen um dieses kleine Mädchen«, sagte sie, während wir in den großen Raum traten, in dem Klapptische mit Essen, heißem Kaffee, Getränken, Taschenlampenbatterien und anderen Materialien für die Helfer standen.

Helen war in ein Gespräch über Violets Gesundheitszustand vertieft. »… schlafen gelegt. Sie ist einfach zu schwach, um die Nachricht zu verkraften, dass wir Hannah immer noch nicht gefunden haben.«

Sie schaute in meine Richtung, als ich mir einen Kaffee einschenkte. »Sie beide sind ja völlig durchgefroren. Holen Sie sich etwas zu essen und setzen Sie sich drüben an den Ofen. Wir haben die Regale zur Seite geschoben und einige Tische aufgestellt.« Ein müder Blick folgte. »Danke für alles, was Sie tun, und dass Sie sogar

Ihre Familie geholt haben. Die Männer waren eine große Hilfe. Ich wollte sie überreden, zum Essen zu bleiben, aber sie wollten nicht. Sie haben aber versprochen, dass sie morgen früh, sobald es hell wird, wiederkommen.« Sie wandte sich an Lily Clarette. »Ihr Verlobter hat gesagt, dass Sie ihn anrufen sollen, wenn Sie hier fertig sind. Er kommt und fährt Sie zu Ihrem Vater nach Hause, egal, zu welcher Uhrzeit.«

»Lily Clarette bleibt bei mir«, antwortete ich schnell. Helen hatte genug Sorgen, ohne dass sie noch mit unseren Familienproblemen belastet werden musste.

»Die Hunde sind morgen früh wieder frisch«, wechselte Lily Clarette das Thema. »Wenn sie ausgeruht sind, sind sie immer am besten.«

Helen bedachte meine Schwester mit einem traurigen Lächeln. »Meine Güte, Sie haben da eine ordentliche Schnittwunde unter dem Auge!«

Ich drehte den Kopf, um die Wunde zu sehen, aber Lily Clarette tat die Sache mit einem Achselzucken ab. »Ach, das ist nicht schlimm. Ich habe nicht aufgepasst und mir ist ein Zweig ins Gesicht geschnalzt.«

Helen kam um den Tisch herum und nahm meine Schwester am Arm. »Mir gefällt überhaupt nicht, wie das aussieht. Kommen Sie mit in die Apotheke. Dann kann ich die Wunde verbinden, Liebes.«

Lily Clarette folgte Helen gehorsam aus dem Zimmer und ich ging mit einem Teller mit Chili und Brot nach nebenan. Der Laden hatte sich deutlich geleert, da sich viele Helfer woanders ausruhten. Die Bewohner von Looking Glass Gap hatten Leute bei sich aufgenommen und selbst die Zeitreisenden, die noch im Lager waren, nahmen Helfer in ihren Wohnmobilen und Wohnwagen auf.

Bei der Suche nach Hannah arbeiteten alle zusammen.

Auf einer Bank neben dem Ofen saß Evan. Er hatte die Ellenbogen auf die Knie gestützt, ließ den Kopf hängen, und seine Hände und Unterarme waren von den vielen Stunden in der Kälte ganz rot. Hannahs Vater war immer noch nicht aufgetaucht, um bei der Suche nach seiner Tochter zu helfen. Ich hatte gehört, dass die Polizei ihn noch nicht hatte ausfindig machen können, aber man glaubte nicht, dass er Hannah mitgenommen hatte. Nachdem er an dem

Tag, an dem er die Ranch verlassen hatte, in einer Kneipe gesehen worden war, war er spurlos verschwunden.

Evan saß allein neben dem Ofen und sah aus wie ein Mann, dessen Schutzmauern schon eine ganze Weile tiefe Risse aufwiesen und jetzt nach und nach abbröckelten und einbrachen.

Ich stellte meinen Teller beiseite und setzte mich auf den leeren Platz neben ihm. »Wie kommen Sie klar?«

Er schüttelte den Kopf. Seine Haare hingen in nassen, dunklen Locken, an denen die letzten Eiskristalle schmolzen, nach unten. »Nicht so gut, fürchte ich.«

Ich legte eine Hand gleich unter dem feuchten Rand eines hochgeschobenen Sweatshirtärmels auf seinen Arm. Kalte Haut auf kalter Haut. »Es tut mir so leid. Ich war so sicher, dass wir sie vor Einbruch der Dunkelheit finden würden. Meine Familie gibt die Nachricht weiter. Morgen werden Waschbärenjäger und Fährtensucher aus der ganzen Gegend hier sein. Wenn irgendjemand weiß, wie man die vielen versteckten Stellen in diesen Bergen ausfindig macht, dann sie. Sie werden sie finden.«

»Ich kann mir einfach nicht vorstellen, wie sie es noch eine Nacht da draußen in ...« Seine Stimme versagte. Ich schluckte schwer und blinzelte, um meine Tränen zurückzudrängen.

Ich konnte nichts sagen. Deshalb legte ich meine Hand fester auf seinen Arm.

»Es ist so kalt«, murmelte er, als hätte ihn meine kalte Haut daran erinnert.

Nicht weinen! Sei stark! Sag etwas Ermutigendes! Das braucht er im Moment. »Aber sie stammt von Leuten in den Bergen ab. Sie wird es genauso schaffen, wie es die Menschen hier immer irgendwie geschafft haben. Sie wird einen Unterschlupf finden. Genauso wie Rand und Sarra. Sie haben eine Möglichkeit gefunden, mit praktisch nichts zu überleben. Hannah wird auch eine finden.«

»Das ist der Unterschied zwischen Fiktion und Wirklichkeit, Jen. Im Roman kann man dafür sorgen, dass Menschen die grundlegenden Dinge haben, die sie brauchen. Ein Vergrößerungsglas, um ein Feuer anzuzünden, trockenes Holz, eine Tasche mit Keksen oder Maisbrot. Hannah hat *nichts*.« Kalte Tropfen fielen von seinen Haaren, als er wieder den Kopf schüttelte. »Ich würde alles dafür geben, wenn ich die Zeit zurückdrehen und … vieles anders machen könnte. Ich würde nicht mehr warten, bis Jake seine Rolle als Vater ausfüllt.« Die Muskeln in seinem Kinn spannten sich an, als er seinen Namen sagte.

Ich dachte an meine eigene Familie, an all die Enttäuschungen und die vielen Dinge, die ich gerne ändern würde, aber nicht ändern konnte. Ich dachte an Rand, der zwischen dem Leben, das seine Familie von ihm erwartete, und dem Leben, nach dem sich sein Herz sehnte, zutiefst hin und her gerissen war. Würde er je einen Weg finden, diese Kluft zu überbrücken? Würde *ich* einen finden?

Während ich in die Flammen des alten Ofens starrte, versuchte ich, mir einzureden, dass es einen Weg geben müsse – dass es in den scheinbar unmöglichen Umständen eine Verheißung gebe. Die Verheißung, die Rand und Sarra in der Küche in Sagua Falls ausgesprochen hatten:

Selbst wenn wir uns verirren, verliert uns Gott nicht aus den Augen.

»Sie werden die Chance bekommen, es anders zu machen, Evan. Ganz bestimmt.«

»Ich hoffe es«, flüsterte er. »Ich kann es nicht erwarten, dass es hell wird und wir aufbrechen und die Suche fortsetzen können.«

28

Wenigstens war das Wetter wieder aufgeklart und es war wärmer geworden. Die dünne Schneedecke war bis auf die Stellen, die im Schatten des Herbstlaubs lagen, bereits am späteren Vormittag geschmolzen. Die Sonne hatte den Nebel sogar aus den Tälern vertrieben und ermöglichte den Suchtrupps und den Hubschrauberpiloten eine gute Sicht, aber es war schon der halbe Tag vergangen, ohne dass eine Spur von Hannah entdeckt worden wäre.

Selbst die Schönheit des Nachmittags konnte die wachsende Angst nicht verdrängen. Mit jeder Stunde, die verging, schwanden die Chancen, Hannah gesund und unversehrt zu finden.

»Wir sind fast schon wieder auf der Straße.« Lily Clarette deutete zu dem Weg vor uns. Wir waren Pferdespuren auf einem schmalen Pfad gefolgt, aber niemand konnte sagen, ob die Spuren irgendetwas mit Hannah zu tun hatten.

»Aber ich glaube sowieso nicht, dass die Spuren von ihr sind.« Lily Clarette schob ihre Kapuze zurück, schaute mit zusammengekniffenen Augen auf die Erde und beugte sich tief über ihr Maultier nach unten. »Hier ist etwas, das nach Hundespuren aussieht. Manchmal ist das Pferd auf die Hundespur getreten und manchmal umgekehrt. Die Spuren müssen gleichzeitig entstanden sein, aber Hannah hat keinen Hund bei sich.«

Wieder standen wir mit leeren Händen da. Über uns rasten Autos auf der Bundesstraße vorbei, als wäre es ein ganz normaler Tag. Hatten die Leute in diesen Autos eine Ahnung von dem Drama, das sich in den Wäldern rund um den Looking Glass Lake abspielte, von den Hoffnungen und Enttäuschungen?

»Komm, wir reiten zur Straße hinauf und ich schaue, ob mein Handy dort Empfang hat. Wir haben schon eine Weile nicht mehr nachgefragt. Vielleicht …« Meine Stimme versagte und ich konnte es nicht mehr aussprechen, obwohl ich es gerne wollte. *Vielleicht hat sie inzwischen jemand gefunden. Vielleicht ist alles gut.* Die Suchmannschaft war heute Morgen fast doppelt so groß gewesen. Sie bewegten sich noch weiter ins Gelände hinein und suchten Gebiete ab, die eigentlich zu weit weg waren, als dass Hannah dort sein könnte. Es sei denn, jemand hatte sie mitgenommen. Je mehr Zeit verging, umso größer wurde die Angst, dass sie nicht von selbst verschwunden war … und dass es sich hier um keine gewöhnliche Rettungsaktion handelte.

Unsere Maultiere stapften bergauf, bis wir die Bäume hinter uns hatten. Das Empfangssymbol auf meinem Handy sah nicht sehr vielversprechend aus, aber ich schickte Evan trotzdem eine SMS. Irgendwas Neues?

Keine Antwort.

Ich versuchte, mir nicht auszumalen, was eine weitere kalte Nacht anrichten würde, falls Hannah immer noch irgendwo da draußen war.

Das Handy piepte. Lily Clarette drehte erwartungsvoll den Kopf und las mit mir Evans Antwort auf dem Display meines Handys. Etwas gefunden. Fahren in die Stadt zurück. Angeblich eine gute Nachricht.

Meine Schwester atmete tief aus. »Es wird gut. Ich weiß es. Wie weit, glaubst du, sind wir von der Stadt entfernt?«

Ich schaute mich nach allen Seiten um, aber ich konnte nur einen Berg auf der einen Seite und einen Berg auf der anderen Seite sehen, die durch eine Straße miteinander verbunden waren. »Ich habe keine Ahnung. Es gibt nur eine Möglichkeit, das herauszufinden.«

Das Maultier schnaubte zufrieden, als ich es nach Looking Glass Gap herumlenkte und ihm freien Lauf ließ. »Auf geht's!«

Lily Clarette trieb ihr Maultier zum Trab an. Die beiden Tiere liefen nebeneinanderher und kamen schnell voran. Schließlich wurde der Grasstreifen neben der Straße schmaler, wir wandten uns wieder dem Wald zu und ritten über einen felsigen Grat. Als wir oben ankamen, lagen die Reste des Zeitreisenden-Lagers unten im Flusstal gut sichtbar vor uns.

Die Aufregung war zu spüren, noch bevor wir den Rand des Feldes erreichten, wo die Fahrzeuge der freiwilligen Helfer und die Pferdeanhänger abgestellt waren.

Robin lief uns entgegen. »Wir haben gehört, dass einer der Hunde eine Spur gefunden hat. Sie sind ihr gefolgt, bis die Spur in einem Bach verschwand. Dann hat einer von den Männern den Rauch eines Feuers gerochen und ist auf einen Baum geklettert. Tatsächlich stieg aus der nächsten Senke Rauch auf, aber sie konnten nicht dorthin gelangen. Sie haben einen Hubschrauber hingeschickt – und sie war es! Das haben wir gehört. Ray will gerade in die Stadt fahren, um sich zu erkundigen, was los ist. Wenn Sie hinten auf der Ladefläche mitfahren wollen, kann ich mich um Ihre Maultiere kümmern.« Sie deutete zu einem Pick-up, wo Braveheart in Jeans und Jacke gerade einstieg. Die Dreadlocks hatte er zu einem Pferdeschwanz nach hinten gebunden. »Hey, Ray, warte eine Sekunde! Hier wollen noch ein paar Leute mitfahren!«, schrie Robin.

»Kommt!« Er klappte die Ladeklappe nach unten und ließ uns zu mehreren anderen Helfern einsteigen, die schon darauf warteten, dass die Fahrt losging.

Mein Puls raste aufgeregt, als wir zu dem Wagen liefen. »Geben Sie mir Bescheid, wenn Sie wissen, ob es stimmt, ja?«, rief uns Robin nach. »Ich will wissen, ob das Mädchen wirklich gerettet ist.«

Auf dem Pick-up wurden die wildesten Theorien diskutiert, während wir nach Looking Glass Gap fuhren, aber es wurde sehr schnell klar, dass niemand wusste, was stimmte und was nur ein Gerücht war. Lily Clarette nahm meine Hand, hielt sie zwischen ihren beiden Händen und drückte sie leicht.

Im Ort hatten die Fernsehteams begonnen, sich in der Hauptstraße zu postieren. Sie bereiteten sich augenscheinlich auf etwas Interessantes vor.

Evan war aufgrund seiner Körpergröße zwischen den Polizisten vor der Apotheke gut zu erkennen. Am anderen Ende der Straße fiel mein Blick auf ein schwarzes Appaloosa-Maultier mit einer Blesse und einem markanten weißen Fleck auf den Hinterbeinen. Daneben stand mein Vater. Bei ihm waren Männer aus unserer Familie, von den Heiligen Brüdern und andere Waschbärenjäger, die ihre nervösen Hunde und Maultiere beruhigten.

»Da ist Papa!« Lily Clarette wirkte erleichtert, ein bekanntes Gesicht zu finden. »Ich frage, was er gehört hat.«

Instinktiv schoss mein Arm vor. Es war wie die reflexartige Bewegung einer Mutter, die ein nicht angegurtetes Kleinkind bei einem plötzlichen Bremsmanöver schützen will. »Lass mich mit Evan sprechen. Dann wissen wir mehr.«

Ein Stirnrunzeln war ihre Antwort. »Das ist unsere *Familie*, Jennia Beth! Auch, wenn du das vielleicht anders siehst.« Sie war fort, bevor ich ihr widersprechen konnte.

Ich schob mich ein Stück durch die Menge, bis mich ein Polizist anhielt, dann aber beschloss, mich durchzulassen. Evan schaute in meine Richtung, als der Sheriff seinen Männern über Funk den Befehl erteilte, die Straße zu räumen. Ein Hubschrauber der Nationalgarde war unterwegs.

Evans Gesicht verriet seine Ungewissheit. Die Sorgenfalten von gestern Abend waren immer noch tief in sein Gesicht eingegraben.

»Geht es ihr gut?«

»Wir wissen noch nicht viel. Es heißt, sie sei nach zwei Nächten, die sie praktisch schutzlos im Wald verbracht hat, in einer relativ guten Verfassung.«

»Wo war sie?«

»Sie und das Pferd sind in eine Schlucht hinabgestürzt. Deshalb konnten die Hubschrauber sie nicht finden. Das Pferd konnte nicht wieder nach oben klettern und Hannah hat sich ein Bein gebrochen.« Er suchte angespannt den Horizont ab. »Wenn die Coonhounds nicht so weit draußen gesucht hätten, hätte es vielleicht noch einen oder zwei Tage gedauert, bis jemand das Gebiet zu Fuß erreicht hätte. Und dann wäre es zu spät gewesen.« Er biss unter seinen vom Wind geröteten und aufgesprungenen Lippen die Zähne zusammen und schloss die Augen. Ich sah ihm an, wie viel Mühe es ihn kostete, sich zu beherrschen.

Ich wartete, bis er mich wieder ansah. »Aber sie ist gerettet, Evan. Es geht ihr gut.«

»Wir hätten sie beinahe …« Der Satz hing unvollendet in der Luft.

»Hey. Sie ist *okay.* Sie kommt wieder nach Hause.« Im nächsten Moment schlang ich die Arme um ihn und klammerte mich erleichtert und dankbar an ihn. In mir stieg große Freude auf, die ich eigentlich noch nicht zulassen wollte, solange ich Hannah nicht mit eigenen Augen sah. Evan hatte vollkommen recht. Es hätte so leicht anders ausgehen können.

Wir hielten uns fest in den Armen, beide unendlich erleichtert. Das Stimmengewirr um uns herum trat in den Hintergrund und die Zeit blieb stehen, bis schließlich das Dröhnen eines Hubschraubers die Luft erfüllte. Die Reporterteams standen bereit. Stimmen und Motorengeräusche vermischten sich mit den Rufen von Polizisten, dem Klappern von Pferdehufen und nervösem Hundegebell.

Erst, als der Hubschrauber den Staub von der Straße aufwirbelte und mich zwang, die Hand schützend über meine Augen zu legen, wurde mir bewusst, dass ich in Evans Armen lag. Einen Moment lang war mir das völlig natürlich erschienen, doch jetzt wurde mir plötzlich bewusst, dass wir uns umarmten. Er schien es im selben Moment zu merken, löste die Arme von mir und trat zurück.

»Sie ist zu Hause«, sagte ich und räusperte mich unsicher.

»Ja.« Er drehte sich zum Hubschrauber herum, noch bevor dieser den Boden berührte. Ich ging zur Seite, um den Weg frei zu machen.

»Komm!«, übertönte er das Dröhnen des kakifarbenen Ungeheuers und hielt mir die Hand hin. Eine unerwartete Vorfreude erfasste mich, als wir uns an den Händen hielten, über die freie Fläche zum Hubschrauber rannten und dabei instinktiv die Köpfe einzogen, obwohl die Rotorblätter weit genug oben waren.

Die Hubschraubertür wurde aufgeschoben und ein Soldat sprang heraus, während die Motoren langsam verstummten und die Rotorblätter stehen blieben. Im Inneren lag Hannah in einer Rettungstrage, in silberne Wärmedecken eingepackt und mit Sicherheitsgurten geschützt.

»Warte einen Moment«, sagte ein Sanitäter, der einen Gurt löste, damit sie ihre Hände frei bewegen konnte.

Hannah streckte die Arme aus und versuchte, sich aufzusetzen. »Onkel Evan!«

Er kletterte in den Hubschrauber und nahm sie überglücklich in seine Arme. Für einen Moment waren nur noch ihre Hände zu sehen, die in kakifarbenen Fäustlingen steckten, die ihr mehrere Nummern zu groß waren. Sie klammerte sich an Evan, dessen Schultern zitterten, weil die Anspannung der letzten Tage endlich von ihm abfiel.

Ich stand an der Tür und blendete erneut den Lärm der Reporter, der Maschinen und der Polizisten, die die Schaulustigen auf Abstand hielten, aus. Das alles erschien so weit weg, so unwichtig. Das Einzige, was zählte, war, dass wir Hannah lebendig zurück hatten. Sie lebte und konnte sprechen und weinen und ihren Onkel umarmen. Dass sie nicht auf dem schnellsten Weg ins Krankenhaus gebracht worden war, musste ein gutes Zeichen sein.

Ich spähte hinein, als Evan ihr Gesicht in den Händen hielt und sie betrachtete. Ihre Wangen und ihre Nase waren aufgeschürft und leicht blau. Ihre Lippen waren geschwollen und aufgesprungen, aber es hätte alles viel schlimmer ausgehen können.

Sie entdeckte mich und lächelte, als wäre es ein ganz normaler Tag. »Hallo, Jennia Beth! Sie sind ja immer noch da!«

»Soll das ein Scherz sein! Ich wäre *unmöglich* abgefahren, solange wir dich nicht gefunden haben.«

Sie legte die Hände auf den Schoß und betrachtete ihre Handschuhe. »Es tut mir leid, dass ich allen so viel Mühe gemacht habe. Geht es Blackberry gut? Hat man ihn von dort herausgebracht?«

»Sie arbeiten daran«, antwortete der Pilot und betätigte einige Schalter im Cockpit, bevor er in das Blitzlichtgewitter der Kameras hinaustrat.

»Mach dir keine Sorgen, Hannah. Sie bringen dein Pferd zurück«, versprach der Sanitäter und überprüfte einen Monitor, bevor er ebenfalls den Hubschrauber verließ. Auf dem Weg zur Tür lächelte er mich an. »Sie hat während des ganzen Fluges von nichts anderem gesprochen als davon, ob ihr Pferd gerettet werden könne. Sie hat sich eng an das Pferd gekuschelt, um warm zu bleiben. Der Körperwärme des Pferdes und ihrer klugen Idee, sich unter eine Laubschicht zu legen, haben wir es zu verdanken, dass sie in einer so guten Verfassung ist. Schlaues Kind. Sie haben ein paar Minuten mit ihr. Dann kommt der Krankenwagen und bringt sie ins Krankenhaus.« Ein besorgter Blick wanderte über Hannahs Beine, bevor er ging. Erneut machte sich eine große Angst in mir breit.

Evan wandte sich wieder an seine Nichte. »Hannah, was hast du da draußen gemacht?«

Ihr übertriebenes Seufzen sollte anscheinend zeigen, dass sie nicht verstehen könne, warum alle so viel Aufhebens machten. »Ich wollte das gar nicht. Ich habe mich verirrt. Und dann versuchte ich zurückzufinden, aber es wurde nach einer Weile sehr schnell dunkel. Ich dachte, ich wäre auf dem Weg zum Südtor, und trieb Blackberry an. Aber ich war nicht dort, wo ich dachte. Mit einem Schlag war der Weg einfach fort. Und überall waren nur Blätter und Erde. Ich konnte nichts sehen und ich konnte nicht atmen. Blackberry rollte über mich und ich dachte, dass ich vielleicht sterbe. Ich erinnere mich nicht, was danach passierte, aber dann wachte ich auf und es war dunkel. Ich konnte einen Bach hören und Blackberrys Atem und dachte immer wieder: *Ich träume das alles nur.* Aber mir war so kalt, und als ich aufstehen wollte, konnte ich nicht auf meinem Bein stehen und überall waren Felsen. Ich begann zu weinen und zu schreien. Schließlich kroch ich wieder zu Blackberry hinab und überlegte, was ich tun musste: Blätter sammeln, um mir ein Nest zu bauen, und Blackberry dazu bewegen, dass er sich hinlegt, damit ich mich an ihm wärmen konnte, und …«

Plötzlich zögerte sie und schaute über Evans Schulter. Ein besorgter Blick kämpfte mit der kindlichen Schilderung ihres Unfalls. »Wo ist Papa?« Evan und ich sahen uns an. Er kniff die Lippen zu einer dünnen, harten Linie zusammen.

»Oh.« Hannah konzentrierte sich auf die Fäustlinge auf ihrem Schoß. »Er ist nicht zurückgekommen. Ich dachte, er würde mich zusammen mit allen anderen suchen.«

»Er weiß nicht, dass du …« Eine andere Erklärung fiel mir nicht ein, aber sie klang armselig und lahm. Ein Vater, der nicht merkte, dass seine Tochter zwei Tage vermisst wurde, war kein Vater.

Evan räusperte sich. Einen Moment lang zuckten die Muskeln in seinem angespannten Gesicht, bevor er seine Sprache wiederfand. »Bist du deshalb weggelaufen, Hannah? Weil du deinen Vater und mich streiten gehört hast?«

Hannah blinzelte überrascht. »Ich bin nicht weggelaufen. Ich wollte nur Papa suchen. Er hält sich manchmal in der Kneipe da unten am Fluss auf und spielt Billard und so. Er kennt dort auch eine Frau. Ich habe ihn neulich telefonieren gehört. Er hat davon gesprochen, dass er mit ihr nach Oklahoma gehen will. Denn sie kommt von dort. Ich dachte, wenn ich ihn erwische, könnte ich ihn bitten, wieder nach Hause zu kommen. Ich wollte ihm sagen, dass du es nicht so gemeint hast, als du ihm sagtest, dass er ausziehen soll.«

»Hannah.« Evan streichelte ihre Haare und wischte eine Träne weg, die ihr über die Wange lief. »Das alles hat nichts mit dir zu tun. Und du kannst das auch nicht in Ordnung bringen. Dein Vater ist ein erwachsener Mann, aber er … denkt einfach nicht wie ein Erwachsener. Doch dafür bist du nicht verantwortlich. Du solltest lieber selbst kluge Entscheidungen treffen und zuhören, wenn wir dir sagen, dass du etwas nicht machen sollst.«

»Ich weiß.« Sie seufzte. »Ich habe meine Lektion gelernt, okay? Blackberry wäre fast gestorben. Und ich auch.«

»Du hast das sehr gut gemacht, Hannah«, warf ich ein. Für ein Mädchen, das gerade eine unglaublich schwere Situation überstanden hatte, sah sie jetzt viel zu traurig aus. »Du hast alles getan, was nötig war, um gerettet zu werden. Du hast einen kühlen Kopf bewahrt.«

Das Lob entlockte ihr ein halbherziges Lächeln. »Am Anfang machte ich mir keine allzu großen Sorgen. Ich dachte, es würde bald jemand kommen und mich finden. Aber als das Schreien nichts half und die *ganze* Nacht verging und ich keine Menschen oder Fahrzeuge oder so etwas hörte, sagte ich zu Blackberry: ›Das sieht nicht gut aus. Wir müssen *weit* weg sein.‹ Am nächsten Tag hörte ich Hubschrauber, aber sie flogen einfach über uns hinweg. Deshalb habe ich zu Blackberry gesagt: ›Wir müssen uns etwas einfallen lassen.‹ Aber wir konnten nicht herausklettern. Ich hatte inzwischen begriffen, dass ich es irgendwie schaffen musste, ein Feuer anzuzünden. Ich hatte eine Streichholzschachtel in der Tasche, weil Oma Vi immer sagt: ›Wenn du in den Wald gehst, können dir Streichhölzer das Leben retten.‹ Aber das ganze Holz, das ich erreichen konnte, war sehr nass. Ich habe fast alle Streichhölzer aufgebraucht und konnte nichts anzünden. Deshalb hielt ich es für besser, die letzten lieber aufzuheben. Dann weinte ich wieder eine Weile. Und dann begann ich zu überlegen, wie sie es in der Geschichte gemacht haben. Und ich erinnerte mich, dass das Mädchen ein kleines Bündel Holz unter ihre Kleidung gesteckt hatte, als sie den ganzen Tag marschierten, damit es trocken wurde. Also suchte ich ein wenig Kiefernrinde und Kiefernnadeln und so Zeug und steckte es unter meine Jacke, dann forderte ich Blackberry auf, sich hinzulegen, und kuschelte mich so nah wie möglich an ihn und häufte die Blätter wieder über uns. Ich wusste, dass ich es mit den restlichen Streichhölzern erst versuchen durfte, wenn ich wirklich etwas Trockenes hatte, das brennen würde. Deshalb legte ich mich hin und wartete. Als heute die Sonne am Himmel stand und ich dachte, dass Leute unterwegs sind, um mich zu suchen, zündete ich ein Feuer an.« Sie drehte die Handflächen in ihren Fäustlingen nach oben und bewegte sie in einer lustig anmutenden Triumphgeste durch die Luft. »Es brannte tatsächlich, genauso wie in der Geschichte.«

Mein Verstand arbeitete jetzt auf Hochtouren. Szenen spielten sich in meinem Kopf ab. »Moment mal! *Welche Geschichte?*«

»Natürlich die von Rand und Sarra. Die Geschichte, derentwegen Sie hier sind.«

Evan schaute sie fragend an. »Hannah, woher weißt du das?«

»Ich habe sie gelesen. Im letzten Sommer in Onkel Clives Hütte. Er hebt immer alles auf. Aus den Mülltonnen hinter den Hütten. Ich darf das eigentlich gar nicht erzählen. Es ist ein Geheimnis.« Sie grinste Evan an, doch dann verzog sie schmerzhaft das Gesicht und berührte mit dem Fäustling ihre aufgesprungene Lippe.

Meine Gedanken rasten durch die Synapsen wie ein elektrischer Impuls von einem Leitungsende zum anderen, aber Evan sprach die Frage aus, bevor ich die richtigen Worte fand. »Onkel Clive hat das Manuskript von *Die Hüterin der Geschichten* aus dem Müll geholt und aufgehoben, als wir die Hütte ausräumten?«

Hannah steckte schuldbewusst das Kinn in ihren Jackenkragen. »Sei nicht sauer, Onkel Evan. Er kann nicht anders. Er würde die Geschichte aber nie jemandem verkaufen oder so. Er mag seinen ganzen Krempel. Sehr sogar. Aber als Jennia Beth hierherkam, erzählte ich Onkel Clive, dass er ihr deine Geschichte zur Hütte bringen solle. Dann würde niemand erfahren, dass Onkel Clive sie gestohlen hat, er bekäme keine Schwierigkeiten und sie bekäme die Geschichte und würde dich überreden, daraus ein Buch zu machen. Die *Zeitreisenden*-Fans würden uns nicht mehr belästigen, Oma Vi würde sich nicht so aufregen, du wärst glücklich und mein Papa müsste keine Zäune reparieren, weil die Leute sie kaputt machen. Und du und er müsstet endlich nicht mehr streiten. Ich konnte ja nicht wissen, dass Onkel Clive die Geschichte nur stückchenweise bei Jennia Beth vorbeibringen würde. Aber er ist halt einfach ein bisschen *anders*. Ich denke, es ist ihm wahrscheinlich doch sehr schwergefallen, sich von den Sachen zu trennen.«

Ich blickte verblüfft auf den Boden. »Es war also dein Onkel Clive, der mir eine Woche lang diese Umschläge in die Tür gesteckt hat?«

»Bis auf das letzte Mal. Das war ich mit Onkel Clive zusammen. Ich habe neulich in meinem Geheimversteck noch einen Teil von der Geschichte gefunden, aber die Seiten waren nicht von dir, Onkel Evan. Sie stammen von jemand anderem und sind uralt. Ich habe gehört, wie Jennia Beth dir sagte, dass sie nach Hause fahren wolle. Da dachte ich, wenn wir ihr noch ein wenig mehr von der Geschichte zur Hütte bringen, bleibt sie bestimmt noch.«

Ich bemerkte Evans verwirrten Blick. Er schaute Hannah an und sein Mund stand leicht offen: »Welches … welches Geheimversteck, Hannah?«

»Unten am Berg neben dem alten Steinhaus.«

»Du meinst das alte Farmhaus? Es ist leer. In dem Haus wohnt niemand mehr, seit meine Uroma starb, als ich ein Kind war.«

Hannah beugte sich näher zu uns herüber, weil jetzt der Lärm eines anderen Hubschraubers die Luft erfüllte. »Im alten Stall beim Haus ist *alles Mögliche*! Geschirr und Bilder, eine Truhe und Stühle und ein Tisch und ein Bett. Dort habe ich den Kasten gefunden, in den das ganze Papier gestopft war. Und so habe ich mehr über Rands und Sarras Geschichte erfahren.«

29

»Sie haben diesen Stall direkt an die Bergwand gebaut.« Evan schob einen Finger unter das verrostete Schließband des alten Stalls, den ich bei meiner ersten Fahrt auf seinen Berg entdeckt hatte. Das schien jetzt eine Ewigkeit her zu sein, obwohl es sich nur um ein paar Tage handelte. Aber seitdem war so viel passiert.

Das alte Schließband öffnete sich mitsamt dem Schloss. »Meine Familie hat vor Jahren hier eine Molkerei betrieben. Es gingen Gerüchte um, dass damals mehr als nur Butter und Käse im Keller gelagert wurde, aber fast jeder hier in der Gegend behauptet, irgendwo in seinem Holzstoß Schwarzware versteckt zu haben. Ich erinnere mich, dass meine Großeltern im vorderen Raum Milch machten und neben der Quelle, wo die Temperaturen und die Feuchtigkeit genau richtig waren, Blauschimmelkäse. Doch sie sperrten hier alles zu, nachdem sie Jake und mich bei sich aufgenommen hatten. Ich habe immer angenommen, dass sie das taten, weil sie fürchteten, dass der Ort uns zu sehr an alles erinnern würde, was wir verloren haben. Meine Mutter hatte sich nämlich sehr gerne hier aufgehalten. Sie benutzte die Fensterbretter als Treibhaus, bevor wir wegen der Arbeit meines Vaters nach Florida zogen. Das hier war sozusagen ihre Zufluchtsstätte.«

Eine plötzliche Trauer vermischte sich mit der Wärme des Spätsommertages, der am Morgen nach Hannahs Rettung angebrochen war. Sie lag jetzt im Krankenhaus und bekam Infusionen gegen die Schmerzen, aber die Ärzte rechneten damit, dass sie keine bleibenden Schäden davontragen würde. Wenn man bedenkt, wie schlimm alles hätte ausgehen können, war diese Prognose ein unglaublicher Segen.

Ihr Versteck hier im Stall schien ein Ort mit vielen Spinnweben und Geheimnissen zu sein. Ein kühler, modriger Geruch schlug uns entgegen, als Evan die Tür auf die verwitterte Holzveranda hinaus aufschwang. Er lächelte. »Vor Hannah ist anscheinend nichts sicher. Sie entdeckt alles.«

»Das hätte mir in ihrem Alter auch passieren können. Ich verbrachte viel Zeit im Brunnenhaus mit Geschichten im Kopf und Büchern, die ich eigentlich nicht hätte lesen dürfen.«

»Wie kommt es nur, dass mich das nicht überrascht?«

»Da gibt es gar nichts zu lachen. Einige von diesen Büchern waren *deine*.«

Er verdrehte die Augen und hielt mir die Tür auf. »Nach dir.«

Ich warf einen vorsichtigen Blick in den dunklen Stall. »Ich denke, ich überlasse dir den Vortritt.« Die schmutzigen Glasfenster ließen nur gedämpftes Licht in den Raum. Ich hatte in meiner Kindheit genug Begegnungen mit Giftschlangen, Waschbären und Beutelratten gehabt.

»Ich dachte, für ein Buch schreckst du vor nichts zurück«, zog er mich auf.

»Vor *fast* nichts.«

Ein verführerisches Lächeln umspielte seine Lippen. Meine Gedanken kehrten zu dem Nachmittag zurück, an dem wir uns das erste Mal begegnet waren, und an die kleine Ziege im Anhänger. Im Krankenhaus hatte ich Hannah versprochen, dass ich eine Babyziege für sie auftreiben würde, wenn sie wieder gesund war. Coral Rebecca hatte gesagt, dass sie mir dabei helfen könnte. Allerdings wusste Evan noch nichts von diesen Plänen.

Mit einem Grinsen betrat er den Stall und ich folgte ihm. Hier drinnen hatte sich Hannah mit einer Apfelkiste als Tisch und umgedrehten Eimern als Stühlen eine Fantasiewelt eingerichtet. Ein Teeservice für zwei Personen aus bunt zusammengewürfelten Tassen und Untertassen stand auf dem Tisch. In alten Regalen an einer Wand standen alte Flaschen, die aussahen, als stammten sie aus einem Müllcontainer. Mehrere Tonkreationen standen zum Trocknen auf einem alten Küchenschrank. Die Holztruhe, die uns Hannah im Krankenhaus beschrieben hatte, stand unter dem Fenster neben einem verwitterten Pflanztisch. In der Ecke befand sich ein Wirrwarr aus Möbeln, die mit Staub und Spinnfäden überzogen waren: ein schmiedeeisernes Bett, ein antiker Hochstuhl, eine weiße Metallwiege, an den oberen Enden mit kunstvollen Kreuzblumen verziert. Mitgenommen aussehende Umzugskisten lehnten an der Wand. Die Mäuse hatten hier offenbar ein Festessen genossen.

Evan machte ein paar Schritte auf die sonderbare Möbelansammlung zu. Seine Bewegungen wirkten fast wie in Trance. Falls er die Truhe am Fenster überhaupt bemerkte, blieb er jedenfalls nicht stehen, um sie anzusehen.

»Ich nehme an, dass das die Truhe ist, von der sie gesprochen hat«, sagte ich, aber Evan gab mir keine Antwort. Stattdessen stand er wie gebannt vor dem Chaos in der Ecke.

»Evan?«

»Diese Sachen gehörten meinen Eltern. Das war unser Babybett. Ich erinnere mich, wie meine Mutter Jake hier hineinlegte.« Er trat an die Wiege, streckte die Hand aus, berührte das cremefarbene Geländer, wobei der Staub aufgewirbelt wurde, und schloss dann die Finger um das Metall.

Ich blieb einige Schritte hinter ihm stehen, rieb über die Gänsehaut auf meinen Armen und wusste nicht genau, was ich jetzt tun oder sagen sollte. Trotz der plötzlichen Vertrautheit zwischen uns in den letzten Krisentagen wusste ich sehr wenig über den Menschen Evan Hall. Das meiste, was ich wusste, beschränkte sich immer noch auf die Mythen, die seine Fans erfunden hatten oder die von einem professionellen Werbeteam geschaffen worden waren. In Wirklichkeit ließ Evan niemanden an sich heran, auch mich nicht.

»Soll ich dich lieber allein lassen?« Ich hielt diese Frage für richtig. Ich konnte mir nicht vorstellen, was er in diesem Moment fühlte, in dem er vor den Überbleibseln seiner verlorenen Familie stand und Erinnerungen wach wurden, die lange vergraben gewesen waren.

Er schüttelte den Kopf, sagte aber nichts.

Ich wartete, während er die kunstvolle Metallarbeit aus Rosen und Ranken betrachtete und den Staub abwischte.

Seine Stimme klang dünn und aufgewühlt. »Dieses Ding hat mein Vater am Ufer des Sarra Creek gefunden. Er brachte es nach Hause und reparierte es für Mama, bevor sie meine Schwester bekamen. Das hat uns Mama oft erzählt. Sie nannte es ihr Mose-Körbchen.«

Wieder fehlten mir die Worte. Es war falsch, etwas so Kostbares hier einstauben zu lassen, aber irgendwie konnte ich das auch verstehen. Ich konnte den Schmerz nur erahnen, der Menschen veranlasst hatte, diese Erbstücke wegzuschließen.

Er lachte leise und versank in seinen Erinnerungen. »Sie hat dieses Ding geliebt. Sie stritten deshalb sogar, als Papa den Ingenieursvertrag bei der NASA unterschrieb und wir nach Florida zogen. Das kleine Haus dort war modern und praktisch und Jake war viel zu groß für die Wiege, aber sie beharrte darauf, sie trotzdem mitzunehmen. Sie sagte, die Wiege wäre ein Stück Zuhause.«

Ich dachte an den Nähkorb, den ich seit Jahren in meiner Kommodenschublade aufbewahrte. Er war gefüllt mit Erinnerungen an Wilda Culp und ihr großes, mit Büchern gefülltes Haus. »Manchmal sind solche Dinge sehr wichtig.«

»Mutter wäre enttäuscht, wenn sie wüsste, wie es jetzt um meine Beziehung zu Jake steht.«

Dachte er nur laut oder sprach er mit mir?

»Evan, das Leben kommt manchmal anders, als man es gerne hätte. Wir müssen einfach das Beste daraus machen.« Was würde meine Mutter sagen, wenn sie wüsste, wie *mein* Leben jetzt aussah? Hatte sie Träume für mich gehabt? Hatte sie Hoffnungen für uns gehabt, wenn sie nachts über unseren Betten gestanden hatte?

»Mama hat immer gesagt, dass ich einmal Schriftsteller werden würde.«

»Sie hat recht behalten, nicht wahr?« Wie hatte meine Mutter *meine* Zukunft gesehen? Wäre sie je auf die Idee gekommen, dass ich in New York landen und Bücher herausbringen würde?

»Ich glaube nicht, dass sie dabei an die *Zeitreisenden* dachte.«

Ich ging zu Evan und legte eine Hand auf seine Schulter. »Du wärst vielleicht überrascht, wenn du wüsstest, was deine Mutter von den *Zeitreisenden* halten würde. Seit ich hier bin, sehe ich vieles anders. Ich erahne, warum all diese Leute Looking Glass Gap sehen wollen und warum sie ein Stück von dem, was du geschaffen hast, erleben wollen. Sie sind hier, weil das, was du geschrieben hast, etwas zutiefst Menschliches in ihnen anrührt. Es bringt sie dazu, an Dinge zu glauben, auf die wir heutzutage fast nicht mehr zu hoffen wagen.«

Er richtete sich auf und schaute mich überrascht an. Sicherlich war ich die Letzte, von der er solche Worte erwartet hätte. Aber es war nicht gelogen.

»Die Weise, wie Nathaniel seine Anna liebt, strahlt etwas Zauberhaftes aus. Er versucht nicht, etwas von ihr für sich zu bekommen. Seine Liebe ist selbstlos und opferbereit. Er gibt für sie *alles* auf. Seine Welt, seine militärische Laufbahn, seine Chancen, je nach Hause zurückzukehren. Er ist bereit, auf das alles zu verzichten, um mit ihr durch die Zeit zu fliehen, um einen Platz zu finden, an dem sie zusammen sein können. Wir alle sehnen uns danach, dass so eine selbstlose Liebe zwischen Menschen immer noch möglich ist. Diese Art von Liebe wird auch in dem sichtbar, was du über Rand und Sarra geschrieben hast.«

Hatte er es je so gesehen? War ihm bewusst, dass er nicht nur Geschichten schuf, sondern den Lesern vor allem das gab, was den besten Geschichten zugrunde liegt – Hoffnung?

»Wenn deine Mutter hier wäre und sehen könnte, wie Väter hierher fahren und zum ersten Mal mit ihren Töchtern etwas unternehmen; wie Großmütter und Mütter und zwölfjährige Mädchen gemeinsam lesen und darüber sprechen, was die Geschichte bedeutet; wie ganze Familien hierherkommen, um gemeinsam mehrere Tage zu verbringen und in verrückte Kostüme zu schlüpfen; wie Erwachsene Rollenspiele spielen, als wären sie wieder Kinder … Ich denke, wenn deine Mutter das sehen könnte, wäre sie stolz auf dich. Ich glaube, sie würde dir sagen, dass du dich darüber freuen und dir deine Freude nicht von ein paar Verrückten verderben lassen solltest. Wenn du mit Nathaniel und Anna fertig bist, wenn ihre Geschichte für dich abgeschlossen ist, dann such dir *bitte* eine neue Geschichte, Evan. Du hast eine große Gabe. Die Gabe, den Menschen zu zeigen, wozu sie fähig sein können. Die Gabe, Menschen in der Tiefe anzurühren und ihnen zu helfen, das Beste in sich hervorzukehren. «

Er warf mir einen vielsagenden Blick zu. »Aus deinem Mund klingt es viel edler als das Ziel eines jungen Studenten, einfach schnell zu Geld zu kommen.«

»Ich denke, es *war* edler.«

»Vielleicht.«

»Evan, wenn deine Mutter hier wäre, würde sie einfach wollen, dass du glücklich bist.« Irgendwie hatte ich mir trotz allem immer eingeredet, dass meine Mutter das für mich wollen würde, aber eine

Mutter hat das Glück ihrer Kinder nicht immer in der Hand. Evans Mutter hatte nicht lange genug gelebt und meine Mutter hatte nicht die Kraft gehabt, sechs Kinder mitzunehmen, als sie aus Lane's Hill wegging. Ich musste aber glauben, dass sie das gerne getan hätte. Dass sie nicht einfach weggegangen war und uns vergessen hatte.

»Sie waren das Vorbild für Anna und Nathaniel. Meine Eltern. Ihre Liebe war so bedingungslos. Es war, als wären sie sich immer nahe, genauso wie Nathaniel und Anna in meiner Geschichte. Ich weiß, dass das eine vereinfachte Sicht ist. Die Erinnerungen eines Kindes. Sie hatten bestimmt genauso ihre Probleme wie jedes andere Paar.«

Seine Beschreibung seiner Eltern überströmte mich wie warmes Wasser. Tröstend und beruhigend. »Du hast angenehme Erinnerungen und das ist gut.« Wie musste es sein, solche Erinnerungen zu haben? Wenigstens *eine* angenehme Erinnerung zu haben? Genau zu wissen, dass Liebe kein Kreislauf aus Zerbrechen und Zerstören und Überleben und Beherrschen ist?

»Ja, das stimmt.« Die unterschiedlichsten Gefühle zeigten sich auf seinem Gesicht: Ehrfurcht, Unglaube, Melancholie, Trauer. »Mir hat nie jemand gesagt, dass sie die Sachen meiner Eltern aufgehoben haben. Vielleicht hat es Opa nicht einmal Oma Vi gesagt.« Er trat an den Pflanztisch seiner Mutter und fuhr nachdenklich mit den Fingern über das brüchige Holz. »Ich erinnere mich an einen Nachmittag … vermutlich war meine Schwester nicht dabei, denn ich sehe nur mich und Mama in diesem Raum. All ihre selbst gezogenen Frühlingspflanzen standen hier. Mama war mit Jake schwanger und rund wie eine Wassermelone. Trotzdem trugen wir gemeinsam die Töpfe zum Garten hinauf. Mein Vater versuchte, sie zu überreden, dass sie nicht mehr arbeiten solle. Er sagte, es wäre zu heiß, aber sie war fest entschlossen, diese kleinen Pflanzen in die Erde zu setzen.«

»Das klingt nach einem schönen Tag.«

»Ja, es war ein wunderschöner Tag.«

Sonnenlicht fiel durchs Fenster, ergoss sich über den Schreibtisch und beleuchtete die alte Truhe auf dem Boden. Mit schief gelegtem Kopf verfolgte Evan den Weg der Sonnenstrahlen.

»Sie hat diese alte Truhe geliebt. Ihre Familie hatte einen Tornado erlebt, als sie noch ein junges Mädchen gewesen war. Diese Truhe gehörte zu den wenigen Sachen, die den Wirbelsturm unbeschadet überstanden hatten.«

»Hannah sagte, dass sie darin die anderen Seiten des Manuskriptes gefunden hat.« Ich hatte für einen Moment vergessen, warum wir hier waren.

»Ich verstehe nicht, was meine Mutter mit einem fremden Manuskript vorhatte. Sie hat mir die Geschichte von Randolph und Sarra erzählt, aber ich habe nie gehört, dass sie geschrieben oder Korrektur gelesen hätte oder so etwas. Mein Vater tat das, aber nur Artikel für technische Zeitschriften und solche Sachen.« Er beugte sich jetzt über die Truhe und hob den Deckel hoch. Die verrosteten Scharniere protestierten mit einem lauten Quietschten. Ein holziger Geruch stieg auf.

Ich spähte hinein. Mein Blick fiel zuerst auf eine Quiltdecke und ein Baby-Taufkleid. Hatte es früher Evan oder seiner Mutter gehört? Ein abgegriffener Teddybär lag daneben, dessen Knopfauge leer nach oben starrte.

»Der Bär hat Jake gehört.« Evan begutachtete ihn und legte ihn dann kopfschüttelnd auf den Tisch. »Mama hat alles versucht, ihn dazu zu bewegen, den Bären herzugeben, damit er in die Vorschule gehen konnte.«

»Das klingt genauso wie bei meinem kleinen Bruder, Joey.« Es war das erste Mal, dass ich ohne Traurigkeit an ihn dachte.

Evan kramte in der Truhe, sah unter Decken, Babysachen und einem alten Tuch nach. »Hier ist nichts.« Er schob den Stoff beiseite und zog etwas darunter hervor. Ein Stückchen Papier. Der Rand eines Blattes, von Motten angefressen und vergilbt. Die Eindruckstellen der Schreibmaschinenanschläge waren deutlich zu sehen, noch bevor er es umdrehte, um den Text zu lesen.

»Die Seite stammt von dem Manuskript. Es sieht aus wie das letzte Kapitel, das in der Hütte auftauchte. Der Teil, den Hannah hier gefunden hat.« Ich legte den Kopf schief, um den Text zu lesen. In einer Zeile stand *sie* und in der anderen *der Berg.* »Ich wüsste gerne, was Hanna hier vorgefunden hat, als sie die Truhe öffnete.« Ich fuhr die Umrisse nach und sah mich dann im Raum um. »Vielleicht hat sie das, was sie hier gefunden hat, woanders hingebracht und es dann vergessen. Oder sie hat einfach nicht daran gedacht, es uns zu sagen. Sie war im Krankenhaus so benommen und …«

Da sah ich es. Eine hölzerne Besteckschatulle, die zwischen den eingestaubten Einweckgläsern im Regal so fehl am Platz wirkte. Frische Spuren eines Schraubenziehers hatten sich um das alte Schloss herum ins Holz gebohrt. »Evan, schau. Dort drüben.«

Er warf von der Seite her einen Blick darauf und hob dann überrascht den Kopf. »Die Schatulle hat meiner Mutter gehört. Sie hat sie in der Holztruhe aufbewahrt.« Mit vier schnellen Schritten durchquerte er den Raum und nahm die Schatulle. Eine fast greifbare Vorfreude lag in der Luft, als er sie zum Tisch am Fenster brachte. »Sie hat immer gesagt, dass sie hier drinnen das Familiensilber aufbewahren würde, aber ich habe nie gesehen, dass sie etwas herausgenommen oder benutzt hätte.« Er drückte auf den winzigen Knopf an der unteren Schublade und versuchte, sie aufzuziehen. Das Holz hatte sich verzogen und die Schublade kam nur langsam heraus. Dann sahen wir es. Sie war nicht leer. Papier lag darin – alt, vergilbt, an den Rändern schimmelig …

Plötzlich machte die Schublade einen Ruck und flog fast auf den Boden. Evan konnte sie gerade noch auffangen. Die Blätter darin flatterten, flüsterten leise und blieben dann wieder ruhig liegen. Mit der Rückseite nach oben. »Ich schätze, das ist das, was wir gesucht haben.« Evan fuhr mit dem Daumen eine abgerissene Ecke auf dem obersten Blatt nach. Die Lücke entsprach genau dem Papierschnipsel, den er in der Truhe gefunden hatte. »Kommt dir das bekannt vor?«

»Allerdings.«

Er drückte mir seine Entdeckung in die Hände und zerrte an der zweiten Schublade. Mit einem Mal hatte er den winzigen Knopf in der Hand, der offenbar vorher schon abgerissen und wieder zurückgesteckt worden war. Als Nächstes versuchte er es mit dem Deckel, aber das Kästchen schien fest entschlossen zu sein, seine Geheimnisse für sich zu behalten. »Ich bin mir ziemlich sicher, dass diese beiden Schlösser zugesperrt sind. Es sieht so aus, als hätte Hannah versucht, sie aufzusprengen, aber kein Glück dabei gehabt. Vielleicht hatte sie Angst, dass sie Probleme bekäme, wenn sie das Ding zerstört.«

Ich blätterte in den Seiten aus der Schublade. »Das hier sind ungefähr dreißig Seiten, schätze ich. Mit den fünfzehn, die vor drei Tagen in der Hütte auftauchten, wären das insgesamt nur ungefähr fünfundvierzig. Die Seiten sind durcheinandergeraten. Wir müssen sie erst ordnen.« Ich wollte mich am liebsten an einem ungestörten Ort verkriechen, die Blätter in die richtige Reihenfolge bringen und das Leben erkunden, das mit Tinte auf Papier festgehalten war.

Aber die Schatulle reizte mich genauso. Was wartete noch in den restlichen Schubladen?

Evan hielt sie nachdenklich in den Händen und stellte sie dann wieder ab. »Hier ist noch etwas drin. Ich weiß zwar nicht, was, aber ich höre, dass es sich bewegt.« Er blickte sich um. »Wir brauchen etwas, mit dem wir die Schublade öffnen können.« Er entdeckte einen Schraubenzieher im Regal und wollte ihn holen.

»Du willst die Schatulle *zerstören*?« Ich war entsetzt.

»Ich kann das Schloss entweder aufbrechen oder es gekonnt öffnen. Das sind zwei verschiedene Dinge.« Er zog grinsend einen Mundwinkel nach oben und seine blauen Augen funkelten unter seinen dunklen Locken.

»Ohhh-kay ...« Meine Zweifel waren nicht zu überhören. Der Antiquitätenliebhaberin in mir gefiel die Vorstellung, etwas zu zerstören, das so lange überlebt hatte, überhaupt nicht. »Aber versprich mir, dass du die Schatulle nicht zerstörst.«

»Ich verspreche nichts, was ich nicht halten kann.«

Das genügte mir als Motivation, um den Schuppen nach brauchbarem Werkzeug abzusuchen. Die Suche brachte einen Spatel, einen altmodischen Bar-Eispickel, den keilförmigen Metallbolzen einer Anhängerkupplung, einen Schlosserhammer und ein Wagenkreuz sowie den Schraubenzieher zutage.

»Bitte mach es nicht damit!«, flehte ich und deutete auf das Wagenkreuz. »Wir können die Schatulle doch zu einem Schmied bringen. Ich zahle es auch. Im Ernst.«

»Pah! Ein Schmied? Das schaffe ich selbst.« Er beugte sich mit dem Werkzeug in der Hand über die Schatulle. Er begann mit dem Schubladenschloss und sprengte es fast fachmännisch auf.

»Jetzt machst du mir wirklich Angst«, gab ich zu, als er den Schraubenzieher von einem Ende der Schublade zum anderen bewegte und sie vorsichtig lockerte wie den Korken einer Sektflasche. »Es sieht so aus, als hättest du so etwas schon früher gemacht.«

»So etwas lernt man durch *Castle*.«

»Ich liebe diese Krimiserie.« Noch etwas, das wir gemeinsam hatten.

Die Schublade löste sich so weit, dass er die Finger um die Kanten legen und sie herausziehen konnte. »Bingo! Ich glaube, wir haben noch mehr von dem Manuskript. Aber … das ist nicht das, was ich klappern gehört habe.«

Er legte seinen Fund beiseite und konzentrierte sich nun auf den Deckel, während ich vorsichtig die neuen Seiten durchblätterte, mit dem Finger über die Buchstabenabdrücke fuhr und mir ausmalte, wie Finger kräftig auf die Schreibmaschinentasten schlugen. *Wessen* Finger?

Die Antwort stand auf einem schlichten, getippten Deckblatt, das in der Mitte des Stapels verkehrt herum zwischen den Seiten steckte.

Sarra Creek hatte die ursprüngliche Verfasserin die Geschichte genannt. Die Seite nannte auch ein Datum und eine Autorin. »Es wurde 1936 von einer Louisa Anne Quinn geschrieben. War das eine Verwandte von dir? Vielleicht eine Großmutter?«

»Nicht, dass ich wüsste. In unserer Familie gibt es keine Quinns. Wenn das Manuskript so alt ist, kann meine Mutter es nicht geschrieben haben. Aber sie hatte es in ihrem Besitz, und wenn sie es in der Schatulle aufbewahrt hat, war es ihr wichtig.« Er nahm das Schloss ins Visier und versuchte, den Deckel mit dem Eispickel zu öffnen. »Ich habe das Gefühl, die Antwort liegt … genau … hier … drinnen.«

Das spitze Werkzeug rutschte ab und bohrte sich in seinen Finger. Er blutete. Er verzog schmerzhaft das Gesicht und schüttelte die Hand. »Das war nicht so gut.«

»Bist du gegen Tetanus geimpft?«

Er verdrehte die Augen.

»Ich habe ja nur gefragt.« Wir beugten uns jetzt gemeinsam über die Schatulle und unsere Gesichter waren so nahe, dass ich die Wärme fühlen konnte, die seine Haut ausstrahlte. »*Ich* könnte es versuchen.«

»Hast du irgendeine Ahnung, wie man Schlösser knackt?«

»Nicht wirklich. Du?«

»Ich weiß nur das, was ich im Fernsehen gesehen habe.«

Ich musste plötzlich laut lachen. »Entschuldige. Ich weiß, dass es nicht lustig ist. Versprich mir, dass du nicht versuchst, es mit roher Gewalt zu …«

Unter dem Deckelrand stand jetzt ein schmaler Spalt offen. Ich war so darauf konzentriert gewesen, den Schaden zu begutachten, dass mir das überhaupt nicht aufgefallen war. »Moment! Ich glaube, du hast es schon geschafft.« Ich steckte einen Fingernagel in den Spalt, bewegte ihn nach oben und ertastete eine Art Verschlussriegel.

»Darf ich?« Evan spähte durch den Spalt, schob dann den Spatel hinein und drückte ihn gegen den Haken. Der Deckel sprang wie von alleine auf. Die Schatulle schien lebendig zu werden und wirkte fest entschlossen, ihre Geschichte zu erzählen. Staub fiel ins Innere, tanzte im Lichtstrahl, der durch das Fenster fiel, wirbelte über das ausgebleichte rote Satin im Inneren und eine Sammlung von alten Fotografien. Es waren größtenteils Landschaftsaufnahmen. Jemand hatte sie mit Gummis und Umschlägen, die deutlich neuer waren als die alten Schwarz-Weiß-Bilder, katalogisiert.

Evan sah die Stapel schnell durch. »Das auf den Umschlägen ist die Handschrift meiner Mutter. Sie hat am Ende ihrer Buchstaben immer solche Schnörkel gemacht.« Er brach ab und zog etwas aus einem Stapel. »Schau dir das hier an.« Drei Polaroidfotos lagen in seinen Händen. Die beiden oberen waren eine Aufnahme von der Sarra Bridge und eine von dem Bach, unter der die Worte *Stelle des Sägewerks am Sarra Creek* standen. Das dritte Foto war hinten festgeklebt. Evan löste es vorsichtig und brachte eine fleckige Aufnahme von eingeritzten Buchstaben an einem Baumstamm zum Vorschein. *Sarra* stand auf der Rinde. Unter dem Foto stand auf dem weißen Rand: *Ihr Name, den er in den Baum geritzt hat.*

Evan betrachtete die Buchstaben und fuhr sie zärtlich mit dem Finger nach. »Meine Mutter hat dieses Manuskript zwar vielleicht nicht geschrieben, aber sie hat sich auf jeden Fall damit befasst.« Er holte die Fotos aus der Schatulle, legte sie beiseite und klopfte auf den mit Satin bezogenen Boden, der mit Aussparungen versehen war und aussah, als hätte früher ein Abendmahlskelch und ein Teller darin gelegen. »Und das hier ist auch keine Besteckschatulle. Der Kasten wurde für ein Abendmahlsgeschirr angefertigt. Gib mir bitte den Schraubenzieher. Da unten ist noch ein verstecktes Fach.«

Jetzt bat ich ihn nicht mehr, die Schatulle nicht zu zerstören. In mir schrie eine Stimme, die vor Neugier fast platzte: *Zertrümmere den Kasten, wenn es sein muss!* Ich wollte die Geheimnisse, die dieser Holzkasten noch barg, enthüllen und Antworten finden.

Das verzogene Holz gab erneut nur sehr widerstrebend und in kleinen Schritten nach, als Evan mit dem Schraubenzieher den Rand nachfuhr und ich versuchte, mit dem Spatel nachzuhelfen. Etwas bewegte sich rutschend und schlug gegen die Seite der Schatulle, als ich sie hochhob, um einen besseren Winkel zu haben.

Evan hob den Blick und schaute mich mit großen Augen an.

»Das ist kein Papier.« Das Herz schlug mir bis zum Hals.

»Nein.« Er schob den Schraubendreher in den Spalt und bearbeitete wieder den eingelegten Zwischenboden. »Es wäre … wirklich … sehr enttäuschend … wenn das … die Schlüssel wären.« Während er grinste, trat ein Grübchen auf seine Wange und für einen kurzen Moment vergaß ich unsere Schatzsuche.

Der Druck auf den Spatel ließ nach, meine Hand flog nach oben und warf den mit Satin bezogenen Einlegeboden wie einen zu schweren Pfannkuchen hoch. Er landete klappernd auf dem Tisch, aber keiner von uns würdigte ihn eines Blickes.

Vielmehr beugten wir uns gemeinsam über die Schatulle. Für das, was uns darin erwartete, gab es keine Worte. Aber es demonstrierte beeindruckend die Wahrheit aller Worte, die im Manuskript geschrieben standen. Halb versteckt unter einem Blatt aus einem Notizblock sahen wir die abgegriffene Ecke eines in Leder gebundenen Notizbuchs, die Kante eines goldenen Kreuzes und ein steifes Lederband mit einem Knoten.

Evan hob das Papier hoch und brachte den Rest zum Vorschein. Den Beweis für alles. Um das Tagebuch gewickelt war ein altes Lederband, an dem geschnitzte, elfenbeinfarbene Perlen, Muscheln und ein blauer Seekiesel hingen. Am Ende hing ein kleines, handgeschnitztes Kästchen, in das ein Malteserkreuz eingeritzt war.

Ich berührte es vorsichtig, öffnete den Deckel und brachte die reliefförmig eingeschnitzten Bilder zutage. Die Jungfrau Maria und auf der anderen Seite ein Bild von Jesus.

»Sarras Gebetskästchen.« Ich schluckte schwer und hatte Mühe, die Tränen, die mir plötzlich in die Augen schossen, zurückzuhalten. »Das Kästchen der *Hüterin der Geschichten*.«

Neben mir nahm Evan vorsichtig das abgegriffene Lederbuch in die Hand und schlug es mit einer ähnlichen Ehrfurcht auf. Eng beschriebene Zeilen in einer verblassten Schrift erwarteten uns. Buchstaben und geschwungene Schnörkel, dünne Tintenspuren zwischen den Buchstaben, als ob die Feder es nicht hatte erwarten können, Gedanken auf Papier festzuhalten, winzige Flecken an den Stellen, an denen der Schreiber kurz innegehalten und im Geiste seine nächsten Worte formuliert hatte. Notizen und Zeichnungen über die Natur. Beeren, Stiele, Blätter, Tiere, Pilze, eine Vogelfeder mit Beschreibungen der Farben am Seitenrand.

Und dann plötzlich ... das Bild einer Frau. Sarra, wie sie auf den Knien saß, ein ehrfürchtiges Lächeln auf ihren breiten, vollen Lippen, die Handflächen und Augen zum Himmel erhoben. Über der Zeichnung stand in den langen, sorgfältig ausgeführten Bögen einer gebildeten Hand: *Sarra, ein Melungeonmädchen, 17. Oktober 1889.*

»Das ist das erste Bild, das er von ihr gezeichnet hat. Als er sie bei ihren Morgengebeten beobachtete.« Ich überflog die gegenüberliegende Seite und ließ die Beschreibung der Szene auf mich wirken, von der ich durch Evans Manuskript schon eine Vorstellung im Kopf hatte. Diese Version aber war in Rands Handschrift verfasst und in seinen eigenen Worten formuliert. Die Tinte war so sehr verblasst, dass die Schrift stellenweise kaum noch zu lesen war. Auf der gegenüberliegenden Seite hatte Rand eine Nachricht hinzugefügt:

> *Sollte dieses Buch gefunden werden, ist es gut möglich, dass ich in diesen Bergen den Tod gefunden habe. Ich bitte den Finder demütig, Kontakt zu meiner Familie in Charleston aufzunehmen und ihr mitzuteilen, dass ich bis zu meinem letzten Atemzug die größte Liebe zu ihnen empfunden habe. Ich hatte immer die feste Absicht, von dieser Reise zurückzukehren, aber ich muss dem Weg folgen, den jeder anständige Mann gehen sollte. Wo Unrecht herrscht, muss man dagegen aufstehen. Wo Leid herrscht, muss man die Liebe un-*

seres Herrn tatkräftig weitergeben. Wo sich eine Gelegenheit ergibt, Gutes zu tun, muss man sie ergreifen. Unsere Taten müssen mit unseren Worten übereinstimmen.
Es ist meine Bitte, dass meine Familie, falls sie dieses Buch bekommt, mit Stolz und einem gewissen Maß an Mitgefühl an die neuen Wege, die mein Körper und meine Seele einschlagen, denkt. Ich ging meinen Weg und betete, dass ich Gott darauf finden würde. Doch er hat mich gefunden und mir einen Sinn gegeben.
In ewiger Liebe
Randolph Augustus Champlain

Meine Finger zitterten, als ich die Unterschrift berührte und an die Hand dachte, die vor so langer Zeit hier gelegen und ein wenig Tinte zurückgelassen hatte, als der Schreiber innehielt, aufblickte und die fremde, junge Frau betrachtete, für die er alles riskiert hatte.

»Die Geschichte ist wahr. Es ist alles wahr«, flüsterte ich.

Evan schaute mich an. »Meine Mutter hat mir nie erzählt, dass sie das alles hat. Sie hat nie auch nur angedeutet, dass Rand und Sarra mehr sind als eine Gutenachtgeschichte. Eine Legende, die erklärt, wie der Sarra Creek zu seinem Namen und die Sagua Falls zu ihrem Regenbogen gekommen sind.«

Ich betrachtete das aus Horn geschnitzte Kästchen und die Perlen. Die glatten Oberflächen und die eingeschnitzten Vertiefungen rührten tief in mir etwas Vertrautes an, das ich nicht in Worte oder Bilder oder Gedanken fassen konnte. »Rand und Sarra sind nicht erfunden. Sie haben wirklich gelebt. Was wurde aus ihnen, als der Winter vorbei war? Ging er nach Hause oder blieb er bei ihr?«

»Meine Mutter hat uns nie erzählt, wie die Geschichte ausging. Es war immer nur dieses romantische Märchen von zwei Liebenden, die lieber gemeinsam über die Sagua Falls sprangen, als sich zu trennen. Daher hatte ich auch Nathaniels und Annas Fluchtszene in *Die Zeitreisenden: Die Abrechnung*. Natürlich hatte Nathaniel den Vorteil, dass es dort ein Zeitportal gab … und in der Nähe Wasser. Die Energie des Quantenlichts aus dem Portal, das gerade in die Hyperphase übergeht, ließ einen Regenbogen entstehen und daraus ging die Legende von den Liebenden am Wasserfall hervor.«

»Du machst mir schon wieder Angst.«

Ein Achselzucken und ein Grinsen waren die Antwort, während er das Manuskript, auf dessen Titelblatt der mysteriöse Name getippt war, nahm. »Aber jemand hat sich die Zeit genommen und 1936 diese Geschichte aufgeschrieben, lange bevor meine Mutter davon gehört hat. Diese Louisa Quinn könnte Rand oder Sarra oder sogar beide tatsächlich *gekannt* haben.«

Er legte alles vorsichtig in die Schatulle zurück. Dann stellte er die Schubladen mit den Manuskripten übereinander und reichte sie mir. »Hier, nimm das!«

»Wohin gehen wir?« Adrenalin schoss durch meinen Körper. Ich wollte alles wissen, was diese Seiten und das Tagebuch erzählten.

In Evans Gesicht spiegelte sich der gleiche Wunsch wider, endlich zu erfahren, was hinter der ganzen Geschichte steckte. »In mein Büro. Dort können wir alle Seiten ausbreiten und den Rest der Geschichte erfahren, wegen der du gekommen bist.«

Epilog

Ich trete an den Vorhang, ziehe ihn einen winzigen Spaltbreit beiseite und spähe hinaus. Der Anblick elektrisiert und erschreckt mich. Es ist so viel, an das ich mich gerade gleichzeitig gewöhnen muss. Mein Leben verändert sich in so vielen Bereichen, dass ich gar nicht alles erfassen kann.

»Hast du ein wenig Angst?«, fragt Lily Clarette und legt die Hand auf meine Schulter. Sie sieht wunderschön aus in dem schlichten, königsblauen Kleid, das ihre schlanke Figur unterstreicht, und mit ihren seidigen Haaren, die sie aus dem Gesicht gezogen hat und in offenen Locken über den Rücken fallen lässt. Diese Frisur ist ihr immer noch ein wenig fremd. Sie spielt mit der modischen Silberspange mit den geschmackvollen Kristallsteinen. *Hier, das ist das Tüpfelchen auf dem i,* hatte Jamie gesagt, als sie meiner Schwester die Haare frisiert und die Spange feststeckt hatte. Es macht Jamie fast wahnsinnig, wenn jemand, der eine so natürliche Schönheit wie Lily Clarette besitzt, nicht mehr Make-up als nur einen Hauch Mascara trägt und sich weigert, Schuhe mit hohen Absätzen anzuziehen.

»Ich habe Angst. Sehr sogar«, gebe ich zu. Es hat keinen Sinn, es verheimlichen zu wollen. Ich male mir seit Monaten diesen Moment in den verschiedensten Versionen aus und zerbreche mir darüber den Kopf. Das weiß Lily Clarette. Das arme Mädchen hat das mehr als einmal hautnah zu spüren bekommen. Ihr Bürojob bei Vida House hat sich zu einer Feuertaufe entwickelt. Jetzt bereue ich es, dass ich sie in diese ganze Sache mit hineingezogen habe. Wie in aller Welt soll sie ohne mich hier zurechtkommen? Nach einem Jahr in New York jagt es ihr immer noch eine panische Angst ein, allein mit der U-Bahn zu fahren. Und sie versteht immer noch nicht, dass man in der Großstadt Schwierigkeiten bekommt, wenn man mit einem Blick durch die Welt geht, als entschuldige man sich dafür, dass man überhaupt da ist.

Ich hätte eine andere Antwort geben sollen, als mich George Vida fragte. Ich hätte laut und deutlich *Nein* sagen sollen. Ein einfaches Nein hätte mir dieses ganze Dilemma erspart.

»Schau, dort sind Coral Rebecca und Evie Christine!« Lily Clarette deutet ins Publikum, versteckt den Finger aber hinter dem Vorhang. »Sie haben es geschafft! Sie sind gekommen! Ich bin gespannt, ob sie die Kinder und alle anderen mitgebracht haben.« Ihr Gesicht strahlt vor Entzücken auf und das weckt in mir Schuldgefühle. Es ist unübersehbar, wie sehr sie die Familie vermisst, wie sehr sie sich nach den Blue Ridge Mountains sehnt. Ich fürchte, dass sie im vergangenen Jahr nur in New York geblieben ist, um mir nicht sagen zu müssen, dass sie nicht hier leben will. »Oh, und Marah Diane! Sie sind *alle* gekommen.«

Ich kann nur staunen. Eine Reihe im hinteren Teil des Publikumsraums füllt sich langsam mit den Frauen aus meiner Familie. Sogar Coral Rebeccas Mann Levi ist mitgekommen. Als Lily Clarette vorschlug, ihnen die Eintrittskarten zu schicken, hatte ich mir keine Hoffnungen gemacht, dass diese Karten Verwendung finden würden. Doch jetzt – nach all den Ereignissen dieses Jahres, die alles umgekrempelt haben – weiß ich: Alles ist möglich. Gott kann Sehnsüchte und Hoffnungen erfüllen, die unerreichbar scheinen. Nichts ist für ihn unmöglich.

Zu dieser Erkenntnis bin ich in Bezug auf meine Familie letztendlich gekommen. In Bezug auf den Ort, von dem ich abstamme – mit all seiner Schönheit und all seiner Tragik. Natürlich kann ich meine Hände und meine Füße und mein Herz einsetzen und versuchen, die Dinge, die in meiner Macht liegen, zum Positiven zu verändern. Doch so vieles liegt nicht in meiner Hand. Was nicht verstanden und in Ordnung gebracht werden kann, muss ich einfach loslassen. Nicht im Sinne von *aufgeben*, sondern in dem Wissen, dass jemand anderes alles in der Hand hält.

»Ich wusste, dass sie kommen würden. Ich *wusste* es einfach«, sagt Lily Clarette. Ich bewundere ihren blinden Glauben und begreife gleichzeitig, dass jeder Glaube blind ist. Außer im Rückblick wissen wir nie genau, wie oder wann Gebete erhört werden. »Ich schlüpfe schnell hinaus, um sie zu begrüßen und ihnen zu sagen, dass sie danach nicht gleich gehen sollen. Ich lade alle zum Essen ein, okay?«

»Okay. Wenn sie wollen.« Aber in mir regt sich etwas Unruhe.

Lily Clarette bemerkt es sofort, als ich den Vorhang fallen lasse. Sie ist die wichtigste Verbindung zwischen meiner Familie und mir geworden und als solche immer zwischen den zwei Welten hin und her gerissen. Sie weiß um meinen inneren Kampf. »Ich sage nur schnell Hallo, Jennia Beth. Ich werde nicht auf die Ladefläche des Pick-ups springen und nach Hause flüchten.« Sie schiebt die Unterlippe ein wenig schmollend vor. Ich sehe die kleine Schwester, mit der ich im Schaukelstuhl meiner Großmutter gesessen habe und dem ersten Schneefall vor dem Fenster zusah, während meine Mutter im Bett lag und mit dem kleinen Mädchen anscheinend nichts zu tun haben wollte.

»Ich weiß.«

Dann zögert sie. Der Schmollmund wird größer. »Aber ... ähm ... ich wollte dir noch etwas sagen ... Ach, vergiss es. Das kann warten. Es ist keine große Sache.«

»Was?« Es *ist* eine große Sache. Das sehe ich ihr an.

Sie atmet tief ein und wirft ihre schlanken Schultern zurück. »Ich wollte es dir eigentlich schon am Sonntag nach dem Gottesdienst sagen. Ich bin ja Anfang September zu dem verlängerten Wochenende nach Hause geflogen. Ich habe bei Mrs Hall von der Mountain-Leaf-Apotheke gewohnt und sie überredet, Marah Dianes und Coral Rebeccas Ziegenmilchseifen und -cremes in ihrem Laden zu verkaufen ... Weißt du noch?«

»Ja ...«

»Mrs Hall hat mir etwas erzählt und ich habe seitdem viel darüber nachgedacht.« Ihre unteren Schneidezähne bewegen sich nervös über ihre Oberlippe und ziehen sie nach innen. Sie braucht einen Moment, um Mut zu sammeln und die nächsten Worte auszusprechen. »Sie hat gesagt, dass sie vielleicht in ein paar Jahren die Apotheke in Looking Glass zumachen muss, weil die alte Mace dann in Rente geht und weil kaum noch Apotheker freiwillig in die Berge ziehen. Viele Apotheken haben schon zugemacht. Mountain Leaf ist hier die einzige Apotheke im ganzen Umkreis.«

Sie bricht wieder ab und ich frage mich, worauf sie hinauswill. Die Zeit wird allmählich knapp, wenn sie die Familie noch begrüßen will, bevor es losgeht. »Ich habe gelesen, dass Apotheker überall dringend gesucht werden«, gebe ich zögernd zu.

Meine Schwester nickt begeistert. »Das stimmt. Mrs Hall hat gesagt, wenn ich dort in der Apotheke arbeiten und zur Volkshochschule gehen will, könnte ich in der Wohnung über dem Laden wohnen. Sie würde mich bei den Studiengebühren unterstützen, damit ich eine Ausbildung zur Pharmazeutischen Assistentin machen kann. Und wenn es mir gefällt und ich sogar Pharmazie studieren will, würde sie mir auch bei den Studiengebühren helfen …, falls ich mehr brauche, als die Stipendien, um die ich mich bemühen würde, abdecken.«

Meine Schwester schaut mit den großen, schönen goldenen Augen meiner Mutter zu mir hinauf und ich taumele einen Schritt zurück, obwohl ich versuche, meinen Schreck nicht zu sehr zu zeigen. Ich vermisse Lily Clarette jetzt schon. Dabei ist sie noch nicht einmal fort. Es zerreißt mich fast innerlich, denn im Grunde genommen weiß ich, dass das wahrscheinlich genau das Richtige für sie ist. Ich denke an ihr Schulprojekt, für das sie ausgezeichnet wurde, und wie sie vor ein paar Monaten im Museum für Amerikanische Geschichte aufgeblüht ist. Sie liebt Medizinsendungen und Wissenschaftssendungen. Sie hat sogar die Rezepte meiner Großmutter für Kräuter-Ziegenmilchseifen und -cremes verfeinert. Sie arbeitet daran, einen Onlineversand aufzubauen, der die Produkte meiner Schwestern weit über die Blue Ridge Mountains hinaus vertreiben soll.

Ich erinnere mich, wie sie sich auf der Suche nach Hannah im Wald verhalten hat, wie vertraut sie mit der Natur war und wie gut sie sich zurechtfand. Sie hat so viel Ähnlichkeit mit den Frauen aus den Appalachen, die die geheimen Sammelstellen und die überlieferte Heilkunst von Wurzeln und Blättern kennen.

Ich weiß, dass sie ein eigenständiger Mensch ist. Sie ist keine Kopie von mir.

Sie schaut mich fragend an und das hoffnungsvolle Leuchten verblasst langsam. Sie will es mir nicht zu offen zeigen, weil sie mich nicht enttäuschen will. »Ich hätte das wahrscheinlich nicht ausgerechnet jetzt ansprechen sollen, aber ich denke einfach viel darüber nach.« Sie verschwindet leichtfüßig durch den Seiteneingang des

Auditoriums der Tillman-Halle in Clemson, während ich hier stehe und versuche zu verarbeiten, was sie mir soeben offenbart hat.

Ich spähe wieder durch den Vorhang, sehe, wie sie in den Publikumsraum huscht und meine Schwestern begrüßt. In ihrem modischen blauen Kleid wirkt sie zwischen ihnen fehl am Platz. Ich sehe ihr an, dass sie deshalb ein wenig verlegen ist, aber die Umarmungen, mit denen sie sich begrüßen, sagen alles. Sie lieben sie immer noch. Ich lasse den Vorhang wieder zufallen und fühle mich wie eine Außenseiterin, eine Versagerin, die die Kluft nicht so gut überbrücken kann, wie es meine kleine Schwester tut.

Einige Minuten später erscheint sie wieder. »Sie können danach nicht bleiben«, berichtet sie enttäuscht. »Sie wollen nicht zu spät nach Hause fahren.«

»Wir könnten Hotelzimmer für sie buchen.«

Der Blick, mit dem Lily Clarette mich ansieht, warnt mich, nichts zu überstürzen. »Marah Diane hat gesagt, dass sie Restaurantessen sowieso nicht mag. Und sie haben die kleineren Kinder bei Tante Sudie zu Hause gelassen.« Sie deutet zur Tür. »Komm und sag wenigstens kurz Hallo, okay?«

Ich schaue auf meine Uhr. In zehn Minuten geht es los. »Komm schon!«, lässt meine Schwester nicht locker. »Sie sind so weit gefahren.« Sie deutet wieder zur Tür und ich bemerke einen Umschlag in ihrer Hand. Während wir von der Bühne gehen, erkundige ich mich danach.

»Den Umschlag hat mir Marah Diane mitgebracht. Ich hatte noch keine Gelegenheit, ihn aufzumachen. Für dich hat sie auch etwas.«

Meine Schritte verlangsamen sich ein wenig und ich bin sofort misstrauisch, obwohl ich das eigentlich gar nicht will. Meine Schwestern und ich haben um Lily Clarettes willen eine Art Waffenstillstand geschlossen, doch ich habe immer noch Angst, dass er zerstört werden könnte. Lily Clarette ist der Faden, durch den wir langsam mit krummen Stichen wieder zusammengenäht werden. Wir alle lieben sie und wir alle wollen nur ihr Glück.

Unten an der Treppe zögere ich und überlege, dass ich vielleicht Lily Clarette den Umschlag holen lassen sollte. Ich will mir den heutigen Tag durch nichts verderben lassen. Er ist zu wichtig. Die Arbeit eines ganzen Jahres steckt darin.

»Komm schon, Jennia Beth!« Lily Clarette nimmt mich an der Hand und schiebt mich durch den zweiten Ausgang von der Bühne auf den Gang hinaus. Marah Diane, Coral Rebecca und Evie Christine stehen da und sehen in ihren langen Baumwollkleidern mit ihren schwarzen Sonntagsstrümpfen und den geflochtenen Haaren unsicher und fehl am Platz aus.

Wir begrüßen uns und sprechen über die Fahrt. Coral Rebecca sagt: »Hier hast du also studiert.«

»Ja, hier und dann an der Universität von New York«, antworte ich, ohne nachzudenken.

Marah Diane schiebt kampfeslustig die Unterlippe vor.

»Danke, dass ihr gekommen seid. Das bedeutet mir sehr viel.« Ich breite die Arme aus. Plötzlich möchte ich meine Schwestern umarmen. Ich tue es einfach. Es fühlt sich so selbstverständlich und natürlich an. Ich weiß, wie sie riechen, ich weiß, wie lange oder kurz jede die Arme um einen legt, wie fest sie einen drücken. In manchen Dingen haben wir uns überhaupt nicht verändert.

Marah Dianes Umarmung ist schnell. Steif. Zurückhaltend.

»Clemson ist eine große Stadt«, plaudert Coral Rebecca weiter und bemüht sich um eine beruhigende Hintergrundbeschallung – wie die leise Musik beim Zahnarzt, die dafür sorgen soll, dass niemand in Panik gerät und flüchtet. »Wir hätten fast den Weg nicht gefunden.«

»Ich brauchte auch eine Weile, um mich daran zu gewöhnen«, gebe ich zu und erinnere uns damit alle an die Achtzehnjährige, die vor langer Zeit von daheim weggegangen war. Die junge Frau, die wir alle schon fast vergessen hatten.

»Ja, es ist ein wenig größer als Towash«, wirft Evie Christine ein. Wir halten uns alle die Hand vor den Mund, um nicht lauthals loszuprusten.

Ich frage sie noch einmal, ob sie nicht danach noch bleiben können, und mache den Vorschlag mit dem Hotel. *Ein Versuch kann nicht schaden,* sage ich mir. Es wäre schön, mit meinen Schwestern und den älteren Nichten, die mitgekommen sind, mehr Zeit zu haben.

»Komm lieber *du* uns besuchen«, schlägt Coral Rebecca vor. »Wenn du Zeit hast. Du musst nicht nur wegen des Buches nach

Gap kommen und dann gleich wieder zurückfliegen. Du kannst uns einfach besuchen kommen.«

»Das werde ich.« Vielleicht haben wir doch noch eine Chance. Trotz unserer ganzen Unterschiede sind wir immer noch eine Familie.

Schweigen breitet sich aus. Ich werfe einen Blick auf meine Uhr und dann zu den Bühnentüren.

»Ich habe das Buch gelesen, das du Lily Clarette für uns mitgeschickt hast«, ergreift Marah Diane das Wort. »Es war wirklich gut.«

Ein Funke flammt in mir auf, klein und schwach. Wie das Leuchten eines Glühwürmchens. Eine Gebetserhörung. »Danke. Das bedeutet mir sehr viel.«

»*Papa* hat es auch angeschaut.« Sie unterstreicht diese Worte mit einem Blick, als hätte sie in eine Zitrone gebissen, um mich zu warnen, nicht zu viel hineinzudeuten. »Um sicherzugehen, ob wir es bedenkenlos lesen können. Anscheinend hat er keinen Anstoß daran genommen. Jedenfalls hat er es mir zurückgegeben. Er hat nicht viel dazu gesagt, nur dass wir das, was darin steht, nicht zu ernst nehmen sollen.« Sie deutet mit dem Kopf auf meine anderen Schwestern. »Evie Christine hat es jetzt.«

»Ich habe die halbe Nacht durchgelesen«, gibt Evie Christine mit echter Begeisterung zu. »Coral Rebecca hat mich schon vorgewarnt, dass das passieren würde. Ich hätte am liebsten ein Gewehr geladen und mir diesen Brown Drigger und diese anderen Kerle vorgeknöpft.«

Wir lachen alle und ich bitte sie, am Ende wenigstens noch ein paar Minuten zu bleiben, damit wir uns ein bisschen unterhalten können. Lily Clarette und ich müssen gehen. Wir umarmen uns zum Abschied, ohne dass ich eine Antwort auf meine Bitte erhalten hätte. Marah Diane macht sich schon Sorgen wegen der Rückfahrt. Kurz bevor wir gehen, zieht sie etwas aus ihrer Rocktasche und schiebt es mir in die Hand. Ein Umschlag. Nichts Auffallendes. Aber meine anderen Schwestern sehen, dass ich es bekomme. In dem Umschlag steckt etwas. Ein Gegenstand, der sich kühl und hart anfühlt wie ein kleiner Stein. Coral Rebecca und Evie Christine wissen, was es ist. Das sehe ich ihnen an.

»Das ist von Papa.« Marah Diane weicht meinem Blick aus. In

der vergangenen Zeit war ich öfter in den Blue Ridge Mountains gewesen, um Evans Buchprojekt zu betreuen. Und während er die Geschichte neu schrieb und die Lücken füllte, bin ich hin und wieder zu Hause gewesen, doch mein Vater hat bei diesen Besuchen kaum ein Wort mit mir gewechselt. »*Papa* hat dir das für mich mitgegeben?« Etwas in mir wünscht sich, dass das stimmt. Doch mein verwundetes Selbst bezweifelt es. Ich überlege, ob ich es einfach zurückgeben und sagen soll, dass ich es nicht brauche. Ich betaste den Umschlag. Neben dem harten Gegenstand steckt auch ein Blatt Papier darin. Ich sehe, wie Lily Clarette ihren Umschlag umklammert, der immer noch geschlossen ist. Hat jede von uns einen bekommen?

Marah Diane schaut mich durchdringend an, als ich mich umdrehe. Es ist ein Blick, der Schwestern veranlasst, die Messer zu wetzen, der aber auch jede Heuchelei vertreibt. »Du kannst einem gescheckten Maultier am Montag befehlen, dass es weiß werden soll, Jennia Beth. Aber am Dienstag ist es trotzdem noch ein geschecktes Maultier.« Das ist ihre Art, mir zu sagen, dass unser Vater der ist, der er ist, und dass ich mir nur selbst wehtue, wenn ich mir einrede, dass er anders sein sollte.

»Du hast recht.«

Sie blinzelt und ist von diesen drei kurzen Worten aus meinem Mund sichtlich überrascht. Dadurch bestärkt, fährt sie fort: »Er hat uns erlaubt hierherzukommen. Er ist dankbar, dass du und Lily Clarette uns geholfen habt, das Haus zu renovieren.«

»Ich weiß.« Die Bonuszahlung von George Vida für den Vertrag mit Evan Hall hatte einige kurzfristige finanzielle Engpässe gelöst. Ich frage mich immer noch, ob es George Vida war, der den Auszug aus dem Manuskript auf meinen Schreibtisch gelegt hat, aber er hat es nie zugegeben. Und auch sonst niemand. Manchmal frage ich mich, ob es vielleicht Hollis gewesen sein könnte oder gar der alte Russell, der die Böden putzt. Ich habe ihn vor ein paar Monaten dabei ertappt, wie er über einer späteren Version des Manuskripts gestanden hat, aber er wollte nichts zugeben.

Es bleibt nach wie vor ein Geheimnis. Aber vielleicht ist das auch gut so. So klingt die Geschichte viel aufregender.

Ich spiele mit dem Umschlag, als ich mich von meinen Schwestern verabschiede. Ich wüsste gern, was sich darin befindet, aber gleichzeitig habe ich Angst davor, es zu erfahren. In einer krakeligen Handschrift, die mir nicht bekannt ist, steht mein Name darauf. Es fällt mir schwer, mir vorzustellen, dass mein Vater sich die Zeit nimmt, unsere Namen auf Umschläge zu schreiben, etwas hineinzustecken und den Umschlag dann zuzukleben. Vielleicht kommt er von einer meiner Schwestern.

Darüber kannst du später nachdenken, sage ich mir. *Jetzt ist Showtime.*

Ich steige die Stufen zur Bühne hinauf, Lily Clarette folgt mir. Und dann steht er da. Evan Hall höchstpersönlich. Er tritt durch eine Hintertür, schüttelt Hände und versucht, sich an einer Schar von Schmeichlern vorbeizudrängen. Er wird sofort von der Masse verschlungen und ich sehe nur seinen Kopf, den er beugt, als er mit jemandem spricht. Seine dunklen Locken sind über den Kragen des schwarzen Anzugs, den er schon vorhin zum Sponsorenessen getragen hat, sauber nach hinten gekämmt. Ich schaue zu, wie er Bewunderern, die so wichtig sind, dass sie Zugang zu dem Bereich hinter der Bühne erhalten, höflich die Hand schüttelt. Handys werden gezückt. Fotos werden geschossen. Ein Junge von der Studentenzeitung wedelt mit seinem Presseausweis.

Ich erhasche einen Blick auf Evans Gesicht. Er wirkt erstaunlich ruhig, völlig entspannt. Ich überlege, ob ich ihn umarmen oder ohrfeigen soll, wenn ich irgendwann nahe genug an ihn herankomme.

George Vida führt die Schar höchstpersönlich an, die sich zur Tür an der Seitenbühne bewegt, wo ich jetzt Lily Clarette entdecke, die unter einem Scheinwerfer stehen geblieben ist, um ihren Umschlag zu öffnen.

»Er gehört Ihnen, Gibbs.« Ich brauche einen Moment, um zu begreifen, dass George Vida mit mir spricht. Der alte Fuchs grinst übers ganze Gesicht. Es kommt nicht alle Tage vor, dass sein kleiner Verlag die Präsentation eines Buches feiert, das all die großen Verlage unbedingt haben wollten. Und ein Buch mit einer solchen Hintergrundgeschichte hat man höchstens einmal im Leben auf seinem Schreibtisch. Manche Lektoren erleben so etwas nie.

Selbst wenn ich nie wieder ein Projekt an Land ziehe, das es in die Bestsellerlisten schafft, genieße ich bei Vida House Glaubwürdigkeit, bis ich in Rente gehe. Und dass das heutige Großereignis ausgerechnet hier in Clemson, Wilda Culps Haus- und Hof-Universität, stattfindet, macht die ganze Sache noch perfekter.

Es ist allerdings ein kleiner Dämpfer für mich, dass Evan mit einem unverschämt triumphierenden Lächeln auf mich zukommt, doch er kann meine Freude nicht dämpfen.

»Das ist doch nicht dein Ernst«, sage ich. Er weiß natürlich genau, wovon ich spreche. Er versucht, so zu tun, als wüsste er das nicht, aber sein Lächeln verrät ihn.

Er bleibt vor mir stehen, beugt sich herab und küsst mich auf die Wange. Davon lässt er sich nicht abbringen, obwohl wir diese Diskussion wirklich oft genug geführt haben. Eine Vermischung zwischen Beruflichem und Privatem ist keine gute Sache. Das sehen wir beide so. Wir haben das beide schon erlebt und es ging nicht gut.

Abgesehen davon will ich auf keinen Fall, dass *je* irgendjemand andeuten könnte, ich hätte mich nach oben geschlafen.

Ein leichter Stromstoß durchfährt mich, als er seine Lippen wieder zurückzieht. Das ist von meiner Seite her ganz und gar nicht *professionell.* Allerdings passiert es jedes Mal, doch ich versuche mir einzureden, da wäre nichts.

»Was?« Seine Lippen verziehen sich zu einem Lächeln, das so glatt wie die Sahne auf frisch gemolkener Milch ist. Für einen Mann, der noch vor einem Jahr so fest entschlossen war, sich auf seinem Berg von der Außenwelt abzuschotten, geht er mit diesem ganzen Medienrummel um seine Person erstaunlich gut um. Die Pressetermine der vergangenen Woche sind fantastisch verlaufen. Evan Hall beherrscht es, die Welt in Brand zu setzen. Wieder einmal.

»Du *weißt,* was ich meine.« Ich trete zurück, baue einen Sicherheitsabstand zwischen uns auf und verschränke die Arme.

Seine Antwort ist ein unschuldiger Blick, aber er ist in dieser Sache alles andere als unschuldig.

Ich rufe mir erneut ins Gedächtnis, dass nichts Gutes dabei herauskommen könnte, wenn Evan und ich ein Paar werden würden. So habe ich es schon in vielen langen Nächten getan, in denen wir gemeinsam über den Überarbeitungen des Manuskripts gesessen haben. Wir leben in völlig verschiedenen Welten. Ich stehe in meiner Welt endlich ganz oben. Er hat eine zwölfjährige Nichte, um die er sich kümmern muss, und seit seine Oma Vi gestorben ist, ist das alleine schon ein Fulltime-Job. Außerdem steht ihm eine Lesereise bevor. Ich frage mich, wo Hannah heute Abend ist. Vielleicht sitzt sie mit Helen im Publikum und kann es nicht erwarten, dass *Die Hüterin der Geschichten* endlich vorgestellt wird. Der Buchverkauf startet um Mitternacht. Die Verträge mit dem Filmstudio sind bereits unterzeichnet. Wir wussten alle, dass das schnell gehen würde.

»Dann stell deinen Chef zur Rede. Es war *seine* Entscheidung.« Evan zieht einen Stoß Karteikarten aus der Jackentasche, befeuchtet seine Daumenspitze und blättert die Karten kurz durch. Zweifellos seine Rede. Es gibt so vieles über Rand und Sarra zu erzählen, über ihr gemeinsames Leben in den Appalachen. Über die Jahre, in denen sie halfen, Hudsons Siedlungen zu bauen. Und über die späteren Jahre, in denen sie um menschenwürdige Lebensbedingungen für die Arbeiter kämpften, die in diesen Siedlungen, die den Konzernen gehörten, lebten. Sie hatten keine eigenen Kinder, aber sie gründeten unzählige Missionsschulen, darunter eine in Tennessee, die nur Melungeon-Kinder unterrichtete. Sie kämpften ihr Leben lang mit Vorurteilen, Bigotterie und ungerechten Gesetzen, die Menschen wie Sarra als »farbig« einteilten und ihnen ihre Rechte verwehrten, unter anderem das Recht, jemanden zu heiraten, der zu einer anderen Rasse gehörte. In vielen Bundesstaaten war Rands und Sarras Ehe ein strafwürdiges Vergehen.

Ich bin gespannt, wie Evan seine Rede auf eine halbe Stunde beschränken will, plus der Zeit für Rückfragen.

Ich weiß, dass ich bis später warten sollte, um mit ihm zu sprechen, aber der Vorhang ist noch nicht offen. Ich würde gerne George Vida abfangen, bevor die Buchvorstellung zu Ende ist, und ihm sagen, dass Evan und ich die Angelegenheit geklärt haben.

»Evan, ich bin Lektorin und keine *Betreuerin*«, stelle ich klar, ohne ihn dabei anzusehen. Ich habe gelernt, dass ich mich bei diesen Gesprächen leichter tue, wenn ich ihn nicht ansehe.

»Gut, denn ich brauche keine Betreuerin.«

Erst heute Morgen hat mich George Vida in sein Büro gerufen und die Bombe platzen lassen. Ich werde mit auf die Lesereise geschickt. Wenigstens für die erste Hälfte der Reise, vielleicht auch für die ganze Zeit.

Zwei Monate und zig Städte, sechs Länder außerhalb Amerikas. Das hat nicht einmal ansatzweise irgendetwas mit meiner Stellenbeschreibung zu tun.

Ich weiß nicht genau, ob ich aufgeregt oder unsicher sein oder eine Heidenangst haben sollte. Aber vor allem bin ich schockiert und mache mir Sorgen, wie das in der Branche aussehen wird.

Dazu kommen die ganzen persönlichen Fragen. Ich habe gehofft, diese längere Trennung von Evan Hall würde mir helfen, das unterschwellige … was auch immer …, das zwischen uns deutlich spürbar ist, im Keim zu ersticken. Wegen des straffen Zeitplans für die Bearbeitung und Produktion von *Die Hüterin der Geschichten* habe ich in den vergangenen Monaten kaum an einem anderen Projekt gearbeitet. Obwohl Evan und ich viele lange Abende zusammengesessen haben, hat der Druck, dass die Geschichte gut werden sollte, und unser leidenschaftliches Engagement dafür gesorgt, dass die beruflichen und privaten Grenzen nicht verwischt worden sind.

Und jetzt das!

Ein kurzes Augenzwinkern, dann steckt er die Karten wieder in die Tasche. Er strahlt Selbstvertrauen und noch etwas anderes aus. Eine neue Begeisterung, eine Leidenschaft, bei der seine blauen Augen leuchten wie das kühle Bergwasser des Looking Glass Lake. Es ist uns beiden ein Herzensanliegen, die Geschichten der Appalachen zu erzählen, die *wahren* Geschichten. Das ist eine Möglichkeit, den Blick der Öffentlichkeit auf die Menschen und ihre Nöte und Kämpfe zu lenken, die sich an manchen Orten in hundert Jahren kaum verändert haben.

»Ich spreche mit George Vida und erkläre ihm, dass ich nicht …« Ich breche ab, als der Dekan für Geistes- und Humanwissenschaften auf uns zusteuert und dabei auf seine Uhr sieht.

»Sind Sie bereit?« Er bleibt stehen, um Evan die Hand zu reichen und ihm zu danken, dass Clemson Gastgeber dieser Buchpräsentation, des Abendessens vorher und der Galafeier im Anschluss an die Buchvorstellung sein darf. Eine Gala mit Festessen und Tanz für tausend Dollar pro Eintrittskarte. Das Geld kommt einem wohltätigen Zweck zugute. »Wir sind ein bisschen spät dran.«

»Ich bin startbereit«, erwidert Evan. Er beugt sich nahe zu mir herab und dreht sich zur Bühne herum, als die Vorhänge aufgehen und der Dekan auf das Podium tritt. »Spar dir die Mühe. Du kannst George Vida nicht von seiner Meinung zu dieser Lesereise abbringen.«

»Ich kann es versuchen. Ich halte es einfach für besser, wenn …«

Er schüttelt lächelnd den Kopf, um mir zu verstehen zu geben, dass wir jetzt lieber der Rede des Dekans zuhören sollten, als weiter darüber zu diskutieren. Als der Dekan schließlich endet, bewegt sich Evan so, dass seine Schulter meine berührt. Einen kurzen Moment rechne ich fast damit, dass er mir wieder einen Kuss auf die Wange drückt. Ein aufgeregtes Kribbeln läuft über meinen Rücken, aber statt eines Kusses berührt ein Flüstern mein Ohr. »Spar dir die Mühe. Ich habe es *in den Vertrag schreiben lassen.*«

Dann ist er fort, tritt mit einem Lächeln aus der Dunkelheit ins Rampenlicht und schreitet zu seinem Platz in der Mitte der Bühne. Ich kann nur mit offenem Mund zusehen, wie er dem Dekan die Hand schüttelt, bevor er seinen Platz einnimmt. Während er darauf wartet, dass der Applaus endet, wirft er einen kurzen, triumphierenden Blick in meine Richtung, dann zieht er die Karten aus der Tasche, legt sie neben das Mikrofon, räuspert sich und beginnt.

»Ich danke Ihnen allen, dass Sie heute gekommen sind, um ein Projekt zu unterstützen, das mir ein Herzensanliegen ist. Ein Projekt, das, wie so vieles aus der Geschichte der kleineren Völker in den Appalachen, beinahe verloren gegangen wäre. Wären da nicht ein Papierberg, ein elfjähriges Mädchen und ein alter Abendmahlskoffer gewesen, den meine Mutter auf einem Flohmarkt entdeckte – die wahre Geschichte von einer jungen Melungeon-Frau und dem Sohn einer alteingesessenen Charlestoner Familie wäre wahrscheinlich für immer nur eine Legende geblieben. Wie so viele Familienchroniken jener Zeit wurde ihre Geschichte von künftigen Generationen geglättet, Tatsachen wurden geschönt und die Stammbäume wurden angepasst.

Fachleute diskutieren immer noch über die genetische Herkunft der kleinen Völker in den Bergen – wie der Melungeons. Sie fragen sich, ob sie wohl Nachkommen von Indianern sind, die Ehen mit portugiesischen Seefahrern oder Türken oder Nachfahren der

Überlebenden von Sir Walter Raleighs geheimnisvoller *Verlorener Kolonie* eingegangen sind. Vieles bleibt noch im Unklaren, deutlich jedoch ist, dass Rand und Sarra wirklich existierten. Und ihre Geschichte lebt weiter. Nicht nur in ihren eigenen Worten, sondern auch im Manuskript von Louisa Quinn, die uns nach wie vor nicht bekannt ist. Wer war sie und warum widmete sie sich der Aufgabe, diese persönliche Geschichte zu dokumentieren? Warum gibt es keine Aufzeichnungen über weitere Werke, die unter ihrem Namen erschienen? Das Geheimnis um diese Frau konnte nicht gelüftet werden, aber beim Schreiben des Romans *Die Hüterin der Geschichten* unter Zuhilfenahme von Louisa Quinns unvollendetem Manuskript und Rands Tagebuch habe ich mich bemüht, mich so eng wie möglich an die mir zur Verfügung stehenden Fakten zu halten. Dafür hat allein schon eine sehr entschlossene, sehr talentierte Lektorin gesorgt.«

Er wirft mir wieder einen schnellen Blick zu, den ich dieses Mal in jeder Faser meines Körpers fühle. Für einen kurzen Moment lang gibt es sonst niemanden im Raum. Nur Evan und mich. Seine Pause erscheint mir endlos, aber das ist sie wahrscheinlich nicht.

Nach und nach ertappe ich mich dabei, dass ich ihm ein wenig vergebe, dass er diese Klausel in Bezug auf die Lesereise in seinen Vertrag geschmuggelt hat. Okay, vielleicht vergebe ich ihm nicht nur ein wenig. Vielleicht freue ich mich plötzlich darüber. Und mich erfüllt eine aufgeregte Vorfreude, die alles andere ausblendet.

»Aber bevor ich Ihnen das Buch vorstelle«, fährt Evan fort, »möchte ich Ihnen noch etwas mitteilen, das Sie alle betrifft, da Sie so großzügig waren und für heute Abend eine Eintrittskarte gekauft haben. Sie haben gehört, dass die Einnahmen aus dieser Buchpräsentation sowie der Abendgala einem wohltätigen Zweck zugutekommen, aber Sie wissen noch nicht, welchem Zweck konkret. Mit großer Freude darf ich Ihnen mitteilen, dass mit diesen Einnahmen sowie mit meinem Gewinn aus *Die Hüterin der Geschichten* »Wildas House« gegründet wird, eine Stiftung mit dem Ziel, junge Menschen in den Appalachen zu unterstützen, zu fördern und zu ermutigen.

Die erste Einrichtung dieser Stiftung wird sich auf dem Gelände befinden, das früher der bekannten Autorin und langjährigen Bewohnerin der Blue Ridge Mountains, Wilda Culp, gehört hat. Ihr Zuhause war immer wieder ein Ort der Zuflucht und des Lernens für unzählige Studenten, die unter ihrer Obhut in Clemson heranreiften und später in mehreren Schulen in der Nähe ihres Hauses am Honey Creek. Ihr positiver Einfluss auf das Leben junger Menschen ist nicht unbedingt in Zahlen messbar, aber unser Wunsch ist es, dass der Schutz, die Ermutigung und das Selbstvertrauen, das sie jungen Menschen gab, als ihr Vermächtnis weiterlebt. Durch die Stiftung soll vielen geholfen werden, die in der Appalachen-Region mit großen Herausforderungen durch geografische Isolation, Armut und mangelnde finanzielle Möglichkeiten zu kämpfen haben. »Wildas House« und das »Violet-Hall-Village«, das bald in der Nähe entstehen wird, sollen Schriftstellern, Künstlern und Musikern einen Rückzugsort bieten. Gleichzeitig soll es ein Zentrum werden, um Kindern, die in den herausforderndsten Gegenden der Berge aufwachsen, Raum und Hilfestellung zu geben.

Das Erzählen, Hören und Niederschreiben unserer Geschichten ist Teil der Appalachen. Es ist der Wunsch meiner Familie, dass Wildas House zu einem Ort wird, der diese Geschichten bewahrt, sowie einen Raum für die Begegnung und den Austausch von Schriftstellern und Geschichtenerzählern bietet. Rands und Sarras Lebensgeschichte ist einerseits eine wunderschöne Geschichte über Liebe, Überleben und Hingabe, aber in gewisser Weise auch eine Ermahnung. Ohne ein altes, wiederentdecktes Manuskript wäre die ganze Geschichte für immer verloren gegangen.

Unsere Geschichten haben Macht. Sie lehren, sie sprechen zu uns, sie inspirieren. Sie bewirken Veränderung. Aber sie sind auch zerbrechlich. Ihre Botschaft kann so leicht durch die Zeit oder durch mangelndes Interesse verloren gehen. Oder dadurch, dass es uns nichts mehr bedeutet zu wissen, woher wir kommen und wer wir sind. In unserer Kultur, die einem raschen Wandel unterworfen ist, geraten unsere Geschichten schneller als je zuvor in Vergessenheit. Aber wenn wir unsere Geschichten verlieren, verlieren wir uns selbst …«

Meine Hand legt sich vollkommen überrascht an meinen Mund und ich drücke die Finger an meine Lippen. Mir stockt der Atem. Ich stelle mir den Ort vor, den er beschreibt: *Wildas House.* Wie war es ihm gelungen, das alles bis jetzt vor mir geheim zu halten? Ich komme mir vor, als wäre ich eingeschlafen, vielleicht mit Seiten von *Die Hüterin der Geschichten* oder Rands Originaltagebuch auf dem Schoß, und in einem tiefen Traum versunken.

Ich fühle Wilda neben mir, ihre Hand auf meiner Schulter. *So oft werden wir durch unsere enge Sichtweise eingeschränkt*, sagt sie. *Wenn wir nur auf unsere eigenen Pläne sehen, verpassen wir die grenzenlosen Möglichkeiten eines Planes, den ein viel Größerer als wir entworfen hat.*

Evan fährt fort. Er erzählt Geschichten zum Hintergrund des Manuskriptes und entlockt dem Publikum ein Lachen, als er schildert, wie er es anfangs ganz unprofessionell an Verlage geschickt hat und wie tieftraurig er war, als niemand das Buch haben wollte.

Schmunzelnd lehne ich mich an die Wand neben dem Vorhang, verlagere mein Gewicht und schaue nach unten, als etwas unter meinem Fuß knistert. Der Umschlag von meinem Vater. Ich habe ihn fallen lassen, ohne es zu merken. Leise hebe ich ihn auf und wiege ihn wieder mit der Hand ab. Mir wird bewusst, dass Wilda recht hat. Ich beschränke mich selbst und sperre die Möglichkeit aus, dass der Inhalt des Umschlages meine Vorstellungskraft übersteigen könnte.

Ich schaue mich nach Lily Clarette um, da ich weiß, dass sie ihren Umschlag schon geöffnet hat. Wahrscheinlich suche ich nach Hinweisen. Oder nach einer Warnung.

Aber meine Schwester ist irgendwo in der Menge oder in der Dunkelheit hinter der Bühne untergetaucht. Selbst Wilda tritt jetzt in den Hintergrund und auch Evan und das Lachen des Publikums, das ihm aus der Hand frisst.

Dieser Moment gehört mir allein. Ich konzentriere mich auf den Umschlag und breche leise das Siegel. Als ich die Klappe hochhebe, erinnere ich mich an den Moment, als Evan das Schloss des Abendmahlskoffers sprengte, auf den seine Mutter, wie wir jetzt wissen, rein zufällig gestoßen war. Sie hatte keinen Bezug zu den Personen in der Geschichte außer ihrem Wunsch, den Rest der Geschichte zu entdecken und weiterzuerzählen. Durch Rands Tagebuch und seine Aufnahmen aus der Anfangszeit der Fotografie inspiriert, entwickelte sie eine Passion, der sie neben Haushalt und der Kinderziehung nachging. Es war eine leidenschaftliche Suche, die sie leider in ihrer kurzen Lebenszeit nicht abschließen konnte.

Um mich herum scheint die ganze Welt jetzt stillzustehen und den Atem anzuhalten. Ich halte den Umschlag schief und schaue zu, wie zwei Blätter gefaltetes Papier in meine Hand rutschen. Gelbes Papier aus einem Kinderblock. Die Seiten sind um etwas gewickelt und an beiden Enden und auch in der Mitte mit einem Klebeband zusammengehalten. Das Klebeband ist schon so alt, dass es getrocknet und vergilbt ist und fast nicht mehr klebt.

Es löst sich leicht, so als hätte das kleine Päckchen lange auf mich gewartet.

Ich klappe die obere Seite zurück und lese den Anfang eines Briefes, der in der krakeligen Mischung zwischen Druckbuchstaben und Schreibschrift von einer Frau geschrieben wurde, die in der achten Klasse die Schule abgebrochen hat. Wenig später hat sie in einem Laden in Towash meinen Vater kennengelernt und ihn geheiratet, um einer unvorstellbar schlimmen Situation in ihrem Elternhaus zu entfliehen.

Liebe Jennia Beth,
Mama liebt dich …

Der Anfang eines Briefes. Das, was ich mir immer erhofft, wonach ich mich immer gesehnt habe. Der *Beweis*. Der Beweis, dass meine Mutter uns immer geliebt hat, obwohl sie wegging. Dass sie nicht einfach eines Nachts verschwunden ist, ohne einen Gedanken darauf zu verschwenden, was wohl aus ihren Kindern werden würde.

Ich weiß, dass es keine Erklärung dafür gibt, warum ich weggehe. Du hast ganz gewiss nichts getan, das daran schuld ist, und du könntest auch nichts tun, um es zu verhindern. Seit Lily Clarette auf der Welt ist, flüstert mir der Teufel wieder Dinge ins Ohr. Es gibt Momente, wenn ich über ihr stehe, dass das böse Blut wieder aufwallt und die Stimmen in mir sagen, was eine Mutter nie denken sollte. Es kam mit Evie Christine und Joey, aber jetzt bei diesem Baby ist es noch schlimmer geworden.

Ich weiß, dass ich diese Stimmen nur zum Schweigen bringen kann, wenn ich weggehe.

Pass auf die Kleinen auf, mein großes Mädchen. Ich habe nicht viel, das ich dir geben kann. Aber das, was ich dir gebe, stammt aus der Familie meiner Oma und ich trage es immer bei mir. Es ist alt, sehr alt. Oma hat es über meine Wiege gehängt, als ich klein war, und ich habe es über dich gehängt, bis ich dich mit der abgerissenen Kette fand. Du hast einfach dagesessen und die Einzelteile betrachtet.

Ich hatte vor, die Kette eines Tages zu reparieren, aber es ist gut, dass sie zerrissen ist, denn so kann ich jedem von euch allen ein Stück davon geben und das Mittelstück selbst mitnehmen. Es ist nicht viel, das uns in dieser großen, weiten Welt zusammenhält, aber es ist etwas.

Ich bin auch nicht viel, aber ich liebe dich.

Mama

Die Worte verschwimmen hinter meinen Tränen. Ich wische mir ungeduldig die Augen, hebe das obere Blatt hoch und starre auf das Geschenk meiner Mutter, das auf das zweite Blatt Papier geklebt ist: eine einzelne, ovale Perle aus Horn, in die ein Kreuz, ein Stern und etwas, das wie das Ruder eines Bootes aussieht, eingraviert ist. Vorsichtig schäle ich das Klebeband, das die Perle hält, ab. Ich halte sie in der Hand.

Sie hat so viel Ähnlichkeit mit den Perlen an Sarras Kette. Ein Erbe, auf das ich nie im Traum gekommen wäre. Wie hätte ich auch darauf kommen sollen? Wie hätte ich diese Verbindung zu Dingen, die immer noch unbekannt sind, zu Fragen, die immer noch unbeantwortet im Raum stehen, erahnen können?

Dieses Geschenk wurde mir so viele Jahre vorenthalten, aber jetzt habe ich es endlich bekommen.

Mit ihm kommen gleichzeitig Trost und Hoffnung. Neues Leben. Luft und Licht und Freude und Tränen, die salzig süß schmecken, wenn sie die Haut berühren.

Als mein Blick zur Bühne wandert und dann über das Publikum, sehe ich den Weg vom Beginn bis zu diesem Moment so deutlich vor mir, als wäre er auf Papier vorgezeichnet gewesen. Der Weg hat mich hierher geführt.

Dieses Mal sehe ich den Moment so, wie ihn Wilda beschrieben hat, nicht rückblickend, sondern in seiner vollen, wunderbaren Blüte. Ich erlebe ihn tief in meiner Seele auf eine neue, lebendige und erfüllende Weise.

Es ist eine Sternstunde.

Und dieses Mal genieße ich sie in vollen Zügen.

Anmerkung der Autorin

Liebe Leser,

ich hoffe, Ihnen hat diese Geschichte gefallen, und ich hoffe, Jen, Evan, Rand und Sarra haben Sie ein bisschen neugierig auf die Appalachen und ihre Geschichte gemacht. Falls Sie noch nie dort waren, sollten Sie auf jeden Fall eine Reise dorthin planen. Die Berggipfel und Täler der Blue Ridge und der Smoky Mountains sind geschichtsträchtig und stecken voller Erzählungen, plätschernder Bäche und reißender Wasserfälle, die nur darauf warten, neu entdeckt zu werden. Lane's Hill, die Heiligen Brüder, Towash und Looking Glass Gap sind zwar erfunden, aber viele Orte, die in diesem Roman erwähnt werden, gibt es wirklich. Bei einem Ausflug auf dem Blue Ridge Parkway können Sie den Mount Pisgah besteigen, viele Wanderwege genießen und unglaubliche Wasserfälle sehen (darunter Issaqueena, wo Nathaniel und Anna in Evans Buch durch ein Zeitportal verschwinden). Sie können über den Stumphouse Tunnel staunen, der nur halb durch den Berg gebaut wurde, und in die Tage zurückversetzt werden, als Männer noch von Hand Zugtunnel in die Berge gruben. Die Appalachen bieten so viele unglaubliche Orte, die man gesehen haben sollte.

Fahren Sie hin. Erleben Sie die Berge. Bleiben Sie eine Weile und genießen Sie den bedächtigen Rhythmus dieser Region. Vielleicht interessieren Sie sich auch für die Melungeons, die in der Geschichte erwähnt werden, und wollen wissen, ob es sie wirklich gab. Die Antwort auf diese Frage lautet *Ja*. Im Jahr 1654 berichteten die ersten englischen Forscher, die in das Cumberland Plateau in Virginia, Kentucky und North und South Carolina vordrangen, von »Menschen mit blauen Augen und rotbrauner Hautfarbe«, die sich selbst als »Portyghee« bezeichneten. Die Herkunft und Bedeutung dieses Wortes und des Wortes *Melungeon* gaben lange Rätsel auf. *Portyghee* wurde als Abwandlung des Wortes *Portugiesisch* gedeutet und *Melungeon* stammt möglicherweise von einem afrikanischen Wort ab, das »Freund« oder »Schiffskamerad« bedeutet, aber mit Bestimmtheit kann das niemand sagen. 1673 berichteten die Engländer James Needham und Gabriel Arthur, die mit mehreren indianischen Führern unterwegs waren, dass sie »behaarte Menschen trafen, die eine Glocke haben, die jeden Morgen und Abend geläutet wird, und dass dann viele Leute zusammenkommen und miteinander sprechen«. Der Dialekt, den diese »behaarten Weißen mit langen Bärten und Schnurrbärten und voller Bekleidung« benutzten, war weder Englisch noch eine Indianersprache, die die Führer kannten.

Die Melungeons und ihre Herkunft gehören zu den größten kulturellen Rätseln der Welt. Sie wurden für eine isoliert lebende Mischrasse aus Weißen, Schwarzen und Indianern gehalten und hatten unter Vorurteilen, Diskriminierung und Fehlinformationen zu leiden. Ihre Familiengeschichten gingen oft verloren oder wurden verändert, als spätere Generationen zum Selbstschutz oder aus Scham beschlossen, ihre Abstammung von Melungeons zu verschweigen. Sowohl Abraham Lincoln als auch Elvis Presley sagt man nach, dass sie Melungeon-Blut in sich trugen.

Vermutlich verstehen Sie, warum Evan Hall diese rätselhafte, abgeschieden lebende Bevölkerungsgruppe so faszinierend fand, dass er seine Romane über sie schrieb. Und warum *ich* sie auch faszinierend finde. Wer waren diese Menschen? Woher kamen sie? Waren sie die Nachkommen von Überlebenden eines gesunkenen Schiffes, die vielleicht ins Landesinnere vordrangen und sich mit der einheimischen Indianerbevölkerung vermischten? Löst ihre Gegenwart in den Bergen in North und South Carolina irgendwie das Rätsel um Sir Walter Raleighs 117 Verlorene Kolonisten, die 1584 auf den Outer Banks zurückgelassen und später nie wieder gesehen wurden?

Über diese Frage ist viel diskutiert worden. Auch, wenn das Rätsel vielleicht nie gelöst werden wird, bietet es einen reichhaltigen Stoff für viele gute Erzählungen. Finden Sie nicht auch? Die Rätsel der Geschichte können uns mitreißen und zu unserem eigenen Familienstammbaum zurückführen. Oder auch weit darüber hinaus an Orte, die wir nie gesehen haben, und zu Menschen, die nie gelebt haben.

Oder Menschen, die möglicherweise doch gelebt haben … vor langer Zeit.

Viel Freude beim Lesen!
Ihre Lisa Wingate

Mehr von Lisa Wingate

Jolas Briefe
ISBN 978-3-86827-629-9
336 Seiten, Paperback
auch als E-Book erhältlich

Tandi Reese wagt mit ihren Kindern einen Neuanfang – auf einer wunderschönen Insel im Atlantik. Die junge Mutter, die eine schwierige Vergangenheit hat, möchte endlich wieder auf die Beine kommen. Doch es ist gar nicht so einfach, alte Gewohnheiten abzulegen. Da macht ihr der Himmel überraschend ein Geschenk. Während sie das uralte Haus ihrer verstorbenen Nachbarin Jola entrümpelt, stößt Tandi auf geheimnisvolle Kästchen voller Briefe, die sie in ihren Bann ziehen. Sie nehmen sie mit in eine längst vergessene Welt, die auf seltsame Weise mit ihrer eigenen verbunden zu sein scheint, und werden zum Auslöser umwälzender Veränderungen …

Eine bezaubernde Erzählung von der Macht des Gebets.

Der Ruf des Meeres
ISBN 978-3-86827-667-1
378 Seiten, Paperback
auch als E-Book erhältlich

Die erfolgreiche Restaurantbesitzerin Whitney steht völlig unerwartet vor dem Ruin. Da kommt es ihr gerade recht, dass sie von ihrer Mutter ein altes Hotel am Atlantik gererbt hat. Vielleicht lässt es sich ja noch zu Geld machen? Doch ihre Sondierungsreise nach Roanoke Island stellt Whitney vor ungeahnte Schwierigkeiten: Sie muss sich nicht nur mit ihrem Stiefvater auseinandersetzen, der für sie lange ein Fremder war, sondern auch noch mit Mark, der in dem historischen Gebäude einen Surfshop betreibt und von ihren Plänen alles andere als begeistert ist. Außerdem hält das alte Gemäuer für Whitney die eine oder andere rätselhafte Entdeckung bereit.

Während sie die Schätze sichtet, die das Hotel birgt, beginnt für sie eine Reise zu ungeahnten Familiengeheimnissen …

Wenn Ihnen »Die Hüterin der Geschichten« gefallen hat, werden Sie bestimmt auch folgende Bücher mögen:

Lindsay Harrel
Das Flüstern von Tinte auf Papier
ISBN 978-3-96362-126-0
365 Seiten, Paperback
auch als E-Book erhältlich

Nach dem Tod ihres Verlobten entschließt sich die Therapeutin Sophia Barrett zu einem Tapetenwechsel. Im malerischen Cornwall mietet sie eine Wohnung über einem alten Buchladen – fern der Heimat und inmitten großartiger Literatur, wo ihre Seele endlich aufatmen kann. Als ihr das über 150 Jahre alte Notizbuch der Gouvernante Emily in die Hände fällt, wird Sophia neugierig. Gemeinsam mit ihrer Vermieterin Ginny Rose – die so verzweifelt um den Erhalt ihres entzückenden kleinen Buchladens kämpft, als könnte sie dadurch nicht nur ihn, sondern auch ihre Ehe retten – begibt sich Sophia auf Spurensuche. Die beiden Frauen ahnen nicht, dass diese sie für immer verändern wird.

Melanie Dobson
Erinnerungen aus Glas
ISBN 978-3-96362-189-5
368 Seiten, gebunden
auch als E-Book erhältlich

Niederlande 1942: Eliese und Josie waren beste Freundinnen, doch das Leben hat sie getrennte Wege geführt. Nun stehen sie sich plötzlich wieder gegenüber: Eliese arbeitet inzwischen als Registrierungskraft in der Hollandschen Schouwburg, einem Amsterdamer Theater, das zur Sammelstelle für Juden umfunktioniert worden ist, Josie im gegenüberliegenden Kinderheim. Gemeinsam schmieden sie einen waghalsigen Rettungsplan …

75 Jahre später: Ava Drake reist als Direktorin der gemeinnützigen Kingston-Stiftung nach Uganda. Dort will sie den Förderantrag von Landon West prüfen. Existieren seine Kaffeeplantage und das angeschlossene Kinderheim tatsächlich? Als sich unerwartet eine Verbindung zwischen der Familiengeschichte von Landon und ihrer eigenen auftut und Ava zu recherchieren beginnt, stößt sie in ein Wespennest aus Lügen, Betrug und Habgier. Und sie begegnet Landons Großmutter, einer zierlichen alten Dame mit einer unglaublichen Geschichte …